U0740402

鲁迅全集

第十一卷

两地书

书信

(1904—1926)

人民文学出版社

图书在版编目（CIP）数据

鲁迅全集. 11/鲁迅著. —北京：人民文学出版社，2005. 11（2022.11 重印）
ISBN 978-7-02-005033-8

Ⅰ. ①鲁… Ⅱ. ①鲁… Ⅲ. ①鲁迅著作—全集②鲁迅书信 Ⅳ. ①I210.1

中国版本图书馆 CIP 数据核字(2005)第 070004 号

责任编辑　刘　伟
装帧设计　李吉庆
责任校对　郑南勋
责任印制　王重艺

廣平兄：

今天收到来信，有些問題恐怕我答不出，姑且寫下去看。

學風如何，我以為和政治狀態及社會情形相關的，倘在山林中，該可以比城市好一點，只要辦事人員好。但若政治昏暗，好的人也不能做辦事人員，學生在學校中，只是少聽到一些可厭的新聞，待到出校和社會接觸，仍然要苦痛，仍然要墮落，無非略有遲早之分。所以我的意思，倒不如在都市中，要墮落的從速墮落罷，要苦痛的速速苦痛罷，否則從較為寧靜的地方突到鬧處，也須意外地吃驚受苦，其苦痛之總量，與本在都市者略同。

學校的情形，向来如此，但一二十年前，看去彷彿較好者，因為足夠辦學資格的人们不很多，因而競爭也不猛烈的緣故。現在可多了，競爭也猛烈了，于是壞脾氣也就徹底顯出。教育界的清高，本是粉飾之談，其實和別的什麼界都一樣，人的氣質不大容易改變，進幾年大學是無甚效力的，況且又有這樣的環境，正如人身的血液一壞，體中的一部分決不能獨保健康一樣，教育界也不會在這樣的民國裏特別清高的。

所以，學校之不甚高明，其實由来已久，加以金錢的魔力，本是非常之大，而中國又是向来善于運用金錢誘惑的法术的地方，于是自然就成了

致许广平信手迹

University of Amoy.
從後面（南普陀）所照的廈门大学全景。前面是海，對面是鼓浪嶼。最右邊的是生物学院与國学院，第三層樓上有×記的便是我所住的地方。昨夜大颶風，拔木發屋，但我没有受損害。
迅 九，十一。

厦门大学全景

“木瓜之役”胜利后合影（1909）

与蒋抑卮、许寿裳合影（1909）

目　录

两地书

书　信

一九〇四年

一九一〇年

一九一一年

一九一六年

一九一七年

一九一八年

一九一九年

一九二〇年

一九二一年

一九二二年

一九二三年

一九二四年

一九二五年

一九二六年

两 地 书

本书系作者与景宋(许广平)在 1925 年 3 月至 1929 年 6 月间的通信结集,共收信一百三十五封(其中鲁迅信六十七封半),由鲁迅编辑修改而成,分为三集,1933 年 4 月由上海青光书局初版。作者生前共印行四版次。

序　言[1]

这一本书,是这样地编起来的——

一九三二年八月五日,我得到霁野,静农,丛芜[2]三个人署名的信,说漱园[3]于八月一日晨五时半,病殁于北平同仁医院了,大家想搜集他的遗文,为他出一本纪念册,问我这里可还藏有他的信札没有。这真使我的心突然紧缩起来。因为,首先,我是希望着他能够全愈的,虽然明知道他大约未必会好;其次,是我虽然明知道他未必会好,却有时竟没有想到,也许将他的来信统统毁掉了,那些伏在枕上,一字字写出来的信。

我的习惯,对于平常的信,是随复随毁的,但其中如果有些议论,有些故事,也往往留起来。直到近三年,我才大烧毁了两次。

五年前,国民党清党的时候,我在广州,常听到因为捕甲,从甲这里看见乙的信,于是捕乙,又从乙家搜得丙的信,于是连丙也捕去了,都不知道下落。古时候有牵牵连连的"瓜蔓抄"[4],我是知道的,但总以为这是古时候的事,直到事实给了我教训,我才分明省悟了做今人也和做古人一样难。然而我还是漫不经心,随随便便。待到一九三〇年我签名于自由大同盟[5],浙江省党部呈请中央通缉"堕落文人鲁迅等"[6]的时候，我在弃家出走之前，忽然心血来潮，将朋友给我的信都毁掉了。这并非为了消灭“谋为不轨”的痕迹，不过以为因通信而累及别人，是很无谓的，况且中国的衙门是谁都知道只要一碰着，就有多么的可怕。后来逃过了这一关，搬了寓，而信札又积起来，我又随随便便了，不料一九三一年一月，柔石[7]被捕，在他的衣袋里搜出有我名字的东西来，因此听说就在找我。自然罗，我只得又弃家出走，但这回是心血潮得更加明白，当然先将所有信札完全烧掉了。

因为有过这样的两回事，所以一得到北平的来信，我就担心，怕大约未必有，但还是翻箱倒箧的寻了一通，果然无踪无影。朋友的信一封也没有，我们自己的信倒寻出来了，这也并非对于自己的东西特别看作宝贝，倒是因为那时时间很有限，而自己的信至多也不过蔓在自身上，因此放下了的。此后这些信又在枪炮的交叉火线下[8]，躺了二三十天，也一点没有损失。其中虽然有些缺少，但恐怕是自己当时没有留心，早经遗失，并不是由于什么官灾兵燹的。

一个人如果一生没有遇到横祸，大家决不另眼相看，但若坐过牢监，到过战场，则即使他是一个万分平凡的人，人们也总看得特别一点。我们对于这些信，也正是这样。先前是一任他垫在箱子底下的，但现在一想起他曾经几乎要打官司，要遭炮火，就觉得他好像有些特别，有些可爱似的了。夏夜多蚊，不能静静的写字，我们便略照年月，将他编了起来，因地而分为三集，统名之曰《两地书》。

这是说：这一本书，在我们自己，一时是有意思的，但对于别人，却并不如此。其中既没有死呀活呀的热情，也没有花呀月呀的佳句；文辞呢，我们都未曾研究过“尺牍精华”或“书信作法”，只是信笔写来，大背文律，活该进“文章病院”[9]的居多。所讲的又不外乎学校风潮，本身情况，饭菜好坏，天气阴晴，而最坏的是我们当日居漫天幕中，幽明莫辨，讲自己的事倒没有什么，但一遇到推测天下大事，就不免胡涂得很，所以凡有欢欣鼓舞之词，从现在看起来，大抵成了梦呓了。如果定要恭维这一本书的特色，那么，我想，恐怕是因为他的平凡罢。这样平凡的东西，别人大概是不会有，即有也未必存留的，而我们不然，这就只好谓之也是一种特色。

然而奇怪的是竟又会有一个书店愿意来印这一本书。要印，印去就是，这倒仍然可以随随便便，不过因此也就要和读者相见了，却使我又得加上两点声明在这里，以免误解。其一，是：我现在是左翼作家联盟[10]中之一人，看近来书籍的广告，大有凡作家一旦向左，则旧作也即飞升，连他孩子时代的啼哭也合于革命文学之概，不过我们的这书是不然的，其中并无革命气息。其二，常听得有人说，书信是最不掩饰，最显真面的文章，但我也并不，我无论给谁写信，最初，总是敷敷衍衍，口是心非的，即在这一本中，遇有较为紧要的地方，到后来也还是往往故意写得含胡些，因为我们所处，是在“当地长官”，邮局，校长……，都可以随意检查信件的国度里。但自然，明白的话，是也不少的。

还有一点，是信中的人名，我将有几个改掉了，用意有好有坏，并不相同。此无他，或则怕别人见于我们的信里，于他有些不便,或则单为自己,省得又是什么“听候开审”[11]之类的麻烦而已。

回想六七年来,环绕我们的风波也可谓不少了,在不断的挣扎中,相助的也有,下石的也有,笑骂诬蔑的也有,但我们紧咬了牙关,却也已经挣扎着生活了六七年。其间,含沙射影者都逐渐自己没入更黑暗的处所去了,而好意的朋友也已有两个不在人间,就是漱园和柔石。我们以这一本书为自己记念,并以感谢好意的朋友,并且留赠我们的孩子,给将来知道我们所经历的真相,其实大致是如此的。

一九三二年十二月十六日,鲁迅。

*　　*　　*

〔1〕 本篇最初印入1933年4月上海青光书局出版的《两地书》,同年底又经作者收入《南腔北调集》。

〔2〕 霁野、静农、丛芜　即李霁野(1904—1997)、台静农(1902—1990)、韦丛芜(1905—1978)。他们都是安徽霍丘人,未名社成员。

〔3〕 漱园　即韦素园(1902—1932),安徽霍丘人,未名社主要成员,翻译家。曾任《莽原》半月刊编辑。译有果戈理的小说《外套》、俄国短篇小说集《最后的光芒》、北欧诗歌小品集《黄花集》等。

〔4〕 “瓜蔓抄”　《明史·景清传》:明代建文帝(朱允炆)的旧臣景清谋刺明成祖(朱棣)事败,“成祖怒,磔死,族之。籍其乡,转向攀染,谓之瓜蔓抄。”

〔5〕 自由大同盟　中国自由运动大同盟的简称,中国共产党支持和领导下的群众团体,1930年2月在上海成立。它的宗旨是争取新闻、出版、结社、集会、教育读书、政治运动等自由,反对国民党的专制统

治。在《中国自由运动大同盟宣言》中,鲁迅列为发起人之一。

〔6〕 通缉"堕落文人鲁迅等" 鲁迅签名发起"中国自由运动大同盟"后,1930年3月,据传国民党浙江省党部曾呈请南京政府通缉"堕落文人鲁迅等",鲁迅于3月19日离寓暂避,至4月19日回寓。

〔7〕 柔石(1902—1931) 原名赵平復,笔名柔石,浙江宁海人,作家。著有中篇小说《二月》,短篇小说《为奴隶的母亲》等。1931年1月17日在上海被捕,2月7日被国民党当局秘密杀害于龙华。下文"有我名字的东西",指鲁迅与北新书局签订合同的抄件。柔石被捕后,鲁迅于1月20日携眷避居黄陆路花园庄旅馆,2月28日回寓。

〔8〕 枪炮的交叉火线下 1932年上海"一·二八"战争发生时,鲁迅的住所在临近战区的北四川路底,受到炮火的威胁。

〔9〕 "文章病院" 当时上海开明书店出版的《中学生》杂志的一个专栏。它从书刊中选取在语法上有错误或文义上不合逻辑的文章,加以批改。后来编辑成册,以《文章病院》为书名,由开明书店出版。

〔10〕 左翼作家联盟 即中国左翼作家联盟(简称"左联"),中国共产党领导下的革命文学团体。领导成员有鲁迅、茅盾、夏衍、冯雪峰、冯乃超、周扬等。1930年3月在上海成立,1935年底自行解散。

〔11〕 "听候开审" 1927年7月24日,顾颉刚自杭州发信给即将离广州去上海的鲁迅,说鲁迅在文字上侵犯了他,将到广东"提起诉讼,听候法律解决",要鲁迅"暂勿离粤,以俟开审"。参看《三闲集·辞顾颉刚教授令"候审"》。

第　一　集

北　　京

一九二五年三月至七月

一

鲁迅先生：

现在写信给你的，是一个受了你快要两年的教训，是每星期翘盼着听讲《小说史略》的，是当你授课时每每忘形地直率地凭其相同的刚决的言语，好发言的一个小学生。他有许多怀疑而愤懑不平的久蓄于中的话，这时许是按抑不住了罢，所以向先生陈诉：

有人以为学校的校址，能愈隔离城市的尘嚣，政潮的影响，愈是效果佳一些。这是否有一部分的理由呢？记得在中学时代，那时也未尝不发生攻击教员，反对校长的事，然而无论反与正的那一方面，总是偏重在“人”的方面的权衡，从没有遇见过以“利”的方面为取舍。先生，这是受了都市或政潮的影响，还是年龄的增长戕害了他呢？先生，你看看罢。现在北京学界上一有驱逐校长的事，同时反对的，赞成的，立刻就各标旗帜，校长以“留学”，“留堂”——毕业后在本校任职——谋优良位置为钓饵，学生以权利得失为取舍，今日收买一个，明日收买一个……今日被买一个，……明日被买一个……而尤可愤恨的，是这种含有许多毒菌的空气，也弥漫于名为受高等教育之女学界了。[1]做女校长的，如果确有干才，有卓见，有成绩，原不妨公开的布告的，然而是“昏夜乞怜”，丑态百出，啧啧在人耳口。但也许这是因为环境的种种关系，支配了她不得不如此罢？而何以校内学生，对于此事亦日见其软化：明明今日好好的出席，提出反对条件的，转眼就掉过头去，噤若寒蝉，或则明示其变态行动？情形是一天天的恶化了，五四以后的青年是很可悲观痛哭的了！在无可救药的赫赫的气焰之下，先生，你自然是只要放下书包，洁身远引，就可以"立地成佛"的。然而，你在仰首吸那醉人的一丝丝的烟叶的时候，可也想到有在蚤盆[2]中展转待拔的人们么？他自信是一个刚率的人，他也更相信先生是比他更刚率十二万分的人，因为有这点点小同，他对于先生是尽量地直言的，是希望先生不以时地为限，加以指示教导的。先生，你可允许他么？

苦闷之果是最难尝的，虽然嚼过苦果之后有一点回甘，然而苦的成分太重了，也容易抹煞甘的部分。譬如饮了苦茶——药，再来细细的玩味，虽然有些儿甘香，然而总不能引起人好饮苦茶的兴味。除了病的逼迫，人是绝对不肯无故去寻苦茶喝的。苦闷之不能免掉，或者就如疾病之不能免掉一样，但疾病是不会时时刻刻在身边的——除非毕生抱病。——而苦闷则总比爱人还来得亲密，总是时刻地不招即来，挥之不去。先生，可有甚么法子能在苦药中加点糖分，令人不觉得苦辛的苦辛？而且有了糖分是否即绝对的不苦？先生，你能否不像章锡琛先生在《妇女杂志》[3]中答话的那样模胡，而给我一个真切的明白的指引？专此布达，敬候

撰安！

受教的一个小学生许广平[4]。十一，三，十四年。

他虽则被人视为学生二字上应加一"女"字,但是他之不敢以小姐自居,也如先生之不以老爷自命,因为他实在不配居小姐的身分地位,请先生不要怀疑,一笑。

*　　　*　　　*

〔1〕 这是对当时北京女子师范大学校长杨荫榆行为的揭露。据该校学生自治会出版的《驱杨运动特刊》记述,杨荫榆除迫害反对她的学生外,又对某些学生进行利诱,如声称"某校欲聘○○教员,同学中有欲担任者,请至校长办公室接洽";"北京某大学欲聘助教,月薪十五元,倘能继续任职者,每年可加至七百元"等等。

〔2〕 虿盆　虿,蝎子类毒虫。《左传》僖公二十二年:"君其无谓邾小,蜂虿有毒,而况国乎?"唐代孔颖达疏:"虿,毒虫也。……长尾谓之蝎。"虿盆,盛毒虫的盆。

〔3〕 章锡琛(1889—1969)　字雪村,浙江绍兴人。当时任商务印书馆《妇女杂志》主编,经常在该刊"通讯"栏内,解答读者提出的各种问题。《妇女杂志》,月刊,1915年1月在上海出版,1931年12月停刊。

〔4〕 许广平(1898—1968)　笔名景宋,广东番禺人,当时是北京女子师范大学学生。后为鲁迅夫人。

二

广平兄:

今天收到来信,有些问题恐怕我答不出,姑且写下去看——

学风如何,我以为是和政治状态及社会情形相关的,倘在山林中,该可以比城市好一点,只要办事人员好。但若政治昏暗,好的人也不能做办事人员,学生在学校中,只是少听到一些可厌的新闻,待到出了校门,和社会相接触,仍然要苦痛,仍然要堕落,无非略有迟早之分。所以我的意思,以为倒不如在都市中,要堕落的从速堕落罢,要苦痛的速速苦痛罢,否则从较为宁静的地方突到闹处,也须意外地吃惊受苦,而其苦痛之总量,与本在都市者略同。

学校的情形,也向来如此,但一二十年前,看去仿佛较好者,乃是因为足够办学资格的人们不很多,因而竞争也不猛烈的缘故。现在可多了,竞争也猛烈了,于是坏脾气也就彻底显出。教育界的称为清高,本是粉饰之谈,其实和别的什么界都一样,人的气质不大容易改变,进几年大学是无甚效力的。况且又有这样的环境,正如人身的血液一坏,体中的一部分决不能独保健康一样,教育界也不会在这样的民国里特别清高的。

所以,学校之不甚高明,其实由来已久,加以金钱的魔力,本是非常之大,而中国又是向来善于运用金钱诱惑法术的地方,于是自然就成了这现象。听说现在是中学校也有这样的了。间有例外,大约即因年龄太小,还未感到经济困难或花费的必要之故罢。至于传入女校,当是近来的事,大概其起因,当在女性已经自觉到经济独立的必要,而借以获得这独立的方法,则不外两途,一是力争,一是巧取。前一法很费力,于是就堕入后一手段去,就是略一清醒,又复昏睡了。可是这情形不独女界为然,男人也多如此,所不同者巧取之外,还有豪夺而已。

我其实那里会“立地成佛”，许多烟卷，不过是麻醉药，烟雾中也没有见过极乐世界。假使我真有指导青年的本领——无论指导得错不错——我决不藏匿起来，但可惜我连自己也没有指南针，到现在还是乱闯。倘若闯入深渊，自己有自己负责，领着别人又怎么好呢？我之怕上讲台讲空话者就为此。记得有一种小说里攻击牧师，说有一个乡下女人，向牧师沥诉困苦的半生，请他救助，牧师听毕答道：“忍着罢，上帝使你在生前受苦，死后定当赐福的。”〔1〕其实古今的圣贤以及哲人学者之所说，何尝能比这高明些。他们之所谓“将来”，不就是牧师之所谓“死后”么。我所知道的话就全是这样，我不相信，但自己也并无更好的解释。章锡琛先生的答话是一定要模胡的，听说他自己在书铺子里做伙计，就时常叫苦连天。

我想，苦痛是总与人生联带的，但也有离开的时候，就是当熟睡之际。醒的时候要免去若干苦痛，中国的老法子是“骄傲”与“玩世不恭”，我觉得我自己就有这毛病，不大好。苦茶加糖，其苦之量如故，只是聊胜于无糖，但这糖就不容易找到，我不知道在那里，这一节只好交白卷了。

以上许多话，仍等于章锡琛，我再说我自己如何在世上混过去的方法，以供参考罢——

一，走“人生”的长途，最易遇到的有两大难关。其一是“歧路”，倘是墨翟〔2〕先生，相传是恸哭而返的。但我不哭也不返，先在歧路头坐下，歇一会，或者睡一觉，于是选一条似乎可走的路再走，倘遇见老实人，也许夺他食物来充饥，但是不问路，因为我料定他并不知道的。如果遇见老虎，我就爬上树去，等它饿得走去了再下来，倘它竟不走，我就自己饿死在树上，而且先用带子缚住，连死尸也决不给它吃。但倘若没有树呢？那么，没有法子，只好请它吃了，但也不妨也咬它一口。其二便是"穷途"了，听说阮籍〔3〕先生也大哭而回，我却也像在歧路上的办法一样，还是跨进去，在刺丛里姑且走走。但我也并未遇到全是荆棘毫无可走的地方过，不知道是否世上本无所谓穷途，还是我幸而没有遇着。

二，对于社会的战斗，我是并不挺身而出的，我不劝别人牺牲什么之类者就为此。欧战的时候，最重"壕堑战"，战士伏在壕中，有时吸烟，也唱歌，打纸牌，喝酒，也在壕内开美术展览会，但有时忽向敌人开他几枪。中国多暗箭，挺身而出的勇士容易丧命，这种战法是必要的罢。但恐怕也有时会逼到非短兵相接不可的，这时候，没有法子，就短兵相接。

总结起来，我自己对于苦闷的办法，是专与袭来的苦痛捣乱，将无赖手段当作胜利，硬唱凯歌，算是乐趣，这或者就是糖罢。但临末也还是归结到"没有法子"，这真是没有法子！

以上，我自己的办法说完了，就不过如此，而且近于游戏，不像步步走在人生的正轨上（人生或者有正轨罢，但我不知道）。我相信写了出来，未必于你有用，但我也只能写出这些罢了。

鲁迅。三月十一日。

*　　　*　　　*

〔1〕 见波兰作家显克微支的中篇小说《炭画》第六章。

〔2〕 墨翟(约前468—前376) 春秋战国时鲁国人,思想家、墨家学派创始人。《吕氏春秋·慎行论·疑似》说:“墨子见歧道而哭之”。

〔3〕 阮籍(210—263) 字嗣宗,陈留尉氏(今属河南)人,三国魏诗人。《晋书·阮籍传》曾说他“时率意独驾,不由径路,车迹所穷,辄恸哭而返”。

三

鲁迅先生吾师左右:

十三日早晨得到先生的一封信,我不解何以同在京城中,而寄递要至三天之久?但当我拆开信封,看见笺面第一行上,贱名之下竟紧接着一个“兄”字,先生,请原谅我太愚小了,我值得而且敢当为“兄”么?不,不,决无此勇气和斗胆的。先生之意何居?弟子真是无从知道。不曰“同学”,不曰“弟”而曰“兄”,莫非也就是游戏么?

我总不解教育对于人是有多大效果?世界上各处的教育,他的造就人才的目标在那里?讲国家主义,社会主义……的人们,受环境的支配,还弄出甚么甚么化的教育来,但究竟教育是怎么一回事?是否要许多适应环境的人,可不惜贬损个性以迁就这环境,还是不如设法保全每人的个性呢?这都是很值得注意,而为今日教育者与被教育者所忽略的。或者目前教育界现象之不堪,即与此点不无关系罢。

尤可痛心的,是因为“人的气质不大容易改变”,所以许多人们至今还是除了一日日豫备做舞台上的化装以博观众之一捧——也许博不到一捧——外,就什么也不管。怕考试时候得不到好分数,因此对于学问就不忠实了。希望功课可以省点准备,希望题目出得容易,尤其希望从教师方面得到许多暗示,归根结底,就是要文凭好看。要文凭好看,即为了自己的活动……她们在学校里,除了"利害"二字外,其余是痛痒不相关的。其所以出死力以力争的,不是事之"是非",而是事之"利害",不是为群,乃是为己的。这也许是我所遇见的她们,一部份的她们罢?并不然。还有的是死捧着线装本子,终日作缮写员,愈读愈是弯腰曲背,老气横秋,而于现在的书报,绝不一顾,她们是并不打算做现社会的一员的。还有一些例外的,是她们太汲汲于想做现社会的主角了。所以奇形怪状,层见迭出,这教人如何忍耐得下去,真无怪先生宁可当"土匪"去了。

那"一个乡下女人向牧师沥诉困苦的半生,请他救助"的故事,许是她所求的是物质上的资助罢,所以牧师就只得这样设法应付,如果所求的是精神方面,那么我想,牧师对于这种问题是素有研究的,必定会给以圆满的答复。先生,我所猜想的许是错的么?贤哲之所谓"将来",固然无异于牧师所说的"死后",但"过客"说过:"老丈,你大约是久住在这里的,你可知道前面是怎么一个所在么?"虽然老人告诉他是"坟",女孩告诉他是"许多野百合,野蔷薇",两者并不一样,而"过客"到了那里,也许并不见所谓坟和花,所见的倒是另一种事物,——但"过客"也还是不妨一问,而且也似乎值得一问的。〔1〕

醒时要免去若干苦痛,“骄傲”与“玩世不恭”固然是一种方法,但我自小学时候至今,正是无日不被人斥为“骄傲”与“不恭”的,有时也觉悟到这非“处世之道”(而且实也自知没有足以自骄的),然而不能同流合污,总是吃眼前亏。不过子路〔2〕的为人,教他豫备给人斫为肉糜则可,教他去作“壕堑战”是按捺不住的。没有法子,还是站出去,“不大好”有什么法呢,先生。

草草的写了这些,质直未加修饰,又是用钢笔所写,以较先生的清清楚楚,用毛笔写下去的详细恳切的指引,真是不胜其感谢,惭愧了!

敬祝著安。

小学生许广平谨上。三月十五日。

* * *

〔1〕 参看《野草·过客》。

〔2〕 子路 仲由(前542—前480),字子路,春秋时鲁国卞(今山东泗水)人,孔子的学生。曾为卫国大夫孔悝的家臣。据《孔子家语·子贡问》,他被卫国大臣蒯聩的党羽石乞、盂黡砍成肉酱。

四

广平兄:

这回要先讲“兄”字的讲义了。这是我自己制定,沿用下来的例子,就是:旧日或近来所识的朋友,旧同学而至今还在来往的，直接听讲的学生，写信的时候我都称“兄”；此外如原是前辈，或较为生疏，较需客气的，就称先生，老爷，太太，少爷，小姐，大人……之类。总之，我这“兄”字的意思，不过比直呼其名略胜一筹，并不如许叔重[1]先生所说，真含有“老哥”的意义。但这些理由，只有我自己知道，则你一见而大惊力争，盖无足怪也。然而现已说明，则亦毫不为奇焉矣。

现在的所谓教育，世界上无论那一国，其实都不过是制造许多适应环境的机器的方法罢了。要适如其分，发展各各的个性，这时候还未到来，也料不定将来究竟可有这样的时候。我疑心将来的黄金世界里，也会有将叛徒处死刑，而大家尚以为是黄金世界的事，其大病根就在人们各各不同，不能像印版书似的每本一律。要彻底地毁坏这种大势的，就容易变成“个人的无政府主义者”，如《工人绥惠略夫》[2]里所描写的绥惠略夫就是。这一类人物的运命，在现在——也许虽在将来——是要救群众，而反被群众所迫害，终至于成了单身，忿激之余，一转而仇视一切，无论对谁都开枪，自己也归于毁灭。

社会上千奇百怪，无所不有；在学校里，只有捧线装书和希望得到文凭者，虽然根柢上不离“利害”二字，但是还要算好的。中国大约太老了，社会上事无大小，都恶劣不堪，像一只黑色的染缸，无论加进什么新东西去，都变成漆黑。可是除了再想法子来改革之外，也再没有别的路。我看一切理想家，不是怀念“过去”，就是希望“将来”，而对于“现在”这一个题目，都缴了白卷，因为谁也开不出药方。所有最好的药方，即所谓“希望将来”的就是。

“将来”这回事，虽然不能知道情形怎样，但有是一定会有的，就是一定会到来的，所虑者到了那时，就成了那时的“现在”。然而人们也不必这样悲观，只要“那时的现在”比“现在的现在”好一点，就很好了，这就是进步。

这些空想，也无法证明一定是空想，所以也可以算是人生的一种慰安，正如信徒的上帝。你好像常在看我的作品，但我的作品，太黑暗了，因为我常觉得惟“黑暗与虚无”乃是“实有”，却偏要向这些作绝望的抗战，所以很多着偏激的声音。其实这或者是年龄和经历的关系，也许未必一定的确的，因为我终于不能证实：惟黑暗与虚无乃是实有。所以我想，在青年，须是有不平而不悲观，常抗战而亦自卫，倘荆棘非践不可，固然不得不践，但若无须必践，即不必随便去践，这就是我之所以主张“壕堑战”的原因，其实也无非想多留下几个战士，以得更多的战绩。

子路先生确是勇士，但他因为“吾闻君子死冠不免”，于是“结缨而死”〔3〕，我总觉得有点迂。掉了一顶帽子，又有何妨呢，却看得这么郑重，实在是上了仲尼先生的当了。仲尼先生自己“厄于陈蔡”，却并不饿死，真是滑得可观。〔4〕子路先生倘若不信他的胡说，披头散发的战起来，也许不至于死的罢。但这种散发的战法，也就是属于我所谓“壕堑战”的。

时候不早了，就此结束了。

鲁迅。三月十八日。

*　　*　　*

〔1〕 许叔重(约58—约147) 名慎，字叔重，东汉时汝南召陵(今

河南郾城)人,文字学家,著有《说文解字》十五卷。“兄”字的解释,见该书卷八:“兄,长也。”

〔2〕《工人绥惠略夫》 中篇小说,俄国阿尔志跋绥夫著。鲁迅于1920年10月译成中文,曾连载于《小说月报》第十二卷第七、八、九、十一、十二期,1922年5月上海商务印书馆出版单行本。

〔3〕“结缨而死” 《左传》哀公十五年:卫国蒯聩的党羽“石乞、盂黶敌子路,以戈击之,断缨。子路曰:‘君子死,冠不免’。结缨而死。”

〔4〕仲尼 即孔子(前551—前479),名丘,字仲尼,春秋末期鲁国陬邑(今山东曲阜南)人,儒家学派创始人。他“厄于陈蔡”的事,并见《论语·卫灵公》、《荀子·宥坐》等。又据《墨子·非儒》载:“孔某穷于陈蔡之间,藜羹不糂(糂,以米和羹),十日,子路为享豚,孔某不问肉之所由来而食;褫人衣以沽酒,孔某不问酒之所由来而饮。哀公迎孔某,席不端弗坐,割不正弗食,子路进请曰:‘何其与陈蔡反也’?”

五

鲁迅先生吾师左右:

今日接读先生十九日发的那信,关于“兄”字的解释,敬闻命矣。二年受教,确不算“生疏”,师生之间,更无须乎“客气”,而仍取其“略胜一筹”者,岂先生之虚己以待人,抑社会上之一种形式,固尚有存在之价值欤?敬博一笑。但既是先生“自己制定的,沿用下来的例子”,那就不必他人多话的了。现在且说别的罢。

如果现世界的教育“是制造许多适应环境的机器的方法”,那么,性非如桮棬[1]的我,生来崛强,难与人同的我,待到“将来”走到面前变成“现在”时，在这之间——我便是一个时代的落伍者。虽然将来的状态，现在尚不可知，但倘若老是这样“品性难移”，则经验先生告诉我们，事实一定如此的，末了还是离不了愤激和仇视，以至“无论对谁都开枪，自己也归于毁灭”。所以我绝不怀念过去，也不希望将来，对于现在的处方，就是：有船坐船，有车坐车，有飞机也不妨坐飞机，倘到山东，我也坐坐独轮车，在西湖，则坐坐瓜皮艇。但我绝不希望在乡村中坐电车，也不想在地球上跑到火星里去。简单一句，就是以现在治现在，以现在的我，治我的现在。一步步的现在过去，也一步步的换一个现在的我。但这个“我”里还是含有原先的“我”的成分，有似细胞在人体中之逐渐变换代谢一样。这也许太不打算，过于颓废，染有青年人一般的普通病罢，其实我上面所说“对于‘现在’这一个题目”，仍然脱不了“缴白卷”的例子。这有什么法子呢。随它去罢。

现在固然讲不到黄金世界，却也已经有许多人们以为是好世界了。但孙中山〔2〕一死，教育次长立刻下台，〔3〕《民国日报》立刻关门（或者以为与中山之死无关），〔4〕以后的把戏，恐怕正要五花八门，层出不穷呢。姑无论“叛徒”所“叛”的对不对，而这种对待“叛徒”的方法，却实在太不高明，然而大家正深以为这是“好世界”里所应有的事。像这样“黑色的染缸”，如何能容忍得下去，听它点点滴滴的泼出乌黑的漆来。我想，对于这个缸，不如索性拿块大砖头来打破它，或者用铁钉钢片密封起来的好。但是相当的东西，这时还没有豫备好，可奈何！？

虽则先生自己所感觉的是黑暗居多，而对于青年，却处处给与一种不退走，不悲观，不绝望的诱导，自己也仍以悲观作不悲观，以无可为作可为，向前的走去，这种精神，学生是应当效法的，此后自当避免些无须必践的荆棘，养精蓄锐，以待及锋而试。

我所看见的子路是勇而无谋，不能待三鼓而进的一方面，假使他生于欧洲，教他在壕堑里等待敌人，他也必定不耐久候，要挺身而出的。关公止是关公，孔明止是孔明，曹操止是曹操，三人个性不同，行径亦异。我同情子路之"率尔而对"〔5〕，而不表赞同于避名求实的伪君子"方……如五六十……以待君子"之冉求，虽则圣门中许之。但子路虽在圣门中，而仍不能改其素性，这是无可奈何的一件事。至于他"结缨而死"，自然与"割不正不食"〔6〕一样的"迂"得有趣，但这似乎是另一问题，我们只要明白，当然不会上当的。

在信札上得先生的指教，比读书听讲好得多了，可惜我自己太浅薄，不能将许多要说的话充分的吐露出来，贡献于先生之前求教。但我相信倘有请益的时候，先生是一定不吝赐教的，只是在最有用最经济的时间中，夹入我一个小鬼从中捣乱，虽烧符念咒也没有效，先生还是没奈何的破费一点光阴罢。小子惭愧则个。

你的学生许广平上。三月二十日。

* * *

〔1〕 性非如栝棬 语出《孟子·告子(上)》："告子曰：性，犹杞柳

也;义,犹栝棬也。以人性为仁义,犹以杞柳为栝棬。”宋代朱熹注:“栝棬,屈木所为,若卮匜之属。”

〔2〕 孙中山(1866—1925) 名文,字德明,号逸仙,广东香山(今中山县)人,民主革命家。

〔3〕 教育次长 指马叙伦(1884—1970),字夷初,浙江杭县(今余杭)人。1924 年 11 月任北洋政府教育部次长,曾代理部务。1925 年 3 月 15 日,段祺瑞任命王九龄为教育总长,引起北京各学校师生的强烈反对。16 日,警察总监朱深率武装护王到任,并要马向各校代表进行解释。马不从,并提出辞职。同年 3 月 21 日上海《民国日报》报道:“段执政方面指叙伦纵容,因此下令将马免职。”

〔4〕 《民国日报》 国民党在北京发行的机关报,1925 年 3 月 5 日创刊,17 日被禁停刊。孙中山逝世后,该报因转载《上海国民会议策进会宣言》,被北京警察厅查封,并捕去编辑邹明初。

〔5〕 “率尔而对” 语出《论语·先进》。指子路直率地回答孔子关于“志”的询问。

〔6〕 “割不正不食” 语出《论语·乡党》:孔子“食不厌精,脍不厌细。……割不正,不食。”

六

广平兄:

仿佛记得收到来信有好几天了,但因为偶然没有工夫,一直到今天才能写回信。

“一步步的现在过去”,自然可以比较的不为环境所苦,但“现在的我”中,既然“含有原先的我”,而这“我”又有不满于时代环境之心，则苦痛也依然相续。不过能够随遇而安——即有船坐船云云——则比起幻想太多的人们来，可以稍为安稳，能够敷衍下去而已。总之，人若一经走出麻木境界，便即增加苦痛，而且无法可想，所谓“希望将来”，不过是自慰——或者简直是自欺——之法，即所谓“随顺现在”者也一样。必须麻木到不想“将来”也不知“现在”，这才和中国的时代环境相合，但一有知识，就不能再回到这地步去了。也只好如我前信所说，“有不平而不悲观”，也即来信之所谓“养精蓄锐以待及锋而试”罢。

来信所说“时代的落伍者”的定义，是不对的。时代环境全部迁流，并且进步，而个人始终如故，毫无长进，这才谓之“落伍者”。倘若对于时代环境，怀着不满，要它更好，待较好时，又要它更更好，即不当有“落伍者”之称。因为世界上改革者的动机，大抵就是这对于时代环境的不满的缘故。

这回的教育次长的下台，我以为似乎是他自己的失策，否则，不至于此的。至于妨碍《民国日报》，乃是北京官场的老手段，实在可笑。停止一种报章，他们的天下便即太平么？这种漆黑的染缸不打破，中国即无希望，但正在准备毁坏者，目下也仿佛有人，只可惜数目太少。然而既然已有，即可望多起来，一多，可就好玩了——但是这自然还在将来，现在呢，只是准备。

我如果有所知道，当然不至于不说的，但这种满纸是“将来”和“准备”的指教，其实不过是空言，恐怕于“小鬼”也无甚益处。至于时间，那倒不要紧的，因为我即使不写信，也并不做着什么了不得的事。

鲁迅。三月二十三日。

七

鲁迅师：

昨二十五日上午接到先生的一封信，下午帮哲教系游艺会一点忙，直到现在才能拿起笔来谈述所想说的一些话。

听说昨夕未演《爱情与世仇》[1]之前，先生在九点多钟就去了，——想又是被人唆使的罢？先去也好，其实演得确不高明，排演者常不一律出席，有的只练习过一二次，有的或多些，但是批评者对于剧本简直没有豫先的研究——临时也未十分了解——同学们也不见有多大研究，对于剧情，当时的风俗习尚衣饰……等，一概是门外汉。更加演员多从各班邀请充数，共同练习的时间更多牵掣，所以终归失败，实是豫料所及。简单一句，就是一群小孩子在空地上耍耍玩意骗几个钱，——人不多，恐怕这目的也难达。——真是不怕当场出丑，好笑极了。

近来满肚子的不平——多半是因着校事。年假中及以前，我以为对于校长主张去留的人，俱不免各有其复杂的背景，所以我是袖手作壁上观[2]的。到开学以后，目睹拥杨的和杨[3]的本身的行径，实更不得不教人怒发冲冠，施以总攻击。虽则我一方面也不敢否认反杨的绝对没有色采在内。但是我不妨单独的进行我个人的驱羊运动[4]。因此除于前期

《妇女周刊》[5]上以“持平”之名，投了《北京女界一部分的问题》一文外，后在十五期《现代评论》见有“一个女读者”的一篇《女师大的风潮》[6]，她也许是本校的牧羊者，但她既然自说是“局外人”，我就“以子之矛攻子之盾”的放肆的驳斥她一番[7]，用的是“正言”的名字（我向来投稿，恒不喜专用一名，自知文甚卑浅，裁夺之权，一听之编辑者，我绝不以甚么女士……等，妄冀主笔者垂青，所以我的稿子，常常也白费心血，付之虚掷，但是总改不了我不好用一定的署名的毛病）。下笔以后，也自觉此文或不合于“壕堑战”，然勃勃之气，不能自已，拟先呈先生批阅，则恐久稽时日，将成明日黄花[8]，因此急急付邮，觉骨鲠略吐，稍为舒快，其实于实际何尝有丝毫裨补。

学生历世不久，但所遇南北人士，亦不乏人，而头脑清晰，明白大势者却少，数人聚首，非谈衣饰，即论宴会，谈出入剧场。热心做事的人，多半学力太差，而学粹功深的人，就形如槁木，心似死灰，连踢也踢不动，每一问题发生，聚众讨论时，或托故远去，或看人多举手，则亦从而举手，赞成反对，定见毫无也。或功则归诸己，过则诿诸人，真是心死莫大之哀，对于此辈，尚复何望！？学生肄业小学时，适当光复，长兄负笈南京，为鼓吹种族思想最力之人，故对年幼的我辈，也常常演讲大义，甚恨幼小未能尽力国事，失一良机。及略能识字，即沉浸于民党所办之《平民报》[9]中，因为渴慕新书，往往与小妹同走十余里至城外购取，以不得为憾。加以先人禀性豪直，故学生亦不免粗犷。又好读飞檐走壁，朱家郭解[10]，扶弱锄强等故事，遂更幻想学得剑术，以除尽天下不平事。及洪宪盗国[11],复以为时机不可失,正为国效命之时,乃窃发书于女革命者庄君[12],卒以不密,为家人所阻,蹉跎至今,颓唐已甚矣。近来年齿加长,于社会内幕,亦较有所知,觉同侪大抵相处以虚伪,相接以机械,实不易得可与共事,畅论一切者。吾师来书云“正在准备破坏者目下也仿佛有人”,先生,这是真的么?不知他们何人,如何结合,是否就是先生所常说的“做土匪去”呢?我不自量度,才浅力薄,不足与言大事,但愿作一个誓死不二的“马前卒”,小喽罗虽然并无大用,但也不妨令他摇几下旗子,而建设与努力,则是学生所十分仰望于先生的。不知先生能鉴谅他么。

承先生每封都给我回信,于“小鬼”实在是好像在盂兰节[13],食饱袋足,得未曾有了。谨谢“循循善诱”。

学生许广平。三月二十六晚。

*　　*　　*

〔1〕《爱情与世仇》 1925年3月25日,北京女子师范大学哲教系在新民剧场演出的剧目。疑为莎士比亚《罗密欧与朱丽叶》的另一译名。

〔2〕壁上观 《史记·项羽本纪》:“及楚击秦,诸将皆从壁上观”。后作为坐观双方成败,不助任何一方的意思。

〔3〕杨 指杨荫榆(1884—1938),江苏无锡人。曾留学美国,1924年任北京女子师范大学校长。

〔4〕驱羊运动 指驱逐杨荫榆的学潮。据《女师大学生自治会第二次驱杨宣言》(《驱杨运动特刊》)载,1924年秋,女师大国文系预科二年级三名学生暑假回家,因江浙军阀混战,交通受阻,未能如期返校,

杨荫榆于11月勒令她们退学，并辱骂向她交涉的学生自治会代表。学生自治会遂于次年1月18日召开全校学生紧急会议，议决从当天起不承认杨为校长。学生称这场斗争为“驱羊运动”。

〔5〕《妇女周刊》《京报》附刊之一，北京女子师范大学蔷薇社编辑。1924年12月10日创刊，次年12月20日出版周年纪念特号后停刊，共出五十期。《北京女界一部分的问题》，载该刊第十四期(1925年2月29日)。

〔6〕《现代评论》 综合性周刊。胡适、陈源、王世杰、徐志摩、唐有壬等人所办的同人杂志。1924年12月创刊于北京，1927年移至上海出版，1928年底出至第九卷第二〇九期停刊。署名为“一个女读者”的《女师大的学潮》，载该刊第一卷第十五期(1925年3月21日)。

〔7〕 指《评现代评论〈女师大的风潮〉》一文。载1925年3月24日《京报副刊》。

〔8〕 明日黄花 语出苏轼诗《九日次韵王巩》：“相逢不用忙归去，明日黄花蝶也愁。”黄花，即菊花。

〔9〕《平民报》 当时在广州出版的报纸。陈树人、邓慕韩、潘达微等人编辑。

〔10〕 朱家、郭解 西汉时游侠，见《史记·游侠列传》。

〔11〕 洪宪盗国 指袁世凯复辟帝制。他任中华民国大总统职位后，于1916年1月实行帝制，改元洪宪，同年3月被迫取消。

〔12〕 庄君 当指庄汉翘，广东花县人，同盟会会员，当时在广州一带从事革命活动。

〔13〕 盂兰节 即盂兰盆节。原为佛教徒在夏历七月十五日追荐祖先的仪式，后来旧俗还在这一天夜里，增加放焰口等法事，即请和尚诵经施食，以飨饿鬼。盂兰盆：梵语Ullambana的音译，意为“解倒悬”。

八

广平兄：

现在才有写回信的工夫，所以我就写回信。

那一回演剧时候，我之所以先去者，实与剧的好坏无关，我在群集里面，是向来坐不久的。那天观众似乎不少，筹款的目的，该可以达到一点了罢。好在中国现在也没有什么批评家，鉴赏家，给看那样的戏剧，已经尽够了。严格的说起来，则那天的看客，什么也不懂而胡闹的很多，都应该用大批的蚊烟，将它们熏出去的。

近来的事件，内容大抵复杂，实不但学校为然。据我看来，女学生还要算好的，大约因为和外面的社会不大接触之故罢，所以还不过谈谈衣饰宴会之类。至于别的地方，怪状更是层出不穷，东南大学事件〔1〕就是其一，倘细细剖析，真要为中国前途万分悲哀。虽至小事，亦复如是，即如《现代评论》上的"一个女读者"的文章，我看那行文造语，总疑心是男人做的，所以你的推想，也许不确。世上的鬼蜮是多极了。

说起民元的事来，那时确是光明得多，当时我也在南京教育部，觉得中国将来很有希望。自然，那时恶劣分子固然也有的，然而他总失败。一到二年二次革命〔2〕失败之后，即渐渐坏下去，坏而又坏，遂成了现在的情形。其实这也不是新添的坏，乃是涂饰的新漆剥落已尽，于是旧相又显了出来。使奴才主持家政，那里会有好样子。最初的革命是排满，容易做到的，其次的改革是要国民改革自己的坏根性，于是就不肯了。所以此后最要紧的是改革国民性，否则，无论是专制，是共和，是什么什么，招牌虽换，货色照旧，全不行的。

但说到这类的改革，便是真叫作“无从措手”。不但此也，现在虽只想将“政象”稍稍改善，尚且非常之难。在中国活动的现有两种“主义者”，外表都很新的，但我研究他们的精神，还是旧货，所以我现在无所属，但希望他们自己觉悟，自动的改良而已。例如世界主义者而同志自己先打架，无政府主义者的报馆而用护兵守门，真不知是怎么一回事。土匪也不行，河南的单知道烧抢，东三省的渐趋于保护雅片，总之是抱“发财主义”的居多，梁山泊劫富济贫的事，已成为书本子上的故事了。军队里也不好，排挤之风甚盛，勇敢无私的一定孤立，为敌所乘，同人不救，终至阵亡，而巧滑骑墙，专图地盘者反很得意。我有几个学生在军中，倘不同化，怕终不能占得势力，但若同化，则占得势力又于将来何益。一个就在攻惠州〔3〕，虽闻已胜，而终于没有信来，使我常常苦痛。

我又无拳无勇，真没有法，在手头的只有笔墨，能写这封信一类的不得要领的东西而已。但我总还想对于根深蒂固的所谓旧文明，施行袭击，令其动摇，冀于将来有万一之希望。而且留心看看，居然也有几个不问成败而要战斗的人，虽然意见和我并不尽同，但这是前几年所没有遇到的。我所谓“正在准备破坏者目下也仿佛有人”的人，不过这么一回事。要成联合战线，还在将来。

希望我做一点什么事的人，也颇有几个了，但我自己知道，是不行的。凡做领导的人，一须勇猛，而我看事情太仔细，一仔细，即多疑虑，不易勇往直前，二须不惜用牺牲，而我最不愿使别人做牺牲(这其实还是革命以前的种种事情的刺激的结果)，也就不能有大局面。所以，其结果，终于不外乎用空论来发牢骚，印一通书籍杂志。你如果也要发牢骚，请来帮我们，倘曰"马前卒"，则吾岂敢，因为我实无马，坐在人力车上，已经是阔气的时候了。

投稿到报馆里，是碰运气的，一者编辑先生总有些胡涂，二者投稿一多，确也使人头昏眼花。我近来常看稿子，不但没有空闲，而且人也疲乏了，此后想不再给人看，但除了几个熟识的人们。你投稿虽不写什么"女士"，我写信也改称为"兄"，但看那文章，总带些女性。我虽然没有细研究过，但大略看来，似乎"女士"的说话的句子排列法，就与"男士"不同，所以写在纸上，一见可辨。

北京的印刷品现在虽然比先前多，但好的却少。《猛进》〔4〕很勇，而论一时的政象的文字太多。《现代评论》的作者固然多是名人，看去却很显得灰色，《语丝》〔5〕虽总想有反抗精神，而时时有疲劳的颜色，大约因为看得中国的内情太清楚，所以不免有些失望之故罢。由此可知见事太明，做事即失其勇，庄子所谓"察见渊鱼者不祥"〔6〕，盖不独谓将为众所忌，且于自己的前进亦复大有妨碍也。我现在还要找寻生力军，加多破坏论者。

鲁迅。三月三十一日。

*　　*　　*

〔1〕 东南大学事件 1925年1月初,北洋政府教育部将当时东南大学校长郭秉文免职,命胡敦复继任,该校即出现拥郭和拥胡两派,3月9日胡到校就职,有学生数十人拥至校长办公室,以墨水瓶掷伤胡头部,胁迫他发表永不就东大校长的书面声明,并自后门将他送出学校,由此酿成风潮。

〔2〕 二次革命 指1913年7月孙中山领导的反对袁世凯独裁统治的战争。因对1911年辛亥革命而言,故称"二次革命"。

〔3〕 当时广东军阀陈炯明盘踞惠州和潮、汕一带,与广东革命政府相对抗。1925年2月初,广东政府革命军第一次东征,3月中旬击溃陈炯明部主力。这里所说"一个就在攻惠州",指李秉中,参看240226信注〔1〕。他原为北京大学学生,1924年冬入黄埔军校,曾参加攻惠州的战役。

〔4〕《猛进》 政论性周刊,徐炳昶主编,1925年3月6日在北京创刊,次年3月19日出至第五十三期停刊。

〔5〕《语丝》 文艺性周刊,最初由孙伏园等编辑,1924年11月17日在北京创刊。1927年10月被奉系军阀张作霖查禁,同年12月自第四卷起在上海复刊,1930年3月10日出至第五卷第五十二期停刊,共出二百六十期。鲁迅是它的主要撰稿人和支持者之一,并于1927年12月至次年11月编辑该刊。

〔6〕"察见渊鱼者不祥" 语出《列子·说符》:"周谚有言,察见渊鱼者不祥,智料隐匿者有殃。"按《庄子》中未见此语。

九

鲁迅师:

收到一日发的信,直至今天才拿起笔来,写那些久蓄于中所欲说的话。

日来学校演了一幕活剧,引火线是教育部来人,薛先生[1]那种傻瓜的幼稚行径。末了他自觉情理上说不通,便反咬一口,想拿几个学生和他一同玉石俱焚,好笑极了!这种卑下的心地,复杂的问题,我们简单的学生心理,如何敌得过他们狐鼠成群,狠毒成性的恶辣手段。两方面的信[2],想先生必已看见,我们学生五人信中的话,的确一点也没有虚伪,不知对方又将如何设法对付。先生,现在已到"短兵相接"的时候了!老实人是一定吃亏的。临阵退缩,勇者不为,无益牺牲,智者不可,中庸之法,其道为何?先生世故较后生小子为熟悉,其将何以教之?

那回演剧的结果,听说每人只平均分得廿余元,往日本旅行,固然不济,就是作参观南方各处之用,也还是未必够,闹了一通,几乎等于零,真是没有法子。看客的胡闹,殆已是中国剧场里一种积习,尤其是女性出台表演的时候,他们真只为看演剧而来的,实在很少很少。惟其如此,所以"应该用大批的蚊烟,将它们熏出",然而它们如果真是早早的被人"熏出",那么,把戏就也演不成了。这就是目前社会上相牵连的怪现状,可叹!

学校的事情愈来愈复杂了。步东大后尘的,恐怕就是女师大。在这种空气里,是要染成肺病的。看不下去的人就出来反抗,反抗就当场吃亏;不反抗,不反抗就永远沉坠下去,校事,国事……都是如此。人生,人生是多么可厌的一种如垂死的人服了参汤,死不能,活不可的半麻木疯狂状态呀!"一个女读者”的文章，先生疑是男人所作，这自然有一种见解，我也听见过《现代评论》执笔的人物，多与校长一派，很替她出力的话。但校中一部分的人，确也有“一个女读者”的那种不通之论，所以我的推想，错中也不全是无的放矢的。

民元的时候，顽固的尽管顽固，改革的尽管改革，这两派相反，只要一派占优势，自然就成功起来。而当时改革的人，个个似乎有匈奴未灭何以家为[3]的一种国尔忘家，公尔忘私的气概，身家且不要，遑说权利思想。所以那时人心容易号召，旗帜比较的鲜明。现在呢，革命分子与顽固派打成一起，处处不离“作用”，损人利己之风一起，恶劣分子也就多起来了。目前中国人为家庭经济所迫压，不得不谋升官发财，而卖国贼以出。卖国贼是不忠于社会，不忠于国，而忠于家的。国与家的利害，互相矛盾，所以人们不是牺牲了国，就是牺牲了家。然而国的关系，总不如家之直接，于是国民性的堕落，就愈甚而愈难处理了。这种人物，如何能有存在的价值，亡国就是最终的一步。虽然有些人们，正在大唱最新的无国界主义，然而欧美先进之国，是否能以大同的眼光来待遇这种人民呢，这是没有了国界也还是不能解决的问题。

先生信中言：“在中国活动的有两种‘主义者’……我现在无所属，”学生以为即使“无所属”，也不妨有所建。那些不纯粹不彻底的团体，我们绝不能有所希望于他们，即看女性所组织的什么“参政”，“国民促进”，“女权运动”等等的人才的行径，我也实在不敢加入以为她们的团体之一。团体根本上的事业一点没有建设，而结果多半成了“英雄与美人”的养成所；

说起来真教人倒咽一口冷气。其差强人意的，只有一位秋瑾[4]，其余什么唐□□，沈□□，石□□，万□[5]……哟，都是应当用蚊烟熏出去的。眼看那些人不能与之合作，而自己单人只手，又如何能卖得出大气力来，所以终有望于我师了。土匪虽然仍是"发财主义"，然而能够"大斗分金银"，只要分的公平，也比做变相的丘八好得远。丘八何尝不是"发财主义"，所以定要占地盘，只是嘴里说得好听，倒不如土匪还能算是能够贯彻他的目的的人，不是名不副实的。

我每日自上午至下午三四时上课，一下课便跑到哈德门之东去作"人之患"[6]，直至晚九时返校，再在小饭厅自习，至午夜始睡。这种刻版的日常行动，我以为身心很觉舒适。这就是《语丝》所说的，应当觉悟现时"只有自己可靠"，而我们作事的起点，也在乎每个"只有自己可靠"的人联合起来，成一个无边的"联合战线"。先生果真自以为"无拳无勇"而不思"知其不可为而为"乎？孙中山虽则未必是一个如何神圣者，但他的确也纯粹"无拳无勇"的干了几十年，成败得失，虽然另是一个问题。

做事的人自然是"勇猛"分子居多，但这种分子，每容易只凭血气之勇，所谓勇而无谋，易招失败，必须领导的人用"仔细"的观察，处置调剂之，始免轻举妄动之弊，其于"勇往直前"，实是助其成功的。那么，第一种的"不行"可以不必过虑了。至于第二种"牺牲"，在一面虽说牺牲，在一面又何尝不是"建设"，在"我"这方面固然"不愿使别人牺牲"而在"彼"一方面或且正以牺牲为值得。况且采用"壕堑战"之后，也许所得的代价会超过牺牲的总量，用不着忧虑的。“发牢骚”诚然也不可少，然而纸上谈兵，终不免书生之见，加以像现在的昏天黑地，你若打开窗子说亮话，还是免不了做牺牲。关起门来长吁短叹，也实在令人气短。先生虽则答应我有“发牢骚”之机会，使我不至于闷死，然而如何的能把牢骚发泄得净尽，又恐怕自己无那么大的一口气，能够照心愿的吐出来。粗人是干不了细活计的，所以前函有“马前卒”之请也。现在先生既不马而车，那么我就做那十二三岁的小孩子跟在车后推着走，尽我一点小气力罢。

言语是表示内心的符号，一个人写出来，说出来的，总带着这人的个性，但因环境的熏染，耳目所接触，于是“说话的句子排列法”，就自然“女士”与“男士”有多少不同。我以为词句末节，倒似乎并无多大关系，只很愿意放大眼光，开拓心胸，免掉“女士式”的说话法，还乞吾师教之。又，“女士”式的文章的异点，是在好用唉，呀，哟……的字眼，还是太带诗词的句法而无清晰的主脑命意呢？并希先生指示出来，以便改善。

《猛进》在图书馆里没有，本身也不知道有这份报。不知何处出版，敢请示知。其余各种书籍之可以针治麻痹的，还乞先生随时见告！

学生许广平。四月六日。

*　　　*　　　*

〔1〕 薛先生　即当时女师大教务长薛燮元。女师大驱杨运动发

生后，薛即出面加以阻挠，1925 年 4 月 3 日，他在陪同北洋政府教育部派员在该校视察时，看到学生张贴的驱杨标语即上前撕毁，捧满双手。

〔2〕 两方面的信 指薛燮元于 4 月 3 日发表的《致女师大学生函》和刘和珍、姜伯谛、许广平、孙觉民、金涵清五人于 4 月 4 日发表的公开信。薛燮元撕毁标语的行为受到学生诘难后，他即发表上述函件进行辩解并提出辞职；学生的公开信列举事实，驳斥并揭露了薛的诡辩。

〔3〕 匈奴未灭何以家为 语出《汉书·霍去病传》。何，原作无。

〔4〕 秋瑾(1877—1907) 字璿卿，号竞雄，别署鉴湖女侠，浙江绍兴人。1904 年留学日本，先后加入光复会、同盟会。1907 年在绍兴主持大通师范学堂，组织光复军，准备与徐锡麟在浙、皖同时起义。徐锡麟起事失败后，她于 7 月 13 日被清政府逮捕，次日晨遇害。

〔5〕 原信分别作唐群英、沈佩贞、石淑卿、万璞。唐群英(1871—1938)，湖南衡山人，同盟会员，辛亥革命时担任女子北伐队队长。沈佩贞，浙江绍兴人，辛亥革命时参加女子北伐队，民国初年充当袁世凯总统府顾问。石淑卿，北京法政专门学校学生。万璞，北京中国大学学生。石、万都是当时女子参政协进会成员。

〔6〕 哈德门 即今崇文门。“人之患”，语出《孟子·离娄(上)》：“人之患在好为人师”。这里用作教师的代称。当时许广平兼作家庭教师。

一〇

广平兄：

我先前收到五个人署名的印刷品，知道学校里又有些事情，但并未收到薛先生的宣言，只能从学生方面的信中，猜测一点。我的习性不大好，每不肯相信表面上的事情，所以我疑心薛先生辞职的意思，恐怕还在先，现在不过借题发挥，自以为去得格外好看。其实“声势汹汹”的罪状，未免太不切实，即使如此，也没有辞职的必要的。如果自己要辞职而必须牵连几个学生，我觉得办法有些恶劣。但我究竟不明白内中的情形，要之，那普通所想得到的，总无非是“用阴谋”与“装死”，学生都不易应付的。现在已没有中庸之法，如果他的所谓罪状，不过是“声势汹汹”，则殊不足以制人死命，有那一回反驳的信，已经可以了。此后只能平心静气，再看后来，随时用质直的方法对付。

这回演剧，每人分到二十余元，我以为结果并不算坏，前年世界语学校〔1〕演剧筹款，却赔了几十元。但这几个钱，自然不够旅行，要旅行只好到天津。其实现在也何必旅行，江浙的教育，表面上虽说发达，内情何尝佳，只要看母校，即可以推知其他一切。不如买点心，一日吃一元，反有实益。

大同的世界，怕一时未必到来，即使到来，像中国现在似的民族，也一定在大同的门外。所以我想，无论如何，总要改革才好。但改革最快的还是火与剑，孙中山奔波一世，而中国还是如此者，最大原因还在他没有党军，因此不能不迁就有武力的别人。近几年似乎他们也觉悟了，开起军官学校〔2〕来，惜已太晚。中国国民性的堕落，我觉得并不是因为顾家，他们也未尝为“家”设想。最大的病根，是眼光不远，加以“卑怯”与“贪婪”，但这是历久养成的，一时不容易去掉。我对于攻打这些病根的工作,倘有可为,现在还不想放手,但即使有效,也恐很迟,我自已看不见了。由我想来——这只是如此感到,说不出理由——目下的压制和黑暗还要增加,但因此也许可以发生较激烈的反抗与不平的新分子,为将来的新的变动的萌蘖。

"关起门来长吁短叹",自然是太气闷了,现在我想先对于思想习惯加以明白的攻击,先前我只攻击旧党,现在我还要攻击青年。但政府似乎已在张起压制言论的网来,那么,又须准备"钻网"的法子——这是各国鼓吹改革的人们照例要遇到的。我现在还在寻有反抗和攻击的笔的人们,再多几个,就来"试他一试"〔3〕,但那效果,仍然还在不可知之数,恐怕也不过聊以自慰而已。所以一面又觉得无聊,又疑心自己有些暮气,"小鬼"年青,当然是有锐气的,可有更好,更有聊的法子么?

我所谓"女性"的文章,倒不专在"唉,呀,哟……"之多,就是在抒情文,则多用好看字样,多讲风景,多怀家庭,见秋花而心伤,对明月而泪下之类。一到辩论之文,尤易看出特别。即历举对手之语,从头至尾,逐一驳去,虽然犀利,而不沉重,且罕有正对"论敌"之要害,仅以一击给与致命的重伤者。总之是只有小毒而无剧毒,好作长文而不善于短文。

《猛进》昨已送上五期,想已收到,此后如不被禁止,我当寄上,因为我这里有好几份。

鲁迅。四月八日。

□□女士〔4〕的举动似乎不很好:听说她办报章时,到加拉罕〔5〕那里去募捐,说如果不给,她就要对于俄国说坏话云云。

*　　　*　　　*

〔1〕 世界语学校　即北京世界语专门学校,1923 年创办。鲁迅曾在该校讲授小说史并任校董。

〔2〕 军官学校　指黄埔军官学校。是孙中山在国民党改组后创立的陆军军官学校,校址在广州黄埔。1924 年 6 月正式开学,1927 年国民党发动"四一二"反共政变前,它是国共合作的学校,周恩来、叶剑英、恽代英、萧楚女等许多共产党人曾在该校担任负责工作或任教。

〔3〕 "试他一试"　原为胡适的话。1925 年 1 月,段祺瑞召开所谓善后会议前,胡适在复该会筹备主任许世英信中说:"我这回对于善后会议虽然有许多怀疑之点,却也愿意试他一试。"

〔4〕 □□女士　原信作万璞女士。

〔5〕 加拉罕(Л. М. Карахан,1889—1937)　苏联外交官,曾任苏俄副外交人民委员,1923 年来华,任驻华使团团长,次年为苏联首任驻华大使,1926 年回国。后被控从事间谍和暗杀活动遭处决。

一一

鲁迅师:

昨夕收到先生的一封信。前天已得寄来的一束《猛进》共五份,打开一看,原来出版处就是北大,当时不觉失笑其孤陋寡闻一至于此,因即至号房令订购一份备阅。及见来函,谓"此后如不被禁止,我当寄上",虽甚感诱掖之殷,然师殊大忙,何可以此琐屑相劳,重抱不安,既已自订,还乞吾师勿多费一番精神为幸。

薛先生当日撕下一大束纸条,满捧在双手中,前有学生,后有教育部员，他则介乎两者之间，那种进退维谷的狼狈形状，实在好看煞人。而对于学生的质问，他又苦于置对，退而不甘吃亏，则又呼我至教务处讯问，恫吓，经我强硬的答复，没法对付，便用最终的毒计，就是以退为进，先发制人，亦即所谓"恶人先告状"也。其意盖在责备学生，引起一部分人的反感。当他辞职的信分送至各班时，我们以为他在教员面前一定另有表示，今乃是专对学生辞职，真不知是何居心。但若终竟走出，则虽然走得滑稽，而较之不走者算是稍为痛快，如此，则此次些少牺牲，也很值得的。贴在教务处骂他的纸条，确有点过火，但也是他形迹可疑所致，写的人固然太欠幽默，然而是群众的事，一时不及豫防，总不免闹出缺少慎重的事件。其实平心论之，骂他一句"滚蛋"，也不算甚么希奇，横竖堂堂"国民之母之母"〔1〕尚可以任意骂人"岂有此理"，上有好，下必甚，又何必大惊小怪呢。先生，你说对么？

现在所最愁不过的，就是风潮闹了数月，不死不活，又遇着仍抱以女子作女校长为宜的冬烘头脑，闭着眼问学生"你们是大多数反对么？"的人长教育。从此君〔2〕手里，能够得个好校长么？一鳖不如一鳖，则岂徒无益，而又害之；迁延不决，则恋栈者的手段愈完全，而学生之软化消极者也愈多，终至事情无形打消，只落得一场瞎闹，真是何苦如此，既有今日，何必当初呢！无处不是苦闷，苦闷，苦闷，苦闷，苦闷，苦闷……

攻打现时"病根的工作"，欲"最快"，"有效"而不"很迟"的唯一捷径，自然还是吾师所说的"火与剑"。自二次革命，孙中山逃亡于外时，即已觉悟此层，所以竭力设法组织党军，然而至今也还没有多大建设。况且现时所急待解决的问题,正是刻不容缓,倘必俟若干时筹备,若干时进行,若干时收效,恐将索国魂于枯鱼之肆矣。此杞人之忧也。所以小鬼之意,以为对于违反民意的乱臣贼子,实不如仗三寸剑,与以一击,然后仰天长啸,伏剑而死,则以三数人之牺牲,即足以寒贼胆而使不敢妄动。为牺牲者固当有胆有勇,但不必使学识优越者为之,盖此等人不宜大材小用也。至于青年之急待攻击,实较老年为尤甚,因为他们是承前启后的桥梁,国家的绝续,全在他们肩上的。而他们的确能有几分觉悟呢? 不要多提起来了! 想"鼓吹改革"他们,固然为国家人材根本计,然而假使缓不济急,则皮之不存,毛将焉附? 此亦杞人之忧也。所以小鬼以为此种办法,可列于次要,或者与上述之法,双管并下的。

"柴愚参鲁"〔3〕,早在教者的目中,倘必曰"盍各言尔志"〔4〕以下问者,小鬼亦只得放肆,"率尔而对"也。

讲风景是骚人雅士的特长,悲花月是儿女子的病态,四海为家,何必多怀,今之怀者,甚么"母亲怀中……摇篮里",想是言在此而意在彼耳。满篇"好看字样"的抒情文,确是今日所谓女文学家的特征,好在我并无文学家的资格和梦想,对于这类文章,一个字也哼不出来,而于作辩论之文的"特别",我却真的不知不觉全行犯着了! 自己不提防,经吾师觑破,惭愧心折之至。但所以"从头至尾,逐一驳去"者,盖以为不如此,殊不足以令敌人体无完肤,而自己也总觉有些遗憾,此殆受孟子与东坡的余毒,服久遂不觉时发其病。至于"罕有正对论敌的要害"及"好作长文而不善于短文"等,则或因女性于理智判断及论理学，均未能十分训练，加以历久遗传，积重难反之故，此后当设法改之。“不善短文”，除上述之病源外，也许是程度使然。大概学作文时，总患辞不达意，能达意矣，则失之冗赘，再进，则简练矣，此殆与年龄及学力有关，此后亦甚愿加以洗刷。但非镜无以鉴形，自勉之外，正待匡纠，先生倘进而时教之，幸甚！

这封信非驴非马不文不白的乱扯一通，该值一把火，但反过来说是现在最新的一派文字，也可以的，我无乃画狗不成耳。请先生的朱笔大加圈点罢！——也许先生的朱笔老早掷到纸篓里去了。奈何！？

(鲁迅先生所承认之名)小鬼许广平。四月十日晚。

* * *

〔1〕“国民之母之母” 杨荫榆所作《本校十六周年纪念对于各方面之希望》中的话：“窃念女子教育为国民之母，久成定论，本校且为国民之母之母，其关系顾不重哉。”

〔2〕 指王九龄(1882—?)，字梦菊，云南云龙人。曾留学日本，1924年11月被段祺瑞临时执政府任命为教育总长，因他1916年为云南军阀唐继尧私运鸦片在上海坐过西牢，遭到教育界的反对。1925年3月到任，4月13日即托辞离职，改由章士钊暂兼。

〔3〕“柴愚参鲁” 语出《论语·先进》：“柴也愚，参也鲁。”柴指高柴，参指曾参，都是孔子的学生。

〔4〕“盍各言尔志” 孔子对弟子说的话，见《论语·公冶长》。

一二

广平兄：

有许多话，那天本可以口头答复，但我这里从早到夜，总有几个各样的客在坐，所以只能论到天气之好坏，风之大小。因为虽是平常的话，但偶然听了一段，也容易莫名其妙，由此造出谣言，所以还不如仍旧写回信。

学校的事，也许暂时要不死不活罢。昨天听人说，章太太[1]不来，另荐了两个人。一个也不来，一个是不去请。还有□太太却很想做，而当局似乎不敢请教，听说评议会[2]的挽留倒不算什么，而问题却在不能得人。当局定要在“太太类”中选择，固然也过于拘执，但别的一时可也没有，此实不死不活之大原因也。后事如何，且听下回分解可耳。

来信所说的意见，我实在也无法说一定是错的，但是不赞成，一是由于全局的估计，二是由于自己的偏见。第一，这不是少数人所能做，而这类人现在很不多，即或有之，更不该轻易用去；还有，是纵使有一两回类此的事件，实不足以震动国民，他们还很麻木，至于坏种，则警备极严，也未必就肯洗心革面。还有，是此事容易引起坏影响，例如民二，袁世凯也用这方法了，革命者所用的多青年，而他的乃是用钱雇来的奴子，试一衡量，还是这一面吃亏。但这时革命者们之间，也曾用过雇工以自相残杀，于是此道乃更堕落，现在即使复活，我以为虽然可以快一时之意，而与大局是无关的。第二，我的脾气是如此的，自己没有做的事，就不大赞成。我有时也能辣手评文，也尝煽动青年冒险，但有相识的人，我就不能评他的文章，怕见他的冒险，明知道这是自相矛盾的，也就是做不出什么事情来的死症，然而终于无法改良，奈何不得——姑且由他去罢。

“无处不是苦闷，苦闷（此下还有四个和……）”，我觉得

"小鬼"的"苦闷"的原因是在"性急"。在进取的国民中,性急是好的,但生在麻木如中国的地方,却容易吃亏,纵使如何牺牲,也无非毁灭自己,于国度没有影响。我记得先前在学校演说〔3〕时候也曾说过,要治这麻木状态的国度,只有一法,就是"韧",也就是"锲而不舍"〔4〕。逐渐的做一点,总不肯休,不至于比"踔厉风发"〔5〕无效的。但其间自然免不了"苦闷,苦闷(此下还有四个并……)",可是只好便与这"苦闷……"反抗。这虽然近于劝人耐心做奴隶,而其实很不同,甘心乐意的奴隶是无望的,但若怀着不平,总可以逐渐做些有效的事。

我有时以为"宣传"是无效的,但细想起来,也不尽然。革命之前,第一个牺牲者,我记得是史坚如〔6〕,现在人们都不大知道了,在广东一定是记得的人较多罢,此后接连的有好几人,而爆发却在湖北,还是宣传的功劳。当时和袁世凯妥协,种下病根,其实却还是党人实力没有充实之故。所以鉴于前车,则此后的第一要图,还在充足实力,此外各种言动,只能稍作辅佐而已。

文章的看法,也是因人不同的,我因为自己好作短文,好用反语,每遇辩论,辄不管三七二十一,就迎头一击,所以每见和我的办法不同者便以为缺点。其实畅达也自有畅达的好处,正不必故意减缩(但繁冗则自应删削),例如玄同〔7〕之文,即颇汪洋,而少含蓄,使读者览之了然,无所疑惑,故于表白意见,反为相宜,效力亦复很大,我的东西却常招误解,有时竟大出于意料之外,可见意在简练,稍一不慎,即易流于晦涩,而其弊有不可究诘者焉(不可究诘四字颇有语病,但一时想不出适当之字,姑仍之,意但云“其弊颇大”耳)。

前天仿佛听说《猛进》终于没有定妥,后来因为别的话岔开,不说下去了。如未定,便中可见告,当寄上。我虽说忙,其实也不过“口头禅”,每日常有闲坐及讲空话的时候,写一个信面,尚非大难事也。

鲁迅。四月十四日。

* * *

〔1〕 章太太 指章士钊妻吴弱男。曾是同盟会会员。

〔2〕 评议会 指女师大评议会,是该校的立法机构。据《国立北京女子师范大学组织大纲》规定,该会由校长、教务主任、总务主任及教授代表十人组成,由校长担任议长。当时由杨荫榆主持,其后逐渐分化。

〔3〕 在学校演说 指1923年12月26日在北京女子高等师范学校文艺会上的讲演,题为《娜拉走后怎样》,后收入《坟》。

〔4〕 “锲而不舍” 语出《荀子·劝学》:“锲而不舍,金石可镂。”

〔5〕 “踔厉风发” 语出韩愈《柳子厚墓志铭》:“踔厉风发,率常屈其座人。”

〔6〕 史坚如(1879—1900) 广东番禺人,清光绪二十六年(1900)孙中山领导的惠州起义军向汕头方面移动时,中途被清军击败。史坚如谋牵制对方的活动,乃潜入广州炸总督衙门,毙官吏二十余人,旋即被捕遇害。

〔7〕 玄同 钱夏(1887—1939),字德潜,号中季,后改名玄同,浙江吴兴人,语言文字学家。曾留学日本,后历任北京大学、北京师范大学等校教授;“五四”时期参加新文化运动,为《新青年》编委之一。

一三

鲁迅师：

“尊府”居然探检过了！归来后的印象，是觉得熄灭了通红的灯光，坐在那间一面满镶玻璃的室中时，是时而听雨声的淅沥，时而窥月光的清幽，当枣树发叶结实的时候，则领略它微风振枝，熟果坠地，还有鸡声喔喔，四时不绝。晨夕之间，时或负手在这小天地中徘徊俯仰，盖必大有一种趣味，其味如何，乃一一从缕缕的烟草烟中曲折的传入无穷的空际，升腾，分散……。是消灭！？是存在！？（小鬼向来不善于推想和描写，幸恕唐突！）

《京报副刊》上前天有王铸君的一篇《鲁迅先生……》〔1〕和《现代评论》前几期的那篇〔2〕，我觉得读后还合意。我总喜欢听那在教室里所讲一类的话，虽则未必能有多少领略，体会，或者也许不免于“误解”，但总觉意味深长，有引人入胜之妙。在还未听惯的人们，固然容易错过，找不出头绪来，然而也不要紧，到那时自然会有善法来调和它，总比冗长好，学者非患不知，患不能法也。

现时的“太太类”的确敢说没有一个配到这里来的——小姐类同此不另——而老爷类的王九龄也下台了。但不知法学博士〔3〕能打破这种成见否？总之，现在风潮闹了数月，呈文递了无数，部里也来查过两次，经过三个总长〔4〕而校事毫无着落，这“若大旱之望云霓”〔5〕的换人，不知何年何月始有归宿。薛已经依然回校任事了。用一张纸,贴在公布处,大意说:薛辞,经再三挽留,薛以校务为重,已允任事,云云。自治会当即会议是否仍认他为教务长,而四年级毕业在即,表示承认之意,其余的人是少数,便不能通过异说,这是内部的麻木,"装死"的复活。而新任的教育总长,虽在他对于我校未有表示之前,也不能不令人先怀几分失望,虽然太太类长女校的成见,在他脑里也许可望较轻。然而此外呢!? 这种种内外的黑幕,总想在文字上发泄发泄,但因各方的牵掣和投稿的困难,直逼得人叫苦连天,暗地咽气,"由他去罢","欲罢不能"! 不罢不可! 总没得个干脆!

对于《猛进》,既在《语丝》上忽略了目录,又不在门房处看看卖报条子,事虽小,足见粗疏。但今既知道,如何再放过,当日已仍令门房订来了。既承锦注,便以奉闻。

小鬼许广平。四月十六晚。

*　　　*　　　*

〔**1**〕 *《京报副刊》* 《京报》,邵飘萍创办的报纸,1918 年 10 月 5 日创刊于北京,1926 年 4 月 24 日被奉系军阀张作霖查封。它的副刊创刊于 1924 年 12 月 5 日,孙伏园主编。1925 年 4 月 8 日该刊曾发表王铸(王淑明)所写《鲁迅先生被人误解的原因》。

〔**2**〕 指张定璜在《现代评论》第一卷第七、八两期(1925 年 1 月 24 日、31 日)连载的《鲁迅先生》。

〔**3**〕 *法学博士* 指章士钊(1881—1973),字行严,笔名孤桐,湖南善化(今属长沙)人。辛亥革命前参加反清活动,五四运动后,主张复古,提倡尊孔读经,1924 年至 1926 年任北洋政府司法总长兼教育总长,

曾参与镇压学生运动和人民群众的爱国斗争。后来同情和支持革命。章早年曾在英国艾丁堡大学习读法律。他于1925年4月14日,以司法总长暂时兼署教育总长。下文所说“新任的教育总长”,也指章士钊。

〔4〕 三个总长 指黄郛、易培基、王九龄。从1924年秋女师大风潮发生到这时,他们曾先后任北洋政府教育总长。

〔5〕 “若大旱之望云霓” 语出《孟子·梁惠王(下)》:“民望之,若大旱之望云霓。”原指百姓盼望商汤来解救苦难。

一四

鲁迅师:

前几天寄上一信,料想收到了罢?

“□□周刊”〔1〕是否即日来所打算组织的那种材料?我希望缩短光阴,早到星期五,以便先睹为快。

今天在讲堂上勒令带上博物馆〔2〕去的举动,委实太不合于Gentleman〔3〕的态度了。然而大众的动机,的确与“逃学”和“难为先生”不同,凭着小学生的天真,野蛮和出轨是有一点。回想起来,大家总不免好笑,觉得除了先生以外,我们是绝对不干的。

近来忽然出了一个想“目空一切,横扫千人”的琴心女士〔4〕,在学校中的人固然疑惑,即外面的人,来打听这闷葫芦的也很多。现在居然打破了:原来她躯壳是S妹,魂灵是司空蕙。哈哈,无怪她屡次替司空辩护,原来是一鼻孔出气。我想她起这“三位一体”——琴心——雪纹——司空蕙——的名字的最大目的,即在所谓“用琴心的名字将近日文坛新发表的许多文艺作品，下一个严格的批评，使一班自命不凡的蛇似的艺术家不至于太过目中无人了”。原来如此，无怪她（?）与培良[5]君如此的不共戴天，而其为《玉君》捧场，则恐怕也就是替自己说话。这些都是小玩意，本无多大关系，现在说及，不过以供一笑，且知文坛上有这种新奇法术而已。

今日《京报》上登有《民国公报》[6]招考编辑的广告，仿佛听得这种报也是《民国日报》一流，不知确否？它的宗旨是偏重那一派的政见？报名地点在那里？一切章程如何？先生是知道外面事情比我多许多的，能够示知一二以定进止否？小鬼学识甚浅，自然不配想当编辑，尤其是对于新闻学未有研究，现在所以愿意投考者，实在因为觉得这比做“人之患”该可以多得点进步，于学识上较有帮助。先生以为何如？

小鬼许广平。四月二十晚。

*　　　　*　　　　*

〔1〕 □□周刊　指《莽原》周刊，文艺刊物，鲁迅编辑。1925 年 4 月 24 日在北京创刊，附《京报》发行。同年 11 月 27 日出至三十二期休刊。1926 年 1 月 10 日改为半月刊，由未名社发行。同年 8 月鲁迅去厦门后由韦素园接编，1927 年 12 月 25 日停刊，共出四十八期。

〔2〕 博物馆　指当时教育部筹建的历史博物馆，设在故宫午门楼上。筹建事由社会教育司第一科负责，鲁迅时任该科科长。

〔3〕 Gentleman　英语：绅士。

〔4〕 琴心女士　1925 年 1 月，北京女师大新年同乐会演出北大学生欧阳兰所作独幕剧《父亲的归来》，内容几乎完全抄袭日本菊池宽所著的《父归》，经人在《京报副刊》指出后，除欧阳兰作文答辩外，还出现了署

名“琴心”的女师大学生,也作文为他辩护。不久,又有人揭发欧阳兰所作“寄S妹”的《有翅的情爱》系抄袭郭沫若译的雪莱诗,“琴心”和另一“雪纹女士”又接连写文替他分辩。“琴心”实为欧阳兰的女友夏雪纹(即文中的“S妹”,当时女师大学生)的别号,而署名“琴心”和“雪纹女士”的文字,都是欧阳兰自己作的。本文提到的司空蕙,原信均作欧阳兰。欧阳兰作有诗集《夜莺》,1924年5月蔷薇社出版,内有《寄S妹》一诗。

〔5〕 培良　向培良(1905—1959),湖南黔阳人,狂飙社主要成员之一。他在1925年4月5日《京报副刊》上发表了《评〈玉君〉》一文,认为它是一本“浅薄无聊的东西”;9日《京报副刊》发表署名琴心的《明知是得罪人的话》一文,为《玉君》辩护,说向培良的文章是“闭目漫骂”,“目的‘是在出风头’”。《玉君》,杨振声作中篇小说,1925年2月出版。

〔6〕《民国公报》 1918年12月8日在北京创刊,1925年4月20日《京报》曾刊登《民国公报刷新预告》,说该报将“刷新政治,增添版面”,“考聘男女编辑”。

一五

广平兄:

十六和廿日的信都收到了,实在对不起,到现在才一并回答。几天以来,真所谓忙得不堪,除些琐事以外,就是那可笑的“□□周刊”。这一件事,本来还不过一种计划,不料有一个学生对邵飘萍〔1〕一说,他就登出广告来,并且写得那么夸大可笑。第二天我就代拟了一个别的广告〔2〕,硬令登载,又不许改动,不料他却又加上了几句无聊的案语。做事遇着隔膜者,真是连小事情也碰头。至于我这一面,则除百来行稿子以外，什么也没有，但既然受了广告的鞭子的强迫，也不能不跑了，于是催人去做，自己也做，直到此刻，这才勉强凑成，而今天就是交稿的日子。统看全稿，实在不见得高明，你不要那么热望，过于热望，要更失望的。但我还希望将来能够比较的好一点。如有稿子，也望寄来，所论的问题也不拘大小。你不知定有《京报》否？如无，我可以嘱他们将《莽原》——即所谓"□□周刊"——寄上。

但星期五，你一定在学校先看见《京报》罢。那"莽原"二字，是一个八岁的孩子写的，名目也并无意义，与《语丝》相同，可是又仿佛近于"旷野"。投稿的人名都是真的，只有末尾的四个都由我代表，然而将来从文章上恐怕也仍然看得出来，改变文体，实在是不容易的事。这些人里面，做小说的和能翻译的居多，而做评论的没有几个：这实在是一个大缺点。

薛先生已经复职，自然极好，但来来去去，似乎未免太劳苦一点了。至于今之教育当局，则我不知其人。但看他挽孙中山对联〔3〕中之自夸，与对于完全"道不同"〔4〕之段祺瑞〔5〕之密切，为人亦可想而知。所闻的历来的言行，盖是一大言无实，欺善怕恶之流而已。要之，能在这昏浊的政局中，居然出为高官，清流大约无这种手段。由我看来，王九龄要好得多罢。校长之事，部中毫无所闻，此人之来，以整顿教育〔6〕自命，或当别有一反从前一切之新法（他是大不满于今之学风的），但是否又是大言，则不得而知，现在鬼鬼祟祟之人太多，实在无从说起。

我以前做些小说，短评之类，难免描写，或批评别人，现在不知道怎么,似乎报应已至,自己忽而变了别人的文章的题目了。张王两篇,也已看过,未免说得我太好些。我自己觉得并无如此"冷静"[7],如此能干,即如"小鬼"们之光降,在未得十六来信以前,我还未悟到已被"探检"而去,倘如张君所言,从第一至第三,全是"冷静",则该早已看破了。但你们的研究,似亦不甚精细,现在试出一题,加以考试:我所坐的有玻璃窗的房子的屋顶,是什么样子的?后园已经到过,应该可以看见这个,仰即答复可也!

星期一的比赛"韧性",我确又失败了,但究竟抵抗了一点钟,成绩还可以在六十分以上。可惜众寡不敌,终被逼上午门,此后则遁入公园,避去近于"带队"之厄。我常想带兵抢劫,固然无可讳言,但若一变而为带女学生游历,则未免变得离题太远,先前之逃来逃去者,非怕"难为","出轨"等等,其实不过是逃脱领队而已。

琴心问题,现在总算明白了。先前,有人说是司空蕙,有人说是陆晶清[8],而孙伏园[9]坚谓俱不然,乃是一个新出台的女作者。盖投稿非其自写,所以是另一样笔迹,伏园以善认笔迹自负,岂料反而上当。二则所用的红信封绿信纸,早将伏园善识笔迹之眼睛吓昏,遂愈加疑不到司空蕙身上去了。加以所作诗文,也太近于女性,今看他署着真名之文,也是一样色彩,本该容易识破,但他人谁会想到他为了争一点无聊的名声,竟肯如此钩心斗角,无所不至呢。他的"横扫千人"的大作,今天在《京报副刊》上似乎也露一点端倪了;[10]所扫的一个是批评廖仲潜小说的芳子,但我现在疑心芳子就是廖仲潜,实无其人,和琴心一样的。第二个是向培良，则识力比他坚实得多，琴心的扫帚，未免太软弱一点。但培良已往河南去办报，不会有答复的了，这实在可惜，使我们少看见许多痛快的议论。

《民国公报》的实情，我不知道，待探听了再回答罢。普通所谓考试编辑，多是一种手段，大抵因为荐条太多，无法应付，便来装作这一种门面，故作秉公选用之状，以免荐送者见怪，其实却是早已暗暗定好，别的应试者不过陪他变一场戏法罢了。但《民国公报》是否也这样，却尚难决（我看十之九也这样）。总之，先去打听一回罢。我的意见，以为做编辑是不会有什么进步的，我近来常与周刊之类相关，弄得看书和休息的工夫也没有了，因为选用的稿子，也常须动笔改削，倘若任其自然，又怕闹出笑话来。还是“人之患”较为从容，即使有时逼上午门，也不过费两三个钟头而已。

鲁迅。四月二十二日夜。

*　　　*　　　*

〔1〕 邵飘萍（1886—1926） 原名振青，浙江东阳人。早年留学日本，曾任《申报》、《时事新报》、《时报》主笔，1918 年 10 月 5 日在北京创办《京报》。1926 年三一八惨案后因支持群众的反帝反军阀斗争，4 月 26 日被奉系军阀以“宣传赤化”的罪名杀害。他曾在 1925 年 4 月 20 日《京报》刊登广告说：“思想界的一个重要消息：如何改造青年的思想？请自本星期五起快读鲁迅先生主撰的《□□》周刊，详情明日宣布。本社特白。”

〔2〕 指《〈莽原〉出版预告》，载 1925 年 4 月 21 日《京报》，现编入

《集外集拾遗补编》。邵飘萍在文末加的案语说:“上广告中有一二语带滑稽,因系原样,本报记者不便僭易,读者勿以辞害志可也。”

〔3〕 挽孙中山对联　指章士钊挽孙中山的对联:“景行有二十余年,著录纪兴中,掩迹郑洪题字大;立义以三五为号,生平无党籍,追怀蜀洛泪痕多。”按郑、洪指郑成功和洪秀全;三五,指三民主义和五权宪法;蜀、洛,指北宋时期以苏轼为首的蜀党和以程颐为首的洛党。

〔4〕 “道不同”　语出《论语·卫灵公》:“道不同,不相为谋。”

〔5〕 段祺瑞(1865—1936)　字芝泉,安徽合肥人,北洋军阀皖系首领。袁世凯死后,他在日本帝国主义支持下几次把持北洋政府。1924年至1926年任临时执政府执政,1926年屠杀北京爱国群众,造成三一八惨案。

〔6〕 整顿教育　1925年4月25日《京报》以“章教长整顿教育”为题,报道章士钊兼署教育总长后,拟有“整顿教育”办法三条:(一)对学生严格考试;(二)对教员限制授课钟点;(三)组织统一清理积欠委员会管理经费。

〔7〕 “冷静”　张定璜在连载于《现代评论》第一卷第七、八两期(1925年1月24、31日)的《鲁迅先生》一文中,说鲁迅有“三个特色……第一个,冷静,第二个,还是冷静,第三个,还是冷静”。

〔8〕 陆晶清(1907—1993)　原名陆秀珍,云南昆明人。当时为女师大学生、《京报》附刊《妇女周刊》编辑。

〔9〕 孙伏园(1894—1966)　原名福源,浙江绍兴人。鲁迅任绍兴师范学校校长时的学生,后在北京大学毕业,曾参加新潮社和语丝社,先后任《国民公报副刊》、《晨报副刊》、《京报副刊》编辑。著有《伏园游记》、《鲁迅先生二三事》等。

〔10〕 指1925年4月22日《京报副刊》上托名琴心发表的《批评界的“全捧”与“全骂”》一文。该文把芳子的《廖仲潜先生的〈春心的美

伴〉》(载 1925 年 2 月 18 日《京报副刊》)作为全捧的代表,把向培良的《评〈玉君〉》(载 1925 年 4 月 5 日《京报副刊》)作为全骂的代表。

一六

鲁迅师:

先后的收到信和《莽原》,使我在寂寞的空气中,不知不觉的发生微笑。此外还有《猛进》,《孤军》[1],《语丝》,《现代评论》等,源源而来,关心大局的人居然多起来了!每周得着这些师资,多么快活呀。

这种小周刊,多半总是每版分为三层,第一版上层之首印着刊名,同版下层的末尾印着目录。《莽原》的形式也如此。这不知是否有特别意义,较别的方法佳?但我的意见,以为倘将目录和刊名放在一起,则成为:

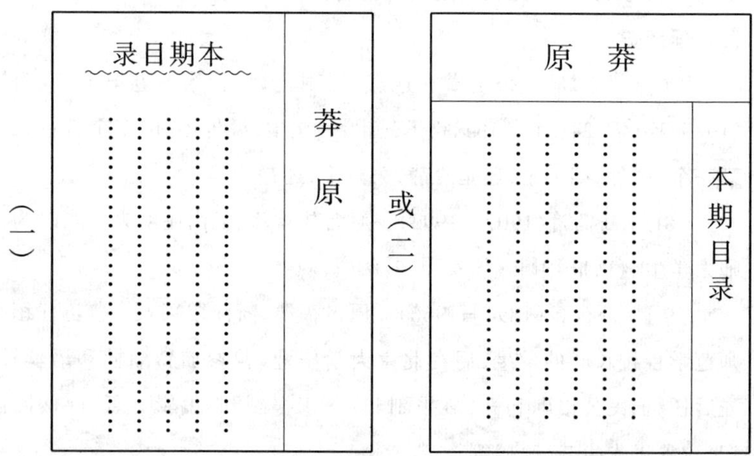

这样的一个方块,而将这放在第一版的上层的前头,就免得读者看到第三层,忽然见有一段目录出来,分散了对于该处

作品的注意力。否则，将这方块设在中层的中央，倒也颇觉特别。再不然，则刊名仍旧(第一版上层之最前)，而目录则请它去坐“交椅”(第八版之末)。这只是我的心理作用觉得这样好，但说不出正当理由来，请参考可也。

《莽原》之文仍多不满于现代，但是范围较《猛进》，《孤军》等之偏重政治者为宽，故甚似《语丝》，其委曲宛转，饶有弦外之音的态度，也较其他周刊为特别，这是先生的特色，无可讳言的。看了第一期，觉得“冥昭”〔2〕就是先生，此外《棉袍里的世界》颇有些先生的作风在内，但不能决定。余如《槟榔集》的作者想是姓向的那位，也有几分相肖于先生。而全期之中，则先生只有两篇作品。

在《棉袍里的世界》文中，作者揪住了朋友来开始审判，以为取了他“思想”，“友谊”……甚至于“想把我当做一件机器来供你们使用”。我当时十分惭愧，反省，我是否也是“多方面掠夺者”之一？唉，虽则我不敢当是朋友，然而学生“掠夺”先生，那还了得！明目张胆的“掠夺”先生，那还了……得！！！此人心之所以不古也。有志之士，盍起而防御之！？

第二期也许学学做文章，但是仍本粗人做不了细活计的面目，恐怕还是做出来不中用，那时，只请破除情面，向字纸篓里一塞。然而能否做出，也还是一个问题。

“报应”之来，似有甚于做“别人的文章的题目”的。先生，你看第八期的《猛进》上，不是有人说先生“真该割去舌头”〔3〕么？——虽然是反话。我闻阎王十殿中，有一殿是割舌头的，罪名就是生前说谎，这是假话的处罚。而现在却因为“把国民的丑德都暴露出来"，既承认是"丑德"，则其非假也可知，而仍有"割舌"之罪，这真是人间地狱，这真是人间有甚于地狱了！

考试尚未届期呢，本可抗不交卷的，但考师既要提前，那么现在做了答案，暑假时就可要求免试了——倘不及格，自然甘心补考——答曰：

那房子的屋顶，大体是平平的，暗黑色的，这是和保存国粹一样，带有旧式的建筑法。至于内部，则也可以说是神秘的苦闷的象征。靠南有门，但因隔了一间过道的房子，所以显得暗，左右也不十分光亮，独在前面——北——有一大片玻璃，就好像号筒口。这是什么解释呢？我摆开八卦〔4〕，熏沐斋戒的占算一下罢。卦曰：世运凌夷，君子道消，逢凶化吉，发言有瘳。解曰：号筒之口，声带之门，因势利导，时然后言。夫人不言，言必有中，此南无阿弥陀佛救苦救难观世音菩萨亲降灵签也。余文尚多，以不在本答案范围之内，均从略。

此外小鬼也有一点"敢问"求答的——但是绝非报复的考试，虽然"复仇乃春秋大义"〔5〕，然而学生岂敢与先生为仇，而且想复，更兼要考呢，罪过罪过，其实不过聊博一笑耳。问曰：我们教室天花版的中央有点什么？倘答电灯，就连六分也不给，倘俟星期一临时预备夹带然后交卷，那就更该处罚（？）了。其实这题目原甚平常而且熟习，不如探检那么生疏，该不费力的罢。敢请明教可也！

午门之游，归来总带着得胜的微笑，从车上直到校中，以至良久良久；更回想及在下楼和内操场时的泼皮，真是得意极了！人们总是求自我的满足的，何尝计及被困者的为难。其实被困者那天心理测验也施行得够了：命大家起立以占是否多数，再下楼迟延以察是否诚意。然而终竟被“煽动”了。据最新的分数计算法，全对就满分，一半对一半错就相抵消，一分也没有，倘若完全失败，更不待言是等于零。“六十分？”太宽了罢！其实那天何尝是“被逼”而“失败”，归结也还是因为“摇身一变”的法术未臻上乘，否则，变成女先生，就不妨“带队”（我的这话也“岂有此理”，男先生“带队”有什么出奇），或者变成女……，就不妨冲锋突围而出。可是终于“被逼”，这是界限分得太清的缘故罢，还是世俗积习之终于不易破除呢？！

现社会也实在黑暗，女子出来做事，实是处处遇到困难。我不是胆怯，只为想避免些麻烦，所以往往先托人打听。不料知识界的报界也是鬼蜮——它未写明报名地点，即是可疑处——也是如此。这真教猛进的人处处感着多少阻碍和踌躇。“谁叫你生着是女人呢？”这句话，我着实没法解答于老爷们，太太们之前。

小鬼许广平。四月二十五晚。

*　　*　　*

〔1〕《孤军》 即《孤军周报》。1924年12月创刊，北京法政大学孤军周报社发行。

〔2〕“冥昭” 鲁迅在《莽原》周刊第一期（1925年4月24日）发表《春末闲谈》（后收入《坟》）的笔名。同期所刊《棉袍里的世界》和《槟榔集》二文，分别为高长虹、向培良作。

〔3〕“割去舌头” 见于徐炳昶在《猛进》第八期（1925年4月24日）发表的《通讯》：“鲁迅的嘴真该割去舌头，因为他爱张起嘴乱说，把

我们国民的丑德都暴露出来了”。

〔4〕 八卦 《周易》中的八种基本图形：乾(☰)、坤(☷)、震(☳)、巽(☴)、坎(☵)、离(☲)、艮(☶)、兑(☱)。象征天、地、雷、风、水、火、山、泽八种自然现象。古时用以占卜。

〔5〕 “复仇乃春秋大义” 《春秋》各传中多次提到复仇的事，如《春秋公羊传》庄公四年：“九世犹可以复仇乎？虽百世可也。”

一七

广平兄：

来信收到了。今天又收到一封文稿，拜读过了，后三段是好的，首一段累坠一点，所以看纸面如何，也许将这一段删去。但第二期上已经来不及登，因为不知“小鬼”何意，竟不署作者名字。所以请你捏造一个，并且通知我，并且必须于下星期三上午以前通知，并且回信中不准说“请先生随便写上一个可也”之类的油滑话。

现在的小周刊，目录必在角上者，是为订成本子之后，读者容易翻检起见，倘要检查什么，就不必全本翻开，才能够看见每天的细目。但也确有隔断读者注意的弊病，我想了另一格式，是专用第一版上层的，如下：

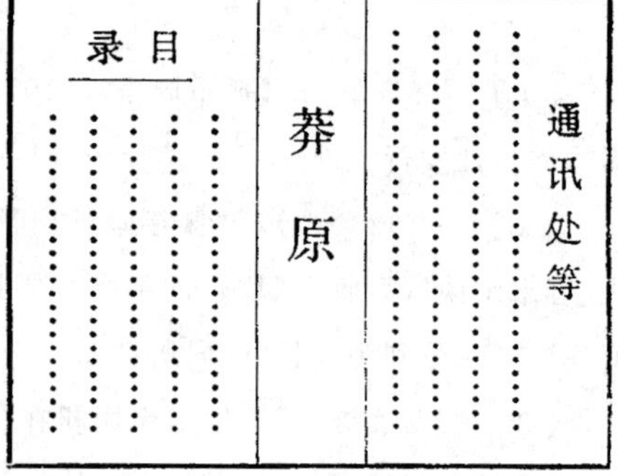

则目录既在边上，容易检查，又无隔断本文之弊，可惜《莽原》第一期已经印出，不能便即变换了，但到二十期以后，我想来“试他一试”。至于印在末尾，书籍尚可，定期刊却不合宜，放在第一版中央，尤为不便，擅起此种“心理作用”，应该记大过二次。

《莽原》第一期的作者和性质，诚如来信所言；长虹[1]确不是我，乃是我今年新认识的，意见也有一部分和我相合，而似是安那其主义者。他很能做文章，但大约因为受了尼采[2]的作品的影响之故罢，常有太晦涩难解处，第二期登出的署着CH的，也是他的作品。至于《棉袍里的世界》所说的“掠夺”问题，则敢请少爷不必多心，我辈赴贵校教书，每月明明写定“致送脩金十三元五角正”，夫既有“十三元五角”而且“正”，则又何“掠夺”之有也欤哉！

割舌之罪，早在我的意中，然而倒不以为意。近来整天的和人谈话，颇觉得有点苦了，割去舌头，则一者免得教书，二者免得陪客，三者免得做官，四者免得讲应酬话，五者免得演说，从此可以专心做报章文字，岂不舒服。所以你们应该趁我还未割去舌头之前，听完《苦闷的象征》[3]，前回的不肯听讲而逼上午门，也就应该记大过若干次。而我六十分，则必有无疑。因为这并非“界限分得太清”之故，我无论对于什么学生，都不用“冲锋突围而出”之法也。况且，窃闻小姐之类，大抵容易潸然泪下，倘我挥拳打出，诸君在后面哭而送之，则这一篇文章的分数，岂非当在零分以下？现在不然，可知定为六十分者，还是自己客气的。

但是这次考试,我却可以自认失败,因为我过于大意,以为广平少爷未必如此“细心”,题目出得太容易了。现在也只好任凭排卦拈签,不再辩论,装作舌头已经割去之状。惟报仇题目,却也不再交卷,因为时间太严。那信是星期一上午收到的,午后即须上课,其间更无作答的工夫,而一经上课,则无论答得如何正确,也必被冤为“临时预备夹带然后交卷”,倒不如拚出,交了白卷便宜。

中国现今文坛(?)的状况,实在不佳,但究竟做诗及小说者尚有人。最缺少的是“文明批评”和“社会批评”,我之以《莽原》起哄,大半也就为了想由此引些新的这一种批评者来,虽在割去敝舌之后,也还有人说话,继续撕去旧社会的假面。可惜所收的至今为止的稿子,也还是小说多。

鲁迅。四月二十八日。

*　　　*　　　*

〔1〕 长虹　高长虹(1898—约1956),山西盂县人,狂飙社主要成员。他于1924年12月认识鲁迅后,得到鲁迅的很多指导和帮助,1925年鲁迅编辑《莽原》时,他是撰稿者之一。1926年下半年,他借口《莽原》编者韦素园压下向培良的稿子,对韦素园进行人身攻击,并对鲁迅表示不满;其后因鲁迅揭穿他假鲁迅之名自我宣传,他即转而对鲁迅进行诽谤和嘲骂。

〔2〕 尼采(F. Nietzsche,1844—1900)　德国哲学家,唯意志论者,宣扬“超人哲学”。曾任瑞士巴塞尔大学教授。著有《悲剧的诞生》、《札拉图斯特拉如是说》等。

〔3〕《苦闷的象征》　文艺论文集,日本厨川白村(1880—1923)

著。鲁迅曾译作教材,1924年12月(实际为1925年3月)出版,为《未名丛刊》之一,北京新潮社代售,后由北新书局再版。

一八

鲁迅师:

因为忙中未及在投稿上写一个"捏造"的名字,就引出三个"并且",而且在末个"并且"中还添上"不准",这真算应着"师严然后道尊"[1]那句话了。

先前《晨报副刊》讨论"爱情定则"时,[2]我曾用了"非心"的名,而编辑先生偏改作"维心"登出,我就知道这些先生们之"细心",真真非同小可,现在先生又因这点点忘记署名而如是之"细心"了,可见编辑先生是大抵了不得的。此外还用过"归真","寒潭","君平"……等名字,用了之后,辄多弃置,这也许是鉴于以投稿沽名的人们的心理状态之可笑,遂至迂腐到不免矫枉过正了罢。本星期二朱希祖[3]先生讲文学史,说到人们用假名是不负责任的推诿的表示。这也有一部分精义,敢作敢当,也是不可不有的精神。那么,发表出来的就写许广平三字罢。但不知何故,我总不喜欢这三个字。我确有好"捏造"许多名儿的脾气(也许以后要改良这恶习),这回呢,用"西瓜皮"(同学们互相起的诨名,差不多每人都有一个)三字则颇有滑稽之趣,用"小鬼"也甚新颖,这现时的我都喜欢它。鱼与熊掌[4],自己实难于取舍,还是"请先生随便写上一个可也"罢。要知道"油滑"的用处甚大,尤其是在"钻网"之时,先生似乎无须加以限制的。

前一段的确无意思，现在正式的要求“将这一段删去”。其余的呢，如果另外有好的稿子，千万就将拙作“带住”，因为使读者少看若干佳作，在良心上总觉得是遗憾的一件事。

现在确乎到了“力争”的时期了！被尊为“兄”，年将耳顺〔5〕，这“的确老大了罢，无论如何奇怪的逻辑”，怎么竟“谓偷闲学少年”〔6〕，而遽加“少爷”二字于我的身上呢！？要知道硬指为“小姐”，固然辱没清白，而尊之曰“少爷”，亦殊不觉得其光荣，总不如一撇一捺这一个字来得正当。至于红鞋绿袜，满脸油粉气的时装“少爷”，我更希望“避之则吉”，请先生再不要强人所难，硬派他归入这些族类里去了！

司空蕙已把《妇女周刊》的权利放弃，写信给陆晶清请交代清楚了。但晶清前日已得自滇来电，说是“父逝速回”。她家中只有十三龄的弱弟和一个继母，她是一定要回去料理生和死的，多么不幸呀！在这时期，遇这变故，我们都希望而且劝她速去速回。但“来日之事，不可预知”，因此《妇周》本身恐怕也不免多少受点困难。晶清虽则自己未能有等身的著作〔7〕，除新诗外，学理之文和写情的小说，似乎俱非性之所近，但她交游广，四处供献材料者多，所以《妇周》居然支持了这些期。现在呢，她去了，恐怕纯阳性的作品，要占据《妇周》了（除波微〔8〕一人）。这是北京女界的一件可感慨的，——其实也无须感慨。

缝纫先生要来当校长〔9〕，我们可以专攻女红了！！！从此描龙绣凤，又是另一番美育，德育。但不知道这梦做得成否？

然而无论如何,女人长女校的观念的成见,是应该飨以毛瑟的[10]。可恶之极!“何物老妪,生此……”[11]?

考试的题目出错了。如果出的是“书架上面一盒盒的是什么”,也许要交白卷,幸而考期已过,就不妨“不打自招”的直白的供出来。假如要做答案,我没有刘伯温卜烧饼[12]的聪明,只好认是书籍。这可给他零分么?

小鬼许广平。四月三十晚。

*　*　*

〔1〕 “师严然后道尊” 语出《礼记·学记》。

〔2〕 讨论“爱情定则” 1923年4月29日《晨报副刊》刊载张竞生所作《爱情的定则与陈淑君女士事的研究》一文,在读者间引起争论,为此该刊特辟“爱情定则讨论”专栏。从5月18日至6月13日共发表有关文章二十四篇,6月20日刊登了结束语。许广平署名维心的文章,载该刊第一三七期(1923年5月25日)。

〔3〕 朱希祖(1879—1944) 字逷先,浙江海盐人,历史学家。留学日本时曾与鲁迅同就章太炎学习《说文解字》。归国后在杭州浙江两级师范学堂任教,与鲁迅同事。当时任北京大学教授。

〔4〕 鱼与熊掌 《孟子·告子(上)》:“鱼,我所欲也,熊掌,亦我所欲也,二者不可得兼,舍鱼而取熊掌者也。”

〔5〕 耳顺 语出《论语·为政》:“六十而耳顺”。后来常用作六十岁的代称。

〔6〕 “谓偷闲学少年” 语出宋代程颢诗《春日偶成》:“时人不识余心乐,将谓偷闲学少年。”

〔7〕 等身的著作 据《宋史·贾黄中传》:“黄中幼聪悟,方五岁,

玭(贾黄中之父)每旦令正立,展书卷比之,谓之‘等身书’,课其诵读。”后人常以“等身著作”形容著述之多。

〔8〕 波微 即石评梅(1902—1928),原名汝璧,山西平定人,北京女子高等师范学校毕业,《妇女周刊》编辑。

〔9〕 缝纫先生要来当校长 据1925年4月29、30日《京报》:章士钊16日电湖南省长赵恒惕,请其代聘湖南衡粹女子职业学校校长黄国厚任女师大校长。消息传出后,女师大师生拟推代表质问章士钊,黄未敢就任。另据4月29日《京报》报道:“闻黄女士二十年前在日本某职业学校毕业,回国后在湘省各女校教授缝纫等课。”

〔10〕 毛瑟 指毛瑟枪,十九世纪七十年代德国机械设计师毛瑟(Mauser)弟兄设计制造的一种单发步枪。

〔11〕 “何物老妪”二句,见《晋书·王衍传》:“何物老妪,生此宁馨儿。”

〔12〕 刘伯温卜烧饼 刘伯温(1311—1375),名基,浙江青田人,明初大臣。据假托其名的《烧饼歌》说:“明太祖一日身居内殿食烧饼,方啖一口,忽报国师刘基进见,太祖以碗覆之,始召基入。礼毕,帝问曰:‘先生深明数理,可知碗中是何物件?’基乃掐指轮算,对曰:‘半似日兮半似月,曾被金龙咬一缺,此食物也,’开视果然。”

一九

广平兄:

四月卅的信收到了。闲话休提,先来攻击朱老夫子的“假名论”罢。

夫朱老夫子者,是我的老同学,我对于他的在窗下孜孜研究,久而不懈,是十分佩服的,然此亦惟于古学一端而已,若夫评论世事，乃颇觉其迂远之至者也。他对于假名之非难，实不过其最偏的一部分。如以此诬陷毁谤个人之类，才可谓之“不负责任的推诿的表示”，倘在人权尚无确实保障的时候，两面的众寡强弱，又极悬殊，则须又作别论才是。例如子房为韩报仇〔1〕，从君子看来，盖是应该写信给秦始皇，要求两人赤膊决斗，才算合理的。然而博浪一击，大索十日而终不可得，后世亦不以为“不负责任”者，知公私不同，而强弱之势亦异，一匹夫不得不然之故也。况且，现在的有权者，是什么东西呢？他知道什么责任呢？《民国日报》案〔2〕故意拖延月余，才来裁判，又决罚至如此之重，而叫喊几声的人独要硬负片面的责任，如孩子脱衣以入虎穴，岂非大愚么？朱老夫子生活于平安中，所做的是《萧梁旧史考》〔3〕，负责与否，没有大关系，也并没有什么意外的危险，所以他的侃侃而谈之谈，仅可供他日共和实现之后的参考，若今日者，则我以为只要目的是正的——这所谓正不正，又只专凭自己判断——即可用无论什么手段，而况区区假名真名之小事也哉。此我所以指窗下为活人之坟墓，而劝人们不必多读中国之书者也！

本来还要更长更明白的骂几句，但因为有所顾忌，又哀其胡子之长，就此收束罢。那么，话题一转，而论“小鬼”之假名问题。那两个“鱼与熊掌”，虽并为足下所喜，但我以为用于论文，却不相宜，因为以真名招一种无聊的麻烦，固然不值得，但若假名太近于滑稽，则足以减少论文的重量，所以也不很好。你这许多名字中，既然“非心”总算还未用过，我就以“编辑”兼“先生”之威权，给你写上这一个罢。假如于心不甘，赶紧发信抗议，还来得及，但如到星期二夜为止并无痛哭流涕之抗议，即以默认论，虽驷马也难于追回了。而且此后的文章，也应细心署名，不得以“因为忙中”推诿！

试验题目出得太容易了，自然也算得我的失策，然而也未始没有补救之法的。其法即称之为“少爷”，刺之以“细心”，则效力之大，也抵得记大过二次。现在果然慷慨激昂的来“力争”了，而且写至七行之多，可见费力不少。我的报复计划，总算已经达到了一部分，“少爷”之称，姑且准其取消罢。

历来的《妇周》，几乎还是一种文艺杂志，议论很少，即偶有之，也不很好，前回的那一篇[4]，则简直是笑话。请他们诸公来“试他一试”，也不坏罢。然而咱们的《莽原》也很窘，寄来的多是小说与诗，评论很少，倘不小心，也容易变成文艺杂志的。我虽然被称为“编辑先生”，非常骄气，但每星期被逼作文，却很感痛苦，因为这就像先前学校中的星期考试。你如有议论，敢乞源源寄来，不胜荣幸感激涕零之至！

缝纫先生听说又不来了，要寻善于缝纫的，北京很多，本不必发电号召，奔波而至，她这回总算聪明。继其后者，据现状以观，总还是太太类罢。其实这倒不成为什么问题，不必定用毛瑟，因为“女人长女校”，还是社会的公意，想章士钊和社会奋斗，是不会的，否则，也不成其为章士钊了。老爷类中也没有什么相宜的人，名人不来，来也未必一定能办好。我想：校长之类，最好是请无大名而真肯做事的人做，然而目下无之。

我也可以“不打自招”：东边架上一盒盒的确是书籍。但我已将废去考试法不用，倘有必须报复之处，则尊称之曰“少爷”,就尽够了。

鲁迅。五月三日。

(其间缺鲁迅五月八日信一封。)

* * *

〔1〕 子房为韩报仇 张良(?—前186),字子房,汉初大臣。据《史记·留侯世家》:“留侯张良者,其先韩人也。……韩破,良家僮三百人,弟死不葬,悉以家财求客刺秦王,为韩报仇,……良尝学礼淮阳,东见沧海君,得力士,为铁椎重百二十斤。秦皇帝东游,良与客狙击秦皇帝博浪沙中(在今河南原阳县),误中副车。秦皇帝大怒,大索天下,求贼甚急,为张良故也。”又,《史记·秦始皇本纪》叙及此事时也有始皇“令天下大索十日”的话。

〔2〕《民国日报》案 参看本卷第25页注〔4〕。另据1925年5月3日《京报》报道:“《民国日报》案已判决”,该报编辑邹明初以“侮辱官员”罪罚金三百元。

〔3〕《萧梁旧史考》 朱希祖考订有关《梁书》三十种史料的论文。连载于1923年出版的北京大学《国学季刊》第一卷第一、二号。

〔4〕 指林独清的《我读符致逵君的〈蓄妾问题〉后的意见》一文,载《妇女周刊》第二十期(1925年4月29日),其中说,“‘妾’字从‘立’从‘女’,即表明此女无与夫同坐之资格,只能立而侍其夫与某大妇也。”

二〇

鲁迅师:

收到五三,五八的信和第三期《莽原》,现在才作复,然而这几日中，已发生了多少大大小小的事，在寂闷的空气中，添一点火花的声响。

在积薪之下抛一根洋火，自然免不了燃烧。五七那天，章宅的事情[1]，和我校的可算是遥遥相对[2]。同在这种“整顿学风”之下，生命的牺牲，学业的抛荒，诚然是无可再小的小事。这算什么呢！这总是高压时代所必有的结果。

教育当局也太可笑了。种种新奇的部令，激出章宅的一打，死的死了，被捕的捕去了，失踪的失踪了，怕事的赶快躲掉了，迎合意旨以压迫学生为然的欢欣鼓舞起来了！今日（五九）学校牌示开除六人，我自然是早在意中的。当五七那天，在礼堂上，杨氏呼唤警察的时候，我心里想，如果捕了去，那是为大众请命而被罪，而个人始终未尝为威屈，利诱，我的血性还能保持刚生下来的态度，这是我有面目见师长亲友，而师长亲友所当为我欣喜的。这种一纸空文的牌示，一校的学籍开除，愈使我领悟到遍地都是漆黑的染缸，打破的运动之愈不可缓了。现在教育部重要人员处和本校都接连开了火，也许从此焚烧起来，也许消防队的力量大，能够扑灭。但是把戏总是有的，无论成与败。

《莽原》上，非心出来了。这个假名，在先前似乎还以为有点意思，[3]然而现在时代已经不同，在“心”字排行的文学家[4]旗帜之下，我配不上滥竽，而且着实有冒充或时髦之惧。前回既说任凭先生“随便写下一个”，那当然是默认的，以后呢，也许又要改换。这种意志薄弱，易于动摇的态度，真也可笑罢。

《莽原》虽则颇有勃勃的生气，但仍然不十分激烈深透——尤其是第二期，似更稳重。浅显则味道不觉得隽永，含蓄则观众不易于了解领略。一种刊物要能够适合各种人物的口味，真真是不容易。

因征稿而"感激涕零"，更加上"不胜……之至"，哈哈，原来老爷们的涕泗滂沱较小姐们的"潸然泪下"更甚万倍的。既承认"即有此泪，也就是不进化"，"……哭……则一切无用"了，为什么又要"涕零"呢？难道"涕零"是伤风之一种，与"泪"，"哭"无关的么？先生，我真不解。

"胡子之长"即应该"哀之"么？这与杀人不眨眼的精神相背谬。是敬老，抑怜老呢？我有一点毛病，就是最怕听半截话，怪闷气的。所以仍希望听听"更长更明白的骂几句"，请不要"顾忌"，给我喝一杯冰结凌罢！

小鬼许广平。五，九，晚。

*　　*　　*

〔**1**〕 章宅的事情　指北京学生到章士钊住宅示威事。1925年5月7日北京各校学生为纪念国耻和追悼孙中山，拟在天安门举行集会。但事前北洋政府教育部已训令各校不得放假，当日上午警察厅又派遣巡警分赴各校前后门戒备，禁止学生外出。因此各校学生或行至校门即为巡警拦阻，或在天安门一带被武装警察与保安队马队殴打，多人受伤。午后被迫改在神武门开会，会后结队赴魏家胡同教育总长章士钊住宅，质问压迫学生爱国运动的理由，又与巡警冲突，被捕十八人。

〔2〕 指1925年5月7日的女师大事件。5月7日，杨荫榆布置了一个讲演会，请校外名人讲演，以利于巩固她的校长地位。当日上午讲演会举行时，杨登台为主席，遭到学生反对。学生自治会职员劝其退席，杨拍案大怒，连呼"叫警察来"。学生坚持甚久，杨乃退席。下午，她便在西安饭店召集若干教员宴饮，密谋迫害学生。5月9日，即假借女师大评议会名义，开除学生自治会成员蒲振声、张平江、郑德音、刘和珍、许广平、姜伯谛六人。

〔3〕 关于"非心"的意思，据原信：非心二字，"合起来成一个悲字。分开来成'是非之心，人皆有之'的一句成语。"许广平曾以此笔名，在《莽原》周刊第三期(1925年5月8日)发表杂感《乱七八糟》(三则)。

〔4〕 "心"字排行的文学家　指托名琴心的欧阳兰等人。

二一

鲁迅师：

满腹的怀疑，早已无从诉起：读了《编完写起》[1]，不觉引起了要说的几句话，在忙里偷闲中写出来。不知吾师将"感激涕零"而阅之否？

群众是浮躁，急不及待的。忍耐不过，众寡不敌，自难免日久变生，越发不可收拾。而且孤立无助，简单头脑的学生，的确敌不过金钱运动，背有靠山的"凶兽样的羊"[2]。六人的出校是不足惜的，其如学校前途何?!

这一回给我的教训，就是群众之不足恃，聪明人之太多，而公理之终不敌强权，"锲而不舍"的秘诀却为"凶兽样的羊"所宝用。

牺牲不是任何人所能劝的。放着“凶兽样的羊”而不驱逐,血气之伦,谁能堪此。

然而果真驱逐了么?恐还只有无益的牺牲罢!

可诅咒的自身!

可诅咒的万恶的环境!

小鬼许广平。十七,五。

*　　　*　　　*

〔1〕《编完写起》 原载《莽原》周刊第四期(1925年5月15日)。后来鲁迅将第一、二部分改题《导师》,第四部分改题《长城》,收入《华盖集》;第三部分仍以原题收入《集外集》。下文所说的由此引起的“几句话”,指许广平(署名景宋)的《怀疑》一文,刊载于《莽原》周刊第五期。

〔2〕“凶兽样的羊” 《华盖集·忽然想到(七)》中的话。

二二

广平兄:

两信均收到,一信中并有稿子,自然照例“感激涕零”而阅之。小鬼“最怕听半截话”,而我偏有爱说半截话的毛病,真是无可奈何。本来想做一篇详明的“朱老夫子论”呈政,而心绪太乱,又没有工夫。简捷地说一句罢,就是:他历来所走的都是最稳的路,不做一点小小冒险事,所以他偶然的话倒是不负责任的,待到别人因此而被祸,他不作声了。

群众不过如此,由来久矣,将来恐怕也不过如此。公理也和事之成败无关。但是,女师大的教员也太可怜了,只见暗中活动之鬼,而竟没有站出来说话的人。我近来对于□先生之赴西山,[1]也有些怀疑了,但也许真真恰巧,疑之者倒是我自己的神经过敏。

我现在愈加相信说话和弄笔的都是不中用的人,无论你说话如何有理,文章如何动人,都是空的。他们即使怎样无理,事实上却着着得胜。然而,世界岂真不过如此而已么?我要反抗,试他一试。

提起牺牲,就使我记起前两三年被北大开除的冯省三[2]。他是闹讲义风潮之一人,后来讲义费撤消了,却没有一个同学再提起他。我那时曾在《晨报副刊》上做过一则杂感[3],意思是:牺牲为群众祈福,祀了神道之后,群众就分了他的肉,散胙。

听说学校当局有打电报给学生家属之类的举动,我以为这些手段太毒了。教员之类该有一番宣言,说明事件的真相,几个人也可以的。如果没有一个人肯负这一点责任(署名),那么,即使校长竟去,学籍也恢复了,也不如走罢。全校没有人了,还有什么可学?

鲁迅。五月十八日。

*　　　*　　　*

〔1〕 □先生　原信作黎先生,指黎锦熙(1889—1978),湖南湘潭人,语言学家。当时任北京女子师范大学国文系代理主任。该系原定5月13日开课程会议,届时又发通知:"黎先生因失眠赴西山休养,不克

到会主席,本日会议,即行停止。”

〔2〕 冯省三(1902?—1924) 山东平原人,北京大学预科法文班学生。1922年10月北京大学部分学生反对学校征收讲义费风潮中被开除学籍。

〔3〕 一则杂感 指《即小见大》,后收入《热风》。

二三

鲁迅师:

五月十九日发的信早已读过,因为遇见时已经知道收到,所以一直搁到如今,才又整理起这枝笔来说几句话。

今日(廿七)见报上发表的宣言[1],知道已有“站出来说话的人”了,而且是七个之多。在力竭声嘶时,可以算是添了军火,加增气力。但是战线愈加扩充了——《晨报》是这样观察的——来日方长,诚恐热心的师长,又多一件麻烦,思之一喜一惧。

今日第七时上形义学[2],在沈兼士[3]先生的点名册上发见我已被墨刑[4](姓名上涂了墨),当时同学多抱不平,但不少杨党的小姐,见之似乎十分惬意。三年间的同学感情,是可以一笔勾消的,翻脸便不相识,何堪提起!有值周生二人往诘薛,薛答以奉校长办公室交来条子。办公室久已封锁,此纸何来,不问而知是偏安的谕旨,从太平湖饭店颁下的。盖以婆婆自居之杨氏,总不甘心几个学生尚居校中,必欲使两败俱伤而后快,恐怕日内因此或有一种波动也。

读吾师“世界岂真不过如此而已么？……”的几句，使血性易于起伏的青年如小鬼者，顿时在冰冷的煤炉里加上煤炭，红红的燃烧起来。然而这句话是为对小鬼而说的么？恐怕自身也当同样的设想罢。但从别方面，则总接触些什么恐怕“我自己看不见了”，“寿终正寝”等等怀念走到尽头的话。小鬼实在不高兴听这类话。据自己的经验说起来，当我幼小时，我的三十岁的哥哥死去的时候，凡在街上见了同等年龄的人们，我就憎恨他，为什么他不死去，偏偏死了我的哥哥。及至将近六旬的慈父见背的时候，我在街上又加添了我的阿父偏偏死去，而白须白发的人们却只管活在街头乞食的憎恨。此外，则凡有死的与我有关的，同时我就憎恨所有与我无关的活着的人。我因他们的死去，深感到死了的寂寞，一切一切，俱付之无何有之乡[5]。进女师大的第一年，我也曾因猩红热几乎死去。但这自身的危险，和死的空虚，却驱策形成了一部分的意见，就是：无论老幼，几时都可以遇到可死的机会，但在尚未遇到之时，不管三七二十一，还是将我自身当作一件废物，可以利用时尽管利用它一下子。这何必计及看见看不见，正寝非正寝呢？如其计及之，则治本之法，我以为当照医生所说：1，戒多饮酒；2，请少吸烟。

我希望《莽原》多出点慷慨激昂，阅之令人浮一大白[6]的文字，近来似乎有点穿棉鞋戴厚眼镜了。这也是因为我希望之切，遂不觉责备之深罢。可是我也没有交出什么痛哭流涕的文字，虽则本期想凑篇稿子，省得我师忙到连饭也没工夫吃。但是，自私是总脱不掉的，同时因为他项事故，终于搁起笔来了。你说该打不该打?

小鬼许广平。五月廿七晚。

(其间缺广平留字一纸。)

* * *

〔1〕 报上发表的宣言 指发表于1925年5月27日《京报》的《对于北京女子师范大学风潮宣言》,鲁迅与马裕藻、沈尹默、李泰棻、钱玄同、沈兼士、周作人等联合署名。鲁迅拟稿。现编入《集外集拾遗补编》。

〔2〕 形义学 讲解汉字字形和字义的课程。

〔3〕 沈兼士(1885—1947) 浙江吴兴人,文字学家。曾留学日本,当时任北京大学和北京女子师范大学教授。

〔4〕 墨刑 我国古代的五刑之一,刺刻面颊,染以黑色。

〔5〕 无何有之乡 《庄子·逍遥游》:"今子有大树,患其无用,何不树之于无何有之乡,广莫之野。"

〔6〕 浮一大白 汉代刘向《说苑·善说》:"饮(而)不釂者,浮以大白。"本谓罚酒。后称满饮一大杯酒为浮一大白。

二四

广平兄:

午回来,看见留字。现在的现象是各方面都黑暗,所以有这情形,不但治本无从说起,便是治标也无法,只好跟着时局推移而已。至于《京报》事,据我所闻却不止秦小姐一人,还有许多人去运动,结果是说定两面的新闻都不载,但久而久之,也许会反而帮牠们(男女一群,所以只好用“牠”)的。办报的人们,就是这样的东西。——其实报章的宣传,于实际上也没有多大关系。

今天看见《现代评论》,所谓西滢[1]也者,对于我们的宣言出来说话了,装作局外人的样子,真会玩把戏。我也做了一点寄给《京副》[2],给他碰一个小钉子。但不知于伏园饭碗之安危如何。牠们是无所不为的,满口仁义,行为比什么都不如。我明知道笔是无用的,可是现在只有这个,只有这个而且还要为鬼魅所妨害。然而只要有地方发表,我还是不放下;或者《莽原》要独立,也未可知。独立就独立,完结就完结,都无不可。总而言之,倘笔舌尚存,是总要使用的,东滢西滢,都不相干也。

西滢文托之“流言”,以为此次风潮是“某系某籍教员所鼓动”,那明明是说“国文系浙籍教员”了,别人我不知道,至于我之骂杨荫榆,却在此次风潮之后,而“杨家将”[3]偏偏来诬赖,可谓卑劣万分。但浙籍也好,夷籍也好,既经骂起,就要骂下去,杨荫榆尚无割舌之权,总还要被骂几回的。

现在老实说一句罢,“世界岂真不过如此而已么?……”这些话,确是“为对小鬼而说的”。我所说的话,常与所想的不同,至于何以如此,则我已在《呐喊》的序上说过:不愿将自己的思想,传染给别人。何以不愿,则因为我的思想太黑暗,而自己终不能确知是否正确之故。至于“还要反抗”,倒是真的,但我知道这“所以反抗之故”,与小鬼截然不同。你的反抗,是为了希望光明的到来罢?我想,一定是如此的。但我的反抗,却不过是与黑暗捣乱。大约我的意见,小鬼很有几点不大了然,这是年龄,经历,环境等等不同之故,不足为奇。例如我是诅咒"人间苦"而不嫌恶"死"的,因为"苦"可以设法减轻而"死"是必然的事,虽曰"尽头",也不足悲哀。而你却不高兴听这类话,——但是,为什么将好好的活人看作"废物"的?这就比不做"痛哭流涕的文字"还"该打"!又如来信说,凡有死的同我有关的,同时我就憎恨所有与我无关的……,而我正相反,同我有关的活着,我倒不放心,死了,我就安心,这意思也在《过客》中说过,都与小鬼的不同。其实,我的意见原也一时不容易了然,因为其中本含有许多矛盾,教我自己说,或者是人道主义与个人主义这两种思想的消长起伏罢。所以我忽而爱人,忽而憎人;做事的时候,有时确为别人,有时却为自己玩玩,有时则竟因为希望生命从速消磨,所以故意拚命的做。此外或者还有什么道理,自己也不甚了然。但我对人说话时,却总拣择那光明些的说出,然而偶不留意,就露出阎王并不反对,而"小鬼"反不乐闻的话来。总而言之,我为自己和为别人的设想,是两样的。所以者何,就因为我的思想太黑暗,但究竟是否真确,又不得而知,所以只能在自身试验,不敢邀请别人。其实小鬼希望父兄长存,而自视为"废物",硬去替"大众请命",大半也是如此。

《莽原》实在有些穿棉花鞋了,但没有撒泼文章,真也无法。自己呢,又做惯了晦涩的文章,一时改不过来,下笔时立志要显豁,而后来往往仍以晦涩结尾,实在可气之至!现在除附《京报》分送外,另售千五百,看的人也不算少。待"闹潮"略有结束，你这一匹“害群之马”[4]多来发一点议论罢。

鲁迅。五月三十日。

*　　　*　　　*

〔1〕 西滢 陈源(1896—1970)，字通伯，笔名西滢，江苏无锡人，现代评论派的主要成员。曾留学英国，当时任北京大学英文系主任。他在《现代评论》第一卷第二十五期(1925 年 5 月 30 日)发表的《闲话》中说：“我们在报纸上看见女师大七教员的宣言，以前我们常常听说女师大的风潮，有在北京教育界占最大势力的某籍某系的人在暗中鼓动，可是我们总不敢相信。这个宣言语气措辞，我们看来，未免过于偏袒一方，不大公允。”

〔2〕 指《并非闲话》，后收入《华盖集》。

〔3〕 “杨家将” 原指北宋初年世代抗击契丹入侵的杨业一家将领。这里借指杨荫榆及其支持者。

〔4〕 “害群之马” 杨荫榆在开除女师大学生会许广平等六干事的布告中，曾有“开除学籍，即令出校，以免害群”的话。这里是对许的戏称。

二五

鲁迅师：

接到卅一日的信，尚未拆口，就感着不快：牠们居然检查邮件了！先前也有这种情形，但这次同时收两封信，两封的背面下方都有拆过再粘，失了原状的痕迹。当然与之理论，但是何益!？我想，托人转交，或者可免此弊罢。然而又回想，我何必避它，索性在信中骂一个畅快，给牠看也好。可是我师何辜,遭此牵涉,从前是有诛九族[1],罪妻孥的,现在也要恢复,责及其师么?可恶之极!

昨日(星期)看了西滢的《闲话》,做了一篇《六个学生该死》[2],本想痛快的层层申说该死的各方,但写了那些之后,就头涔涔的躺下了。今早打算以此还《妇周》评梅所索之债,但不见来。今请先生阅之,如伏园老头子不害怕,而稿子还可对付,可否仍送《京副》。但其中许多意思,前人已屡次说过,此文不过尔尔。

我早知世界不过如此,所以常感苦闷,而自视为废物。其欲利用之者,犹之尸体之供医学上解剖,冀于世不无小补也。至于光明,则老实说起来,我活到那么大就从来没有望见过。为我个人计,自然受买收可以比在外做"人之患"舒服,不反抗比反抗无危险,但是一想到我以外的人,我就绝不敢如此。所以我佛悲苦海之沉沦,先儒惕日月之迅迈,不安于"死",而急起直追,同是未能免俗。小鬼也是俗鬼,旧观念还未打破,偶然思想与先生合,偶尔转过来就变卦,废物利用又何尝不是"消磨生命"之术,但也许比"纵酒"稍胜一筹罢。自然,先生的见解比我高,所以多"不同",然而即使要"捣乱",也还是设法多住些时好。褥子下明晃晃的钢刀,用以克敌防身是妙的,倘用以……似乎……小鬼不乐闻了!

小鬼许广平。六月一日。

*　　　*　　　*

〔1〕 九族　指本身以上的父、祖、曾祖、高祖和以下的子、孙、曾

孙、玄孙。也有包括异姓亲属而言的,即以父族四、母族三,妻族二为“九族”。

〔2〕《六个学生该死》 载《京报副刊》第一六八期(1925年6月3日),署名伤时。

二六

广平兄:

拆信案件,或者牠们有些受了冤,因为卅一日的那一封,也许是我自己拆过的。那时已经很晚,又写了许多信,所以自己不大记得清楚,只记得将其中之一封拆开(从下方),在第一张上加了一点细注。如你所收的第一张上有小注,那就确是我自己拆过的了。

至于别的信,我却不能代牠们辩护。其实,私拆函件,本是中国的惯技,我也早料到的。但是这类技俩,也不过心劳日拙而已。听说明的方孝孺〔1〕,就被永乐皇帝灭十族,其一是“师”,但也许是齐东野语〔2〕,我没有考查过这事的真伪。可是从西滢的文字上看来,此辈一得志,则不但灭族,怕还要“灭系”,“灭籍”了。

明明将学生开除,而布告文中文其词曰“出校”,我当时颇叹中国文字之巧。今见上海印捕击杀学生〔3〕,而路透电则云,“华人不省人事”,可谓异曲同工,但此系中国报译文,不知原文如何。

其实我并不很喝酒,饮酒之害,我是深知道的。现在也还是不喝的时候多，只要没有人劝喝。多住些时，固无不可的。短刀我的确有，但这不过为夜间防贼之用，而偶见者少见多怪，遂有“流言”，皆不足信也。

汪懋祖先生的宣言〔4〕发表了，而引“某女士”之言以为重，可笑。牠们大抵爱用“某”字，不知何也？又观其意，似乎说是“某籍某系”想将学校解散，也是一种奇谈。黑幕中人面目渐露，亦殊可观，可惜他自己又说要“南归”了。躲躲闪闪，躲躲闪闪，此其所以为“黑幕中人”欤！？哈哈！

迅。六月二日。

*　　*　　*

〔1〕 *方孝孺*(1357—1402)　浙江宁海人，明建文时任侍讲学士，文学博士。建文四年(1402)，建文帝的叔父燕王朱棣起兵攻陷南京，自立为帝，方孝孺因拒绝为他起草即位诏书被杀。据《明史纪事本末·壬午殉难》：“孝孺……掷笔于地，且哭且骂曰：‘死即死耳，诏不可草’。文皇(朱棣)大声曰：‘汝安能遽死。即死，独不顾九族乎?’孝孺曰：‘便十族奈我何！’……九族既戮，亦皆不从，乃及朋友门生廖镛、林嘉猷等为一族，并坐，然后诏磔于市，坐死者八百七十三人，谪戍绝徼死者不可胜计。”

〔2〕 *齐东野语*　语出《孟子·万章(上)》：“此非君子之言，齐东野人之语也。”后来常把不足凭信的话称为齐东野语。

〔3〕 *上海印捕击杀学生*　指五卅惨案。1925年5月15日，上海日商内外棉纱厂工人顾正红(共产党员)，在罢工中被日本资本家枪杀，激起上海各界人士的公愤。30日，上海学生二千余人在租界进行宣传，声援工人，号召收回租界，被英巡捕逮捕百余人，随后群众万余人在英

租界南京路捕房前示威，要求释放被捕者。英国巡捕（其中有印度籍的）即开枪射击，伤亡数十人。但英国路透社的消息却说："示威者受重伤者十人，不省人事者六人"（见《京报》1925年6月1日）。

〔4〕 汪懋祖的宣言 汪懋祖（1891—1949），字典存，江苏吴县人，当时女师大教授、哲教系代理主任。他在致"全国教育界"的意见书中称颂杨荫榆，其中曾引《现代评论》第一卷第十五期所载"一个女读者"的来信（题作《女师大的学潮》）。这里所说的"某女士"，即指这个"女读者"，参看本卷第30页注〔6〕。

二七

鲁迅师：

这时我又来捣乱了，也不管您有没有闲工夫看这捣乱的信。但是我还是照旧的写下去——

上海风潮起后，接联的"以脱"[1]的波动传到北京来了。在万人空巷的监视之下，排着队游行，高喊着不易索解的无济于事的口号，自从两点多钟在第三院[2]出发，直至六点多钟到了天安门才算一小结束。这回是要开国民大会。席地而坐，以资休息的"它们"，忽的被指挥者挥起来，意思是：当这个危急存亡，不顾性命的时候，还不振作起精神来，一致对外吗！？对的，一骨碌个个笔直的立正起来，而不料起来了却要看把戏。说是北大，师大的人争做主席，争做总指挥，台下两派，呐喊助威，并且叫打，眼看舞台上开始肉搏了！我们气愤的高声喝住：这不是争做主席的时候，这是什么情形，还在各自争夺做头领！然而众寡不敌，气的只管气，喝的只管喝，闹的只管闹。这种情形，记得前些时天安门开什么大会[3]，也是如此。这真是“古已有之”，而不图“于今为烈”[4]。于是我只得废然返校了。

所可稍快心意的，是走至有一条大街，迎面看见杨婆子笑迷迷的瞅着我们大队时，我登即无名火起，改口高呼打倒杨荫榆，打倒杨荫榆，驱逐杨荫榆！同侪闻声响应，直喊至杨车离开了我们。这虽则似乎因公济私，公私混淆，而当时迎头一击的痛快，实在比游过午门的高兴，快活，可算是有过之无不及。先生，您看这匹“害群之马”简直不羁到不可收拾了。这可怎么办？

既封了信，再有话说，最好还是另外写一封，“多多益善”，免致小鬼疑神疑鬼，移祸东吴[5]（其实东吴也确有可疑之处）。看前信第一张上，的确“加了一点细注”，经这次考究，省掉听半截话一样的闷气，也好。

“劝喝”酒的人是随时都有的，下酒物也随处皆是的。只求在我，外缘可以置之不闻不问罢。

小问题（校长）还未解决，大问题（上海事件）又起来；平时最犯忌是提前放假，现在却自动的罢课了。虽则每日有讲演，募捐，宣传等等工作，但是暑假期到了，恐怕男女的在校办事人，就将设法拆学生之台，相率离去，那时电灯不开，自来水不流……。饭可以自己往外买，其余怎办呢？这是一件公私（国，校）相连的问题，政治又呈不安之象，现时“救死惟恐不暇”，这个教育的部分小问题，谁有闲情逸致来打扫这不香气的“茅厕”[6],无怪我们在“茅厕”坑的人,永沦不拔了!

黑幕中人陆续星散,确是“冷一冷”[7],“冷一冷”……的秘诀。校长去了,教务,总务辞职了,自以为解决种种问题的评议会,教务联席会议,不能振作旗鼓了。最末一著就是拆学生之台,个个散去,使学生不能在校中存在。像这种极端破坏主义,前途何堪设想!?

罢课了!每星期的上《苦闷的象征》的机会也没有了!此后几时再有解决风潮,安心听讲的机会呢?

小鬼许广平。六月五夕。

伏园老大出力于《京副》,此时此境,究算难得,是知有其师必有其弟也。

*　　　*　　　*

〔1〕 “以脱” 英语 Ether 的音译,通译以太,十七世纪至十九世纪科学家假想的一种传播光的媒质。

〔2〕 第三院 当时北京大学第三院,位于北京东城北河沿大街。

〔3〕 据《京报》1925 年 6 月 4 日报道,五卅惨案消息传到北京后,北京大学、北京师范大学等数十所学校学生共五万余人,于 6 月 3 日下午示威游行,并在天安门集会声援上海人民的反帝斗争。

〔4〕 “古已有之” 语出宋代欧阳修《朋党论》:“朋党之说,自古有之”。“于今为烈”,语出《孟子·万章(下)》,原指杀人掠物的行为更为严重。

〔5〕 移祸东吴 将灾祸转嫁于别人的意思。据《三国演义》第七十七回:东吴孙权杀死关羽后,将关羽的首级送给曹操,司马懿认为这是孙权移祸于曹操,建议以檀木刻成身躯,配上首级,葬之以礼,这样可

使刘备怨归东吴，祸出国门。这里指错疑别人检查邮件。

〔6〕“茅厕” 陈源在《现代评论》第一卷第二十五期(1925年5月30日)发表的《闲话》中说：女师大风潮，“实在旁观的人也不能再让它酝酿下去，好像一个臭毛厕，人人都有扫除的义务”。

〔7〕“冷一冷” 原是鲁迅《华盖集·“碰壁”之后》一文中所引某教员议论女师大学潮的话。

二八

鲁迅师：

六月六日发去一封信，不知是否遇了洪乔〔1〕？念念。

学校的一波未平，上海的一波又起，小鬼心长力弱，深感应付无方，日来逢人发脾气——并非酒疯——长此以往，将成狂人矣！幸喜素好诙谐，于滑稽中减少许多苦闷，这许是苦茶中的糖罢，但是，真的，“苦之量如故”。

今夕“微醉”(?)之后，草草握笔，做了一篇短文，即景命题，名曰《酒瘾》〔2〕。好久被上海事件闹得“此调不弹”了，故甚觉生涩，希望以“编辑”而兼“先生”的尊位，斧削，甄别。如其得逃出“白光”〔3〕而钻入第十七次的及第，则请 赐列第□期《莽原》的红榜上坐一把末后交椅：“不胜荣幸感激涕零之至”！

敬领

骂好！！！！

小鬼许广平。六月十二夕。

*　　　*　　　*

〔1〕 遇了洪乔　指信件遗失。《世说新语·任诞》:“殷洪乔作豫章郡,临去,都下人因附百许函书。及至石头,悉掷水中,因祝曰:‘沉者自沉,浮者自浮,殷洪乔不能作致书邮’。”

〔2〕《酒瘾》　署名景宋,载《莽原》周刊第九期(1925年6月19日)。

〔3〕“白光”　这里戏指《呐喊》中的一篇小说《白光》,主人公陈士成经十六次县考,都没有考取秀才。

二九

广平兄:

六月六日的信早收到了,但我久没有复;今天又收到十二夕信,并文稿。其实我并不做什么事,而总是忙,拿不起笔来,偶然在什么周刊上写几句,也不过是敷衍,近几天尤其甚。这原因大概是因为“无聊”,人到无聊,便比什么都可怕,因为这是从自己发生的,不大有药可救。喝酒是好的,但也很不好。等暑假时闲空一点,我很想休息几天,什么也不做,什么也不看,但不知道可能够。

第一,小鬼不要变成狂人,也不要发脾气了。人一发狂,自己或者没有什么——俄国的梭罗古勃[1]以为倒是幸福——但从别人看来,却似乎一切都已完结。所以我倘能力所及,决不肯使自己发狂,实未发狂而有人硬说我有神经病,那自然无法可想。性急就容易发脾气,最好要酌减“急”的角度,否则,要防自己吃亏，因为现在的中国，总是阴柔人物得胜。

上海的风潮，也出于意料之外。可是今年的学生的动作，据我看来是比前几回进步了。不过这些表示，真所谓“就是这么一回事”。试想：北京全体（?）学生而不能去一章士钉〔2〕，女师大大多数学生而不能去一杨荫榆，何况英国和日本。但在学生一方面，也只能这么做，唯一的希望，就是等候意外飞来的“公理”。现在“公理”也确有点飞来了，而且，说英国不对的，还有英国人。〔3〕所以无论如何，我总觉得洋鬼子比中国人文明，货只管排，而那品性却很有可学的地方。这种敢于指摘自己国度的错误的，中国人就很少。

所谓“经济绝交”者，在无法可想中，确是一个最好的方法。但有附带条件，要耐久，认真。这么办起来，有人说中国的实业就会借此促进，那是自欺欺人之谈。（前几年排斥日货时，大家也那么说，然而结果不过做成功了一种“万年糊”。草帽和火柴发达的原因，尚不在此。那时候，是连这种万年糊也不会做的，排货事起，有三四个学生组织了一个小团体来制造，我还是小股东，但是每瓶卖八枚铜子的糊，成本要十枚，而且货色总敌不过日本品。后来，折本，闹架，关门。现在所做的好得多，进步得多了，但和我辈无关也。）因此获利的却是美法商人。我们不过将送给英日的钱，改送美法，归根结蒂，二五等于一十。但英日却究竟受损，为报复计，亦足快意而已。

可是据我看来，要防一个不好的结果，就是白用了许多牺牲，而反为巧人取得自利的机会，这种在中国是常有的。但在学生方面，也愁不得这些，只好凭良心做去，可是要缓而韧，不要急而猛。中国青年中,有些很有太“急”的毛病(小鬼即其一),因此,就难于耐久(因为开首太猛,易将力气用完),也容易碰钉子,吃亏而发脾气,此不佞所再三申说者也,亦自己所曾经实验者也。

前信反对喝酒,何以这回自己“微醉”(?)了?大作中好看的字面太多,拟删去一些,然后赐列第□期《莽原》。

□□[4]的态度我近来颇怀疑,因为似乎已与西滢大有联络。其登载几篇反杨之稿,盖出于不得已。今天在《京副》上,至于指《猛进》,《现代》,《语丝》为“兄弟周刊”,大有卖《语丝》以与《现代》拉拢之观。或者《京副》之专载沪事,不登他文,也还有别种隐情(但这也许是我的妄猜),《晨副》即不如此。

我明知道几个人做事,真出于“为天下”是很少的。但人于现状,总该有点不平,反抗,改良的意思。只这一点共同目的,便可以合作。即使含些“利用”的私心也不妨,利用别人,又给别人做点事,说得好看一点,就是“互助”。但是,我总是“罪孽深重,祸延”自己,每每终于发见纯粹的利用,连“互”字也安不上,被用之后,只剩下耗了气力的自己一个。有时候,他还要反而骂你;不骂你,还要谢他的洪恩。我的时常无聊,就是为此,但我还能将一切忘却,休息一时之后,从新再来,即使明知道后来的运命未必会胜于过去。

本来有四张信纸已可写完,而牢骚发出第五张上去了。时候已经不早,非结束不可,止此而已罢。

迅。六月十三夜。

然而,这一点空白,也还要用空话来填满。司空蕙前回登过启事,说要到欧洲去,现在听说又不到欧洲去了。我近来收到一封信,署名“捏蚊”,说要加入《莽原》,大约就是“雪纹”,也即司空蕙。这回《民众文艺》[5]上所登的署名“聂文”的,我看也是他。碰一个小钉子,就说要到欧洲去,一不到欧洲去,就又闹“琴心”式的老玩艺了。

这一点空白即以这样填满。

* * *

〔1〕 梭罗古勃(Ф. Сологуб,1863—1927) 俄国作家。他在长篇小说《小鬼》中表现了一种以发狂为幸福的厌世思想。

〔2〕 章士钉 指章士钊。据1925年5月12日《京报》“显微镜”栏载:“某学究见某报上载教育总长‘章士钉’五七呈文,愀然曰,‘名字怪僻如此,非圣人之徒也,岂能为吾侪卫古文之道乎?”这里移来戏用。

〔3〕 1925年6月6日,国际工人后援会中央委员会为五卅惨案发表《致中国国民宣言》,列名的有英国作家萧伯纳等人。宣言说:“对于白种和黄种资本帝国主义的强盗这次惨杀和平的中国学生和工人的事情,同你们一致抗争……你们的敌人就是我们的敌人,……你们将来的胜利就是我们的胜利。”(见1925年6月23日《京报副刊》)

〔4〕 □□ 原信作伏园。1925年6月13日孙伏园在《京报副刊》发表的《救国谈片》中说:“《语丝》、《现代评论》、《猛进》三家是兄弟周刊。”并说《现代评论》在五卅运动中“也有许多时事短评,社员做实际活动的更不少。”

〔5〕 《民众文艺》 北京《京报》附刊之一,1924年12月9日创刊,原名《民众文艺周报》,由胡崇轩、项拙、荆有麟等编辑。1924年底至1925年2月,鲁迅曾为它校阅稿件。自第十六号起改为《民众文艺》,由

荆有麟负责;第二十五号起改名《民众周刊》,出至第四十七号停刊。署名聂文的文章题为《别空喜欢》,载该刊第二十三号(1925年6月9日)。

三〇

鲁迅先生吾师左右:

接到六月十三的信又好些天了,有时的确"并不做什么事",但总没机会拿起笔来写字。人为什么会"无聊"呢?原因是不肯到外面走走散步不是呢?想"休息"实现而不至于被阻,最好还是到西山去。倘在家里而想"什么也不做什么也不看",恐怕敲门声一响,也还是躲也躲不掉罢。要"休息",也须有这个地位和机会;像我,现在和六个同学同进退,不至八大爷[1]到来,不得越雷池一步,真是苦极。就我自己想,如果长此以往,接触的实有令人发狂的必要,为自己打算,自是暂时离开此地便宜,但是不能够。可见有可以离开的地位和机会的,还是及早玩玩好。

设法消灭自己的办法,无论如何我以为与废物利用之意相反,此刻不容这种偏激思想存在了!但自己究是神经质,禁不起许多刺激而不生反应,于是,第一步就对谁都开枪,第二步是谁也不再能见谅,自己倘不怀沙自沉[2],舍疯狂无第二法。这是神经支配骨肉,感情胜过理智,没奈何的一件事。自然,我不以为这是"幸福",但也不觉得可怕。假使有那一天,那么,所希望的是有人给我一粒铁丸,或一针圣药,就比送到什么医院中麻木的活下去强得多了。但是这不过说得好听一点,故作惊人之谈,其实小鬼还是食饱睡足的一个凡人,玩的玩,笑的笑,与别人并无二致。有的人志大言夸,小鬼就是这样的一个人。吾师说过,不能受我们小学生的话骗倒,这回可也有一点相信谎说了。可见要高人一等的不受愚,还得仔细的"明察秋毫"才行。

在现政府之下而不压抑民气,我总有点怀疑,不是暗中向外人低首认错,便是另外等机会先扬后抑,使文章警策一点。总之,上海的事,大约是有扩大而无缩小的,远东的混战,也许从此发轫,否则自认吃亏,死了人还得赔款道歉,这真是蒙羞万代,遗臭千年,生不如死了。至于"意外飞来的公理",则恐怕做梦也不容易盼到,洋鬼子虽然也有自知不对的,然而都不是掌权的人,犹之中国今日之一品大百姓,话虽好听,于事还是无补的。先生总不肯使后生小子失望灰心,所以谈吐之间,总设法找一点有办法有希望的话,可是事实究不如此之简单容易。有些人听了安慰话,自然还是不敢放心,但以此为安心的依据,而宽懈下来的人,也未始不常有。还请吾师注意一下子罢。

提起做万年糊,我也想到可笑的事来了。那时在天津,收集些现成的雪花膏瓶子,做出许许多多的万年糊来,托着盘子向各处廉价兜售。不用本钱买瓶子,该可以不吃亏了罢,结果还是赔钱不讨好。因为做的成绩究不如市上卖的好,人也不肯来热心买。又想法用石膏模子铸成空心的蜡囡囡,洋狗,狮子等小品玩艺,希图代替市上的轻薄皮的玩具,然而总是敌不过,终于同样的失败了。

"白用了许多牺牲而反为巧人取得自利的机会",这是我所常常虑及的。即如我校风潮,寒假时确不敢说开始的人们并非别有用意,所以我不过袖手旁观,就是现在,也不敢说她们决非别有用意,但是学校真也太不像样了,忍无可忍,只得先做第一步攻击,再谋第二步的建设。这是我个人的见解,但攻击已成俘虏之势,建设不敢言矣。所以,我的目标是不满于杨,而因此而来的举动,却也许被第三者收渔人之利,不劳而获,那么,我也就甚似被人所"利用"了。这是社会的黑暗,傻子的结果。真还是决不"有点不平,反抗,改良的意思"的人们舒服。尤其坏的是:公举你出来做事时,个个都说做后盾,个个都在你面前塞火药,等你装足了,火线点起了,他们就远远的赶快逃跑,结果你不过做一个炸弹壳,五花粉碎。

《京报副刊》有它的不得已的苦衷,也实在可惜。从它所没收和所发表的文章看起来,蛛丝马迹,固然大有可寻,但也不必因此愤激。其实这也是人情(即面子)之常,何必多责呢。吾师以为"发见纯粹的利用",对□□有点不满(不知是否误猜),但是,屡次的"碰壁",是不是为激于义愤所利用呢?横竖是一个利用,请付之一笑,再浮一大白可也。

小鬼许广平。六月十七日下午六时。

*　　　*　　　*

〔1〕 八大爷　指兵。旧时谑称"兵"为"丘八"。这里疑指冯玉祥的军队。当时女师大学生曾派代表张平江、刘亚雄二人前往张家口,请求冯玉祥军队援助。(据1925年8月8日《世界日报》)

〔2〕 怀沙自沉　《史记·屈原列传》:屈原"乃作怀沙之赋……于

是怀石，遂自沉汨罗以死。”这里是自杀的意思。

三一

如何在世上混过去的方法

(录鲁迅信之“一，走人生的长途……”至“这真是没有法子！”凡三段，已见上文，故不重抄。)

鲁迅师：

以前给我的信中有上面的一大段，我总觉得“独食难肥，还想分甘同味”(二句是粤谚)，以公同好，现在上海事起，应有百折不回的精神，故我以为这些话有公开之必要，因此抄录奉呈，以光《莽原》篇幅。标题仍本吾师原文录下，至于署名，则自不待言是有宗主权矣。然而发表与否之权，仍属于作者，小鬼不敢僭定，故仍乞斟酌也。(但据我愚见，还希批准为幸！)

杨婆子在新平路十一号大租其办事处，积极准备招生。[1]学生方面往各先生处接洽，结果由在京四位主任[2]亲到教育部催促早日处理解决校事，一面另行呈文至执政处，请其从速选人至教育部负责，然后解决校事。在京四人，居然能做到这一点，真不容易。至于到校维持，则碍于婆子手段，恐未必肯办。凡出来说话做事的人，往往出力不讨好，又惹一身脏，如发表宣言的七个先生的事，就是前车，此后自然没有人敢于举动。结果，还是大家不管的女师大。

然而主任的先生说，非不肯管也，实有愿管而负责之人在,别人自然没法了。这也是不管的一个原因。而且要管的人,日来趾高气扬了,原因是狼狈为奸,巴结上司的成功。闻有人亲口说,我能上台,你就能返校,而我之能上台者,以天津为依靠也。貔貅十万,孱弱书生何足畏哉,况此外还有袁世凯〔3〕从中作祟。此事一实现,小学生无噍类〔4〕矣。世上真应该将"真理"二字的铅字消毁,免得骗了小孩子上当。目前满布了武装到校,解散文理二豫科,再开除学生共十八人(或云十二人)之说。又云某某定端节前一日到部,反之者即拒之以孔方兄,自不成问题。彼方对于学校的最低要求,是至少将学生六和婆子一,共同牺牲,彼此是非,在所不问。此亦可见破坏教育之坚决,但倘有益于校,死且不悔,六人不以为恨也,所虑者六人走了,仍未必有益于校耳。

小鬼许广平。六月十九晚。

(其间当有缺失,约二三封。)

*　　*　　*

〔1〕 杨荫榆准备招生一事,据《京报》报道:1925年6月18日,在学潮中被迫逃往天津的章士钊回到北京,杨荫榆遂趁机活动,在各报遍登女师大招生广告,附注中说:"本校招生依旧由学校当局负责,并无其他组织,恐有误会,合并声明。"

〔2〕 *在京四位主任* 指女师大国文系主任黎锦熙,化学系主任文元模,史地系主任李泰棻,音乐系主任萧友梅。1925年6月17日他们曾联名上书临时执政府,要求从速选派教育总长。(据1925年7月2日《晨报》)

〔3〕 袁世凯 指铸有袁世凯头像的银元。下文的孔方兄,也是指钱,旧时铜钱中有方孔,故称。

〔4〕 无噍类 《汉书·高帝纪》:“项羽尝攻襄城,襄城无噍类,所过无不残灭。”唐代颜师古注引如淳的话说:“无复有活而噍食者也,青州俗呼无孑遗为无噍类。”

三二

(前缺。)

那一首诗,意气也未尝不盛,但此种猛烈的攻击,只宜用散文,如“杂感”之类,而造语还须曲折,否,即容易引起反感。诗歌较有永久性,所以不甚合于做这样题目。

沪案以后,周刊上常有极锋利肃杀的诗,其实是没有意思的,情随事迁,即味如嚼蜡。我以为感情正烈的时候,不宜做诗,否则锋铓太露,能将“诗美”杀掉。这首诗有此病。

我自己是不会做诗的,只是意见如此。编辑者对于投稿,照例不加批评,现遵来信所嘱,妄说几句,但如投稿者并未要知道我的意见,仍希不必告知。

迅。六月二十八日。

(此间缺广平二十八日信一封。)

三三

广平兄:

昨夜,或者今天早上,记得寄上一封信,大概总该先到了。

刚才得二十八日函，必须写几句回答，就是小鬼何以屡次诚惶诚恐的赔罪不已，大约也许听了“某籍”小姐[1]的什么谣言了罢？辟谣之举，是不可以已的：

第一，酒精中毒是能有的，但我并不中毒。即使中毒，也是自己的行为，与别人无干。且夫不佞年届半百，位居讲师，难道还会连喝酒多少的主见也没有，至于被小娃儿所激么！？这是决不会的。

第二，我并不受有何种“戒条”。我的母亲也并不禁止我喝酒。我到现在为止，真的醉止有一回半，决不会如此平和。

然而“某籍”小姐为粉饰自己的逃走起见，一定将不知从那里拾来的故事（也许就从太师母那里得来的），加以演义，以致小鬼也不免吓得赔罪不已了罢。但是，虽是太师母，观察也未必就对，虽是太太师母，观察也未必就对。我自己知道，那天毫没有醉，更何至于胡涂，击房东之拳，吓而去之的事，全都记得的。

所以，此后不准再来道歉，否则，我“学笈单洋，教鞭17载”[2]，要发杨荫榆式的宣言以传布小姐们胆怯之罪状了。看你们还敢逞能么？

来稿有过火处，或者须改一点。其中的有些话，大约是为反对往执政府请愿而说的罢。总之，这回以打学生手心之马良[3]为总指挥，就可笑。

《莽原》第十期，与《京报》同时罢工了，发稿是星期三，当时并未想到要停刊，所以并将目录在别的周刊上登载了。现在正在交涉，要他们补印，还没有头绪；倘不能补，则旧稿须在本星期五出版。

《莽原》的投稿，就是小说太多，议论太少。现在则并小说也少，大约大家专心爱国，要“到民间去”[4]，所以不做文章了。

迅。六，二九，晚。

(其间当缺往来信札数封，不知确数。)

* * *

〔1〕 “某籍”小姐 指当年端午节去鲁迅家聚餐的绍兴籍女生许羡苏、俞芳、俞芬、王顺亲等。“某籍”，参看本卷第 82 页注〔1〕。

〔2〕 “学笈单洋，教鞭 17 载” 这是对杨荫榆文句的仿用。杨在 1925 年 5 月 20 日《晨报》发表的《对于暴烈学生之感言》中曾说：“荫榆夙不自量，蓄志研求，学笈重洋，教鞭十稔。”

〔3〕 马良(1875—?) 字子贞，河北清苑人。历任北洋政府济南镇守使，参战军第二师师长等职。据《晨报》报道，1925 年 6 月 25 日北京各界十余万人为反对英、日帝国主义在上海屠杀我国民众举行示威游行，由马良任总指挥。

〔4〕 “到民间去” 原是十九世纪六十至七十年代俄国民粹派的口号，它号召青年到农村去，发动农民反对沙皇政府。“五四”以后，特别是在五卅运动高潮中，这个口号在我国知识分子中间也相当流行。

三四

广平仁兄大人阁下，敬启者：前蒙投赠之

大作，就要登出来，而我或将被作者暗暗咒骂。因为我连题目也已经改换，而所以改换之故，则因为原题太觉怕人故也。收束处太没有力量，所以添了几句，想来也未必与尊意背驰；但总而言之：殊为专擅。尚希曲予
海涵，免施
贵骂，勿露“勃谿”[1]之技，暂羁“害马”之才，仍复源源投稿，以光敝报，不胜侥幸之至！
至于大作之所以常被登载者，实在因为《莽原》有些闹饥荒之故也。我所要多登的是议论，而寄来的偏多小说，诗。先前是虚伪的“花呀”“爱呀”的诗，现在是虚伪的“死呀”“血呀”的诗。呜呼，头痛极了！所以倘有近于议论的文章，即易于登出，夫岂“骗小孩”云乎哉！又，新做文章的人，在我所编的报上，也比较的易于登出，此则颇有“骗小孩”之嫌疑者也。但若做得稍久，该有更进步之成绩，而偏又偷懒，有敷衍之意，则我要加以猛烈之打击：小心些罢！
肃此布达，敬请
“好说话的”安！

“老师”谨训。七月九日。

报言章士钉将辞，屈映光[2]继之，此即浙江有名之“兄弟素不吃饭”人物也，与士钉盖伯仲之间，或且不及。所以我总以为不革内政，即无一好现象，无论怎样游行示威。

（其间当缺往来信札约五六封。）

*　　　*　　　*

〔1〕“勃谿” 杨荫榆在《对于暴烈学生之感言》中有“与此曹子勃谿相向”的话。勃谿，原出《庄子·外物》：“室无空虚，则妇姑勃谿。”据唐代成玄英疏：“勃谿，争斗也，室屋不空，则不容受，故妇姑争处，无复尊卑。”

〔2〕屈映光(1883—1973) 字文六，浙江临海人，当时为北洋政府临时参政院参政。据1925年5月17日《京报》：“教长人选，……其呼声最高者，为林长民、江庸、屈映光等。”下面的“兄弟素不吃饭”，据《屈映光纪事》(未署作者及出版处)：“映光前年赴京觐见，有友某招其晚餐，映光复书谢之曰弟向不吃饭，更不吃晚饭云云，京内外传为笑柄。其意盖谓向不赴人餐约，尤不赴人晚餐，而文理不通如此。”

三五

广平兄：

在好看的天亮还未到来之前，再看了一遍大作，我以为还不如不发表。这类题目，其实，在现在，是只能我做的，因为大概要受攻击。然而我不要紧，一则，我自有还击的方法；二则，现在做“文学家”似乎有些做厌了，仿佛要变成机械，所以倒很愿意从所谓“文坛”上摔下来。至于如诸君之雪花膏派，则究属“嫩”之一流，犯不上以一篇文章而招得攻击或误解，终至于“泣下沾襟”。

那上半篇，倘在小说，或回忆的文章里，固然毫不足奇，但在论文中，而给现在的中国读者看，却还太直白。至于下半篇，则实在有点迂。我在那篇文章里本来说：这种骂法，是“卑劣”的。而你却硬诬赖我“引以为荣”，真是可恶透了。

其实，对于满抱着传统思想的人们，也还大可以这样骂。看目下有些批评文字，表面上虽然没有什么，而骨子里却还是“他妈的”思想，对于这样批评的批评，倒不如直捷爽快的骂出来，就是“即以其人之道，还治其人之身”[1]，于人我均属合适。我常想：治中国应该有两种方法，对新的用新法，对旧的仍用旧法。例如“遗老”有罪，即该用清朝法律：打屁股。因为这是他所佩服的。民元革命时，对于任何人都宽容(那时称为“文明”)，但待到二次革命失败，许多旧党对于革命党却不“文明”了：杀。假使那时(元年)的新党不“文明”，则许多东西早已灭亡，那里会来发挥他们的老手段？现在用“他妈的”来骂那些背着祖宗的木主[2]以自傲的人们，夫岂太过也欤哉！？

还有一篇，今天已经发出去，但将两段并作一个题目了：《五分钟与半年》[3]。多么漂亮呀。

天只管下雨，绣花衫不知如何？放晴的时候，赶紧晒一晒罢，千切千切！

迅。七月二十九，或三十，随便。

*　　　*　　　*

〔1〕“即以其人之道，还治其人之身”　语出宋代朱熹《中庸》第十三章注。

〔2〕木主　也称神主，写有死者姓名作为供奉灵位的木牌。

〔3〕《五分钟与半年》　即《过时的话》，分《五分钟以后》和《半年以后》两节，载《莽原》周刊第十五期(1925年7月31日)，署名景宋。

第二集

厦门——广州

一九二六年九月至一九二七年一月

三六

广平兄：

我九月一日夜半上船，二日晨七时开，四日午后一时到厦门，一路无风，船很平稳，这里的话，我一字都不懂，只得暂到客寓，打电话给林语堂[1]，他便来接，当晚即移入学校居住了。

我在船上时，看见后面有一只轮船，总是不远不近地走着，我疑心就是“广大”。不知你在船中，可看见前面有一只船否？倘看见，那我所悬拟的便不错了。

此地背山面海，风景佳绝，白天虽暖——约八十七八度——夜却凉。四面几无人家，离市面约有十里，要静养倒好的。普通的东西，亦不易买。听差懒极，不会做事也不肯做事；邮政也懒极，星期六下午及星期日都不办事。

因为教员住室尚未造好（据说一月后可完工，但未必确），所以我暂住在一间很大的三层楼上，上下虽不便，眺望却佳。学校开课是二十日，还有许多日可闲。

我写此信时，你还在船上，但我当于明天发出，则你一到校，此信也就到了。你到校后，望即见告，那时再写较详细的情形罢，因为现在我初到，还不知什么。

迅。九月四日夜。

* * *

〔1〕 林语堂(1895—1976) 福建龙溪人,作家。曾留学美国,早期是《语丝》撰稿人之一。先后在北京大学、北京师范大学、北京女子师范大学等校任教,当时任厦门大学文科主任兼国学院秘书。

三七

(每起头的〇是某一个时间内写的,用〇起始,以示段落。)

〇 MY DEAR TEACHER:〔1〕

昨到你住的孟渊旅馆奉访后,四妹领我到永安公司,买得小手巾六条,只一元,算来一条不到二角。晚上又游四川路广东街,买雨伞一把,也不过几角钱。访了两处亲戚,都还客气,留吃点心或饭,点心是吃的,但饭却推却了。

今天(九月一日)又往先施公司等,买得皮鞋一双,只三元;又信纸六大本(与此纸同,但大得多),一元。此外又买些应用什物,不敢多买,因为我那天看见你用炒饭下酒,所以也想节省一点。

〇今晚(一日)七时半落广大轮船,有二位弟弟送行,又有大安旅馆之茶房带同挑夫搬送行李,现在是已在船中安置好了。一房二人,另一人行李先到,占了上格床,我居下格。现只我一人在房,我想遇有机会,想说什么就写什么,管它多少,待到岸即投入邮筒;但临行时所约的时间,〔2〕我或者不能守住,要反抗的。

船票二十五元，连杂费约共花三十余元，余下的还很不少。又，大安旅馆自沪一直招呼至粤，使费大约较自己瞎撞的公道，且可靠，这也足以令人放心的。

船中热甚，一房竟夕惟我一人，也自由，也寂寞，船还停着，门窗不敢打开，闷热极了！好在虽然时时醒来，但也即睡去；臭虫到处都是，不过我尚能安眠。只是因为今晚独自在船，想起你的昨晚来了。本来你昨晚下船没有，走后情形如何，我都不知道，晚间妹妹们又领我上街闲走，但总是蓦地一件事压上心头，十分不自在，我因想，此别以后的日子，不知怎么样？

〇二日晨八时十分，船始开。天刚亮，就有人来查行李。先开随身的木箱，后开帆布箱，我故意慢慢地。他不耐烦了，问我作什么的。我答学生，现做教员。他走了。船开后又来查，这回是查私贩铜元的，床铺里也都穷搜，将漆黑的手印满留在枕席上。

同房的姓梁，是基督教徒，有一个她的女友，住房舱的，却到我们房里来吃饭，两人总是谈着什么牧师爷牧师奶，讨厌得很，我这回车和船都顶着"华盖"了。午后她们又约我打牌，虽则不算钱，总是费时无益的事，我连忙躺下看书，不久睡着，从十一点多钟一直到四点。六时顷晚饭，菜是广东味，不十分好，也还吃得几碗饭。也不晕船，躺着看小说。

〇睡起见水色已变浅绿，泛出雪白的波头，好看极了。因为多年囚禁在沙漠中，所以见之不禁惊喜，但可气的是船面上挤满着人，铺盖，水桶，货物；房的窗口也总有成排的人，高高的坐在箱子上，遮得全房漆黑，而我又在下层床，日里又要听基督圣谕。MY DEAR TEACHER！你的船中生活怎么样？

〇三日晨七时起床，十时早饭，十一时左右，在我们房门口的堆满行李的舱面上，是工友们开会。许多人聚在一处，有一个学生模样的做主席，大家演说北伐的必要……随意发挥；报告各地情形的也有，我也略略说了一点北京的黑暗。开会有二时之久，大家精神始终贯注，互相勉励，而著重于鼓励工人，因为这会是为工人而开的。我在旁参与，觉到一种欢欣，算是我途中第一次的喜遇。这现象，在北方恐怕是梦想不到的罢！下午一时多散会，还豫约每天开会一次，尤其是注意于向着上海工厂招来的工友们，灌输国民革命的意义。有一个孙传芳〔3〕部下的军官，当场演说北方军阀的黑幕，并说自当军官以来，不求升官发财，现在看北方军人实在无可希望了，所以毅然脱离，径向广东投国民革命军，意欲从这里打破北方的黑暗。这是大家都很欢迎的。MY DEAR TEACHER，你看这种情形是多么朝气呀！

十时吃的算是午饭，一时顷有咖啡一杯，面包二片，晚九时又有鸡粥一碗，其间的四时顷是晚餐，食物较火车上为方便。船甚稳，如坐长江轮船一样，不知往厦门去的是否也如此？

〇四日被姓梁的惊醒，已经八点多了。她有一个女友，和一个男友(？)，不绝的来，一方面唱圣诗，一方面又打扑克。我被挤得连看书的地方都没有了，也看不下去，勉强的看了《骆驼》〔4〕；又看《炭画》，是文言的，没有终卷。继看《夜哭》，字句既欠修饰，命意也很无聊，糟透了。

下午四时船经过厦门，我注意看看，不过茫茫的水天一色，厦门在那里！？

因为听说是经过厦门，我就顺便打听从厦门到广州的走法。据客栈人说：可以由厦门坐船到香港，再由香港搭火车到广州，但坐火车要中途自己走一站，不方便，倘由广州往香港，则须用照相觅铺保，准一星期回，否则惟店铺是问。也有从厦门到汕头的。我想，这条路较好，从汕头至广州，不是敌地，检查之类，可省许多麻烦，这是船中所闻，先写寄，免忘记，借供异日参考。

现在写字时是四日晚的九时，快有粥吃了。男女两教徒都走了，清净不少，但天气比前两天热，也不愿意睡，就想起上面的那些话，写了下来。

○ MY DEAR TEACHER：现在是五日午后二时廿分了，我正吃过午点心。不晓得你在做什么？今天工人仍然开会，但时间提早了，是十时多。刚刚摆开早饭，一个工人就来邀我赴会，说有两个主席，我是其一。我想，在这样人地生疏的境况之下，做主席是很难的，一不合式，就会引起纠纷，便说正在吃饭，又向来没有做过主席，不敢当，当场推却了。饭后到会，就有人要我演说，正推辞间，主席已在宣布喉咙不大好，说话不便，要我去接替。我没法，只得站上台去，攻击了一顿北京的政治和社会上的黑暗的情形。一完就退席，回到房里。听人说，开会时有国民党员百来人，但是彼此争执开会手续不合法，一部分人退席了。这是我后来才知道的。往回一想，这么几个人，在这么短期间，开一个小会就冲突，则情形之复杂可想,幸而我没有做主席,否则,也许会糟到连自己都莫名其妙哩!听说明天上午可以到广州了,船内的会总该不致再开,我或者可以不再去说话。但是,到广州呢?

现时船早过了汕头,晚饭顷可经香港之北,名大划[5]的地方。在这里须等候带船的人来领入广州,但他来的迟早很不一定,即使来了,也得再走六小时之久,始达终点。但无论如何,六日是必能到广州的了。

○ MY DEAR TEACHER:今天是六日,现在是快到八点了。昨晚十时,船停香北大划地方,候带船人,因为此后伏礁甚多,非熟识者难以前进。幸而今早起来,听说带船人已经到了,专候潮长,便即开船;如能准时,则午后可到珠江了。

○ MY DEAR TEACHER:现在(三时)船快到了,以后再谈罢。

YOUR H. M.[6]六日下午三时。

*　　　*　　　*

〔1〕 MY DEAR TEACHER　英语:亲爱的老师。

〔2〕 据许广平《鲁迅回忆录·厦门和广州》,鲁迅和她离开北京时曾有"做两年工作再作见面的设想"。

〔3〕 孙传芳(1885—1935)　山东历城人,北洋直系军阀。当时任安徽、江苏、浙江、江西、福建五省联军总司令。

〔4〕 《骆驼》　不定期文艺刊物,周作人、徐祖正、张定璜主办,1926年6月在北京创刊,北新书局发行。下文的《炭画》,中篇小说,波兰显克微支著,周作人于1909年用文言翻译,1914年4月由上海文明

书局出版。《夜哭》,散文诗集,焦菊隐著,1926 年 7 月北新书局出版。

〔5〕 大划　在香港北角铜锣湾船坞附近。

〔6〕 YOUR H. M. YOUR,英语:你的;H. M.,“害马”罗马字拼音的缩写。

三八

先生:

六日我寄了一封信,那是在船上陆续写出,到粤后托客栈人寄的,收到了没有?

船于这日上午九时启碇驶入广州,经虎门黄埔,下午二时又停于距城甚远之车歪炮台〔1〕外,又候至六时,始受专意捣乱,久延始来之海关外人〔2〕查关检疫,乃放人换坐小艇泊岸。将泊岸了,而船夫一时疏失,突入旋涡,更兼船中人多(三十余)货重(百余件),躲浪不及,以致船身倾侧,江水入船,船夫坠水,幸全船镇静,使船放平,坠水船夫更竭力挽救,始得化险为夷,迨水上警察来时,已经平安无事矣。

登岸后,住大安栈,但钱币不同,路不认识,迫得写信叫人送给约我回来的陈家表叔〔3〕,请其到栈接我,即于七日上午迁寓陈家,此信即在陈家所写。女子师范学校〔4〕已经正式上课,今日(八日)下午四时左右,便当搬到校内去了。一切情形还多。女师甚复杂。我担任的是训育,另外授课八小时,每班一时,现在姑且尽力,究竟能否长久,再看情形就是了。

这里民气激昂,但闻北伐顺利,所以英人从中破坏〔5〕,现正多方寻衅,见诸事实,例如武装兵船示威珠江,沙面等,以图扰乱后方即是。闽中有何新闻?关于本地或外省的,便希通知一下。以后再谈。

候著安。

你的 H. M. 九月八日。

* * *

〔1〕 车歪炮台 在珠江南石头附近,清朝政府曾在这里筑过炮台。

〔2〕 海关外人 旧海关的外籍人员。

〔3〕 陈家表叔 指陈延炘,广东番禺人。北京大学毕业,当时任中山大学理科地质系讲师。

〔4〕 女子师范学校 即广东省立女子师范学校。许广平时任该校训育主任。

〔5〕 英人从中破坏 1926 年北伐军向武汉进军时,英国军舰于 9 月 4 日武装占领广州省港码头,且连日在珠江游弋,截击货船,拘捕华人,开枪射击省港罢工纠察队。

三九

迅师:

七,九两日发了两封信,你都收到了没有?那信是写一路上情形的。

五日你寄的信,十日晚收到了。信来在我到校之后,并非一到校也就收到。

八日搬入学校,在下午四时顷,我的妹妹,嫂嫂已在等我相见许多时候了。待行李送到后,我即和她们同回老家,入门,则见房屋颓坏,人物全非,对此故园,不胜凄痛。晚间蚊虫肆虐,竟夕不成眠。次晨为母氏纪念日,祀祭后十时余返校。卧室在旧校楼上,是昔之缝纫室,今隔为三,前后两间皆有窗,光线充足,但先已有人居住;中间室狭而暗,周围无窗,四面“碰壁”,即我朝夕之居处也。

校役招呼尚好,食品价亦不算太贵,但较北方或略昂,惟若可口,即算值得。

本校八日正式开课,校长〔1〕特许休息几天,所以于明日(十三,星期一)才起首授课及办公。以前几天,有时在校豫备教课,或休息,有时也出去探访亲戚,但总是请人带领。

这个学校的学生颇顽固,而且盲动,好闹风潮,将来也许要反对我,现时在小心中。

我一路上不觉受苦,回来后精神也佳,校内旧的熟人不少,但是我还是常常喜欢在房内看书。

你的较详细的信是否在途中,还是尚未写发,我希望早点收到。

明天有两小时教课,急要豫备,下次再细谈罢。

YOUR H. M. 九月十二晚六时三十五分。

我的职务(略)

* * *

〔**1**〕 校长 指廖冰筠,广东惠阳人,廖仲恺之妹。她于1920年至1927年初任广东省立女子师范学校校长。

四〇

　　（明信片背面）

从后面（南普陀）所照的厦门大学全景。

　　前面是海，对面是鼓浪屿。

最右边的是生物学院和国学院，第三层楼上有 ⊗ 记的便是我所住的地方。

　　昨夜发飓风，拔木发屋，但我没有受损害。

迅。九，十一。

　　（明信片正面）

　　想已到校，已开课否？

　　此地二十日上课。

十三日。

四一

广平兄：

　　依我想，早该得到你的来信了，然而还没有。大约闽粤间的通邮，不大便当，因为并非每日都有船。此地只有一个邮局代办所，星期六下午及星期日不办事，所以今天什么信件也没有——因为是星期——且看明天怎样罢。

　　我到厦门后发一信（五日），想早到。现在住了已经近十天，渐渐习惯起来了，不过言语仍旧不懂，买东西仍旧不便。

开学在二十日，我有六点钟功课，就要忙起来，但未开学之前，却又觉得太闲，有些无聊，倒望从速开学，而且合同的年限早满。[1]学校的房子尚未造齐，所以我暂住在国学院的陈列所空屋里，是三层楼上，眺望风景，极其合宜，我已写好一张有这房子照相的明信片，或者将与此信一同发出。上遂[2]的事没有结果，我心中很不安，然而也无法可想。

十日之夜发飓风，十分利害，语堂的住宅的房顶也吹破了，门也吹破了，粗如笔管的铜闩也都挤弯，毁东西不少。我住的屋子只破了一扇外层的百叶窗，此外没有损失。今天学校近旁的海边漂来不少东西，有桌子，有枕头，还有死尸，可见别处还翻了船或漂没了房屋。

此地四无人烟，图书馆中书籍不多，常在一处的人，又都是"面笑心不笑"，无话可谈，真是无聊之至。海水浴倒是很近便，但我多年没有浮水了，又想，倘若你在这里，恐怕一定不赞成我这种举动，所以没有去洗，以后也不去洗罢，学校有洗浴处的。夜间，电灯一开，飞虫聚集甚多，几乎不能做事，此后事情一多，大约非早睡而一早起来做不可。

迅。九月十二夜。

今天（十四日）上午到邮政代办所去看看，得到你六日八日的两封来信，高兴极了。此地的代办所太懒，信件往往放在柜台上，不送来，此后来信，可于厦门大学下加"国学院"三字，使他易于投递，且看如何。这几天，我是每日去看的，昨天还未见你的信，因想起报载英国鬼子在广州胡闹，进口船或者要受影响，所以心中很不安，现在放心了。看上海报，北京已戒严，[3]不知何故；女师大已被合并为女子学院，师范部的主任是林素园（小研究系），而且于四日武装接收[4]了，真令人气愤，但此时无暇管也无法管，只得暂且不去理会它，还有将来呢。

回上去讲我途中的事，同房的是一个五十多岁的广东人，姓魏或韦，我没有问清楚，似乎也是民党中人，所以还可谈，也许是老同盟会员罢。但我们不大谈政事，因为彼此都不知道底细，也曾问他从厦门到广州的走法，据说最好是从厦门到汕头，再到广州，和你所闻于客栈中人的话一样。船中的饭菜顿数，与广大同，也有鸡粥；船也很平；但无耶稣教徒，比你所遭遇的好得多了。小船的倾侧，真太危险，幸而终于"马"已登陆，使我得以放心。我到厦门时，亦以小船搬入学校，浪也不小，但我是从小惯于坐小船的，所以一点也没有什么。

我前信似乎说过这里的听差很不好，现在熟识些了，觉得殊不尽然。大约看惯了北京的听差的唯唯从命的，即容易觉得南方人的倔强，其实是南方的等级观念，没有北方之深，所以便是听差，也常有平等言动，现在我和他们的感情好起来了，觉得并不可恶。但茶水很不便，所以我现在少喝茶了，或者这倒是好的。烟卷似乎也比先前少吸。

我上船时，是克士[5]送我去的，还有客栈里的茶房。当未上船之前，我们谈了许多话，我才知道关于我的事情，伏园已经大大的宣传过了，还做些演义。所以上海的有些人，见我们同车到此，便深信伏园之说了，然而也并不为奇。

我已不喝酒了，饭是每餐一大碗（方底的碗，等于尖底的两碗)，但因为此地的菜总是淡而无味(校内的饭菜是不能吃的，我们合雇了一个厨子，每月工钱十元，每人饭菜钱十元，但仍然淡而无味)，所以还不免吃点辣椒末，但我还想改良，逐渐停止。

我的功课，大约每周当有六小时，因为语堂希望我多讲，情不可却。其中两点是小说史，无须豫备；两点是专书研究，须豫备；两点是中国文学史，须编讲义。看看这里旧存的讲义，则我随便讲讲就很够了，但我还想认真一点，编成一本较好的文学史。你已在大大地用功，豫备讲义了罢，但每班一小时，八时相同，或者不至于很费力罢。此地北伐顺利的消息也甚多，极快人意。报上又常有闽粤风云紧张之说，在这里却看不出，不过听说鼓浪屿上已有很多寓客，极少空屋了，这屿就在学校对面，坐舢板一二十分钟可到。

迅。九月十四日午。

*　*　*

〔1〕 据1927年1月15日《厦声日报》所载《与鲁迅的一席话》，鲁迅受聘于厦门大学，原定期限为二年。

〔2〕 上遂　原信作季黻，即许寿裳(1883—1948)，字季黻，号上遂，浙江绍兴人，教育家。鲁迅留学日本弘文学院时的同学，后又在教育部、北京女子师范大学、广州中山大学等处与鲁迅同事多年。当时鲁迅正在为他谋职。抗日战争胜利后在台湾大学任教。1948年2月18日深夜被刺杀于台北寓所。

〔3〕 北京戒严　奉系军阀与直系军阀争夺对北京的控制权，奉

系张宗昌于1926年9月3日夜十时突然发布戒严令，任命京师警察总监李寿金为戒严司令，宪兵司令王琦为戒严副司令。7日，李、王公布戒严法八条。9月22日直系卫戍司令王怀庆被迫将所部移驻保定。（据1926年9月5日、8日《申报》）

〔4〕 武装接收 1926年8月28日，北洋政府决定将北京女子师范大学改为师范部，并入北京女子学院，由教育总长任可澄自兼院长，并任命林素园为师范部学长（据1926年8月29日《申报》）。9月4日，任可澄同林素园率领军警武装接收女师大。参看《华盖集续编·记谈话（附记）》。

〔5〕 克士 原信作建人，即周建人（1888—1984），字乔峰，笔名克士，鲁迅的三弟，生物学家。当时在商务印书馆任编辑。

四二

广平兄：

十三日发的给我的信，已经收到了。我从五日发了一信之后，直到十四日才发信，十四以前，我只是等着等着，并没有写信，这一封才是第三封。前天，我寄上了《彷徨》和《十二个》[1]各一本。

看你所开的职务，似乎很繁重，住处亦不见佳。这种四面“碰壁”的住所，北京没有，上海是有的，在厦门客店里也看见过，实在使人气闷。职务有定，除自己心知其意，善为处理外，更无他法；住室却总该有一间较好的才是，否则，恐怕要瘦下。

本校今天行开学礼，学生在三四百人之间，就算作四百人罢，分为豫科及本科七系，每系分三级，则每级人数之寥寥，亦可想而知。此地不但交通不便，招考极严，寄宿舍也只容四百人，四面是荒地，无屋可租，即使有人要来，也无处可住，而学校当局还想本校发达，真是梦想。大约早先就是没有计画的，现在也很散漫，我们来后，都被搁在须作陈列室的大洋楼上，至今尚无一定住所。听说现正赶造着教员的住所，但何时造成，殊不可知。我现在如去上课，须走石阶九十六级，来回就是一百九十二级；喝开水也不容易，幸而近来倒已习惯，不大喝茶了。我和兼士及朱山根[2]，是早就收到聘书的，此外还有几个人，已经到此，而忽然不送聘书，玉堂费了许多力，才于前天送来；玉堂在此似乎也不大顺手，所以上遂的事，竟无法开口。

我的薪水不可谓不多，教科是五或六小时，也可以算很少，但别的所谓“相当职务”，却太繁，有本校季刊的作文，有本院季刊的作文，有指导研究员的事（将来还有审查），合计起来，很够做做了。学校当局又急于事功，问履历，问著作，问计画，问年底有什么成绩发表，令人看得心烦。其实我只要将《古小说钩沈》整理一下拿出去，就可以作为研究教授三四年的成绩了，其余都可以置之不理，但为了玉堂好意请我，所以我除教文学史外，还拟指导一种编辑书目的事[3]，范围颇大，两三年未必能完，但这也只能做到那里算那里了。

在国学院里的，朱山根是胡适之[4]的信徒，另外还有两三个，好像都是朱荐的，和他大同小异，而更浅薄，一到这里，孙伏园便要算可以谈谈的了。我真想不到天下何其浅薄者之多。他们面目倒漂亮的，而语言无味，夜间还要玩留声机，什么梅兰芳[5]之类。我现在惟一的方法是少说话；他们的家眷到来之后，大约要搬往别处去了罢。从前在女师大做办事员的白果[6]是一个职员兼玉堂的秘书，一样浮而不实，将来也许会兴风作浪，我现在也竭力地少和他往来。此外，教员内有一个熟人[7]，是先前往陕西去时认识的，似乎还好；集美中学内有师大旧学生五人，都是国文系毕业的，昨天他们请我们吃饭，算作欢迎，他们是主张白话的，在此好像有点孤立。

这一星期以来，我对于本地更加习惯了，饭量照旧，这几天而且更能睡觉，每晚总可以睡九至十小时；但还有点懒，未曾理发，只在前晚用安全剃刀刮了一回髭须而已。我想从此整理为较有条理的生活，大约只要少应酬，关起门来，是做得到的。此地的点心很好；鲜龙眼已吃过了，并不见佳，还是香蕉好。但我不能自己去买东西，因为离市有十里，校旁只有一个小店，东西非常之少，店中人能说几句"普通话"，但我懂不到一半。这里的人似乎很有点欺生。因为是闽南了，所以称我们为北人；我被称为北人，这回是第一次。

现在的天气正像北京的夏末，虫类多极了，最利害的是蚂蚁，有大有小，无处不至，点心是放不过夜的。蚊子倒不多，大概是因为我在三层楼上之故。生疟疾的很多，所以校医给我们吃金鸡纳[8]。霍乱已经减少了。但那街道，却真是坏，其实是在绕着人家的墙下，檐下走，无所谓路的。

兼士似乎还要回京去，他要我代他的职务，我不答应他。最初的布置，我未与闻，中途接手，一班绝不相干的人，指挥不灵，如何措手，还不如关起门来，“自扫门前雪”罢，况且我的工作也已经够多了。

章锡琛托建人写信给我，说想托你给《新女性》[9]做一点文章，嘱我转达。不知可有这兴致？如有，可先寄我，我看后转寄去。《新女性》的编辑，近来好像是建人了，不知何故。那第九(?)期，我已寄上，想早到了。

我从昨日起，已停止吃青椒，而改为胡椒了，特此奉闻。再谈。

迅。九月二十日下午。

*　　　*　　　*

〔1〕《十二个》　长诗，苏联勃洛克著，胡敩译，鲁迅为作《后记》，1926年8月北新书局出版。

〔2〕朱山根　原信作顾颉刚(1893—1980)。江苏吴县人，历史学家。当时任厦门大学国学院教授兼文科国文系名誉讲师。

〔3〕据1926年12月4日《厦大周刊》：厦门大学国学院计划编印《中国图书志》，内容包括谱录、春秋、地理、曲、道家儒家、尚书、小学、医学、小说、金石、政书、集、法家共十三类书目。鲁迅负责小说类。

〔4〕胡适之(1891—1962)　名适，字适之，安徽绩溪人，早年留学美国，“五四”时期新文化运动的代表人物之一。当时是北京大学教授，现代评论派的主要成员。

〔5〕梅兰芳(1894—1961)　名澜，字畹华，江苏泰州人，京剧表演艺术家。

〔6〕白果　原信作黄坚。字振玉，江西清江人，曾任北京女子师范大学教务处和总务处秘书。当时任厦门大学国学院陈列部干事兼文

科主任办公室襄理。

〔**7**〕 指陈定谟(1889—1961),江苏昆山人。曾任北京大学教授,1924年任天津南开大学教授,同年7月与鲁迅同去西安讲学。当时任厦门大学社会科学教授。

〔**8**〕 金鸡纳 一作金鸡纳霜,即奎宁。

〔**9**〕《新女性》 月刊,1926年1月创刊,章锡琛主编。1929年12月停刊,共出四卷。上海新女性社发行。

四三

迅师:

七,九,十二去了三信,只接到五日来的一信,你那里的消息一概不知道,惟有心猜臆测。究竟近状如何?是否途中感冒,现在休养?望勿秘不见告。

我不喜欢出街,因为到处不胜今昔之感;也因回来迟了,更不好意思偷懒,日常自早八时至晚五时才从办公室退至寝室,此后是沐浴和豫备教课……时间总觉短促,各方还未顺熟,终日傻瓜似的一个。

这校有三数学生是顽固大家,大多数都是盲从,貌似一气,其实全无主见。今日十六晚是星期四,此信寄到或当不是在邮差休息时,你可以早些看见了。你豫备教课忙么?余后陈。

祝你在新境度中秋鉴赏他们的快乐。

你的 H. M. 九月十七日。

四四

广平兄：

十七日的来信，今天收到了。我从五日发信后，只在十三日发一信片，十四日发一信，中间间隔，的确太多，致使你猜我感冒，我真不知怎样说才好。回想那时，也有些傻气，因为我到此以后，正听见唤人在广州肇事[1]，遂疑你所坐的船，亦将为彼等所阻，所以只盼望来信，连寄信的事也拖延了。这结果，却使你久不得我的信。

现在十四的信，总该早到了罢。此后，我又于同日寄《新女性》一本，于十八日寄《彷徨》及《十二个》各一本，于二十日寄信一封（信面却写了廿一），想来都该到在此信之前。

我在这里，不便则有之，身体却好，此地并无人力车，只好坐船或步行，现在已经炼得走扶梯百余级，毫不费力了。眠食也都好，每晚吃金鸡纳霜一粒，别的药一概未吃。昨日到市去，买了一瓶麦精鱼肝油，拟日内吃它。因为此地得开水颇难，所以不能吃散拿吐瑾[2]。但十天内外，我要移住到旧的教员寄宿所去了，那时情形又当与此不同，或者易得开水罢。（教员寄宿舍有两所，一所住单身人者曰"博学楼"，一所住有夫人者曰"兼爱楼"，不知何人所名，颇可笑。）

教科也不算忙，我只六时，开学之结果，专书研究二小时无人选，只剩了文学史，小说史各二小时了。其中只有文学史须编讲义，大约每星期四五千字即可，我想不管旧有的讲义，而自己好好的来编一编,功罪在所不计。

这学校化钱不可谓不多,而并无基金,也无计划,办事散漫之至,我看是办不好的。

昨天中秋,有月,玉堂送来一筐月饼,大家分吃了,我吃了便睡,我近来睡得早了。

迅。九月二十二日下午。

*　　　*　　　*

〔1〕 唳人在广州肇事　参看本卷第114页注〔5〕。

〔2〕 散拿吐瑾　德国柏林出产的补脑健胃药品。

四五

MY DEAR TEACHER:

你扣足了一星期给我一信,我在企望多日之中总算得到一点安慰——虽则只是一张明信片。

然而我实不解,我于七,九,十二,十七共发四函,并此为五,倘皆不到,我想,是否理由如下:

第一信,是到广州之次早,托大安栈茶房发出的,不知是否他学了洪乔?但可惜,此信记自沪至粤一路情形颇详细。

第二信,同时寄出者四处,除你之外尚有上海之叔,天津之嫂,东省之谢。[1]岂学校女工(给我做事的)作弊?

兹对于收到之信片更作复函,由我自己投邮,看结果如何?

五日来信十日晚到，十三信片十八到，计需六天。如我寄之信不失，则你于十二，十四，十八，二二，二四，应陆续接得我信。假使非茶房及女工之误，则请你向贵校门房一询，凡有书周树人，豫才，鲁迅而下款为广州或粤之景，宋，许……缄者，即为我寄之信。下笔时故意捣乱，不料反致遗失，可叹！

我校从十三日起，我即授课办公，教课似乎还过得去（察看情形），至于训育，真是难堪，包括学监舍监的事，从早八时至下午五时在办公处或查堂，回来吃晚饭后又要查学生自习及注意起居饮食……，总之无一时是我自己的时间。更有课外会议，各种领导事业及自己豫备教材……，弄得精疲力尽，应接不暇。明日是星期，下午一时还要开训育会议，回想做学生真快活也。

现人已睡久，钟停了不知何时，急忙写此，恕其不备为幸。

祝快乐，不敢劝戒酒，但祈自爱节饮。

你的 H. M. 九月十八晚。

飓风拔木，何不向林先生要求乔迁？

* * *

〔1〕 上海之叔 指在上海南洋兄弟烟草公司任职的许炳璈。天津之嫂，指许广平的堂嫂。东省之谢，指谢敦南（1900—1959），名毅，福建安溪人，当时在黑龙江省任财政厅总务科科员兼省陆军军官医院医官。其妻常瑞麟（1909—1984），是许广平在河北省立第一师范学校的同学。1926 年至 1928 年在黑龙江省立女子师范学校任校医兼任生理卫生教员。

四六

广平兄：

十八日之晚的信，昨天收到了。我十三日所发的明信片既然已经收到，我惟有希望十四日所发的信也接着收到。我惟有以你现在一定已经收到了我的几封信的事，聊自慰解而已。至于你所寄的七，九，十二，十七的信，我却都收到了，大抵是我或孙伏园从邮务代办处去寻来的，他们很乱，或送或不送，堆成一团，只要有人去说要拿那几封，便给拿去，但冒领的事倒似乎还没有。我或伏园是每日自去看一回。

看厦大的国学院，越看越不行了。朱山根是自称只佩服胡适陈源两个人的，而田千顷，辛家本[1]，白果三人，似皆他所荐引。白果尤善兴风作浪，他曾在女师大做过职员，你该知道的罢，现在是玉堂的襄理，还兼别的事，对于较小的职员，气焰不可当，嘴里都是油滑话。我因为亲闻他密语玉堂，“谁怎样不好”等等，就看不起他了。前天就很给他碰了一个钉子，他昨天借题报复，我便又给他碰了一个大钉子，而自己则辞去国学院兼职。我是不与此辈共事的，否则，何必到厦门。

我原住的房屋，要陈列物品了，我就须搬。而学校之办法甚奇，一面催我们，却并不指出搬到那里，教员寄宿舍已经人满，而附近又无客栈，真是无法可想。后来总算指给我一间了，但器具毫无，向他们要，则白果又故意特别刁难起来（不知何意，此人大概是有喜欢给别人吃点小苦头的脾气的），要我开帐签名具领，于是就给碰了一个钉子而又大发其怒。大发其怒之后，器具就有了，还格外添了一把躺椅，总务长[2]亲自监督搬运。因为玉堂邀请我一场，我本想做点事，现在看来，恐怕是不行的，能否到一年，也很难说。所以我已决计将工作范围缩小，希图在短时日中，可以有点小成绩，不算来骗别人的钱。

此校用钱并不少，也很不撙节，而有许多悭吝举动，却令人难耐。即如今天我搬房时，就又有一件。房中原有两个电灯，我当然只用一个的，而有电机匠来，必要取去其一个玻璃泡，止之不可。其实对于一个教员，薪水已经化了这许多了，多点一个电灯或少点一个，又何必如此计较呢。

至于我今天所搬的房，却比先前的静多了，房子颇大，是在楼上。前回的明信片上，不是有照相么？中间一共五座，其一是图书馆，我就住在那楼上，间壁是孙伏园和张颐[3]教授（今天才到，原先也是北大教员），那一面是钉书作场，现在还没有人。我的房有两个窗门，可以看见山。今天晚上，心就安静得多了，第一是离开了那些无聊人，也不必一同吃饭，听些无聊话了，这就很舒服。今天晚饭是在一个小店里买了面包和罐头牛肉吃的，明天大概仍要叫厨子包做。又自雇了一个当差的，每月连饭钱十二元，懂得两三句普通话，但恐怕颇有点懒。如果再没有什么麻烦事，我想开手编《中国文学史略》了。来听我的讲义的学生，一共有二十三人（内女生二人），这不但是国文系全部，而且还含有英文，教育系的；这里的动物学系，全班只有一人，天天和教员对坐而听讲。

但是我也许还要搬。因为现在是图书馆主任正请假着，由玉堂代理，所以他有权。一旦本人回来，或者又有变化也难说。在荒地里开学校，无器具，无房屋给教员住，实在可笑。至于搬到那里去，现在是无从揣测的。

现在的住房还有一样好处，就是到平地只须走扶梯二十四级，比原先要少七十二级了。然而"有利必有弊"，那"弊"是看不见海，只能见轮船的烟通。

今夜的月色还很好，在楼下徘徊了片时，因有风，遂回，已是十一点半了。我想，我的十四的信，到二十，二十一或二十二总该寄到了罢，后天(二十七)也许有信来，因先来写了这两张，待二十八日寄出。

二十二日曾寄一信，想已到了。

迅。二十五日之夜。

今天是礼拜，大风，但比起那一次来，却差得远了。明天未必一定有从粤来的船，所以昨天写好的两张信，我决计于明天一早寄出。

昨天雇了一个人，叫作流水，然而是替工，今天本人来了，叫作春来，也能说几句普通话，大约可以用罢。今天又买了许多器具，大抵是铝做的，又买了一只小水缸，所以现在是不但茶水饶足，连吃散拿吐瑾也不为难了。(我从这次旅行，才觉到散拿吐瑾是补品中之最麻烦者，因为它须兼用冷水热水两种，别的补品不如此。)

今天忽然有瓦匠来给我刷墙壁了，懒懒地乱了一天。夜间大约也未必能静心编讲义,玩一整天再说罢。

迅。九月二十六日晚七点钟。

*　　　*　　　*

〔1〕 田千顷　原信作陈万里(1891—1969)。江苏吴县人,当时任厦门大学国学院考古学导师,兼造型部干事和文科国文系名誉讲师。辛家本,原信作潘家洵(1896—1989)。江苏吴县人,翻译工作者。当时任厦门大学国学院英文编辑,兼外国语言文学系讲师。

〔2〕 总务长　指周辨明(1891—1984),字汴明,福建惠安人,当时任厦门大学外国语言文学系主任,语言学教授兼总务处主任。

〔3〕 张颐(1887—1969)　字真如,四川叙永人,曾任北京大学教授,当时任厦门大学哲学系教授。

四七

MY DEAR TEACHER:

二十二日得到你十四的和十二的放在一个信封内的信,知道了好多要说的话,虽则似乎很幽默,但我是以己度人,能够领解的。我以为一两天的路程,通信日期当然也不过如此,即须较多,三四天了不得了,而乃五六七八天,这真教人从何说起,况有时且又过之呢?

我正式做工和上课,已经有一星期零四天了,所觉到的结果是忙,忙……早上八点起就到办事处,或办事,或授课,此外还要查堂,看学生勤惰;五时回来吃晚饭;到七时学生自习,又要查了。训育职务是兼学监舍监之类(但又别有教务,舍务处),又须注意学风,宣传党义,与教务及总务俱隶属于校长之下,而如此办法,则惟广东在今年暑假后为然。我初毕业,既无经验,且又无可借鉴(他校尚未成立训育处),居此地位,真是盲人瞎马,"害"字加了一目矣。更兼学生为三数旧派所左右,外有全省学生联合会(广东学生而多顽固,岂非"出人意表之外")为之援,更外则京沪旧派为之助,势力滋蔓,甚难图也,此后倘能改革,固为大幸,否则我自然三十六着,走为上着,但多半是要被排斥的。当我未回之前,学生联合会已借口省立第一,二中学为□□[1]校长,作种种办学无状之条文,洋洋洒洒,大加攻击,甚至教育厅开除学生;继而广大(中山大学)法科反对陈启修[2]为主任,亦与第一,二中同一线索。女师是他们豫备第三次起风潮的,所以学生总是蠢蠢欲动,现正在多方探听我的色彩,好像曾经反抗段祺瑞政府者,亦即党国罪人一样。女子本少卓见,加以外诱,增其顽强,个个有杨荫榆之流风,甚可叹也。好在我只要自己努力,或者不至失败,即使失败,现时广东女子地位与男子等,亦自有别处可去,非如外地一受攻击,即难在社会上立足之困人也。

MY DEAR TEACHER! 你为什么希望"合同年限早满"呢? 你是因为觉得诸多不惯,又不懂话,起居饮食不便么? 如果对于身体的确不好,甚至有妨健康,则还不如辞去的好。然而,你不是要"去作工"么? 你这样的不安,怎么可以安心作工!? 你有更好的方法解决没有? 或者于衣食抄写有需我帮忙的地方,也不妨通知,从长讨论。

中秋那一天，你玩了没有？难得旅行到福建，住一天，最好是勿白辜负了这一天，还是玩玩吃吃的好，学校的厨子不好，不是五分钟可到鼓浪屿么？那边一定有食处，也有去处，谢君的哥哥就住在那地方，他们待人都好，你愿意去看看他么？今日还接到谢君来信，他极希望回到家乡去做点事，但看你所处的情形，连上遂先生也难荐，则其余恐怕更不必说了。

我在中秋的那天上午随校长赴追悼朱执信[3]六周年纪念会，到的人很多，见于树德[4]先生讲演，依然北方淳厚之风，后又往烈士坟凭吊，回校已午后一时，算是过了上半天的节。是日，不断的忆起去年今日，我远远的提着四盒月饼，跑来喝酒，此情此景，如在目前，有什么法子呢！而且训育方面逼住要中秋后一天开会，交出计画书去，我于中秋前赶做一晚，当天又接着做，勉强抄袭出来，能否适用还说不定。中秋下午，我实在耐不住了，跑回家里一趟，看见嫂妹的冷清清的，便又记起未出广东以前家庭的样子，不胜凄恻，又不忍走开，即买菜同吃一顿。饭后出街走了一圈，回来买些灯笼给孩子们，买些水果大家吃，约莫十时睡了，月是怎么样，没有细看。

北京女师大事，我收到两次学生宣言[5]，教育部诬助学生之教员为图自己饭碗；岂明，祖正二先生且被林素园当面诬为赤化[6]，虽即要求他认错取消，但亦可谓晦气。北伐想是顺利，此间清一色的报纸，莫明究竟，在福建大约可以较得真相。

邮政代办所离学校有多少远？天天走不累的慌么？

伏园宣传的话，其详可得闻欤？

现时候不早,眼睛倦极,下次再谈罢。祝你快乐!

你的 H. M. 九月二十三晚。

* * *

〔1〕 □□ 原信作赤化。1926 年夏,广东省立一中、二中学生中的右派组织“孙文主义学会”和“女权运动大同盟”,以两校校长陈蕃、黎樾庭是“赤化”分子为由,策动学生要求省教育厅撤换他们,经两校学生议决反对后,右派学生便到教育厅闹事。在省教育厅批准两校开除七名带头闹事者后,他们又盗用省、市学联名义,对教育厅进行攻击。

〔2〕 陈启修(1886—1960) 字惺农,四川中江人,曾任北京大学教授,当时任广州《民国日报》社长。

〔3〕 朱执信(1885—1920) 原名大符,浙江萧山人,民主革命家。1920 年秋赴广东策划桂系军队反正,9 月 21 日在虎门被杀害。

〔4〕 于树德(1894—1982) 字永滋,河北静海(今属天津)人。早年参加辛亥革命,1922 年加入共产党,曾任国民党中央委员,北京执行部常务委员,时任黄埔军校政治教官。在这次会上他作了关于三一八惨案和北京革命运动有关情况的讲演。

〔5〕 两次学生宣言 指北京女师大学生于 1926 年 9 月 3 日、8 日分别发表的宣言。主要内容是反对北洋政府撤销女师大,揭露任可澄、林素园率领军警武装接收学校的暴行,呼吁全国各界声援。(据 1926 年 9 月 4 日、8 日《世界日报》)

〔6〕 岂明 即周作人(1885—1967),浙江绍兴人,鲁迅的二弟。早年留学日本,曾任北京大学、北京女子师范大学教授,语丝社成员之一。抗日战争时期出任日伪华北政务委员会教育总署督办。祖正,即徐祖正(1895—1978),字耀辰,江苏昆山人,早年留学日本,曾任北京大学、北京女子师范大学教授。周作人在《语丝》第九十六期(1926 年 9 月

11 日)发表的《女师大的命运》一文，其中述及徐祖正被林素园“当面诬为赤化”的经过：“(一九二六年)八月(按应为九月)四日上午，北京女子师范大学因为续招新生，开考试委员会，我也出席，议事完了，正要分散的时候，忽然说女子学院的学长林素园来了。……我因与林君略略相识，便约了一位徐君(按指徐祖正)前去招待。略谈几句，林君就露出不逊的态度来，徐君……劝他注意，末后渐近争论，徐君便说我教训你不要如此。说时迟，那时快，林君勃然大怒，厉声疾呼曰：‘你是共产党！抓，抓，抓！’我那时真有点不大敢相信自己的耳朵了。……尔时警察既未即进‘抓’徐君，徐君乃乘间力请于林君，要求宣示证据，经了同来的两个人的好些奇妙的辩解，如‘共产党并没有什么要紧’之类，林君终乃道谢，云系误会，于是此事遂告一结束。”

四八

广平兄：

廿七日寄上一信，收到了没有？今天是我在等你的信了，据我想，你于廿一二大约该有一封信发出，昨天或今天要到的，然而竟还没有到，所以我等着。

我所辞的兼职(研究教授)，终于辞不掉，昨晚又将聘书送来了，据说林玉堂因此一晚睡不着。使玉堂睡不着，我想，这是对他不起的，所以只得收下，将辞意取消。玉堂对于国学院，不可谓不热心，但由我看来，希望不多，第一是没有人才，第二是校长有些掣肘(我觉得这样)。但我仍然做我该做的事，从昨天起，已开手编中国文学史讲义，今天编好了第一章。眠食都好，饭两浅碗，睡觉是可以有八或九小时。

从前天起，开始吃散拿吐瑾，只是白糖无法办理，这里的蚂蚁可怕极了，有一种小而红的，无处不到。我现在将糖放在碗里，将碗放在贮水的盘中，然而倘若偶然忘记，则顷刻之间，满碗都是小蚂蚁。点心也这样。这里的点心很好，而我近来却怕敢买了，买来之后，吃过几个，其余的竟无法安放，我住在四层楼上的时候，常将一包点心和蚂蚁一同抛到草地里去。

风也很利害，几乎天天发，较大的时候，令人疑心窗玻璃就要吹破；若在屋外，则走路倘不小心，也可以被吹倒的。现在就呼呼地吹着。我初到时，夜夜听到波声，现在不听见了，因为习惯了，再过几时，风声也会习惯的罢。

现在的天气，同我初来时差不多，须穿夏衣，用凉席，在太阳下行走，即遍身是汗。听说这样的天气，要继续到十月（阳历?）底。

L. S.〔1〕九月二十八日夜。

今天下午收到廿四发的来信了，我所料的并不错。但粤中学生情形如此，却真出我的"意表之外"，北京似乎还不至此。你自然只能照你来信所说的做，但看那些职务，不是忙得连一点闲空都没有了么？我想，做事自然是应该做的，但不要拚命地做才好。此地对于外面的情形，也不大了然，看今天的报章，登有上海电（但这些电报是什么来路，却不明），总结起来：武昌还未降，大约要攻击；南昌猛扑数次，未取得；孙传芳已出兵〔2〕；吴佩孚似乎在郑州〔3〕，现正与奉天方面暗争保定大名。

我之愿合同早满者，就是愿意年月过得快，快到民国十七年，可惜来此未及一月，却如过了一年了。其实此地对于我的身体，仿佛倒好，能吃能睡，便是证据，也许肥胖一点了罢。不过总有些无聊，有些不高兴，好像不能安居乐业似的，但我也以转瞬便是半年，一年，聊自排遣，或者开手编讲义，来排遣排遣，所以眠食是好的。我在这里的情形，就是如此，还可以无需帮助，你还是给学校办点事的好。

中秋的情形，前信说过了。谢君的事，〔4〕原已早向玉堂提过的，没有消息。听说这里喜欢用“外江佬”，理由是因为倘有不合，外江佬卷铺盖就走了，从此完事，本地人却永久在近旁，容易结怨云。这也是一种特别的哲学。谢君的令兄我想暂且不去访问他，否则，他须来招呼我，我又须去回谢他，反而多一番应酬也。

伏园今天接孟余〔5〕一电，招他往粤办报，他去否似尚未定。这电报是廿三发的，走了七天，同信一样慢，真奇。至于他所宣传的，大略是说：他家不但常有男学生，也常有女学生，但他是爱高的那一个的，因为她最有才气云云。平凡得很，正如伏园之人，不足多论也。

此地所请的教授，我和兼士之外，还有朱山根。这人是陈源之流，我是早知道的，现在一调查，则他所安排的羽翼，竟有七人之多，先前所谓不问外事，专一看书的舆论，乃是全都为其所骗。他已在开始排斥我，说我是“名士派”，可笑。好在我并不想在此挣帝王万世之业，不去管他了。

我到邮政代办处的路，大约有八十步，再加八十步，才到便所，所以我一天总要走过三四回，因为我须去小解，而它就在中途,只要伸首一窥,毫不费事。天一黑,就不到那里去了,就在楼下的草地上了事。此地的生活法,就是如此散漫,真是闻所未闻。我因为多住了几天,渐渐习惯,而且骂来了一些用具,又自买了一些用具,又自雇了一个用人,好得多了,近几天有几个初到的教员,被迎进在一间冷房里,口干则无水,要小便则须旅行,还在"茫茫若丧家之狗"哩。

听讲的学生倒多起来了,大概有许多是别科的。女生共五人。我决定目不邪视,而且将来永远如此,直到离开了厦门。嘴也不大乱吃,只吃了几回香蕉,自然比北京的好,但价亦不廉,此地有一所小店,我去买时,倘五个,那里的一位胖老婆子就要"吉格浑"(一角钱),倘是十个,便要"能(二)格浑"了。究竟是确要这许多呢,还是欺我是外江佬之故,我至今还不得而知。好在我的钱原是从厦门骗来的,拿出"吉格浑""能格浑"去给厦门人,也不打紧。

我的功课现在有五小时了,只有两小时须编讲义,然而颇费事,因为文学史的范围太大了。我到此之后,从上海又买了一百元书。克士已有信来,说他已迁居,而与一个同事姓孙的同住,我想,这人是不好的,但他也不笨,或不至于上当。

要睡觉了,已是十二时,再谈罢。

迅。九月三十日之夜。

*　　*　　*

〔1〕 L. S. "鲁迅"二字罗马字拼音的缩写。

〔2〕 孙传芳出兵 孙传芳,参看本卷第112页注〔3〕。1926年9

月21日，孙传芳从南京赶赴九江，亲自督兵与北伐军在九江、德安、南昌一线作战。

〔3〕 吴佩孚(1874—1939)　字子玉，山东蓬莱人，北洋军阀直系首领之一。1926年9月16日，北伐军攻克汉口、汉阳，他在17日逃至郑州，企图组织援军反攻。这时奉系军阀张作霖趁机向吴提出接防保定、大名的要求，为此两派之间进行明争暗斗。

〔4〕 谢君的事　指谢敦南托许广平请鲁迅为其兄谢德南(当时在家赋闲)在厦门大学谋职。

〔5〕 孟余　顾兆熊(1888—1972)，字梦余，又作孟余，河北宛平(今属北京)人，曾任北京大学教授、教务长。1925年12月任广东大学校长，1926年10月任中山大学委员会副委员长。后任国民党中央执行委员会常务委员等职。

四九

MY DEAR TEACHER：

廿三晚写好的信，廿四早发出了。当日下午收到《彷徨》和《十二个》，包裹甚好，书一点没有损坏。但是两本书要寄费十分，岂非太不经济？

我一天的时间，能够给我自己支配的，只有晚上九时以后，我做自己的事——如写信，豫备教材——全得在这时候。此外也许有时有闲，但不一定。所以我写信时匆忙极了，许多应当写下来的事，也往往忘却，致使你因此挂心，这真是该打！忘记了什么呢？就是我光知道诉苦，说我住的是“碰壁”的房，可是现在已经改革了，东面的楼上住的一位附小的教员辞了职，校长教我搬去，我赶紧实行，于到校第二个星期六搬过来了。此楼方形，隔成田字，开间颇大，用具也不少。每间住一人，余三人为小学教员，胸襟一样狭窄，第一天即三人成众，给我听了不少讽刺话，我也颇气愤，但因不是在做学生了，总得将就一些，便忍耐下去，次早还要陪笑脸招呼，这真是做先生的苦处。现在她们有点客气了，然而实在热闹得可以，总是高朋满坐，即使只有三人，也还是大叫大嚷，没一时安静。更难堪的是有两位自带女仆婢子，日里做事，夜间就在她们房里搭床，连饭菜也由用人用煤油炉煮食，一小房便是一家庭，其污浊局促可想。所以我的房门口的过道，就成了女仆婢子们的殖民地，摆了桌子，吃饭，梳洗，桌下锅盆碗碟，堆积甚多，煞是好看。但我这方面总是竭力回避，关起门来，算是我的世界，好在一大块向南的都是窗，有新空气，不会病了。

这个学校，先前是师范和小学合在一处的，现在师范分到新校去了，但校舍还未造好，正在筹捐，所以师范教员和学生仍旧住在小学——即旧校里。今年暑假以后，算是大加革新了，分设教务，总务，训育于校长之下，而训育最繁琐，且须管理寄宿，此校学生曾起反对校长风潮，后虽平息，而常愤愤，每寻瑕伺隙，与办事人为难。我上课的第一天，学生就提出改在寝室内自修（原在教室，但灯暗……）的难题目给我做。现已给以附有条件的允许，于明日实行。但那么一来，学生散处各室，夜间查堂就更加困难了。对寝室负责的，我之外本来还有一舍监，现此人因常骂学生及仆人，大有非去不可之势，学校当局以为我闲空，要我兼任（但不加薪），我只答应暂兼数天，那时就将更加忙碌，因早晚舍监应做的如督率女仆，收拾寝室，厕所……也须归我管理也。

看你在厦大，学生少，又属草创，事多而趣少，如何是好？菜淡不能加盐么？胡椒多吃也不是办法，买罐头补助不好么？火腿总有地方买，不能做来吃么？万勿省钱为要！！！

广东水果现时有杨桃，五瓣，横断如星形，色黄绿，厦门可有么？

广东常有雨，但一止就可以出街，无雨则热甚，上课时汗流浃背的，蚊子大出，现在就一面写字，一面在喂它。蚂蚁也不亚于厦门，记得在"碰壁"的房里时，夜间睡眠中，臂膊还曾被其所咬；食物自然更易招致，即使挂起来，也能缘绳而至，须用水绕，始得平安。空气甚湿，衣物书籍，动辄发霉，讨厌极了。

我虽然忙，但《新女性》既转折的写了信来，似乎不好推却。不过我的作品太幼稚，你有什么方法鼓舞我，引导我，勿使我疏懒退缩不前么？

现在我事务虽然加多，但办得较前熟手了。八时教课，实则只要豫备四班教材，而都是从头讲起，班高的讲快，参考简单，班低讲慢，参考较多，互相资助，日来似觉稍为顺手。总之，到这里初做事，要做得好，即不能辞劳苦，宁可力竭而去，不欲懒散而存，所以我愿意努力工作，你以为何如？

有北京消息没有，学校近况如何？

祝你健康。

YOUR H. M. 九月二十八晚。

五〇

广平兄：

一日寄出一信并《莽原》两本，早到了罢。今天收到九月廿九的来信了，忽然于十分的邮票大发感慨，真是孩子气。花了十分，比寄失不是好得多么？我先前闻粤中学生情形，颇“出于意表之外”，今闻教员情形，又“出于意表之外”，我先前总以为广东学界状况，总该比别处好得多，现在看来，似乎也只是一种幻想。你初作事，要努力工作，我当然不能说什么，但也须兼顾自己，不要“鞠躬尽瘁”才好。至于作文，我怎样鼓舞，引导呢？我说，大胆做来，先寄给我，不够么？好否我先看，即使不好，现在太远，不能打手心，只得记帐，这就已可以放胆下笔，无须退缩的了，还要怎么样呢？

从信上推测起你的住室来，似乎比我的阔些，我用具寥寥，只有六件，皆从奋斗得来者也。但自从买了火酒灯之后，我也忙了一点，因为凡有饮用之水，我必煮沸一回才用，因为忙，无聊也仿佛减少了。酱油已买，也常吃罐头牛肉，何尝省钱!!! 火腿我却不想吃，在北京时吃怕了。在上海时，我和建人因为吃不多，便只叫了一碗炒饭，不料又惹出影响，至于不在先施公司多买东西，孩子之神经过敏，真令人无法可想。相距又远，鞭长不及马腹，也还是姑且记在帐上罢。

我在此常吃香蕉，柚子，都很好；至于杨桃，却没有见过，又不知道是甚么名字，所以也无从买起。鼓浪屿也许有罢，但我还未去过，那地方大约也不过像别处的租界，我也无甚趣味，终于懒下来了。此地雨倒不多，只有风，现在还热，可是荷叶却干了。一切花，我大抵不认识；羊是黑的。防止蚂蚁，我现也用四面围水之法，总算白糖已经安全，而在桌上，则昼夜总有十余匹爬着，拂去又来，没有法子。

我现在专取闭关主义，一切教职员，少与往来，也少说话。此地之学生似尚佳，清早便运动，晚亦常有；阅报室中也常有人。对我之感情似亦好，多说文科今年有生气了，我自省自己之懒惰，殊为内愧。小说史有成书，所以我对于编文学史讲义，不愿草率，现已有两章付印了，可惜本校藏书不多，编起来很不便。

北京信已有收到，家里是平安的，煤已买，每吨至二十元。学校还未开课，北大学生去缴学费，而当局不收，可谓客气，然则开学之毫无把握可知。女师大的事没有听到什么，单知道教员都换了男师大的，大概暂时当是研究系[1]势力。总之，环境如此，女师大是决不会单独弄好的。

上遂要搬家眷回南，自己行踪未定，我曾为之写信向天津学校设法，但恐亦无效。他也想赴广东，而无介绍。此地总无法想，玉堂也不能指挥如意，许多人的聘书，校长[2]压了多日才发下来。校长是尊孔的，对于我和兼士，倒还没有什么，但因为化了这许多钱，汲汲要有成效，如以好草喂牛，要挤些牛乳一般。玉堂盖亦窥知此隐，故不日要开展览会，除学校自买之泥人（古冢中土偶也）而外，还要将我的石刻拓片挂出。其实这些古董，此地人那里会要看，无非胡里胡涂，忙碌一番而已。

在这里好像刺戟少些，所以我颇能睡，但也做不出文章来，北京来催，只好不理。□□书店[3]想我有书给他印，我还没有；对于北新，则我还未将《华盖集续编》整理给他，因为没有工夫。长虹和这两店，闹起来了，因为要钱的事。沈钟社和创造社，也闹起来了，现已以文章口角[4]；创造社伙计内部，也闹起来了，已将柯仲平[5]逐出，原因我不知道。

迅。十，四，夜。

*　　　*　　　*

〔1〕 研究系　1916 年袁世凯死后，在黎元洪任总统、段祺瑞任国务总理时期，围绕国会制宪问题，形成府、院之争，原进步党首领梁启超、汤化龙等组织“宪法研究会”，依附和支持段祺瑞，这个政客集团被称为“研究系”。

〔2〕 指林文庆(1869—1957)，字梦琴，福建海澄人，曾留学英国。1921 年起任厦门大学校长，曾在马来亚华侨中发起组织孔教会并任会长。著有《孔教大纲》等。

〔3〕 □□书店　原信作开明书店，1926 年 8 月在上海成立。

〔4〕 沉钟社和创造社口角　沉钟社，文学团体。1925 年秋成立于北京，主要成员有林如稷、陈炜谟、陈翔鹤、杨晦、冯至等。创造社，文学团体，1921 年 6 月成立于日本东京，在上海活动，主要成员有郭沫若、郁达夫、成仿吾等。1926 年 6 月，《洪水》半月刊第二卷第十九期，登有《创造社出版部为〈沉钟〉半月刊启事》，声明因“事务浩繁”，原定由该部代印的《沉钟》半月刊，一时难以出版；同年 8 月，《沉钟》半月刊第一期也登有《〈沉钟〉半月刊为创造社出版部启事》，说明该刊第一、二期交稿

五月，而创造社出版部未能印行，故特改由北新书局出版。9月中，《洪水》第二卷第二十三、二十四合期又发表了周全平的《出版部的幸不幸二事》，针对《沉钟》的启事说：“出版部成立不久，就有不少的友人来托我们帮他的刊物出版的忙”，但因资本不多，所以便“得罪了不少的友人”，“《沉钟》半月刊便是失望而归的一个”；接着《沉钟》第四期也发表陈炜谟的《“无聊事”——答创造社的周全平》，列举事实，辨明《沉钟》之委托创造社出版部代印，系先由周全平致函沉钟社社员愿意“帮助出版”，因此，“便同他接洽印半月刊”，“沉钟社并不曾‘来托’创造社帮忙”等等。

〔**5**〕　柯仲平（1902—1964）　云南广南人，诗人。曾是狂飙社成员，参加过后期的创造社，当时在创造社出版部工作。

五一

MY DEAR TEACHER：

今早到办公室就看见你廿二日写给我的信了。现在是卅晚十时，我正从外面回校，因为今天是我一个堂兄[1]生了孩子的满月，在城隍庙内的酒店请客，人很多，菜颇精致，我回来后吃广东酒席，今天是第二次了。广东一桌翅席，只几样菜，就要二十多元，外加茶水，酒之类，所以平常请七八个客，叫七八样好菜，动不动就是四五十元。这种应酬上的消耗，实在利害，然而社会上习惯了，往往不能避免，真是恶习。

现时我于教课似乎熟习些，豫备也觉容易，但将上讲堂时，心中仍不免忐忑。训育一方，则千头万绪，学生又多方找事给我做，找难题给我处理，往往一波未平，一波又起，校务舍务，俱不能脱开。前信曾说过舍监要走的事，幸而现在已经打消了，我也省得来独力支持，专招怨骂了。

学校散漫而无基金，学生少，设备不全，当然是减少兴味的。但看北京的黑暗，一时不易光明，除非北伐军打入北京，或国民军再进都城，我们这路人，是避之则吉的。这样一想，现时我们所处的地方，就是避难桃源，其他不必苛求，只对自己随时善自料理就是了。

睡早而少吃茶烟，是出于自然还是强制？日间无聊，将何以写忧？

广东几乎无日无雨，天气潮湿，书物不易存储，出太阳则又热不可耐，讨厌之极。又此地不似外省随便，女人穿衣，两三月辄换一个尺寸花头，高低大小，千变万化，学生又好起人绰号，所以我带回来的衣服，都打算送给人穿，自己从新做过，不是名流，未能免俗，然私意总从俭朴省约着想，因我固非装饰家也。但此种恶习，也与酒席一样消耗得令人厌恶。

愿你将你的情形时时告我。祝你安心课业。

YOUR H. M. 九月卅晚十时半。

MY DEAR TEACHER：

现在我又给你写信了，卅日写了一纸，本待寄去，又想，或者就有来信，所以又等着，到现在，四天了，中间有礼拜六，日，明天也许有信到，但是我等不及了，恐怕你盼望，就先寄给你罢。

这数日来我的大事记——一日整天大雨，无屋不漏。但党政府定于这天叫人到党部领徽章(铜质,有五元,一元,四角三种)去卖,我就代表学校,前去领取,还有扑满,旗帜,标语,宣传印刷品等,要点数目,费了大半天工夫。二日除照常校务外,并将徽章按各班人数分配妥帖。三日星期,则上半天全化在将这些分给各班各组的事情上,神疲力尽,十一时始完。午餐后去看李表妹及陈君,他们正拟邀我往城北游玩,因一同出城,乡村风景,甚觉宜人,野外花园,殊有清趣,树木蔚为大观,食品较城市便宜,我们三人在北园饮茶吃炒粉,又吃鸡,菜,共饱二顿,而所费不过三元余,从午至暮,盘桓半日,始返陈宅。

今天四日晨,复与大家往第一公园一游,午后上街买书报,又回家一看,三时顷回校收学生售章回来之扑满,直至五时,还只数个,明天尚有事做也。当我回校时,桌上见有李之良〔2〕名片,她初到粤,人地生疏,又不懂话,因即于晚六时半往访,听了一点关于北京的情形。才知道我出京后,那边收不到我的信,但是谢君的弟弟却收到的,不知何故。你这里于北京消息不隔膜么?至于女师大,据李君说,则已由教育部直接用武装军警,强迫交代,学生被任可澄〔3〕林素园召集至礼堂训话,大家只有痛哭,当面要求三事,一全体教职员照旧,二学校独立,三经费独立,闻经一一应允,但至李君来时,已经教职员全去,只留学生云。

我事情仍甚忙,学生对我尚无恶感,可是应付得太费力了,处处要钩心斗角,心里不愿如此,而表面上不得不如此,我意姑且尽职一学期至阳历一月,如那时情形不佳,则惟有另图生活之一法了。

前两天学校将所收的学费分掉了,新教职员得薪水之三成,我收到五十九元四角。听说国庆日以前还可多发一点,然而从中减去了公债票,国库券,北伐慰劳捐等等,则所余亦属无几。总之,所谓主任也者,名目好听,事情繁,收入少,实在为难,不过学学经验,练练脾气,也是好的。从前是气冲牛斗的害马,现在变成童养媳一般,学生都是婆婆小姑,要看她们的脸色做事了。这样子,又那里会有自我的个性,本来的面目。然而回心一想,社会就是这样,我从前太任性了,现今正该多加磨练,以销尽我的锋铓,那时变成什么,请你监视我就是了。

你近况何如?对于程度较低的学生,倘用了过于深邃充实的教材,有时反而使他们难于吸收,更加不能了解:请你注意于这一层。

现已十一时,快夜半了,昨夜睡得不多,现倦甚,以后再谈罢。

祝你精神康适。

YOUR H. M. 十月四日晚十一时。

* * *

〔1〕 指许崇清(1887—1969),广东番禺人,当时任广东省政府委员兼教育厅长。

〔2〕 李之良 一作李知良,江苏泗阳人,曾在北京女子师范大学史学系学习,与许广平同学。

〔3〕 任可澄(1877—1946) 字志清,贵州普定(今安顺)人,1926

年6月任北洋政府教育总长。参看本卷第120页注〔4〕。

五二

迅师：

六日收到您九月廿七的信及杂志一束，廿二的信亦已收到。我除十八以前的信外，又有廿四，廿九，十月五日，及此信共四封，想也陆续寄到了。

厦大情形，闻之令人气短，后将何以为计，念念。广州办学，似乎还不至如此，你也有熟人如顾先生等，倘现时地位不好住，可愿意来此间一试否？郭沫若〔1〕做政治部长去了。广大改名中山大学〔2〕，校长是戴季陶〔3〕。陈启修先生在此似乎不得意，有前往江西之说。

我在此处，校中琐事太多，一点自己的时间都没有，几乎可以说全然卖给它了。其价若干？你猜，今天领到九月份薪水，名目是百八十元之四成五，实得小洋三十七元，此外有短期国库券二十元，须俟十一月廿六方能领取，又公债票十五元，则领款无期，还有学校建筑捐款九元(以薪金作比例)，女师毕业生演剧为母校筹款，因为是主任，派购入场券一张五元，诸如此类，不胜其烦。而最讨厌的是整天对学生钩心斗角，不能推诚相与(学生视学校如敌人，此少数人把持所致)，所以觉得实在没趣，但仍姑且努力，倘若还是没法办，那时再作他图罢。

本来你在厦门就令人觉得不合式，但是到了现在，你有什么方法呢？信的邮递又是那么不便，你的情形已经尽情地说出来了没有呢？

《语丝》九六上《女师大的命运》那篇，岂明先生说："经过一次解散而去的师生有福了，"那么，你我不是有福的么？大可以自慰了。

祝你精神。

YOUR H. M. 十月七晚十二时。

*　　　*　　　*

〔1〕 郭沫若（1892—1978） 四川乐山人，文学家，历史学家和社会活动家。早年从事新文化活动，为创造社主要发起人之一。1926年3月至6月曾任广东大学文学院院长，7月，随国民革命军北伐，任政治部副主任。

〔2〕 广大改名中山大学 1926年9月，广东国民政府据廖仲恺生前的建议，下令将广东大学改名为中山大学。

〔3〕 戴季陶（1890—1949） 名传贤，号天仇，浙江吴兴人。早年参加同盟会，后任国民党中央执行委员会常委、国民党政府考试院院长等职。1926年10月14日被任命为中山大学委员会委员长。

五三

广平兄：

十月四日得九月廿九日来信后，即于五日寄一信，想已收到了。人间的纠葛真多，兼士直到现在，未在应聘书上签名，前几天便拟于国学研究院成立会一开毕，便往北京去，因为那边也有许多事待他料理。玉堂大不以为然，而兼士却非去不可。我便从中调和，先令兼士在应聘书上签名，然后请假到北京去一趟，年内再来厦门一次，算是在此半年，兼士有些可以了，玉堂又坚执不允，非他在此整半年不可。我只好退开。过了两天，玉堂也可以了，大约也觉得除此更无别路了罢。现在此事只要经校长允许后，便要告一结束了。兼士大约十五左右动身，闻先将赴粤一看，再向上海。伏园恐怕也同行，至是否便即在粤，抑接洽之后，仍回厦门一次，则不得而知。孟余请他是办副刊，他已经答应了，但何时办起，则似未定。

据我想：兼士当初是未尝不豫备常在这里的，待到厦门一看，觉交通之不便，生活之无聊，就不免“归心如箭”了。这实在是无可奈何的事，教我如何劝得他。

这里的学校当局，虽出重资聘请教员，而未免视教员如变把戏者，要他空拳赤手，显出本领来。即如这回开展览会，我就吃苦不少。当开会之前，兼士要我的碑碣拓片去陈列，我答应了。但我只有一张小书桌和小方桌，不够用，只得摊在地上，伏着，一一选出。及至拿到会场去时，则除孙伏园自告奋勇，同去陈列之外，没有第二人帮忙，寻校役也寻不到，于是只得二人陈列，高处则须桌上放一椅子，由我站上去。弄至中途，白果又硬将孙伏园叫去了，因为他是“襄理”（玉堂的），有叫孙伏园去之权力。兼士看不过去，便自来帮我，他已喝了一点酒，这回跳上跳下，晚上就大吐了一通。襄理的位置，正如明朝的太监，可以倚靠权势，胡作非为，而受害的不是他，是学校。昨天因为白果对书记们下条子（上谕式的），下午同盟罢工了,后事不知如何。玉堂信用此人,可谓胡涂。我前回辞国学院研究教授而又中止者,因怕兼士与玉堂觉得为难也,现在看来,总非坚决辞去不可,人亦何苦因为别人计,而自轻自贱至此哉!

此地的生活也实在无聊,外省的教员,几乎无一人作长久之计,兼士之去,固无足怪。但我比兼士随便一些,又因为见玉堂的兄弟及太太,都很为我们的生活操心;学生对我尤好,只恐怕在此住不惯,有几个本地人,甚至于星期六不回家,豫备星期日我若往市上去玩,他们好同去作翻译。所以只要没有什么大下不去的事,我总想在此至少讲一年,否则,我也许早跑到广州或上海去了。(但还有几个很欢迎我的人,是要我首先开口攻击此地的社会等等,他们好跟着来开枪。)

今天是双十节[1],却使我欢喜非常,本校先行升旗礼,三呼万岁,于是有演说,运动,放鞭爆。北京的人,仿佛厌恶双十节似的,沉沉如死,此地这才像双十节。我因为听北京过年的鞭爆听厌了,对鞭爆有了恶感,这回才觉得却也好听。中午同学生上饭厅,吃了一碗不大可口的面(大半碗是豆芽菜);晚上是恳亲会,有音乐和电影,电影因为电力不足,不甚了然,但在此已视同宝贝了。教员太太将最新的衣服都穿上了,大约在这里,一年中另外也没有什么别的聚会了罢。

听说厦门市上今天也很热闹,商民都自动的地挂旗结彩庆贺,不像北京那样,听警察吩咐之后,才挂出一张污秽的五色旗来。此地的人民的思想,我看其实是“国民党的”的,并不怎样老旧。

自从我到此之后，寄给我的各种期刊很杂乱，忽有忽无。我有时想分寄给你，但不见得期期有，勿疑为邮局失落。好在这类东西，看过便罢，未必保存，完全与否亦无什么关系。

我来此已一月余，只做了两篇讲义，两篇稿子[2]给《莽原》；但能睡，身体似乎好些。今天听到一种传说，说孙传芳的主力兵已败，没有什么可用的了，不知确否。我想，一二天内该可以得到来信，但这信我明天要寄出了。

迅。十月十日。

*　　*　　*

〔1〕 双十节　1911年10月10日武昌起义（即辛亥革命）后，次年1月1日建立中华民国，9月28日南京临时参议院议决以10月10日为国庆纪念日，又称“双十节”。

〔2〕 两篇讲义　指《汉文学史纲要》中的《自文字至文章》及《书和诗》两篇。两篇稿子，指《从百草园到三味书屋》和《父亲的病》。后收入《朝花夕拾》。

五四

广平兄：

昨天刚寄出一封信，今天就收到你五日的来信了。你这封信，在船上足足躺了七天多，因为有一个北大学生[1]来此做编辑员的，就于五日从广州动身，船因避风，或行或止，直到今天才到，你的信大约就与他同船的。一封信的往返，往往要二十天，真是可叹。

我看你的职务太烦剧了，薪水又这么不可靠，衣服又须如此变化，你够用么？我想：一个人也许应该做点事，但也无须乎劳而无功。天天看学生的脸色办事，于人我都无益，这也就是所谓"敝精神于无用之地"[2]，听说在广州寻事做并不难，你又何必一定要等到学期之末呢？忙自然不妨，但倘若连自己休息的时间都没有，那可是不值得的。

我的能睡，是出于自然的，此地虽然不乏琐事，但究竟没有北京的忙，即如校对等事，在这里就没有。酒是自己不想喝，我在北京，太高兴和太愤懑时就喝酒，这里虽然仍不免有小刺戟，然而不至于"太"，所以可以无须喝了，况且我本来没有瘾。少吸烟卷，可不知道是怎么一回事，大约因为编讲义，只要调查，无须思索之故罢。但近几天可又多吸了一点，因为我连做了四篇《旧事重提》。这东西还有两篇便完，拟下月再做，从明天起，又要编讲义了。

兼士尚未动身，他连替他的人也还未弄妥，但因为急于回北京，听说不往广州了。孙伏园似乎还要去一趟。今天又得李逢吉[3]从大连来信，知道他往广州，但不知道他去作何事。

广东多雨，天气和厦门竟这么不同么？这里不下雨，不过天天有风，而风中很少灰尘，所以并不讨厌。我自从买了火酒灯以后，开水不生问题了，但饭菜总不见佳。从后天起，要换厨子了，然而大概总还是差不多的罢。

迅。十月十二夜。

八日的信，今天收到了；以前的九月廿四，廿九，十月五日的信，也都收到。看你收入和做事的比例，实在相距太远了。你不知能即另作他图否？我以为如此情形，努力也都是白费的。

“经过一次解散而去的”，自然要算有福，倘我们还在那里，一定比现在要气愤得多。至于我在这里的情形，我信中都已陆续说出，其实也等于卖身。除为了薪水之外，再没有别的什么，但我现在或者还可以暂时敷衍，再看情形。当初我也未尝不想起广州，后来一听情形，暂时不作此想了。你看陈惺农尚且站不住，何况我呢。

我在这里不大高兴的原因，首先是在周围多是语言无味的人物，令我觉得无聊。他们倘肯让我独自躲在房里看书，倒也罢了，偏又常常寻上门来，给我小刺戟。但也很有一班人当作宝贝看，和在北京的天天提心吊胆，要防危险的时候一比，平安得多，只要自己的心静一静，也未尝不可以暂时安住。但因为无人可谈，所以将牢骚都在信里对你发了。你不要以为我在这里苦得很，其实也不然的，身体大概比在北京还要好一点。

你收入这样少，够用么？我希望你通知我。

今天本地报上的消息很好，但自然不知道可确的，一，武昌已攻下；二，九江已取得；三，陈仪〔4〕（孙之师长）等通电主张和平；四，樊锺秀〔5〕已入开封，吴佩孚逃保定（一云郑州）。总而言之，即使要打折扣，情形很好总是真的。

迅。十月十五日夜。

*　　　　*　　　　*

〔1〕 指丁丁山(1901—1952),安徽和县人,北京大学研究所国学门毕业。当时任厦门大学国学院编辑。

〔2〕 “敝精神于无用之地” 语出宋代罗大经《鹤林玉露》卷九:“敝精神于无用矣”。

〔3〕 李逢吉 原信作李遇安,河北人,《莽原》、《语丝》的投稿者,1926年10月在广州中山大学任职。

〔4〕 陈仪(1883—1950) 字公侠,浙江绍兴人,日本陆军士官学校炮兵科毕业。当时为孙传芳部浙江陆军第一师师长兼徐州镇守使。

〔5〕 樊钟秀(1888—1930) 河南宝丰人。原任直系军阀豫南司令,1923年归附孙中山。据《申报》报道,1926年9月,他率部配合北伐军在河南沿京汉线追击吴佩孚,18日克信阳,同日,吴佩孚逃往郑州。

五五

迅师:

现时是双十节午后二点二十分,我刚带学生游行回来。今天国民政府一面庆贺革命军在武汉又推倒恶势力,一面提出口号,说这是革命事业的开始而非成功,所以群众的样子,并不趾高气扬,却带着多少战兢在内。而赴大会的民众,尤以各工会为多,南方的工人又大抵识字,深了然于一切,所以情形很好,这是大可慰悦的。所惜者今晨大雨,午后时雨时止,路极泥泞。大会场在东门外,名东校场之处,搭一演说台,而讲演者无传声筒,以致雨声,风声,人声,将演讲的声音压住,只见他口讲指划。更特别的是因为国庆,所以助兴的舞狮子和锣鼓,随处皆是；商家更燃放大爆竹，比较北京的只挂一张国旗，热闹多了（广东早已取消五色旗，用作国旗的是青天白日）。

学校因今天是星期，明天补假一日，我免去了教课三点钟。今晚有女师毕业生演剧助款为母校建筑，我或要去招呼学生。昨天已经去了一晚，演的是洪深编的《少奶奶的扇子》[1]。北京女师大恢复纪念时，陆秀珍他们也曾演过此戏，但男女角俱用女人，劳而无功，此处则为一种剧社组织，男女角各以性分任，无矫揉造作之弊，女角又大方，不羞涩而声音大，故较那一回为优。但开场太迟，仍然不守时刻（各机关亦如此），且闭幕后空堂太久，又未插入余兴，致使不耐久坐者往往先去，则其所短也。

这回于九日收到十月四日来信，但信内所说的"一日寄出一信并《莽原》两本"，却至今未见，不知何故。又来信云收到我九月廿九信，而未提廿四寄出的一封，恐回复之语，必在失去的一日信内，是否？如亦未收到，则是同时你失我一信，我失你一信二书了。

我的住室并不阔，纵五步横六步（平常步），桌椅是拿各处的破烂的凑合成功的。但最苦的是那邻人三户，总是叫嚣吵闹，倘或早睡（十时），即常被惊醒。我的脾气又是要静一点，这才能够豫备功课或写字的，而此处却大相反。如此看来，恐怕至多也只能敷衍一学期，现时我在想留意别的机会。

香蕉柚子都是不容易消化的食物，在北京，就有人不愿意你多吃，现在不妨事么？你对我讲的话，我大抵给些打击，不至于因此使你有秘而不宣的情形么？

防止蚂蚁还有一法，就是在放食物的周围，以石灰粉画一圈，即可避免。石灰又去湿，此法对于怕湿之物可采用。

看你四日的信，和廿七日那封信的刻不可耐的心情似乎有些不同了。这是真的，还是为防止我的神经过敏而发的呢？

一点泥人，一些石刻拓片，就可以开展览会么？好笑。

广东学校放假真多，本星期一补国庆假，星五重九，廿二日学校运动会，又要放假了。四年级师范生已将毕业，而初做几何，手工；豆工〔2〕折纸俱极草率。此处的学生颇轻视手工，缝纫，图画等，也许是受革命影响，人心浮动之故罢。

现在已是三点三十五分了，写了这几个字，其迟钝可想。但要说的都说了，如再记起，随后再写罢。

YOUR H. M. 双十节下午三时。

*　　　*　　　*

〔**1**〕 洪深(1894—1955) 字浅哉，江苏武进(今常州)人，戏剧家。《少奶奶的扇子》，是他根据英国作家王尔德《温德米尔夫人的扇子》改编的剧本，原载1924年《东方杂志》第二十一卷第二期。

〔**2**〕 豆工 旧时小学的手工科目，将黄豆泡软，用竹签串起来，仿造各种器具和建筑物等。

五六

广平兄：

今天(十六日)刚寄一信，下午就收到双十节的来信了。

寄我的信，是都收到的。我一日所寄的信，既然未到，那就恐怕已和《莽原》一同遗失。我也记不清那信里说的是什么了，由它去罢。

我的情形，并未因为怕你神经过敏而隐瞒，大约一受刺激，便心烦，事情过后，即平安些。可是本校情形实在太不见佳，朱山根之流已在国学院大占势力，□□（□□）[1]又要到这里来做法律系主任了，从此《现代评论》色彩，将弥漫厦大。在北京是国文系对抗着的，而这里的国学院却弄了一大批胡适之陈源之流，我觉得毫无希望。你想：兼士至于如此模胡，他请了一个朱山根，山根就荐三人，田难干[2]，辛家本，田千顷，他收了；田千顷又荐两人，卢梅，黄梅[3]，他又收了。这样，我们个体，自然被排斥。所以我现在很想至多在本学期之末，离开厦大。他们实在有永久在此之意，情形比北大还坏。

另外又有一班教员，在作两种运动：一，是要求永久聘书，没有年限的；一，是要求十年二十年后，由学校付给养老金终身。他们似乎要想在这里建立他们理想中的天国，用橡皮做成的。谚云"养儿防老"，不料厦大也可以"防老"。

我在这里又有一事不自由，学生个个认得我了，记者之类亦有来访，或者希望我提倡白话，和旧社会闹一通；或者希望我编周刊，鼓吹本地新文艺；而玉堂他们又要我在《国学季刊》上做些"之乎者也"，还有到学生周会去演说，我真没有这三头六臂。今天在本地报上载着一篇访我的记事，对于我的态度，以为"没有一点架子，也没有一点派头，也没有一点客气，衣服也随便，铺盖也随便，说话也不装腔作势……"觉得很出意料之外。这里的教员是外国博士很多,他们看惯了那俨然的模样的。

今天又得了朱家骅[4]君的电报,是给兼士玉堂和我的,说中山大学已改职(当是"委"字之误)员制,叫我们去指示一切。大概是议定学制罢。兼士急于回京,玉堂是不见得去的。我本来大可以借此走一遭,然而上课不到一月,便请假两三星期,又未免难于启口,所以十之九总是不能去了,这实是可惜,倘在年底,就好了。

无论怎么打击,我也不至于"秘而不宣",而且也被打击而无怨。现在柚子是不吃已有四五天了,因为我觉得不大消化。香蕉却还吃,先前是一吃便要肚痛的,在这里却不,而对于便秘,反似有好处,所以想暂不停止它,而且每天至多也不过四五个。

一点泥人和一点拓片便开展览会,你以为可笑么?还有可笑的呢。田千顷并将他所照的照片陈列起来,几张古壁画的照片,还可以说是与"考古"相关,然而还有什么"牡丹花","夜的北京","北京的刮风","苇子"……。倘使我是主任,就非令撤去不可,但这里却没有一个人觉得可笑,可见在此也惟有田千顷们相宜。又国学院从商科借了一套历代古钱来,我一看,大半是假的,主张不陈列,没有通过。我说,那么,应该写作"古钱标本"。后来也不实行,听说是恐怕商科生气。后来的结果如何呢?结果是看这假古钱的人们最多。

这里的校长是尊孔的,上星期日他们请我到周会演说,[5]我仍说我的"少读中国书"主义,并且说学生应该做"好事之徒”。他忽而大以为然，说陈嘉庚[6]也正是“好事之徒”，所以肯兴学，而不悟和他的尊孔冲突。这里就是如此胡里胡涂。

L. S. 十月十六日之夜。

*　　　*　　　*

〔1〕□□(□□)　原信作周览(鲠生)。周鲠生(1889—1971)，湖南长沙人，国际法学家。曾任北京大学政治系主任，当时受聘为厦门大学法律系主任，后未就职。

〔2〕田难干　原信作陈乃乾，浙江海宁人，当时受聘为厦门大学国学院图书部干事兼国文系讲师，后未到任。

〔3〕卢梅　原信作罗某。指罗常培(1899—1958)，字莘田，北京人，语言学家。当时任厦门大学国文系讲师。黄梅，原信作黄某。指王肇鼎，江苏吴县人。当时任厦门大学国学院编辑兼陈列部事务员。

〔4〕朱家骅(1893—1963)　字骝先，浙江吴兴人。早年留学德国，曾任北京大学教授。当时任广州中山大学委员会委员，主持校务。后任国民党政府教育部长、国民党中央组织部长等职。

〔5〕据鲁迅日记，这次演说在1926年10月14日。星期日应为星期四。同年10月23日出版的《厦大周刊》第一六〇期曾记有讲词大要，“略谓世人对于好事之徒，每致不满，以为好事二字，一若有遇事生风之意，其实不然。我以为今之中国，却欲好事之徒之多，盖凡社会一切事物，惟其有好事之人，而后可以推陈出新，日渐发达。试观科仑布之探新大陆，南生之探北极、及各种科学家之种种新发明，其成绩何一非由好事而得来。……惟各人之思想境遇不同，我不敢劝人人皆为甚大之好事者，但小小之好事，则不妨一尝试之。譬如对于凡可遇见之事

物,小小匡正,小小改良便是,但虽此种小事,亦非平时常常留心不为功。万一不能,则吾人对于好事之徒,当不随俗而加以笑骂,尤其是对于失败之好事之徒云云”。按鲁迅此次演说中关于“少读中国书”部分,因与尊孔的校长见解相悖,故《厦大周刊》未载。

〔**6**〕 陈嘉庚(1874—1961)　福建集美(今属厦门)人,长期侨居新加坡,爱国华侨领袖。1912年创办集美学校,1921年创办厦门大学。

五七

MY DEAR TEACHER:

今日又是星四,又到我有机会写信的时候了。况且明天是重九,呆板的办公也得休息了。做学生时希望放假,做先生时更甚,尤其希望在教课钟点最多那一天。明天我没有课上。放假自然比不放好,但我总觉得不凑巧,倘是星六或星一,我就省去二三小时一天的豫备了,岂不更妙也哉!

南方重九可以登高,比北方热闹,厦门不知怎样,广东是这天旅行山上的人很多的。我因约了一位表姊,明天带我去买布做冬衣,大约不能玩了。说起冬衣,前几天这里雨且冷,不亚于北京的此时(甚言之耳,或不至如此),我的衣服送往家里晒去了,无人送来,自己也无暇去取,就穿上四五层单衣裤,但竟因此伤风,九十两日演剧时,我陪学生去做招待及各项跳舞,回来两晚皆已十二点钟,也着了些冷。幸而有人告诉我一个秘方,就是用枸杞子燉猪肝吃,吃了两次,果然好了,现在更好了。

人多说:广东这时这样的冷,是料不到的。厦门有可以吹倒人的大风而不冷，仍须穿夏衣的么？那就比广东暖热了。

前信（十日写寄）不是说你一日寄来的信和书都没有收到么，但是一日的信，十二收到了，书则在学校的印刷物堆里，一位先生翻出来交还我的，大约到了好几天了，但我不知道在什么时候。总之，书和信都收到了。

这封信特别的“孩子气”十足，幸而我收到。“邪视”有什么要紧，惯常倒不是“邪视”，我想，许是冷不提防的一瞪罢！记得张竞生[1]之流发过一套伟论，说是人都提高程度，则对于一切，皆如鲜花美画一般，欣赏之，愿显示于众，而自然私有之念消，你何妨体验一下？

我虽然愿意努力工作，但对于有些事，总觉得能力不够，即如训育主任，要起草训育会章程，而这正如议宪法一样，参考虽有，合用则难，所以从回来至今，开过三次会议，召集十多人，而我的章程不行，至今还未组成会。现又另举四人为起草委员，只这一点，就可见我能力的薄弱了。此校发展难，自己感觉许多不便，想办好罢，也如你之在厦大一样。

此间报载北伐军于双十节攻下武昌，九江，南昌，则湖北江西全定了，再联合豫樊，与北之国民军成一直线，天下事即大有可为，此情想甚确。冯玉祥[2]在库伦亦发通电，正式加入国民政府，遵守总理遗嘱，实行三民主义了。闻闽战亦大顺利，不知确否？陈启修先生有不日往宜昌为政治部宣传主任之说，顾约孙来，不知是否代陈之缺，但陈是做社论的，孙如代他，即须多发政论，不能如向来副刊之以文艺为主也。

广东一小洋换十六枚（有时十五），好的香蕉，也不过一毛买五个,起了许多黑点的,则半个铜元就买到了。我常买香蕉吃,因为这里的新鲜而香,和运到北京者大异。闻福建人多善做肉松,你何妨买些试试呢。

学生感情好,自然增加兴致,处处培植些好的禾苗,以供给大众,接济大众罢,这在自己,也是一种精神上的愉快,不虚负此一行的。在南人中插入一个北人的你,而他们不但并不歧视,反而这样优待,这是多么令人"闻之喜而不寐"〔3〕呢。话虽如此,却不要因此又拚命工作,能自爱,才能爱人。

《新女性》上的文章,想下笔学做,但在现在,环境和时间都不容许,过几时写出再寄罢。

祝你有"聊"!

YOUR H. M. 十月十四日晚。

*　　　*　　　*

〔1〕 张竞生(1888—1970) 广东饶平人,早年留学法国,曾任北京大学教授。著有《美的人生观》、《美的社会组织法》等。1927年在上海开设美的书店,宣传性文化。

〔2〕 冯玉祥(1882—1948) 字焕章,安徽巢县人,原为直系将领,1924年改所部为国民军。1926年3月出国,同年9月回国后,曾在库伦(今称乌兰巴托)表示"此次回国誓必积极进行革命工作,最要紧的是把西北军赶快的与北伐军联系起来"(据1926年10月19日《向导周报》第一七六期)。9月18日他又在《回国宣言》中说:"现在我所努力的是奉行孙中山的遗嘱,进行国民革命,实行三民主义,所有国民党一、二两次全国代表大会宣言与决议案,全部接收,并促其实现。"(据1926年11月4日《向导周报》第一七七期)

〔3〕“闻之喜而不寐” 语出《孟子·告子(下)》:“吾闻之,喜而不寐。”

五八

广平兄:

伏园今天动身了。我于十八日寄你一信,恐怕就在邮局里一直躺到今天,将与伏园同船到粤罢。我前几天几乎也要同行,后来中止了。要同行的理由,小半自然也有些私心,但大部分却是为公,我以为中山大学既然需我们商议,应该帮点忙,而且厦大也太过于闭关自守,此后还应该与他大学往还。玉堂正病着,医生说三四天可好,我便去将此意说明,他亦深以为然,约定我先去,倘尚非他不可,我便打电报叫他,这时他病已好,可以坐船了。不料昨天又有了变化,他不但自己不说去,而且对于我的自去也翻了成议,说最好是向校长请假。教员请假,向来是归主任管理的,现在他这样说,明明是拿难题给我做。我想了一想,就中止了。此外还有一个原因,大概因为和南洋相距太近之故罢,此地实在太斤斤于银钱,“某人多少钱一月”等等的话,谈话中常听见;我们在此,当局者也日日希望我们从速做许多工作,发表许多成绩,像养牛之每日挤牛乳一般。某人每日薪水几元,大约是大家都念念不忘的。我一走,至少需两星期,有些人一定将以为我白白骗去了他们半月薪水,玉堂之不愿我旷课,或者就因为顾虑着这一节。我已收了三个月薪水,而上课才一月,自然不应该又请假,但倘计划远大，就不必拘拘于此，因为将来可以尽力之日正长。然而他们是眼光不远的，我也不作久远之想，所以我便不走，拟于本年中为他们作一篇季刊上的文章，到学术讲演会去讲演一次，又将我所辑的《古小说钩沈》献出，则学校可以觉得钱不白化，而我也可以来去自由了。至于研究教授，那自然不再去辞，因为即使辞掉，他们也仍要想法使你做别的工作，使收成与国文系教授之薪水相当的，还是任它拖着的好。

"现代评论"派的势力，在这里我看要膨涨起来，当局者的性质，也与此辈相合。理科也很忌文科，正与北大一样。闽南与闽北人之感情颇不洽，有几个学生极希望我走，但并非对我有恶意，乃是要学校倒楣。

这几天此地正在欢迎两位名人。一个是太虚和尚[1]到南普陀来讲经，于是佛化青年会[2]提议，拟令童子军捧鲜花，随太虚行踪而散之，以示"步步生莲花"之意。但此议竟未实行，否则和尚化为潘妃[3]，倒也有趣。一个是马寅初[4]博士到厦门来演说，所谓"北大同人"，正在发昏章第十一[5]，排班欢迎。我固然是"北大同人"之一，也非不知银行之可以发财，然而于"铜子换毛钱，毛钱换大洋"学说，实在没有什么趣味，所以都不加入，一切由它去罢。

二十日下午。

写了以上的信之后，躺下看书，听得打四点的下课钟了，便到邮政代办所去看，收得了十五日的来信。我那一日的信既已收到，那很好。邪视尚不敢，而况"瞪"乎？至于张先生的伟论，我也很佩服，我若作文，也许这样说的。但事实怕很难，我若有公之于众的东西,那是自己所不要的,否则不愿意。以己之心,度人之心,知道私有之念之消除,大约当在二十五世纪,所以决计从此不瞪了。

这里近三天凉起来了,可穿夹衫,据说到冬天,比现在冷得不多,但草却已有黄了的。学生方面,对我仍然很好;他们想出一种文艺刊物,已为之看稿,大抵尚幼稚,然而初学的人,也只能如此,或者下月要印出来。至于工作,我不至于拚命,我实在比先前懈得多了,时常闲着玩,不做事。

你不会起草章程,并不足为能力薄弱之证据。草章程是别一种本领,一须多看章程之类,二须有法律趣味,三须能顾到各种事件。我就最怕做这东西,或者也非你之所长罢。然而人又何必定须会做章程呢?即使会做,也不过一个"做章程者"而已。

据我想,伏园未必做政论,是办副刊。孟余们的意思,盖以为副刊的效力很大,所以想大大的干一下。上遂还是找不到事做,真是可叹,我不得已,已嘱伏园面托孟余去了。

北伐军得武昌,得南昌,都是确的。浙江确也独立[6]了,上海附近也许又要小战,建人又要逃难,此人也是命运注定,不大能够安逸的,但走几步便是租界,大概不要紧。

重九日这里放一天假,我本无功课,毫无好处;登高之事,则厦门似乎不举行。肉松我不要吃,不去查考了。我现在买来吃的,只是点心和香蕉,偶然也买罐头。

明天要寄你一包书,都是零零碎碎的期刊之类,历来积下,现在一总寄出了。内中的一本《域外小说集》,是北新书局新近寄来的,夏天你要,我托他们去买,回说北京没有,这回大约是碰见了,所以寄来的罢,但不大干净,也许是久不印,没有新书之故。现在你不教国文,已没有用,但他们既然寄来,也就一并寄上,自己不要,可以送人的。

我已将《华盖集续编》编好,昨天寄去付印了。

迅。二十日灯下。

* * *

〔1〕 太虚和尚(1889—1947) 俗名吕沛林,法名唯心,字太虚,浙江崇德(今并入桐乡)人。他主张革新佛教制度,被视为佛教新派代表人物、中国近代佛教奠基人。曾任中国佛教总会会长等职。

〔2〕 佛化青年会 全称闽南佛化青年会。

〔3〕 潘妃 名玉儿,南齐东昏侯的妃子。据《南史·齐本纪》:东昏侯"为潘妃起神仙、永寿、玉寿三殿,皆匝饰以金璧。……又凿金为莲华以帖地,令潘妃行其上,曰:'此步步生莲华也'。"

〔4〕 马寅初(1882—1982) 浙江嵊县人,经济学家。美国哥伦比亚大学经济学博士,当时任北京大学教授。他在《中国币制问题》(载1924年《晨报六周年纪念增刊》)一文中曾谈到主币、辅币的换算问题。

〔5〕 发昏章第十一 见《水浒传》第二十六回:"西门庆被武松从狮子桥楼上扔下街心时,跌得'发昏章第十一'。"

〔6〕 浙江独立 1926年10月15日孙传芳旧部、浙江省长夏超宣布浙省独立,次日就任国民革命军第十八军军长。孙传芳闻讯后,即将所属驻苏州、吴淞之七十六军各部,分别调集上海,夏超则将杭州保安队集中嘉兴,双方在上海附近对峙,形势紧张。

五九

MY DEAR TEACHER：

从清早在期望中收到你的信(十日写寄),我欢喜的读着,你的心情似乎也能稍安了,但不知是否骗人安心,所以这样说,而实则勉强栖息在不合意的地方。

兼士,伏园先生已动身来粤也未？如要翻译,我可以尽义务的。

广州国庆日也和北方不同,当日我也寄你一信说及,想当早已收到了。

中山大学停一学期,再整理开学,文科主任的郭,做官去了,将来什么人来此教授,现尚未定。你如有意来粤就事,则你在这里的熟人颇不少,现在正是可以设法的时候,但这自然是现在的事万难再做下去的话。

昨星期日的上午及晚上,今晚,偷空凑了一篇文章[1]寄上,可以过得去就转寄上海,否则尽可作废。

我校的舍监自行辞职,跑到政府里做女书记官去了。一时请不着人,就要我兼尽义务。明天她去到任,据说暂时还在这里帮助,等聘着人再去,不知确否。

我自己在这里也没有好坏可说,各班主任多不一致,对于训育,甚无进展,而且没空闲,机心[2]甚令人厌,倘有机会,不惜舍而之他也。

现甚困倦，如再有话，下次续写。

YOUR H. M. 十月十八晚。

*　　　*　　　*

〔1〕 指《新广东的新女性》一文，署名景宋，载上海《新女性》第十二号(1927 年 1 月)。

〔2〕 机心　《庄子·天地》："有机事者，必有机心"。

六〇

广平兄：

我今天上午刚发一信，内中说到厦门佛化青年会欢迎太虚的笑话，不料下午便接到请柬，是南普陀寺和闽南佛学院公宴太虚，并邀我作陪，自然也还有别的人。我决计不去，而本校的职员硬要我去，说否则他们将以为本校看不起他们。个人的行动，会涉及全校，真是窘极了，我只得去。罗庸[1]说太虚"如初日芙蓉"，我实在看不出这样，只是平平常常。入席，他们要我与太虚并排上坐，我终于推掉，将一位哲学教员[2]供上完事。太虚倒并不专讲佛事，常论世俗事情，而作陪之教员们，偏好问他佛法，什么"唯识"呀，"涅槃"[3]哪，真是其愚不可及，此所以只配作陪也欤。其时又有乡下女人来看，结果是跪下大磕其头，得意之状可掬而去。

这样，总算白吃了一餐素斋。这里的酒席，是先上甜菜，中间咸菜，末后又上一碗甜菜，这就完了，并无饭及稀饭。我吃了几回，都是如此。听说这是厦门的特别习惯，福州即不然。

散后，一个教员和我谈起，知道有几个这回同来的人物之排斥我，渐渐显著了，因为从他们的语气里，他已经听得出来，而且他们似乎还同他去联络。他于是叹息说："玉堂敌人颇多，但对于国学院不敢下手者，只因为兼士和你两人在此也。兼士去而你在，尚可支持，倘你亦走，敌人即无所顾忌，玉堂的国学院就要开始动摇了。玉堂一失败，他们也站不住了。而他们一面排斥你，一面又个个接家眷，准备作长久之计，真是胡涂"云云。我看这是确的，这学校，就如一部《三国志演义》，你枪我剑，好看煞人。北京的学界在都市中挤轧，这里是在小岛上挤轧，地点虽异，挤轧则同。但国学院内部的排挤现象，外敌却还未知道(他们误以为那些人们倒是兼士和我的小卒，我们是给他们来打地盘的)，将来一知道，就要乐不可支。我于这里毫无留恋，吃苦的还是玉堂，但我和玉堂的交情，还不到可以向他说明这些事情的程度，即使说了，他是否相信，也难说的。我所以只好一声不响，自做我的事，他们想攻倒我，一时也很难，我在这里到年底或明年，看我自己的高兴。至于玉堂，我大概是爱莫能助的了。

二十一日灯下。

十九的信和文稿，都收到了。文是可以用的，据我看来。但其中的句法有不妥处，这是小姐们的普通病，其病根在于粗心，写完之后，大约自己也未必再看一遍。过一两天，改正了寄去罢。

兼士拟于廿七日动身向沪，不赴粤；伏园却已走了，打听陈惺农，该可以知道他的住址。但我以为他是用不着翻译的，他似认真非认真，似油滑非油滑，模模胡胡的走来走去，永远不会遇到所谓“为难”。然而行旌所过，却往往会留一点长远的小麻烦来给别人打扫。我不是雇了一个工人么？他却给这工人的朋友绍介，去包什么“陈源之徒”的饭，我教他不要多事，也不听。现在是“陈源之徒”常常对我骂饭菜坏，好像我是厨子头，工人则因为帮他朋友，我的事不大来做了。我总算出了十二块钱给他们雇了一个厨子的帮工，还要听埋怨。今天听说他们要不包了，真是感激之至。

上遂的事，除嘱那该打的伏园面达外，昨天又同兼士合写了一封信给孟余他们，可做的事已做，且听下回分解罢。至于我的别处的位置，可从缓议，因为我在此虽无久留之心，但目前也还没有决去之必要，所以倒非常从容。既无“患得患失”的念头，心情也自然安泰，决非欲“骗人安心，所以这样说”的：切祈明鉴为幸。

理科诸公之攻击国学院，这几天也已经开始了，因国学院房屋未造，借用生物学院屋，所以他们的第一着是讨还房子。此事和我辈毫不相关，就含笑而旁观之，看一大堆泥人儿搬在露天之下，风吹雨打，倒也有趣。此校大约颇与南开[4]相像，而有些教授，则惟校长之喜怒是伺，妒别科之出风头，中伤挑眼，无所不至，妾妇之道也。我以北京为污浊，乃至厦门，现在想来，可谓妄想，大沟不干净，小沟就干净么？此胜于彼者，惟不欠薪水而已。然而“校主”一怒，亦立刻可以关门也。

我所住的这么一所大洋楼上，到夜，就只住着三个人：一张颐教授,一伏园,一即我。张因不便,住到他朋友那里去了,伏园又已走,所以现在就只有我一人。但我却可以静观默想,所以精神上倒并不感到寂寞。年假之期又已近来,于是就比先前沉静了。我自己计算,到此刚五十天,而恰如过了半年。但这不只我,兼士们也这样说,则生活之单调可知。

我新近想到了一句话,可以形容这学校的,是“硬将一排洋房,摆在荒岛的海边上”。然而虽是这样的地方,人物却各式俱有,正如一滴水,用显微镜看,也是一个大世界。其中有一班“妾妇”们,上面已经说过了。还有希望得爱,以九元一盒的糖果恭送女教员的老外国教授;有和著名的美人结婚,三月复离的青年教授;有以异性为玩艺儿,每年一定和一个人往来,先引之而终拒之的密斯先生;有打听糖果所在,群往吃之的无耻之徒……。世事大概差不多,地的繁华和荒僻,人的多少,都没有多大关系。

浙江独立,是确的了;今天听说陈仪的兵已与卢永祥〔5〕开仗,那么,陈在徐州也独立了,但究竟确否,却不能知。闽边的消息倒少听见,似乎周荫人〔6〕是必倒的,而民军则已到漳州。

长虹又在和韦漱园吵闹了〔7〕,在上海出版的《狂飙》上大骂,又登了一封给我的信,要我说几句话。这真是吃得闲空,然而我却不愿意奉陪了,这几年来,生命耗去不少,也陪得够了,所以决计置之不理。况且闹的原因,据说是为了《莽原》不登向培良的剧本,但培良和漱园在北京发生纠葛,而要在上海的长虹破口大骂,还要在厦门的我出来说话,办法真是离奇得很。我那里知道其中的底细曲折呢。

此地天气凉起来了，可穿夹衣。明天是星期，夜间大约要看影戏，是林肯[8]一生的故事。大家集资招来的，需六十元，我出一元，可坐特别席。林肯之类的故事，我是不大要看的，但在这里，能有好的影片看吗？大家所知道而以为好看的，至多也不过是林肯的一生之类罢了。

这信将于明天寄出，开学以后，邮政代办所在星期日也办公半日了。

L. S. 十月二十三日灯下。

*　　　*　　　*

〔1〕 罗庸(1900—1950) 字膺中，江苏江都人，1922年北京大学研究所国学门毕业，当时任北京大学讲师，并在女师大兼课。1925年曾从太虚游，为太虚和尚整理过一些讲经录。

〔2〕 指陈定谟，参看本卷第124页注〔7〕。

〔3〕 “唯识” 佛家语。“识”指一种神秘的精神本体。佛教唯识宗认为世界的本源是“阿赖耶识”，世界万有是“唯识所变”(《成唯识论》)。太虚著有《法相唯识学》。涅槃，佛家语，梵文Nirvāna的音译，意为寂灭、解脱等，指佛和高僧的死亡，也叫圆寂；后来引申作死的意思。

〔4〕 南开 指天津南开大学。当时该校校长张伯苓实行家长式治校。

〔5〕 卢永祥 原信作卢香亭。卢香亭，河北河间人，曾任直系军阀孙传芳部陆军第二师师长、浙江总司令。陈仪于1926年10月下旬从徐州回师浙江，能与接战的应是卢香亭部。卢部不久即被国民革命军第六军歼灭。卢永祥(1867—1933)，山东济阳人，北洋皖系军阀，曾任浙江军务督办等职。此时他已脱离军政界。

〔**6**〕 周荫人(1884—?)　河北武强人,当时任福建省军务督办。1926年10月北伐军分三路进攻福建,他于12月率残部逃往浙江。

〔**7**〕 长虹和素园吵闹　高长虹在《狂飙》周刊第二期(1926年10月17日)发表致韦素园和鲁迅的《通讯》二则,指责韦素园所编《莽原》不刊登向培良的剧本《冬天》,并要鲁迅表态:“你如愿意说话时,我也想听一听你的意见。”《狂飙》,周刊,高长虹主编,1926年10月10日在上海创刊,次年1月30日出至第十七期停刊。

〔**8**〕 林肯(A. Lincoln,1809—1865)　美国政治家。主张维护联邦统一,逐步废除奴隶制度。1861年他就任总统后,南方各州相继宣布脱离联邦,爆发内战。1862年他颁布《宅第法》和《解放黑奴宣言》,使战争成为群众性的革命斗争,终于战胜了南方奴隶主势力。战争结束后即遇刺身亡。

六一

MY DEAR TEACHER:

现时是十点半,是我自己的时间了。我总觉得好久没有消息似的,总是盼望着,其实查了一查,是十八才收过信,隔现在不过三天。

舍监十九辞职了,由我代她兼任,已经三天,白天查寝室清洁,晚上查自习,七时至九时走三角点位置的楼上楼下共八室,走东则西不复自习,走西而南又不复自习。每走一次,稍耽搁即半小时,走三四次,即成了学生自习的时间,就是我在兜圈子的时间。至十时后,她们熄灯全都睡觉了,我才得回房,然而还要豫备些教课。现在虽在寻觅适当的人,但是很不易，因为初师毕业者，学生以其资格相等，不佩服，而专门以上毕业的人，则又因舍监事烦而薪水少，不肯来了。

这回回粤，家里有几个妇孺，帮忙是谊不容辞的，不料有些没有什么关系的女人们，也跑到学校里来，硬要借钱，缠绕不已，真教人苦恼极了。我磨命磨到寝食不安，折扣下来，所得有限，而她们硬当我发了大财，每月是二三百的进款。我的欠薪，恐怕要到明年底，才能慢慢地派回一点，但看目前内外交迫的情形，则即使只维持到阳历一月，我的身体也许就支持不住的。

MY DEAR TEACHER！人是那么苦，总没有比较的满意之处，自然，我也知道乐园是在天上，人间总不免辛苦的，然而我们的境遇，像你到厦，我到粤的经历，实在也太使人觉得寒心。人固应该在荆棘丛中寻坦途，但荆棘的数量也真多，竟生得永没有一些空隙。

今晚又是星期四，初拟写信，后想等一两天，得了来信再写，后又因为受了一点刺激，就提起笔来向你发牢骚了，过一会就会心平气和的，勿念。

十九日收到十二寄的《语丝》九九期。这日我寄出一信，并文稿，想已到。

YOUR H. M. 十月廿一晚十一时十分。

MY DEAR TEACHER：

我昨晚写了一张信，也在盼着来信，觉得今天大概可以得到的，早上到办公处，果然看见桌上有你的信在，我欢喜的读了。现在是晚饭前的五时余，我的饭还未开来，就又打开你的信，将要说的话写在这下面——

职务实在棘手，我自然在设法的，但聘书上写着一学期，只好勉强做。而且我的训育，颇关紧要，如无结果而去，也未免太不像样，所以只得做，做得不好再说。今日学校约定了一个暂代舍监的人，她的使命是为党工作，对于舍务不大负责，每星期有三四天不住校，约是短期的，至多一学期，少则一二月。那么，我还是忙，不过较现在可以较好。但她要十一月初才能到校，所以现在仍是我独当其冲，每晚要十点多后，才能豫备功课或做私事。而近来又新添了一件事，就是徐谦[1]提议改良司法男女平等后，广州的各界妇女联合会推举我校校长为代表，并推八个团体为修改法律委员会，我校也即其一。我是管公共事业的，所以明天开会，令我出席，后天星期还开会，大约也是我去，你看连星期日也没得空。但有什么法呢，我是训育主任，因此就要使我变把戏，而且得像孙悟空一样，摇身一变，化为七十二个，才够应付。

用度自然量入为出，不够也不至于，我没有开口，你不要用对少爷们的方法对付我，因为我手头愈宽，应付环境就愈困难，你晓得么？我甚悔不到汕头去教书，却到这里来，否则，恐怕要清静得多。

伏园逢吉来，如要我招呼，不妨通知他们一声，但我的忙碌，也请豫先告诉。

中山大学（旧广大）全行停学改办，委员长是戴季陶，副顾孟余，此外是徐谦，朱家骅，丁维汾[2]。我不明白内中的情形,所以改办后能否有希望,现时也不敢说,但倘有人邀你的话,我想你也不妨试一试,从新建造,未必不佳。我看你在那里实在勉强。

我昨晚写的信,也是向你发牢骚的,本想不寄,但也是一时的心情,所以仍给你看一看。然而我现在颇高兴了,今天寻得了舍监。虽然要十一月一日才来,但我盼望那时能够合起来将学校整顿一下,我然后再走,也不枉我这次来校一行。现在要吃饭了。这封信是分两次写的。不久就要去查自习,以及豫备教课(明天我有两小时),下次再说罢。

YOUR H. M. 十月廿二日下午六时。

*　　　*　　　*

〔1〕 徐谦(1871—1940) 字季龙,安徽歙县人,当时任国民党中央执行委员、广州国民政府委员兼司法部长、中山大学委员会委员等职。1926 年 10 月,他在国民党中央及省党部执委会联席会议上作了关于改良司法、男女平等等项提案报告,得到各界人士的响应。

〔2〕 丁维汾(1874—1954) 应为丁惟汾,字鼎丞,山东日照人。曾留学日本,当时任国民党中央执行委员兼青年部长、中山大学委员会委员等职。后任国民党中执委常委、中央政治会委员。

六二

广平兄:

廿三日得十九日信及文稿后,廿四日即发一信,想已到。

廿二日寄来的信,昨天收到了。闽粤间往来的船,当有许多艘,而邮递信件,似乎被一个公司所包办,惟它的船才带信,所以一星期只有两回,上海也如此。我疑心这公司是太古[1]。

我不得同意,不见得用对付少爷们之法,请放心。但据我想,自己是恐怕决不开口的,真是无法可想。这样食少事烦的生活,怎么持久?但既然决心做一学期,又有人来帮忙,做做也好,不过万不要拚命。人固然应该办"公",然而总须大家都办,倘人们偷懒,而只有几个人拚命,未免太不"公"了,就该适可而止,可以省下的路少走几趟,可以不管的事少做几件,自己也是国民之一,应该爱惜的,谁也没有要求独独几个人应该做得劳苦而死的权利。

我这几年来,常想给别人出一点力,所以在北京时,拚命地做,忘记吃饭,减少睡眠,吃了药来编辑,校对,作文。谁料结出来的,都是苦果子。有些人就将我做广告来自利,不必说了;便是小小的《莽原》,我一走也就闹架。长虹因为社里压下(压下而已)了投稿,和我理论,而社里则时时来信,说没有稿子,催我作文。我实在有些愤愤了,拟至二十四期止,便将《莽原》停刊,没有了刊物,看大家还争持些什么。

我早已有些想到过,你这次出去做事,会有许多莫名其妙的人们来访问你的,或者自称革命家,或者自称文学家,不但访问,还要要求帮忙。我想,你是会去帮的,然而帮忙之后,他们还要大不满足,而且怨恨,因为他们以为你收入甚多,这一点即等于不帮,你说竭力的帮了,乃是你吝啬的谎话。将来或有些失败,便都一哄而散,甚者还要下石,即将访问你时所见的态度，衣饰，住处等等，作为攻击之资，这是对于先前的吝啬的罚。这种情形，我都曾一一尝过了，现在你大约也正要开始尝着这况味。这很使人苦恼，不平，但尝尝也好，因为知道世事就可以更加真切了。但这状态是永续不得的，经验若干时之后，便须恍然大悟，斩钉截铁地将他们撇开，否则，即使将自己全部牺牲了，他们也仍不满足，而且仍不能得救。其实呢，就是你现在见得可怜的所谓"妇孺"，恐怕也不在这例外。

以上是午饭前写的。现在是四点钟，今天没有事了。兼士昨天已走，早上来别。伏园已有信来，云船上大吐（他上船之前喝了酒，活该！），现寓长堤的广泰来客店，大概我信到时，他也许已走了。浙江独立已失败，那时外面的报上虽然说得热闹，但我看见浙江本地报，却很吞吐其词，好像独立之初，本就灰色似的，并不如外间所传的轰轰烈烈。福建事也难明真相，有一种报上说周荫人已为乡团所杀，我看也未必真。

这里可穿夹衣，晚上或者可加棉坎肩，但近几天又无需了。今天下雨，也并不凉。我自从雇了一个工人之后，比较的便当得多。至于工作，其实也并不多，闲工夫尽有，但我总不做什么事，拿本无聊的书玩玩的时候多，倘连编三四点钟讲义，便觉影响于睡眠，不容易睡着，所以我讲义也编得很慢，而且遇有来催我做文章的，大抵置之不理，做事没有上半年那么急进了，这似乎是退步，但从别一面看，倒是进步也难说。

楼下的后面有一片花圃，用有刺的铁丝拦着，我因为要看它有怎样的拦阻力，前几天跳了一回试试。跳出了，但那刺果然有效，给了我两个小伤，一股上，一膝旁，可是并不深，至多不过一分。这是下午的事，晚上就全愈了，一点没有什么。恐怕这事会招到诰诫，但这是因为知道没有什么危险，所以试试的，倘觉可虑，就很谨慎。例如，这里颇多小蛇，常见被打死着，颚部多不膨大，大抵是没有什么毒的，但到天暗，我便不到草地上走，连夜间小解也不下楼去了，就用磁的唾壶装着，看夜半无人时，即从窗口泼下去。这虽然近于无赖，但学校的设备如此不完全，我也只得如此。

玉堂病已好了。白果已往北京去接家眷，他大概决计要在这里安身立命。我身体是好的，不喝酒，胃口亦佳，心绪比先前较安帖。

迅。十月二十八日。

*　　　*　　　*

〔**1**〕 太古　指太古兴记轮船公司，英商太古洋行在中国经营的航运垄断组织。1920 年和 1924 年，该公司曾两次与北洋政府邮政当局签立合约，承包寄往厦门、广州、香港直至马尼拉、英国等处的邮件。

六三

MY DEAR TEACHER：

昨廿二晚写一信，或者与此信同到，亦未可知。

今早到办事处，见你十九寄来的信；一日所寄的信及《莽原》，已随后收到，前信说及了。

这里既电邀你,你何妨来看一看呢。广大(中大)现系从新开始[1],自然比较的有希望,教员大抵新聘,学生也加甄别,开学在下学期,现在是着手筹备。我想,如果再有电邀,你可以来筹备几天,再回厦门教完这半年,待这里开学时再来。广州情形虽云复杂,但思想言论,较为自由,“现代”派这里是立不住的,所以正不妨来一下。否则,下半年到那去呢?上海虽则可去,北京也可去,但又何必独不赴广东?这未免太傻气了。

我读了你这封信后,我以为最要紧的是上面的那些话,此外也一时想不起要说什么来。总之,你可打听清楚,倘可以抽出一点工夫,即不妨来参观一趟,将来可做则做,要不然,明年不来就是了。我所说我的困难情形,是我那女师所特有的,别的地方却不如此。

我写这信,是从新校办公处跑回旧校寝室写的,现在急于去办事,就此搁笔了。

YOUR H. M. 十月廿三上午九时。

我这信,也因希望你来,故说得天花乱坠,一切由你洞鉴可矣。

*　　　*　　　*

〔1〕 广大从新开始　即广东大学改名中山大学。1926年10月,广东国民政府公布训令:“中山大学为中央最高学府,……责成委员会努力前途,彻底改革。一切规章制度重新厘定,先行停课,切实建设,以下学期为新规之始业。全体学生一律复试,分别去取。所有教职亦一律停职另任。”新成立的中山大学据此进行整顿。(1926年11月《国立

中山大学校报》第一期）

六四

广平兄：

前日（廿七）得廿二日的来信后，写一回信，今天上午自己送到邮局去，刚投入邮箱，局员便将二十三发的快信交给我了。这两封信是同船来的，论理本该先收到快信，但说起来实在可笑，这里的情形是异乎寻常的。普通信件，一到就放在玻璃箱内，我们倒早看见；至于挂号的呢，则秘而不宣，一个局员躲在房里，一封一封上帐，又写通知单，叫人带印章去取。这通知单也并不送来，仍然供在玻璃箱里，等你自己走过看见。快信也同样办理，所以凡挂号信和“快”信，一定比普通信收到得迟。

我暂不赴粤的情形，记得又在二十一日的信里说过了。现在伏园已有信来，并未有非我即去不可之概；开学既然在明年三月，则年底去也还不迟。我固然很愿意现在就走一趟，但事实的牵扯也实在太利害，就是：走开三礼拜后，所任的事搁下太多，倘此后一一补做，则工作太重，倘不补，就有占了便宜的嫌疑。假如长在这里，自然可以慢慢地补做，不成问题，但我又并不作长久之计，而况还有玉堂的苦处呢。

至于我下半年那里去，那是不成问题的。上海，北京，我都不去，倘无别处可走，就仍在这里混半年。现在去留，专在我自己，外界的鬼祟，一时还攻我不倒。我很想尝尝杨桃，其所以熬着者，为己，只有一个经济问题，为人，就只怕我一走，玉堂立刻要被攻击，因此有些彷徨。一个人就能为这样的小问题所牵掣，实在可叹。

才发信，没有什么事了，再谈罢。

迅。十，二九。

六五

MY DEAR TEACHER：

十九，廿二，及廿三的快信，你都收到了罢？

今早（廿七）到办事处，收到你廿一寄来的信及十月六日寄的书一束，内有第三，四期的《沈钟》各一，又《荆棘》一本，[1]这些书要隔二十天才到，真也奇怪。

廿四星期日，我到陈先生[2]寓里去访李之良，见长胡子的伏园在坐，听说是廿三就到这里，而你廿日的信则廿七才到，但十八的信，却确是"与伏园同船到粤"，廿三收到的。我当日即复一快信，是告诉你不妨来助中大一臂之力。现在我又陆续听说，这回的改组，确是意在革新，旧派已在那里抱怨，当局还决计多聘新教授，关于这一层，我希望你们来，否则，郭沫若做官去了，你们又不来，这里急不暇择，文科真不知道会请些什么人物。对于"现代"派，这里并没有人注意到，只知道攻击国家主义的周刊《醒狮》[3]，而不知变相的《醒狮》，随处皆是。

玉堂先生一定也有他的为难之处，自己新办的国学院，内部先弄到这样子，而且从校长这方面，也许会给他听些难受的话，他自然迟疑不决了。至于计较金钱，那恐怕是普遍的现象，即如我在这里，虽然每月实收不过数十元，但人们是替我记着表面上的数目的，办事稍不竭力，难免得到指摘。

你要寄我“一包零零碎碎的期刊之类”的书，现在收到的只有三本，想是另外还有一包，此时未到，或者不至于寄失，待收到后，再行告知。

昨日（廿六）为援助韩国独立[4]及万县惨案[5]，我校放假一日，到中大去开会。中大操场上搭讲台两座，人数十多万。下午三时巡行，回校后本想写信，因为太疲倦了，没有实行。

以中大与厦大比较，中大较易发展，有希望，因为交通便利，民气发扬，而且政府也一气，又为各省所注意的新校。你如下学期不愿意再在厦大，此处又诚意相邀，可否便来一看。但薪水未必多于厦大，而生活及应酬之费，则怕要加多，但若作为旅行，一面教书，一面游玩，却也未始不可的。

现在是午后一时，在寝室写此，就要办公去了，下次详述罢。

YOUR H. M. 十月廿七午后一时。

*　　　*　　　*

〔**1**〕《沈钟》　指《沉钟》半月刊。该刊原为周刊，1925 年 10 月创刊于北京，次年 8 月改为半月刊。《荆棘》，短篇小说集，黄鹏基著，收作品十一篇，《狂飙丛书》之一，1926 年 8 月开明书店出版。

〔2〕 陈先生 指陈启修。参看本卷第134页注〔2〕。

〔3〕《醒狮》 即《醒狮周报》,国家主义派(中国国家主义青年团)的刊物,曾琦、左舜生、陈启天等主办。1924年10月在上海创刊,1927年12月停刊。

〔4〕 韩国独立 指朝鲜的六一〇独立运动。1910年日本宣布"日朝合并",吞并朝鲜。1926年6月10日,朝鲜共产党利用国王李玝的葬礼,发动爱国群众在汉城举行示威游行,反对日本帝国主义的殖民统治,争取民族独立,后发展为全国性的运动。

〔5〕 万县惨案 1926年北伐军向武汉进军期间,英帝国主义加紧干涉我国革命,在长江一带多方寻衅,英国轮船经常撞沉我民船;8月29日又在四川云阳撞沉我国木船三艘,死数十人。在交涉中英国军舰又于9月5日炮击万县,我方死伤军民近千人,民房、商店被毁千余间。这次事件被称作"万县惨案"。

六六

广平兄:

十月廿七的信,今天收到了;十九,二十二,二十三的,也都收到。我于廿四,廿九,卅日均发信,想已到。至于刊物,则查载在日记上的,是廿一,廿,各一回,什么东西,已经忘却,只记得有一回内中有《域外小说集》。至于十月六日的刊物,则不见于日记上,不知道是失载,还是其实是廿一所发,而我将月日写错了。只要看你是否收到廿一寄的一包,就知道,倘没有,那是我写错的了;但我仿佛又记得六日的是别一包,似乎并不是包,而是三本书对叠,像普通寄期刊那样的。

伏园已有信来，据说上遂的事很有希望，学校的别的事情却没有提，他大约不久当可回校，我可以知道一点情形，如果中大定要我去，我到后于学校有益，那我就于开学之前到那边去。此处别的都不成问题，只在对不对得起玉堂。但玉堂也太胡涂——不知道还是老实——至今还迷信着他的“襄理”，这是一定要糟的，无药可救。山根先生仍旧专门荐人，图书馆有一缺，又在计画荐人了，是胡适之的书记，[1]但这回好像不大顺手似的。至于学校方面，则这几天正在大敷衍马寅初。昨天浙江学生欢迎他，硬要拖我去一同照相，我竭力拒绝，他们颇以为怪。呜呼，我非不知银行之可以发财也，其如“道不同不相为谋”何。明天是校长赐宴，陪客又有我，他们处心积虑，一定要我去和银行家扳谈，苦哉苦哉！但我在知单上只写了一个“知”字，不去可知矣。

据伏园信说，副刊[2]十二月开手，那么，他回校之后，两三礼拜便又须去了，也很好。

十一月一日午后。

但我对于此后的方针，实在很有些徘徊不决，那就是：做文章呢，还是教书？因为这两件事，是势不两立的：作文要热情，教书要冷静。兼做两样的，倘不认真，便两面都油滑浅薄，倘都认真，则一时使热血沸腾，一时使心平气和，精神便不胜困惫，结果也还是两面不讨好。看外国，兼做教授的文学家，是从来很少有的。我自己想，我如写点东西，也许于中国不无小好处，不写也可惜；但如果使我研究一种关于中国文学的事，大概也可以说出一点别人没有见到的话来，所以放下也似乎可惜。但我想,或者还不如做些有益的文章,至于研究,则于余暇时做,不过倘使应酬一多,可又不行了。

此地这几天很冷,可穿夹袍,晚上还可以加棉背心。我是好的,胃口照常,但菜还是不能吃,这在这里是无法可想的。讲义已经一共做了五篇,从明天起,想做季刊的文章了。

迅。十一月一日灯下。

*　　*　　*

〔1〕 指程憬,字仰之,安徽绩溪人,曾任胡适的书记员,1926年11月底到厦门,住在南普陀寺候职。

〔2〕 副刊　指当时准备在汉口出版的国民党机关报《中央日报》副刊。

六七

MY DEAR TEACHER:

这几天忙一点,没有写信。我廿七收到你十月十六的信及六日的一束《沈钟》和《荆棘》,廿九又收到廿一寄来的一包书,内有《域外小说集》等九本。今日下午,又收到你廿四写来的信。

昨下午快到晚饭时候,伏园和毛子震[1]先生(即与许先生一同在北京国务院前诊察刘和珍脉的那个)来大石街旧校相访,我忘记了他们是"外江佬",一气说了一通广东话,待到伏园先生对我声明不懂,这才省悟过来。后来约到玉醪春饭店晚餐，见他们总用酱油，大约是嫌菜淡。伏园先生甚能饮，也吃，但每食必放下箸，好像文绉绉的小姐一样。结帐并不贵，大出我的意外，菜单六元六，付给七元，就很满意了。伏园先生说，不定今天就回厦，将来也许再来，未定，云云。我也没有向他探听中大的事。

你们雇用的听差很好，听伏园先生说，如果离开厦门，他也肯跟着走。那么，何妨带了他来，好长期使用呢。

今日（星六，卅）本校学生召集全体大会，手续时间都不合，我即加以限制，并设法引导他们，从此也许引起风潮，好的方面，则由此整理一下，否则我走。走是我早已准备的，人要做事，先立了可去的心，才有决断和勇气。这回的事，成则学校之福，倘不然，我走也没有什么。总之是有文章做，马又到广东"害群"了，只可惜没有帮手。但他们旧派也不弱，你坐在城上看戏，待我陆续开出剧目来罢。

关于《莽原》投稿的争吵，不管也好，因为相距太远，真相难明，很容易出力不讨好的。

北伐事，广州也说得很好，说是周荫人已死，西北军[2]进行顺利，都是好消息。这里的天气不凉不热，可穿两件单衣，自我回来至今，校内外不断发生时症，先是寒热交加，后出红点，点退人愈，但我并没有被传染。

各式人等，各处都是，然而这种种不同，却是一件巧妙的事，使我们见闻增多，活得不枯寂，也是好的。

YOUR H. M. 十月卅晚。

*　　　*　　　*

〔1〕 毛子震(1890—1970) 名开洲,字子震,浙江江山人。曾在北京行医,当时在中山大学医科任教。

〔2〕 西北军 指当时配合北伐的冯玉祥的国民革命军。

六八

广平兄:

昨天刚发一信,现在也没有什么话要说,不过有一些小闲事,可以随便谈谈。我又在玩——我这几天不大用功,玩着的时候多——所以就随便写它下来。

今天接到一篇来稿,是上海大学的女生曹轶欧[1]寄来的,其中讲起我在北京穿着洋布大衫在街上走的事,下面注道,“这是我的朋友 P. 京的 H. M. 女校生亲口对我说的”。P. 自然是北京,但那校名却奇怪,我总想不出是那一个学校来。莫非就是女师大,和我们所用是同一意义么?

今天又知道一件事,有一个留学生在东京自称我的代表去见盐谷温[2]氏,向他索取他所印的《三国志平话》,但因为书尚未装成,没有拿去。他怕将来盐谷氏直接寄我,将事情弄穿,便托 C. T.[3]写信给我,要我追认他为代表,还说,否则,于中国人之名誉有关。你看,“中国人的名誉”是建立在他和我的说谎之上了。

今天又知道一件事。先前朱山根要荐一个人到国学院,但没有成。现在这人终于来了,住在南普陀寺。为什么住到那里去的呢？因为伏园在那寺里的佛学院有几点钟功课(每月五十元)，现在请人代着，他们就想挖取这地方。从昨天起，山根已在大施宣传手段，说伏园假期已满(实则未满)而不来，乃是在那边已经就职，不来的了。今天又另派探子，到我这里来探听伏园消息。我不禁好笑，答得极其神出鬼没，似乎不来，似乎并非不来，而且立刻要来，于是乎终于莫名其妙而去。你看“现代”派下的小卒就这样阴鸷，无孔不入，真是可怕可厌。不过我想这实在难对付，譬如要我去和此辈周旋，就必须将别的事情放下，另用一番心机，本业抛荒，所得的成绩就有限了。“现代”派学者之无不浅薄，即因为分心于此等下流事情之故也。

迅。十一月三日大风之夜。

十月卅日的信，今天收到了。马又要发脾气，我也无可奈何。事情也只得这样办，索性解决一下，较之天天对付，劳而无功的当然好得多。教我看戏目，我就看戏目，在这里也只能看戏目，不过总希望勿太做得力尽神疲，一时养不转。

今天有从中大寄给伏园的信到来，可见他已经离开广州，但尚未到，也许到汕头或福州游玩去了。他走后给我两封信，关于我的事，一字不提。今天看见中大的考试委员名单，文科中人多得很，他也在内，郭沫若，郁达夫[4]也在，那么，我的去不去也似乎没有多大关系，可以不必急急赶到了。

关于我所用的听差的事，说起来话长了。初来时确是好的，现在也许还不坏，但自从伏园要他的朋友去给大家包饭之后，他就忙得很，不大见面。后来他的朋友因为有几个人不大肯付钱(这是据听差说的)，一怒而去，几个人就算了，而还有几个人却要他接办。此事由伏园开端,我也没法禁止,也无从一一去接洽,劝他们另寻别人。现在这听差是忙,钱不够,我的饭钱和他自己的工钱,都已豫支一月以上。又,伏园临走宣言:自己不在时仍付饭钱。然而只是一句话,现在这一笔帐也在向我索取。我本来不善于管这些琐事,所以常常弄得头昏眼花。这些代付和豫支的款,不消说是不能收回的,所以在十月这一个月中,我就是每日得一盆脸水,吃两顿饭,而共需大洋约五十元。这样贵的听差,用得下去的么?"解铃还仗系铃人",所以这回伏园回来,我仍要他将事情弄清楚。否则,我大概只能不再雇人了。

明天是季刊〔5〕文章交稿的日期,所以我昨夜写信一张后,即开手做文章,别的东西不想动手研究了,便将先前弄过的东西东抄西撮,到半夜,并今天一上午,做好了,有四千字,并不吃力,从此就又玩几天。

这里已可穿棉坎肩,似乎比广州冷。我先前同兼士往市上去,见他买鱼肝油,便趁热闹也买了一瓶。近来散拿吐瑾吃完了,就试服鱼肝油,这几天胃口仿佛渐渐好起来似的,我想再试几天看,将来或者就改吃这鱼肝油(麦精的,即"帕勒塔")也说不定。

迅。十一月四日灯下。

*　　　*　　　*

〔1〕 曹轶欧(1903—1989) 河北大兴(今属北京)人,当时上海大学的学生。曾写《阶级与鲁迅》一文寄给鲁迅,后发表于《语丝》周刊第

一〇八期(1926年12月4日),署名一萼。

〔2〕 盐谷温(1878—1962) 日本汉学家,当时是东京大学教授。《三国志平话》,即《全相三国志平话》,三卷,元代至治年间建安虞氏刊印。1926年盐谷温曾据日本内阁文库藏本影印此书。

〔3〕 C. T. 指郑振铎(1898—1958),笔名西谛,福建长乐人,作家、文学史家,文学研究会发起人之一。当时在上海主编《小说月报》。据鲁迅1926年11月3日日记:"下午得郑振铎信,附宓汝卓信,即复。"文中所说的"一个留学生",当指宓汝卓(1903—?),浙江慈溪人,当时在日本留学。

〔4〕 郁达夫(1896—1945) 浙江富阳人,作家,前期创造社主要成员之一。当时任中山大学英国文学系主任。

〔5〕 指《厦大国学季刊》,鲁迅当晚所作并拟交该刊的文章,即《〈嵇康集〉考》。后因该刊未出,文章亦未发表。现编入《古籍序跋集》。

六九

广平兄:

昨上午寄出一信,想已到。下午伏园就回来了,关于学校的事,他不说什么。问了的结果,所知道的是:(1)学校想我去教书,但无聘书;(2)上遂的事尚无结果,最后的答复是"总有法子想";(3)他自己除编副刊外,也是教授,已有聘书;(4)学校又另电请几个人,内有"现代"派[1]。这样看来,我的行止,当看以后的情形再定。但总当于阴历年假去走一回,这里阳历只放几天,阴历却有三礼拜。

李逢吉前有信来,说访友不遇,要我给他设法绍介,我即寄了一封绍介于陈惺农的信，从此无消息。这回伏园说遇诸途，他早在中大做职员了，也并不去见惺农，这些事真不知是怎么的，我如在做梦。他寄一封信来，并不提起何以不去见陈，但说我如往广州，创造社的人们很喜欢云云，似乎又与他们在一处，真是莫名其妙。

伏园带了杨桃回来，昨晚吃过了，我以为味道并不十分好，而汁多可取，最好是那香气，出于各种水果之上。又有"桂花蝉"和"龙虱"[2]，样子实在好看，但没有一个人敢吃。厦门也有这两种东西，但不吃。你吃过么？什么味道？

以上是午前写的，写到那地方，须往外面的小饭店去吃饭。因为我的听差不包饭了，说是本校的厨子要打他（这是他的话，确否殊不可知），我们这里虽吃一口饭也就如此麻烦。在饭店里遇见容肇祖（东莞人，本校讲师）和他的满口广东话的太太。对于桂花蝉之类，他们俩的主张就不同，容说好吃的，他的太太说不好吃的。

六日灯下。

从昨天起，吃饭又发生了问题，须上小馆子或买面包来，这种问题都得自己时时操心，所以也不大静得下。我本可以于年底将此地决然舍去，我所迟疑的是怕广州比这里还烦劳，认识我的人们也多，不几天就忙得如在北京一样。

中大的薪水比厦大少，这我倒并不在意，所虑的是功课多，听说每周最多可至十二小时，而做文章一定也万不能免，即如伏园所办的副刊，就非投稿不可，倘再加上别的事情，我就又须吃药做文章了。在这几年中，我很遇见了些文学青年，由经验的结果，觉他们之于我，大抵是可以使役时便竭力使役，可以诘责时便竭力诘责，可以攻击时自然是竭力攻击，因此我于进退去就，颇有戒心，这或也是颓唐之一端，但我觉得这也是环境造成的。

其实我也还有一点野心，也想到广州后，对于“绅士”们仍然加以打击，至多无非不能回北京去，并不在意。第二是与创造社联合起来，造一条战线，更向旧社会进攻，我再勉力写些文字。但不知怎的，看见伏园回来吞吞吐吐之后，便又不作此想了。然而这也不过是近一两天如此，究竟如何，还当看后来的情形的。

今天大风，仍为吃饭而奔忙；又是礼拜，陪了半天客，无聊得头昏眼花了，所以心绪不大好，发了一通牢骚，望勿以为虑，静一静又会好的。

明天想寄给你一包书，没有什么好的，自己如不要，可以分给别人。

迅。十一月七日灯下。

昨天在信上发了一通牢骚后，又给《语丝》做了一点《厦门通信》，牢骚已经发完，舒服得多了。今天又已约定一个厨子包饭，每月十元，饭菜还过得去，大概可以敷衍半月一月罢。

昨夜玉堂来打听广东的情形，我们因劝其将此处放弃，明春同赴广州。他想了一会，说，我来时提出条件，学校一一允许，怎能忽然不干呢？他大约决不离开这里的了。但我看现在的一批人物，国学院是一定没有希望的，至多，只能小小补苴[3]，混下去而已。

浙江独立早已灰色,夏超[4]确已死了,是为自己的兵所杀的,浙江的警备队,全不中用。今天看报,知九江已克,周凤岐[5](浙兵师长)降,也已见于路透电,定是确的,则孙传芳仍当声势日蹙耳,我想浙江或当还有点变化。

L. S. 十一月八日午后。

*　　　*　　　*

〔1〕 “现代”派　原信作顾颉刚。

〔2〕 “桂花蝉”、“龙虱”　都是水生甲虫,可食用。

〔3〕 补苴　语出汉代刘向《新序·刺奢》:“今民衣敝不补,履决不苴。”

〔4〕 夏超(1882—1926)　字定侯,浙江青田人。1924 年 9 月任北洋政府浙江省省长,1926 年 10 月 15 日宣布浙江独立。据 1926 年 10 月 30 日《申报》:10 月 23 日,孙传芳派兵占领杭州,夏超败走余杭,为乱军所杀。

〔5〕 周凤岐(1879—1938)　浙江长兴人。原为孙传芳部浙江陆军第二师师长,1926 年 11 月初,归附国民革命军,12 月任二十六军军长。

七〇

MY DEAR TEACHER:

我前信不是说,我校发生事情了么,现在还正在展开。我们对于这学校,大家都已弄得力尽筋疲,然而总是办不好,学生们处处故意使人为难。上月间广州学生联合会例须召集各校，开全体大会，每校三十人中选举一人出席，而我校学生会全为旧派所把持。说起旧派来，自“树的派”[1]（听说以一枝粗的手杖为武器，攻打敌党，有似意大利的棒喝团，但详细情形我不知道）失败后，原已逐渐消沉了的，而根株仍在，所以得了广州学生联合会通告后，我校学生会的主席就先行布置了有利于已派的一切，然后公布召集大会，选举代表。这谋划引起了别派学生的不满，起而反对，遂大纷扰。学校为避免纠纷起见，禁止两方开会，而旧派不受约束，仍要续开，且高呼校长为“反革命”。于是校中组织特别裁判委员会，议决开除学生二名，于今日发表。[2]现在各班仍照常上课，并无举动，但一面自在暗中活动，明天当或有游行，散传单呼冤，或拥被开除的二人回校等类之举的。总之，事情是要推演下去的。

今日阅报，知闽南已被革命军肃清，闽周兵逃回厦门。那么，厦门交通恐已有变，不知此信能早到否？

李逢吉日前来一信，说见伏园，知我来粤，约时一见。他是老实人，我已回信给他，约有空来校一见了。

伏园先生已回厦门否？他既要来粤作事，复回厦门是什么缘故？

这几天我也许忙一点，不暇常常写信，但稍闲即写，不须挂念。这回是要说的都说了，暂且“带住”罢。

YOUR H. M. 十一月四晚十一时半。

*　　　*　　　*

〔1〕“树的派”　也称“士的派”，国民党右派“孙文主义学会”操

纵的广州学生组织。它的成员大都携带手杖(即"士的",英语 Stick 的音译),动辄打人,故称。

〔2〕 据銮鸣《值得一说的女师学潮》(载 1926 年 11 月 6 日《国民周刊》):1926 年 10 月 15 日,受"士的派"操纵的广东第一女子师范学校学生李秀梅等破坏会章,私行召集一部分学生,违法选举出席广州学联会代表。另一部分学生起而反对,并致函学联大会否定其代表权。李等遂进一步于 30 日违反授课时间不得开会等有关规定,召开学生大会,并蒙骗部分小学生到会滋扰闹事。学校为制止李等扩大事端,于 11 月 2 日组织特别裁判委员会进行调查处理,裁决开除李秀梅学籍,并勒令曾当众高呼校长为"反革命"的右派学生蒋仲篪退学。

七一

广平兄:

昨天上午寄出一包书并一封信,下午即得五日的来信。我想如果再等信来而后写,恐怕要隔许多天了,所以索性再写几句,明天付邮,任它和前信相接,或一同寄到罢。

对于学校也只能这么办。但不知近来如何?如忙,则不必详叙,因为我也并不怎样放在心里,情形已和对杨荫榆时不同也。

伏园已回厦门,大约十二月中再去。逢吉只托他带给我一封含含胡胡的信,但我已推测出,他前信说在广州无人认识是假的。《语丝》第百一期上,徐耀辰所做的《送南行的爱而君》的 L 就是他,他给他好几封信,绍介给熟人(=创造社中人)〔1〕,所以他和创造社人在一处了,突然遇见伏园,乃是意外之事,因此对我便只好吞吞吐吐。“老实”与否,可研究之。

忽而匿名写信来骂,忽而又自来取消的乌文光[2],也和他在一处;另外还有些我所认识的人们。我这几天忽而对于到广州教书的事,很有些踌躇了,恐怕情形会和在北京时相像。厦门当然难以久留,此外也无处可走,实在有些焦躁。我其实还敢站在前线上,但发见当面称为“同道”的暗中将我作傀儡或从背后枪击我,却比被敌人所伤更其悲哀。我的生命,碎割在给人改稿子,看稿子,编书,校字,陪坐这些事情上者,已经很不少,而有些人因此竟以主子自居,稍不合意,就责难纷起,我此后颇想不再蹈这覆辙了。

忽又发起牢骚来,这回的牢骚似乎发得日子长一点,已经有两三天。但我想,明后天就要平复了,不要紧的。

这里还是照先前一样,并没有什么,只听说漳州是民军就要入城了。克复九江,则其事当甚确。昨天又听到一消息,说陈仪入浙后,也独立了,这使我很高兴,但今天无续得之消息,必须再过几天,才能知道真假。

中国学生学什么意大利,以趋奉北政府,还说什么“树的党”,可笑极了。别的人就不能用更粗的棍子对打么?伏园回来说广州学生情形,真很出我意外。

迅。十一月九日灯下。

*　　　*　　　*

〔1〕 徐耀辰　即徐祖正,参看本卷第134页注〔6〕。他在《送南行的爱而君》中曾说:“方才你(按指李遇安)来向我辞行,我交给你几封绍

介信”,又说:“我所介绍你去见的人,都只是海外来的同学、同志,大都只呼吸过文艺美术的空气”。按这里提到的“同学、同志”,当为早期创造社的一些成员。

〔**2**〕 乌文光　原信作黎锦明(1905—1999),湖南湘潭人,当时在广东海丰中学任教,著有短篇小说集《烈火》等。

七二

MY DEAR TEACHER:

这几天因为学校有事,又引起了我有事即写不出字来的老毛病,所以五日接到你廿九,卅日两信后,屡想执笔而仍复搁下了。

以上是昨晚写的,但仍写不下去,今早(星期)再写以下的话——

五日寄一信,不是说我校在闹风潮了么,现在还未止,但也不十分激烈。我觉得女性好像总较倾于黑暗和守旧,所以学生之中,中立者一部分,革命者一部分,反动者一部分而最占势力。其实中立者虽无举动,但不过因学校禁止一切集会而然,她们仍遍贴传单,要求开会解决,收回二生,谓否则行第二策(罢课),再否则行第三策(十二个B队署名,即以十二响剥壳枪对待也);同时校长又收到英文信一封,内画一剑一枪,末云请其自择。已以虚声恫吓,则其实力之不足可知,大约风潮是不久便要了结的。但自从学潮起后,因我是训育主任,直接禁罚他们,故已成众矢之的,先前见我十分客气,表示欢笑者，现亦往往不过勉强招呼，或故作不见，甚或怒目而视。总之感情破裂，难以维持，此学期一日不完，我暂且负责一时，但一结束，当即离开，此时如汕头还缺教员，便赴汕头，否则另觅事做就是了。

昨领到十月份薪水，计小洋四十五元，另有库券及公债票，但前月库券，日内兑现，可得廿金，共六十五元，也未尝不够。不相干的人物，无帮助之必要，诚如来信所言，惟寡嫂幼侄，情实可怜，见之凄然，令人不能不想努力加以资助，这在现在，是只能看作例外的。

战事无甚新闻，惟昨报载九江已经攻下。今日为苏俄十月革命〔1〕纪念日，农工各会，皆组织纪念会；九日为广州光复〔2〕纪念，放假一天；十二为中山先生生日纪念，此地有大庆祝，届时又有一番忙碌了。

你说“做事没有上半年那么急进”，也许是进步，但何以上半年还要急进呢？是因为有人和你淘气么？请勿以别人为中心，而以自己定夺罢。

你暂不来粤，也好，我并不定要煽动你来。不过听了厦门的情形，怕你受不住气，独自闷着，无人从旁劝解耳。对于跳铁丝栏，亦拟不加诰诫，因为我所学的是教育，而抑制好动的天性，是和教育原理根本刺谬的。

你廿九，卅两信，同时收到；又收到了十月廿四寄的《语丝》一束，内共有四期。

我身体很好，饭量亦加，请勿念。现在外面鼓声冬冬，是苏俄革命纪念日的工会游行罢。下午也许偷空访人去。

要说的都写出来了。

YOUR H. M. 十一月七日早十时半。

*　　　　*　　　　*

〔**1**〕 十月革命　指1917年11月7日(俄历10月25日),以列宁为首的俄国布尔什维克党领导彼得堡工人和士兵起义,攻占冬宫,建立苏维埃政权。

〔**2**〕 广州光复　1911年(辛亥)10月10日武昌起义后,11月9日广东宣布独立(胡汉民任都督)。

七三

广平兄:

十日寄出一信,次日即得七日来信,略略一懒,便迟到今天才写回信了。

对于侄子的帮助,你的话是对的。我愤激的话多,有时几乎说:“宁我负人,毋人负我。”[1]然而自己也往往觉得太过,实行上或者且正与所说的相反。人也不能将别人都作坏人看,能帮也还是帮,不过最好是量力,不要拚命就是了。

“急进”问题,我已经不大记得清楚了,这意思,大概是指“管事”而言,上半年还不能不管事者,并非因为有人和我淘气,乃是身在北京,不得不尔,譬如挤在戏台面前,想不看而退出,也是不很容易的。至于不以别人为中心,也很难说,因为一个人的中心并不一定在自己,有时别人倒是他的中心,所以虽说为人，其实也是为己，因此而不能“以自己定夺”的事，也就往往有之。

我先前在北京为文学青年打杂，耗去生命不少，自己是知道的。但到这里，又有几个学生办了一种月刊，叫作《波艇》[2]，我却仍然去打杂。这也还是上文所说，不能因为遇见过几个坏人，便将人们都作坏人看的意思。但先前利用过我的人，现在见我偃旗息鼓，遁迹海滨，无从再来利用，就开始攻击了，长虹在《狂飙》第五期上尽力攻击，自称见过我不下百回，知道得很清楚，并捏造许多会话（如说我骂郭沫若之类）。其意即在推倒《莽原》，一方面则推广《狂飙》的销路，其实还是利用，不过方法不同。他们那时的种种利用我，我是明白的，但还料不到他看出活着他不能吸血了，就要打杀了煮吃，有如此恶毒。我现在姑且置之不理，看看他技俩发挥到如何。总之，他戴着见了我“不下百回”的假面具，现在是除下来了，我还要子细的看看。

校事不知如何？如少暇，简略的告知几句就好。我已收到中大聘书，月薪二百八，无年限的，大约那计画是将以教授治校，所以凡认为非军阀帮闲的，就不立年限。但我的行止，一时也还不能决定。此地空气恶劣，当然不愿久居，而到广州也有不合的几点：（一）我对于行政方面，素不留心，治校恐非所长；（二）听说政府将移武昌[3]，则熟人必多离粤，我独以“外江佬”留在校内，大约未必有味；而况（三）我的一个朋友或者将往汕头，则我虽至广州，又与在厦门何异。所以究竟如何，当看情形再定了，好在开学还在明年三月初，很有考量的余地。

我在静夜中，回忆先前的经历，觉得现在的社会，大抵是可利用时则竭力利用，可打击时则竭力打击，只要于他有利。我在北京这么忙，来客不绝，但一受段祺瑞，章士钊们的压迫，有些人就立刻来索还原稿，不要我选定，作序了。其甚者还要乘机下石，连我请他吃过饭也是罪状了，这是我在运动他；请他喝过好茶也是罪状了，这是我奢侈的证据。借自己的升沉，看看人们的嘴脸的变化，虽然很有益，也有趣，但我的涵养工夫太浅了，有时总还不免有些愤激，因此又常迟疑于此后所走的路：(一)死了心，积几文钱，将来什么事都不做，顾自己苦苦过活；(二)再不顾自己，为人们做些事，将来饿肚也不妨，也一任别人唾骂；(三)再做一些事，倘连所谓"同人"也都从背后枪击我了，为生存和报复起见，我便什么事都敢做，但不愿失了我的朋友。第二条我已行过两年了，终于觉得太傻。前一条当先托庇于资本家，恐怕熬不住。末一条则颇险，也无把握(于生活)，而且又略有所不忍。所以实在难于下一决心，我也就想写信和我的朋友商议，给我一条光。

昨天今天此地都下雨，天气稍凉。我仍然好的，也不怎么忙。

迅。十一月十五日灯下。

*　　*　　*

〔1〕"宁我负人，毋人负我" 曹操的话，见《三国志·魏书·武帝纪》裴松之注引孙盛《杂记》。

〔**2**〕*《波艇》* 文艺月刊,厦门大学学生组织的泱泱社创办,1926年12月创刊,撰稿人有崔真吾、王方仁、俞念远、谢玉生等。鲁迅曾为该刊撰稿和阅稿,并介绍上海北新书局代为印刷发行。1927年1月出版两期后停刊。

〔**3**〕*政府将移武昌* 国民政府于1926年12月7日自广州移往武昌。国民革命军总司令部仍留广州,由总参谋长李济琛主持。

七四

MY DEAR TEACHER:

你十一月二日的信,十日到,五日的信,十一到,寄的是前后隔四天,而收的只隔一天,这大约是广东方面的缘故。因为这里每有一点事如纪念日等,工人即停工巡行,报纸每星期有六天看,已算幸运,其他即可想而知了。

曹轶欧的文稿中说□□女校生,也许是知道有人常用此名,而故意影射,使你触目。我疑心这是男生,较知底细的男生所作,托名于上海大学的女生的。

"马又发脾气",这也是时势使然,不是我故意弄成的。旧派学生日来想尽方法,强行开会,向政府请愿,而政府以学校处理为至当;自中央至省,市三青年部长(专管学界)及省教育厅所组织之学潮委员会,亦并以学校之办法为然。其实我们办事员也只得秉承当局意旨依照办理,个人实无权操纵也。所以现在她们只在夜间暗帖辱骂学校,或恐吓校长之标帖,又嗾使被开除者的家长,来校理论,此外更无别法。但我和别几个教员，与学生感情已因此破裂，虽先前有十分信仰佩服的，此时也如仇雠，恰如杨荫榆事件一出，田平粹[1]辈之于你一样。所以我们主张学潮平后，校长辞职，我们数人也一同走出，才有利于学校之发展。这计画早则日内实现，迟则维持至十一月之末，或本学期终了。我自己此后当另觅事做，倘广州没有，就到旁的地方去，但自然暂不离粤，俟年假完后再走，不知你以为何如？

今晚为豫备庆祝中山先生诞日提灯大会，我饭后即约表妹往大马路的妇女俱乐部[2]三层楼上观看，候至七时余，就见提灯的行列，首先为长方形灯，装饰，色彩，大小，各各不同，另有各种鱼灯和果灯，而以扎出党旗的星形者为多。还有舞狮子的，奏军乐的，喊口号的，唱革命歌的，有声有色，较之日间的捏一枝小旗，懒洋洋的走着的好多了。快到九时才走完，看了也不免会令人有“大丈夫不当如是耶”之感。明日为正诞日，学校放假一天，早九时在校中聚集，十时行纪念礼，十一时出发巡行，我也得陪学生去。

广州天气甚佳，秋高气爽，现时不过穿二单衣，畏寒的早晚加夹衣就足够了。我虽然忙，但也有机会可做琐事，日前织成毛绒衣一件，是自己用的，现在织开一件毛绒小半臂，系藏青色，成后打算寄上，现已做了大半了。不见得心细，手工佳，但也是一点意思。稍暖时可以单穿它，或加在绒衣上亦可，取其不似棉的厚笨而适体耳。

YOUR H. M. 十一月十一晚十一时。

* * *

〔1〕 田平粹 原信作陈衡粹,曾是鲁迅在北京女师大任教时的学生。女师大学潮爆发后,成为杨荫榆的拥护者。

〔2〕 妇女俱乐部 1926年2月由何香凝、邓颖超主持的国民党中央妇女部设立的机构。它的宗旨是“将一般妇女联络聚集,使多与本党(党)员接触,随时输入革命思想”。(见《广东省党部党务月刊》第一期)

七五

广平兄:

十六日寄出一信,想已到。十二日发的信,今天收到了。校事已见头绪,很好,总算结束了一件事。至于你此后所去的地方,却教我很难代下断语。你初出来办事,到各处看看,历练历练,本来也很好的,但到太不熟悉的地方去,或兼任的事情太多,或在一个小地方拜帅,却并无益处,甚至会变成浅薄的政客之流。我不知道你自己是否仍旧愿在广州,抑非走开不可,倘非决欲离开,则伏园下月中旬当赴粤,我可以托他问一问,看中大女生指导员之类有无缺额,他一定肯绍介的。上遂的事,我也要托他办。

曹轶欧大约不是男生假托的,因为回信的地址是女生宿舍,但这些都不成问题,由它去罢。中山生日的情形,我以为和他本身是无关的,只是给大家看热闹;要是我,实在是“身后名,不如即时一杯酒”[1],恐怕连盛大的提灯会也激不起来的了。但在这里,却也太没有生气,只见和尚自做水陆道场,男男女女上庙拜佛,真令人看得索然气尽。我近来只做了几篇付印的书的序跋〔2〕,虽多牢骚,却有不少真话;还想做一篇记事,将五年来我和种种文学团体的关涉,讲一个大略,但究竟做否,现在还未决定。至于真正的用功,却难,这里无须用功,也不是用功的地方。国学院也无非装门面,不要实际。对于教员的成绩,常要查问,上星期我气起来,就对校长说,我原已辑好了古小说十本,只须略加整理,学校既如此着急,月内便去付印就是了。于是他们就从此没有后文。你没有稿子,他们就天天催,一有,却并不真准备付印的。

我虽然早已决定不在此校,但时期是本学期末抑明年夏天,却没有定,现在是至迟至本学期末非走不可了。昨天出了一件可笑可叹的事。下午有校员恳亲会,我是向来不到那种会去的,而一个同事硬拉我去,我不得已,去了。不料会中竟有人演说,先感谢校长给我们吃点心,次说教员吃得多么好,住得多么舒服,薪水又这么多,应该大发良心,拚命做事,而校长如此体帖我们,真如父母一样……我真要立刻跳起来,但已有别一个教员上前驳斥他了,闹得不欢而散。〔3〕

还有希奇的事情,是教员里面,竟有对于驳斥他的教员,不以为然的。他说,在西洋,父子和朋友不大两样,所以倘说谁和谁如父子,也就是谁和谁如朋友的意思。这人是西洋留学生,你看他到西洋一番,竟学得了这样的大识见。

昨天的恳亲会是第三次,我却初次到,见是男女分房的,不但分坐。

我才知道在金钱下的人们是这样的,我决计要走了,但我不想以这一件事为口实,且仍于学期之类作一结束。至于到那里去,一时也难定,总之无论如何,年假中我必到广州走一遭,即使无噉饭处,厦门也决不住下去的了。又我近来忽然对于做教员发生厌恶,于学生也不愿意亲近起来,接见这里的学生时,自己觉得很不热心,不诚恳。

我还要忠告玉堂一回,劝他离开这里,到武昌或广州做事去。但看来大半是无效的,这里是他的故乡,他不肯轻易决绝,同来的鬼祟又遮住了他的眼睛,一定要弄到大失败才罢,我的计画,也不过聊尽同事一场的交情而已。

迅。十八,夜。

*　　*　　*

〔1〕“身后名,不如即时一杯酒”　见《世说新语·任诞》:“张季鹰纵任不拘,……。或谓之曰‘卿乃可纵适一时,独不为身后名邪?’答曰:‘使我有身后名,不如即时一杯酒!’”

〔2〕指《华盖集续编·小引》和同书的“校讫记”、《坟·题记》、《写在〈坟〉后面》、《〈争自由的波浪〉小引》。

〔3〕据鲁迅1926年11月17日日记:“下午校中教职员照相毕,开恳亲会,终至林玉霖妄语,缪子才痛斥。”按林玉霖(1887—1964),福建龙溪人,林语堂之兄,当时任厦门大学学生指导长。缪子才,名篆,字子才,江苏泰兴人,当时任厦门大学哲学系副教授。

七六

MY DEAR TEACHER:

我现在空一点,想回谢君的信,忽然心血来潮,还是想写给你，我就将写着的信中途“带住”，开始换一张纸来写给你了。

我今天很安闲。昨日游行，下午就回校，虽小小疲倦，却还可以坐着织绒背心。今天放假休息，早上无事，仍在寝室里继续编织；十一时出街理发，买些什物，到家里看了一回。而今天使我喜欢的，是我订了一个好玩的印章，要铺子刻“鲁迅”二字，白文，印是玻璃质的，通体金星闪闪，说是星期二刻好（价钱并不贵，不要心里先骂），打算和毛绒小半臂一同寄出。小半臂今天也做起了，一日里成功了两件快意事。依我的脾气，恨不得立刻寄到，但印章怕星二未必刻成，此处的邮政又太不发达，分局不寄包裹，总局甚远，在沙基左近，须当场验过，才能封口，我打算下星四或星五自己寄去，算起来你能在月末或下月初收到，已要算快的了。我原也知道将来可以面呈，但这样我实在不及待。

学校中暂时没有动作，但听说她们还要闹的，要闹到校长身败名裂才罢云。校长也知道这些，然而都置之不理。她们大约因背后有人操纵，所以一时不能罢手，现在正以共产二字诬校长及职教员，恰如北方军阀一样。

YOUR H. M. 十一月十三晚八时半。

七七

MY DEAR TEACHER：

今天竟日下雨，平时没有这么冷，办公的处所又向北而多风，所以四点钟就回到寝室里，看见你十一月八日寄来的信并一包书，内报纸二分，期刊六本，书籍七本。这些刊物，要我自己去买，自然未必肯，但你既寄给我，我欢喜的收下了，借给人看是可以的，而“分给别人”则不可。

早晨见《民国日报》及《国民新闻》[1]，都说你已允来中大作文科教授，我且信且疑，正拟函询，今见来信所云，则似乎未知此事。你如来粤，我想，一定要比厦门忙，比厦门苦，薪金大约不过二三百小洋，说不定还要搭公债和国库券。就此看来，大半是要食少事繁，像我在这里似的。厦门难以久居，来粤也有困难之处，奈何！至于食物，广州自然都有，和厦大之过孤村生活不同，虽然能否合你口味也说不定。

至于我这学校，现在却并无什么事。但既因风潮而引起了一部分学生的反感，此后见面讲书，亦殊无味，自以早日离去为宜。不过现在正值多事之秋，学潮未平，校款支绌，势不能中途撒手。有人主张校长即行辞职，另觅人暂时代理，从新做过，以救目前，而即要我出而担任。但无论如何，我坚决不干，俟觅得新校长，为之维持几天，至多至阳历一月为止。此后你如来粤，我也愿在广州觅事，否则，就到汕头去。

提起逢吉来，我就记得见伏园先生时，曾听说他在中大当职员，将来还要帮伏园办报。后于本月初，得他从东山来信云，“昨见伏园兄，才知道你也到广州，不想我们又能在这里会面，真是愉快极了。如果你有工夫，请通知一个时间，我们谈谈。……”我即函告以公务以外的时间，但至今不见人来，也无回信，也许他又跑到别处去了。

杨桃种类甚多，最好是花地产，皮不光洁，个小而丰肥者佳，香滑可口，伏老带去的未必是佳品，现时已无此果了。桂花蝉顾名思义，想是香味如桂花，或因桂花开时乃有，未详。龙虱生水中，外甲壳而内软翅，似金龟虫，也略能飞。食此二物，先去甲翅，次拔去头，则肠脏随出，再去足，食其软部，也有并甲足大嚼，然后吐去渣滓的。嗜者以为佳，否则不敢食，犹蚕蛹也。我是吃的，觉得别有风味，但不能以言传。

做教员而又须日日自己安排吃饭，真太讨厌，即此一端，厦门就不易住。在广州最讨厌的是请吃饭，你来我往，每一回辄四五十元，或十余元，实不经济。但你是一向拒绝这事的，或者可以避免。

你向我发牢骚，我是愿意听的，我相信所说的都是实情，这样倒还不至于到“虑”的程度。你的性情太特别，一有所憎，即刻不可耐，坐立不安。玉堂先生是本地人，过惯了，自然没有你似的难受，反过来你劝他来粤，至少在饮食一方面，他就又过不惯了，况且中大薪水，必少于厦门，倘他挈家来此，也许会像在北京时候似的，即使我设身处地，也未必决然就走的罢。

写完以上的话，已在晚上八时余，又看了些书，觉得陶元庆〔2〕画的封面很别致，似乎自成一派，将来仿效的人恐怕要多起来。

看校长的意思，好像月底就要走了。她一走，我们自然也跟着放下责任，以后的事，随时再告罢。

YOUR H. M. 十一月十五晚十一时。

*　　　*　　　*

〔1〕《民国日报》 1923 年国民党在广州创办的报纸。1926 年 11 月 15 日该报载："著名文学家鲁迅即周树人，久为国内青年所倾倒，现在厦门大学担任教席。中山大学委员会特电促其来粤，担任该校文科教授。闻鲁氏已应允就聘，不日来粤云。"《国民新闻》，1925 年国民党人在广州创办的报纸。

〔2〕 陶元庆(1893—1929) 字璇卿，浙江绍兴人，美术家。先后在浙江台州第六中学、上海立达学园、杭州艺术专科学校任教。鲁迅著译《彷徨》、《朝花夕拾》、《坟》、《苦闷的象征》等书均由他作封面画。

七八

MY DEAR TEACHER：

今日(十六)午饭后回办公处，看见桌上有你十日寄来的一信，我一面欢喜，一面又仿佛觉着有了什么事体似的，拆开信一看，才知道是这样子。

校事表面上好像没有什么了，但旧派学生见恐吓无效，正在酝酿着罢课，今天要求开全体大会，我以校长不在，没法批准为辞，推掉了。如果一旦开会，则学校干涉，群众盲从，恐怕就会又闹起来。至于教职员方面，则因薪水不足维持生活，辞去的已有五六人，再过几天，一定更多，那时虽欲维持，但中途那有这许多教员可得？至于解决经费一层，则在北伐期中，谈何容易，校长到底也只能至本月卅日提出辞呈，飘然引去，那时我们也就可以走散了。MY DEAR TEACHER，你愿否我趁这闲空，到厦门一次，我们师生见见再说，看你这几天的心情，好像是非常孤独似的。还请你决定一下，就通知我。

看了《送南行的爱而君》，情话缠绵，是作者的热情呢，还是笔下的善于道情呢，我虽然不知道，但因此想起你的弊病，是对有些人过于深恶痛绝，简直不愿同在一地呼吸，而对有些人又期望太殷，不惜赴汤蹈火，一旦觉得不副所望，你便悲哀起来了。这原因是由于你太敏感，太热情，其实世界上你所深恶的和期望的，走到十字街头，还不是一样么？而你硬要区别，或爱或憎，结果都是自己吃苦，这不能不说是小说家的取材失策。倘明白凡有小说材料，都是空中楼阁，自然心平气和了。我向来也有这样的傻气，因此很碰了钉子，后来有人劝我不要太“认真”，我想一想，确是太认真了的过处。现在这句话，我总时时记起，当作悬崖勒“马”。

几个人乘你遁迹荒岛而枪击你，你就因此气短么？你就不看全般，甘为几个人所左右么？我好久有一番话，要和你见面商量，我觉得坦途在前，人又何必因了一点小障碍而不走路呢？即如我，回粤以来，信中虽总是向你诉苦，但这两月内，究竟也改革了两件事，并不白受了苦辛。你在厦门比我苦，然而你到处受欢迎，也过我万万倍，将来即去而之他，而青年经过你的陶冶，于社会总会有些影响的。至于你自己的将来，唉，那你还是照我上面所说罢，不要太认真。况且你敢说天下就没有一个人是你的永久的同道么？有一个人，你就可以自慰了，可以由一个人而推及二三以至无穷了，那你又何必悲哀呢？如果连一个人也“出乎意表之外”……也许是真的么？总之，现在是还有一个人在劝你，希望你容纳这意思的。

没有什么要写了。你在未得我离校的通知以前，有信不妨仍寄这里，我即搬走，自然托人代收转寄的。

你有闷气，尽管仍向我发，但愿不要闷在心里就好了。

YOUR H. M. 十一月十六晚十时半。

七九

广平兄：

十九日寄出一信；今天收到十三，六，七日的来信了，一同到的。看来广州有事做，所以你这么忙，这里是死气沉沉，也不能改革，学生也太沉静，数年前闹过一次，激烈的都走出，在上海另立大夏大学了。[1]我决计至迟于本学期末(阳历正月底)离开这里，到中山大学去。

中大的薪水是二百八十元，可以不搭库券。朱骝先还对伏园说，也可以另觅兼差，照我现在的收入之数，但我并不计较这一层，实收百余元，大概已经够用，只要不在不死不活的空气里就好了。我想我还不至于完在这样的空气里，到中大后，也许不难择一并不空耗精力而较有益于学校或社会的事。至于厦大，其实是不必请我的，因为我虽颓唐，而他们还比我颓唐得利害。

玉堂今天辞职了,因为减缩豫算的事,但只辞国学院秘书,未辞文科主任。我已托伏园转达我的意见,劝他不必烂在这里,他无回话。我还要自己对他说一回。但我看他的辞职是不会准的。

从昨天起,我又很冷静了,一是因为决定赴粤,二是因为决定对长虹们给一打击。你的话大抵不错的,但我之所以愤慨,却并非因为他们使我失望,而在觉得了他先前日日吮血,一看见不能再吮了,便想一棒打杀,还将肉作罐头卖以获利。这回长虹笑我对章士钊的失败道,"于是遂戴其纸糊的'思想界的权威者'之假冠,而入于身心交病之状态矣。[2]"但他八月间在《新女性》上登广告,却云"与思想界先驱者鲁迅合办《莽原》",一面自己加我"假冠"以欺人,一面又因别人所加之"假冠"而骂我,真是轻薄卑劣,不成人样。有青年攻击或讥笑我,我是向来不去还手的,他们还脆弱,还是我比较的禁得起践踏。然而他竟得步进步,骂个不完,好像我即使避到棺材里去,也还要戮尸的样子。所以我昨天就决定,无论什么青年,我也不再留情面,先作一个启事[3],将他利用我的名字,而对于别人用我名字,则加笑骂等情状,揭露出来,比他的唠唠叨叨的长文要刻毒得多,即送登《语丝》,《莽原》,《新女性》,《北新》四种刊物。我已决定不再彷徨,拳来拳对,刀来刀当,所以心里也很舒服了。

我大约也终于不见得为了小障碍而不走路,不过因为神经不好,所以容易说愤话。小障碍能绊倒我,我不至于要离开厦门了。我也很想走坦途,但目前还不能,非不愿,势不可也。

至于你的来厦,我以为大可不必,“劳民伤财”,都无益处;况且我也并不觉得“孤独”,没有什么“悲哀”。

你说我受学生的欢迎,足以自慰么?不,我对于他们不大敢有希望,我觉得特出者很少,或者竟没有。但我做事是还要做的,希望全在未见面的人们;或者如你所说:“不要认真”。我其实毫不懈怠,一面发牢骚,一面编好《华盖集续编》,做完《旧事重提》,编好《争自由的波浪》〔4〕(董秋芳译的小说),看完《卷葹》〔5〕都分头寄出去了。至于还有人和我同道,那自然足以自慰的,并且因此使我自勉,但我有时总还虑他为我而牺牲。而“推及一二以至无穷”,我也不能够。有这样多的么?我倒不要这样多,有一个就好了。

提起《卷葹》,又想到了一件事。这是王品青〔6〕送来的,淦女士所作,共四篇,皆在《创造》上发表过。这回送来要印入《乌合丛书》〔7〕,据我看来,是因为创造社不征作者同意,将这些印成小丛书,自行发卖,所以这边也出版,借谋抵制的。凡未在那边发表过者,一篇都不在内,我要求再添几篇新的,品青也不肯。创造社量狭而多疑,一定要以为我在和他们捣乱,结果是成仿吾〔8〕借别的事来骂一通。但我给她编定了,不添就不添罢,要骂就骂去罢。

我过了明天礼拜,便又要编讲义,余闲就玩玩,待明年换了空气,再好好做事。今天来客太多,无工夫可写信,写了这两张,已经是夜十二点半了。

和这信同时,我还想寄一束杂志,其中的《语丝》九七和九八,前回曾经寄去过,但因为那是切光的。所以这回补寄毛边者两本。你大概是不管这些的，不过我的脾气如此，所以仍寄。

迅。十一月廿日。

*　　　*　　　*

〔1〕 另立大夏大学　1924年4月，厦门大学学生对校长林文庆不满，拟作出要求校长辞职的决议，因部分学生反对而作罢。林文庆为此开除为首学生，解聘教育科主任等九人，从而引起学潮。6月1日，林下令提前放暑假，限令学生五日离校，扬言届时即停膳、停电、停水。学生被迫宣布集体离校，在被解聘教职员帮助下到上海另建大夏大学。

〔2〕 高长虹的这些话，见《狂飙》周刊第五期（1926年11月7日）所载《1925北京出版界形势指掌图》。

〔3〕 启事　即《所谓"思想界先驱者"鲁迅启事》，后收入《华盖集续编》。

〔4〕 《争自由的波浪》　俄国小说和散文集，董秋芳由英译本转译为中文，鲁迅为之作《小引》，1927年1月北新书局出版，为《未名丛书》之一。

〔5〕 《卷葹》　短篇小说集，冯沅君（笔名淦女士）作，1927年1月北新书局出版，为《乌合丛书》之一。冯沅君（1900—1974），河南唐河人，作家。

〔6〕 王品青（？—1927）　名贵钤，字品青，河南济源人。北京大学毕业，《语丝》投稿者。曾任孔德学校教员。

〔7〕 《乌合丛书》　鲁迅在北京主编的专收创作的一种丛书。1926年初开始由北新书局出版。

〔8〕 成仿吾（1897—1984）　湖南新化人，创造社主要成员，文学批评家。当时任中山大学文科教授，并在黄埔军官学校任兵器处科技正。

八〇

迅师：

兹寄上图章一个，夹在绒背心内，但外面则写围巾一条。你打开时小心些，图章落地易碎的。今早我曾寄出一信，计算起来近日写去的信颇详细了。现时刚吃完早饭，就要上课，下次再谈罢。

蛇足的写这封信，是使你见信好向邮局索包裹。这包长可七寸，阔五寸，高四寸左右。

H. M. 十一月十七日。

八一

广平兄：

二十一日寄一信，想已到。十七日所发的又一简信，二十二日收到了；包裹还未来，大约包裹及书籍之类，照例比普通信件迟，我想明天也许要到，或者还有信，我等着。我还想从上海买一合较好的印色来，印在我到厦门后所得的书上。

近日因为校长要减少国学院豫算，玉堂颇愤慨，要辞去主任，我因劝其离开此地，他极以为然。今天和校长开谈话会，我即提出强硬之抗议，以去留为孤注，不料校长竟取消前议了，别人自然大满足，玉堂亦软化，反一转而留我，谓至少维持一年，因为教员中途难请云云。又，我将赴中大消息，此地报上亦经揭载,大约是从广州报上抄来的,学生因亦有劝我教满他们一年者。这样看来,我年底大概未必能走了,虽然校长的维持豫算之说,十之九不久又会取消,问题正多得很。

我自然要从速离开此地,但什么时候,殊不可知。我想H.M.不如不管我怎样,而到自己觉得相宜的地方去,否则,也许因此去做很牵就,非意所愿的事务,比现在的事情还无聊。至于我,再在这里熬半年,也还做得到的,以后如何,那自然此时还无从说起。

今天本地报上的消息很好,泉州已得,浙陈仪又独立,商震〔1〕反戈攻张家口,国民一军将至潼关〔2〕。此地报纸大概是民党色采,消息或倾于宣传,但我想,至少泉州攻下总是确的。本校学生中,民党不过三十左右,其中不少是新加入者,昨夜开会,我觉得他们都没有历练,不深沉,连设法取得学生会以供我用的事情都不知道,真是奈何奈何。开一回会,空嚷一通,徒令当局者因此注意,那夜反民党的职员就在门外窃听。

二十五日之夜,大风时。

写了一张之(刚写了这五个字,就来了一个客,一直坐到十二点)后,另写了一张应酬信,还不想睡,再写一点罢。伏园下月准走,十二月十五左右,一定可到广州了。上遂的事,则至今尚无消息,不知何故。我同兼士曾合写一信,又托伏园面说,又写一信,都无回音,其实上遂的办事能力,比我高得多。

我想H.M.正要为社会做事,为了我的牢骚而不安,实在不好,想到这里,忽然静下来了,没有什么牢骚了。其实我在这里的不方便,仔细想起来,大半是由于言语不通,例如前天厨房不包饭了，我竟无法查问是厨房自己不愿做了呢，还是听差和他冲突，叫我不要他做了。不包则不包亦可。乃同伏园去到一个福州馆，要他包饭，而馆中只有面，问以饭，曰无有，废然而返。今天我托一个福州学生去打听，才知道无饭者，乃适值那时无饭，并非永远无饭也，为之大笑。大约明天起，当在这一个福州馆包饭了。

仍是二十五日之夜，十二点半。

此刻是上午十一时，到邮务代办处去看了一回，没有信。而我这信要寄出了，因为明天大约有从厦门赴粤之船，倘不寄，便须待下星期三这一艘了。但我疑心此信一寄，明天便要收到来信，那时再写罢。

记得约十天以前，见报载新宁轮由沪赴粤，在汕头被盗劫，纵火。[3]不知道我的信可有被烧在内。我的信是十日之后，有十六，十九，二十一等三封。

此外没有什么事了，下回再谈罢。

迅。十一月二十六日。

午后一时经过邮局门口，见有别人的东莞来信，而我无有，那么，今天是没有信的了，就将此发出。

*　　*　　*

〔1〕 商震(1887—1978)　号启宇，浙江绍兴人，原任阎锡山部第一师师长、绥远都统；反正后，任国民革命军第三集团军第一军团总指挥。

〔2〕 国民一军将至潼关　当时冯玉祥的国民联军入陕进攻围困

西安达七个月之久的刘镇华部。据1926年11月24日《民国日报》:18日,冯玉祥部刘郁芬率国民军六师攻克三原、富平,进逼潼关。

〔3〕 据1926年11月18日《申报》载路透社17日香港电:来往于沪、港间的太古轮船公司新宁号,十五日在距香港八十英里处为四十名海盗所劫。海盗与船员搏斗,并“纵火焚其头等舱”,舵楼被烧毁,后在港方派去之军舰救护下,由拖轮将其拖回香港。

八二

MY DEAR TEACHER:

现在是星期日的下午二时,我从家里回到学校。至十一月十六日止连收你发牢骚的信,此后就未见信来,是没有牢骚呢,还是忍着不发?我这两天是在等信,至迟明天也许会到罢,我这信先写在这里,打算明天收到你的来信后再寄。

我十七日寄上一信及印章背心,此时或者将到了。但这天我校又发生了事故,记得前信已经提及,校长原是想要维持到本月三十的,而不料于十七日晨已决然离校,留下一封信,嘱教务,总务,训育三人代拆代行,一面具呈教育厅辞职,这事迫得我们三人没有办法。如何负责呢?学校又正值多事之秋,我们便往教厅面辞这些责任,教厅允寻校长,并加经费,十九日来了一封公函,是慰留校长,并答应经费照豫算支给的。但校长以为这不过口惠,仍不回校。现在校中无款,总务无法办;无教员,教务无法办;学潮未平,训育无法办。所以我们昨天又去一函,要教厅速觅校长,或派人暂代,以免重负,然而一时是恐怕不会有结果的。

现时我最觉得无聊的，是校长未去，还可向校长辞职，此刻则办事不能，摆脱又不可，真是无聊得很。

报章说你已允到中大来，确否？许多人劝我离开女师，仍在广州做事，不要远去。如广州有我可做的事，我自然也可以仍在这里的。

昨接逢吉信，说未有工夫来，并问我旧校地址，说俟后再来访，我觉得他其实并无事情，打算不回复了。

十一月廿一日下午二时。

MY DEAR TEACHER：

现在是星一（廿二）晚十时，我刚从会议后回校。自前星三校长辞职后，我几乎没有一点闲工夫了，但没有在北京时的气愤，也没有在北京时的紧张，因为事情和环境与那时完全两样。

今日晨往教厅欲见厅长，说明学校现状，不遇；午后一时往教育行政委员会，又不遇，约四时在厅相见。届时前往，见了。商量的结果，是欠薪一层，由教厅于星四（廿五）提出省务会议解决，校长仍挽留，在未回校前，则由三部负责维持。这么一来，我们就又须维持至十二月初，看发款时教厅能否照案办理，或至本星期四，看省务会议能否通过欠薪案，再作计较了。

你到广州认为不合的几点，依我的意见：一，你担任文科，并非政治，只要教得学生好就是了，治校恐不怎样着重；二，政府迁移,尚未实现,“外江佬”之入籍,当然不成问题;三,他行止原未一定,熟人也以在广州者为多,较易设法,所以十之九是还在这里的。

来信之末说到三种路,在寻“一条光”,我自己还是世人,离不掉环境,教我何从说起。但倘到必要时,我算是一个陌生人,假使从旁发一通批评,那我就要说,你的苦痛,是在为旧社会而牺牲了自己。旧社会留给你苦痛的遗产,你一面反对这遗产,一面又不敢舍弃这遗产,恐怕一旦摆脱,在旧社会里就难以存身,于是只好甘心做一世农奴,死守这遗产。有时也想另谋生活,苦苦做工,但又怕这生活还要遭人打击,所以更无办法,“积几文钱,将来什么事都不做,苦苦过活”,就是你防御打击的手段,然而这第一法,就是目下在厦门也已经耐不住了。第二法是在北京试行了好几年的傻事,现在当然可以不提。只有第三法还是疑问,“为生存和报复起见,便什么事都敢做,但不愿……”这一层你也知道危险,于生活无把握,而且又是老脾气,生怕对不起人。总之,第二法是不顾生活,专戕自身,不必说了,第一第三俱想生活,一是先谋后享,三是且谋且享。一知其苦,三觉其危。但我们也是人,谁也没有逼我们独来吃苦的权利,我们也没有必须受苦的义务的,得一日尽人事,求生活,即努力做去就是了。

我的话是那么率直,不知道说得太过分了没有?因为你问起来,我只好照我所想到的说出去,还愿你从长计议才好。

YOUR H. M. 十一月廿二晚十一时半。

八三

广平兄：

二十六日寄出一信，想当已到。次日即得二十三日来信，包裹的通知书，也一并送到了，即向邮政代办处取得收据，星期六下午已来不及。星期日不办事，下星期一（廿九日）可以取来，这里的邮政，就是如此费事。星期六这一天，我同玉堂往集美学校讲演[1]，以小汽船来往，还耗去了一整天；夜间会客，又耗去了许多工夫，客去正想写信，间壁的礼堂里走了电，校役吵嚷，校警吹哨，闹得"石破天惊"[2]，究竟还是物理学教授有本领，走进去关住了总电门，才得无事，只烧焦了几块木头。我虽住在并排的楼上，但因为墙是石造的，知道不会延烧，所以并不搬动，也没有损失，不过因了电灯俱熄，洋烛的光摇摇而昏暗，于是也不能写信了。

我一生的失计，即在向来不为自己生活打算，一切听人安排，因为那时豫料是活不久的。后来豫料并不确中，仍能生活下去，遂至弊病百出，十分无聊。再后来，思想改变了，但还是多所顾忌，这些顾忌，大部分自然是为生活，几分也为地位，所谓地位者，就是指我历来的一点小小工作而言，怕因我的行为的剧变而失去力量。这些瞻前顾后，其实也是很可笑的，这样下去，更将不能动弹。第三法最为直截了当，而细心一点，也可以比较的安全，所以一时也决不定。总之，我先前的办法已是不妥，在厦大就行不通，我也决计不再敷衍了，第一步我一定于年底离开这里,就中大教授职。但我极希望 H.M. 也在同地,至少可以时常谈谈,鼓励我再做些有益于人的工作。

昨天我向玉堂提出以本学期为止,即须他去的正式要求,并劝他同走。对于我走这一层,略有商量的话,终于他无话可说了。他自己呢,我看未必走,再碰几个钉子,则明年夏天可以离开。

此地无甚可为。近来组织了一种期刊,而作者不过寥寥数人,或则受创造社影响,过于颓唐,或则像狂飙社嘴脸,大言无实;又在日报上添了一种文艺周刊[3],恐怕也不见得有什么好结果。大学生都很沉静,本地人文章,则“之乎者也”居多,他们一面请马寅初写字,一面要我做序,真是一视同仁,不加分别。有几个学生因为我和兼士在此而来的,我们一走,大约也要转学到中大去。

离开此地之后,我必须改变我的农奴生活;为社会方面,则我想除教书外,仍然继续作文艺运动,或其他更好的工作,俟那时再定。我觉得现在 H.M. 比我有决断得多,我自到此地以后,仿佛全感空虚,不再有什么意见,而且有时确也有莫明其妙的悲哀,曾经作了一篇我的杂文集的跋[4],就写着那时的心情,十二月末的《语丝》上可以发表,你一看就知道。自己也明知道这是应该改变的,但现在无法,明年从新来过罢。

逢吉既知道通信地方,何以又须详询住址,举动颇为离奇。我想,他是在研究 H.M. 是否真在广州办事,也说不定。因他们一群中流言甚多,或者会有 H.M. 亦在厦门之说也。

女师校长给三主任的信,我在报上早见过了。现在未知如何？无米之炊，是人力所做不到的。能别有较好之地，自以从速走开为宜。但在这个时候，不知道可有这样凑巧的处所？

迅。十一月廿八日午十二时。

*　　*　　*

〔1〕 *往集美学校讲演* 讲稿佚。据鲁迅日记：这次讲演在1926年11月27日。讲演内容参看《华盖集续编·海上通讯》。

〔2〕 *"石破天惊"* 语出李贺《李凭箜篌引》："女娲炼石补天处，石破天惊逗秋雨。"

〔3〕 指《鼓浪》周刊。厦门大学学生组织的鼓浪社创办，附《民钟日报》发行。1926年12月1日创刊，次年1月12日出至第七期停刊。

〔4〕 指《写在〈坟〉后面》。

八四

MY DEAR TEACHER：

廿五日午收十九来信，晚间又收廿一的来信；此外十，十六两信，也都收到，我已经写了回信了。

你十九的信里说，兼任太多，或在僻地做事，怕易流于浅薄，这是极确的。况且我什么都是一知半解，没有深的成就和心得，学的虽是文科，而向来未尝下过死工夫，可以说连字也不认识。我胆子又小，研究不充足就不敢教人，现在教这几点钟，已经时常怕会疏失，倘专做国文教员，则选材，查典，改文……更加难办。职员又困于事务，毫无余闲，有时且须与政界接洽,五光十色,以我率直之傻气,当然不适于环境。我终日想离开此校,而至今未有去处者,虽然因为此时不便引退,但一面也并无相宜的地方,不过事到其间,必有办法,那时自然会有人给我谋事,请你不必挂心。至于"中大女生指导员"之事,做起来也怕有几层难处:一,这职务等于舍监,盖极烦忙,闻中大复试后,学生中仍然党派纷歧,将来也许如女师之纠纷,难于处理;二,现时已有人指女师中表同情于革新之一部分教职员为共产党(也如北方军阀一样手段,可笑),倘我到中大,恐怕会连累你,则似以我不在你的学校为宜。但如果你以为无妨,就不妨向伏园先生说说,我是没有什么异议的。

你廿一的信,说收到我十五,六,七日三信了,但我十七又寄一包裹并一信——说明所寄的物件,并叫你小心开拆,勿打碎图章。图章并不是贵重品,不过颇别致耳,即使打碎,也勿介介。现必收到了罢?收到就通知我一声。

你在北京,拚命帮人,傻气可掬,连我们也看得吃力,而不敢言。其实这也没有什么,我的父母一生都是这样傻,以致身后萧条,子女窘迫,然而也有暂致其敬爱,仗义相助的,所以我在外读书,也能到了毕业,天壤间也须有傻子交互发傻,社会才立得住。这是一种;否则,萍聚云散,聚而相善,散便无关,倒也罢了。但长虹的行径,却真是出人意外,你的待他,是尽在人们眼中的,现在仅因小愤,而且并非和你直接发生的小愤,就这么嘲笑骂詈,好像有深仇重怨,这真可说是奇妙不可测的世态人心了。你对付就是,但勿介意为要。

你想寄的一束杂志还未到,本拟俟到后再复,但怕你在等信,就提前寄出了。如再有话,下次再谈。

YOUR H. M. 十一月廿七日。

八五

广平兄:

上月廿九日寄一信,想已收到了。廿七日发来的信,今天已到。同时伏园也得陈惺农信,知道政府将移武昌,他和孟余都将出发,报也移去,改名《中央日报》,叫伏园直接往那边去,因为十二月下旬须出版。所以伏园大约不再赴广州;广州情状,恐怕比较地要不及先前热闹了。

至于我呢,仍然决计于本学期末离开这里而往广州中大,教半年书看看再说。一则换换空气,二则看看风景,三则……。教不下去时,明年夏天又走,如果住得便,多教几时也可以。不过"指导员"一节,无人先为打听了。

其实,你的事情,我想还是教几点钟书好。要豫备足,则钟点不宜多。办事与教书,在目下都是淘气之事,但我们舍此亦无可为。我觉得教书与办别事实在不能并行,即使没有风潮,也往往顾此失彼,不知你此后可有教书之处(国文之类),有则可以教几点钟,不必多,每日匀出三四点钟来看书,也算豫备,也算是自己的享乐,就好了;暂时也算是一种职业。你大约世故没有我这么深,所以思想虽较简单,却也较为明快,研究一种东西,不会困难的,不过那粗心要纠正。还有一个吃亏之处是不能看别国书,我想较为便利的是来学日本文,从明年起我当勒令学习,反抗就打手心。

至于中央政府迁移而我到广州,于我倒并没有什么。我并不在追踪政府,许多人和政府一同移去,我或者反而可以闲暇些,不至于又大欠文章债,所以无论如何,我还是到中大去的。

包裹已经取来了,背心已穿在小衫外,很暖,我看这样就可以过冬,无需棉袍了。印章很好,其实这大概就是称为"金星石"的,并不是"玻璃"。我已经写信到上海去买印泥,因为旧有的一盒油太多,印在书上是不合适的。

计算起来,我在此至多也只有两个月了,其间编编讲义,烧烧开水,也容易混过去。厨子的菜又变为不能吃了,现在是单买饭,伏园自己做一点汤,且吃罐头。他十五左右当去。我是什么菜也不会做的,那时只好仍包菜,但好在其时离放学已只四十多天了。

阅报,知北京女师大失火[1],焚烧不多,原因是学生自己做菜,烧伤了两个人:杨立侃,廖敏。姓名很生,大约是新生,你知道么?她们后来都死了。

以上是午后四点钟写的,因琐事放下,接着是吃饭,陪客,现在已是夜九点钟了。在金钱下呼吸,实在太苦,苦还罢了,受气却难耐。大约中国在最近几十年内,怕未必能够做若干事,即得若干相当的报酬,干干净净。(写到这里,又放下了,因为有客来。我这里是毫无躲避处,有人要进来就直冲进来的。你看如此住处,岂能用功。)往往须费额外的力,受无谓的气,无论做什么事,都是如此。我想此后只要能以工作赚得生活费,不受意外的气,又有一点自己玩玩的余暇,就可以算是万分幸福了。

我现在对于做文章的青年,实在有些失望;我看有希望的青年,恐怕大抵打仗去了,至于弄弄笔墨的,却还未遇着真有几分为社会的,他们多是挂新招牌的利己主义者。而他们竟自以为比我新一二十年,我真觉得他们无自知之明,这也就是他们之所以“小”的地方。

上午寄出一束刊物,是《语丝》,《北新》各两本,《莽原》一本。《语丝》上有我的一篇文章[2],不是我前信所说发牢骚的那一篇,那一篇还未登出,大概当在一〇八期。

迅。十二月二日之夜半。

*　　*　　*

〔1〕 女师大失火　1926年11月22日,北京女师大学生在宿舍用酒精灯烧饭酿成火灾。按这时的女师大已改名为女子学院师范部。

〔2〕 指《坟·题记》,载《语丝》周刊第一〇六期(1926年11月20日)。下文所说“那一篇”,指《写在〈坟〉后面》,载1926年12月4日《语丝》周刊第一〇八期。

八六

广平兄:

今天刚发一信,也许这信要一同寄到罢,你初看或者会以为又有甚么要事了,其实并不,不过是闲谈。前回的信,我半夜投在邮筒中;这里邮筒有两个,一个在所内,五点后就进不去了,夜间便只能投入所外的一个。而近日邮政代办所里的伙计是新换的,满脸呆气,我觉得他连所外的一个邮筒也未必记得开,我的信不知送往总局否,所以再写几句,俟明天上午投到所内的一个邮筒里去。

我昨夜的信里是说:伏园也得惺农信,说国民政府要搬了,叫他直接上武昌去,所以他不再往广州。至于我则无论如何,仍于学期之末离开厦门而往中大,因为我倒并不一定要跟随政府,熟人较少,或者反而可以清闲些。但你如离开师范,不知在本地可有做事之处,我想还不如教一点国文,钟点以少为妙,可以多豫备。大略不过如此。

政府一搬,广东的"外江佬"要减少了。广东被"外江佬"刮了许多天,此后也许要向"遗佬"报仇,连累我未曾搜刮的"外江佬"吃苦,但有"害马"保镳,所以不妨胆大。《幻洲》[1]上有一篇文章,很称赞广东人,使我更愿意去看看,至少也住到夏季。大约说话是一点不懂,与在此盖相同,但总不至于连买饭的处所也没有。我还想吃一回蛇,尝一点龙虱。

到我这里来空谈的人太多,即此一端也就不宜久居于此。我到中大后,拟静一静,暂时少与别人往来,或用点功,或玩玩。我现在身体是好的,能吃能睡,但今天我发见我的手指有点抖,这是吸烟太多了之故,近来我吸到每天三十支了,从此必须减少。我回忆在北京的时候,曾因节制吸烟而给人大碰钉子,想起来心里很不安,自觉脾气实在坏得可以。但不知怎的,我于这一事自制力竟会如此薄弱,总是戒不掉。但愿明年能够渐渐矫正，并且也不至于再闹脾气的了。

我明年的事，自然是教一点书；但我觉得教书和创作，是不能并立的，近来郭沫若郁达夫之不大有文章发表，其故盖亦由于此。所以我此后的路还当选择：研究而教书呢，还是仍作游民而创作？倘须兼顾，即两皆没有好成绩。或者研究一两年，将文学史编好，此后教书无须豫备，则有余暇，再从事于创作之类也可以。但这也并非紧要问题，不过随便说说。

《阿Q正传》的英译本[2]已经出版了，译得似乎并不坏，但也有几个小错处。你要否？如要，当寄上，因为商务印书馆有送给我的。

写到这里，还不到五点钟，也没有什么别的事了，就此封入信封，赶今天寄出罢。

迅。十二月三日下午。

*　　　*　　　*

〔1〕《幻洲》　文艺性半月刊，叶灵凤、潘汉年编辑，1926年10月在上海创刊，1928年1月出至第二卷第八期停刊。该刊第一卷第二期(1926年10月)骆驼所作《把广州比上海》中说："广州的人好似一块石头，硬性的，然而是干脆的；是一凿一块的，即是不作兴拖泥带水的，……他们从没有临时装成的笑脸，……不会有无理的敲诈，难堪的讥嘲，可耻的欺骗，虽然你是不懂广州话的外江阿木林。"

〔2〕《阿Q正传》英译本　梁社乾译，1926年上海商务印书馆出版。关于译文中的小错误，作者在《〈阿Q正传〉的成因》(收入《华盖集续编》)中曾经说及。

八七

MY DEAR TEACHER:

我现时是在豫备教材,明天用的,但我没有专心看书,我总想着廿六,七该得你的来信了,不料至今(卅)未有。而这两天报上则说漳州攻下,泉州永春也为北伐军所得。以前听说厦门大学危险,正在战事范围中,不知真相如何?适值近几天不见来信,莫非连船也不能来往了么?

看广大聘请教授条例(不知中大是否仍如此):初聘必为一年,续聘为四年,或无期,教至六年,则可停职一年,照支原薪。教授不能兼职,但经校务(?)会议通过,则可变通。授课时间每周八时,多或十余至二十时左右。教授又须指导学生作业云。

我校校长仍然未返,在看十二月初发给经费时,是照新豫算,抑旧豫算。倘照新豫算而不搭发积欠(省政府已通过),则办事仍有困难,还是不回校。我自己在校长回校,或决不回校时,均可引退,惟当青黄不接之间,则我决不去。现在已有些人,要我无论如何,再维持下去,但我是赞成凡与风潮有关的人,全都离校的,这样一来,可以除去一部分学生想闹的目标,于学校为有利。况且训育是以德相感,以情相系的,现在已经破脸,冷眼相看,又有什么意味呢?你看,这该如何处置才好?

汕头我没有答应去[1],决意下学期仍在广州,即使有经济压迫，我想抵抗它试试看，看是它胜过我，还是我打倒它。

YOUR H．M．十一月卅晚八时三刻。

MY DEAR TEACHER：

十二月一晚收到你廿六的信，而以前说寄的《新女性》等，至今未来；你十六，十九，廿一等信，俱先后收到，都答复过了，并不因新宁轮而有阻碍。

今日往陈惺农先生寓，见他正在整理行装，打算到武汉去，云于五日前后动身。他说并已电约伏园，径赴湖北。那么，伏园于十五左右先赴广州之说，恐怕又有变动了。学校今日由财政厅领得支票，不但不搭还欠薪，连数目也仍照旧豫算，公债库券也仍有，不过将先前搭发二成之三十个月满期的公债，改为一成。事情几乎毫无解决，校长拟往香港去了，我们三主任定于明日向全校教职员布告经过，并声明卸去维持校长职务的责任。但事情是绝不会如此简单的，或仍是不死不活的拖下去，学生两方亦仍争持不下，这真好像朽索之御六马，懔乎其危[2]了。

你因为怕有"不安"而"静下来"了，这教我也没有什么可说。至于我，"为社会做事"么？社会上有什么事好做？回粤以后，参与了一两样看去像是革新的事情，而同人中禁不起敌人之诬蔑中伤，多有放手不问之态，近来我校的情形，又复这个样子。你愿意我终生颠倒于其中而不自拔么？而且你还要因此忍受旧地方的困苦，以玉成我"为社会做事"么？过去的有限的日子，已经如此无聊，再"熬半年"，能保不发生别的意外么？单为"玉成"他人而自放于孤岛,这是应当的么?我着实为难,广大当然也不是理想的学校,所以你要仍在厦大,我也难于多说。但不写几句,又怕你在等我的回信,说起来,则措辞多不达意,恐你又因此发生新的奇异感想。我觉得书信的往来实在讨厌,既费时光,而又不能达意于万一的。这封信也还是如此。

YOUR H. M. 十二月二日。

*　　　*　　　*

〔1〕 汕头曾拟聘许广平为汕头市妇女部部长兼汕头女子中学校长。

〔2〕 朽索之御六马,懔乎其危　语出《尚书·五子之歌》:"懔乎若朽索之御六马"。孔颖达疏:"腐索驭六马,索绝马惊,马惊则逸,言危惧甚也。"

八八

广平兄:

三日寄出一信,并刊物一束,系《语丝》等五本,想已到。今天得二日来信,可谓快矣。对于廿六日函中的一段话,我于廿九日即发一函,想当我接到此信时,那边必亦已到,现在我也无须再说了。其实我这半年来并不发生什么"奇异感想",不过"我不太将人当作牺牲么"这一种思想——这是我向来常常想到的思想——却还有时起来,一起来,便沉闷下去,就是所谓"静下去",而间或形于词色。但也就悟出并不尽然,故往往立即恢复，二日得中央政府迁移消息后，便连夜发一信（次日又发一信），说明我的意思与廿九日信中所说者并无变更，实未有愿你“终生颠倒于其中而不自拔”之意，当时仅以为在社会上阅历几时，可以得较多之经验而已，并非我将永远静着，以至于冷眼旁观，将H.M.卖掉，而自以为在孤岛中度寂寞生活，咀嚼着寂寞，即足以自慰自赎也。

但廿六日信中的事，已成往事，也不必多说了。中大的钟点虽然较多，我想总可以设法教一点担子稍轻的功课，以求有休息的余暇，况且抄录材料等等，又可有帮我的人，所以钟点倒不成问题。每周二十时左右者，大抵是纸面文章，也未必实做的。

你们的学校，真是好像“湿手捏了干面粉”，粘缠极了，虽然“天下兴亡，匹夫有责”〔1〕，但在位者不讲信用，专责“匹夫”，使几个人挑着重担，未免太任意将人来做无谓的牺牲。我想，事到如此，该以自己为主了，觉得耐不住，便即离开，倘因生计或别的关系，非暂时敷衍不可，便再敷衍它几日。“以德感”，“以情系”这些老话头，只好置之度外。只有几个人是做不好的。还傻什么呢？“匹夫匹妇之为谅也，自经于沟渎而莫之知也！”〔2〕

伏园须直往武昌了，不再转广州，前信似已说过。昨有人（据云系民党）从汕头来，说陈启修因为泄漏机密，已被党部捕治了。我和伏园正惊疑，拟电询，今日得你信，知二日曾经看见他，以日期算来，则此人是造谣言的。但何以要造如此谣言，殊不可解。

前一束刊物不知到否？记得先前也有一次，久不到，而终在学校的邮件中寻来。三日又寄一束，到否也是问题。此后寄书，殆非挂号不可。《桃色的云》[3]再版已出了，拟寄上一册，但想写几个字，并用新印，而印泥才向上海去带，大约须十日后才来，那时再寄罢。

迅。十二月六日之夜。

*　　　*　　　*

〔1〕"天下兴亡，匹夫有责"　语出清代顾炎武《日知录·正始》："有亡国，有亡天下。亡国与亡天下奚辨？曰：易姓改号，谓之亡国；仁义充塞，而至于率兽食人，人将相食，谓之亡天下。""保国者，其君其臣，肉食者谋之；保天下者，匹夫之贱，与有责焉耳矣。"世人将这些话简括为"天下兴亡，匹夫有责"，成为警世箴言。

〔2〕"匹夫匹妇之为谅也"等语，见《论语·宪问》。谅，固执成见。

〔3〕《桃色的云》　童话剧，爱罗先珂作，鲁迅译。1923年北京新潮社初版，1926年北新书局再版。鲁迅寄许广平一册，题字为："一九二六年十二月十五日寄赠广平兄　译者从厦门"。

八九

广平兄：

本月六日接到三日来信后，次日（七日）即发一信，想已到。我猜想昨今两日当有信来，但没有；明天是星期，没有信件到校的了。我想或者是你因校事太忙，没有发，或者是轮船误了期。

计算从今天到一月底，只有了五十天，我到这里，已经三个月又一星期了。现在倒没有什么事。我每天能睡八九小时,然而仍然懒。有人说我胖一点了,不知确否?恐怕也未必。对于学生,我已经说明了学期末要离开,有几个因我在此而来的[1],大约也要走。至于有一部分,那简直无药可医,他们整天的读《古文观止》[2]。

伏园就要动身,仍然十五左右;但也许仍从广州,取陆路往武昌去。

我想一两日内,当有信来,我的廿九日信的回信也应该就到了,那时再写罢。

迅。十二月十一日之夜。

*　　*　　*

〔1〕 指谢玉生、王方仁、廖立峩、谷中龙等人。

〔2〕《古文观止》 清代康熙年间吴楚材、吴调侯编选的古文读本,收入先秦到明代散文二百二十篇。

九〇

MY DEAR TEACHER:

六日晨得十一月廿九日信,又廿一寄的书一束,一束书而耽搁至十六天,中国的邮政真太可以了。这信到在我发了廿三的信之后,总是觉得我太过火了,这样的说话。但你前一信说拟在厦门半年,后一信又说拟即离开,这样改变,全以外象为主,看来真好像十分“空虚”似的。现既打算离去,则关于学校的一切,可勿过于扰心,不如好好的静下来,养养身体。食物如何解决,已在福州馆子包饭么?伏园一走,你独自一人早晚为食物奔波,不太困苦么?

学校火警是很可怕的,我在天津,曾经遇到,在半夜里逃出。日前李之良得北京来信,说女师大失火,烧了几间寝室,一个由女子大学转学过来的杨立侃因伤身死,另一个是重伤。女师大真不幸,连转学过来的都遭劫。你也曾在报上看见或别方面听到过没有?

你为什么"时有莫名其妙的悲哀"?是因为感着寂寞么?是因为想到要走的路么?是因了为别人而焦虑么?"跛"中或有未便罄尽之处,其详可得闻欤?

我校自三主任声明不负代行校长职务后,当由教职员推举代表五人,向省政府,教育厅,财政厅交涉,但仍不得要领,继由革新之学生前去请愿,财政厅始允照新豫算发给。今日庶务处已领得支单,惟积欠仍无着落,众意须俟积欠有着,始敢相信,开手办事;故全校仍未上课,旧派学生忽对于总务主任及我开始攻击,但这是无聊之极思,没有用的。倘有事,以后再谈罢。

YOUR H. M. 十二月六晚八时。

九一

MY DEAR TEACHER:

今日是学校因经费问题而停课的第二天。薪水是发过了,数目为八成五,一半公债库券,一半现金,我得了七十八元。但那八十多个学生,昨却列队到省政府及教育厅,财政厅,去说是学校的问题并不在经费而在校长,只要宋庆龄[1]长校,一切即皆解决,云云。今日教育厅又约三主任及附小主任于下午四时前去谈话,现尚未到时,但我们必须待经费彻底解决以后,这才做下去。

今晨曾寄一信,是复你十一月廿九日信的,现在又接到十二月三日的信了。印章的质地是"金星石",但我先前随便叫它曰玻璃;这不知是否日本东西,刻字时曾经刻坏了一个,不过由刻者负责,和我无干。有这样脆。我想一落地必碎,能够寄到而无损,算是好的了。穿上背心,冷了还是要加棉袄,棉袍……的。"这样就可以过冬"么?傻子!一个新印章,何必特地向上海买印泥去呢,真是多事。

这几天经费问题未解决,总坚持不上课;一解决,则将有一番革新,革新后自己再走,也是痛快事。昨日反对派学生推代表三人来,限总务主任于二十四小时内召集财政会议,布告经费状况,又限我于两日内解散革新学生会同盟会[2]。我们都置之不理,不久,大约当有攻击我们的宣言发表的。

现在已没有什么要说了,下次再谈。

YOUR H. M. 十二月七日午三时。

*　　*　　*

〔**1**〕 宋庆龄(1893—1981) 广东文昌(今属海南)人,政治家。孙中山夫人。曾留学美国,当时任国民党中央委员。

〔2〕 革新学生会同盟会 广东省立女师一部分倾向进步的学生的组织,成立于1926年10月。

九二

MY DEAR TEACHER:

现在是七日晚七时半,我又开始写信了。今日我发了一信,不是说下午四时要到教育厅去么?从那里回校时,看见门房里竖着几封信,我心内一动,转想午间已得来信,此时一定没有了,乃走不数步,听差赶上来交给我信,是你三日发的第二封。我高兴极了,接连两日得信三封,从这三封信中,可见你心神已略安定,有些活气了。至于廿六发的那一封,却似乎有点变态,不安而故示安定,所以我二日的回信,也未免激一些,现得最近的三信,没有问题了,不必挂念或神经过敏。

现在我要下命令了:以后不准自己将信"半夜放在邮筒中"。因为瞎马会夜半临深池的,十分危险,令人捏一把汗,很不好。况且"所外"的信今日上午到,"所内"的信下午到,这正和你发出的次序相同,殊不必以傻气的傻子,而疑"代办所里的伙计"为"呆气"的呆子,其实半斤八两相等也。即如我,发信也不如是急急,六晚写好的信,是今早叫给我做事的女工拿去的,但许久之后,我出校门,却见别一女工手拿一碗,似将出街买物,又拿着我的信,可见她又转托了人,便中送去。而且恐怕我每次发信,大抵如此,以后应该改换方法了。说起用人来，则因为广州有工会，故说话极难，一不小心，便以工会相压。例如我用的那个，虽十分村气，而买物必赚一半，洗物往往不见，我未买热水壶时，日嫌茶冷，买来以后，却连螺旋盖也不会开，用铁锤之类新新的就将热水壶敲坏了。你将来到广州时，倘用的是男的，或者好一点，但也得先知道，以免冒起火来。

至于用语，则这里的买物或雇车，普通话就可以，也许贵一点，不过有人代办，不成问题。我在北京，买物是不大讲价的，这里却往往开出大价，甚至二倍以上，须斟酌还价，还得太多是吃亏，太少或被骂，真是麻烦透了。吃食店随处都有，小饭馆也不化多少钱，你来不愁无吃处，而愁吃不惯口味，但广东素以善食称，想来你总可以对付的。至于蛇，你到时在年底，不知道可还有？龙虱也已过时，只可买干的了。又这里也有北方馆子，有专卖北京布底鞋的铺子，也有稻香村一类的店，所以糖炒栗子也有了，这大约是受了“外江佬”的影响。

你高兴时，信上也看见“身体是好的，能食能睡”一类的话，但在上月二十至廿六左右，则不特不然，而且什么也懒得做了。其实那一个人也并非一定专为别人牺牲，而且是行其心之所安的，你何必自己如此呢。现在手指还抖么？要看医生不？我想心境一好，无聊自然减少，不会多吸烟了。有什么方法可以减却呢？我情愿多写几个字。

你到这里后，住学校就省事，住外面就方便，但费用大。陈先生住的几间屋，是二楼，每月房租就四十余元，还有雇人，食，用……等，至少总在百元以上。究竟如何，是待到后再说，还是未雨绸缪？

我想，没有被人打倒，或自己倒下之前，教书是好的，倒下以后，则创作似乎闭户可做。但在那时，是否还有创作的可能，也很难说。在旧社会里，对于一般人，需用一般法，孤行己见，便受攻击，真是讨厌。不过人一受逼，自然会寻活路，著作路绝，恐怕也还是饿不死的。以上也只是些空话，因为今晚高兴多写，以致一发而不可收拾了。

英译《阿Q》不必寄，现时我不暇看也不大会看，待真的阿Q到了广州，再拿出译本，一边讲解，一边对照罢。那时却勿得规避，切切！

今晚大风，窗外呼呼有声，空气骤冷。我已经穿上了夹裤，呢裙，毛绒背心及绒衫。但没有蚊子了。

YOUR H. M. 十二月七晚九时。

九三

广平兄：

今天早上寄了一封信。现在是虽在星期日，邮政代办所也开半天了。我今天起得早，因为平民学校[1]的成立大会要我演说，我去说了五分钟，又恭听校长辈之胡说至十一时。有一曾经留学西洋之教授曰：这学校之有益于平民也，例如底下人认识了字，送信不再会送错，主人就喜欢他，要用他，有饭吃，……。我感佩之极，溜出会场，再到代办所去一看，果然已有三封信在,两封是七日发的,一封是八日发的。

金星石虽然中国也有,但看印匣的样子,还是日本做的,不过这也没有什么关系。“随便叫它曰玻璃”,则可谓胡涂,玻璃何至于这样脆,又岂可“随便”到这样?若夫“落地必碎”,则一切印石,大抵如斯,岂独玻璃为然?特买印泥,亦非“多事”,因为不如此,则不舒服也。

近来对于厦大,什么都不过问了,但他们还要常来找我演说,一演说,则与当局者的意见一定相反,真是无聊。玉堂现在亦深知其不可为,有相当机会,什九是可以走的。我手已不抖,前信竟未说明。至于寄给《语丝》的那篇文章〔2〕,因由未名社〔3〕转寄,被社中截留了,登在《莽原》第廿三期上。其中倒没有什么未尽之处。当时动笔的原因,一是恨自己为生活起见,不能不暂戴假面,二是感到了有些青年之于我,见可利用则尽情利用,倘觉不能利用了,便想一棒打杀,所以很有些悲愤之言。不过这种心情,现在早已过去了。我时时觉得自己很渺小;但看他们的著作,竟没有一个如我,敢自说是戴着假面和承认“党同伐异”〔4〕的,他们说到底总必以“公平”或“中立”自居。因此,我又觉得我或者并不渺小。现在拚命要蔑视我和骂倒我的人们的眼前,终于黑的恶鬼似的站着“鲁迅”这两个字者,恐怕就为此。

我离厦门后,有几个学生要随我转学,还有一个助教也想同我走,他说我对于金石的知识于他有帮助。我在这里,常有客来谈空天,弄得自己的事无暇做,这样下去,是不行的。我将来拟在校中取得一间屋,算是住室,作为豫备功课及会客之用，另在外面觅一相当的地方，作为创作及休息之用，庶几不至于起居无节，饮食不时，再蹈在北京时之覆辙。但这可俟到粤后再说，无须未雨绸缪。总之，我的主意，是在想少陪无聊之客而已。倘在学校，谁都可以直冲而入，并无可谈，而东拉西扯，坐着不走，殊讨厌也。

现在我们的饭是可笑极了，外面仍无好的包饭处，所以还是从本校厨房买饭，每人每月三元半，伏园做菜，辅以罐头。而厨房屡次宣言：不买菜，他要连饭也不卖了。那么，我们为买饭计，必须月出十元，一并买他毫不能吃之菜。现在还敷衍着。伏园走后，我想索性一并买菜，以省麻烦，好在日子也已经有限了。工人则欠我二十元，其中二元，是他兄弟急病时借去的，我以为他穷，说这二元不要他还了，算是欠我十八元，他即于次日又借去二元，仍凑足二十元之数。厦门之对于“外江佬”，好像也颇要愚弄似的。

以中国人一般的脾气而论，失败之后的著作，是没有人看的，他们见可役使则尽量地役使，见可笑骂则尽量地笑骂，虽一向怎样常常往来，也即刻翻脸不识，看和我往来最久的少爷们的举动，便可推知。但只要作品好，大概十年或数十年后，就又有人看了，不过这只是书坊老板得益，至于作者，则也许早被逼死，不再有什么相干。遇到这样的时候，为省事计，则改业也行，走外国也行；为赌气计，则无所不为也行，倒行逆施也行。但我还没有细想过，因为这还不是急切的问题，此刻不过发发空议论。

“能食能睡”，是的确的，现在还如此，每天可睡至八九小时。然而人还是懒，这大约是气候之故。我想厦门的气候，水土，似乎于居民都不宜，我所见的本地人，胖子很少，十之九都黄瘦，女性也很少有丰满活泼的；加以街道污秽，空地上就都是坟，所以人寿保险的价格，居厦门者比别处贵。我想国学院倒大可以缓办，不如作卫生运动，一面将水，土壤，都分析分析，讲一个改善之方。

此刻已经夜一时了，本来还可以投到所外的箱子里去，但既有"命令"，就待至明晨罢，真是可惧，"我着实为难"。

迅。十二月十二日。

*　　　*　　　*

〔1〕 平民学校　厦门大学学生自治会为本校工人创办的学校。由学生任教员。

〔2〕 指《写在〈坟〉后面》，仍载《语丝》第一〇八期。参看本书第九五号信。

〔3〕 未名社　文学团体，1925年秋成立于北京，成员有鲁迅、韦素园、曹靖华、李霁野、台静农、韦丛芜。该社注重介绍外国文学，特别是俄国和东欧文学，曾先后出版《莽原》半月刊、《未名》半月刊和《未名丛刊》、《未名新集》等。1931年秋结束。

〔4〕 "党同伐异"　语出《后汉书·党锢传序》。

九四

MY DEAR TEACHER：

今早九时由家里回校，见你十二月七日的信在桌上，大约是昨天到的,而我外出未见。我料想日内当有信来,今果然,慰甚。三日寄的刊物则至今未到,但慢惯了,倒也不怎样着急。二日的信,乃晚间七时自己投在街上邮筒中的(便中经过),若六日到,则前后仅四天,也差强人意,而平常竟有耽搁至八天的,真是奇怪。

你“向来常常想到的思想”,实在谬误,“将人当作牺牲”一语,万分不通。牺牲者,谓我们以牛羊作祭品,在牛羊本身,是并非自愿的,故由它们一面看来,实为不合。而“人”则不如此,天下断没有人而肯任人宰割者。倘非宰割,则一面出之维护,一面出之自主,即有所失,亦无牺牲之可言。其实在人间本无所谓牺牲,譬如吾人为社会做事,是大家认为至当的了。于是有因公义而贬抑私情者,从私情上说,固亦可谓之牺牲,而人们并不介意,仍趋公义者,即由认公义为比较的应为,急为而已。这所谓应,所谓急,虽亦随时代环境而异,但经我决择,认为满意而舍此无他道,即亦可为,天下事不能具备于一身,于是有取舍,既有所取,也就不能偏重所舍的一部分,说是牺牲了。此三尺童子皆知之,而四尺的傻子反误解,是应该记打手心十下于日记本上的。

校事又变化起来了。反对派的学生们以学生会之名,向官厅请愿,又在校内召集师生联席会议,教员出席者七人,共同发表了一封信,责三主任为什么故意停课,限令立即开课云云。其实我们的卸责,学校的停课,是经过全校教职员会议种种步骤的,今乃独责主任,大有问罪之意;曾经与议的教员们,或则先去,或则诿为不知,甚或有出席师生联席会议,反颜诘责者。幸而学校已经领了一点款,可以借此转圜,校长应允回校,先仍由三主任负责,于是从明天(十三)起上课了,但另一消息,则说校长决不回来,不过姑允回校,使学生照常上课,免得扰嚷,以便易于引退,实“以进为退”也云。这使我很恐惧,倘她不回校,教育厅又不即派继任人物,则三主任负责无期,而且我还有被荐,或被派为新校长的危险,因为先前即有此说,经我竭力拒绝了的。我现在已知道此校病根极深,甚难挽救,一作校长,非随波逐流,即自己吃苦。我只愿意做点小事情,所谓“长”者,实在一听到就令人不寒而栗,我现在只好设法力劝校长早日回校,以免自己遭殃,否则便即走开,你说是不是呢?

你常往上海带书,可否替我买一本《文章作法》,开明书店出版,价七角,能再买一本《与谢野晶子论文集》[1]则更佳。现已十二月中旬,再过三十多天便可见面,书籍寄得太慢,或在人到之后,不如留待自己带来,且可免遗失或损坏。香港已经通船了,你来也不必定转汕头,且带着许多书籍,车上恐怕也不如船上之方便。

从明天起上课,事情又多起来了。省妇女部立的妇女运动人员训练所[2],要我担任讲“妇女与经济政治之关系”,为时三周,每周二小时,在晚上,地点是中山大学。我推却而不能,已答应了,但材料还未搜得多少,现正在准备中。我自思甚好笑,自己实无所长,而时机迫得我硬干,真是苦恼。倘不及早设法倒下来,怕就要像厂甸[3]的轻气球一样,气散而自己掉下来了,一点也没有法子想。

你的手有点抖,好了没有?

YOUR H. M. 十二月十二日午一时。

* * *

〔1〕《文章作法》 夏丏尊、刘薰宇著。《与谢野晶子论文集》,日本女作家与谢野晶子著,张娴译。两书都于1926年由开明书店出版。

〔2〕 妇女运动人员训练所 由国民党广东省党部与中山大学特别党部联合举办,所址在中山大学西讲堂,每期学习三个月,第一期于1926年10月11日开学(据国民党广东省党部《关于妇女运动的报告》)。

〔3〕 厂甸 北京地名,位于和平门外琉璃厂。旧俗夏历正月初一至十五传统的庙会期间,设有各种商摊,出售玩具、食品及杂货等。

九五

广平兄:

昨(十三日)寄一信,今天则寄出期刊一束,怕失少,所以挂号,非因特别宝贵也。束中有《新女性》一本,大作在内,又《语丝》两期,即登着我之发牢骚文,盖先为未名社截留,到底又被小峰〔1〕夺过去了,所以仍在《语丝》上。

慨自寄了二十三日之信,几乎大不得了,伟大之钉子,迎面碰来,幸而上帝保佑,早有廿九日之信发出,声明前此一函,实属大逆不道,应即取消,于是始蒙褒为"傻子",赐以"命令",作善者降之百祥〔2〕,幸何如之。

现在对于校事,已悉不问,专编讲义,作一结束,授课只余五星期，此后便是考试了。但离校恐当在二月初，因为一月份薪水，是要等着拿走的。

中大又有信来，催我速去，且云教员薪水，当设法增加，但我还是只能于二月初出发。至于伏园，却在二十左右要走了，大约先至粤，再从陆路入武汉。今晚语堂饯行，亦颇有活动之意，而其太太则大不谓然，以为带着两个孩子，常常搬家，如何是好。其实站在她的地位上来观察，的确也困苦的，旅行式的家庭，教管理家政的女性如何措手。然而语堂殊激昂。后事如何，只得“且听下回分解”了。

狂飙中人一面骂我，一面又要用我了。培良要我在厦门或广州寻地方，尚钺[3]要将小说编入《乌合丛书》去，并谓前系误骂，后当停止，附寄未发表的骂我之文稿，请看毕烧掉云。我想，我先前的种种不客气，大抵施之于同年辈或地位相同者，而对于青年，则必退让，或默然甘受损失。不料他们竟以为可欺，或纠缠，或奴役，或责骂，或诬蔑，得步进步，闹个不完。我常叹中国无“好事之徒”，所以什么也没有人管，现在看来，做“好事之徒”实在也大不容易，我略管闲事，就弄得这么麻烦。现在是方针要改变了，地方也不寻，丛书也不编，文稿也不看，也不烧，回信也不写，关门大吉，自己看书，吸烟，睡觉。

《妇女之友》第五期上，有沄沁[4]给你的一封公开信，见了没有？内中也没有什么，不过是对于女师大再被毁坏的牢骚。我看《世界日报》[5]，似乎程干云仍在校，罗静轩[6]却只得滚出了，报上有一封她的公开信，说卖文也可以过活，我想，怕很难罢。

今天白天有雾，器具都有点潮湿。蚊子很多，过于夏天，真是奇怪。叮得可以，要躲进帐子里去了，下次再写。

十四日灯下。

天气今天仍热，但大风，蚊子忽而很少了，不知道是怎么一回事。于是编了一篇讲义。印泥已从上海寄来，此刻就在《桃色的云》上写了几个字，将那"玻璃"印和印泥都第一次用在这上面，豫备等《莽原》第二十三期到来时，一同寄出。因为天气热，印泥软，所以印得不大好，但那也不要紧。必须如此办理，才觉舒服，虽被斥为"多事"，亦不再辩，横竖受攻击惯了的，听点申斥又算得什么。

本校并无新事发生。惟山根先生仍是日日夜夜布置安插私人；白果从北京到了，一个太太，四个小孩，两个用人，四十件行李，大有"山河永固"之意。不知怎地我忽而记起了"燕巢危幕"[7]的故事，看到这一大堆人物，不禁为之凄然。

十五夜。

十二日的来信，今天（十六）就到了，也算快的。我看广州厦门间的邮信船大约每周有二次。假如星期二，五开的罢，那么，星期一，四发的信更快，三，六发的就慢了，但我终于研究不出那船期是星期几。

贵校的情形，实在不大高妙，也如别的学校一样，恐怕不过是不死不活，不上不下。一沾手，一定为难。倘使直截痛快，或改革，或被打倒，爽快，或苦痛，那倒好了。然而大抵不如此。就是办也办不好，放也放不下，不爽快，也并不大苦痛，只是终日浑身不舒服，那种感觉，我们那里有一句俗话，叫作"穿湿布衫"，就是恰如将没有晒干的小衫，穿在身体上。我所经历的事情，几乎无不如此，近来的作文印书，即是其一。我想接手之后，随俗敷衍，你一定不能；改革呢，能办到固然好，即使自己因此失败也不妨，但看你来信所说，是恐怕没有改革之望的。那就最好是不接手，倘难却，则仿"前校长"的老法子：躲起来。待有结束后，再出来另觅事情做。

政治经济，我晓得你是没有研究的，幸而只有三星期。我也有这类苦恼，常不免被逼去做"非所长"，"非所好"的事。然而往往只得做，如在戏台下一般，被挤在中间，退不开去了，不但于己有损，事情也做不好。而别人见你推辞，却以为谦虚或偷懒，仍然坚执要你去做。这样地玩"杂耍"一两年，就只剩下些油滑学问，失了专长，而也逐渐被社会所弃，变了"药渣"了，虽然也曾煎熬了请人喝过汁。一变药渣，便什么人都来践踏，连先前喝过汁的人也来践踏，不但践踏，还要冷笑。

牺牲论究竟是谁的"不通"而该打手心，还是一个疑问。人们有自志取舍，和牛羊不同，仆虽不敏，是知道的。然而这"自志"又岂出于本来，还不是很受一时代的学说和别人的言动的影响的么？那么，那学说的是否真实，那人的是否确当，就是一个问题，我先前何尝不出于自愿，在生活的路上，将血一滴一滴地滴过去，以饲别人，虽自觉渐渐瘦弱，也以为快活。而现在呢，人们笑我瘦弱了，连饮过我的血的人，也来嘲笑我的瘦弱了。我听得甚至有人说："他一世过着这样无聊的生活，本早可以死了的，但还要活着，可见他没出息。"于是也乘我困苦的时候，竭力给我一下闷棍，然而，这是他们在替社会除去无用的废物呵！这实在使我愤怒，怨恨了，有时简直想报复。我并没有略存求得称誉，报答之心，不过以为喝过血的人们，看见没有血喝了就该走散，不要记着我是血的债主，临走时还要打杀我，并且为消灭债券计，放火烧掉我的一间可怜的灰棚。我其实并不以债主自居，也没有债券。他们的这种办法，是太过的。我近来的渐渐倾向个人主义，就是为此；常常想到像我先前那样以为"自所甘愿，即非牺牲"的人，也就是为此；常常劝别人要一并顾及自己，也就是为此。但这是我的意思，至于行为，和这矛盾的还很多，所以终于是言行不一致，恐怕不足以服足下之心，好在不久便有面谈的机会，那时再辩论罢。

我离厦门的日子，还有四十多天，说"三十多"，少算了十天了，然则心粗而傻，似乎也和"傻气的傻子"差不多，"半斤八两相等也"。伏园大约一两日内启行，此信或者也和他同船出发。从今天起，我们兼包饭菜了，先前单包饭的时候，每人只得一碗半(中小碗)，饭量大的人，兼吃两人的也不够，今天是多一点了，你看厨子多么利害。这里的工役，似乎都与当权者有些关系，换不掉的，所以无论如何，只好教员吃苦，即如这个厨子，原是国学院听差中之最懒而最狡猾的，兼士费了许多力，才将他弄走，而他的地位却更好了。他那时的主张，是：他是国学院的听差，所以别人不能使他做事。你想，国学院是一所房子，会开口叫他做事的么？

我向上海买书很便当，那两本当即去带，并遵来命，年底面呈。

迅。十六日下午。

*　　*　　*

〔1〕 小峰　即李小峰(1897—1971),江苏江阴人,北京大学哲学系毕业,曾参加新潮社和语丝社,当时是上海北新书局主持人。

〔2〕 作善者降之百祥　语出《尚书·伊训》:"惟上帝不常,作善降之百祥,作不善降之百殃。"

〔3〕 尚钺(1902—1982)　号宗武,一作钟吾,河南罗山人,历史学家。早期参加莽原社,后为狂飙社成员。这里所说"小说"指《斧背》,后列为《狂飙丛书》之一,1928年5月上海泰东图书局出版。

〔4〕 沄沁　即吕云章(1891—1974),字倬人,别名沄沁,山东蓬莱人,女师大国文系毕业。她在《妇女之友》第五期(1926年11月)上发表的《寄景宋的公开信》,谈及许广平离开女师大后,林素园率领军警武装接收女师大等情形。《妇女之友》,半月刊,1926年9月创刊于北京。

〔5〕《世界日报》　1925年2月创刊于北京,成舍我主办。1926年9月21日该报刊登"女师大领得俄款"的消息中说:"女师大应得款项六千余元,由前总务长程干云代领",所以鲁迅说程干云"似乎仍在校"。

〔6〕 罗静轩(1896—1979)　湖北红安人。北京女子高等师范学校毕业,当时任北京女子学院舍务主任。因学校失火,烧死学生事引咎辞职。1926年12月6日,她在《世界日报》上发表致北京女子学院教职员及全体同学公开信,其中有"静轩虽不才,鬻文为生,尚足养母"等语。

〔7〕"燕巢危幕"　语出《左传》襄公二十九年:"夫子之在此也,犹燕之巢于幕上。"

九六

广平兄：

十六日得十二日信后，即复一函，想已到。我猜想一两日内当有信来，但此刻还没有，就先写几句，豫备明天发出。

伏园前天晚上走了，昨晨开船。现在你也许已经看见过。中大有无可做的事，我已托他探问，但不知结果如何。上遂南归，杳无消息，真是奇怪，所以他的事情也无从计划。

我这里是什么事也没有发生，不过前几天很阔了一通，将伏园的火腿用江瑶柱[1]煮了一大锅，吃了。我又从杭州带来茶叶两斤，每斤二元，喝着。伏园走后，庶务科便派人来和我商量，要我搬到他所住过的半间小屋子里去。我即和气的回答他：一定可以，不过可否再缓一个多月的样子，那时我一定搬。他们满意而去了。

其实，教员的薪水，少一点倒不妨的，只是必须顾到他的居住饮食，并给以相当的尊重。可怜他们全不知道，看人如一把椅子或一个箱子，搬来搬去，弄不完，幸而我就要搬出，否则，恐怕要成为旅行式的教授的。

朱山根已经知道我必走，较先前安静得多了，但听说他的"学问"好像也已讲完，渐渐讲不出来，在讲堂上愈加装口吃。田千顷是只能在会场上唱昆腔，真是到了所谓"俳优蓄之"[2]的境遇。但此辈也正和此地相宜。

我很好，手指早已不抖，前信已经声明。厨房的饭又克减了，每餐复归于一碗半，幸而我还够吃，又幸而只有四十天了。北京上海的信虽有来的，而印刷物多日不到，不知其故何也。再谈。

迅。十二月二十日午后。

现已夜十一时，终不得信，此信明天寄出罢。

二十日夜。

*　　　*　　　*

〔1〕江瑶柱　俗名干贝，海贝干制品。

〔2〕"俳优蓄之"　语出《汉书·严助传》："（东方）朔、（枚）皋不根持论，上颇俳优蓄之。"

九七

MY DEAR TEACHER：

十六日寄上一信，告诉你此后通信的地址。这日我就告病（伪的）回家去住了。但又不放心，总想到学校去看看。昨晚往校，果见你十三寄的信，这信的第一句就是"今天早上寄了一封信"，而早上的一封我却没有收到，不知是否因为我有几天不在校内的缘故。

学校的事，昨晚回校，始知校长确不再来，教务总务也都另得新职，决去此校，所不知这消息的，只有我一个。我幸而请着病假，但已迟了几天，多做几天傻子了，因即致函校长，辞去职务。惟又闻校长辞呈中，曾举一李女士〔1〕和我，请教育厅选一人继任云云。不过我是决计不干的,我现在想休息休息了,一面慢慢地找事做。

厦大几时放寒假?我现在闲着了,来的日期可先行通知,最好托客栈招呼,或由我豫先布置,总以豫知为便,好在我是闲着的。

我在家里,是做做缝纫的事(缝工价贵),改造旧衣,或编织绒物(人托做的),或看书,并不闷气,可无须挂念。

这信是在校内写的,不久又要回家去了。再谈罢。

YOUR H. M. 十二月十九日下午五时。

* * *

〔1〕 指李雪英,广东人,日本留学生,当时任广东女子师范学校教员。

九八

广平兄:

十九日信今天到,十六的信没有收到,怕是遗失了,所以终于不知寄信的地方。此信也不知能收到否?我于十二上午寄一信,此外尚有十六,廿一两信,均寄学校。

前日得郁达夫及逢吉信,十四日发的,似于中大颇不满,都走了。次日又得中大委员会十五来信,言所定"正教授"只我一人,催我速往。那么,恐怕是主任了。不过我仍只能结束了学期再走,拟即复信说明,但伏园大概已经替我说过。至于主任，我想不做，只要教教书就够了。

这里一月十五考起，阅卷完毕，当在廿五左右，等薪水，所以至早恐怕要在一月廿八才可以动身[1]罢。我想先住客栈，此后如何，看情形再说，现在可以不必豫先酌定。

电灯坏了。洋烛所余无几，只得睡了。倘此信能收到，可告我更详确的地址，以便写信面。

迅。十二月廿三夜。

怕此信失落，另写一封寄学校。

*　　　*　　　*

〔1〕 鲁迅离开厦门赴广州的实际日期为1927年1月16日。

九九

广平兄：

今日得十九来信，十六日信终于未到，所以我不知你住址，但照信面所写的发了一信，不知能到否？因此另写一信，挂号寄学校，冀两信中有一信可到。

前日得郁达夫及逢吉信，说当于十五离粤，似于中大颇不满。又得中大委员会信，十五发，催我速往，言正教授只我一人。然则当是主任。拟即作复，说一月底才可以离厦，但也许伏园已经替我说明了。

我想不做主任。只教书。

厦校一月十五考试，阅卷及等候薪水等，恐至早须廿八九才得动身。我想先住客栈,此后则看情形再定。

我除十二,十三,各寄一信外,十六,二十一,又俱发信,不知收到否?

电灯坏了,洋烛已短,又无处买添,只得睡觉,这学校真是不便极了!

此地现颇冷,我白天穿夹袍,夜穿皮袍,其实棉袍已够,而我懒于取出。

迅。十二月廿三夜。

告我通信地址。

一〇〇

MY DEAR TEACHER:

以前七晨,午,十二各寄一信,想必都到在此信之先了。这封信是向你发牢骚的,因为只有向你可以尽量发,但既能发,则非怒气冲天可知了,所以也还是等于送戏目给你看。

昨日我校的总务主任辞职了。今晨我到校办公,阅报及听庶务员说,才知道教务主任也要往中大当秘书去,无意于此了。那个庶务员就取笑我,说:已并校长及三主任,四职萃于一身了!我才恍然大悟,做了傻子,人们找好事情,溜之大吉,而我还打算等有了交代再走,将来岂不要人都跑光,校长又不回来,只剩我一个独受学生的闷气,教职员的催逼么?我急跑去找校长面辞,并陈述校中情状,正说之间,那个教务主任也到了,他不承认有辞职之事,说是只因为忙,所以未到,明天是可以到校的云云，我也不知道的确与否。

至于学生间的纠纷，则今日(十五)中央，省，市，青年部来宣布两派学生会同时停止，另由学生会改选新会员，结果是和以前一样。总而言之，坏的学生狠猾而猖獗，好一点的学生则老实而胆怯，只会腹诽，惮于开口，真没奈何。教职员既非一心，三主任又去其二，校长并不回来，也不决绝，明日有筹备学生选举会事，我也打算不做傻子了，即使决意要共患难，也没有可共之人，我何必来傻冲锋呢？现已写好两信，一致校长，辞赴筹备会，一致教务主任，告诉他我请病假(装假)，而无日数，拟即留信回家，什么都不闻不问了。在家里静静的过几天之后，再到学校去收拾行李。你以后寄信，暂寄"广州高第街中约"便妥，倘有改动，当再通知。

我身体是好的。校事早了，也早得安心。勿念。

YOUR H. M. 十二月十五晚。

一〇一

广平兄：

昨(廿三)得十九日信，而十六日信待至今晨还没有到，以为一定遗失的了，因写两信，一寄高第街，一挂号寄学校，内容是一样的，上午发出，想该有一封可以收到。但到下午，十六日发的一封信竟收到了，一共走了九天，真是奇特的邮政。

学校现状，可见学生之无望，和教职员之聪明，独做傻子，实在不值得，还不如暂逃回家，不闻不问。这种事我也遇到过好几次，所以世故日深，而有量力为之，不拚死命之说，因为别人太巧，看得生气也。伏园想早到粤，已见过否？他曾说要为你向中大一问。

郁达夫已走，有信来。又听说成仿吾也要走。创造社中人，似乎和中大有什么不对似的，但这不过是我的猜测。达夫逢吉则信上确有愤言。我且不管，旧历年底仍往粤。算起来只有一个多月了。

现在在这里还没有什么不舒服，因为横竖不远要走，什么都心平气和了。今晚去看了一回电影。川岛[1]夫妇已到，他们还只看见山水花木的新奇。我这里常有学生来，也不大能看书；有几个还要转学广州，他们总是迷信我，真是无法可想。

玉堂恐怕总弄不下去，但国学院是一时不会倒的，不过不死不活，"学者"和白果，已在联络校长了，他们就会弄下去。然而我们走后，不久他们也要滚出的。为什么呢，这里所要的人物，是：学者皮而奴才骨。他们却连皮也太奴才了，这又使校长看不起，非走不可。

再谈。

迅。十二月二十四日灯下。（电灯修好了。）

*　　*　　*

〔1〕 川岛　章廷谦（1901—1981），字矛尘，笔名川岛，浙江绍兴人。北京大学哲学系毕业，《语丝》撰稿人。曾在北京大学任教，当时来厦门大学任国学院出版部干事兼图书馆编辑。其妻孙斐君（1897—

1990),黑龙江安达人,北京女子高等师范学校毕业,1924年与章廷谦结婚。

一〇二

广平兄:

廿五日寄一函,想已到。今天以为当得来信,而竟没有,别的粤信,都到了。伏园已寄来一函,今附上,可借知中大情形。上遂与你的地方,大概都极易设法。我已写信通知上遂,他本在杭州,目下不知怎样。

看来中大似乎等我很急,所以我想就与玉堂商量,能早走则早走。况且我在厦大,他们并不以为必要,为之结束学期与否,不成什么问题也。但你信只管发,即我已走,也有人代收寄回。

厦大我只得抛开了,中大如有可为,我还想为之尽一点力,但自然以不损自己之身心为限。我来厦门,虽是为了暂避军阀官僚"正人君子"们的迫害。然而小半也在休息几时,及有些准备,不料有些人遽以为我被夺掉笔墨了,不再有开口的可能,便即翻脸攻击,想踏着死尸站上来,以显他的英雄,并报他自己心造的仇恨。北京似乎也有流言,和在上海所闻者相似,且云长虹之拚命攻击我,乃为此。这真出我意外,但无论如何,用这样的手段,想来征服我,是不行的,我先前对于青年的唯唯听命,乃是退让,何尝是无力战斗。现既逼迫不完,我就偏又出来做些事,而且偏在广州,住得更近点,看他们躲在黑暗里的诸公其奈我何。然而这也许是适逢其会的借口,其实是即使并无他们的闲话,我也还是要到广州的。

再谈。

迅。十二月廿九日灯下。

一〇三

MY DEAR TEACHER:

今日(廿三)下午往学校去一看,得你十六日的来信,大约是到了好几天的,因为我今天才到校,所以耽搁了一些时候了。

你来信说寄给我刊物的有好些次,但除十一月廿一寄的一束之外,什么也没有收到。那个号房不是好人。画报(图书馆定的)寄到,他常常扣留住,但又不能明责他,因为他进过工会,一不小心,就可以来包围。所以此后一切期刊及书籍,还是自己带来,较为妥当,倘是写字盖章的,寄失就更可惜。至于家里,则数百人合用的一个门房,更可想而知了。

也是今日回校时候,同信一起在寝室桌上见有伏园名片,写着廿二日来校,现住广泰来栈,我打算明日上午去看他,但不想问他中大的事。日前有一个旧同学问我省立中学缺少职员,愿去否?我答愿意。职员我是做厌了,不过如无别处可去,我想也只得姑且混混。不知你以为何如?

也还是今日在学校里,见沄沁寄来的《妇女之友》共五期,这才看见了你所说的那篇给我的公开信,既是给我,又要公开，先前全是公开，现在见了这一份，总算终于给我了，一笑。

妇女讲习所里，昨晚已去讲了二小时，下星期三再去一次就完事。学生老幼不齐，散学时在街上大喊，高谈，秩序颇纷乱，我是只讲几小时的，所以没有去说她们。

有谁能够不受"一时代的学说和别人的言动的影响"呢？文学就离不开这一层。

你那些在厦门购置的器具，如不沉重，带来用用也好。此地的东西，实在太贵，而且我也愿意看看那些用具，由此来推见你在厦门的生活。

二月初大约是旧历十二月末，到粤即度岁了。也只好耐着。

YOUR H. M. 十二月廿三晚。

一〇四

广平兄：

自从十二月廿三，四日得十九，六日信后，久不得信，真是好等，今天（一月二日）上午，总算接到十二月廿四的来信了。伏园想或已见过，他到粤后所问的事情，我已于三十日函中将他的信附上，收到了罢。至于刊物，则十一月廿一之后，我又寄过两次，一是十二月三日，恐已遗失，一是十四日，挂号的，也许还会到，门房连公物都据为己有，真可叹，所以工人地位升高的时候，总还须有教育才行。

前天，十二月卅一日，我已将正式的辞职书提出，截至当日止，辞去一切职务。这事很给学校当局一点苦闷：为虚名计，想留我，为干净，省事计，愿放走我，所以颇为难。但我和厦大根本冲突，无可调和，故无论如何，总是收得后者的结果的。今日学生会也举代表来留。自然是具文而已。接着大概是送别会，有恭维和愤慨的演说。学生对于学校并不满足，但风潮是不会有的，因为四年前曾经失败过一次。[1]

上月的薪水，听说后天可发；我现在是在看试卷，两三天即完。此后我便收拾行李，至迟于十四五以前，离开厦门。但其时恐怕已有转学的学生同走了，须为之交涉安顿。所以此信到后，不必再寄信来，其已经寄出的，也不妨，因为有人代收。至于器具，我除几种铝制的东西和火酒炉而外，没有什么，当带着，恭呈钧览。

想来二十日以前，总可以到广州了。你的工作的地方，那时当能设法，我想即同在一校也无妨，偏要同在一校，管他妈的。

今天照了一个相，是在草莽丛中，坐在一个洋灰的坟的祭桌上的，但照得好否，要后天才知道。

迅。一月二日下午。

* * *

〔1〕 指1924年厦门大学学生反对校长林文庆之事，参看本卷第218页注〔1〕。

一〇五

广平兄：

伏园想已见过了。他于十二月廿九日给我一封信，今裁出一部分附上[1]，未知以为何如？我想，助教是不难做的，并不必讲授功课，而给我做助教尤其容易，我可以少摆教授架子。

这几天，"名人"做得太苦了，赴了几处送别会，都要演说，照相。我原以为这里是死海，不料经这一搅，居然也有了些波动，许多学生因此而愤慨，有些人颇恼怒，有些人则借此来攻击学校或人们，而被攻击者是竭力要将我之为人说得坏些，以减轻自己的伤害。所以近来谣言颇多，我但袖手旁观，煞是有趣。然而这些事故，于学校是仍无益处的，这学校除全盘改造之外，没有第二法。

学生至少有二十个也要走。我确也非走不可了，因为我在这里，竟有从河南中州大学转学而来的，而学校的实际又是这模样，我若再帮同来招徕，岂不是误人子弟？所以我一面又做了一篇《通信》[2]，去登《语丝》，表明我已离开厦门。我好像也已经成了偶像了，记得先前有几个学生拿了《狂飙》来，力劝我回骂长虹，说道：你不是你自己的了，许多青年等着听你的话！我曾为之吃惊，心里想，我成了大家的公物，那是不得了的，我不愿意。还不如倒下去，舒服得多。

现在看来，还得再硬做"名人"若干时，这才能够罢手。但也并无大志,只要中大的文科办得还像样,我的目的就达了,此外都不管。我近来改变了一点态度,诸事都随手应付,不计利害,然而也不很认真,倒觉得办事很容易,也不疲劳。

此信以后,我在厦门大约不再发信了。

迅。一月五日午后。

*　　　*　　　*

〔1〕 孙伏园在信中转达朱家骅的意见,希望聘鲁迅为中山大学唯一的正教授,月薪五百毫洋,并表示可以设法安排许广平担任鲁迅的助教,但她要辞去其他兼差。

〔2〕 指《厦门通信(三)》,后收入《华盖集续编》。

一〇六

MY DEAR TEACHER:

昨廿六日我到学校去,将什物都搬回高第街了。原想等你的来信能寄到高第街后,再去搬取什物的,但前天报上载有校长辞职呈文,荐一位姓李的和我自代,我所以赶紧搬开,以示决绝。并向门房说明,信件托他存起,当自去取,或由叶姓表姊转交,言次即赠以孙总理遗像一幅(中央银行钞票),此君唯唯,想必不至于作殷洪乔了。

现在我住在嫂嫂家里,她甚明达,待我亦好,惟孩子吵嚷,不是用功之所。但有一点好处,就是我从十六回家至廿六日,不过住了十天,而昨天到校,看见的人都说我胖了,精神也好得多了。胖瘦之于我,虽然无甚关系,但为外观计,也许还是胖些的好罢。睡也很多,往往自晚九点至次早十点,有十多个钟头了。你看这样懒法。如何处置呢?

廿四日晨我往广泰来栈访孙伏园老,九点多到,而他刚起身,说是昨日中酒,睡了一天,到粤则在冬至之夜云。客栈工人因为要求加薪,正在罢工,不但连领路也不肯,且要伏园立刻搬出,我劝他趁早设法,因为他们是不留情面的。略坐后我们即到海珠公园一游,其次是一同入城,在一家西菜馆吃简便的午餐,听他所说的意思,好像是拟在广州多住些时,俟有旅伴,再由陆路往武汉似的。但我想,也许他虽初到,却已觉到此地党派之纷歧,又一时摸不着头脑,因此就徘徊起来,要多住些时,看个清楚,然后来定去就,也未可料。

实在,这里的派别之纷繁和纠葛,是决非久在北京的简单的人们所能豫想的。即如我在女师,见有一部分人,觉学校之黑暗,须改革,同此意见,于是大家来干一下而已。弄到后来,同事跑散了,校长辞职了,只剩我不经世故,以为须有交代才应放手的傻子,白看了几天学校,白挨了几天骂。这还是小事情,后来竟听说有一个同事,先前最为激烈,发动之初,是他坚持对旧派学生不可宽容,总替革新派的学生运筹帷幄的人,却在说我是共产党了。他说我误以他们为同志,引为同调,今则已知其非,他们也已知我为共党,所以不合作了,云云。你看,这多么可怕,我于学校,并无一二年以上久栖之心,其所以竭力做事,无非仍以为不如此对不起学校,对不起叫我回去做事的人,我几个月以来,日夜做工,没有一刻休息,做的事都是不如教务总务之有形式可见，而精神上之烦琐，可说是透顶了，风潮初起，乃有人以校长位置诱我同情旧派学生，我仍秉直不顾，有些学生恨而诬我共党，其论理推断是：廖仲恺[1]先生是共党，所以何香凝[2]是共党，廖先生之妹冰筠校长也是共党，我和他们一气，故我亦是共党云。这种推论，固不值识者一笑，而不料共同一气办事的人，竟也会和他所反对的旧派一同诬说！我之非共，你所深知，即对于国民党，亦因在北京时共同抵抗过黑暗势力，感其志在革新，愿尽一臂之力罢了，还不到做到这么诡秘程度。他们这样说，固然也许是因为失败之后，嫁祸于人，或者因为自己变计，须有借口之故，然而这么阴险，却真给了我一个深刻的教训，使我做事也没有勇气了。现在离开了那个学校，没有事体，心中泰然了。一鼓之气已消，我只希望教几点钟书，每月得几十元钱，自己再有几小时做些愿做的事，就算十分幸福了。

我前信不是说你十二的信没有收到么，昨天到学校去，在办公桌的抽斗里发见了，一定是我在请假时，不知谁藏在那里面的。你说在盼信，但现必已陆续收到，不成问题。

此刻是午十二时半，我要到街上去，下次再谈罢。

YOUR H. M. 十二月廿七日。

*　　　*　　　*

〔**1**〕 廖仲恺(1877—1925)　原名恩煦，广东归善(今惠阳)人。早年参加同盟会，曾任广东财政厅长，协助孙中山确定联俄联共扶助农工的三大政策。1924年国民党改组后，任中央执行委员会常务委员、黄埔

军官学校党代表，以及广东省长、财政部长等职。1925 年 8 月在广州被国民党右派暗杀。

〔**2**〕 何香凝(1879—1972) 广东南海人，廖仲恺夫人。早年参加同盟会，随同孙中山从事辛亥革命。民国成立后支持孙中山的革命纲领和改组国民党。当时任国民党中央执行委员、妇女部部长等职。

一〇七

MY DEAR TEACHER：

昨廿九日由表姊从学校带到你廿一的信，或者耽搁了些时，但未遗失，已足满意了。

昨接伏园信，说："关于你辞去女师职务以后的事，我临走时鲁迅先生曾叫我问一声骝先，我现在已经说过了，就请你作为鲁迅先生之助教。鲁迅先生一到之后，即送聘书。鲁迅先生处我已写信去通知了。现在特通知您一声。"作为你的助教，不知是否他作弄我？跟着你研究自然是好的，不过听说教授要多编讲义而助教则多任钟点，我能讲得比你强么？这是我所顾虑的地方。又，他说聘书待你到后再发，临时不至于中变么？现在外间对于中大，有左倾之谣，而我自女师风潮以后，反对者或指为左派，或斥为共党。我虽无所属，而辞职之后，立刻进了"左"的学校去了，这就能使他们证我之左，或直目为共，你引我为同事，也许会受些牵连的。先前听说有一个中学缺少职员，这回我想去打听一下，倘能设法，或者不如到那边去的好罢。

饭菜不好，我希望你多吃些别的好东西。冬天没有蚁了，何妨买些点心吃。

我住在这里，地方狭窄(这是说没有可以使我静心读书的地方)，所以不能多看书，我的脾气是怕嘈杂的，这里又正和我相反。早上起来，看看报，帮些家常琐事，就过了一上午；下午这个时候(二时)算是静一会，侄辈一放学，就又热闹起来了。现在我在打算搬到外面去，必须搬走，这才能够有规则的用功。

昨晚我到中大去上讲习所的课，上完，就完事了。去看伏园，房门锁着，没有见到。

“又幸而只有”三“十天了”。书籍还未收到，以后切勿寄来，免得遗失。

YOUR H. M. 十二月卅午后二时。

一〇八

MY DEAR TEACHER：

十六日信是告诉你寄信的地址的，十九日信面上就没有详写。但你廿四的信封上光写高第街，却居然也寄到了。我住的是街中间，叫作“高第街中约”，倘加上“旧门牌一七九号”，就更为妥当。

你十六，廿一的信，都收到了，惟寄校之另一封未见，我想是就会到的，因我已托人代收，或不致失少。

现在是下午六时，快要晚餐；八时还要外出，稍缓再详谈罢。

祝你新年。

YOUR H. M. 十二月三十下午六时。

一〇九

广平兄：

五日寄一信，想当先到了。今天得十二月卅日信，所以再来写几句。

中大拟请你作助教，并非伏园故意谋来，和你开玩笑的，看我前次附上的两信便知，因为这原是李逢吉的遗缺，现在正空着。北大和厦大的助教，平时并不授课，厦大的规定是教授请假半年或几月时，间或由助教代课，但这样的事是很少见的，我想中大当不至于特别罢。况且教授编而助教讲，也太不近情理，足下所闻，殆谣言也。即非谣言，亦有法想，似乎无须神经过敏。未发聘书，想也不至于中变，其于上遂亦然。我想中学职员可不必去做，即有中变，我当托人另行设法。

至于引为同事，恐因谣言而牵连自己，——我真奇怪，这是你因为碰了钉子，变成神经过敏，还是广州情形，确是如此的呢？倘是后者，那么，在广州做人，要比北京还难了。不过我是不管这些的，我被各色人物用各色名号相加，由来久矣，所以被怎么说都可以。这回去厦，这里也有各种谣言，我都不管，专用徐大总统[1]哲学：听其自然。

我十日以前走不成了，因为上月的薪水，至今还没有付给我,说是还得等几天。但无论怎样,我十五日以前总要动身的。我看这是他们的一点小玩艺,无非使我不能早走,在这里白白的等几天。不过这种小巧,恐怕反而失策了:校内大约要有风潮,现正在酝酿,两三日内怕要爆发。这已由挽留运动转为改革学校运动〔2〕,本已与我不相干,不过我早走,则学生少一刺戟,或者不再举动,但拖下去可不行了。那时一定又有人归罪于我,指为"放火者",然而也只得"听其自然",放火者就放火者罢。

这几天全是赴会和饯行,说话和喝酒,大概这样的还有两三天。这种无聊的应酬,真是和生命有仇,即如这封信,就是夜里三点钟写的,因为赴席后回来是十点钟,睡了一觉起来,已是三点了。

那些请吃饭的人,蓄意也种种不同,所以席上的情形,倒也煞是好看。我在这里是许多人觉得讨厌的,但要走了却又都恭维为大人物。中国老例,无论谁,只要死了,挽联上不都说活着的时候多么好,没有了又多么可惜么?于是连白果也称我为"吾师"了,并且对人说道,"我是他的学生呀,感情当然很好的。"他今天还要办酒给我饯行,你想这酒是多么难喝下去。

这里的惰气,是积四五年之久而弥漫的,现在有些学生们想借我的四个月的魔力来打破它,我看不过是一个幻想。

迅。一月六日灯下。

*　　　　*　　　　*

〔**1**〕 指徐世昌(1855—1939),字卜五,号菊人,天津人。清宣统时

曾任内阁协理大臣,1918年10月至1922年6月任北洋政府总统。“听其自然”是他常说的处世方法的一句话。

〔**2**〕 *改革学校运动* 厦门大学学生自治会得知鲁迅辞职的消息后,于1927年1月2日派代表前往挽留。当他们知道鲁迅去志已定时,就组织罢课风潮委员会,于1月7日召开全校学生大会,发动停课罢考,张贴打倒校长亲信刘树杞的标语和传单。据《福建青年》第四期(1927年2月15日)《集美停办与厦大风潮之再起》一文说:“这次风潮的目的就是:一、求整个的——学生、教员、学校——的生机。二、拯救闽南衰落的文化。三、培植福建的革命气息。”

一一〇

MY DEAR TEACHER:

现在过了新年又五天了,日子又少了五天。你十二月廿五的信,于四日收到;廿四日寄学校的挂号信,亦于二日由叶表姊交来,我似乎即复一函,但在我简单的日记上没有登载,不知确曾寄去与否,但你寄来的那一封挂号信,则确已收到了。

我住在家里,总不能专心的看书,做事。有时想做一件事,但看见嫂嫂忙着做饭,就少不得放下去帮帮忙。在嘈杂中,连慢慢的写一张信的机会也很少,现在是九点多,孩子们都上学去了,我就趁这时光来写几句。

新年于我没有什么,我并且没有发一张贺年片,除了前校长寄一张红片来,报以我的名片,写上几个字外。一日晚上我又去看提灯会,与前次差不多,后来又到一个学校看演戏;白天则到住在河南[1]的一家旧乡亲那里，看看田家风景，玩了好半天。昨四日也玩了一天，是和陈姓的亲戚游东山。晚上去看伏园，并带着四条土鲮鱼去请他吃，不凑巧他不在校，等了一点多钟，也不见回来，我想这也何必呢，就带着回家，今天要自己受用了。

不知道是学校门房作怪，还是邮政作怪，昨天我亲自到学校去问，门房说什么刊物也没有。记得你说寄印刷物有好几次，别的没有法子了，那挂号的一束，还可以追问么？

自郭沫若做官后，人皆说他左倾，有些人且目之为共党，这在广州也是排斥人的一个口头禅，与在北京无异。创造社中人的连翩而去[2]，不知是否为了这原因。你是大家认为没有什么色采的，不妨姑且来作文艺运动，看看情形，不必因为他们之去而气馁。但中大或较胜于厦大，却不能优于北大；盖介乎二者之间，现在可先作如是想，则将来便不至于大失所望了。

昨天遇见一个熟悉学界情形的人，我就问他中大助教是怎样的。他说，先前的文科助教，等于挂名，月薪约一百元，却没有什么事做，也能暗暗的到他校兼课，可算是一个清闲的好位置。助教二年可升讲师，再升……云云。末一节和我不相干，因我未必能至二年也。但现在你做教授，我就要替你抄写，查书，即已非挂名可比，你也不要自以为给了我“好位置”罢，而且在一处做事，易生事端，也应该留意的。

YOUR H. M. 一月五日。

*　　　　*　　　　*

〔1〕 河南　指广州珠江南岸地区。

〔2〕 创造社中人连翩而去　指郭沫若、成仿吾、郁达夫等相继离穗。郭沫若于1926年7月辞去广东大学文学院院长职务，参加北伐；成仿吾在此期间也辞去广东大学文科教授，去黄埔军校任兵器处科技正；郁达夫于1926年12月辞去中山大学（前身即广东大学）教授及出版部主任，去上海主持创造社出版部工作。

一一一

MY DEAR TEACHER：

昨五日接到十二月卅日挂号信；现在是七日了，早上由叶家表姊自己送来你十二月二日及十二日发的印刷品共二束，一是隔了一月余，一是隔了廿多日，这样的邮政，真是慢得出奇。

两束刊物我大略翻了一下，除《莽原》的《琐记》和《父亲的病》没有看外，我觉得《阶级与鲁迅》[1]这篇没有大意思，《厦门通信》写得不算好，我宁可看“通信广州”了。但《坟》的《题记》，你执笔可真是放恣了起来，你在北京时，就断不肯写出“倒不尽是为了我的爱人，大大半乃是为了我的敌人”这样的句子，有一次做文章，写了似乎是“……的人”，也终于改了才送出去的。这一次可是放恣了，然而有时也含蓄，如“至于不远的踏成平地……”等就是。至于《写在〈坟〉后面》说的“人生多苦辛，而人们有时却极容易得到安慰，又何必惜一点笔墨，给多尝些孤独的悲哀呢”这话，就是你“给来者一些极微末的欢喜”的本意么？你之对于“来者”，所抱的是博施于众，而非独自求得的心情么？末段真太凄楚了。你是在筑台，为的是要从那上面跌下来么？我想，那一定是有人在推你，那是你的对头，也就是“枭蛇鬼怪”，但绝不是你的“朋友”，希望你小心防制它！恐怕它也明知道要伤害你的，然而是你的对头，于是就无法舍弃这一个敌手。总之，你这篇文章的后半，许多话是在自画招供了，是在自己走出壕堑来了，我看了感到一种危机，觉得不久就要爆发，因为都是反抗的脾气，不被攻击固然要做，被攻击就愈要做的。

卅日的来信说“北京似乎也有流言”，这大约是克士先生告诉你的罢？又，同日挂号信上，像是说要不管考试，就赴中大，但中大表面上不似那么急速组织的样子，惟内容则不知。倘为别的原因，也可以无须这么亟亟。

这几天除不得已的事情外，我不想多到外面去，恐怕有特别消息送到。

YOUR H. M. 一月七日下午六时。

*　　*　　*

〔1〕《阶级与鲁迅》 参看本卷第192页注〔1〕。

一一二

广平兄：

五日与七日的两函，今天（十一）上午一同收到了。这封挂号信,却并无要事,不过我因为想发几句议论,倘被遗失,未免可惜,所以宁可做得稳当些。

这里的风潮似乎还在蔓延,但结果是决不会好的。有几个人已在想利用这机会高升,或则向学生方面讨好,或则向校长方面讨好,真令人看得可叹。我的事情大致已了,本可以动身了,今天有一只船,来不及坐,其次,只有星期六有船,所以于十五日才能走。这封信大约要和我同船到粤,但姑且先行发出。我大概十五日上船,也许要到十六才开,则到广州当在十九或二十日。我拟先住广泰来栈,待和学校接洽之后,便暂且搬入学校,房子是大钟楼,据伏园来信说,他所住的一间就留给我。

助教是伏园出力,中大聘请的,俺何敢"自以为给"呢?至于其余等等,则"爆发"也好,发爆也好,我就是这么干,横竖种种谨慎,也还是重重逼迫,好像是负罪无穷。现在我就来自画招供,自卸甲胄,看看他们的第二拳是怎样的打法。我对于"来者",先是抱着博施于众的心情,但现在我不,独于其一,抱了独自求得的心情了。(这一段也许我误解了原意,但已经写下,不再改了。)这即使是对头,是敌手,是枭蛇鬼怪,我都不问;要推我下来,我即甘心跌下来,我何尝高兴站在台上?我对于名声,地位,什么都不要,只要枭蛇鬼怪够了,对于这样的,我就叫作"朋友"。谁有什么法子呢?但现在之所以还只(!)说了有限的消息者:一,为己,是总还想到生计问题;二,为人,是可以暂借我已成之地位,而作改革运动。但要我兢兢业业,专为这两事牺牲,是不行了。我牺牲得不少了,而享受者还不够,必要我奉献全部的性命。我现在不肯了,我爱对头,我反抗他们。

这是你知道的,单在这三四年中,我对于熟识的和初初相识的文学青年是怎么样,只要有可以尽力之处就尽力,并没有什么坏心思。然而男的呢,他们自己之间也掩不住嫉妒,到底争起来了,一方面于心不满足,就想打杀我,给那方面也失了助力。看见我有女生在座,他们便造流言。这些流言,无论事之有无,他们是在所必造的,除非我和女人不见面。他们大抵是貌作新思想者,骨子里却是暴君酷吏,侦探,小人。如果我再隐忍,退让,他们更要得步进步,不会完的。我蔑视他们了。我先前偶一想到爱,总立刻自己惭愧,怕不配,因而也不敢爱某一个人,但看清了他们的言行思想的内幕,便使我自信我决不是必须自己贬抑到那么样的人了,我可以爱!

那流言,是直到去年十一月,从韦漱园的信里才知道的。他说,由沈钟社里听来,长虹的拚命攻击我是为了一个女性,《狂飙》上有一首诗,太阳是自比,我是夜,月是她。[1]他还问我这事可是真的,要知道一点详细。我这才明白长虹原来在害"单相思病",以及川流不息的到我这里来的原因,他并不是为《莽原》,却在等月亮。但对我竟毫不表示一些敌对的态度,直待我到了厦门,才从背后骂得我一个莫名其妙,真是卑怯得可以。我是夜,则当然要有月亮的,还要做什么诗,也低能得很。那时就做了一篇小说[2],和他开了一些小玩笑,寄到未名社去了。

那时我又写信去打听孤灵[3],才知道这种流言,早已有之,传播的是品青,伏园,玄倩,微风,宴太[4]。有些人又说我将她带到厦门去了,这大约伏园不在内,是送我上车的人们所流布的。白果从北京接家眷来此,又将这带到厦门,为攻击我起见,便和田千顷分头广布于人,说我之不肯留居厦门,乃为月亮不在之故。在送别会上,田千顷且故意当众发表,意图中伤。不料完全无效,风潮并不稍减,因为此次风潮,根柢甚深,并非由我一人而起,而他们还要玩些这样的小巧,真可谓"至死不悟"了。

现在是夜二时,校中暗暗的熄了电灯,帖出放假布告,当即被学生发见,撕掉了。此后怕风潮还要扩大一点。

我现在真自笑我说话往往刻薄,而对人则太厚道,我竟从不疑及玄倩之流到我这里来是在侦探我,虽然他的目光如鼠,各处乱翻,我有时也有些觉得讨厌。并且今天才知道我有时请他们在客厅里坐,他们也不高兴,说我在房里藏了月亮,不容他们进去了。你看这是多么难以伺候的大人先生呵。我托令弟[5]买了几株柳,种在后园,拔去了几株玉蜀黍,母亲很可惜,有些不高兴,而宴太即大放谣诼,说我在纵容着学生虐待她。力求清宁,偏多滓秽,我早先说,呜呼老家,能否复返,是一问题,实非神经过敏之谈也。

但这些都由它去,我自走我的路。不过这次厦大风潮之后,许多学生,或要同我到广州,或想转学到武昌去,为他们计,在这一年半载之中,是否还应该暂留几片铁甲在身上,此刻却还不能骤然决定。这只好于见到时再商量。不过不必连助教都怕做,同事都避忌,倘如此,可真成了流言的囚人,中了流言家的诡计了。

迅。一月十一日。

*　　　*　　　*

〔1〕 指高长虹发表于《狂飙》第七期(1926 年 11 月 21 日)题为《给——》的诗,其中有“月儿我交给他了,我交给夜去消受。……夜是阴冷黑暗,他嫉妒那太阳,太阳丢开他走了,从此再未相见”等句。

〔2〕 指《奔月》。后收入《故事新编》。

〔3〕 *孤灵* 原信作川岛。

〔4〕 *玄倩* 原信作衣萍。即章衣萍(1900—1946),名鸿熙,字衣萍,安徽绩溪人,北京大学毕业,《语丝》周刊撰稿人。微风,原信作小峰。宴太,原信作二太太,指周作人之妻、日本人羽太信子(1888—1962)。

〔5〕 *令弟* 原信作羡苏(1901—1986),浙江绍兴人,许钦文四妹。1924 年北京女子师范大学数理系毕业。鲁迅离京南下后,她随鲁迅母亲居住西三条胡同二十一号故寓,帮助料理家事,直至 1930 年 3 月离京到河北大名任教。

一一三

广平兄:

现在是十七夜十时,我在“苏州”船中,泊香港海上。此船大约明晨九时开,午后四时可到黄埔,再坐小船到长堤,怕要八九点钟了。

这回一点没有风浪,平稳如在长江船上,明天是内海,更不成问题。想起来真奇怪，我在海上，竟历来不遇到风波，但昨天也有人躺下不能起来的，或者我比较的不晕船也难说。

我坐的是唐餐间〔1〕，两人一房，一个人到香港上去了，所以此刻是独霸一间。至于到广州后，住那一家客栈，现在不能决定。因为有一个侦探性的学生跟住我。此人大概是厦大当局所派，探听消息的，因为那边的风潮未平，他怕我帮助学生，在广州活动。我在船上用各种方法拒斥，至于恶声厉色，令他不堪，但是不成功，他终于嬉皮笑脸，谬托知己，并不远离。大约此后的手段是和我住同一客栈，时时在我房中，打听中大情形。我虽并不怀挟秘密，而尾随着这么一个东西，却也讨厌，所以我当相机行事，能将他撇下便撇下，否则再设法。

此外还有三个学生，是广东人，要进中大的，我已通知他们一律戒严，所以此人在船上，也探不到什么消息。

迅。

*　　　*　　　*

〔1〕　唐餐间　指供应中餐的船舱，相当于二等舱。旧时外国人称中国人为唐人。《明史·外国传·真腊》："唐人者，诸番呼华人之称也。凡海外诸国尽然。"

第　三　集

北平——上海

一九二九年五月至六月

一一四

B.EL:[1]

今天是我们到上海后,你出门去了的第一天,现在是下午六点半,查查铁路行车时刻表,你已经从浦口动身,开车了半小时了。想起你一个人在车上,一本德文法不能整天捧在手里看,放下的时候就会空想。想些什么呢?复杂之中,首先必以为我在怎么过活着,与其幻想,不如由我直说罢——

别后我回到楼上剥瓜子,太阳从东边射在躺椅上,我坐着一面看《小彼得》[2]一面剥,绝对没有四条胡同[3],因为我要用我的魄力来抵抗这一点,我胜利了。此后睡了一会,醒来正午,邮差送到一包书,是未名社挂号寄来的韦丛芜著的《冰块》[4]五本。午饭后收拾收拾房子,看看文法,同隔壁的大家谈谈天,又写了一封给玉书[5]的信。下午到街上去散步,买些水果回来,和大家一同吃。吃完写信,写到这里,正是"夕方"[6]时候了。夜饭还未吃过呢,再有什么事,待续写下去罢。

十三,六时五十分。

EL.,现在是十四日午后六时二十分,你已经过了崮山,快到济南了。车是走得那么快,我只愿你快些到北京,免得路中挂念。今天听说京汉路不大通,津浦大约不至如此。你到后，在回来之前，倘闻交通不便，千万不要冒险走，只要你平安的住着，我也可以稍慰的。

昨夜稍稍看书，九时躺下，我总喜欢在楼上，心地比较的舒服些。今天六时半醒来，九时才起，仍是看书和谈天。午后三时午睡，充分休养，如你所嘱，勿念。只是我太安闲，你途中太辛苦了，共患难的人，有时也不能共享一样的境遇，奈何！

今日收到殷夫的投《奔流》的诗稿[7]，颇厚，先放在书架上了，等你回来再看。

祝你安好。

H. M. 五月十四日下午六时三十分。

*　　　　*　　　　*

〔1〕 B.EL B.是德语 Bruder（兄弟）或英语 Brother（兄弟）的缩写；EL 是德语 Elefant 或英语 Elephant（象）的缩写。意为“象兄”。林玉堂（语堂）曾在《鲁迅》一文中形容鲁迅在厦门大学“实在是一只（令人担忧的）白象，与其说是一种敬礼，毋宁说是一种累物”。（原文为英文，光落译，载 1929 年《北新》第三卷第一期。）许广平认为这是赞颂鲁迅“难能可贵”，故戏称鲁迅为“象兄”。

〔2〕 《小彼得》 童话集，德国女作家至尔·妙伦著，许广平据日译本重译，鲁迅校改。1929 年上海春潮书局出版。

〔3〕 四条胡同 鲁迅曾用以取笑女性的哭泣。参看《书信》260815 信及其注〔1〕。

〔4〕 《冰块》 诗集，韦丛芜著。1929 年 4 月北京未名社出版。

〔5〕 玉书 即常瑞麟。参看本卷第 127 页注〔1〕。

〔6〕“夕方”　日语:日暮、黄昏。

〔7〕般夫(1909—1931)　原名徐柏庭,又名徐祖华,笔名白莽、殷夫等,浙江象山人,诗人,共产党员。1931年2月7日,被国民党当局杀害于上海龙华。这里所说向《奔流》的投稿,当指所译奥地利作家德涅尔斯的《彼得斐·山陀尔行状》,后刊于《奔流》第二卷第五期(1929年12月),署名白莽。《奔流》,文艺月刊,鲁迅、郁达夫合编,1928年6月在上海创刊,1929年12月停刊,共出十五期。

一一五

EL.DEAR:

昨夜(十四)饭后,我往邮局发了给你的一封信,回来看看文法,十点多睡下了。早上醒来,推想你已到天津了;午间知道你应该已经到了北京,各人一见,意外的欢喜,你也不少的高兴罢。

今天收到《东方》[1]第二号,又有金溟若[2]的一封挂号厚信,想是稿子,都放在书架上。

我这两天因为没甚事情做,睡得多,吃的也多,你回来一定会见得我胖了。下午同王老太太等大小五六个往新雅喝茶,因为是初次,她们都很高兴;回来已近五点,略翻《东方》,一天又快过去了。我记着你那几句话,所以虽是一个人,也不寂寞。但这两天天快亮时都醒,这是你要睡的时候,所以我仍照常的醒来,宛如你在旁豫备着要睡,又明知你是离开了,这古怪的心情,教我如何描写得出来呢?好在转瞬间天真个亮了，过些时我也就起来了。

十五日下午五时半写。

EL．DEAR：

昨天（十五）夜饭后，我在楼上描桌布的花样，又看看文法，到十一点睡下，但四点多又照例的醒来了，一直没有再睡熟。今天上午我在楼下缝衣服，且看报，就得到你的来电，人到依时，电到也快，看发电时是十三，四〇，想是十五日下午一时四十分发出的。阅电后非常快慰，虽然明知道是必到的，但愈是如此就愈加等待，这真是奇怪。

阿菩〔3〕当你去的第一天吃夜饭的时候，叫我下去了，却还不肯罢休，一定要把你也叫下去，后来大家再三开导她，也不肯走，她的母亲说是你到街上去了，才不得已的走出，这小囡真有趣。上海已经入了梅雨天，总是阴沉沉的，时雨时晴，怪讨人厌的天气。你到北平，熟人都已见过了么？太师母等都好？替我问候。

愿眠食当心。

H．M．五月十六日下午二时十五分。

*　　　*　　　*

〔1〕《东方》　指《东方杂志》，综合性刊物，上海商务印书馆发行，1904年3月创刊，1948年12月停刊。

〔2〕金溟若（1906—1970）　浙江瑞安人，早年留居日本，后归国。《奔流》投稿者。

〔3〕阿菩　周建人二女周瑾的乳名。

一一六

H.M.D[1]:

在沪宁车上,总算得了一个坐位,渡江上了平浦通车,也居然定着一张卧床。这就好了。吃过夜饭,十一点睡觉,从此一直睡到第二天十二点,醒来时,不但已出江苏境,并且通过了安徽界蚌埠,到山东界了。不知道你可能如此大睡,恐怕不能这样罢。

车上和渡江的船上,遇见许多熟人,如幼渔[2]之侄,寿山[3]之友,未名社的人物,还有几个阔人,自说是我的学生,但我不认识他们了。

今天午后到前门站,一切大抵如旧,因为正值妙峰山香市[4],所以倒并不冷静。正大风,饱餐了三年未吃的灰尘。下午发一电,我想,倘快,则十六日下午可达上海了。

家里一切也如旧;母亲精神容貌仍如三年前,但关心的范围好像减小了不少,谈的都是邻近的琐事,和我毫不相干的。以前似乎常常有客来住,久至三四个月,连我的日记本子也都翻过了,这很讨厌,大约是姓车的男人[5]所为,莫非他以为我一定死在外面,不再回家了么?

不过这种情形,我倒并不气恼,自然也不喜欢;久说必须回家一趟,现在是回来了,了却一件事,总是好的。此刻是夜十二点,静得很,和上海大不相同。我不知道她睡了没有?我觉得她一定还未睡着,以为我正在大谈三年来的经历了,其实并未大谈，却在写这封信。

今天就是这样罢，下次再谈。

EL 五月十五夜。

* * *

〔1〕 D 英语 Dear 的宿写，意为“亲爱的”。

〔2〕 幼渔 即马裕藻（1878—1945），字幼渔，浙江鄞县人。曾留学日本，后任浙江教育司视学和北京大学中文系主任、北京女子师范大学教授等。

〔3〕 寿山 即齐宗颐（1881—1965），字寿山，河北高阳人。曾留学德国，后任北洋政府教育部佥事、视学。

〔4〕 妙峰山香市 妙峰山位于北京西郊，山上多寺庙，旧俗每年夏历四月初一至十五日举行庙会，远近朝山进香者甚众。庙会期间专卖香烛的集市，称妙峰山香市。

〔5〕 姓车的男人 指车耕南（1888—1967），浙江绍兴人，鲁迅二姨之婿，当时在铁道部门任职。

一一七

H.D：

昨天寄上一函，想已到。今天下午我访了未名社一趟，又去看幼渔，他未回，马珏〔1〕是因病进了医院许多日子了。一路所见，倒并不怎样萧条，大约所减少的不过是南方籍的官僚而已。

关于咱们的事，闻南北统一后，此地忽然盛传，研究者也颇多，但大抵知不确切。我想，这忽然盛传的缘故，大约与小鹿[2]之由沪入京有关的。前日到家，母亲即问我害马为什么不一同回来，我正在付车钱，匆忙中即答以有些不舒服，昨天才告诉她火车震动，不宜于孩子的事，她很高兴，说，我想也应该有了，因为这屋子里早应该有小孩子走来走去了。这种“应该”的理由，虽然和我们的意见很不同，但总之她非常高兴。

这里很暖，可穿单衣了。明天拟去访徐旭生[3]，此外再看几个熟人，别的也无事可做。尹默凤举，[4]似已倾心于政治，尹默之汽车，昨天和电车相撞，他臂膊也碰肿了，明天也想去看他，并还草帽。静农为了一个朋友，听说天天在查电码，忙不可当。林振鹏[5]在西山医胃病。

附笺一纸，可交与赵公[6]。又通知老三，我当于日内寄书一包(约四五本)给他，其实是托他转交赵公的，到时即交去。

我的身体是好的，和在上海时一样，勿念。但 H. 也应该善自保养，使我放心。我相信她正是如此。

迅。五月十七夜。

*　　　*　　　*

〔1〕 马珏(1910—?)　浙江鄞县人，马幼渔之女，原是北京孔德学校学生，当时在北京大学预科学习。

〔2〕 小鹿　原信作陆晶清。参看本卷第 57 页注〔8〕。

〔3〕 徐旭生(1888—1976)　名炳昶，河南唐河人，曾任北京大学

哲学系教授、《猛进》周刊主编。

〔4〕 尹默 即沈尹默(1883—1971),浙江吴兴人,曾留学日本,后任北京大学等校教授。在北京女子师范大学任教期间曾签名支持学生的革命运动。当时任河北省政府委员兼教育厅厅长。凤举,即张定璜(1895—?),江西南昌人,曾留学日本,后任北京大学、北京女子师范大学教授,当时受聘为国立北平艺术专科学校校长,后未到任。

〔5〕 林振鹏 原信作林卓凤,广东澄海人,曾与许广平在北京女子师范大学同学。

〔6〕 赵公 指柔石。

一一八

D.H:

听说上海北平之间的信件,最快是六天,但我于昨天(十八)晚上姑且去看看信箱——这是我们出京后新设的——竟得到了十四日发来的信,这使我怎样意外地高兴呀。未曾四条胡同,尤其令我放心,我还希望你善自消遣,能食能睡。

母亲的记忆力坏了些了,观察力注意力也略减,有些脾气颇近于小孩子了。对于我们的感情是很好的。也希望老三回来,但其实是毫无事情。

前天幼渔来看我,要我往北大教书,当即婉谢。同日又看见执中[1],他万不料我也在京,非常高兴。他们明天在来今雨轩结婚,我想于上午去一趟,已托羡苏买了绸子衣料一件,作为贺礼带去。新人是女子大学学生,音乐系。

昨晚得到你的来信后,正在看,车家的男女突然又来了,见我已归，大吃一惊，男的便到客栈去，女的今天也走了。我对他们很冷淡，因为我又知道了车男住客厅时，不但乱翻日记，并且将书厨的锁弄破，并书籍也查抄了一通。

以上十九日之夜十一点写。

二十日上午，你十六日所发的信也收到了，也很快。你的生活法，据报告，很使我放心。我也好的，看见的人，都说我精神比在北京时好。这里天气很热，已穿纱衣，我于空气中的灰尘，已不习惯，大约就如鱼之在浑水里一般，此外却并无什么不舒服。

昨天往中央公园贺李执中，新人一到，我就走了。她比执中短一点，相貌适中。下午访沈尹默，略谈了一些时；又访兼士，凤举，耀辰，徐旭生，都没有会见。就这样的过了一天。夜九点钟，就睡着了，直至今天七点才醒。上午想择取些书籍，但头绪纷繁，无从下手，也许终于没有结果的，恐怕《中国字体变迁史》[2]也不是在上海所能作罢。

今天下午我仍要出去访人，明天是往燕大演讲。我这回本来想决不多说话，但因为有一些学生渴望我去，所以只得去讲几句。我于月初要走了，但决不冒险，千万不要担心。《冰块》留下两本，其余可分送赵公们。《奔流》稿可请赵公写回信寄还他们，措辞和上次一样。

愿你好好保养，下回再谈。

以上二十一日午后一时写。

ELEF.[3]

*　　*　　*

〔1〕 执中　原信作秉中，即李秉中。参看240226信注〔1〕。

〔2〕《中国字体变迁史》 鲁迅拟撰写的学术著作，后未完成。

〔3〕 ELEF　德语Elefant(象)的缩写。

一一九

EL.D：

这是第三封信了，告诉一声，俾可以晓得我很高兴写，虽然你到北平今天也不过第三天，料想你也高兴收到信罢。

今天大清早老太婆开了后门不久的时候，达夫先生拿着两本第五期的《大众文艺》[1]送来，人们只听得老太婆诺诺连声，我急起来看时，他早已跑掉了。

午后得钦文[2]寄你的信，并不厚，今附上。内山书店也送来《厨川白村全集》一本，第二卷，文学论下，我就也存放在书架上。

昨夜九时睡，至今早七点多才起来，忽然大睡，呆头呆脑得很。连日毛毛雨，不大出门。你的情形如何？没有什么报告了，下次再谈罢。

H. M. 五月十七日下午四时。

*　　*　　*

〔1〕《大众文艺》 文艺月刊，郁达夫、夏莱蒂编辑，1928年9月20日在上海创刊，后为“左联”机关刊物之一，1930年6月停刊。

〔**2**〕 钦文　即许钦文(1897—1984),浙江绍兴人,作家。著有短篇小说集《故乡》等,当时在浙江杭州高级中学任教。

一二〇

EL.DEAR:

今天下午刚发一信,现在又想执笔了。这也等于我的功课一样,而且是愿意做的那一门,高兴的就简直做下去罢,于是乎又有话要说出来了——

这时是晚上九点半,我想起今天是礼拜五,明天是礼拜六,一礼拜又快过去了,此信明天发,免得日曜〔1〕受耽搁。料想这信到时,又过去一礼拜了,得到你的回信时,又是一礼拜,那么总共就过去三个礼拜了,那是在你接到此信,我得了你回复此信的时候的话。虽然这还很有些时光,但不妨以此先自快慰。话虽如此,你如没有功夫,就不必每得一信,即回一封,因为我晓得你忙,不会挂念的。

生怕记起的又即忘记了,先写出来罢:你如经过琉璃厂,不要忘掉了买你写日记用的红格纸,因为已经所余无几了。你也许不会忘记,不过我提起一下,较放心。

我寄你的信,总要送往邮局,不喜欢放在街边的绿色邮筒中,我总疑心那里会慢一点。然而也不喜欢托人带出去,我就将信藏在衣袋内,说是散步,慢慢的走出去,明知道这绝不是什么秘密事,但自然而然的好像觉得含有什么秘密性似的。待到走到邮局门口,又不愿投入挂在门外的方木箱,必定走进里面,放在柜台下面的信箱里才罢。那时心里又想:天天寄同一名字的信,邮局的人会不会诧异呢?于是就用较生的别号,算是挽救之法了。这种古怪思想,自己也觉得好笑,但也没有制服这个神经的神经,就让他胡思乱想罢。当走去送信的时候,我又记起了曾经有一个人,在夜里跑到楼下房外的信筒那里去,我相信天下痴呆盖无过于此君了,现在距邮局远,夜行不便,此风万不可长,宜切戒之!!!!

今日下午也缝衣,出去寄信时又买些水果,回来大家分吃了。你带去的云腿吃过了没有?还可口么?我身体精神都好,食量也增加,不过继续着做一种事情,稍久就容易吃力,浑身疲乏。我知道这个道理,所以时而做些事,时而坐坐,时而睡睡,坐睡都厌了就到马路上来回走一个短路程,这样一调节,也就不致吃苦了。

时局消息,阅报便知,不多述了,有时北报似更详悉。听说现在津浦路还照常,但来时要打听清楚才好。

YOUR H. M. 五月十七夜十时。

* * *

〔1〕 日曜 即星期日。

一二一

D.H.M:

二十一日午后发了一封信,晚上便收到十七日来信,今天上午又收到十八日来信，每信五天，好像交通十分准确似的。但我赴沪时想坐船，据凤举说，日本船并不坏，二等六十元，不过比火车为慢而已。至于风浪，则夏期一向很平静。但究竟如何，还须俟十天以后看情形决定。不过我是总想于六月四五日动身的，所以此信到时，倘是廿八九，那就不必写信来了。

我到北平，已一星期，其间无非是吃饭，睡觉，访人，陪客，此外什么也不做。文章是没有一句。昨天访了几个教育部旧同事，都穷透了，没有事做，又不能回家。今天和张凤举谈了两点钟天，傍晚往燕京大学讲演〔1〕了一点钟，照例说些成仿吾徐志摩之类，听的人颇不少——不过也不是都为了来听讲演的。这天有一个人对我说:燕大是有钱而请不到好教员，你可以来此教书了。我即答以我奔波了几年，已经心粗气浮，不能教书了。D.H.，我想，这些好地方，还是请他们绅士们去占有罢，咱们还是漂流几时的好。沈士远〔2〕也在那里做教授，听说全家住在那里面，但我没有工夫去看他。

今天寄到一本《红玫瑰》〔3〕，陈西滢和凌叔华的照片都登上了。胡适之的诗载于《礼拜六》〔4〕，他们的像见于《红玫瑰》，时光老人的力量，真能逐渐的显出“物以类聚”的真实。

云南腿已将吃完，很好，肉多，油也足，可惜这里的做法千篇一律，总是蒸。带回来的鱼肝油也已吃完，新买了一瓶，价钱是二元二角。

云章未到西三条来，所以不知道她住在何处，小鹿也没有来过。

北平久不下雨,比之南方的梅雨天,真有“霄壤之别”。所有带来的夹衣,都已无用,何况绒衫。我从明天起,想去医牙齿,大约有一星期,总可以补好了。至于时局,若以询 人,则因其人之派别,而所答不同,所以我也不加深究。总之,到下月初,京津车总该是可走的。那么,就可以了。

这里的空气真是沉静,和上海的烦扰险恶,大不相同,所以我是平安的。然而也静不下,惟看来信,知道你在上海都好,也就暂自宽慰了。但愿能够这样的继续下去,不再疏懈才好。

L.五月廿二夜一时。

*　　　*　　　*

〔1〕 往燕京大学讲演　讲题为《现今的新文学概观》。后收入《三闲集》。

〔2〕 沈士远(1881—1957)　浙江吴兴人,当时任北平大学、女子师范学院讲师,燕京大学国文系教授。

〔3〕 《红玫瑰》　鸳鸯蝴蝶派刊物之一,严独鹤、赵苕狂编辑,1924年7月创刊,初为周刊,自第四年起改为旬刊,1932年1月停刊,上海世界书局发行。该刊1929年第五卷第八期(4月21日)刊登题为“文学家陈源及其夫人凌叔华女士”的照片,黄梅生摄。

〔4〕 《礼拜六》　指1923年出版的报纸型综合性周刊,鸳鸯蝴蝶派刊物之一。由上海礼拜六报馆发行。1929年5月该刊第五十五、五十六期曾连刊《礼拜六汇集第一集》(第一期至五十期)的要目广告,其中列有胡适的诗《叔永回四川》。

一二二

D.H.M:

此刻是二十三日之夜十点半,我独自坐在靠壁的桌前,这旁边,先前是有人屡次坐过的,而她此刻却远在上海。我只好来写信算作谈天了。

今天上午,来了六个北大国文系学生的代表,要我去教书,我即谢绝了。后来他们承认我回上海,只要豫定下几门功课,何时来京,便何时开始,我也没有答应他们。他们只得回去,而希望我有一回讲演,我已约于下星期三去讲。

午后出街,将寄给你的信投入邮箱中。其次是往牙医寓,拔去一齿,毫不疼痛,他约我于廿七上午去补好,大约只要一次就可以了。其次是走了三家纸铺[1],集得中国纸印的信笺数十种,化钱约七元,也并无什么妙品。如这信所用的一种,要算是很漂亮的了。还有两三家未去,便中当再去走一趟,大约再用四五元,即将琉璃厂略佳之笺收备了。

计到北平,已将十日,除车钱外,自己只化了十五元,一半买信笺,一半是买碑帖的。至于旧书,则仍然很贵,所以一本也不买。

明天仍当出门,为士衡[2]的饭碗去设设法;将来又想往西山看看漱园,听他朋友的口气,恐怕总是医不好的了。韦丛芜却长大了一点。待廿九日往北大讲演后,便当作回沪之准备,听说日本船有一只名"天津丸"的,是从天津直航上海,并不绕来绕去,但不知在我赴沪的时候,能否相值耳。

今天路过前门车站，看见很扎着些素彩牌坊了，但这些典礼[3]，似乎只有少数人在忙。

我这次回来，正值暑假将近，所以很有几处想送我饭碗，但我对于此种地位，总是毫无兴趣。为安闲计，住北平是不坏的，但因为和南方太不同了，所以几乎有“世外桃源”之感。我来此虽已十天，却毫不感到什么刺戟，略不小心，确有“落伍”[4]之惧的。上海虽烦扰，但也别有生气。

下次再谈罢。我是很好的。

L．五月二十三日。

*　　　*　　　*

〔1〕 三家纸铺　指北京琉璃厂的静文斋、宝晋斋、淳菁阁。

〔2〕 士衡　原信作侍桁，即韩侍桁(1908—1987)，又名云浦，天津人，当时在日本留学。《语丝》投稿者。鲁迅曾请马幼渔等为他谋职。

〔3〕 典礼　1929年5月26日，孙中山的灵柩由北京西山墓地移往南京紫金山中山陵，这次的移灵仪式称“奉安典礼”。

〔4〕 “落伍”　《文化批判》创刊号(1928年1月)所载冯乃超的《艺术与社会生活》一文中，说鲁迅作品“反映的只是社会变革期中的落伍者的悲哀”。

一二三

D.EL：

昨天夜里写好的信，是今早发出的。吃过早粥后，见天气晴好，就同蕴如姊到大马路买些手巾之类，以备他日应用，一则乘此时闲空，二则还容易走动之故。约下午二时回家，吃面后正在缝衣，见达夫先生和密斯王[1]来访，知你不在后，坐下略作闲谈，见我闲寂，又约我出外散步，盛意可感。时已四时多，不久就是晚饭时候，我怕累他们破费，婉谢不去，他们又坐了一会，见我终于不动，乃辞去，说往看白薇[2]去了。

下午，三先生送来一本 A History of Woodengraving by Douglas Percy Bliss[3]，是从英国带来的。又收到金溟若信一封，想是询问前次寄稿之事，我搁下了；另一信是江绍平[4]先生的，并不厚，今即附上，此公颇怪气也。

夜饭后，王公[5]送来《朝花》[6]第二十期，问要不要合订本子。我说且慢，因那些旧的放在那里，不易找也。他遂即回去。

十八夜八时十分写。

又，同夜八时半，有人送来文稿数件共一束，老太婆说不出他的姓名，看看封上的几个字，好像“迹余”[7]笔迹。我也先放在书架上，待你回来再说罢。

EL．DEAR：

昨夜我差不多十时就睡了，至一时左右醒来，就不大能睡熟，这大约是有了习惯之故。天亮时，扫街人孩子大哭，其母大打，打后又大诉说一通；稍静合眼，醒来已经九时了。午后得李霁野信，无甚要事，且与你已能见面，故不转寄。下午仍做缝纫，并看看书报。晚上至马路散步，买得广东螃蟹一只，携归在火酒灯上煮熟，坐在躺椅上缓缓食之。你说有趣没有呢？现时是吃完执笔，时在差十分即十点钟也。你日来可好？

为念。不尽欲言。

H. M. 五月十九夜九时五十分。

* * *

〔1〕 密斯王 即王映霞(1908—2000),浙江杭州人,郁达夫夫人。

〔2〕 白薇(1894—1987) 原名黄彰,字素如,笔名白薇,湖南资兴人,女作家。

〔3〕 英语:道格拉斯·珀西·布利斯所著《木刻史》。1928 年由伦敦登特(J.M.Dent)书店和纽约达顿(E.P.Dutton)书店出版,附有插图一二〇幅。现藏北京鲁迅博物馆。

〔4〕 江绍平 原信作江绍原(1898—1983),安徽旌德人,民俗学研究者。曾留学美国。回国后任北京大学、中山大学教授。《语丝》周刊撰稿人之一。

〔5〕 王公 指王方仁(1905—1946),浙江镇海人,原为厦门大学文科国文系学生,后随鲁迅转赴广州、上海。当时曾参加朝花社的一些活动。

〔6〕《朝花》 文艺刊物,鲁迅、柔石编辑,1928 年 12 月 6 日在上海创刊。初为周刊,至 1929 年 5 月共出二十期;6 月改出旬刊,同年 9 月出至第十二期停刊。

〔7〕"迹余" 原信作徐诗荃(1909—2000),笔名冯珧、迹余、梵澄,湖南长沙人,《语丝》、《奔流》投稿者。

一二四

EL.D:

你十五夜写的信,今天上午收到了。信必是十六发的,五天就到，邮局懂事得很。那么，我十四发的信，你自然也一定收到在今天之前。我先以为见你的信，总得在廿二三左右，因为路上有八天好停顿的，不料今日就见信，这真使我意外的欢喜，不可以言语形容。

路上有熟人遇见，省得寂寞，甚好；能睡，更好。我希望你在家时也挪出些功夫来睡觉，不要拚命的写，做，干，想……

家里人杂，东西乱翻，你不妨检收停当，多带些要用的南来，难得的书籍，则或锁起，或带来，以免失落难查。客来是无法禁阻的，你回去暂时，能不干涉最好，省得淘气，倘自伤精神，就更不合算了。

我这几天经验下来，夜间不是一二时醒，就是三四时醒，这是由于习惯的，但醒过几夜，第三夜即可睡至天明补足，如昨夜至今晨就是。我写给你的信，将生活状况一一叙述，务求其详，大体是好的，即或少睡，也是偶然，并非天天如此。你切不可于言外推测，如来信云我在十二时尚未睡，其实我十二时是总在熟睡中的。

上海这两天晴，甚和暖，但一到下雨，却又相差二十多度了。

H. M. 五，廿，下午二时。

一二五

H.D：

昨天上午寄上一函，想已到。十点左右有沉钟社的人来访我,至午邀我至中央公园去吃饭,一直谈到五点才散。内有一人名郝荫潭[1],是女师大学生,但是新的,我想你未必认识罢。中央公园昨天是开放的,但到下午为止,游人不多,风景大略如旧,芍药已开过,将谢了,此外则"公理战胜"的牌坊[2]上,添了许多蓝地白字的标语。

从公园回来之后,未名社的人来访我了,谈了一点钟。他们去后,就接到你的十九,二十所写的两函。我毫不"拚命的写,做,干,想,……"至今为止,什么也不想,干,写……。昨天因为说话太多了,十点钟便睡觉,一点醒了一次,即刻又睡,再醒已是早上七点钟,躺到九点,便是现在,就起来写这信。

绍平的信,吞吞吐吐,初看颇难解,但一细看,就知道那意思是想将他的译稿,由我为之设法出售,或给北新,或登《奔流》,而又要居高临下,不肯自己开口,于是就写成了那样子。但我是决不来做这样傻子的了,莫管目前闲事,免惹他日是非。

今天尚无客来,这信安安静静的写到这里,本可以永远写下去,但要说的也大略说过了,下次再谈罢。

L. 五月廿五日上午十点钟。

*　　*　　*

〔1〕 郝荫潭(1904—1952) 河北平山人,北京女子师范大学国文系学生,沉钟社成员。

〔2〕 "公理战胜"的牌坊 1918年11月第一次世界大战结束后,英法为首的协约国宣称他们打败德、奥等同盟国是"公理战争强权",并

立碑纪念。北洋政府于1917年8月宣布参加协约国一方对德宣战，属于战胜国，也在北京中央公园(今中山公园)建立“公理战胜”的牌坊(按1953年已将这四个字改为“保卫和平”)。

一二六

H.D：

此刻是二十五日之夜的一点钟。我是十点钟睡着的，十二点醒来了，喝了两碗茶，还不想睡，就来写几句。

今天下午，我出门时，将寄你的一封信投入邮筒，接着看见邮局门外帖着条子道：“奉安典礼放假两天。”那么，我的那一封信，须在二十七日才会上车的了。所以我明天不再寄信，且待“奉安典礼”完毕之后罢。刚才我是被炮声惊醒的，数起来共有百余响，亦“奉安典礼”之一也。

我今天的出门，是为士衡寻地方去的，和幼渔接洽，已略有头绪；访凤举却未遇。途次往孔德学校，去看旧书，遇金立因[1]，胖滑有加，唠叨如故，时光可惜，默不与谈；少顷，则朱山根叩门而入，见我即踟躕不前，目光如鼠，终即退去，状极可笑也。他的北来，是为了觅饭碗的，志在燕大，否则清华，人地相宜，大有希望云。

傍晚往未名社闲谈，知燕大学生又在运动我去教书，先令宗文[2]劝诱，我即谢绝。宗文因吞吞吐吐说，彼校教授中，本有人早疑心我未必肯去，因为在南边有唔唔唔……。我答以原因并不在“在南边有唔唔唔……”，那非大树，不能迁移，那是也可以同到北边的，但我也不来做教员，也不想说明别的原因之所在。于是就在混沌中完结了。

明天是星期日，恐怕来访之客必多，我要睡了。现在已两点钟，遥想你在“南边”或也已醒来，但我想，因为她明白，一定也即睡着的。

二十五夜。

星期日上午，因为葬式的行列，道路几乎断绝交通，下午可以走了，但只有紫佩[3]一人来谈，所以我能够十分休息。夜十点入睡，此刻两点又醒了，吸一枝烟，照例是便能睡着的。明天十点要去镶牙，所以就将闹钟拨在九点上。

看现在的情形，下月之初，火车大概还可以走，倘如此，我想坐六月三日的通车回上海，即使有耽误之事，六日总该可以到了罢——倘若不去访上遂。但这仍须临时再行决定，因为距今还有十天，变化殊不可测也。

明天想当有信来，但此信我当于上午先行发出。

二十六夜二点半。

ELEF.

*　　　*　　　*

〔1〕 金立因　原信作钱玄同。

〔2〕 宗文　原信作韦丛芜。参看260621信注〔1〕。

〔3〕 紫佩　即宋琳(1887—1952)，字紫佩，又作子佩，浙江绍兴人，鲁迅在浙江两级师范学堂任教时的学生。时为北京图书馆职员，兼任《华北日报》编辑。

一二七

EL:L.!

昨天正午得到你十五日的信,我读了几遍,愈读愈想在那里面找出什么东西似的,好似很清楚,又似很模胡,恰如其人的声音笑貌,在离开以后的情形一样。打开信来,首先看见的自然是那三个通红的枇杷[1]。这是我所喜欢的东西,即如昨天去寄信,也带了许多回来,大家大吃了一通。阿菩昨天身热得很厉害,什么都不要吃,见了枇杷,才高兴起来,连吃几个,随后研究出她是要出牙齿了的缘故,到今天还在痛,在吃苦。然而那时枇杷的力量却如此其大,我也是喜欢的人,你却首先选了那种花样的纸寄来了。其次是那两个莲蓬,并题着的几句[2],都很好,我也读熟了。你是十分精细的,那两张纸必不是随手检起就用的。

你的日记也被人翻过了么?因记起前月已从隔壁的木匠那里租了空屋,也许因为客房不够住,要将不大使用的东西送到那里去存放罢。倘如此,则无人照管,必易失落,要先事豫防才好。是否应该先行声明一下,说将来你的书籍不要挪动,我想说过总比不说要好一些,未知你以为何如?

我昨夜睡得很好,今日也醒得并不早,以后或者会照此下去也不可知。今天仍在做生活,是织小毛绒背心,快成功了。

你近来比初到时安静些么?你千万要想起我所希望的意

思,自己好好地。

H. M. 五月廿一下午四时十分。

*　　　*　　　*

〔1〕 三个通红的枇杷　此笺纸印有三个枇杷,并一首诗:“无忧扇底坠金丸,一味琼瑶沁齿寒。黄珍似梅甜似橘,北人曾作荔枝看”。

〔2〕 题着的几句　此笺纸画有莲蓬,并题诗一首:“并头曾忆睡香波,老去同心住翠窠。甘苦个中侬自解,西湖风月味还多。”

一二八

D.H.M:

今天——二十七日——下午,果然收到你廿一日所发信。我十五日信所用的笺纸,确也选了一下,觉得这两张很有思想的,尤其是第二张。但后来各笺,却大抵随手取用,并非幅幅含有义理,你不要求之过深,百思而不得其解,以致无端受苦为要。

阿菩如此吃苦,实为可怜,但既是出牙,则也无法可想,现在必已全好了罢。我今天已将牙齿补好,只花了五元,据云将就一二年,即须全盘做过了。但现在试用,尚觉合式。晚间是徐旭生张凤举等在中央公园邀我吃饭,也算饯行,因为他们已都相信我确无留在北平之意。同席约十人。总算为士衡寻得了一个饭碗。

旭生说,今天女师大因两派对于一教员之排斥和挽留,发生冲突,[1]有甲者,以钱袋击乙之头,致乙昏厥过去,抬入医院。小姐们之挥拳，在北平似以此为嚆矢云。

明天拟往东城探听船期，晚则幼渔邀我夜饭；后天往北大讲演；大后天拟赴西山看韦漱园。这三天中较忙，也许未必能写什么信了。

计我回北平以来，已两星期，除应酬之外，读书作文，一点也不做，且也做不出来。那间灰棚，一切如旧，而略增其萧瑟，深夜独坐，时觉过于森森然。幸而来此已两星期，距回沪之期渐近了。新租的屋，已说明为堆什物及住客之用，客厅之书不动，也不住人。

此刻不知你睡着还是醒着。我在这里只能遥愿你天然的安眠，并且人为的保重。

L．五月廿七夜十二时。

*　　*　　*

〔1〕　据1929年5月28日北京《新晨报》记载：原女师大史地系学生因系主任王谟去留问题分为两派。5月27日王到校授课，遭到反对派学生段瑾思的质问，当即有拥王的阮某等五人拥上，“包围质问之人，墨盒、机凳一齐飞下，将段某打得背青头肿。”

一二九

D.H：

廿一日所发的信，是前天到的，当夜写了一点回信，于昨天寄出。昨今两天，都未曾收到来信，我想，这一定是因为葬式的缘故，火车被耽搁了。

昨天下午去问日本船，知道从天津开行后，因须泊大连两三天，至快要六天才到上海。我看现在，坐车还不妨，所以想六月三日动身，顺便看看上遂，而于八日或九日抵沪。倘到下月初发见不宜于坐车，那时再改走海道，不过到沪又要迟几天了。总之，我当择最妥当的方法办理，你可以放心。

昨天又买了些笺纸，这便是其一种，北京的信笺搜集，总算告一段落了。

晚上是在幼渔家里吃饭，马珏还在生病，未见，病也不轻，但据说可以没有危险。谈了些天，回寓时已九点半。十一点睡去，一直睡到今天七点钟。

此刻是上午九点钟，闲坐无事，写了这些。下午要到未名社去，七点起是在北大讲演。讲毕之后，恐怕还有尹默他们要来拉去吃夜饭。倘如此，则回寓时又要十点左右了。

D.H.ET D.L.，我是好的，很能睡，饭量和在上海时一样，酒喝得极少，不过一小杯蒲陶酒而已。家里有一瓶别人送的汾酒，连瓶也没有开。倘如我的豫计，那么，再有十天便可以面谈了。D.H.，愿你安好，并保重为要。

EL. 五月廿九日。

一三〇

D.EL.，D.L.！

现时是廿二夜九时三刻，晚饭后我收拾收拾东西，看看文法,想到写,就写一些。但不知你此时饭后是在谈天,还是在做什么的。今天我很盼望信,虽然明知道你没得闲空,并且说过信会隔得长久些,写得简单些,但我总觉得他话虽如此,其实是一有功夫,总会写的,因此就难免有所希望了。而况十五来信之后,你的情形也十分令人挂念,会不会颓唐廿多天呢!……

昨日下午四时发信后,收到韩君从东京寄来的《近代英文学史》一本,矢野峰人〔1〕著。今天又收到一张明信片,是西湖艺术院〔2〕在沪展览,请参观的。

昨今上午,我都照常做生活,起居如常。下半天到大马路一趟,买了些粗布之类。自你去后,化钱不少,都是买那些小东西用的,东西买来不多,用款不少,真难为人也。

廿二日十时。

D.EL.,D.B.!

今天又候了一天信。其实你十五那封信,我廿日收到,到现在还不过三天,但不知何故我总在盼望着。你近日精神可好?我的信总不知不觉的带些伤感的成分,会不会使你难受?D.EL.,我真记挂你。但你莫以为全因那封信的情形之故,其实无论如何,人不在眼前,总是要记挂的。

李执中君五月廿日在北平中山公园来今雨轩结婚,喜柬今天寄到了。不知道你在北平遇见了他没有?昨天你是否忙着吃喜酒去,要是你们已经遇见了的话。今日又收到《北新》第八号一本。

昨夜十时写完上面的几个字，就睡下了。夜里阿菩因为嘴痛，哭得很利害，但我醒不多久便又睡去，不似前几天从两三点一直醒到天亮的那么窘了。早上总起得早，大抵是七点多。日间在楼下做些活计，夜里看书，平常多是关起门来，较为清净，这是我向来的脾气，倒也耐得过去，何况日子也过去了三分之一了呢。中山灵榇南下期间，我想，津浦路总该平安的，此后就难说。你南来时，务必斟酌而行为要。

祝你安善。

H. M. 五月廿三下午六时。

* * *

〔1〕 矢野峰人 原名禾积，东京都立大学教授，英国文学研究者。著有《近代英国文学史》、《近英文艺批评史》。

〔2〕 西湖艺术院 后改名为国立杭州艺术专科学校。1928年春，由蔡元培倡议、国民党政府大学院创办。设有绘画、雕塑、图案、音乐及美术建筑等科，学制三年。

一三一

D.EL：

我盼了两天信，计期应该会到了，果然，今天收到你十七夜写的信。如果照十五夜那信一样快，我这两天的苦不至于吃了，原因是在前一信五天到，快得喜出望外，这回七天到，就觉着不应该了，都是邮局的作弄，以后我当耐心地等候。至于你，则不必连睡也不睡来执笔的。

明天是礼拜六，这是第二个礼拜了，过得似乎也快，又似乎慢。

北平并不萧条，倒好，因为我也视它如故乡的，有时感情比真的故乡还要好，还要留恋，因为那里有许多使我记念的经历存留着。

上海也还好，不过太喧噪了，这几天天已晴，颇热，几如过夏，蚊子也多起来了，围着坐处要吃人。昨夜八时多，忽然鞭爆声大作，有似度岁，又似放枪，先不知其故，后见邻居仍然歌舞升平，吃食担不绝于门外，知是无事。今日看报，才知月蚀，其社会可知矣。

我眠食都好，日间仍编衣服，赵公送来《奇剑及其他》〔1〕十本，信已转交。闻下星期一，章公与程公将对簿于公庭〔2〕云。

H. M. 五月廿四夜九时卅分。

*　　　*　　　*

〔1〕《奇剑及其他》　短篇小说集，鲁迅、柔石等译，共收东、北欧作品十三篇，1929年4月出版。为朝花社《近代世界短篇小说集》之一，鲁迅为作《小引》。

〔2〕　当时安徽大学文学院长程演生，聘请章衣萍至该校任教，已签订聘约，后因校方单方面毁约，章、程间引起争执，章衣萍拟向法庭起诉。

一三二

D.H：

此刻是二十九夜十二点，原以为可得你的来信的了，因为我料定你于廿一日的信以后，必已发了昨今可到的两三信，但今未得，这一定是被奉安列车耽搁了，听说星期一的通车，也还没有到。

今天上午来了一个客。下午到未名社去，晚上他们邀我去吃晚饭，在东安市场森隆饭店，七点钟到北大第二院演讲一小时，听者有千余人，大约北平寂寞已久，所以学生们很以这类事为新鲜了。八时，尹默凤举等又为我饯行，仍在森隆，不得不赴，但吃得少些，十一点才回寓。现已吃了三粒消化丸，写了这一张信，即将睡觉了，因为明天早晨，须往西山看韦漱园去。

今天虽因得不到来信，稍觉怅怅，但我知道迟延的原因，所以睡得着的，并祝你在上海也睡得安适。

L. 二十九夜。

三十日午后二时，我从西山访韦漱园回来，果然得到你的廿三及廿五日两封信，彼此都为邮局寄递之忽迟忽早所捉弄，真是令人生气。但我知道你已经收到我的信，略得安慰，也就借此稍稍自慰了。

今天我是早晨八点钟上山的，用的是摩托车，霁野等四人同去。漱园还不准起坐，因日光浴，晒得很黑，也很瘦，但精神却好,他很喜欢,谈了许多闲天。病室壁上挂着一幅陀斯妥夫斯基[1]的画像,我有时瞥见这用笔墨使读者受精神上的苦刑的名人的苦脸,便仿佛记得有人说过,漱园原有一个爱人,因为他没有全愈的希望,已与别人结婚;接着又感到他将终于死去——这是中国的一个损失——便觉得心脏一缩,暂时说不出话,然而也只得立刻装出欢笑,除了这几刹那之外,我们这回的聚谈是很愉快的。

他也问些关于我们的事,我说了一个大略。他所听到的似乎还有许多谣言,但不愿谈,我也不加追问。因为我推想得到,这一定是几位教授所流布,实不过怕我去抢饭碗而已。然而我流宕三年了,并没有饿死,何至于忽而去抢饭碗呢,这些地方,我觉得他们实在比我小气。

今天得小峰信,云因战事,书店生意皆不佳,但由分店划给我二百元。不过此款现在还未交来。

你廿五的信今天到,则交通无阻可知,但四五日后就又难说,三日能走即走,否则当改海道,不过到沪当在十日前后了。总之,我当选一最安全的走法,决不冒险,千万放心。

L.五月卅日下午五时。

*　　*　　*

〔1〕 陀思妥夫斯基(1821—1881)　通译陀思妥耶夫斯基,俄国作家。曾因参加革命团体被判死刑,后改为流放西伯利亚,作品带有悲观色彩。著有小说《穷人》、《被侮辱与被损害的》、《罪与罚》等。

一三三

D.EL：

今早八点多起来，阿菩推开门交给我你廿一写的信，另外一封是玉书的，又一份《华北日报》[1]。

我前回太等信了，苦了两天，这回廿四收过信，安心些了，而今天又得信，也是“使我怎样意外地高兴呀”。

前天发你信后，得到通知，知道冯家姑母已到上海，要见见面，早粥后我就往南方中学去，谈了大半天。昨天她又来看我。她过些时又要往庐山去了，今天她来，我也许同她到外面去吃一餐夜饭。

星六（廿五）收到锌版十块，连书一并交给赵公了。昨日收到《良友》[2]一，《新女性》一，又《一般》[3]三本，并不衔接的。

母亲高年，你回去不多几天，最好多同她谈谈，玩玩，使她欢喜。

看来信，你似很忙于应酬，这也是没法的事，久不到北平，熟人见见面，也是好的，而且也借此可消永昼。我有时怕你跑来跑去吃力，但有时又愿意你到外面走走，既可变换视听，又可活动身体，你实在也太沉闷了。这两种意思正相矛盾，颇可笑，但在北平的日子少，或者还不如多到外面走走罢。

上海当阴雨时，还穿绒线衫，出了太阳，才较热。北京的天气却已经如此热了么？幸而你衣服多带了几件去，否则真有些窘了。书能带，还是理出些好，自己找书较易。小峰无消息。《奔流》稿没有来。

H. M. 廿七上午十时十分。

*　　　*　　　*

〔1〕《华北日报》 国民党在华北地区的机关报，1929年1月创刊于北平，1937年7月卢沟桥事变后停刊。

〔2〕《良友》 画刊，上海良友图书印刷公司编辑发行。1926年2月创刊，1945年10月停刊。

〔3〕《一般》 综合性月刊，上海立达学会编辑。1926年9月5日在上海创刊，1929年12月停刊，开明书店发行。

一三四

D.EL：

昨早发了一信，回来看看报。午饭后不多久，姑母临寓，教我整衣，同往南翔去。先雇黄包车至北站，买火车票不过两角多，十五分到真茹，停五分，再十多分钟就到南翔了。其地完全是乡村景象，田野树木，举目皆是，居民大有上古遗风，淳厚之至。人家较杭州所见尤为乡气，门户洞开，绝无森严紧张状态。有居沪之外人，于此立别墅者，星期日来，去后门加锁键，一隔多日，了无变故。且交通便利，火车之外，小河四通八达。鱼虾极新鲜，生活便宜，酒菜一席不过六元，已堪果腹。地价每亩只三百金，再加数百建筑费，便成住宅，故房租亦廉，每室二元,每一幢房,有花园及卧室甚大,也不过十余或二十元;至三十元,则是了不得的大房子了。将来马路修成,长途汽车由真茹通至此地,也许顿成闹市,但现在却极为清幽。我们缓步游赏,时行时息,择一饭店吃菜,面,灌汤包子等,用钱二元,四人已食之不尽,有带走的,比起上海来,真可谓便宜之至了。六时余回车站,候八时车,而车适误点,过了九时始到,回沪已经十点多钟了。此行甚快活,近来未有的短期惬意小旅行也。归寓稍停即睡,亦甚安。今天上午代姑母写了几封信,并略谈数年经历,她甚快慰,谓先前常常以我之孤孑独立为念,今乃如释重负矣,云云。她待我是出心的好,但日内就要往九江去了。今日三先生送来《东方》,《新女性》各一本。昨日又收到季先生[1]由巴黎寄来的木刻画集两本,并有信,恐怕寄失,留着待你回来再看罢。

H. M. 五月廿八晚九时差十分。

*　　　*　　　*

〔1〕 季先生　指季志仁(1902—?),江苏常熟人,当时在法国留学,鲁迅曾托他购买有关美术的书籍和画册,所寄木刻画集为《Le Nouveau Spectateur》(《新观察家》)二本。

一三五

D.L.ET D.H.M:

现在是三十日之夜一点钟,我快要睡了。下午已寄出一信,但我还想讲几句话,所以再写一点——

前几天,春菲[1]给我一信,说他先前的事,要我查考鉴察。他的事情,我来“查考鉴察”干什么呢,置之不答。下午从西山回,他却已等在客厅中,并且知道他还先曾向母亲房里乱闯,大家都吓得心慌意乱,空气甚为紧张。我即出而大骂之,他竟毫不反抗,反说非常甘心。我看他未免太无刚骨,而他自说其实是勇士,独对于我,却不反抗。我说,我是愿意人对我反抗,不合则拂袖而去的。他却道正因为如此,所以佩服而愈不反抗了。我只得为之好笑,乃送而出之大门之外,大约此后当不再来缠绕了罢。

晚上来了两个人,一个是忙于翻检电码之静农,一个是帮我校过《唐宋传奇集》之建功[2],同吃晚饭,谈得很为畅快,和上午之纵谈于西山,都是近来快事。他们对于北平学界现状,似俱不欲多言,我也竭力的避开这题目。其实,这是我到此不久,便已感觉了出来的:南北统一后,“正人君子”们树倒猢狲散,离开北平,而他们的衣钵却没有带走,被先前和他们战斗的有些人拾去了。未改其原来面目者,据我所见,殆惟幼渔兼士而已。由是又悟到我以前之和“正人君子”们为敌,也失之不通世故,过于认真,所以现在倒非常自在,于衮衮诸公之一切言动,全都漠然。即下午之呵斥春菲,事后思之,也觉得大可不必。因叹在寂寞之世界里,虽欲得一可以对垒之真敌人,亦不易也。

这两星期以来,我一点也不颓唐,但此刻想到你之采办布帛之类,先事经营,却实在觉得一点凄苦。这种性质,真是怎么好呢？我应该快到上海，去约制她。

三十日夜一点半。

D.H.，三十一日晨被母亲叫醒，睡眠时间缺少了一点，所以晚上九点钟便睡去，一觉醒来，此刻已是三点钟了。泡了一碗茶，坐在桌前，想起H.M.大约是躺着，但不知道是睡着还是醒着。五月卅一这一天，没有什么事，只在下午有三个日本人〔3〕来看我所搜集的关于佛教石刻拓本，以为已经很多，力劝我作目录，这是并不难的，于学术上也许有点用处，然而我此刻也并无此意。晚间紫佩来，已为我购得车票，是三日午后二时开，他在报馆里，知道车还可以坐，至多，不过误点（迟到）而已。所以我定于三日启行，有一星期，就可以面谈了。此信发后，拟不再寄信，如果中途去访上遂，自然当从那里再发一封。

EL．六月一日黎明前三点。

D.S：

写了以上的几行信以后，又写了几封给人的回信，天也亮起来了，还有一篇讲演稿要改，此刻大约是不能睡的了，再来写几句——

我自从到此以后，总计各种感受，知道弥漫于这里的，依然是"敬而远之"和倾陷，甚至于比"正人君子"时代还要分明——但有些学生和朋友自然除外。再想上去，则我的创作和编著一发表，总有一群攻击或嘲笑的人们，那当然是应该的，如果我的作品真如所说的庸陋。然而一看他们的作品，却比我的还要坏；例如小说史罢，好几种出在我的那一本之后，而陵乱错误，更不行了。这种情形，即使我大胆阔步，小觑此辈，然而也使我不复专于一业，一事无成。而且又使你常常担心，“眼泪往肚子里流”。所以我也对于自己的坏脾气，时时痛心，想竭力的改正一下。我想，应该一声不响，来编《中国字体变迁史》或《中国文学史》了。然而那里去呢？在上海，创造社中人一面宣传我怎样有钱，喝酒，一面又用《东京通信》[4]诬栽我有杀戮青年的主张，这简直是要谋害我的生命，住不得了。北京本来还可住，图书馆里的旧书也还多，但因历史关系，有些人必有奉送饭碗之举，而在别一些人即怀来抢饭碗之疑，在瓜田中，可以不纳履，而要使人信为永不纳履是难的，除非你赶紧走远。D.H.，你看，我们到那里去呢？我们还是隐姓埋名，到什么小村里去，一声也不响，大家玩玩罢。

D.H.M.ET D.L.，你不要以为我在这里时时如此呆想，我是并不如此的。这回不过因为睡够了，又值没有别的事，所以就随便谈谈。吃了午饭以后，大约还要睡觉。行期在即，以后也许要忙一些。小米（H. 吃的），梆子面[5]（同上），果脯等，昨天都已买齐了。

这封信的下端，是因为加添两张，自己拆过的。

L. 六月一日晨五时。

*　　　*　　　*

〔1〕　春菲　原信作董秋芳（1897—1977），笔名冬芬，浙江绍兴人，翻译工作者。

〔2〕　建功　指魏建功（1901—1980），江苏海安人，语言文字学

家。当时在北京大学任教。

〔3〕　三个日本人　指塚本善隆(1898—?),日本京都大学人文科学研究所教授;水野清一(1905—1971),当时在北京大学从事考古研究;仓石武四郎(1897—1975),日本京都大学文学教授,当时在我国从事语言研究。据鲁迅1929年5月31日日记:“塚本善隆,水野清一,仓石武四郎来观造象拓本”。

〔4〕　《东京通信》　指杜荃(郭沫若)发表在《创造月刊》第二卷第一期(1928年1月)上的《文艺战线上的封建余孽》一文。其中说“杀哟!杀哟!杀哟!杀尽一切可怕的青年,而且赶快,这是这位‘老头子’(按指鲁迅)的哲学。”

〔5〕　梆子面　即棒子面,京津地区方言,对玉米粉的俗称。

书　信

说　明

鲁迅书信曾由许广平陆续收集，并于1937年6月由三闲书屋出版影印本《鲁迅书简》一册，收书信六十九封；后又于1946年10月由鲁迅全集出版社印行铅印本《鲁迅书简》一册，收书信八五五封和断片三则。1958年我社出版的《鲁迅全集》第九、十两卷中，共收书信三三四封；1976年出版的《鲁迅书信集》则收一三八一封(其中包括致日本人士九十六封)，附录十八则。1981年版《鲁迅全集》共收入书信一三三三封，另致外国人士一一二封，附录十二件。除已见于鲁迅自编文集及《集外集拾遗》的书信不再编入外，当时所发现的鲁迅书信都已收入。

本版以1981年版为基础，删去其中重收的二封和误收的一封，增补新发现的佚信十八封，并收入鲁迅《答增田涉问信件集录》一件。另外，鲁迅写给许广平的书信，作者于1933年将其中的大多数作了删增修改，编入《两地书》出版，同时又抄录原信保存。鉴于《两地书》所收书信与原信差异较大，已成两种不同的文本，这次将所存六十八封原信重行收入，同其他信件一起按时间顺序编排。

需作说明的各点如下：

(一)所收书信统按写作日期顺序编号。如1904年10月

8日，编号即作041008；1934年5月29日，编号即作340529。同一日如有数信，则按鲁迅日记所载的顺序，于编号之后另加①②……为记。日期无考的以○代替。

（二）1912年前所写书信，日期原均署夏历，现已按所折公历编序。其漏署日期者，已据日记补入，并以〔　〕号为记；日期误记经订正后，亦以〔　〕号为记。部分早期书信原件无标点，已试为补入，并在各有关书信注释中注明。

（三）所收书信均据手迹进行排校，凡无手迹而据抄件者，则在有关书信注释中注明来源。

（四）原件所用古体字，除必要保存者外，都已改为现行通用字。

（五）原件补遗及夹注式的字句，用小一号字排；加括号与否，均据原件。

（六）原件中的笔误，以下列方式订正：误字（包括颠倒），用[　]号，排仿宋体；漏字，用〔　〕号，排仿宋体；衍字，用〖　〗号，不变字体；存疑，用〔？〕号。

一九〇四年

041008 致蒋抑卮[1]

拜启者:前尝由江户[2]奉一书,想经察入[3]。尔来索居仙台[4],又复匝月,形不吊影,弥觉无聊。昨忽由任君克任[5]寄至《黑奴吁天录》[6]一部及所手录之《释人》[7]一篇,乃大欢喜,穷日读之,竟毕。拳拳盛意,感莫可言。树人到仙台后,离中国主人翁颇遥,所恨尚有怪事奇闻由新闻纸以触我目。曼思故国,来日方长,载悲黑奴前车如是,弥益感喟。闻素民[8]已东渡,此外浙人颇多,相隔非遥,竟不得会。惟日本同学来访者颇不寡,此阿利安人[9]亦殊懒与酬对,所聊慰情者,厪我旧友之笔音耳。近数日间,深入彼学生社会间,略一相度,敢决言其思想行为决不居我震旦[10]青年上,惟社交活泼,则彼辈为长。以乐观的思之,黄帝之灵或当不馁欤[11]。

此地颇冷,晌午较温。其风景尚佳,而下宿[12]则大劣。再觅一东樱馆[13],绝不可得。即所谓旅馆,亦殊不宏。今此所居,月只八円[14]。人哗于前,日射于后。日日食我者,则例为鱼耳。现拟即迁土樋町[15],此亦非乐乡,不过距校较近,少免奔波而已。事物不相校雠,辄昧善恶。而今而后,吾将以乌托邦[16]目东樱馆,即贵临馆亦不妨称华严界[17]也。

校中功课大忙，日不得息。以七时始，午后二时始竣。树人晏起，正与为雠。所授有物理，化学，解剖，组织[18]，独乙[19]种种学，皆奔逸至迅，莫暇应接。组织、解剖二科，名词皆兼用腊丁[20]，独乙，日必暗记，脑力顿疲。幸教师语言尚能领会，自问苟侥幸卒业，或不至为杀人之医。解剖人体已略视之。树人自信性颇酷忍，然目睹之后，胸中亦殊作恶，形状历久犹灼然陈于目前。然观已，即归寓大啮，健饭如恒，差足自喜。同校相处尚善，校内待遇不劣不优。惟往纳学费，则拒不受，彼既不收，我亦不逊。至晚即化为時計[21]，入我怀中，计亦良得也。

仙台久雨，今已放晴，遥思吾乡，想亦久作秋气。校中功课，只求记忆，不须思索，修习未久，脑力顿锢。四年而后，恐如木偶人矣。　兄之耳谅已全愈，殊念。秋气萧萧，至祈摄卫，倘有余暑，乞时赐教言，幸甚，幸甚。临楮草草，不尽所言，容后续上。此颂

抑卮长兄大人进步。　　　　弟树人　言　八月二十九日[22]

再，如来函，可寄"日本陆前国[23]仙台市土樋百五十四番地宫川方[24]"为要。

前曾译《物理新诠》[25]，此书凡八章，皆理论，颇新颖可听。只成其《世界进化论》及《原素周期则》二章，竟中止，不暇握管。而今而后，只能修死学问，不能旁及矣，恨事！恨事！

*　　　*　　　*

〔1〕　此信原无标点。

蒋抑卮(1876—1940),名鸿林,字一枝,又作抑卮,浙江杭州人。1902年10月赴日留学,1904年回国。曾参加创办浙江兴业银行并经营广昌隆绸缎号。1909年1月再次去东京治耳疾。和鲁迅交往较密,曾资助印行《域外小说集》。

〔2〕　江户　日本东京的旧称。鲁迅于1902年4月至1904年4月在东京弘文学院学习。

〔3〕　察入　日语:明察。

〔4〕　仙台　日本本州岛东北部的城市,宫城县首府。鲁迅于1904年9月至1906年3月在仙台医学专门学校学习。

〔5〕　任克任(1876—1909)　名允,字克任,浙江杭州人。1902年自费留学日本,次年考入东京高等工业学校。1904年因病归国,秋后以官费至日本复学,1908年毕业,次年病逝于日本。

〔6〕　《黑奴吁天录》　今译《汤姆叔叔的小屋》,长篇小说,美国女作家斯陀(H.B.Stowe,1811—1896)著,林纾译。清光绪二十七年(1901)武林(杭州)魏易刻版印行。

〔7〕　《释人》　清代孙星衍撰,是考释"人"字及人体各部位古汉语称谓的论文,见于孙著《问字堂集》卷二。

〔8〕　素民　汪希(1873—?),字素民,又作叔明,浙江杭州人,《杭州白话报》创始人之一。1902年自费留学日本,不久回国。1904年秋又以浙江绅士资格选送日本习政法。

〔9〕　阿利安人　通译雅利安人。欧洲十九世纪文献中对印欧语系各民族的一种不科学的总称。后来的种族主义者便妄称雅利安人为"高贵人种"。此处代指当时自视"高贵"的某些日本学生。

〔10〕　震旦　古代印度人对中国的称呼。

〔11〕“黄帝之灵或当不馁”　黄帝，即轩辕氏，我国传说中的上古帝王，中华民族的始祖。不馁，不饿；这里指祭祀不绝。典出《左传》宣公四年。

〔12〕下宿　日语：公寓。鲁迅初到仙台时，曾住宫城监狱附近一家兼为犯人包饭的客店，房主为佐藤喜东治。

〔13〕东樱馆　鲁迅在弘文学院学习时住过的公寓。

〔14〕円　日本货币单位：圆。

〔15〕土樋町　仙台街道名。町，日语中指街、巷、里弄。

〔16〕乌托邦　拉丁文 Utopia 的音译。源于英国汤姆士·莫尔在1516年所作的小说《乌托邦》。书中所描写的称作“乌托邦”的社会组织，寄托着作者空想社会主义的理想。由此“乌托邦”就成了“空想”的同义语。

〔17〕华严界　中国佛教华严宗宣传的一种至高完美的境界。

〔18〕组织　指组织学，即显微解剖学。

〔19〕独乙　日语：德意志。此处指德语。

〔20〕腊丁　通译拉丁。此处指拉丁语。

〔21〕時計　日语：钟、表。此处指怀表。

〔22〕公历为10月8日。

〔23〕陆前国　日本旧地名，今宫城县一带。国，日本古代行政区划名称。

〔24〕番地　日语，指门牌号。宫川方，宫川信哉住宅。门牌号应为一五八番地。鲁迅在仙台时的第二处住所，由原租住的片平丁五十二番地佐藤喜东宅移居此处。

〔25〕《物理新诠》　此书译稿尚未发现。

一九一〇年

100815 致许寿裳[1]

季黻君监：手毕[2]自杭州来，始知北行，令仆益寂。协和[3]未识安在？闻其消息不？嗟乎！今年秋故人分散尽矣，仆无所之，惟杜海生理府校[4]，属教天物之学[5]，已允其请，所入甚微，不足自养，靡可骋力，姑庇足于是尔。前校长蒋姓[6]，去如脱兔，海生检其文件，则凡关于教务者，竟无片楮，即时间表亦复无有，君试思天下有如此学校不？仆意此必范霭农[7]所毁，以窘来者耳。斯人状如地总能如是也。北京风物何如？暇希见告。致文潄[8]信，亦希勿忘。他处有可容足者不？仆不愿居越中也，留以年杪为度。入秋顿凉，幸自摄卫。

仆树　上　七月十一日[9]

今至杭为起孟[10]寄月费，因寄此书。留二三日，便回里矣。

树　又及

*　　　*　　　*

〔1〕　此信原无标点。

许寿裳(1883—1948)　字季黻，又作季茀、季市，浙江绍兴人，教育家。鲁迅在东京弘文学院的同学，曾任《浙江潮》编辑。回国后在浙江两级师范学堂、教育部、北京女子师范大学、广州中山大学与鲁迅同事多年,结有深厚友谊。后任国民政府中央研究院秘书长、北平大学女子文理学院院长等职。抗日战争胜利后任台湾省立编译馆馆长、台湾大学国文系主任。1948年2月18日深夜被刺杀于台北。著有《亡友鲁迅印象记》、《我所认识的鲁迅》等。

〔2〕　手毕　即书信。

〔3〕　协和　张邦华(1873—约1957),字燮和,又作协和,浙江海宁人。鲁迅在江南陆师学堂附设矿务铁路学堂、东京弘文学院的同学。历任浙江两级师范学堂教员、北京教育部科长、佥事、视学等,与鲁迅同事多年。

〔4〕　杜海生(1876—1955)　时任浙江山会初级师范学堂监督兼绍兴府中学堂监督。参看320817②信注〔1〕。府校,指浙江绍兴府中学堂。鲁迅于1910年秋至1911年秋在该校任博物教员,其间又兼任监学。

〔5〕　天物之学　原意为自然科学,这里指博物学,包括动、植、矿物学及生理卫生。

〔6〕　指蒋光锾,字介眉,浙江诸暨人。1910年2月任绍兴府中学堂监督。

〔7〕　范霭农(1883—1912)　名斯年,字爱农,又作霭农,浙江绍兴人。留学日本时和鲁迅相识。回国后在绍兴府中学堂、山会初级师范学堂任职。后落水溺死。鲁迅曾作诗《哀范君三章》(收入《集外集拾遗》)和散文《范爱农》(收入《朝花夕拾》),可参看。

〔8〕　文湫　袁毓麟(1873—1950),字文薮,又作文湫,浙江钱塘(今属杭州)人。留学日本,与鲁迅相识。

〔9〕　公历为8月15日。

〔10〕　起孟　即周作人,参看190419信注〔1〕。当时他在日本立教大学学习,已和羽太信子结婚,鲁迅按月寄与生活费。

101115　致许寿裳[1]

季黻君监:不审何日曾获手书,娄欲作答而忘居址,逮邵明之[2]归,乃始询得。顾校中又复有事,不遑暇矣。今兹略闲,率写数语。君之近状,闻诸邵蔡[3]两君,早得梗概。凡事已往,可不必言;来日正长,希冀在是。译学馆[4]学生程度何若?厥目之坚[5],犹南方不?君之讲学,过于渊深,若欲与此辈周旋,后宜力改。中国今日冀以学术干世,难也。仆自子英[6]任校长后,暂为监学,少所建树,而学生亦尚相安。五六日前,乃复因考大哄[7]:盖学生咸谓此次试验,虽有学宪[8]之命,实乃出于杜海生之运动,爰有斯举,心尚可原杜君太用手段,学生不服,亦非无故。今已下令全体解散,去其谋主,若胁从者,则许复归。计尚有百余人,十八日可以开校。此次荡涤,邪秽略尽,厥后倘有能者治理,可望复兴。学生于仆,尚无间言;顾身为屠伯,为受斥者设身处地思之,不能无恻然。颇拟决去府校,而尚无可之之地也。起孟在日本,厥状犹前,来书常存问及君,又译Jokai[9]所为小说,约已及半。仆荒落殆尽,手不触书,惟搜采植物,不殊曩日,又翻类书,荟集古逸书数种,[10]此非求学,以代醇酒妇人者也。欲言者似多,而欲写则又无有,故止于此,容后更谭。倘有暇,甚望与我简毕。

弟树　顿首　十月十四日[11]

*　　*　　*

〔1〕 此信原无标点。

〔2〕 邵明之　即邵文熔。参看271219信注〔1〕。

〔3〕 蔡　指蔡元康(1879—1921),字谷青,又作国青,浙江绍兴人,蔡元培堂弟。留学日本时和鲁迅相识。曾在杭州浙江兴业银行、中国银行任职。

〔4〕 译学馆　清末培养外语人员的机构。1902年以同文馆与京师大学堂合并而成。分英、俄、法、德、日五科,五年毕业。

〔5〕 厥目之坚　厥,石。《荀子·大略》:"和之璧,井里之厥也。"鲁迅书信中常有"眼睛石硬"、"硬眼"、"坚目"的说法,意为有眼无珠,不识好歹,目中无人。

〔6〕 子英　即陈濬。参看281230信注〔1〕。当时继杜海生之后任绍兴府中学堂监督。

〔7〕 乃复因考大哄　1910年8月初,杜海生兼任绍兴府中学堂监督,同月下旬,他决定要全体学生重新考试编级,学生遂罢课抗议,并"索费出堂"(《绍兴公报》第六一七号),杜被迫去职。9月,由陈子英继任,11月中旬,学宪命令考试仍须进行,学生乃又罢考,表示反对。

〔8〕 学宪　指绍兴府的教育主管。旧时朝廷派驻各行省的主管地方官为宪。

〔9〕 Jókai　约卡伊·莫尔(J.Mór,1825—1904),匈牙利作家。曾参加1848年匈牙利资产阶级民主革命。1910年周作人用文言翻译他的中篇小说《黄蔷薇》,1927年上海商务印书馆出版。

〔10〕 荟集古逸书　当时鲁迅已着手《会稽郡故书杂集》、《古小说钩沉》、《岭表录异》等书的纂辑工作。

〔11〕 公历为11月15日。

101221 致许寿裳[1]

季黻君监：三四十日以前曾奉尺牍，意其已氐左右。木瓜之役，[2]倏忽匝岁，别亦良久，甚以为怀。故乡已雨雪，近稍就温，而风雨如磐，未肯霁也。府校迩来大致粗定，藐躬穷奇[3]，所至颠沛，一遘于杭，两遇于越，[4]夫岂天而既厌周[5]德，将不令我索立于华夏邪？然据中以言，则此次风涛，别有由绪，学生之哄，不无可原。我辈之挤加纳于清风，责三矢于牛入，[6]亦复如此。今年时光已如水逝，可不更言及。明年子英极欲力加治理，促之中兴。内既坚实，则外界之九千九百九十九种恶口，当亦如秋风一吹，青蝇绝响；即犹未已，而心不愧怍，亦可告无罪于ペスタロッチ[7]先生矣。惟奠大山川，必巨斧凿，老夫臣树人学殖荒落，不克独胜此负荷，故特驰书，乞临此校，开拓越学，俾其曼衍，至于无疆，则学子之幸，奚可言议。武林师校杨星耜[8]为教长，曩曾一面，呼謈称冤，如堕阿鼻[9]；顾此府校，乃不如彼师校之难，百余学生，亦尚从令，独有外界，时能射人[10]，然可不顾，苟余情之洵芳[11]，固无惧于憔悴也。希君惠然肯来，则残腊未尽，犹能良觌，当为一述吾越学界中鱼龙曼衍[12]之戏。倘能先赐德音，犹所说豫大庆。闻北方多风沙，诸惟珍重，言不尽思，再属珍重而已。

仆树人 上 十一月二十日[13]

*　　　　*　　　　*

〔1〕　此信原无标点。

〔2〕　木瓜之役　1909年夏鲁迅自日本回国,经许寿裳推荐任杭州浙江两级师范学堂生理、化学教员。同年冬,该校原任监督沈钧儒去职,清政府改派夏震武继任。夏为封建顽固派,以道学自命,为人木强,人称夏木瓜。他到校后对学校工作百般指摘,并要全体教师以下属见上司的礼仪参见,许寿裳、鲁迅、张宗祥等二十多人乃罢教、辞职,并搬出校外,以示抗议。夏又令学生至礼堂谒见,学生亦愤而罢课,学潮延续两周。夏被迫离职,教师胜利返校,开会庆祝并合影留念,这次事件被称为“木瓜之役”。

〔3〕　穷奇　我国古代所谓“四凶”(浑沌、穷奇、梼杌、饕餮)之一。《左传》文公十八年:“少皞氏有不才子……天下之民谓之穷奇。”

〔4〕　一遘于杭　指“木瓜之役”。两遇于越,参看101115信及其注〔7〕。

〔5〕　周　原指周朝,这里也指周姓。

〔6〕　“挤加纳于清风”等二句,指1903年3、4月间弘文学院的学潮。加纳,即加纳治五郎,时任日本高等师范学校校长,弘文学院创办人。清风,即清风亭,东京地名,当时中国留日学生常借该处集会。三矢,即三矢重松,时任弘文学院教育干事。牛入,即牛込,弘文学院所在地名。

〔7〕　ペスタロッチ　裴斯泰洛齐(J. H. Pestalozzi,1746—1827),瑞士教育家。他主张通过教育改善人民生活,曾创办孤儿院从事贫苦儿童教育,又办学院进行简化教学的实验。

〔8〕　武林师校　即浙江两级师范学堂,建于1908年。武林,杭州的别称。杨星耜(1883—1973),名乃康,字星耜,又作莘耜、莘士,浙江吴兴人。曾留学日本,当时任浙江两级师范学堂代理监学,后曾任北

洋政府教育部视学等职。

〔9〕 阿鼻 梵语无间断的意思。这里指阿鼻地狱，又称无间(痛苦无间断)地狱。当时杨莘耜除代理浙江两级师范学堂监学(教务长)外，还在杭州府中学和安定中学兼职，一人任职三所学校，不堪其苦。

〔10〕 射人 《汉书·五行志第七》:“蜮生南越，……在水旁，能射人，射人有处，甚者至死。”

〔11〕 苟余情之洵芳 语出屈原《离骚》:“不吾知其亦已兮，苟余情其信芳。”

〔12〕 鱼龙曼衍 古代一种变幻离奇的游戏，《汉书·西域传赞》:“做……漫衍鱼龙、角抵之戏，以观视之。”颜师古注:“漫衍者，即张衡《西京赋》所云‘巨兽百寻，是为漫延’者也。鱼龙者，为舍利之兽，先戏于庭极，毕，乃入殿前激水，化成比目鱼，跳跃嗽水，作雾障日，化成黄龙八丈，出水敖戏于庭，炫曜日光。”

〔13〕 公历为 12 月 21 日。

一九一一年

110102　致许寿裳[1]

季茀君监：得十一月望简毕，甚以说释。闻北方土地多澒淖[2]，而越中亦迷阳[3]遍地，不可以行。明年以后，子英欲设二监学，分治内外。发电以后，更令仆作函招致。顾速君来越，意所不欲。然以自为监学，不得显语，则聊作数言而不坚切。此函意已先达左右。仆归里以来，经二大涛[4]，幸不颠陨，顾防守攻战，心力颇瘁。今事已了，正可整治，而子英渐已孤行其意。至于明年，恐或莫可收拾。于是仆亦决言不治明年之事。惟此监学一职，未得继者，甚以为难。与子英共事，助之往往可气，舍之又复可怜，左右思惟，不知所可。君倘来此，当亦如斯。惟仆于子英谊亦朋友，故前不驰书相阻，今既谢绝，可明告矣。越中理事，难于杭州。技俩奇觚[5]，鬼蜮退舍。近读史数册，见会稽往往出奇士，今何不然？甚可悼叹！上自士大夫，下至台隶，居心卑险，不可施救，神赫斯怒[6]，湮以洪水可也。无趾之书[7]，已译有法人某之《比较文章史》[8]，又有 Mechinicoff 之《人性论》[9]，余均未详。君书咸存起孟处，价亦月拂不懈，力尚能及，可不必寄与也。吾乡书肆，几于绝无古书，中国文章，其将殒落。闻北京琉璃厂颇有典籍，想当如是，曾一览否？李长吉[10]诗集除王琦注本外，当有别本，北京可能蒐得。如有而直不昂，希为致一二种。倘见协和，望代存问，旧友云散，恨何可言？君此后与俅男[11]语或通讯时，宜少慭，彼喜昭告于人，以鸣得意。斯人与羿头[12]同在以斧斯之之逊[13]者也。此地已寒，北京当更甚。校课竣后，尚希以简毕来。仆治校事约须廿四五方了，假时当有暇作闲话也。

仆树　顿首　十二月初二日[14]

*　　*　　*

〔1〕　此信原无标点。

〔2〕　溽淖　潮湿泥泞。《淮南子·原道训》："夫道者，……甚淖而溽，甚纤而微。"

〔3〕　迷阳　有刺的草。《庄子·人间世》："迷阳迷阳，无伤吾行。"

〔4〕　经二大涛　参看101115信注〔7〕。

〔5〕　奇觚　语出汉代史游《急就章》："急就奇觚与众异。"

〔6〕　神赫斯怒　语出《诗经·大雅·皇矣》："王赫斯怒"。

〔7〕　无趾之书　指当时"大日本文明协会"出版的某些译著，会员内部分配的非卖品。

〔8〕　《比较文章史》　即法国洛里埃（F. Loliée）所著《比较文学史》。日译者为户川秋骨，1910年2月大日本文明协会出版。

〔9〕　Mechinicoff之《人性论》　即梅契尼可夫所著《人性论》，日译者为中濑古六郎。梅契尼可夫（И.И.Мечников，1845—1916），俄国生物学家，细菌学家。

〔10〕　李长吉（790—816）　名贺，字长吉，河南昌谷（今宜阳）人，唐代诗人。著有《昌谷集》。其诗集注本，有宋代吴正子的《笺注评点李长吉歌诗》和清代王琦的《李长吉歌诗汇解》等。

〔11〕　俅男　一作俅南，指蔡元康。参看101115信注〔3〕。

〔12〕 奡头 奡、夏两字上部相同，疑指夏震武(1854—1930)，字伯定，浙江富阳人，理学家。清同治十三年(1874)进士。1909年任浙江教育会会长，浙江两级师范学堂监督。辛亥革命后在故里灵峰精舍讲学。奡，传说是夏代的人物。《论语·宪问》："奡盪舟。"据晋代何晏集解："奡多力，能陆地行舟"。

〔13〕 以斧斯之之迾 《诗经·陈风·墓门》："墓门有刺，斧以斯之"。斯，斧劈。迾，同列。

〔14〕 公历为1911年1月2日。

110206 致许寿裳[1]

季黻君左右：过年又已十日，今年是亥岁。观云[2]当内妾，且月获五十金已上矣。去年得朱君逷先[3]书，来集《小学答问》[4]刊资，今附上。仆拟如前约，君将如何，希示。若与直接问讯，则可致书于嘉兴南门内徐家埭，或嘉兴中学堂。今年仍无所之，子英令续任，因诺暂理，然不受约书，图可随时逭遁。文薮谅终无复书，别处更无方术。君今年奚适？久不得消息，甚念甚念，假时希以书来。敬祝

曼福。

树人 上言 正月八日[5]

* * *

〔1〕 此信原无标点。

〔2〕 观云 蒋智由(1866—1929)，字性遂，号观云，浙江诸暨人。

清末因从事革命活动而避居日本，后与梁启超组织政闻社，主张君主立宪。

〔3〕 朱逷先(1879—1944) 名希祖，字逖先，又作逷先、迪先，浙江海盐人，历史学家。日本早稻田大学师范史地科毕业。回国后曾任浙江两级师范学堂教员，北京大学、北京女子师范大学等校史学教授。1908年在东京时曾和鲁迅同就章太炎习文字学。

〔4〕《小学答问》 章太炎著，一卷。是据《说文解字》解释本字和借字的流变的书。1910年由朱逖先等章门弟子集资刻印，浙江官书局刊行。

〔5〕 公历为2月6日。

110307　致许寿裳[1]

季黻君监：得手书如见故人，甚以为喜。复知去年所奉书不达左右，则颇恨邮局，彼辈坚目人，不知置仆书于何地矣。师范收入意当菲薄，然教习却不可不为，对付今人只得如此对付古人或亦只得如此。燮和之事已定否？倘与相见，希为言，仆颇念之。卖田之举去年已实行，资亦早罄，迩方析分公田，仆之所得拟即献诸善人，事一成当即为代付刊资也。绍兴府校教员，今年颇聘得数人，刘楫先[2]亦在是，杭州师校学生则有祝颖，沈养之，薛丛青，叶联芳[3]，是数人于学术颇可以立，然大氐憧憧往来吴越间，不识何作。今遂无一存者，仅余俞乾三，宋琳[4]二子，以今年来未播迁耳。起孟来书，谓尚欲略习法文，仆拟即速之返，缘法文不能变米肉也，使二年前而作此语，当自击，然今兹思想转变实已如是，颇自闵叹也。俅南善扬人短与在东京时大不同矣，君若与书札往来，宜留意。此事似已奉闻，或尚未，均已忘却，故更以告。越中棘地不可居，倘得北行，意当较善乎？敬承

曼福。

周树人 上 二月初七日〔5〕

*　　*　　*

〔1〕 此信原无标点。

〔2〕 刘楫先　名川，字楫先，浙江上虞人，曾任浙江两级师范学堂教师。当时任绍兴府中学堂数学教师。

〔3〕 祝颖　字静远，浙江海盐人。沈养之，字浩然，浙江绍兴人。薛丛青，字演表，浙江嵊县人。叶联芳，字识荆，浙江平阳人。他们都毕业于浙江两级师范学堂，当时也都在绍兴府中学堂任教员。

〔4〕 俞乾三(1885—?)　字景贤，浙江萧山人。浙江两级师范学堂毕业，当时任绍兴府中学堂教员。宋琳，参看360201① 信注〔1〕。当时任绍兴府中学堂教务兼庶务。

〔5〕 公历为3月7日。

110412　致许寿裳〔1〕

季黻君监：得三月二日手毕，发读忻尉。月入八十，居北京自不易易，倘别有兼事，斯有济耳。协和自暌隔后，仅来一书，言离甚病，并令赓译质学〔2〕，义不可却，已寄两帖，而信息遂杳，

今乃知已移入陆军小学,大可欢喜。此不特面朱可退,即其旋行之疾,亦必已矣。越校甚不易治,人人心中存一界或,诸嵊为甚,山会则颇坦然,此殆气禀有别。希冀既亡,居此何事。三四月中,决去此校,拟杜门数日,为协和译书,至完乃走日本,速启孟偕返,此事了后,当在夏杪,比秋恐又家食,今年下半年,尚希随时为仆留意也。《小学答问》刊资已寄去,计十五圆,与仆相等,闻板已刻成,然方寄日本自校,故未印墨。此款今可不必见还,近方售尽土地,尚有数文在手。倘一思将来,足以寒心,顾仆颇能自遏其思,俾勿深入,读《恨赋》[3]未终而鼾声作,法豪[4]将为我师矣。迩又拟立一社[5],集资刊越先正著述,次第流布,已得同志数人,亦是蚊子负山[6]之业,然此蚊不自量力之勇,亦尚可嘉。若得成立,当更以闻。北京琉璃厂肆有异书不?时欲入夏,幸力自摄。

仆树　上　三月十四日[7]

并希时通消息,信可寄舍间或绍城塔子桥僧立小学堂周乔峰[8]。

*　　　*　　　*

〔1〕 此信原无标点。

〔2〕 质学　即化学。

〔3〕《恨赋》　南朝梁江淹作,见于《文选》卷十六。

〔4〕 法豪　指欧阳法孝(江西等地读孝为豪),江西人,1906年留学日本时曾和鲁迅同住东京伏见馆。

〔5〕 指越社。1911年春夏间在南社影响下成立,社员数百人,是

一个宣传革命的文学团体。鲁迅曾为该社编辑《越社丛刊》第一集，并参与创办《越铎日报》。

〔**6**〕 蚊子负山 语出《庄子·秋水》："是犹使蚊负山、商蚷驰河也，必不胜任矣。"

〔**7**〕 公历为4月12日。

〔**8**〕 周乔峰（1888—1984） 名建人，字乔峰，鲁迅的三弟，生物学家。当时任绍兴僧立小学堂教师。

110420 致许寿裳[1]

季黻君监：不数日前曾奉一函，意已先尘左右。昨得手札，属治心学[2]，敬悉一是。今年更得兼任，至为欢忻。以微事相委，本亦当效绵力，顾境遇所迫，尚有不能已于言者。仆今年在校，卒卒鲜暇，事皆肖末猥杂，足浊脑海，然以饭故，不能立时绝去，思之所及，辄起叹喟；与去年在师校时，课事而外更无余事者，有如天渊。而协和忽以书来，命赓前译，且须五月中告成，已诺之矣。然执笔必在夜十时以后，所余尚二百余叶，未知如何始克告竣，惟糊涂译去，更不思惟以乱心曲矣。若无此事，心学固可执笔，今兹则颇无奈何，可不秋季再行应命？然亦希别择简洁之本，自加删存，指定孰则应留，孰则应去。若以是巨册令仆妄加存薙，则素不治心学，殊无所措其手足，有如业骑之人，操楫而涉汇洋，纵出全力，亦当不达彼岸也。如何？希昭察之。复试[3]又在即，故友当又渐渐相聚，闻杭

州师校欲请君主讲,有无消息?诺不?此承
曼福。

仆树 顿首 三月二十二日[4]

*　　　*　　　*

〔1〕 此信原无标点。

〔2〕 心学 即心理学。当时许寿裳任北京优级师范学堂教育学、心理学教员。

〔3〕 复试 清末学部规定,各省中学堂应届毕业学生需集中省会举行会考,"由提学使复试定等咨部奏奖"。

〔4〕 公历为4月20日。

110731 致许寿裳[1]

季茀君监:两月前乘间东行[2],居半月而返,不访一友,亦不一游览,廑一看丸善[3]所陈书,咸非故有,所欲得者极多,遂索性不购一书。闭居越中,与新颢气久不相接,未二载遽成村人,不足自悲悼耶。比返后又半月,始得手示,自日本辗转而至。属购之书已不可致,惟杂志少许及无趾之书,则已持归,可一小箧,余数册未出,已函使直寄北京。又昨得逷先书并《小学答问》一大缚,君应得十五部,因即以一册邮上,其它暂存仆所,如何处置,尚俟来命逷先云刻资共百五十金,印三百部计五十金,奉先生[4]一百部,其二百则分与出资者,计一金适得一部云。越中学事,惟从横家[5]乃大得法,不才如仆,例当沙汰。中学事难财绌，子英方力辞，仆亦决拟不就，而家食既难，它处又无可设法，京华人才多于鲫鱼，自不可入，仆颇欲在它处得一地位，虽远无害，有机会时，尚希代为图之。协和自四月以来即无消息，其近状如何，亦乞示及。写利[6]初愈，不能多作书，余待后述。倘有暇，尚祈以尺书见投。此颂
曼福。

树人 上 闰六月初六日[7]

起孟及ノブ子[8]已返越，即此问候，稍后数日当以书相谭。

又及

*　　*　　*

〔1〕 此信原无标点。

〔2〕 鲁迅这次去日本系为促周作人夫妇回国。

〔3〕 丸善　日本东京的一家书店，除发行新书刊外，并代办欧美书刊。

〔4〕 指章太炎（1869—1936），名炳麟，号太炎，浙江余杭人，清末革命家、学者。著有《章氏丛书》、《章氏丛书续编》等。1908 年在东京曾为鲁迅等讲授文字学。

〔5〕 从横家　战国时，苏秦游说六国合纵抗秦，张仪游说六国连横奉秦。后遂称苏秦、张仪一类说客为纵横家。这里用以指绍兴教育界玩弄权术的人。从，通纵。

〔6〕 写利　即泻痢。

〔7〕 公历为 7 月 31 日。

〔8〕 ノブ子　信子，指羽太信子（1888—1962），周作人妻。

111100　致张琴孙[1]

琴孙先生左右：

迳启者，比者华土光复，共和之治可致，地方自治，为之首涂。诸君子责在辅化，董理维持，实焉攸赖，其任甚重。仆等不敏，未足与语治。惟臆测所及，或有足备省察者，敢不一陈之乎？

侧惟共和之事，重在自治，而治之良否，则以公民程度为差。故国民教育，实其本柢。上论学术，未可求全于凡众。今之所急，惟在能造成人民，为国柱石，即小学及通俗之教育是也。今绍城学校略具，问学之士，不患无所适从。独小学寥落无几，此甚所惑也。曩闻有建立区学之议，当由自治局主持其事，顾亦迟迟未闻后命。诸君子经营乡国，在务其远者大者，或未暇及此。顾教育一端，甚关国民前途。故区区之事，亦未可缓。

城区小学，合官私所立，虽有十数。而会稽二区独阙。二区之地，广袤数里，儿童待学者，为数不少。昔日小学，仅有僧立第一及第二两校，容纳之数，不过百人，久不足于用。今复以经费支拙，后先停闭。从此区中仅存家塾，更无小学，非特学年儿童，无地入学，即旧日生徒亦将星散，任其荒嬉；有愿续学者，惟有复入私塾，或不辞远道，寄学他处而已。以国民义务之小学，昔者制既不完，今又并不完者而无之，至于使人欲自就学而无方，是非有司及区人之责耶？

仆等世居二区，僧立校又昔由建人将事，故深不乐见区中学事，陵夷至此。所幸议会方开，硕士慎簉，因此不辞冒昧，陈其悃愊。倘见省览，希即首先提议，组织区学，简任高明，速日开学。造福地方，至非浅鲜，此仆等所深有望于诸君子者也。

专此披陈，聊备采择，诸惟朗鉴不宣。

周树建人 顿首

*　　*　　*

〔**1**〕 原稿由周作人起草，鲁迅逐句修改、圈断，并批有“致报馆文宜圈断”七字。曾刊载于1912年1月19日绍兴《越铎日报》。

张琴孙（1878—1955），名钟源，字琴孙，浙江绍兴人。辛亥革命后任绍兴县议会议长，经手修建成章学校校舍和整修东双桥。

一九一六年

161209 致许寿裳[1]

季市君足下:别后于四日到上海,七日晨抵越中[2],途中尚平安。虽于所见事状,时不惬意,然兴会最佳者,乃在将到未到时也。故乡景物颇无异于四年前,臧否不知所云。日来耳目纷扰,无所可述。在沪时闻蔡先生[3]在越中,报章亦云尔;今日往询其家,则言已往杭州矣。在此曾一演说,听者颇不能解,或者云:但知其欲填塞河港耳。朱渭侠[4]忽于约十日前逝去,大约是伤寒后衰弱,不得复元,遂尔奄忽,然大半亦庸医速之矣。杭车中遇未生[5],言章师在外亦颇困顿。浙图书馆原议以六千金雇匠人刻《章氏丛书》[6],字皆仿宋,物美而价廉。比来两遭议会质问,谓此书何以当刻,事遂不能进行。国人识见如此,相向三叹。闻本年越中秋收颇佳,但归时问榜人[7],则云实恶,大约疑仆是南归收租人,故以相谩,亦不复究竟之矣。此颂

曼福。

仆树人 顿首 十二月九日

铭伯[8]先生前乞致意问候,不别具。

*　　　*　　　*

〔1〕 此信原无标点。

〔2〕　鲁迅于1916年12月3日返绍兴探亲,七日抵达,次年1月7日返抵北京。

〔3〕　蔡先生　指蔡元培。参看170125信注〔1〕。1916年11月他从欧洲回国后,曾于26日下午向绍兴各界发表演说,希望能改善交通,注意卫生,举办各种事业等。

〔4〕　朱渭侠(?—1916)　名宗吕,字渭侠,浙江海宁人。曾留学日本,当时任绍兴浙江第五中学校长。

〔5〕　未生　龚宝铨(1886—1922),字未生,浙江嘉兴人。章太炎的长婿。在东京曾和鲁迅等同就章太炎学习文字学。辛亥革命后任浙江图书馆馆长。

〔6〕《章氏丛书》　收章太炎著作十五种。1919年浙江图书馆刻版刊行。

〔7〕　榜人　船夫。

〔8〕　铭伯　许寿昌(1866—1921),字铭伯,浙江绍兴人。许寿裳的长兄。民国成立后任财政部主事,曾和鲁迅同住北京绍兴县馆。

一 九 一 七 年

170125 致蔡元培[1]

鹤庼先生左右：蒙　书，祇悉。商君[2]所学系英文，其国文昔在中学校时颇能作论文，成绩往往居前列，惟入大学后，未必更留意于此。今若令作平常疏记论述文字，当亦能堪，但以授人，则虑尚有间耳。专此布达，敬请

道安。

晚周树人　谨上　一月廿五日

*　　　　*　　　　*

〔1〕　此信原无标点。

蔡元培（1868—1940），字鹤卿，一作鹤庼，号孑民，浙江绍兴人，近代教育家。前清进士，早年与章太炎等组织光复会，后又参加同盟会。曾任北洋政府教育总长、北京大学校长、国民党政府中央研究院院长等职。1932年底和宋庆龄、杨杏佛等组织中国民权保障同盟并任该盟副主席。

〔2〕　商君　指商契衡（1890—?），字颐芗，浙江嵊县人。鲁迅在绍兴府中学堂任教时的学生，北京大学毕业。当时任北京大学图书馆馆员。

170308 致蔡元培[1]

鹤庼先生左右：前被　书，属告起孟，并携言语学美学书籍，便

即转致。顷有书来，言此二学均非所能，略无心得，实不足以教人[2]，若勉强敷说，反有辱殷殷之意。虑到后面陈，多稽时日，故急函谢，切望转达，以便别行物色诸语。今如说

奉闻，希

鉴察。专此，敬请

道安。

晚周树人　谨上　三月八日

＊　　＊　　＊

〔1〕　此信原无标点。

〔2〕　鲁迅推荐周作人到北京大学任教，蔡元培最初拟聘周作人讲授语言学和美学。

170513　致蔡元培[1]

鹤庼先生左右：谨启者：起孟于前星期发热，后渐增。今日延医诊视，知是瘖子[2]。此一星期内不能外出受风，希

赐休暇为幸。专此，敬请

道安。

晚周树人　谨状　五月十三日

＊　　＊　　＊

〔1〕　此信原无标点。

〔2〕　瘖子　疹子。周作人自5月7日夜出疹子，至6月初始愈。

一九一八年

180104　致许寿裳[1]

季市君足下:一别忽已过年,当枯坐牙门[2]中时,怀想弥苦。顷蒙书,藉审梗概,又据所闻,则江西厅[3]较之不上不落之他厅,尚差胜,聊以慰耳。来论谓当灌输诚爱二字,甚当;第其法则难,思之至今,乃无可报。吾辈诊同胞病颇得七八,而治之有二难焉:未知下药,一也;牙关紧闭,二也。牙关不开尚能以醋涂其腮,更取铁钳摧而启之,而药方则无以下笔。故仆敢告不敏,希别问何廉臣[4]先生耳。若问鄙意,则以为不如先自作官,至整顿一层,不如待天气清明以后,或官已做稳,行有余力时耳。再此间闻老虾公[5]以不厌其欲,颇暗中作怪,虽真否未可知,不可不防。陈君地窃谓当早为设法,缘寿山[6]请托极希,亦当聊塞其请也。《新青年》[7]以不能广行,书肆拟中止;独秀[8]辈与之交涉,已允续刊,定于本月十五出版云。罗遗老[9]出书不少,如明器,印鉩[10]之类,俱有图录,惜价贵而无说,亦一憾事。孙氏《名原》[11]亦印出,中多木丁[12]未刻,观之令人怅然,而一薄本需银一元,其后人惰于校刻而勤于利,可叹。仆迄今未买,他日或在沪致之,缘可七折,而今又不急急也。起孟讲义[13]已别封上。

树　言　一月四日

部中对　君尚无谣言。兽道[14]已在秘书处行走，自遇兽道，可谓还治其身矣。吉黑二厅[15]，闻迄今尚未得一文，颇困顿。女官公[16]则厌厌无生意，略无动作。今日赴部，有此公之腹底演说，只闻新年二字，余乃倾听亦不可辨，然仆亦不复深究也。诸友中大抵如恒。惟季上[17]于十月初病伤寒，迄今未能出动；其女亦病，已痊；其夫人亦病，于年杪逝去，可谓不幸也矣。协和博负钱七八十，今日见之，目眶下陷，自言非因失眠，实缘小病，每微病而目眶便陷，彼家人人如此，似属遗传云云，仆亦不复深究之矣。此颂

曼福。

树　顿首　作[18]附笔候

*　　　*　　　*

〔1〕　此信原无标点。

〔2〕　牙门　同“衙门”。这里指当时北洋政府教育部。

〔3〕　江西厅　指江西教育厅。许寿裳于1917年9月至1921年1月任该厅厅长。

〔4〕　何廉臣（1860—1929）　浙江绍兴人。中医，曾任绍兴医学会会长。

〔5〕　老虾公　疑指夏曾佑（1865—1924），字遂卿，一作穗卿，浙江杭县（今余杭）人。光绪进士，曾参加清末维新运动。后任北洋政府教育部社会教育司司长、京师图书馆馆长。

〔6〕　寿山　即齐宗颐（1881—1965），字寿山，河北高阳人。曾留学德国。后任北洋政府教育部佥事、视学。

〔7〕　《新青年》　综合性月刊，“五四”时期倡导新文化运动，传播

马克思主义的重要刊物。1915年9月在上海创刊,由陈独秀主编,第一卷名《青年杂志》,第二卷起改名《新青年》。从1918年1月起,李大钊等参加该刊编辑工作。1922年7月休刊。共出九卷,每卷六期。

〔8〕 独秀 即陈独秀(1879—1942),字仲甫,安徽怀宁人。北京大学教授,《新青年》杂志创办人,"五四"时期提倡新文化运动的主要人物。1921年中国共产党成立后任党的总书记。第一次国内革命战争后期,推行右倾机会主义路线,使革命遭到失败。之后他成了取消主义者,接受托洛茨基派的观点,成立反党小组织,于1929年11月被开除出党。

〔9〕 罗遗老 指罗振玉(1866—1940),字叔蕴,号雪堂,浙江上虞人。清末曾任学部参事官等职。辛亥革命后以遗老自居。"九一八"后任伪"满洲国"监察院院长、临时政务督办及满日文化协会常任理事。

〔10〕 明器 即冥器(陪葬物品)。印鉨,即印玺。罗振玉曾辑有《古明器图录》(四卷)以及印谱《凝清室古官印存》、《隋唐以来官印集存》等。

〔11〕 孙氏 指孙诒让(1848—1908),字仲容,浙江瑞安人,清末经学家、文字学家。《名原》,二卷,是有关文字起源及其演变的书。

〔12〕 木丁 即木钉。木板书刻板后,如发现错字,即挖空,打入木钉重刻。如未补刻,印出后即留下黑斑。

〔13〕 起孟讲义 指周作人当时在北京大学任教时所编的《欧洲文学史》讲义。

〔14〕 兽道 疑指凌念京,字渭卿,四川宜宾人。1917年12月7日北洋政府教育部命令将他"调部任用派在秘书处办事"。

〔15〕 吉黑二斤 指吉林、黑龙江两省的教育厅。

〔16〕 女官公 指傅增湘(1872—1949),字沅叔,四川江安人,藏书家。清末进士,曾任翰林院编修、京师女子师范学堂总理。辛亥革命

后曾任议员,1917年12月至1919年5月,任北洋政府教育总长。相传太平天国时有女状元傅善祥任东王(杨秀清)府女官首领,因姓名与傅增湘读音相近,故这里以“女官公”代指傅增湘。

〔17〕 季上　即许丹(1891—1950),字季上,浙江杭州人。曾任北洋政府教育部主事、视学、编审员,北京大学讲师等职。

〔18〕 作　指周作人。

180310　致许寿裳[1]

季市君足下:数日前蒙　书,谨悉。《文牍汇编》[2]第三,今无其书,亦无付印朕兆。所物色之人,条件大难,何可便得,善于公牍已不凡,而况思路明晰者哉?故无以报命。若欲得思路胡涂者,则此间触目都是,随时可以奉献也。子英通信处是大路俊诚陞记箔庄转交,陈君尚无事。所需书目,起孟写出三种如别纸,惟其价目,今或因战事已稍增。又第三种较深,今之学生,虑未能读,可以从缓。《新青年》第二期已出,别封寄上。今年群益社见贻甚多,不取值,故亦不必以值见返耳。日前在《时报》见所演说[3],甚所赞成,但今之同胞,恐未必能解。仆审现在所出书,无不大害青年,其十恶不赦之思想,令人肉颤。沪上一班昏虫又大捣鬼,至于为徐班侯之灵魂照相,其状乃如鼻烟壶。[4]人事不修,群趋鬼道,所谓国将亡听命于神者哉!近来部中俸泉虽不如期,尚不至甚迟,但纸券暴落,人心又不宁一,困顿良不可言。家叔[5]旷达,自由行动数十年而逝,仆殊羡其福气。至于善后,则殆无从措手。既须谋食,更不暇清

理纠葛,倘复纷纭,会当牺牲老屋,率眷属拱手让之耳。专此并颂

曼福。

仆周树人 顿首 三月十日

*　*　*

〔1〕 此信原无标点。

〔2〕 《文牍汇编》 指当时北洋政府教育部编印的《教育部文牍汇编》。

〔3〕 《时报》 指上海《时报》,1904 年 4 月创刊,1939 年 9 月停刊。这里说的许的"演说",发表于该报 1918 年 2 月 23、24 日,题为《江西教育厅长在茶话会第二次演词》。

〔4〕 沪上昏虫捣鬼 1917 年 10 月,俞复、陆费逵等人在上海设盛德坛扶乩,组织"灵学会",次年 1 月又创办《灵学杂志》,宣传迷信,反对科学。同年 3 月 1 日,上海《时报》刊登了徐班侯被"招魂返里",经乩示"可摄灵照"的报导,3 日,又刊出了徐的所谓"魂灵之摄影"。徐班侯(1845—1917),名定超,浙江永嘉人。清末翰林,辛亥革命后曾任温州军政分府都督,后在教育部任职。因轮船遭劫丧生。

〔5〕 家叔 指周凤升(1882—1918),又名伯升。1904 年江南水师学堂毕业,一直在海军供职,任上尉衔兵轮技正。

180529 致许寿裳[1]

季市君足下:顷蒙书,祇悉,便赴文书科查检案卷,有上海高等实业学堂系南洋商务学堂改称,江南实业学堂,而南洋高等实业

学堂则无有。又查上海江南两学堂名册，亦不见魏公之名。此宗案卷从前清移交，有无阙失，不可知。总之此公则不见于现存经传中，非观其文凭难辨真妄。然既善于纠缠，则纵令真为南洋高等实业学堂最优卒业，肄业年限为一百年，亦无足取耳。部中近事多而且怪，怪而且奇，然又毫无足述，述亦难尽，即述尽之乃又无谓之至，如人为虱子所叮，虽亦是一件事，亦极不舒服，却又无可叙述明之，所谓“现在世界真当仰东石杀[2]者”之格言，已发挥精蕴无余，我辈已不能更赘矣。《新青年》第五期大约不久可出，内有拙作少许[3]。该杂志销路闻大不佳，而今之青年皆比我辈更为顽固，真是无法。此复，敬颂

曼福。

仆树人　顿首　八〔五〕月廿九日

*　　　*　　　*

〔1〕　此信原无标点。

〔2〕　仰东石杀　书信中也作“娘东石杀”，绍兴骂人的话，意同“他妈的”。

〔3〕　拙作少许　指小说《狂人日记》和新诗《梦》、《爱之神》、《桃花》。

180619　致 许寿裳[1]

季市君足下：日前从　铭伯先生处得知　夫人[2]逝去，大出

意外。朋友闻之亦悉惊叹。夫节哀释念,固莫如定命之谭,而仆则仍以为不过偶然之会,吊慰悉属肤辞,故不欲以陈言相闻。度在明达,当早识聚离生死之故,不俟解于人言也。惟经理孺子,首是要事,不知将何以善其后耶?《新青年》第五期及启孟讲义前日已寄上。溽暑尚自珍摄。

仆树　顿首　六月十九日

*　　　*　　　*

〔1〕　此信原无标点。

〔2〕　夫人　指沈慈晖(1882—1918),浙江绍兴人。1909年10月与许寿裳结婚,是许寿裳元配夫人沈淑晖的异母姐妹。

180705　致钱玄同[1]

玄同兄:来信收到了。你前回说过七月里要做讲义、所以《新青年》让别人编、明年自己连编两期、何以现在又要编了?起孟说过想译一篇小说[2]、篇幅是狠短的、可是现在还未寄来。大约一到家里[3]、内政外交、种种庶务、总须几天才完、渺无消息、也不足奇、想来廿日以内、总可以译好的。至于敝人的一篇[4]、却恐怕有点靠不住、因为敝人嘴里要做的东西、向来狠多、然而从来未尝动手、照例类推、未免不做的点、在六十分以上了。

中国国粹、虽然等于放屁、而一群坏种、要刊丛编[5]、却也毫不足怪。该坏种等、不过还想吃人、而竟奉卖过人肉的侦心探龙做祭酒、[6]大有自觉之意。即此一层、已足令敝人刮目相看、而猗欤羞哉、尚在其次也。敝人当袁朝时、曾戴了冕帽出无名氏语录、献爵于　　至圣先师的老太爷之前[7]、阅历已多、无论如何复古、如何国粹、都已不怕。但该坏种等之创刊屁志、系专对《新青年》而发、则略以为异、初不料《新青年》之于他们、竟如此其难过也。然既将刊之、则听其刊之、且看其刊之、看其如何国法、如何粹法、如何发昏、如何放屁、如何做梦、如何探龙、亦一大快事也。国粹丛编万岁！老小昏虫万岁！！

蚊虫咬我，就此不写了。

鲁迅 七月五日

*　　　*　　　*

〔1〕　此信原件以顿号作逗号用。

钱玄同（1887—1939），名夏，字中季，后改名玄同，浙江吴兴人，语言文字学家。留学日本时曾和鲁迅同就章太炎学习文字学。后历任北京大学、北京师范大学等校教授。“五四”时期参加新文化运动，为《新青年》编委之一。

〔2〕　这里所说的“一篇小说”，疑指瑞典斯特林堡（A.Strindberg，1849—1912）所作短篇小说《改革》，周作人的译文后载于《新青年》第五卷第二号（1918 年 8 月）。

〔3〕　周作人于 1918 年 6 月 20 日至 9 月 10 日由北京返绍兴探亲。

〔4〕　当指《我之节烈观》，后收入《坟》。

〔5〕　一群坏种要刊丛编　疑指当时刘师培等计划复刊《国粹学报》和《国粹汇编》。此事后未实现，1919 年 3 月他们另创办《国故》月

刊,鼓吹“昌明中国固有之学术”,与新文化运动相对抗。

〔6〕 “奉卖过人肉的侦心探龙做祭酒”,意思是指推出刘师培做头目。刘师培(1884—1919),又名光汉,字申叔,江苏仪征人,近代学者。清末曾参加同盟会的活动。1909年为清朝两江总督端方收买,出卖革命党人,辛亥革命后又投靠袁世凯,与杨度、孙毓筠等组织筹安会,为袁世凯称帝效劳。他早年研究六朝文学,因南朝梁文艺理论家刘勰著有《文心雕龙》一书,故鲁迅用“侦心探龙”(暗取“侦探”二字)代指刘师培。祭酒,原为古代祭祀仪式的主持者,汉代以后为学官名。

〔7〕 袁朝 指袁世凯统治时期(1912—1916)。袁世凯窃居总统职位后即阴谋复辟帝制,为此大搞尊孔祭孔活动。当时鲁迅在教育部任职,曾随同当过祀孔“执事”。

180820 致许寿裳〔1〕

季市君足下:早蒙书,卒卒不即复。记前函曾询部中《最新法令汇编》〔2〕,当时问之雷川〔3〕,乃云无有。前答未及,今特先陈。 夫人逝去,孺子良为可念,今既得令亲到赣,复有教师,当可稍轻顾虑。人有恒言:“妇人弱也,而为母则强。”〔4〕仆为一转曰:“孺子弱也,而失母则强。”此意久不语人,知 君能解此意,故敢言之矣。《狂人日记》实为拙作,又有白话诗署“唐俟”者,亦仆所为。前曾言中国根柢全在道教,此说近颇广行。以此读史,有多种问题可以迎刃而解。后以偶阅《通鉴》〔5〕,乃悟中国人尚是食人民族,因成此篇。此种发见,关系亦甚大,而知者尚寥寥也。京师图书分馆〔6〕等章程,朱孝荃〔7〕想早寄上。然此并庸妄人钱稻孙,王丕谟〔8〕所为,何足依据。而通俗图书馆[9]者尤可笑,几于不通。仆以为有权在手,便当任意作之,何必参考愚说耶?教育博物馆[10]等素未究,必无以奉告。惟于通俗图书馆,则鄙意以为小说大应选择;而科学书等,实以广学会[11]所出者为佳,大可购置,而世多以其教会所开而忽之矣。覃孝方[12]之辞职,闻因为一校长所打,其所以打之者,则意在排斥外省人而代以本省人。然目的仅达其半,故覃去而 X[13]至,可谓去虎进狗矣。部中风气日趋日下,略有人状者已寥寥不多见。若夫新闻,则有エバ[14]之健将牛献周[15]佥事在此娶妻,未几前妻闻风而至,乃诱后妻至奉天,售之妓馆,已而被诉,今方在囹圄,但尚未判决也。作事如此,可谓极人间之奇观,达兽道之极致,而居然出于教育部,宁非幸欤!历观国内无一佳象,而仆则思想颇变迁,毫不悲观。盖国之观念,其愚亦与省界相类。若以人类为着眼点,则中国若改良,固足为人类进步之验(以如此国而尚能改良故);若其灭亡,亦是人类向上之验,缘如此国人竟不能生存,正是人类进步之故也。大约将来人道主义终当胜利,中国虽不改进,欲为奴隶,而他人更不欲用奴隶;则虽渴想请安,亦是不得主顾,止能佗傺而死。如是数代,则请安磕头之瘾渐淡,终必难免于进步矣。此仆之所为乐也。此布,即颂

曼福。

仆树人 顿首 八月廿日

*　　　*　　　*

〔**1**〕 此信原无标点。

〔2〕《最新法令汇编》 指北洋政府教育部编印的《教育法规汇编》。

〔3〕雷川 吴震春(1868—1944),字雷川,浙江钱塘(今属杭州)人。清末进士,当时任北洋政府教育部总务司佥事兼文书科长。

〔4〕梁启超《新民说》第七节“论进取冒险”中说:“西儒姚哥氏有言:‘妇人弱也,而为母则强。’”按“姚哥”即法国作家雨果,这句话出自他的长篇小说《九三年》。

〔5〕《通鉴》 即《资治通鉴》,编年体通史,宋代司马光等撰,二九四卷,又考异、目录各三十卷。

〔6〕京师图书分馆 设于北京宣武门外前青厂,1913年6月开馆。

〔7〕朱孝荃(?—1924) 名颐锐,湖南衡阳人。当时任北洋政府教育部社会教育司主事兼京师通俗图书馆主任。

〔8〕钱稻孙(1887—1966) 字介眉,浙江吴兴人。曾留学日、意,历任北洋政府教育部主事、视学、佥事及京师图书分馆主任等职。抗日战争时期出任日伪控制的北京大学校长等伪职。王丕谟,字仲猷,河北通县(今属北京市)人。曾任北洋政府教育部社会教育司主事及京师通俗图书馆主任、中央公园图书阅览所主任等职。

〔9〕通俗图书馆 即京师通俗图书馆,设于北京宣武门内,1913年10月开馆。

〔10〕教育博物馆 许寿裳任江西教育厅厅长期间在江西筹设,1918年9月开馆。

〔11〕广学会 教会出版机构,清光绪十三年(1887)由英美基督教(新教)传教士在上海创立。编译出版有关历史、地理、理化、伦理、宗教等方面书籍,多为当时学堂所采用。

〔12〕章孝方(1878—?) 名寿堃,字孝方,湖北蒲圻人。清末进

士,曾任北洋政府教育部秘书、参事等职。1917 年 9 月任河南教育厅厅长,1918 年 4 月调任陕西教育厅厅长,后未赴任。

〔13〕 X　指吴鼎昌,字蔼辰,河北清苑人。清末举人,留学日本,师范毕业,曾任天津北洋女师学堂校长。1918 年 4 月继覃寿堃后任河南教育厅厅长。

〔14〕 エバ　日语:夏娃。《旧约·创世记》中上帝创造的第一个女人。此处疑代指夏曾佑。

〔15〕 牛献周　字正甫,山东沂水人。1917 年 6 月任北洋政府教育部普通教育司佥事兼第二科科长,后调第四科。1918 年 8 月被免职。后被判处八年徒刑。

一九一九年

190116 致许寿裳[1]

季市君足下：日前蒙书，谨悉。仆于其先又寄上《新青年》五卷之第三四两本，今度已达。来书问童子所诵习，仆实未能答。缘中国古书，叶叶害人，而新出诸书亦多妄人所为，毫无是处。为今之计，只能读其记天然物之文，而略其故事，因记述天物，弊止于陋，而说故事，则大抵谬妄，陋易医，谬则难治也。汉文终当废去，盖人存则文必废，文存则人当亡，在此时代，已无幸存之道。但我辈以及孺子生当此时，须以若干精力牺牲于此，实为可惜。仆意　君教诗英[2]，但以养成适应时代之思想为第一谊，文体似不必十分决择，且此刻颂习，未必于将来大有效力，只须思想能自由，则将来无论大潮如何，必能与为沆瀣矣。少年可读之书，中国绝少，起孟素来注意，亦颇有译述之意，但无暇无才无钱，恐成绩终亦甚鲜。主张用白话者，近来似亦日多，但敌亦群起，四面八方攻击者众，而应援者则甚少，所以当做之事甚多，而万不举一，颇不禁人才寥落之叹。大学之《模范文选》[3]，本系油印，近闻已付排印，俟成后奉寄，不必得模胡之旧印矣。大学学生二千，大抵暮气甚深，蔡先生来，略与改革，似亦无大效，惟近来出杂志一种曰《新潮》[4]，颇强人意，只是二十人左右之小集合所作，间亦杂教员著作，第一卷已出，日内当即邮寄奉上其内以傅斯年作为上，罗家伦[5]

亦不弱，皆学生。仆年来仍事嬉游，一无善状，但思想似稍变迁。明年，在绍之屋为族人所迫，必须卖去，便拟挈眷居于北京，不复有越人安越之想。而近来与绍兴之感情亦日恶，殊不自至[知]其何故也。闻燮和言李牧斋贻书于女官首领[6]，说君坏话者已数次，但不知燮和于何处得来，或エバ等作此谣言亦未可定此是此公长技，对于ラィブチヒ[7]亦往往如此。要之，我辈之与遗老，本不能志同道合，其啧有烦言，正是应有之事，记之聊供一哂耳。顷在部作此笺答，而　惠书在寓中，故所答或有未尽，请　恕为幸。专此，敬颂

曼福。

仆树　顿首　一月十六日

《新潮》第一册顷已寄出，并闻。同日

*　　　*　　　*

〔1〕　此信原无标点。

〔2〕　诗英　即许世瑛(1910—1972)，许寿裳的长子。

〔3〕　《模范文选》　当时北京大学预科使用的国文课本。

〔4〕　《新潮》　综合性月刊，新潮社编辑，1919年1月创刊于北京，1922年出至第三卷第二号停刊。

〔5〕　傅斯年(1896—1950)　字孟真，山东聊城人。当时北京大学学生，《新潮》编辑，后留学英、德。《新潮》第一卷第一号刊有他的《人生问题发端》等文。罗家伦(1897—1969)，字志希，浙江绍兴人。当时北京大学学生，《新潮》编辑，后留学欧美。《新潮》第一卷第一号刊有他的《今日之世界新潮》等文。

〔**6**〕 女官首领　指傅增湘，参看180104信注〔16〕。

〔**7**〕 ライブチヒ　日语：莱比锡，德国城市名。此处代指蔡元培。蔡于1908年秋至1911年秋、1912年秋至1913年夏，两度在莱比锡大学研究学习。

190130　致钱玄同

明信片收到了。点句和署名两件事，都可照来信办理。昨天看见《新潮》第二册内《推霞》〔1〕上面的小序，不禁不敬之心，油然而生，勃然而长；倘若跳舞再不高明，便要沛然莫之能御了。相应明信片达，请烦查照，至纫公谊。此致

玄同兄

树　一月卅日

*　　　*　　　*

〔**1**〕 《推霞》　独幕剧，德国苏德曼（1857—1928）作，宋春舫用文言翻译，载《新潮》第一卷第二号（1919年2月）。文前附有译者小序。

190216　致钱玄同〔1〕

玄同兄：

今天仲密〔2〕说，悠悠我思有一篇短文，是回骂上海什么报的，〔3〕大约想登在《每周评论》〔4〕上，因为该评论出的快，而《新青年》出的慢。

我想该文可以再抄一篇,也登入《新青年》六卷二号《随感录》,庶几出而又出,传播更广,用副我辈大骂特骂之盛意,不知吾兄大人阁下以为何如?

弟庚言　载拜 二月十六日

*　　　　*　　　　*

〔1〕 此信原无标点。

〔2〕 仲密　即周作人。

〔3〕 悠悠我思　指陈大齐(1887—1983),字百年,浙江海盐人。曾留学日、德,当时任北京大学教授。他曾与龚未生为陶成章的《中国民族权力消长史》一书作校对,该书1904年在东京出版时,署名"会稽先生著述,独念和尚、悠悠我思编辑校对。"短文,指署名世纪的《破坏与建设》一文,载《每周评论》第十号(1919年2月23日)。内容是驳斥同年2月6日上海《时事新报》所载《破坏与建设,是一不是二》一文的观点。

〔4〕《每周评论》　综合性周刊,李大钊、陈独秀等人发起,1918年12月22日在北京创刊。1919年8月30日被北洋政府封闭,共出三十七期。

190419　致周作人[1]

二弟览:十五所寄函已到。家事殊无善法,房子亦未有,且俟汝到京再议。《沙漠里之三梦》[2]本拟写与李守常[3],然偶校原书,似问答中有两条未译,不知何故。此亦止能俟到京后写与尹默[4]矣。

丸善之代金引换[5]小包已到,计二包,均于今日取出。《欧洲文学之ベリオドス》[6]计十一本,所阙者为第十二本(The Later 19センチユーーリー[7])。不知尚未出板,抑丸善偶无之,可就近问讯,或补买旧书。又书上写明每本 5s net[8],而丸善每本乃取四圆十五钱,亦相差太远,似可以质问之也。今将其帐附上,又结算书一件亦附上,记汝曾言当亲向彼店清算也。

见上海告白[9],《新青年》二号已出,但我尚未取得,已函托爬翁[10]矣。大学无甚事,新旧冲突事[11],已见于路透电,大有化为"世界的"之意。闻电文系节述世与禽男[12]函文,断语则云:可见大学有与时俱进之意,与从前之专任ァルトス吐デント[13]办事者不同云云。似颇"阿世"也。

博文馆[14]所出《西洋文艺丛书》,有ズーデルマン[15]所著之《罪》一本,我想看看,汝回时如从汽船,则行李当不嫌略重,望买一本来。

此外无甚事,我当不必再寄信于东京。汝何时从东京出发,望定后函知也。

兄树 上 四月十九日夜

安特来夫之《七死刑囚物語》[16]日译本如尚可得,望买一本来,勿忘为要。 二十日又及

汝前函言到上海后当与我一信,而此信至今未到也。

二十一日晨

*　　*　　*

〔1〕 此信原无标点。

周作人(1885—1967),号起孟,又作启明、岂明,笔名仲密,鲁迅二弟。曾留学日本,历任北京大学、北京女子师范大学、燕京大学等校教授。"五四"时期曾参加新文化运动。1923年后,与鲁迅断绝往来,抗日战争时期出任伪华北政务委员会教育总署督办。

〔2〕《沙漠里之三梦》 即《沙漠间的三个梦》。短篇小说,南非小说家旭莱纳(O.Schreiner,1855—1920)作,周作人译,载《新青年》第六卷第六号(1919年11月)。

〔3〕 李守常(1889—1927) 名大钊,河北乐亭人,马克思列宁主义在中国最初的传播者,中国共产党创始人之一。曾任北京大学教授兼图书馆主任、《新青年》编辑等。1921年中国共产党成立后,一直负责北方区党的工作。1927年4月6日在北京被奉系军阀张作霖逮捕,28日遇害。

〔4〕 尹默 沈实(1883—1971),号君默,后改尹默,浙江吴兴人。曾留学日本,后任北京大学、燕京大学、中法大学等校教授。当时为《新青年》编辑之一。按《新青年》第六卷由李大钊、沈尹默等六人轮流主编。

〔5〕 代金引换 日语:代收货价。

〔6〕《欧洲文学之ベリオドス》《欧洲文学的各时期》,英国桑次葆莱(G.Saintsbury)编辑,爱丁堡白拉克和特公司出版,共十二册。

〔7〕 The Later 19センチユーリー 即《十九世纪的后期》。

〔8〕 5s net 英语:实价五先令。S,英国货币单位Shilling(先令)的略写。net,实价。

〔9〕 上海告白 指1919年4月15日上海《时报》所载《新青年》第六卷第二号的出版广告。

〔**10**〕 爬翁 指钱玄同。许寿裳在《亡友鲁迅印象记》第七章《从章先生学》中记述鲁迅等在东京听讲时的情形说,“谈天时以玄同说话为最多,而且在席上爬来爬去。所以鲁迅给玄同的绰号曰‘爬来爬去’。”

〔**11**〕 新旧冲突事 1919年3月18日,北京《公言报》刊载题为《请看北京学界思潮变迁之近状》的长篇报导,污蔑革新派,吹捧守旧派,同时发表了林琴南的《致蔡鹤卿书》;接着,蔡元培写了《答林琴南书》进行辩驳。当时路透社曾报导此事。

〔**12**〕 世 指蔡元培。周作人在《药味集·记蔡孑民先生事》中说:“五四运动前后,文化教育界的空气很是不稳,校外有《公言报》一派,日日攻击,校内也有响应。黄季刚漫骂章氏旧同门‘曲学阿世’。后来友人戏称蔡先生为‘世’,往校长室为‘阿世’云云。”禽男,琴南的谐音,即林纾(1852—1924),号畏庐,福建闽侯(今福州)人。清光绪举人,曾任教于京师大学堂。他据别人口述,用文言文翻译欧美等国文学作品一百余种,在当时影响很大,后集为《林译小说》出版。他晚年反对新文化运动,成为守旧派的代表人物。

〔**13**〕 アルトスᅟ吐デント 德语Alt student的日语音译,意为“老学生”或“老学究”。

〔**14**〕 博文馆 东京的一家印刷局。

〔**15**〕 ズーデルマン 苏德曼(H.Sudermann,1857—1928),德国剧作家,小说家。著有剧本《荣誉》、《故乡》和小说《忧愁夫人》等。《罪》,疑指《萨多姆城(罪恶之都)的结局》。

〔**16**〕 安特来夫 通译安德烈夫(Л.Н.Андреев,1871—1919),俄国作家。著有小说《红笑》、《七个被绞死的人》(日译《七死刑囚物語》)和剧本《人的一生》等。十月革命后流亡国外。

190428　致钱玄同

玄同兄：

送上小说一篇〔1〕，请　您鉴定改正了那些外国圈点之类，交与编辑人；因为我于外国圈点之类，没有心得，恐怕要错。

还有人名旁的线，也要请看一看。譬如里面提起一个花白胡子的人，后来便称他花白胡子，恐怕就该加直线了，我却没有加。

鲁迅　四月八〔二十八〕日

十九期《每周评论》附录中有鲁逊做的文章〔2〕一篇，此人并非舍弟，合并声明。

*　　*　　*

〔1〕　指短篇小说《药》，后收入《呐喊》。

〔2〕　鲁逊做的文章　指《学界新思想之潮流》，载《每周评论》第十九期（1919年4月27日），原注转载自北京《唯一日报》。

190430　致钱玄同

心异〔1〕兄：

“鄙见”狠对，据我的“卓识”，极以为然。

仲密来信说，于夷歪〔2〕五月初三四便走，写信来不及。

速斋〔3〕班辈最大，并无老兄，所以遁庐当然不是“令兄”。

近来收到“杂志轮读会”〔4〕的一卷书，大约是仲密的。我想：

这书恐怕不能等他回来再送,所以要打听送给何人,以便照办;曾经信问尹默,尚无回信,大约我信到否不可知。兄知道该怎么送吗?请告诉我。

迅 夏正初一而夷歪三十足
见夷狄之不及我天朝矣

*　　*　　*

〔1〕 心异 指钱玄同。1919年2月17、18日,上海《新申报》连载林纾的小说《荆生》,其中一个人物取名金心异,影射钱玄同。

〔2〕 夷歪 指阳历,戏语,对"夏正"(夏历)而言。

〔3〕 速斋 鲁迅自称。"速"当由"迅"引申而来。

〔4〕 "杂志轮读会" 未详。

190704 致钱玄同

心翁先生:子秘[1]是前天出发的。和他通信,应该写"东京府下、巢鸭町上驹込三七九羽太方○○○收"。他大约洋历八月初可到北京,"仇偶"和"半仇子女"[2]也一齐同来,不到"少兴府"[3]了。"卜居"还没有定,只好先租;这租房差使,系敝人承办,然而尚未动手,懒之故也。

《鱻苍载》[4]还没有见过,实在有背"先睹为快"之意。

贵敝宗某君的事,恐怕很难;许君早已不管图书馆事,现任系一官气十足的人,和他说不来。

听说世有可来消息,[5]真的吗?

俟 上 七月四日

*　　　*　　　*

〔1〕 子秘　即周作人。

〔2〕 “仇偶”和“半仇子女”　指周作人妻羽太信子和他们的子女。因当时正值各地民众为抗议巴黎和会而掀起反日运动,故鲁迅以此戏称。

〔3〕 “少兴府”　即绍兴府。

〔4〕 《鱻苍载》　1918 年 12 月 15 日钱玄同致周作人信:“尊贵的朋友所必需的鲜苍稔(此是用训诂代本字,学探龙先生的办法)里边的《易经起课先生号》,可不可以稍迟几天送而且献。”按《易经起课先生号》即指《新青年》第四卷第六号“易卜生号”。这里鲁迅所说的《鱻苍载》,和钱玄同提到的《鲜苍稔》,俱为《新青年》的代称。鱻,“新鲜”的“鲜”的异体字。苍,青色。载,犹“年”。

〔5〕 世有可来消息　1919 年 5 月 9 日,北京大学校长蔡元培为抗议北洋政府镇压五四运动辞职离校。后在校内外的催促下始通电放弃辞职,并于 9 月 12 日回京主持校务。

190807　致钱玄同

心异兄:——

仲密寄来《访新村记》[1]一篇,可以登入第六期内。但文内几处,还须斟酌,所以应等他到京后再说。他大约十日左右总可到,一定来得及也。特此先行通知。

又此篇决不能倒填年月,登载时须想一点方法才好。

鲁迅 八月七日

*　　*　　*

〔1〕 《访新村记》 即《访日本新村记》,系周作人记述1919年7月在日本参观活动的文章,后来发表于《新潮》杂志第二卷第一号(1919年10月)。这里说的“第六期”,指应在同年6月出版的《新青年》第六卷第六号,此时该刊实已脱期,如按原定6月出版的刊期,则与文章写作的时间发生矛盾,因此信中说“决不能倒填年月”,“须想一点方法”。

190813 致钱玄同[1]

玄同兄:两封来信都收到了。子秘已偕□妻□子到京、[2]现在住在山会邑馆[3]间壁曹宅里面、门牌是第五号。

关于《新村》的事、两面都登也无聊、我想《新青年》上不登也罢、因为只是一点记事、不是什么大文章、不必各处登载的。

黄棘[4]不是孙伏公、单知道他住在鲁镇、不知道别的、伏即福源、来信说的都对、写信给他、直寄“或ㄈㄙ□”[5]就是、他便住在那里、バーラートル是一种鱼肝油、并非专医神经的药、但身体健了、神经自然也健、所以也可吃得的、这药有两种、一种红包瓶外包纸颜色、对于肺病格外有效、一种蓝包是普通强壮剂、为神经起见、吃蓝包的就够了。

迅 八月十三日

*　　*　　*

〔1〕 此信原件以顿号作逗号用。

〔2〕 子秘已偕□妻□子到京　据鲁迅1919年8月10日日记:“午后二弟、二弟妇、丰、谧、蒙及重久君自东京来,寓间壁王宅内。”

〔3〕　山会邑馆　绍兴县馆的旧称，在北京宣武门外南半截胡同。鲁迅于1912年5月6日至1919年11月21日在此居住。

〔4〕　黄棘　鲁迅笔名。1919年8月12日在《国民公报》发表《寸铁》四则时曾署此名。

〔5〕　“或𠂤公□”　即《国民公报》。孙伏园当时任该报副刊编辑。或，国的古字。许慎《说文解字》第十二篇：“或，邦也。”清代段玉裁注：“古文衹有或字，既乃复制国字。”𠂤，金文“民”字的变体。公，金文“公”字。□，阙文符号，意为此字请收信人推断。《国民公报》，原为君主立宪派的日报，1910年8月创刊于北京。1919年10月被北洋政府查封。

一九二〇年

200103　致周心梅[1]

心梅老叔大人尊右：

谨启者，在越首途不遑走辞，而既劳大驾，又承厚惠，感歉俱集。自杭至宁，一路幸托福荫，旅况俱适。当日渡江，廿九日午抵北京。自家母以下，并皆安善堪舒。

绮注在绍时，曾告南山头佃户二太娘来城立认票，讵知游约不至。只得请吾叔收租时再催促之。寄存之物，兹开单附上。单系临发时所记录，仓卒间恐有错误，请老叔暇中费心一查对可也。

专此布达，敬请

崇安。

侄树建人 拜启 一月三日

*　　　*　　　*

〔1〕 此信由周作人执笔，鲁迅校改。原无标点。

周心梅(1864—1939)，名秉钧，字彝宪，号心梅，浙江绍兴人。与鲁迅的父亲周伯宜为同曾祖父的从兄弟。当时是绍兴城区上大路元泰纸店店员。鲁迅举家北迁之后，未尽事宜均委托周心梅代为处理。

200504　致宋崇义[1]

知方同学兄足下：

日前蒙惠书，祇悉种种。

仆于去年冬季，以挈眷北来，曾一返越中，往来匆匆，在杭在越之诸友人，皆不及走晤；迄今犹以为憾！

比年以来，国内不靖，影响及于学界，纷扰已经一年。世之守旧者，以为此事实为乱源；而维新者则又赞扬甚至。全国学生，或被称为祸萌，或被誉为志士；然由仆观之，则于中国实无何种影响，仅是一时之现象而已；谓之志士固过誉，谓之乱萌，亦甚冤也。

南方学校现象，较此间似尤奇诡，分教员为四等，[2]可谓在教育史上开一新纪元，北京尚无此举，惟高等工业抬出校长，[3]略堪媲美而已。然此亦只因无校长提倡，故学生亦不发起；若有如姜校长[4]之办法，则现象当亦相同。世之论客，好言南北之别，其实同是中国人，脾气无甚大异也。

近来所谓新思潮者，在外国已是普遍之理，一入中国，便大吓人；提倡者思想不彻底，言行不一致，故每每发生流弊，而新思潮之本身，固不任其咎也。

要之，中国一切旧物，无论如何，定必崩溃；倘能采用新说，助其变迁，则改革较有秩序，其祸必不如天然崩溃之烈。而社会守旧，新党又行不顾言，一盘散沙，无法粘连，将来除无可收拾外，殆无他道也。

今之论者，又惧俄国思潮传染中国，足以肇乱，此亦似是而非之谈，乱则有之，传染思潮则未必。中国人无感染性，他国思潮，甚难移殖；将来之乱，亦仍是中国式之乱，非俄国式之乱也。而中国式之乱，能否较善于他式，则非浅见之所能测矣。

要而言之，旧状无以维持，殆无可疑；而其转变也，既非官吏所希望之现状，亦非新学家所鼓吹之新式：但有一塌胡涂而已。

中国学共和不像，谈者多以为共和于中国不宜；其实以前之专制，何尝相宜？专制之时，亦无忠臣，亦非强国也。

仆以为一无根柢学问，爱国之类，俱是空谈；现在要图，实只在熬苦求学，惜此又非今之学者所乐闻也。此布，敬颂

曼福！

仆树 顿首 五月四日

*　　　*　　　*

〔**1**〕 此信据桂林《文化杂志》第一卷第三期（1941年10月15日）所载编入。

宋崇义（1883—1942），字知方，浙江上虞人。鲁迅在浙江两级师范学堂任教时的学生。后曾在浙江台州中学、杭州宗文中学、杭州艺术专科学校等处任教。

〔**2**〕 分教员为四等　五四运动之后不久，浙江第一师范学校学生施存统发表《非孝》一文（载《浙江新潮》第三期）。1919年12月浙江省议会议员六十五人联名上书北洋政府，指控该校校长经亨颐“提倡非

孝废孔,共妻共产”,要求严办。次年2月,浙江省教育厅下令将经亨颐调离,由姜琦接替校长之职,引起教员、学生罢教罢课。姜到校后提出整顿措施,其中对教员“分别等第,以定去留”,将教员分为“必留者”、“可留者”、“暂留者”、“必去者”四等。

〔3〕 高等工业抬出校长　1920年2月,北京工业专门学校学生夏秀峰因参加街头演讲被捕。该校学生要求校长洪镕出面营救遭拒绝,遂于3月19日集会,迫令洪镕离校,酿成学潮。北洋政府教育部全力支持洪镕,开除为首学生,洪强令反对他的学生写悔过书。

〔4〕 姜校长　指姜琦(1886—1951),字伯韩,浙江永嘉人。日本东京高等师范学校毕业,当时继经亨颐之后,任浙江第一师范学校校长。

200816　致蔡元培[1]

孑民先生左右:

今晨趋谒,值已赴法政学校,为怅。舍弟建人,从去年来京在大学听讲,本系研究生物学,现在哲学系。[2]日愿留学国外,而为经济牵连无可设法。比闻里昂华法大学[3]成立在迩,想来当用若干办事之人,因此不揣冒昧,拟请先生量予设法,俾得借此略求学问,副其素怀,实为至幸。

专此布达,敬请

道安。

周树人　谨上　八月十六日

*　　*　　*

〔1〕 此信原无标点。

〔**2**〕 周建人于1919年12月随母亲一行举家迁北京,经鲁迅介绍入北京大学哲学系,旁听科学总论等课程。

〔**3**〕 里昂华法大学 即里昂中法大学,蔡元培、李石曾、吴稚晖等人1920年创设,1947年因经费不足而关闭。当时准备在北京、上海、广州等地招生。

200821 致蔡元培[1]

孑民先生左右:

适蒙书祇悉。舍弟建人,未入学校[2]。初治小学,后习英文,现在可看颇深之专门书籍。其所研究者为生物学,曾在绍兴为师范学校及女子师范学校博物学教员三年[3]。此次志愿专在赴中法大学留学,以备继续研究。第以经费为难,故私愿即在该校任一教科以外之事务,足以自给也。

专此布达,敬请

道安。

周树人 谨状 八月廿一日

* * *

〔**1**〕 此信原无标点。

〔**2**〕 周建人曾于1897年至1905年3月在会稽县学堂就读。

〔**3**〕 周建人于1906年曾出任绍兴僧立小学校长,后又在绍兴小学养成所、明道女校任教,并在成章女校兼课。

一九二一年

210103　致胡　适[1]

适之先生：

寄给独秀的信，[2]启孟以为照第二个办法最好，他现在生病，医生不许他写字，所以由我代为声明。

我的意思是以为三个都可以的，但如北京同人一定要办，便可以用上两法而第二个办法更为顺当。至于发表新宣言说明不谈政治，我却以为不必，这固然小半在"不愿示人以弱"，其实则凡《新青年》同人所作的作品，无论如何宣言，官场总是头痛，不会优容的。此后只要学术思想艺文的气息浓厚起来——我所知道的几个读者，极希望《新青年》如此，——就好了。

树　一月三日

*　　　*　　　*

〔1〕　胡适(1891—1962)　字适之，安徽绩溪人。早年留学美国。1917年任北京大学教授。"五四"时期是新文化运动的代表人物之一。当时曾参加《新青年》的编辑工作。

〔2〕　寄给独秀的信　指胡适于1920年12月间致陈独秀的信。1921年1月12日胡适又将此信交鲁迅等人传阅征求意见。信中胡适

为改变《新青年》的性质提出“三个办法”时说：“1. 听《新青年》流为一种有特别色彩之杂志，而另创一个哲学文学的杂志，篇幅不求多，而材料必求精。……2. 若要《新青年》‘改变内容’，非恢复我们‘不谈政治’的戒约，不能做到。但此时上海同人似不便做此一着，兄似更不便，因为不愿示人以弱，但北京同人正不妨如此宣言。故我主张趁兄离沪的机会，将《新青年》编辑的事，自九卷一号移到北京来，由北京同人于九卷一号内发表一个新宣言，略根据七卷一号的宣言，而注重学术思想艺文的改造，声明不谈政治。孟和说，《新青年》既被邮局停寄，何不暂时停办，此是第三办法。”

210115　致胡　适

适之先生：

今天收到你的来信。《尝试集》[1]也看过了。

我的意见是这样：

《江上》可删。

《我的儿子》全篇可删。

《周岁》可删；这也只是寿诗之类。

《蔚蓝的天上》可删。

《例外》可以不要。

《礼！》可删；与其存《礼！》，不如留《失[希]望》。

我的意见就只是如此。

启明生病，医生说是肋膜炎，不许他动。他对我说，“《去国集》[2]是旧式的诗，也可以不要了。”但我细看，以为内中确有许多好的，所以附着也好。

我不知道启明是否要有代笔的信给你，或者只是如此。但我先写我的。

我觉得近作中的《十一月二十四夜》[3]实在好。

树 一月十五日夜

*　　*　　*

〔1〕《尝试集》 诗集，胡适著。1920年3月上海亚东图书馆初版。1920年底自删一遍后，又请任鸿隽、陈衡哲、鲁迅、周作人、俞平伯再删。1922年10月发行“增订四版”（附《去国集》）。鲁迅建议删去的《江上》、《礼》二首未删，胡适在《尝试集·四版自序》中说明了原因。

〔2〕《去国集》 内收胡适1913年至1917年间在美国所作旧体诗词二十二首，另用文言翻译的拜伦《哀希腊歌》一首（十六节）。

〔3〕《十一月二十四日夜》 新诗，原载1921年1月1日《新青年》第八卷第五号，后收入《尝试集·第三编》。

210630　致周作人

二弟览：昨得来信了。所要的书，当于便中带上。

母亲已愈。芳子殿[1]今日上午已出院；土步君已断乳，竟亦不吵闹，此公亦一英雄也。ハグ〔が〕公昨请山本[2]诊过，据云不像伤风（只是平常之咳），然念の爲メ[3]，明日再看一回便可，大约星期日当可复来山中[4]矣。

近见《时报》告白[5]，有邹咹之《周金文存》卷五六皆出版，又《广仓砖录》中下卷亦出版，然则《艺术丛编》[6]盖当赋《关雎》

之次章矣,以上二书,当于便中得之。

汝身体何如,为念,示及。我已译完《右衛門の最期》[7],但跋未作,蚊子乱咬,不易静落也。夏目物〔語〕决译《一夜》,《夢十夜》太长,其《永日物語》中或可选取,我以为《クレイグ先生》[8]一篇尚可也。

电话已装好矣。其号为西局二八二六也。

兄树 六月卅日

*　　　*　　　*

〔1〕 芳子殿　芳子,即羽太芳子(1897—1964),羽太信子之妹,周建人妻,后离婚。殿,日语敬称。下文的土步,周建人次子(后脱离关系),名丰二,时年二岁。

〔2〕 ハが　疑指周作人长子,名丰一,时年九岁。山本,即山本忠孝(1876—1952),当时在北京西单旧刑部街开设山本医院。

〔3〕 念の爲メ　日语:为慎重起见。

〔4〕 山中　指北京西山碧云寺。1921年6月2日至9月21日,周作人因患肋膜炎在此处养病。

〔5〕 《时报》告白　指1921年6月6日上海《时报》所载《周金文存》、《广仓砖录》的出版广告。邹咹,应为邹安,字景叔,浙江海宁人,近代金石学家。当时任上海广仓学会编辑。《周金文存》,邹安编纂,正编六卷,补遗六卷。《广仓砖录》,上海广仓学会辑印的古代砖瓦文字图录,三卷。

〔6〕 《艺术丛编》　金石图录汇编,上海广仓学会出版,间月一册,1916年5月至1920年6月共出二十四册。《周金文存》、《广仓砖录》曾在该编连载,但未刊完,1921年6月单行出版《周金文存》卷五、卷

六和《广仓砖录》上、中、下卷合集。《诗经·关雎》次章有“求之不得”一语，故这里以“赋《关雎》之次章”喻《艺术丛编》之停刊不出。

〔**7**〕《右衛門の最期》 即《三浦右卫门的最后》，短篇小说，日本菊池宽（1888—1948）作。鲁迅译文载《新青年》第九卷第三号（1921 年 7 月 1 日）。

〔**8**〕夏目 即夏目漱石（1867—1916），日本小说家，著有《我是猫》等十多部长篇小说。《永日物語》，应作《永日小品》，是他的小说集。物語，日语指小说、故事之类。《クレイグ先生》，即《克莱喀先生》，鲁迅译，当时未发表，后收入《现代日本小说集》。

210713 致周作人

二弟览：Karásek[1]的《斯拉夫文学史》，将窠罗泼泥子街[2]收入诗人中，竟于小说全不提起，现在直译寄上，可修改酌用之，末尾说到“物语”，大约便包括小说在内者乎？这所谓“物语”，原是 Erzählũng，不能译作小说，其意思只是“说话”“说说谈谈”，我想译作“叙述”，或“叙事”，似较好也。精神（Geist）似可译作“人物”。

《时事新报》有某君（忘其名）一文[3]，大骂自然主义而欣幸中国已有象征主义作品之发生。然而他之所谓象征作品者，曰冰心女士的《超人》，《月光》[4]，叶圣陶的《低能儿》[5]，许地山的《命命鸟》[6]之类，这真教人不知所云，痛杀我辈者也。我本也想抗议，既而思之则“何必”，所以大约作罢耳。

大学编译处由我以信并印花送去，而彼但批云“不代转”云云，并不开封,看我如何的说,殊为不届[7]。我想直接寄究不妥。不妨暂时阁起,待后再说,因为以前之印花税亦未取,何必为"商贾"忙碌乎。然而"商贾"追索,大约仍向该处,该处倘再有信来,则我当大骂之耳。

我想汪公[8]之诗,汝可略一动笔,由我寄还,以了一件事。

由世界语译之波兰小说四篇[9],是否我收全而看过,便寄雁冰乎？信并什曼斯キ小说[10]已收到,与德文本略一校,则三种互有增损,而德译与世界语译相同之处较多,则某姑娘之不甚可靠确矣。德译者 S.Lopuszánski,名字如此难拼,为作者之同乡无疑,其对于原语必不至于误解也。惜该书无序,所以关于作者之事,只在《斯拉夫文学史》中有五六行,稍缓译寄。

来信有做体操之说,而我当时未闻,故以电话问之,得长井答云:先生[11]未言做伸朧伸开之体操,只须每日早昼晚散步三次(我想昼太热,两次也好了),而散步之程度,逐渐加深,而以不ツカレル[12]为度。又每日早晨,须行深呼吸,不限次数,以不ツカレル为度,此很要紧。至于对面有疑似肺病之人,则于此间无妨,但若神经ノセイ[13],觉得可厌,则不近其窗下可也(此节我并不问,系彼自言)云云。汝之所谓体操,未知是否即长井之所谓深呼吸耶,写出备考。

树　上　十三夜

Dr. Josef Karásek:《Slavische Literaturgeschichte》, II Teil, § 16.[14]《最新的波兰的诗》(Asnyk, Konopnicka.)[15] Mária Konopnicka(1846)在许多的点上(多クノ点ニ於イテ),是哲

学的,对于クラシク[16]典雅世界有着特爱的一个确实的男性的精神(Geist),略与 Asnyk 相同。后一事伊识之于伊大利和希腊,而于古式(Antik 形式)中赋以生命,伊又如 Asnyk,是一个缜密的体式和响亮的言辞的好手(Meisterin),此外则倘伊高呼"祖国"以及到了雄辩的语调的时候,其奋发也近于波希米亚的女诗人 Krásnohorská[17]。Konopnicka 是"女人的苦楚和哀愁"的诗人,计其功绩,是在"用了民族的神祠(Nationale Pantheon)——饶富其民众"。伊以叙述移住民生活的,尚未完成的叙事诗(Epopöe)《在巴西之 Balzar 氏》[18],引起颇大的惊异来。伊又于运用历史的大人物如 Moses,Hus,Galileo[19]等时,证明其宽博活泼的境地。形成伊"诗的认识"的高点者,为"断片"中的"Credo"[20]。在伊的国人的区别上,则 Konopnicka 于斯拉夫世界最有兴趣,而尤在 Ceche,Kroate,Slovene[21],并且喜欢译那些的诗歌(特于 Vrchlicky——伊虽然也选译过 Hamerling,Heyse 和 Ackermann[22]的集);至于物语,则伊在 Görz[23]的旅行记载中,是特抱了对于南斯拉夫的特爱而作的。但 Konopnicka 也识得诺尔曼的海岸[24],诗人之外又为动人的物语家,也做文学的论说和 Essay[25],虽然多为主观的,却思索记述得都奇特。伊的文学的祝典,不独在波兰,却在波希米亚也行庆祝,那里是 Konopnicka 的诗歌,已由翻译而分明入籍的了。

* * *

〔1〕 Karásek 约瑟夫·凯拉绥克(1871—1951),捷克作家。著有

诗集《死的对话》、《流放者之岛》和《斯拉夫文学史》等。

〔2〕 窠罗波泥子街 通译科诺普尼茨卡(M. Konopnicka,1842—1910),波兰女作家。著有长诗《巴尔采尔先生在巴西》,短篇小说《我的姑妈》等。

〔3〕 指洪瑞钊所作《中国新兴的象征主义文学》,刊于1921年7月9日上海《时事新报·学灯》。

〔4〕 冰心(1900—1999) 谢婉莹,笔名冰心,福建长乐人,女作家,文学研究会成员。《超人》,短篇小说,载《小说月报》第十二卷第四号(1921年4月)。《月光》,短篇小说,载1921年4月19日至20日《晨报》副刊。

〔5〕 叶圣陶(1894—1988) 名绍钧,江苏吴县人,作家。文学研究会发起人之一。《低能儿》,短篇小说,载《小说月报》第十二卷第二号(1921年2月)。

〔6〕 许地山(1893—1941) 名赞堃,笔名落华生,台湾省人,作家,文学研究会发起人之一。《命命鸟》,短篇小说,载《小说月报》第十二卷第一号(1921年1月)。

〔7〕 不届 日语,此处是不周到、不讲理的意思。

〔8〕 汪公 指汪静之(1902—1996),安徽绩溪人,诗人。1921年夏,他在浙江第一师范学校学习时,曾将诗稿《蕙的风》寄周作人求教。

〔9〕 波兰小说四篇 指周作人从波兰巴音的世界语《波兰文选》中译出的四篇小说:戈木列支奇的《燕子与蝴蝶》和普鲁斯的《影》,均刊于《小说月报》第十二卷第八号(1921年8月)。显克微支的《二草原》和科诺普尼茨卡的《我的姑母》,分别刊于《小说月报》第十二卷第九号(1921年9月)、第十号(1921年10月)。

〔10〕 什曼斯キ小说 指波兰作家什曼斯基(Adam Szymański)的《犹太人》。由周建人从英国班纳克(E.C.M.Benecko,即下文说的“某

姑娘")所译《波兰小说集》中转译,经周作人据世界语《波兰文选》校对,又由鲁迅据洛普商斯奇(即下文的 S. Lopuszánski)德译本校订,刊于《小说月报》第十二卷第九号(1921 年 9 月)。

〔**11**〕 长井　应为永井,当时山本医院的护士。先生,指山本忠孝。

〔**12**〕 ツカレル　日语:疲劳。

〔**13**〕 神经ノセイ　日语:心理作用。

〔**14**〕 德语:约瑟夫·凯拉绥克博士《斯拉夫文学史》第二卷第十六节。

〔**15**〕 Asnyk　亚斯尼克(Adam Asnyk,1838—1897),波兰诗人。Konopnicka,即科诺普尼茨卡。

〔**16**〕 クラシク　日语:古典。

〔**17**〕 Krásnohorská　克拉斯诺霍尔斯卡,捷克女诗人。波希米亚,捷克斯洛伐克西部地区的旧称。

〔**18**〕 《在巴西之 Balzar 氏》　即《巴尔采尔先生在巴西》。

〔**19**〕 Moses　摩西(Mōsheh),《圣经》故事中古代犹太人的领袖,犹太教的创始人。Hus,胡斯(1369—1415),捷克爱国主义者和宗教改革家。Galileo,伽利略(1564—1642),意大利物理学家、天文学家。

〔**20**〕 Gredo　信条。

〔**21**〕 Ceche　捷克。Kroate,克罗地。Slovene,斯洛文尼。

〔**22**〕 Vrchlicky　符尔列支奇(1853—1912),捷克作家。Hamerling,哈美林(1830—1889),奥地利作家。Heyse,海塞(1830—1914),德国作家。Ackermann,阿克曼(1813—1890),法国女诗人。

〔**23**〕 Görz　该尔兹,意大利城市。

〔**24**〕 诺尔曼的海岸　即法国西北部的诺曼底海岸。

〔25〕 Essay　英语：随笔，小品。

210716　致周作人

二弟览：《犹太人》略抄好了，今带上，只不过带上，你大约无拜读之必要，可以原车带回的。作者的事实，只有《斯拉夫文学史》中的几行（且无诞生年代），别纸抄上；其小说集〔1〕中无序。这篇跋语〔2〕，我想只能由你出名去做了。因为如此三四校，老三似乎尚无此大作为。请你校世界语译，是狠近理的。请我校德译〔3〕，未免太巧。如你出名，则可云用信托我，我造了一段假回信〔4〕，录在别纸，或录入或摘用就好了。

德译虽亦有删略，然比英世本〔5〕似精神得多，至于英世不同的句子，德亦往往不与英世同，而较为易解，大约该一句原文本不易懂，而某女士与巴博士因各以意为之也。

树　上　七月十六日夜

抄跋之格子和白纸附上。

Dr. Josef Karásek《斯拉夫文学史》II. §17. 最新的波兰的散文。

Adam Szymanski 也经历过送往西伯利亚的流人的运命，是一个身在异地而向祖国竭尽渴仰的，抒情的精灵（人物）。从他那描写流人和严酷的极北的自然相抗争的物语（叙事，小说）中，每飘出深沉的哀痛。他并非多作的文人，但是每一个他的著作事业的果实，在波兰却用了多大的同情而领受的。

所寄译稿,已用 S. Lopuszánski 之德译本对比一过,似各本皆略有删节,今互相补凑,或较近于足本矣。……德译本在 Deva Roman-Sammlung[6]中,亦以消闲为目的,而非注重研究之书,惟因译者亦波兰人,知原文较深,故胜于英译及世界语译本处颇不少,今皆据以改正;此外单字之不同者尚多,既以英译为主则不复一一改易也*。

*即就开首数叶而言:如英译之在半冰冻的土地里此作在冰硬的土地里;陈放着 B 的死尸此作躺着 B 的渣(躯壳);被雪洗濯的 B 的面貌此作除去积雪之后的 B 的面貌;霜雪依然极严冽此作霜雪更其严冽了;如可怜的小狗此作如可怜的小动物……

*　　*　　*

〔1〕 小说集　指德译本《什曼斯奇小说集》。

〔2〕 跋语　指周作人为《犹太人》译文所作的附记。

〔3〕 世界语译　指《犹太人》的世界语译本。德译,指《犹太人》的德译本。

〔4〕 假回信　见本信附文第二部分。周作人在其《跋语》中曾经摘录。

〔5〕 英世本　指《犹太人》的英译本及世界语译本。

〔6〕 Deva Roman-Sammlung　《德意志出版社小说丛书》。

210727　致周作人

二弟览：

《一茶》[1]已寄出。波兰小说酬金已送支票来，计三十元；老三之两篇（ソログーブ[2]及犹太人）为五十元，此次共用作医费。有宫竹心[3]者寄信来，今附上。此人似尚非伪，我以为《域外小说集》及《欧文史》[4]似可送与一册（《域》甚多，《欧》则书屋中有二本，不知此外尚有不要者否），此外借亦不便，或断之，如何希酌，如由我复，则将原信寄回。

丛文阁[5]已印行ェロシェンコ之小说集《夜アク前ノ歌》[6]，拟与《貘ノ舌》[7]共注文，不知以丸善为宜，抑不如天津之东京堂（？）乎？又如决定某处，则应先寄钱抑便代金引换耶？

树　七月廿七日灯下

*　　　*　　　*

〔1〕《一茶》　指周作人所作《日本诗人一茶的诗》。载《小说月报》第十二卷第十一号（1921年11月）。

〔2〕ソログーブ　梭罗古勃（Ф·Сологуб，1863—1927），俄国作家。此处代指周建人译梭罗古勃作《白母亲》及英国约翰·科尔诺斯作《斐陀尔·梭罗古勃》，均载1921年9月《小说月报》第十二卷增刊《俄国文学研究》。

〔3〕宫竹心　参看210729信注〔1〕。

〔**4**〕《域外小说集》 鲁迅和周作人合译的外国短篇小说集。1909年在东京分两册出版,1921年增订合为一册,由上海群益书社再版,用周作人名义印行。《欧文史》,即《欧洲文学史》,周作人著,1918年10月上海商务印书馆出版,为《北京大学丛书》之一。

〔**5**〕丛文阁 日本东京的一家书局。

〔**6**〕ェロシェンコ 爱罗先珂(В.Я.Ерощенко,1889—1952),俄国诗人和童话作家。童年时因病双目失明。1921年从日本来我国,曾在北京大学、北京世界语专门学校讲授世界语。他用世界语和日语写作。鲁迅曾译过他的一些童话和童话剧。《夜アク前ノ歌》,《天明前的歌》。爱罗先珂所作童话集。

〔**7**〕《貘ノ舌》《貘之舌》,日本内田鲁庵著。内田鲁庵(1869—1929),日本评论家,作家。本名内田貢。

210729 致宫竹心〔1〕

竹心先生:

周作人因为生了多日的病,现在住在西山碧云寺,来信昨天才带给他看,现在便由我替他奉答几句。

《欧洲文学史》和《域外小说集》都有多余之本,现在各各奉赠一册,请不必寄还。

此外我们全没有。只是杜威〔2〕博士的讲演,却有从《教育公报》拆出的散叶,内容大约较《五大讲演》〔3〕更多,现〔检〕出寄上,请看后寄还,但不拘多少时日。

借书处本是好事,但一时恐怕不易成立。宣武门内通俗图书馆,新出版书大抵尚备,星期日不停阅(星期一停),然不能外借，倘　先生星期日也休息，便很便利了。

周树人 七月廿九日

*　　　*　　　*

〔1〕 宫竹心（1899—1966） 笔名白羽，山东东阿人。曾任北京《国民晚报》、《世界日报》、天津《北洋画报》记者、编辑。当时在北京邮政局任职，后成为武侠小说作家。

〔2〕 杜威（J.Dewey，1859—1952） 美国哲学家，实用主义哲学代表人物。1919至1921年间曾来中国讲学。

〔3〕 《教育公报》 当时北京教育部编审处编辑，内收教育法令、规程、公文、报告等。1914年6月创刊，1926年4月停刊。《五大讲演》，即《杜威五大讲演》，内收杜威在北京五次专题讲演的记录：一、《社会哲学与政治哲学》；二、《教育哲学》；三、《思想之派别》；四、《现代的三个哲学家》；五、《论理学》。1920年8月北京《晨报》社出版。

210731　致周作人

二弟览：

今日得信并译稿一篇。孙公[1]因家有电报来云母病，昨天回去了；据云多则半月便来北京。他虽云稿可以照常寄，但我想不如俟他来后再寄罢。

好在《晨报》之款并不急，前回雉鸡烧烤费[2]，也已经花去，现在我辈文章既可卖钱，则赋还之机会多多也矣。

潘公的《风雨之下》[3]实在不好，而尤在阿塞之开通，已为改去不少，俟孙公来京后交与，请以“情面”登之。《小说月报》[4]拟稍迟寄与,因季黻要借看也。

关于哀禾[5]者,《或外小说集》附录如次:

哀禾本名勃罗佛尔德(Brofeldt),一八六一年生于列塞尔密(Lisalmi,芬兰的内地),今尚存,为芬兰近代文人之冠。一八一九[九一?]年游法国,归而作《孤独》一卷,为写实派大著,又《木片集》一卷,皆小品。

关于这文的议论[6],容日内译上,因为须翻字典,而现在我项尚硬也。

土步已好,大约日内可以退院了。

《小说月报》也无甚好东西。百里的译文[7],短如羊尾,何其徒占一名也。

此间日日大雨,想山中亦然。其实北京夏天,本应如此,但前两年却少雨耳。

树 上 七月卅一日

寄上《文艺复兴史》,《东方》各一本;又红毛书三本[8]。

Ernst Brausewetter《北方名家小说》(Nordische Meisternovellen)中论哀禾的前几段:

芬兰近代诗的最重要最特别的趋向之一,是影响于芬兰人民的欧洲文明生活的潮流的反映,这事少有一个诗人,深深的攫住而且富于诗致的展布开来,能如站在他祖国的精神的运动中间,为《第一芬兰日报》的领袖之一的哀禾(J.Brofeldt的假名,一个芬兰牧师的儿子)的。

就在公布的第一册,他发表三篇故事,总题为《国民生活》

的之中，他试在《父亲怎样买洋灯》和《铁路》这两篇故事里，将闯入的文明生活的势力，用诗的意象来体现了。最初的石油灯和最初的铁路，及于少年和老人的效力有种种的不同。人看出开创的进步来，但从夸口的仆人的状态上，也看出一切文化在最初移植时偕与俱来的无可救药的势力。而终在老仆Peka这人物上，对于古老和过去，都罩上了Romantik的温厚的微光。正如Geijerstam所美妙的指出说，“哀禾对于人生的被轻蔑的个性，有着柔和的眼光。这功效，是他能觉着交感，不特对于方来的新，而且也对于方去的故。”但这些故事的奇异的艺术的效力，却也属于能将这些状态纳在思想和感觉态度里的哀禾的才能。

*　　　*　　　*

〔1〕　孙公　指孙伏园。当时任《晨报》副刊编辑。参看230612信注〔1〕。

〔2〕　雉鸡烧烤费　指周作人所译日本佐藤春夫小说《雉鸡的烧烤》所得的稿费。该文载1921年7月9、10日《晨报》副刊。

〔3〕　潘公　指潘垂统（1896—1993），浙江慈溪人，文学研究会成员。周作人在绍兴第五中学任教时的学生。所作小说《风雨之下》，后改题《牺牲》，载1921年9月14日至19日北京《晨报》副刊。

〔4〕　《小说月报》　文学月刊，1910年8月在上海创刊，商务印书馆出版。先后由恽铁樵、王蕴章主编，曾为鸳鸯蝴蝶派的主要刊物之一。1921年1月第十二卷第一号起，改由沈雁冰主编，成为文学研究会的主要刊物。

〔5〕　哀禾　通译阿霍（J.Aho，1861—1921），芬兰作家。《域外小

说集》收有他作的《前驱》。

〔**6**〕 指勃劳绥特尔在其所著《北方名家小说》中关于阿霍的论述,见本信附文。

〔**7**〕 百里 蒋百里(1882—1938),名方震,浙江海宁人,文学研究会发起人之一。早年留学日、德。曾任保定军官学校校长。译文,指他所译英国般生的小说《鹫巢》,约千字,载《小说月报》第十二卷第七号(1921年7月)。

〔**8**〕《文艺复兴史》 即蒋百里编纂的《欧洲文艺复兴史》。《东方》,指《东方杂志》。红毛书,指外文书。

210806 致周作人

二弟览:得四日函俱悉,雁冰令我做新犹太事[1],实无异请庆老爷[2]讲化学,可谓不屆之至;捷克材料[3]我尚有一点,但查看太费事,所以也不见得做也。

译稿[4]中有数误字我决不定,所以将原稿并疑问表附上,望改定原车带回,至于可想到者,则我已径自校正矣。

獾公[5]冒雨出走,可称雪凉,而雄鸡乱啼亦属可恶,我以为可于夜间令鹤招[6]赶打之,如此数次,当亦能敬畏而不来也。

对于バンダン滑倒公[7]不知拟用何文,我以为《无画之画帖》便佳,此后再添童话若干,便可出单行本矣。

五日信并稿[8]已到,我拟即于日内改定寄去,该号既于十月方出,何以如此之急急耶。

脚短[9]想比獾公较静,我以为《日華公論》[10]文,不必大出力,而从缓亦可,因与脚短公说话甚难,易于出力不讨好也。

你跋中引培因〔11〕语,然则序文拟不单译耶。

哀禾著作

一页前四行	或略早……	或字费解应改
二 〃 五	我应许你	应许二字不妥应酌改
〃 后一	火且上来	且字当误
十四前七	我全忙了	忘之误乎?
〃 后六	很轻密	蔑?

《伊伯拉亨》

八页前九行	沙烬	灰?

《巴尔干小说》目录中,Caragiale(罗马尼亚)的《复活祭之烛》〔12〕,我是有的,但作者名字,我的《世界文学史》中全没有。Lazarević 的《盗》,我也有,但题目是《媒トシテノ盗》〔13〕。Sandor-Gjalski〔14〕的两篇,就是我所有的他的小说集的前两篇,这人是克洛谛亚第一流文人,《斯拉夫文学史》中有十来行说他的事。而 Vetendorf, Friedensthal, Netto〔15〕三位,则无可考,大约是新脚色也。

他们翻译,似专注意于最新之书,所以略早出板的如レルモントフ,シユンキウエチ〔16〕之类,便无人留意,也是维新维得太过之故。我这回拟译的两篇,一是 Vazov 的《Welko 的出征》,已经译了大半;一是 Minna Canth 的《疯姑娘》;Heikki 的《母亲死了的时候》〔17〕因为有删节,所以不译也。

勃加利亚语 Welko = 狼,译媎〔18〕注云"等于 Jerwot 和塞尔维亚的 Wuk,在俄 = Wolk,在波兰 = Wilk"。这 W 字不知应否俱改V字;又Jerwot[19]是什么国,你知道否?

兄树 上 八月六日

* * *

〔1〕 做新犹太事 指沈雁冰约请鲁迅撰文介绍新犹太文学的事。后沈自撰《新犹太的文学概观》一文,载《小说月报》第十二卷第十号"被损害民族的文学号"(1921年10月)。

〔2〕 庆老爷 当指周庆蕃(1845—1917),字椒生,鲁迅本家叔祖。清末举人,曾任江南水师学堂汉文教习。

〔3〕 捷克材料 指捷克凯拉绥克所著《斯拉夫文学史》中有关捷克文学的部分。后由鲁迅译出,题为《近代捷克文学概观》,载《小说月报》第十二卷第十号。

〔4〕 指周作人译阿霍《父亲拿洋灯回来的时候》,后载《小说月报》第十二卷第十号。

〔5〕 羅公 未详。

〔6〕 鹤招 王鹤照(1889—1969),浙江绍兴人,当时周宅的佣人。

〔7〕 バンダン滑倒公 指章锡琛,参看351114信注〔1〕。当时任《妇女杂志》主编。バンダン,读若"邦当",形容滑倒的声音。《无画之画帖》,丹麦安徒生所作童话,又译《月底话》。

〔8〕 指周作人译希腊蔼夫达利阿谛斯作短篇小说《伊伯拉亨》,载《小说月报》第十二卷第十号。

〔9〕 脚短 未详。

〔10〕《日華公論》 日本人在华创办的日文杂志,约1913年(大正二年)创刊,先后在北京、天津出版。主要刊载关于中国的政治、经

济、文化评论，也登载文学作品。

〔11〕 培因(R.Nisbet Bain) 英国翻译家。曾译介过《哀禾小说集》，周作人在《父亲拿洋灯回来的时候》译后附记中，曾引用培因对阿霍的评论。

〔12〕 Caragiale 卡拉迦列(I.L.Caragiale,1852—1912)，罗马尼亚作家。著有喜剧《一封遗失的信》、短篇小说《复活祭之烛》等。

〔13〕 Lazarević 拉柴莱维支(1851—1891)，塞尔维亚小说家。《媒トシテノ盗》，即《盗为媒》。沈泽民译本题作《强盗》，载《小说月报》第十二卷第十号。

〔14〕 Sandor-Gjalski 山陀尔·雅尔斯基(1854—1935)，克罗地亚作家。作品有《巴索里奇老爷》、《在古老的屋顶下》等。

〔15〕 Vetendorf 未详。Friedensthal，弗里登塔尔(1896—?)，德国作家。著有诗歌和长短篇小说多种。后来希特勒禁止他的作品，流亡英国。曾被推为西德笔会名誉主席。Netto，涅特(1864—1934)，巴西作家，写作诗歌、戏剧和散文。

〔16〕 レルモントフ 莱蒙托夫(М.Ю.Лермонтов，1814—1841)，俄国诗人。シェンキウエチ，显克微支(H.Sienkiewicz，1846—1916)，波兰作家。

〔17〕 Vazov 伐佐夫(И.Вазов，1850—1921)，保加利亚作家。《Welko的出征》，即《战争中的威尔珂》，短篇小说。Minna Canth，明娜·康特(1844—1897)，芬兰女作家。《疯姑娘》，短篇小说。这两篇都由鲁迅译载于《小说月报》第十二卷第十号。Heikki，未详。

〔18〕 意为女译者，指《战争中的威尔珂》的德译者扎典斯加。

〔19〕 Jerwot 日尔沃。

210816 致宫竹心

竹心先生：

来信早收到了；因为琐事多，到今天才写回信，非常之抱歉。

杜威的讲演现在并不需用，尽可以放着，不必急急的。

我也很愿意领教，但要说定一个时间，却不容易。如在本月中，我想最好是上午十时至十二时之间，到教育部见访，但除却星期日。下午四至六时，亦或在家，然而也不一定，倘此时惠临，最好先以电话一问，便免得徒劳了。我的电话号数是“西局二八二六”，电话簿子上还未载。

先生兄妹俱作小说，很敬仰，倘能见示，是极愿意看的。

周树人 八月十六日

210817 致周作人

二弟览：老三回来，收到信并《在希腊岛》[1]，我想这登《晨报》，固然可惜，但《东方》也头里忒罗卜[2]，不如仍以《小说月报》的被压民族号为宜，因其中有新希腊小说[3]也。或者与你的《波兰文观》[4]同时寄去可耳。

你译エフタクリチス[5]小说已多，若将文言的两篇改译，殆已可出全本耶？

子佩代买来《新青年》九の一[6]一本（便中当带上），据云九の二亦已出，而只有一本为分馆买之，拟尚托出往寻。每书坊中殆必不止一本，而不肯多拿出者，盖防侦探，虑其一起拿去也。

九ノ一后（编辑室杂记）有云：本社社员某人因患肋膜炎不能执笔我们很希望他早日痊愈本志次期就能登出他的著作。我想：你也不能不给他作或译了，否则《说报》之类中太多，而于此没有，也不甚好。

我想：老三于显克微支不甚有趣味，不如不译，而由你选译之，现在可登《新青年》，将来可出单行本。老三不如再弄他所崇拜之 Sologub[7]也。

星期我或上山，亦未可知，现在未定，大约十之九要上山也。

我译 Vazov，M. Canth 各一篇[8]已成，现与齐寿山校对，大约本星期中可腾[誊]清耳。

兄树　十七日夜

*　　　*　　　*

〔1〕《在希腊岛》　即《在希腊诸岛》，英国劳斯为他所译《希腊诸岛小说集》作的序文，周作人译载于《小说月报》第十二卷第十号。

〔2〕头里忒罗卜　《越谚》："'头哩灑萝卜''勿得知'。"

〔3〕新希腊小说　指《伊伯拉亨》。

〔4〕《波兰文观》　即《近代波兰文学概观》，周作人译自诃勒温斯奇（Jan de Holowinski）的《波兰文学史略》，载《小说月报》第十二卷第十号。

〔5〕エフタリオチス　蔼夫达利阿蒂斯（A. Ephtalilotis），希腊小说家。周作人曾译过他的《老泰诺斯》、《秘密之爱》、《同命》（收入《域外小说集》）、《扬奴拉媪复仇的故事》、《扬尼思老爹和他的孩子的故事》（收入《点滴》和《空大鼓》）。

〔6〕 九の一　也作九ノ一,即九之一,指第九卷第一号。

〔7〕 Sologub　梭罗古勃。

〔8〕 Vazov,M.Canth各一篇　指伐佐夫的《战争中的威尔珂》和明娜·康特的《疯姑娘》。

210825　致周作人

二弟览:廿三日信已到。城内现在也冷,大约与山中差不多。我译カラセク[1]《斯拉夫文学史》译得要命了,出力多而成绩恶,可谓黄胖搡年糕[2],但既动手,也不便放下,只好译下去,名词一纸,望注回。你为《新青年》译イバネヅ[3]也好,其实我以为ゴーゴル,显克ヴェチ[4]等也都好,雁冰[5]他们太骛新了。前天沈尹默绍介张黄[6],即做《浮世绘》的,此人非常之好,神经分明,听说他要上山来,不知来过否?

《或日ノ一休》[7]略翻诸书未见,或其新作乎?我们选译日本小说,即以此为据,不知好否?

闻孙公一星期内可来,系许羡苏[8]说,不知何据也。

《小说月报》八号尚未来,也不知上海出否,沪报自铁路断后,遂不至(最后者十四日)。中国似大要实用新村主义[9]而老死不相往来矣。

我们此后译作,每月似只能《新》,《小》,《晨》各一篇,以免果有不均之诮。《新》九の二已出,今附上,无甚可观,惟独秀随感[10]究竟爽快耳。

《支那学》[11]不来,大约不送矣,尹默说,青木派亦似有点谬。

余后谈。

兄树 八月廿五日夜

*　　*　　*

〔1〕　カラセク　即凯拉绥克。鲁迅曾从他所著《斯拉夫文学史》中节译了《近代捷克文学概观》。

〔2〕　黄胖捺年糕　绍兴一带的歇后语，吃力不讨好的意思。黄胖，黄疸病人。

〔3〕　イバネヅ　伊巴涅思(V. B. Ibáñez，1867—1928)，西班牙作家，西班牙共和党的领导人。著有长篇小说《农舍》、《启示录的四骑士》等。当时周作人译了他的《颠狗病》，载《新青年》第九卷第五号(1921年9月)。

〔4〕　ゴーゴル　果戈理(Н. В. Гоголь，1809—1852)，俄国作家。生于乌克兰。著有长篇小说《死魂灵》、剧本《钦差大臣》等。显克ヴェチ，显克微支。

〔5〕　雁冰　即沈雁冰。参看351223③信注〔1〕。当时主编《小说月报》，对该刊进行革新。

〔6〕　张黄　即张定璜(1895—?)，字凤举，江西南昌人。曾留学日本，后任北京大学、北京女子师范大学等校教授。

〔7〕　《或日ノ一休》　《一日里的一休和尚》，剧本，日本武者小路实笃著，周作人译载于《小说月报》第十三卷第四号(1922年4月)。

〔8〕　许羡苏(1901—1968)　字淑卿，浙江绍兴人。许钦文四妹，当时北京女子高等师范学校学生。

〔9〕　新村主义　十九世纪初源于法国的一种社会运动，主张辟地乡间，以合作互助为基础组织村落，作为理想社会的模范。二十世纪初，日本作家武者小路实笃曾倡导试行。

〔**10**〕 独秀随感 指《新青年》第九卷第二号(1921年6月)所载陈独秀的随感录三篇:《下品的无政府党》、《青年底误会》和《反抗舆论的勇气》。

〔**11**〕 《支那学》 月刊,日本研究中国文学问题的刊物。1920年9月由青木正儿(即下文的青木)等人发起创刊,1947年停刊,支那学社编辑,东京弘文堂书房刊行。

210826 致宫竹心

竹心先生:

昨天蒙访,适值我出去看朋友去了,以致不能面谈,非常抱歉。此后如见访,先行以信告知为要。

先生进学校去,自然甚好,但先行辞去职业[1],我以为是失策的。看中国现在情形,几乎要陷于无教育状态,此后如何,实在是在不可知之数。但事情已经过去,也不必再说,只能看情形进行了。

小说[2]已经拜读了,恕我直说,这只是一种 sketch[3],还未达到结构较大的小说。但登在日报上的资格,是十足可以有的;而且立意与表现法也并不坏,做下去一定还可以发展。其实各人只一篇,也很难于批评,可否多借我几篇,草稿也可以,不必誊正的。我也极愿意介绍到《小说月报》去,如只是简短的短篇,便绍介到日报上去。

先生想以文学立足,不知何故,其实以文笔作生活,是世上最苦的职业。前信所举的各处上当,这种苦难我们也都受过。

上海或北京的收稿，不甚讲内容，他们没有批评眼，只讲名声。其甚者且骗取别人的文章作自己的生活费，如《礼拜六》[4]便是，这些主持者都是一班上海之所谓“滑头”，不必寄稿给他们的。两位所做的小说，如用在报上，不知用什么名字？再先生报考师范，未知用何名字，请示知。

肋膜炎是肺与肋肉之间的一层膜发了热，中国没有名字，他们大约与肺病之类并在一起，统称痨病。这病很费事，但致命的不多。《小说月报》被朋友拿散了，《妇女杂志》[5]还有（但未必全），可以奉借。

不知先生能否译英文或德文，请见告。

周树人 八月廿六日

*　　*　　*

〔1〕 指宫竹心欲辞去在北京邮政局的任职。

〔2〕 指宫竹心的《厘捐局》和他妹妹宫莳荷的《差两个铜元》，后分别载于1921年9月23日《晨报》副刊和《妇女杂志》第九卷第十二号（1921年12月）。

〔3〕 Sketch 英语：速写。

〔4〕 《礼拜六》 鸳鸯蝴蝶派的主要刊物，先后由王钝根、孙剑秋、周瘦鹃编辑。1914年6月6日创刊，1923年2月停刊，共出二百期，上海中华图书馆发行。

〔5〕 《妇女杂志》 综合性月刊，1915年1月在上海创刊，王莼农主编，1921年1月起进行改革，由章锡琛主编。

210829 致周作人

二弟览：

老三来，接到稿并信，仲甫信件当于明日寄去矣。我大为捷克所害[1]，"黄胖搗年糕""头里忒罗卜"悔之无及，但既已动手，只得译之。

雁冰译南罗达[2]作之按语，译著作家 Céch 作珊区，可谓粗心。

《日本小说集》[3]目如此已甚好，但似尚可推出数人数篇，如加能；又佐藤春夫[4]似尚应添一篇别的也。

张黄今天来，大菲薄谷崎润一，大约意见与我辈差不多，又大恶数泡メイ[5]。而亦不满夏目[6]，以其太低佪云。

又云郭沫若在上海编《创造》(?)。我近来大看不起沫若田汉[7]之流。又云东京留学生中，亦有喝加菲(因アブサン[8]之类太贵)而自称デカーダン[9]者，可笑也。

西班牙话已托潘公查过，今附上。

兄树 八月廿九日

* * *

〔1〕 指翻译《近代捷克文学概观》一事。

〔2〕 南罗达(J.Neruda,1834—1891) 通译聂鲁达，捷克作家。著有短篇小说集《小城故事》等。沈雁冰曾将他的《愚笨的裘纳》译载于《小说月报》第十二卷第八号。Cech 通译捷赫(S.Čech,1846—1908)，捷

克诗人,著有长诗《奴隶之歌》等。

〔3〕 《日本小说集》 即《现代日本小说集》,内收鲁迅、周作人所译日本作家十五人小说三十篇。1923年6月由上海商务印书馆出版。

〔4〕 加能 加能作次郎(1886—1941),日本作家。著有《诱惑》、《处女时代》等。《现代日本小说集》后来未收他的作品。佐藤春夫(1892—1964),日本作家,曾翻译鲁迅作品。《现代日本小说集》收入他的《我的父亲与父亲的鹤的故事》、《雉鸡的烧烤》等四篇。

〔5〕 谷崎润一 即谷崎润一郎(1886—1965),日本作家,作品中追求强烈刺激。泡メイ,疑指岩野泡鸣(1873—1920),日本作家,作品有自然主义倾向。

〔6〕 夏目 即夏目漱石。

〔7〕 郭沫若(1892—1978) 四川乐山人,文学家,历史学家,社会活动家,创造社主要发起人之一。曾留学日本,当时主持筹办《创造》季刊。创刊号于1922年3月在上海出版。田汉(1898—1968),字寿昌,湖南长沙人,戏剧家,曾创办话剧团体南国社,后为中国左翼戏剧家联盟领导人之一。

〔8〕 アブサン 苦艾酒,一种法国酒。

〔9〕 デカーダン 颓废派。

210830 致周作人

二弟览:

昨寄一信,想已达。

大打特打之盲诗人之著作[1]已到,今呈阅。虽略露骨,但似尚佳,我尚未及细看也。如此著作,我亦不觉其危险之至,何至于兴师动众而驱逐之乎。我或将来译之，亦未可定。

捷克文有数个原字（大约近似俄文）如此译法，不知好否？汝或能有助言也。

Narodni Listy 都市新闻

Poetićké besedy 诗座

Vaclav z Michalovic 书名，但不知 z 作何解。

兄树 上 八月卅日

* * *

〔1〕 盲诗人之著作 指爱罗先珂的童话集《天明前的歌》。爱罗先珂于1921年第二次去日本，5月底被日本政府驱逐出境时曾遭到野蛮的殴打。后来鲁迅陆续从《天明前的歌》中译出《狭的笼》、《鱼的悲哀》、《池边》、《雕的心》、《春夜的梦》、《古怪的猫》等六篇。

210903 致周作人

二弟览：

今因齐寿山先生到西山之便，先寄上《净土十要》[1]一部，笔三支，《妇女杂志》八号尚未到。

老三昨已行。芳子[2]昨已托山本检查，据云无病，其所以瘦者，因正在"长起来"之故，今日已又往校矣。孙公有信来，因津浦火车之故，已"搁起"在浦镇十日矣云云。明日当有人上山，余再谈。

兄树 上 八〔九〕月三日午后

*　　*　　*

〔1〕《净土十要》 佛教书籍,明代智旭编,清代成时删注,共十卷。

〔2〕 指周作人的女儿周静子。当时在北京孔德学校读书。

210904① 致周作人

二弟览:

昨日齐寿老上西山,托寄《净土十要》一部,笔三支并信,自然应该已经收到了。

エロ样[1]之童话我未细看,但我想多译几篇,或者竟出单行本,因为陈义较浅,其于硬眼或较有益乎。

此间科学会[2]开会,南京代表云,"不宜说科学万能!"此语甚奇。不知科学本非万能乎?抑万能与否未定乎?抑确系万能而却不宜说乎?这是中国科学家。

五日起大学系补课而非开学,仍由我写请假信乎,望将收信处见告如"措词"见告亦可。

寄潘垂统之《小说月报》已可付邮乎?望告地址。

附上孙公信,可见彼之"搁起"情形也。

兄树 上 八〔九〕月四日

*　　*　　*

〔1〕 エロ样 日语:爱罗先生,指爱罗先珂。

〔2〕 科学会 指中国科学社于1921年8月20日至31日在北京

清华园举行的全国科学大会。

210904② 致周作人

二弟览：

某君之《西班牙主潮》〔1〕送上。《小说月报》前六本尚在季市处，倘某君书中无伊巴ネヅ〔2〕生年，则只能向图书馆查之，因季市足疾久未到部也。

中秋寺赏俟问齐公后答。

女高师尚无补课信来，但此间之信，我未能全寓目，以意度之，当尚未有耳，因男高师〔3〕亦尚无之也。

山本云：因自動車走至御宅左近而破，所以今日未去，三四日内当御伺フ〔4〕云云。其自動車故障一节虽未识确否，而日内御伺，则当无疑也。

土步君昨日身热，今日已全退，盖小伤风也。

胡适之有信来（此信未封，可笑！），今送上。据说则尚有一信，孙公藏而居于浦镇也。彼欲印我辈小说，我想我之所作于《世界丛书》〔5〕不宜，而我们之译品，则尚太无片段，且多已豫约，所以只能将来别译与之耳。

《时事新报》乞文，我以为可以不应酬也。

捷克罗卜，已于今日勉强忒完〔6〕，无甚意味，所以也不寄阅，雁冰又曾约我讲小露西亚〔7〕，我实在已无此勇气矣。

商务印书馆之《妇女杂志》及《小说月报》，现在只存《说》第八（已［以］前者俱无）大约生意甚旺也。

余后详。

兄树　上　九月四日夜

*　　　*　　　*

〔1〕《西班牙主潮》　即《西班牙文学的主流》,美国福特(J.D.M.Ford)著。

〔2〕伊巴ネヅ　伊巴涅思。

〔3〕女高师　即北京女子高等师范学校。当时周作人在该校讲授欧洲文学史。男高师,即北京高等师范学校。当时鲁迅在该校讲授中国小说史。

〔4〕自動車　汽车。御宅,尊府。御伺フ,拜访。这都是日语。

〔5〕《世界丛书》　专收世界各国名著的译文丛书,1920年起,上海商务印书馆陆续出版刊行。后来鲁迅、周作人、周建人合译的《现代小说译丛》和鲁迅、周作人合译的《现代日本小说集》都曾列入该丛书。

〔6〕这里指译《近代捷克文学概观》毕。

〔7〕讲小露西亜　露西亜,日语:俄罗斯。这里指沈雁冰请鲁迅介绍小俄罗斯(乌克兰)文学。后来鲁迅从德国凯尔沛来斯《文学通史》中译成《小俄罗斯文学略说》一文,载《小说月报》第十二卷第十号。

210905① 致宫竹心

竹心先生:

前日匆匆寄上一函想已到。

《晨报》杂感〔1〕本可随便寄去,但即登载恐也未必送报,他对于我们是如此办的。寄《妇女杂志》的文章〔2〕由我转去也可以，但我恐不能改窜，因为若一改窜，便失了原作者的自性，很不相宜，但倘觉得有不妥字句，删改几字，自然是可以的。

鲁迅就是姓鲁名迅，不算甚奇。唐俟大约也是假名，和鲁迅相仿。然而《新青年》中别的单名还有，却大抵实有其人。《狂人日记》也是鲁迅作，此外还有《药》《孔乙己》等都在《新青年》中，这种杂志大抵看后随手散失，所以无从奉借，很抱歉。别的单行本也没有出版过。

《妇女杂志》和《小说月报》也寻不到以前的，因为我家中人数甚多，所以容易拖散。昨天问商务印书馆，除上月份之外，也没有一册，我日内去问上海本店〔3〕去，倘有便教他寄来。《妇女杂志》知已买到，现在寄上《说报》八月份一本，但可惜里面恰恰没有叶，落〔4〕两人的作品。

周树人 九月五日

*　　　*　　　*

〔1〕《晨报》杂感　指宫竹心作《厘捐局》。

〔2〕寄《妇女杂志》的文章　指宫蒔荷的《差两个铜元》。

〔3〕上海本店　指上海商务印书馆总店。

〔4〕叶，落　指叶绍钧和许地山（落花生）。

210905② 致周作人

二弟览：

伊巴涅支说〔1〕的末一叶已收到了。

大学已有开课信来，我明日当写信去。女师尚无，此回开课，只说补课，尚未提及新学年功课，我想倘他来信，只要照例请假便可（由我写去），不必与说此后之事也。如何复我。

中秋节寺赏据齐寿山说如下：

大门	四吊	二门	六吊
南门即后门？	六吊如不常走则四吊已够	方丈院听差	三或四元以上

兄树　上　九月五日夜

*　　　*　　　*

〔1〕　指《颠狗病》，参看210825信注〔3〕。

210908　致周作人

二弟览：

イバネヅ的生年，《小说月报》中亦无，[1]且并"五十余岁"之说而无之。此公大寿，盖尚未为史家所知，跋[2]中已改为"现年五十余岁"矣。

查字附上，其中一个无着，岂拉丁乎？至于Tuleries则系我脱落一i字，其为"瓦窑"无疑也。

光典[3]信附上，因为信面上还有"如在西山赶紧转寄"等等急煞活煞的话。现代少年胜手而且我侭，真令人闭口也。署签"断乎不可"！

我看你译小说，还可以随便流畅一点(我实在有点好讲声调的弊病)，前回的《炭画》[4]生硬，其实不必接他，从新起头亦可也。

孙公已到矣。

我十一本想上山，而是日早上须在

圣庙敬谨执事，所以大约不能上山矣。

余后谈。

兄树　上　九月八日夜

*　　　*　　　*

〔1〕 这里指《小说月报》第十二卷第三号(1921年3月)沈雁冰作《西班牙写实文学的代表者伊本纳兹》一文。

〔2〕 指周作人的《颠狗病》译后记。

〔3〕 光典　郃光典。当时他因准备筹办《妇女之桥》函请周作人寄稿和题刊头(故鲁迅下有"署签'断乎不可'"语)。下文的胜手，日语，随便；我侭，日语，任性，只顾自己，不管别人的意思。

〔4〕 《炭画》 中篇小说，波兰显克微支作。周作人于1909年用文言翻译。1914年4月由上海文明书局出版。

210911　致周作人

二弟览：

你的诗[1]和伊巴涅支小说，已寄去。报上又说仲甫走出[2]了，但记者诸公之说，不足深信，好在函系挂号，即使行衛[3]不明，亦仍能打回来也。

现在译好一篇エロ君之《沼ノホトリ》拟予孙公，此后则译《狭ノ籠》[4]可予仲甫也。你译的“清兵衛ト胡盧”[5]当给孙公否，见告。

淮滨寄庐[6]信寄上，此公何以无其“长辈”之信而自出鹿爪シイ[7]之言殊奇。旁听不知容易否，我辈自无工夫，或托孙公一办，倘难，则由我回复之可也。

表现派剧，我以为本近儿戏，而某公一接脚[8]，自然更难了然。其中有一篇系开幕之后有一只狗跑过，即闭幕，殆为接脚公写照也。

批评中国创作，《读卖》中似无之，[9]我从五至七月皆翻过(内中自然有缺)皆不见，重君[10]亦不记得，或别种报上之文乎？

コホリコ·コ之蓄道德云云，即指庐山叙旧而发，闻晨报社又收到该大学全体署名一信，言敝同人中虽有别名“ピンシン”者，而未曾收到该项诗歌，然则被赠者当系别一ピンシン[11]云云，大约不为之登出矣。夫被赠无罪，而如此断断，殊可笑，与女人因被调戏而上吊正无异，诚哉如柏拉图所言，“不完全则宁无”[12]也。

兄树　上　十一日下午

*　　　*　　　*

〔1〕 指周作人的《病中的诗》和《山居杂诗》，后载《新青年》第九卷第五号(1921年9月)。

〔2〕 仲甫走出 陈独秀于1920年12月应陈炯明之邀，赴广东任教育委员会委员长。其间受到汪精卫派通电攻击排挤。陈于1921年8月17日致电陈炯明要求辞职。9月10日《广东群报》刊载《教育委员会欢送陈独秀》的报道，披露“教育委员会委员长拟定期去粤”的消息，各派系报纸也发表有关消息和评论。

〔3〕 行衛 日语：去向。

〔4〕《沼ノホトリ》 即《池边》，《狭ノ籠》，即《狭的笼》。都是爱罗先珂的童话，鲁迅的译文前者载1921年9月24日至26日《晨报》副刊，后者载《新青年》第九卷第四号(1921年8月)。

〔5〕《清兵衛ト胡盧》 即《清兵卫与壶卢》，短篇小说，日本志贺直哉作，周作人的译文载1921年9月21至22日《晨报》副刊。

〔6〕 淮滨寄庐 未详。

〔7〕 鹿爪シイ 日语：装模作样。

〔8〕 指宋春舫(1892—1938)，浙江吴兴人，戏曲评论家。接脚，讽指接手。下文的“一只狗跑过即闭幕”，指宋译《未来派戏曲四种》中的第四个剧本，载《东方杂志》第十八卷第十三号，其全部内容为：

只有一条狗 意大利F. Cangiullo原著

登场人物??? ……

一条街；黑夜。冷极了，一个人也没有。

一条狗慢慢跑过了这条街。(幕下)

〔9〕 疑指日本清水安三作的《中国当代新人物》。据清水回忆：“大正十年……我在《读卖新闻》上……连载了题为《中国当代新人物》一文。其中一章标题是《周三人》，评论了周树人、周作人、周建人三人”(见日本《文艺春秋》1967年5月号所载《值得爱戴的老人》)。

〔10〕 重君 即日本人羽太重久(1893—1980)，周作人的妻弟。

〔11〕 コホリコ・コ及ピンシン 均指冰心，前者为日语意译，后

者为音译。1921年9月4日北京《晨报》第七版载有刘廷芳在庐山写的《寄冰心》,其中有“来述我们往日如梦的欢情”之类的轻佻语句,引起冰心的愤慨。冰心当日即写了《蓄道德,能文章》的短文(载同月6日《晨报》第七版)予以抨击。随后,冰心所在的燕京大学一些学生以全体同学名义致函《晨报》,说“敝同人中虽有别名‘ピンシン’者,而未曾收到该项诗歌,然则被赠者当系别一ピンシン”,要求该报予以澄清。

〔**12**〕“不完全则宁无”　易卜生诗剧《勃兰特》中主人公的话。按勃兰特当时曾有人译作柏拉图。

210917　致周作人

二弟览:三弟今日有信,今寄上。

查武者小路[1]的《或日ノ一休》系戏剧,于我辈之小说集不合,尚须别寻之。此次改定之《日本小说》目录,既然如此删汰,则我以为漱石只须一篇《一夜》,鸥外[2]亦可减去其一,但《沉默之塔》太軽ィ[3],当别译;而若嫌页数太少,则增加别人著作(如武者,有岛[4]之类)可也。该书自然以今年出版为合,但不知来得及否耳。

我自从挤出捷克文学后,现在大被补课所轧,因趣味已无而须做讲义,是大苦也。此次已去补一次,高师不甚缺少,而大学只有听讲者五枚,可笑也。女师之熊[5]仍不走,我以为倘有信来,大可不必再答,即续假亦可不请,听其自然,盖感情已背,无可弥缝,而熊系魔子,亦难喻以理或动之以情也。

我为《新青年》译《狭ノ籠》已成,中有ラヤジ[6]拟加注,查德

文字典云“Rádscha，or Rájh＝土着[著]的东印度侯爵”，未知即此否，以如何注法为合，望告知。至于老三之一篇，〔7〕则须两星期方能抄成，拟一同寄去，因豫算稿子，你已有两次，可以直用至第五期也。

中秋无月。今日《晨报》亦停。潘太太之作尚佳，可以删去序文，寄与《说报》，潘公之《风雨之下》，经改题而去其浪漫チク〔8〕之后，亦尚不恶也。但宫小姐之作，则据老三云：因有“日货”字样，故章公颇为踌躇。此公常因女人而バンダン〔9〕，则神经过敏亦固其所，拟令还我，转与孙公耳。

《说报》于我辈之稿费，尚不寄来，殊奇。我之《小露西亞文学観》系九日寄出，已告结束矣，或者以中秋之故而迟迟者乎。家中俱安，勿念。余后谈。

兄树　上　九月十七日

*　　　*　　　*

〔1〕　武者小路实笃(1885—1976)　日本作家。著有小说《见过世面的人》、《爱和死》等。鲁迅曾译过他的四幕剧《一个青年的梦》。

〔2〕　鸥外　即森鸥外(1862—1922)，日本作家。著有小说《舞姬》等。《沉默之塔》曾由鲁迅译载于1921年4月21日至24日《晨报》副刊，后收入《现代日本小说集》。

〔3〕　軽ィ　日语：轻微。

〔4〕　有岛　即有岛武郎(1878—1923)，日本作家。著有小说《一个女人》等。鲁迅曾译过他的短篇小说《与幼小者》、《阿末的死》等，后收入《现代日本小说集》。

〔5〕　女师之熊　指熊崇煦(1875—?)，字知白，湖南南县人。曾

留学日本。后任教育部编审员、佥事，湖北教育厅长等职。当时任北京女子高等师范学校校长。

〔6〕 ラヤジ　鲁迅后来译作“拉阇”，并加注云：“Rajah，东印度土著的侯王，旧翻曷罗阇者即此。”

〔7〕 疑指《结群性与奴隶性》。英国戈尔敦著，周建人译载于《新青年》第九卷第五号(1921年9月)。

〔8〕 潘公之《风雨之下》　参看210731信及其注〔3〕。浪漫チク，浪漫谛克。

〔9〕 章公バンダン　指章锡琛。参看210806信注〔7〕。

211015　致宫竹心

竹心先生：

来信收到了。本星期日的下午，我大约在寓，可以请来谈。

《救急法》[1]可以姑且送到商务馆去试一试，也请一并带来。

馆[余]面谈。

周树人　十月十五日

*　　*　　*

〔1〕 《救急法》　宫竹心友人所译的一本医学书。

一九二二年

220104　致宫竹心

竹心先生：

今天收到来信。

丸善的〔详〕细地址是：日本东京市、日本桥区、通三丁目、丸善株式会社〔1〕。

大学的柴君，我们都不认识他。

前回的两篇小说，〔2〕早经交与《晨报》，在上月登出了。此项酬金，已将　先生住址开给该馆，将来由他们直接送上。

周树人　启　一月四日

*　　　*　　　*

〔1〕　株式会社　日语：股份有限公司。

〔2〕　指契诃夫作《戏园归后》和《绅士的朋友》，署宫万选译，分别载于1921年12月13日和14、15日《晨报》副刊。

220216　致宫竹心

竹心先生：

去年接到来信，《晨报》社即去催，据云即送，于年内赶到，约早已照办了。

至于地方一层，实在毫无法想了。因为我并无交游，止认得几个学校，而问来问去，现在的学校只有减人，毫不能说到荐人的事，所以已没有什么头路。

先生来信说互助，这实在很有道理。但所谓互助者，也须有能助的力量，倘没有，也就无法了。而现在的时势，是并不是一个在教育界的人说一句话做一点事能有效验的。

以上明白答复，自己也很抱歉。至于其余，恕不说了：因为我并没有判定别人的行为的权利，而自己也不愿意如此。

周树人　上　二月十六日

220814　致胡　适

适之先生：

关于《西游记》作者事迹的材料，[1]现在录奉五纸，可以不必寄还。《山阳志遗》[2]末段论断甚误，大约吴山夫未见长春真人《西游记》[3]也。

昨日偶在直隶官书局买《曲苑》[4]一部上海古书流通处石印，内有焦循《剧说》[5]引《茶余客话》说《西游记》作者事[6]，亦与《山阳志遗》所记略同。从前曾见商务馆排印之《茶余客话》，不记有此一条，当是节本，其足本在《小方壶斋丛书》[7]中，然而舍间无之。

《剧说》又云，“元人吴昌龄[8]《西游》词与俗所传《西游记》小说小异”，似乎元人本焦循曾见之。既云“小异”，则大致当同，可推知射阳山人[9]演义，多据旧说。又《曲苑》内之王国维《曲录》[10]亦颇有与《西游记》相关之名目数种，其一云《二郎神锁齐天大圣》，恐是明初之作，在吴之前。

倘能买得《射阳存稿》[11]，想当更有贵重之材料，但必甚难耳。明重刻李邕《娑罗树碑》[12]，原本系射阳山人所藏，其诗又有买得油渍云林画竹[13]题，似此君亦颇好擦骨董者也。

同文局印之有关于《品花》考证之宝书[14]，便中希见借一观。

树 上 八月十四日

*　　　*　　　*

〔1〕《西游记》 长篇小说，明代吴承恩著，一百回。作者事迹的材料，指《淮安府志》、《山阳县志》、焦循《剧说》卷五引阮葵生《茶余客话》、吴玉搢《山阳志遗》等书中有关吴承恩的材料。胡适在《西游记考证》中均曾加以引用。

〔2〕《山阳志遗》 清代吴玉搢著。该书卷四中误认为吴承恩的《西游记》系根据长春真人《西游记》改写。吴山夫，即吴玉搢（1698—1773），山阳（今江苏淮安）人。

〔3〕 长春真人《西游记》 元初道士李志常著，二卷。记述其师长春真人邱处机应征西行晋谒元太祖并参与军务的经历。

〔4〕《曲苑》 丛书。陈乃乾辑，收明、清关于戏曲的书籍十四种。

〔5〕 焦循（1763—1820） 字理堂，江苏甘泉（今扬州）人。清代哲学家、戏曲理论家。《剧说》，戏曲论著，六卷。摘录唐、宋以来书籍中有关戏曲的论述，并作评论。所引《茶余客话》见该书卷五。

〔6〕《茶余客话》 笔记小说，清代阮葵生著。原为三十卷，作者生前未能刊印，清光绪十四年（1888）王锡祺印为二十二卷。所说《西游

记》作者事,见该书卷二十一。商务印书馆版为节本,仅十二卷。

〔7〕《小方壶斋丛书》　即《小方壶斋丛钞》,清代王锡祺辑刊,四集,收书三十六种。按此丛书未辑入《茶余客话》。

〔8〕吴昌龄　大同(今属山西)人,元代戏曲家。著有杂剧《东坡梦》、《唐三藏西天取经》(现仅存曲词二折)等。按《西游记》杂剧作者是元末杨讷,过去多误作吴昌龄。

〔9〕射阳山人　《西游记》作者吴承恩的别号。

〔10〕王国维(1877—1927)　字静安,号观堂,浙江海宁人,近代学者。所著《曲录》系戏曲书目,共六卷,其中有关《西游记》的书目,大致有:《收心猿意马》、《时真人四圣锁白猿》、《二郎神锁齐天大圣》、《猛烈哪吒三变化》、《众神仙庆赏蟠桃会》等。

〔11〕《射阳存稿》　即《射阳先生存稿》,吴承恩所著诗文集,共六卷。后来有北京故宫博物院印本(1930年7月)。

〔12〕李邕(678—747)　字太和,江都(今属江苏)人,唐代书法家,曾任北海太守。《娑罗树碑》,见所著《李北海集》。

〔13〕买得油渍云林画竹　原题《买得云林画竹上有油涴诗以澣之》,见《射阳先生存稿》卷一。云林,即倪瓒(1301—1374),别号云林居士,无锡人,元代画家。

〔14〕《品花》考证之宝书　指清代杨懋建(掌生)所著《京尘杂录》,光绪丙戌(1886)仲夏上海同文书局石印。该书卷四《梦华琐簿》中记常州陈少逸撰《品花宝鉴》事颇详。《品花》,指《品花宝鉴》,长篇小说,清代陈森著,六十回。

220821　致胡　适

适之先生:

前回承借我许多书,后来又得来信。书都大略看过了,现在送还，谢谢。

大稿[1]已经读讫，警辟之至，大快人心！我很希望早日印成，因为这种历史的的提示，胜于许多空理论。但白话的生长，总当以《新青年》主张以后为大关键，因为态度很平正，若夫以前文豪之偶用白话入诗文者，看起来总觉得和运用“僻典”有同等之精神也。

现在大稿亦奉还，李伯元[2]八字已钞在上方。

《七侠五义》的原本为《三侠五义》，[3]在北京容易得，最初似乎是木聚珍板[4]，一共四套廿四本。问起北京人来，只知道《三侠五义》，而南方人却只见有曲园老人的改本，此老实在可谓多此一举。

《纳书楹曲谱》[5]中所摘《西游》，已经难以想见原本。《俗西游》中的《思春》，不知是甚事。《唐三藏》中的《回回》，似乎唐三藏到西夏，一回回先捣乱而后皈依，演义中无此事。只有补遗中的《西游》似乎和演义最相近，心猿意马，花果山，紧箍咒，无不有之。《揭钵》虽演义所无，但火焰山红孩儿当即由此化出。杨掌生笔记[6]中曾说演《西游》，扮女儿国王，殆当时尚演此剧，或者即今也可以觅得全曲本子的。

树人 上 八月二十一日

再《西游》中两提“无支祁”[7]一作巫枝祇，盖元时盛行此故事，作《西游》者或亦受此事影响。其根本见《太平广记》卷四六七《李汤》[8]条。

*　　　　*　　　　*

〔1〕 指胡适所作论文《五十年来中国之文学》。

〔2〕 李伯元(1867—1907)　名宝嘉,号南亭亭长,江苏武进人,小说家。著有《官场现形记》、《文明小史》等。八字,当指《官场现形记》一书的别名"大清帝国活动写真"八个字。

〔3〕《三侠五义》　清代侠义小说,共一二〇回,署"石玉昆述,入迷道人编定",1879年印行。后经俞樾(号曲园)修订,改名《七侠五义》,1889年刊行。

〔4〕 木聚珍板　木刻活字版。清乾隆时称活字版为聚珍版。

〔5〕《纳书楹曲谱》　元明以来流传曲谱的辑录,清代叶堂编,共二十二卷。该书《外集》录《俗西游记》中《思春》一出。《续集》录《唐三藏》中《回回》一出,又录《西游记》中《撇子》、《认子》、《胖姑》、《伏虎》、《女还》、《借扇》六出。《补遗》录《西游记》中《饯行》、《定心》、《揭钵》、《女国》四出。由于该书存曲而无科白,故鲁迅读后"不知是甚事"。

〔6〕 杨掌生笔记　指《京尘杂录》,其卷三《丁年玉笋志》中,说道光年间陆翠香演"《西游记》女儿国王,娇痴之态,尤为擅场"。杨掌生,名懋建,字掌生,清道光年间人。作有笔记《长安看花记》、《辛酉癸甲录》、《丁年玉笋志》、《梦华琐簿》四种。光绪十二年丙戌(1886)仲夏上海同文书局石印本,订为两册,总题为《京尘杂录》。

〔7〕《西游》中两提"无支祁"　《纳书楹曲谱·补遗》卷一选《西游记·定心》中说孙行者"是骊山老母亲兄弟,无支祁是他姊妹。"又《女国》中说:"巫枝祁把张僧拿在龟山上。"

〔8〕《李汤》　又名《古岳渎经》,传奇,唐代李公佐作。内记"禹理水,……获淮涡水神名无支祁……形若猿猴,缩鼻高额,青躯白首,金目雪牙,颈伸百尺,力逾九象,搏击腾踔疾奔,轻利倏忽,闻视不可久。"

一九二三年

230108 致蔡元培[1]

孑民先生左右：谨启者，汉石刻中之人首蛇身象，就树人所收拓本觅之，除武梁祠画象[2]外，亦殊不多，盖此画似多刻于顶层，故在残石中颇难觏也。今附上三枚：

一　南武阳功曹乡啬夫文学掾[3]平邑□郎东阙画象南阙有记云章和元年[4]十一月十六日。　在山东费县平邑集。　此象颇清楚，然亦有一人抱之，左右有朱鸟玄武[5]。

（未摹）

二　嘉祥[6]残画象旧为城内轩辕氏所藏，今未详所在。象已漫漶，亦有一人持之。

三　未知出处画象从山东来。　此象甚特别，似二人在树下，以尾相缭，惜一人已泐。

周树人　启上　一月八日

*　　　*　　　*

〔1〕　此信原无标点。

〔2〕　武梁祠画象　东汉武氏家族墓葬的双阙和四个石祠堂的画象，在今山东嘉祥武宅山，其中以武梁祠为最早。是研究汉代社会历史和美术史的重要资料。

〔3〕　南武阳　故城在今山东费县。功曹，汉代郡守、县令下有功

曹史，掌人事并与闻政务。啬夫，秦汉时乡官，掌管诉讼和赋税。文学掾，汉代州郡及王国设文学掾，为后世教官所由来。

〔4〕 章和元年　即公元87年，章和，东汉章帝刘炟年号。

〔5〕 朱鸟玄武　我国古代神话中南北方之神，分别为鸟和龟（或龟蛇合体）的形象。

〔6〕 嘉祥　地名，今山东嘉祥县。

230612　致孙伏园〔1〕

伏园兄：

今天《副镌》〔2〕上关于爱情定则的讨论〔3〕只有不相干的两封信，莫非竟要依了钟孟公先生的“忠告”，逐渐停止了么？

我以为那封信虽然也不失为言之成理的提议，但在变态的中国，很可以不依，可以变态的办理的。

先前登过的二十来篇文章，诚然是古怪的居多，和爱情定则的讨论无甚关系，但在别一方面，却可作参考，也有意外的价值。这不但可以给改革家看看，略为惊醒他们黄金色的好梦，而“足为中国人没有讨论的资格的左证”，也就是这些文章的价值之所在了。

我交际太少，能够使我和社会相通的，多靠着这类白纸上的黑字，所以于我实在是不为无益的东西。例如“教员就应该格外严办”，“主张爱情可以变迁，要小心你的老婆也会变心不爱你，”〔4〕之类，着想都非常有趣，令人看之茫茫然惘惘然；倘无报章讨论，是一时不容易听到，不容易想到的，如果“至期截止”，杜塞了这些名言的发展地，岂不可惜？

钟先生也还是脱不了旧思想，他以为丑，他就想遮盖住，殊不知外面遮上了，里面依然还在腐烂，倒不如不论好歹，一齐揭开来，大家看看好。往时布袋和尚〔5〕带着一个大口袋，装些另碎东西，一遇见人，便都倒在地上道，“看看，看看。”这举动虽然难免有些发疯的嫌疑，然而在现在却是大可师法的办法。

至于信中所谓揭出怪论来便使“青年出丑”，也不过是多虑，照目下的情形看，甲们以为可丑者，在乙们也许以为可宝，全不一定，正无须乎替别人如此操心，况且就在上面的一封信里，也已经有了反证了。

以上是我的意见：就是希望不截止。若夫究竟如何，那自然是由你自定，我这些话，单是愿意作为一点参考罢了。

迅 六月十二日

*　　*　　*

〔**1**〕 孙伏园(1894—1966)　原名福源，浙江绍兴人。鲁迅任山会初级师范学校校长时的学生。北京大学毕业。新潮社成员。曾任北京《晨报》副刊、《京报》副刊、《语丝》周刊编辑。后来曾在厦门大学、广州中山大学任职。著有《鲁迅先生二三事》等。

〔**2**〕 《副镌》　即《晨报》副刊。1921 年秋至 1924 年冬由孙伏园主编。

〔**3**〕 爱情定则的讨论　1923 年 4 月 29 日《晨报》副刊刊载张竞生所作《爱情的定则与陈淑君女士事的研究》一文，在读者间引起了争

论，为此该刊辟“爱情定则讨论”专栏。6月12日该刊发表了陈锡畴和钟孟公的两封信。前者主张“中立态度”，要记者保持“第三者的地位”；后者则攻击这次讨论，认为“除了足为中国人没有讨论的资格的左证之外，毫无别的价值”，并“忠告”记者应定出期限，“至期截止”，以免“青年出丑”。

〔4〕 这两句话都是当时参加讨论者的论调。前者见于该刊5月18日梁国常文；后者见于6月3日张畏民文。

〔5〕 布袋和尚　五代时的高僧，自称契此，又号长汀子。宋代庄季裕《鸡肋篇》卷中载：“昔四川有异僧，身矮而皤腹，负一布袋，中置百物；于稠人中时倾写于地曰：‘看看！’人皆目为布袋和尚，然莫能测。”

231024　致孙伏园

伏园兄：

昨天接两信，前后相差不过四点钟，而后信称前信曰“昨函”，然则前寄之一函，已为送之者压下一日矣，但好在并无关系，不过说说而已。

昨下午令部中信差将《小说史》[1]上卷末尾送上，想已到。现续做之文，大有越做越长之势，上卷恐须再加入一篇，其原稿为八十六七叶，始可与下卷平均，现拟加之篇姑且不送上，略看排好后之情形再定耳。

昨函谓一撮毛君及其夫人[2]拟见访，甚感甚感。但记得我已曾将定例声明，即一者不再与新认识的人往还，二者不再与陌生人认识。我与一撮毛君认识大约已在四五年前，其时还在真正“章小人 nin”时代[3]，当然不能算新，则倘蒙枉顾，自然决不能稍说魇话。然于其夫人则确系陌生，见之即与定例第二项违反，所以深望代为辞谢，至托至托。此事并无他种坏主意，无非熟人一多，世务亦随之而加，于其在病院也有关心之义务，而偶或相遇也又必当有恭敬鞠躬之行为，此种虽系小事，但亦为"天下从此多事"之一分子，故不如销声匿迹之为愈耳。

树人 上 十月廿四日

再者，廿三函并书皮标本顷亦已到。我想不必客气，即用皇帝所用之黄色可也，今附上，余者暂存，俟面缴。

面上印字之样子，拟亦自定一款式，容迟日奉上，意者尚不急急也。

树 又上 廿三〔四〕

*　　*　　*

〔1〕《小说史》 即《中国小说史略》。

〔2〕一撮毛君及其夫人 指章廷谦及其夫人孙斐君。

〔3〕"章小人nin"时代 指章廷谦初进北京大学学习的时期。nin，江浙方言拼音，指小孩。

231210 致许寿裳

季市兄：

前见《校刊》〔1〕，知兄已递辞呈，又患失眠，此信本该不作，然实无奈，故写此以待，因闻诗荃〔2〕兄言兄当以明日到京也。

此次教部裁员,[3]他司不知,若在社会司,则办事员之凡日日真来办事者皆去矣,留者之徒,弟仅于发薪时或偶见其面,而平时则杳然,如此,则天下事可知也。复次之胡闹,当在附属机关,弟因此颇为子佩[4]忧,现在年数劳绩皆不论,更有何可说。前闻女师校有管注册者已去,而位尚虚,殊欲切为子佩谋之,但不知兄在辞中,尚可为不?倘可,并且无他窒碍,则专以此为托也。

附上讲稿[5]一卷,明已完,此后仅清代七篇矣。然上卷已付排印,下卷则起草将完,拟以明年二月间出。此初稿颇有误,本可不复呈,但先已俱呈,故不中止耳。已印者日内可装成,其时寄上。

弟树人　上　十二月十日夜

*　　　*　　　*

〔1〕《校刊》　指北京女子高等师范学校校刊。

〔2〕诗荃　即许世璇(1895—1969?),名世璿,许铭伯之子,许寿裳之侄。当时在北京女子高等师范学校任职。

〔3〕教部裁员　1923年10月5日北洋军阀曹锟贿选任总统。次月19日北京国立八校因政府不能发给教育经费全体停课,教育部因欠薪太多,部员亦议决罢"公"。21日黄郛任教育总长,实行裁员。当时鲁迅任该部社会司佥事兼第一科科长。

〔4〕子佩　即宋琳,当时在教育部所辖的京师图书馆任职。参看360201①信注〔1〕。

〔5〕讲稿　指《中国小说史略》讲义。

231228 致胡　适

适之先生：

今日到大学去，收到手教。

《小说史略》竟承通读一遍(颇有误字，拟于下卷附表订正)，惭愧之至。论断太少，诚如所言；玄同说亦如此。我自省太易流于感情之论，所以力避此事，其实正是一个缺点；但于明清小说，则论断似较上卷稍多，此稿已成，极想于阳历二月末印成之。百二十回本《水浒传》[1]曾于同寮齐君[2]家借翻一过，据云于保定书坊得之，似清翻明本，有图，而于评语似多所刊落，印亦尚佳，恐不易再得。齐君买得时，云价只四元。此书之田虎王庆诸事，实不好，窃意百回本[3]当稍胜耳。百十五回本《水浒传》上半，实亦有再印之价值，亚东局只印下半，殊可惜。至于陈忱后书[4]，其实倒是可印可不印。我于《小说史》印成后，又于《明诗综》见忱名，注云"忱，字遐心，乌程人"。止此而已，诗亦止一首，其事迹莫考可知。《四库书目》小说类存目有《读史随笔》六卷，提要云："陈忱撰，忱字遐心，秀水人……"即查《嘉兴府志·秀水·文苑传》，果有陈忱，然字用亶，顺治时副榜，又尝学诗于朱竹垞，则与雁宕山樵非一人可知，《四库提要》殊误。

我以为可重印者尚有数书，一是《三侠五义》，须用原本，而以俞曲园[5]所改首回作附。一是董说《西游补》[6]，但不能雅俗共赏。一是《海上花列传》[7]，惜内用苏白，北人不解，但其书则如实描写，凡述妓家情形者，无一能及他。

闻先生已看定西山某处为养息之地，不知现在何处？我现搬在“西四砖塔胡同六十一号”，明年春天还要搬。

作《红楼梦索隐》之王沈二人〔8〕，先生知其名(非字)否？

迅　上　十二月二十八日夜

*　　　*　　　*

〔1〕　百二十回本《水浒传》　原名《李卓吾先生批评忠义水浒全书》，题“施耐庵集撰，罗贯中纂修”，卷首有明李贽(卓吾)、杨定见序，明万历四十二年(1614)袁天涯刻印。

〔2〕　齐君　即齐寿山。

〔3〕　百回本　即百回本《水浒传》，原名《忠义水浒传》，最早有明嘉靖间郭勋刻本，现残存八回。题“施耐庵集撰，罗贯中纂修”。又有明万历三十七年(1609)天都外臣序刻本。此处系指明万历间新安刻本。

〔4〕　陈忱后书　指明末清初陈忱所作《水浒后传》，四十回。陈忱(约1613—？)，字遐心，别号雁荡山樵，浙江乌程人。明亡后卖卜为生。另著有《雁宕诗集》。

〔5〕　俞曲园(1821—1907)　名樾，字荫甫，号曲园，浙江德清人，清代学者。道光进士，曾任河南学政，后罢归讲学。他以《三侠五义》开篇写“狸猫换太子”为不经，另撰第一回，“援据史传，订正俗说”；并改书名为《七侠五义》，于1889年作序刊行。

〔6〕　《西游补》　小说，明末董说著，十六回。现存崇祯十四年(1641)嶷如居士序本。董说(1620—1686)，字雨若，号俟庵，浙江乌程人，诸生。明亡后出家为僧，改号南潜。

〔7〕　《海上花列传》　长篇小说，清代韩邦庆著，六十四回，光绪

十八年(1892)二月起,先在《海上奇书》杂志连载部分章回,光绪二十年出石印本。

〔8〕《红楼梦索隐》 王梦阮、沈瓶庵合撰,附刊于中华书局1916年出版的一百二十回本《红楼梦》。王梦阮,不详;沈瓶庵,时为中华书局编辑。

一九二四年

240105 致胡适

适之先生：

前两天得到　手教并《水浒两种序》[1]。序文极好，有益于读者不鲜。我之不赞成《水浒后传》，大约在于托古事而改变之，以浇自己块垒这一点，[2]至于文章，固然也实有佳处，先生序上，已给与较大的估价了。

《西游补》送上，是《说库》[3]中的，不知道此外有无较好的刻本。

自从《海上繁华梦》[4]出而《海上花》遂名声顿落，其实《繁华梦》之度量技术，去《海上花》远甚。此书大有重印之价值，不知亚东书局有意于此否？我前所见，是每星期出二回之原本，上有吴友如[5]派之绘画，惜现在不可复得矣。

迅　上　一月五日

*　　　*　　　*

〔1〕《水浒两种序》　指胡适作《〈水浒续集两种〉序》。《水浒续集》，是摘取一百十五回本的"征四寇"部分和《水浒后传》合并而成。1924年2月上海亚东图书馆出版。

〔2〕《水浒后传》作者陈忱在序中说"穷愁潦倒，满眼牢骚，胸中块磊，无酒可浇，故借此惨局而著成之也。"

〔3〕《说库》 小说丛书，王汶濡编辑。1915年上海文明书局石印。内收汉、晋、梁、唐、宋、明、清小说共一七九卷。《西游补》收入《说库》第三十九、四十册。

〔4〕《海上繁华梦》 长篇小说，孙玉声（家振）著，一百回。1903年上海笑林报馆印行。《海上花》，即《海上花列传》。1926年上海亚东图书馆出版标点本。

〔5〕吴友如（？—1893） 名猷（又作嘉猷），字友如，江苏元和（今吴县）人，清末画家。1884年起，在上海主绘《点石斋画报》。

240111　致孙伏园

伏园兄：

惠书已到，附上答王君〔1〕笺，乞转寄，以了此一件事。

钦文〔2〕兄小说已看过两遍，以写学生社会者为最好，村乡生活者次之；写工人之两篇，则近于失败。如加淘汰，可存二十六七篇，更严则可存二十三四篇。现在先存廿七篇，兄可先以交起孟，问其可收入《文艺丛书》〔3〕否？而于阴历年底取回交我，我可于是后再加订正之。

总之此集决可出版，无论收入与否。但须小加整理而已。

《小白兔》一篇尚好，但所记状态及言论，过于了然（此等议论，我亦听到过），成集时易被注意，似须改得稍晦才是。又《传染病》一篇中记打针（注射）乃在屁股上，据我所知，当在大腿上，改为屁股，地位太有参差，岂现在针法已有改变乎？便中望一询为荷。

迅 上 一月十一日夜

*　　　*　　　*

〔1〕 王君　指王统照(1898—1957),字剑三,山东诸城人,作家,文学研究会发起人之一。著有长篇小说《山雨》等。

〔2〕 钦文　即许钦文。参看第250929信注〔1〕。鲁迅曾编选他的小说二十余篇,题名《故乡》,1926年4月北新书局出版,为《乌合丛书》之一。

〔3〕《文艺丛书》 指《新潮社文艺丛书》,周作人编辑。

240209 致胡　适

适之先生:

前回买到百廿回本《水浒传》的齐君告诉我,他的本家又有一部这样的《水浒传》,板比他的清楚(他的一部已颇清楚),但稍破旧,须重装,而其人知道价值,要卖五十元,问我要否。我现在不想要。不知您可要么?

听说李玄伯〔1〕先生买到若干本百回的《水浒传》,但不全。先生认识他么?我不认识他,不能借看。看现在的情形,百廿回本一年中便知道三部,而百回本少听到,似乎更难得。

树人 二月九日

*　　　*　　　*

〔1〕 李玄伯(1895—1974) 名宗侗,河北高阳人,当时任北京大学法文系教授。

240226　致李秉中[1]

秉中兄:

我的时间如下,但星期一五六不在内。

午后一至二时　在寓

三至六时　在教育部(亦可见客)

六时后　在寓

星期日大抵在寓中。

树人 上 二月二十六日

*　　　*　　　*

〔1〕 李秉中(1905—1940) 字庸倩,四川彭县人。当时北京大学学生,1924年10月入黄埔军官学校。1926年春去苏联莫斯科中山大学,继去日本学习军事。后任南京中央军校政训处教官。

240330　致钱玄同

玄同兄:

不佞之所以与师大注册部捣乱[1]者,因其一信措辞颇怪,可以疑为由某公之嗾使,而有此不敬之行为。故即取东大国学院御定之“成仁主义”，提出“不教而诛”之手续，其意在惩罚某公，而非与注册部有斤斤较量之意者也。

然昨有学生来〔2〕，言此种呆信，确出注册部呆鸟所作，其中并无受某公嗾使或藉以迎合之意云云也。然则我昨之所推度者，乃不中的焉矣。故又即取东大国学院又御定之“乐天主义”，而有打消辞意之行为者也。诸承关照，感荷者焉。杨公〔3〕则今晨于寓见之者哉。

弟树 三月卅日夜

*　　　*　　　*

〔1〕 与师大注册部捣乱　指函辞北京师范大学国文系讲师一事。据鲁迅1924年3月25日日记：“得师大信，极谬。”又，27日：“晨寄师大信，辞讲师。”

〔2〕 学生来　据鲁迅1924年3月29日日记：“顾世明、汪震、卢自然、傅岩四君来，皆师大生。”

〔3〕 杨公　指杨树达(1885—1956)，字遇夫，湖南长沙人，语言文字学家。当时任北京师范大学教授。著有《词诠》等。

240502　致胡　适

适之先生：

多天不见了。我现在有两件事情要烦扰你：

一、《西游补》已用过否？如已看过，请掷还，只要放在国文教员什么室就是。

二、向商务馆去卖之小说稿[1],有无消息？如无,可否请作信一催。

以上,劳驾之至!

树人　上　五月二日

*　　*　　*

〔1〕　小说稿　指李秉中托鲁迅设法出售的章回小说《边雪鸿泥记》稿本。共六十回。作者刘锡纯(1873—1953),字绍先,号枫庵,四川彭山人。刘将书稿交李秉中,托他伺机代售给书局。李转托鲁迅促成此事。

240526　致李秉中

庸倩兄:

今天得来信,俱悉。

《边雪鸿泥记》事件,我早经写信问过,无复,当初疑其忙于招待"太翁"[1],所以无暇;近又托孙伏园面问,未遇,乃写信问,仍无复,则不知其何故也。或者已上秘魔厓[2]修道,抑仍在北京著书,皆不可知。来信令我作书再催并介绍,今写则写矣,附上,但即令见面,恐其不得要领,仍与未见无异,"既见君子,云胡不喜",非此之谓也。况我又不善简牍,不能作宛转动听之言哉。

至于款项,倘其借之他人,则函牍往反,而且往反再三,而终于不得要领,必与卖稿无异,昔所经验,大概如斯。不如就自己言，较为可靠，我现在手头所有，可以奉借二十元，余须待端午再看，颇疑其时当有官俸少许可发，则再借三十元无难，但此等俸钱，照例必于端午前一日之半夜才能决定有无，故此时不能断言。

但如　贵债主能延至阳历六月底，则即令俸泉不发，亦尚有他法可想。

前所言之二十元如不甚急，当于星期五持至北大面交。

树人 五月二十六日之夜

*　　　*　　　*

〔1〕“太翁”　指泰戈尔（R. Tagore，1861—1941），印度诗人。1924年4月曾来我国访问。

〔2〕秘魔厓　在北京西山。明代刘侗、于奕正著《帝京景物略》卷六《西山·上》：“石子凿凿，故桑干河道也，曰卢师山，有寺曰卢师寺。……过寺半里者，秘魔厓，是卢师晏坐处。相传隋仁寿中，师从江南棹一船来，祝曰：船止则止，船至厓下止，师遂崖居。”

240527　致胡　适

适之先生：

自从在协和礼堂恭聆　大论[1]之后，遂未再见，颇疑已上秘魔厓，但或者尚在北京忙碌罢，我也想不定。

《边雪鸿泥记》一去未有消息，明知　先生事忙，但尚希为一催促，意在速售，得钱用之而已。

友人李庸倩君为彼书出主，亦久慕　先生伟烈，并渴欲一瞻丰采。所以不揣冒昧，为之介绍，倘能破著作工夫，略赐教言，诚不胜其欣幸惶恐屏营之至！

树人　上　五月二十七日

*　　　*　　　*

〔1〕 在协和礼堂恭聆大论　1924年5月8日晚，新月社在协和医学院礼堂举行集会，为正在访华的泰戈尔庆祝六十四岁生日，会上由胡适等人致词，并演出泰戈尔剧本《齐德拉》。

240606　致胡　适

适之先生：

前四天收到来信和来还的书；还有两本送给我的书[1]，谢谢。

昨天经过钟鼓寺，就到尊寓奉访，可惜会不着，实在不侥幸。

那一部小说的出主在上礼拜极想见一见先生，嘱我写一封绍介信，我也就冒昧地写给他了。但他似乎到现在没有去罢。

至于那一部小说，本来当属于古董之部，我因为见商务馆还出《秦汉演义》[2]，出《小说世界》[3]，与古董还可以说有缘，所以想仰托洪福，塞给他，去印了卖给嗜古的读者，而替该书的出主捞几文钱用。若要大张旗鼓，颂为二十世纪的新作品，则小子不敏，实不敢也。

总之，该书如可当古董卖，则价不妨廉，真姓名亦大可由该馆随意改去；而其中多少蝶语，我以为亦可删，这宗明人积习，此刻已无须毕备。而其宗旨，则在以无所不可之方法买[卖]得钱来。——但除了我做序。

况且我没有做过序，做起来一定很坏，有《水浒》《红楼》等新序[4]在前，也将使我永远不敢献丑。

但如用无所不可法而仍无卖处，则请还我，但屡次搅扰，实在抱歉之至也！

鲁迅 六月六日

*　　　*　　　*

〔1〕 鲁迅1924年6月2日日记："夜得胡适之信。并赠《五十年来之世界哲学》及《〔五十年来之〕中国文学》各一本，还《说库》二本。"

〔2〕 《秦汉演义》 长篇小说，黄士恒著，三册。1917年出版。

〔3〕 《小说世界》 周刊，鸳鸯蝴蝶派为对抗革新后的《小说月报》创办的刊物。1923年1月5日在上海创刊，叶劲风主编，后由胡寄尘编辑。1929年12月停刊。

〔4〕 《水浒》、《红楼》等新序 1920年起上海亚东图书馆陆续标点出版的《水浒》、《红楼梦》、《三国演义》等书，由胡适、陈独秀、钱玄同等人作序。

240828 致李秉中

庸倩兄：

来信已到。款须略停数日。教育部有明日领取支票之谣，倘真，则下月初可有，否则当别设法，使无碍于往曹州度孔家生活耳。

树人 八月廿八日夜

240924　致李秉中

庸倩兄：

回家后看见来信。给幼渔[1]先生的信，已经写出了，我现在也难料结果如何，但好在这并非生死问题的事，何妨随随便便，暂且听其自然。

关于我这一方面的推测，并不算对。我诚然总算帮过几回忙，但若是一个有力者，这些便都是些微的小事，或者简直不算是小事，现在之所以看去很像帮忙者，其原因即在我之无力，所以还是无效的回数多。即使有效，也〔不〕算什么，都可以毫不放在心里。

我恐怕是以不好见客出名的。但也不尽然，我所怕见的是谈不来的生客，熟识的不在内，因为我可以不必装出陪客的态度。我这里的客并不多，我喜欢寂寞，又憎恶寂寞，所以有青年肯来访问我，很使我喜欢。但我说一句真话罢，这大约你未曾觉得的，就是这人如果以我为是，我便发生一种悲哀，怕他要陷入我一类的命运；倘若一见之后，觉得我非其族类，不复再来，我便知道他较我更有希望，十分放心了。

其实我何尝坦白？我已经能够细嚼黄连而不皱眉了。我很憎恶我自己，因为有若干人，或则愿我有钱，有名，有势，或则愿我陨灭，死亡，而我偏偏无钱无名无势，又不灭不亡，对于各方面，都无以报答盛意，年纪已经如此，恐将遂以如此终。我也常常想到自杀，也常想杀人，然而都不实行，我大约不是一个勇士。现在仍然只好对于愿我得意的便拉几个钱来给他看，对于愿我灭亡的避开些，以免他再费机谋。我不大愿意使人失望，所以对于爱人和仇人，都愿意有以骗之，亦即所以慰之，然而仍然各处都弄不好。

我自己总觉得我的灵魂里有毒气和鬼气，我极憎恶他，想除去他，而不能。我虽然竭力遮蔽着，总还恐怕传染给别人，我之所以对于和我往来较多的人有时不免觉到悲哀者以此。

然而这些话并非要拒绝你来访问我，不过忽然想到这里，写到这里，随便说说而已。你如果觉得并不如此，或者虽如此而甘心传染，或不怕传染，或自信不至于被传染，那可以只管来，而且敲门也不必如此小心。

树人 廿四日夜

*　　　*　　　*

〔1〕 幼渔　马裕藻(1878—1945)，字幼渔，浙江鄞县人。曾留学日本，后任浙江教育司视学和北京大学中文系主任、北京女子师范大学教授等。

240928　致李秉中

庸倩兄：

看了我的信而一夜不睡，即是又中我之毒，谓不被传染者，强辩而已。

我下午五点半以后总在家，随时可来，即未回，可略候。

鲁迅 九月廿八夜

241020　致李秉中

庸倩兄：

来信收到。我近来至于不能转动，明日还想去一设法，但希望仍必极少，因为凡和我熟识可以通融之人，其景况总与我差不多也。但我总要凑成二十之数，于礼拜四为止办妥，届时希一莅我寓为幸。

鲁迅 十月二十日夜

其实钱之结果，礼拜三即可知。我想，如不得已，则旧债之若干份，可由我担保，其法如何，望礼拜三晚来一谈。

241126　致钱玄同

玄同兄：

尝闻《醒世姻缘》[1]其书也者，一名《恶姻缘》者也，孰为原名，则不得而知之矣。间尝览之，其为书也，至多至烦，难乎其终卷矣，然就其大意而言之，则无非以报应因果之谈，写社会家庭之事，描写则颇仔细矣，讥讽则亦或锋利矣，较之《平山冷燕》[2]之流，盖诚乎其杰出者也，然而不佞未尝终卷也，然而殆由不佞粗心之故也哉，而非此书之罪也夫！

若就其板本而论之，则窃尝见其二种矣。一者维何，木板是也；其价维何，二三块矣。二者维何，排印是耳，其价维何，七八毛乎。此皆名《醒世姻缘》者也。若夫明板，则吾闻其语矣，而未见其书也，假其有之，或遂即尚称《恶姻缘》者也乎哉？

且夫"杨树达"事件〔3〕之真相，于今盖已知之矣，有一学生之文章〔4〕，当发表于《语丝》〔5〕第三之期焉耳。而真杨树达先生乃首先引咎而道歉焉，亦殊属出我意表之外，而不胜其一同"惶而且恐之至得很"而且又加以"顿首顿首"者也而已夫。

祝你健康者也。

"……即鲁迅" 十一月二十六日

*　　*　　*

〔1〕《醒世姻缘》 长篇小说，署"西周生辑著"，一百回。最早有同治庚午(1870)年刻本。杨复吉《梦阑琐笔》说作者是蒲松龄。

〔2〕《平山冷燕》 小说，署"荻岸山人编次"，二十回。

〔3〕"杨树达"事件 指杨鄂生因精神错乱，自称"杨树达"闯入鲁迅住宅，引起鲁迅误解一事。参看《集外集》中的《记"杨树达"君的袭来》和《关于杨君袭来事件的辩正》。

〔4〕 指李遇安的《读了"记'杨树达'君的袭来"》。

〔5〕《语丝》 文艺性周刊，参看本卷第34页注〔5〕。该刊第三期(1924年12月1日)刊登李遇安的《读了"记'杨树达'君的袭来"》时，文前和文后有鲁迅所写的自歉的文字。

一 九 二 五 年

250112　致钱玄同

庙讳[1]先生：

“先生”之者，因庙讳而连类尊之也。由此观之，定名而乌可不冠冕堂皇也乎？而《出了象牙之塔》[2]“原名为何”者，《象牙ノ塔ヲ出テ》也。而“价钱若干”者，“定价金贰円八拾钱”也；而所谓“金”者，日本之夷金也。而“哪里有得买”者，“京桥区尾张町二丁目十五番地福永书店”也。然而中国则无之矣；然而“东单牌楼北路西、东亚公司”则可代购之矣；然而付定钱一半矣；然而半月可到矣；然而更久亦难定矣。呜呼噫嘻，我不得而知之也。东亚公司者，夷店也；我亦尝托其代买也；彼盖当知“哪里有得买”也，然而并以“福永书店”告之，则更为稳当也。然而信纸已完也。于是乎鲁迅乃只得顿首者也。

〔一月十二日〕

*　　*　　*

〔1〕 庙讳　封建时代称皇帝父祖名讳为“庙讳”。钱玄同和清代康熙“玄烨”同一“玄”字，故这里用作对钱玄同的戏称。

〔2〕《出了象牙之塔》　文艺论文集，日本厨川白村(1880—1923)著，鲁迅译并作《后记》，1925年未名社出版，《未名丛刊》之一。

250217 致李霁野[1]

霁野兄：

来信并文稿，《黑假面人》[2]译本，又信一封，都收到了。

《语丝》是他们新潮社[3]里的几个人编辑的。我曾经介绍过两三回文稿，都至今没有消息，所以我不想寄给他们了。《京报副刊》[4]和《民众文艺》[5]都可以登，未知可否，如可，以那一种为合，待回信办理。

《黑假面人》稍迟数日，看过一遍，当寄去，但商务馆一个一个的算字，所以诗歌戏剧，几乎只得比白纸稍贵而已。文中如有费解之处，再当函问，改正。

《往星中》[6]做得较早，我以为倒好的。《黑假面人》是较与实社会接触得切近些，意思也容易明了，所以中国的读者，大约应该赞成这一部罢。《人的一生》[7]是安特来夫的代表作，译本错处既如是之多，似乎还可以另翻一本。

鲁迅 二月十七日

*　　*　　*

〔1〕 李霁野（1904—1997） 又作季野、寄野，安徽霍丘人，翻译家。未名社成员。留学英国。曾在河北天津女子师范学院等校任教。译有《往星中》、《黑假面人》等，著有《回忆鲁迅先生》、《鲁迅先生与未名社》等。

〔2〕《黑假面人》 剧本，俄国安德烈夫作，李霁野译。1928 年北

京未名社出版。

〔3〕 新潮社　北京大学部分师生组成的文学团体,主要成员有傅斯年、罗家伦、杨振声等。1918 年底成立。提倡“批评的精神”、“科学的主义”和“革新的文字”。曾出版《新潮》月刊和《新潮丛书》,后因主要成员思想分化,无形解体。

〔4〕《京报副刊》《京报》,邵飘萍创办的报纸,1918 年 10 月 5 日创刊于北京,1926 年 4 月 24 日被奉系军阀张作霖查封。它的副刊创刊于 1924 年 12 月 5 日,孙伏园主编。

〔5〕《民众文艺》《京报》附出的周刊,1924 年 12 月 9 日创刊,鲁迅曾为该刊撰稿,并校阅创刊号至第十六号中的一些稿件。

〔6〕《往星中》 剧本,俄国安德烈夫作,李霁野译,1926 年北京未名社出版,为《未名丛刊》之一。

〔7〕《人的一生》 剧本,俄国安德烈夫作,耿济之译,1923 年商务印书馆出版,为《文学研究会丛书》之一。

250311　致许广平[1]

广平兄:

今天收到来信,有些问题恐怕我答不出,姑且写下去看。

学风如何,我以为和政治状态及社会情形相关的,倘在山林中,该可以比城市好一点,只要办事人员好。但若政治昏暗,好的人也不能做办事人员,学生在学校中,只是少听到一些可厌的新闻,待到出校和社会接触,仍然要苦痛,仍然要堕落,无非略有迟早之分。所以我的意思,倒不如在都市中,要堕落的从速堕落罢,要苦痛的速速苦痛罢,否则从较为宁静的地方突到闹处，也须意外地吃惊受苦，其苦痛之总量，与本在都市者略同。

学校的情形，向来如此，但一二十年前，看去仿佛较好者，因为足够办学资格的人们不很多，因而竞争也不猛烈的缘故。现在可多了，竞争也猛烈了，于是坏脾气也就彻底显出。教育界的清高，本是粉饰之谈，其实和别的什么界都一样，人的气质不大容易改变，进几年大学是无甚效力的，况且又有这样的环境，正如人身的血液一坏，体中的一部分决不能独保健康一样，教育界也不会在这样的民国里特别清高的。

所以，学校之不甚高明，其实由来已久，加以金钱的魔力，本是非常之大，而中国又是向来善于运用金钱诱惑法术的地方，于是自然就成了这现象。听说现在是中学校也有这样的了，间有例外者，大概即因年龄太小，还未感到经济困难或花费的必要之故罢。至于传入女校，当是近来的事，大概其起因，当在女性已经自觉到经济独立的必要，所以获得这独立的方法，不外两途，一是力争，一是巧取，前一法很费力，于是就堕入后一手段去，就是略一清醒，又复昏睡了。可是这不独女界，男人也都如此，所不同者巧取之外，还有豪夺而已。

我其实那里会"立地成佛"，许多烟卷，不过是麻醉药，烟雾中也没有见过极乐世界。假使我真有指导青年的本领——无论指导得错不错——我决不藏匿起来，但可惜我连自己也没有指南针，到现在还是乱闯，倘若闯入深坑，自己有自己负责，领着别人又怎么好呢，我之怕上讲台讲空话者就为此。记得有一种小说里攻击牧师，说有一个乡下女人，向牧师历诉困苦的半生，请他救助，牧师听毕答道，“忍着罢，上帝使你在生前受苦，死后定当赐福的。”其实古今的圣贤以及哲人学者所说，何尝能比这高明些，他们之所谓“将来”，不就是牧师之所谓“死后”么？我所知道的话就是这样，我不相信，但自己也并无更好解释。章锡琛的答话是一定要胡涂的，听说他自己在书铺子里做伙计，就时常叫苦连天。

我想，苦痛是总与人生联带的，但也有离开的时候，就是当睡熟之际。醒的时候要免去若干苦痛，中国的老法子是“骄傲”与“玩世不恭”，我自己觉得我就有这毛病，不大好。苦茶加“糖”，其苦之量如故，只是聊胜于无“糖”，但这糖就不容易找到，我不知道在那里，只好交白卷了。

以上许多话，仍等于章锡琛，我再说我自己如何在世上混过去的方法，以供参考罢——

一、走“人生”的长途，最易遇到的有两大难关。其一是“歧路”，倘若墨翟先生，相传是恸哭而返的。但我不哭也不返，先在歧路头坐下，歇一会，或者睡一觉，于是选一条似乎可走的路再走，倘遇见老实人，也许夺他食物充饥，但是不问路，因为我知道他并不知道的。如果遇见老虎，我就爬上树去，等它饿得走去了再下来，倘它竟不走，我就自己饿死在树上，而且先用带子缚住，连死尸也决不给它吃。但倘若没有树呢？那么，没有法子，只好请它吃了，但也不妨也咬它一口。其二便是“穷途”了，听说阮籍先生也大哭而回，我却也像歧路上的办法一样，还是跨进去，在刺丛里姑且走走，但我也并未遇到全是荆棘毫无可走的地方过，不知道是否世上本无所谓穷途，还是我幸而没有遇着。

二、对于社会的战斗，我是并不挺身而出的，我不劝别人牺牲什么之类者就为此。欧战的时候，最重“壕堑战”，战士伏在壕中，有时吸烟，也唱歌，打纸牌，喝酒，也在壕内开美术展览会，但有时忽向敌人开他几枪。中国多暗箭，挺身而出的勇士容易丧命，这种战法是必要的罢。但恐怕也有时会迫到非短兵相接不可的，这时候，没有法子，就短兵相接。

总结起来，我自己对于苦闷的办法，是专与苦痛捣乱，将无赖手段当作胜利，硬唱凯歌，算是乐趣，这或者就是糖罢。但临末也还是归结到“没有法子”，这真是没有法子！

以上，我自己的办法说完了，就是不过如此，而且近于游戏，不像步步走在人生的正轨上（人生或者有正轨罢，但我不知道），我相信写了出来，未必于你有用，但我也只能写出这些罢了。

鲁迅 三月十一日

*　　*　　*

〔1〕 此信经作者整理编辑收入《两地书》，序号二。

许广平（1898—1968） 广东番禺人，笔名景宋，当时是北京师范大学学生，后为鲁迅夫人。

250315　致梁绳袆[1]

生为兄：

前承两兄过谈，甚快，后以琐事丛集，竟未一奉书。前日乃蒙惠简,俱悉。关于中国神话,现在诚不可无一部书,沈雁冰君之文[2],但一看耳,未细阅,其中似亦有可参考者,所评西洋人诸书,殊可信。中国书多而难读,外人论古史或文艺,遂至今不见有好书也,惟沈君于古书盖未细检,故于康回触不周山故事,至于交臂失之。

京师图书馆所藏关于神话之书,未经目睹,但见该馆报告,知其名为《释神》[3],著者之名亦忘却。倘是平常书,尚可设法借出,但此书是稿本,则照例编入"善本"中(内容善否,在所不问),视为宝贝,除就阅而外无他途矣,只能他日赴馆索观,或就抄,如亦是撮录古书之作,则止录其所引之书之卷数已足,无须照写原文,似亦不费多大时日也。但或尚有更捷之法,亦未可知,容再一调查,奉告。

中国之鬼神谈,似至秦汉方士而一变,故鄙意以为当先搜集至六朝(或唐)为止群书,且又析为三期,第一期自上古至周末之书,其根柢在巫,多含古神话,第二期秦汉之书,其根柢亦在巫,但稍变为"鬼道",又杂有方士之说,第三期六朝之书,则神仙之说多矣。今集神话,自不应杂入神仙谈,但在两可之间者,亦止得存之。

内容分类,似可参照希腊及埃及神话之分类法作之,而加以变通。不知可析为(一)天神,(二)地祇(并幽冥界),(三)人鬼,(四)物魅否?疑不能如此分明,未尝深考,不能定也。此外则天地开辟,万物由来(自其发生之大原以至现状之细故,如乌鸦何故色黑,猴臀何以色红),苟有可稽,皆当搜集。每一神祇，又当考其(一)系统，(二)名字，(三)状貌性格，(四)功业作为，但恐亦不能完备也。

沈君评一外人之作[4]，谓不当杂入现今杂说，而仆则以为此实一个问题，不能遽加论定。中国人至今未脱原始思想，的确尚有新神话发生，譬如“日”之神话，《山海经》[5]中有之，但吾乡(绍兴)皆谓太阳之生日[6]为三月十九日，此非小说，非童话，实亦神话，因众皆信之也，而起源则必甚迟。故自唐以迄现在之神话，恐亦尚可结集，但此非数人之力所能作，只能待之异日，现在姑且画六朝或唐(唐人所见古籍较今为多，故尚可采得旧说)为限可耳。

鲁迅 三月十五日

*　　　*　　　*

〔1〕 梁绳祎(1904—1997)　又作生为，字容若，河北行唐(今属灵寿)人。当时北京师范大学学生。他为所编注音的儿童周刊搜集古代神话改写儿童故事，曾和同学傅作楫(筑夫)同访鲁迅，故信中称“两兄”。

〔2〕 沈雁冰之文　指《中国神话研究》，载《小说月报》第十六卷第一号(1925年1月)。该文结末批评了英国腾尼斯1876年出版的《中国民俗学》和英国威纳1922年出版的《中国神话与传说》，文中还说到“不过天何以忽然有破隙”，“中国的古书上都没有说起”。按《淮南子》中的《天文训》、《原道训》，《列子·汤问》、《博物志》、《史记》司马贞补《三皇本纪》等书中都记有共工(即康回)怒触不周山的神话。

〔3〕《释神》　清代姚东升辑录，手抄本，一册。分为十类：一、天地，二、山川，三、时祀，四、方祀，五、土祀，六、吉神，七、释家，八、道家，

九、仙教，十、杂神。

〔4〕 这里所说“沈君评一外人之作”，指沈雁冰《中国神话研究》批评威纳的《中国神话与传说》一书。沈文批评该书把《封神演义》列为中国神话来源之一的论点说：“我想威纳先生大概不知道他视为中国神话重要典籍的《封神演义》等书，竟是元明人做的；否则，他将说中国大部——或竟全部的神话是在西历六百年顷，始由文学家从口头的采辑为书本的了。”

〔5〕《山海经》 十八卷，约公元前四世纪至公元二世纪间的作品。内容主要是我国民间传说中的地理知识，其中保存了不少上古时代留传下来的神话故事。

〔6〕 太阳之生日 绍兴俗传夏历三月十九为朱天大帝生日，后讹为太阳菩萨生日。一说这一天是清兵入京，崇祯皇帝缢死于煤山，民间假朱天大帝的名义祀念亡明。

250318 致许广平[1]

广平兄：

这回要先讲“兄”字的讲义了。这是我自己制定，沿用下来的例子，就是：旧日或近来所识的朋友，旧同学而至今还在来往的，直接听讲的学生，写信的时候我都称“兄”。其余较为生疏，较需客气的，就称先生，老爷，太太，少爷，小姐，大人……之类。总之我这“兄”字的意思，不过比直呼其名略胜一筹，并不如许叔重先生所说，真含有“老哥”的意义。但这些理由，只有我自己知道，则你一见而大惊力争，盖无足怪也。然而现已说明，则亦毫不为奇焉矣。

现在的所谓教育，世界上无论那一国，其实都不过是制造许多适应环境的机器的方法罢了，要适如其分，发展各各的个性，这时候还未到来，也料不定将来究竟可有这样的时候。我疑心将来的黄金世界里，也会有将叛徒处死刑，而大家尚以为是黄金世界的事，其大病根就在人们各各不同，不能像印版书似的每本一律。要彻底地毁坏这种大势的，就容易变成“个人的无政府主义者”，《工人绥惠略夫》里所描写的绥惠略夫就是。这一类人物的运命，在现在，——也许虽在将来，是要救群众，而反被群众所迫害，终至于成了单身，忿激之余，一转而仇视一切，无论对谁都开枪，自己也归于毁灭。

社会上千奇百怪，无所不有；在学校里，只有捧线装书和希望得到文凭者，虽然根柢上不离“利害”二字，但是还要算好的。中国大约太老了，社会里事无大小，都恶劣不堪，像一只黑色的染缸，无论加进什么新东西去，都变成漆黑，可是除了再想法子来改革之外，也再没有别的路。我看一切理想家，不是怀念“过去”，就是希望“将来”，对于“现在”这一个题目，都交了白卷，因为谁也开不出药方。其中最好的药方，即所谓“希望将来”的就是。

“将来”这回事，虽然不能知道情形怎样，但有是一定会有的，就是一定会到来的，所虑者到了那时，就成了那时的“现在”。然而人们也不必这样悲观，只要“那时的现在”比“现在的现在”好一点，就很好了，这就是进步。

这些空想，也无法证明一定是空想，所以也可以算是人生的一种慰安，正如信徒的上帝。我的作品，太黑暗了，因为我只觉得“黑暗与虚无”乃是“实有”，却偏要向这些作绝望的抗战，所以很多着偏激的声音。其实这或者是年龄和经历的关系，也许未必一定的确的，因为我终于不能证实：惟黑暗与虚无乃是实有。所以我想，在青年，须是有不平而不悲观，常抗战而亦自卫，荆棘非践不可，固然不得不践，但若无须必践，即不必随便去践，这就是我所以主张“壕堑战”的原因，其实也无非想多留下几个战士，以得更多的战绩。

子路先生确是勇士，但他因为“吾闻君子死冠不免”，于是“结缨而死”，则我总觉得有点迂。掉了一顶帽子，有何妨呢，却看得这么郑重，实在是上了仲尼先生的当了。仲尼先生自己“厄于陈蔡”，却并不饿死，真是滑得可观。子路先生倘若不信他的胡说，披头散发的战起来，也许不至于死的罢，但这种散发的战法，也就是属于我所谓“壕堑战”的。

时候不早了，就此结束了。

鲁迅 三月十八日

*　　*　　*

〔1〕 此信经作者整理编辑收入《两地书》，序号四。

250323 致许广平[1]

广平兄：

仿佛记得收到来信有好几天了，但是今天才能写回信。

“一步步的现在过去”，自然可以比较的不为环境所苦，但

“现在的我”中，既然“含有原来的我”，而这“我”又有不满于时代环境之心，则苦痛也依然相续。不过能够随遇而安——即有船坐船云云——则比起幻想太多的人们来，可以稍为安稳，能够敷衍下去而已。总之，人若一经走出麻木境界，即增加苦痛，而且无法可想，所谓“希望将来”，就是自慰——或者简直是自欺——之法，即所谓“随顺现在”者也一样。必须麻木到不想“将来”也不知“现在”，这才和中国的时代环境相合，但一有知识，就不能再回到这地步去了。也只好如我前信所说，“有不平而不悲观”，也即来信之所谓“养精蓄锐以待及锋而试”罢。

来信所说“时代环境的落伍者”的定义，是不对的。时代环境全都迁流，并且进步，而个人始终如故，毫无进步，这才谓之“落伍者”。倘是对于时代环境，怀着不满，望它更好，待较好时，又望它更更好，即不当有“落伍者”之称。因为世界上改革者的动机，大低[抵]就是这对于时代环境的不满的缘故。

这回教次的下台，我以为似乎是他自己的失策，否则，不至于此的。至于妨碍《民国日报》，乃是北京官场的老手段，实在可笑。停止一种报章，(他们的)天下便即太平么？这种漆黑的染缸不打破，中国即无希望，但正在准备毁坏者，目下也仿佛有人，只可惜数目太少。然而既然已有，即可望多起来，一多，就好玩了，——但是这自然还在将来；现在呢，就是准备。

我如果有所知道，当然不至于客气的，但这种满纸“将来”和“准备”的“教训”，其实不过是空言，恐怕于“小鬼”无甚好处，至于时间，那倒不要紧的，因为我即不写信，也并不做着什么了不得的事。

鲁迅 三月廿三日

* * *

〔1〕 此信经作者整理编辑收入《两地书》，序号六。

250331 致许广平[1]

广平兄：

现在才有写回信的工夫，所以我就写回信。那一回演剧时候，我之所以先去者，实与剧的好坏无关，我在群集里面，向来坐不久的。那天观众似乎不少，筹款目的，该可以达到一点了罢。好在中国现在也没有什么批评家，鉴赏家，给看那样的戏剧，已经尽够了，严格的说起来，则那天的看客，什么也不懂而胡闹的很多，都应该用大批的蚊烟，将它们熏出的。

近来的事件，内容大抵复杂，实不但学校为然。据我看来，女学生还要算好的，大约因为和外面的社会不大接触之故罢，所以还不过谈谈衣饰宴会之类。至于别的地方，怪状更是层出不穷，东南大学事件就是其一，倘细细剖析，真要为中国前途万分悲哀。虽至小事，亦复如是，即如《现代评论》的“一个女读者”的文章，我看那行文造语，总疑心是男人做的，所以你的推想，也许不确。世上的鬼蜮是多极了。

说起民元的事来，那时确是光明得多，当时我也在南京教育部，觉得中国将来很有希望。自然，那时恶劣分子固然也有的，然而他总失败。一到二年二次革命失败之后，即渐渐坏下去，坏而又坏，遂成了现在的情形。其实这不是新添的坏，乃是涂饰的新漆剥落已尽，于是旧相又显了出来，使奴才主持家政，那里会有好样子。最初的革命是排满，容易做到的，其次的改革是要国民改革自己的坏根性，于是就不肯了。所以此后最要紧的是改革国民性，否则，无论是专制，是共和，是什么什么，招牌虽换，货色照旧，全不行的。

但说到这类的改革，便是真叫作无从措手。不但此也，现在虽想将“政象”稍稍改善，尚且非常之难。在中国活动的现有两种“主义者”，外表都很新的，但我研究他们的精神，还是旧货，所以我现在无所属，但希望他们自己觉悟，自动的改良而已。例如世界主义者，而同志自己先打架；无政府〔主〕义者的报馆，而用护兵守门，真不知是怎么一回事。土匪也不行，河南的单知道烧抢，东三省的渐趋于保护雅片，总之是抱“发财主义”的居多，梁山泊劫富济贫的事，已成为书本子上的故事了。军队里也不好，排挤之风甚盛，勇敢无私的一定孤立，为敌所乘，同人不救，终至阵亡，而巧滑骑墙，专图地盘者反很得意。我有几个学生在军中，倘不同化，怕终不能占得势力，但若同化，则占得势力又于将来何益。一个就在攻惠州，虽闻已胜，而终于没有信来，使我常常苦痛。

我又无拳无勇，真没有法，在手头的只有笔墨，能写这封信一类的不得要领的东西而已。但我总还想对于根深蒂固的所谓旧文明，施行袭击，令其动摇，冀于将来有万一之希望。

而且留心看看，居然也有几个不问成败而要战斗的人，虽然意见和我并不尽同，但这是前几年所没有遇到的。我所谓“正在准备破坏者目下也仿佛有人”的人，不过这么一回事。要成联合战线，还在将来。

希望我做点什么事的人，颇有几个了，但我自己知道，是不行的。凡做领导的人，一须勇猛，而我看事情太仔细，一仔细，即多疑虑，不易勇往直前；二须不惜用牺牲，而我最不愿使别人做牺牲（这其实还是革命以前的种种事情的刺激的结果），也就不能有大局面。所以，其结果，终于不外乎用空论来发牢骚，印一通书籍杂志。你如果也要发牢骚，请来帮我们，倘曰“马前卒”，则吾岂敢，因为我实无马，坐在人力车上，已经是阔气的时候了。

投稿到报馆里，是碰运气的，一者编辑先生总有些胡涂，二者投稿一多，确也使人头昏眼花。我近来常看稿子，不但没有空闲，而且人也疲乏了，此后想不再给人看，但除了几个熟识的人们。你投稿虽不写什么“女士”，我写信也改称为“兄”，但看那文章，总带些女性。我虽然没有细研究过，但大略看来，似乎“女士”的〖的〗说话的句子排列法，就与“男士”不同，所以写在纸上，一见可辨。

北京的印刷品现在虽然比先前多，但好的却少。《猛进》很勇，而论一时的政象的文字太多。《现代评论》的作者固然多是名人，看去却显得灰色。《语丝》虽总想有反抗精神，而时时有疲劳的颜色，大约因为看得中国的内情太清楚，所以不免有些失望之故罢。由此可知见事太明，做事即失其勇，庄子所谓“察见渊鱼者不祥”，盖不独谓将为众所忌，且于自己的前进亦有碍也。我现在还要找寻生力军，加多破坏论者。

鲁迅 三月卅一日

*　　*　　*

〔1〕 此信经作者整理编辑收入《两地书》，序号八。

250408① 致赵其文[1]

××兄：

那一种普通的“先生”的称呼，既然你觉得不合适，我就改作这样的写。多谢你将信寄还我，那是一个住在东斋的和你同姓的人[2]问的，我匆忙中误为一人了。

你那一篇小说，[3]大约本星期底或下星期初可以登出来。

你说“青年的热情大部分还在”，这使我高兴。但我们已经通信了好几回了，我敢赠送你一句真实的话，你的善于感激，是于自己有害的，使自己不能高飞远走。我的百无所成，就是受了这癖气的害，《语丝》上《过客》中说：“这于你没有什么好处”，那“这”字就是指“感激”。我希望你向前进取，不要记着这些小事情。

鲁迅 四月八日夜

*　　*　　*

〔1〕 此信据1939年10月19日成都《华西日报·华西副刊》所载

收信人《感激是于自己有害的》一文抄录编入，称呼在发表时被收信人略去。250411信情况亦同此。

赵其文(1903—1980)，四川江北人。曾是北京大学附属音乐传习所及北京美术专科学校学生，旁听过鲁迅的课程，曾就《野草》中的一些问题向鲁迅请教。当时任创造社北平分社出版部经理。

〔2〕 指赵自成，广西灵川人，曾在北京大学俄文系肄业。

〔3〕 指《零》。后载北京《京报副刊》第一一五、一一六号(1925年4月11日、12日)。

250408② 致刘策奇[1]

策奇先生：

您在《砭群》[2]上所见的《击筑遗音》，就是《万古愁曲》，叶德辉有刻本，题"崑山归庄玄恭"著，在《双梅景闇丛书》中，但删节太多，即如指斥孔老二的一段[3]，即完全没有。又《识小录》[4](在商务印书馆的《涵芬楼秘籍》第一集内)卷四末尾，亦有这歌，云"不知何人作"，而文颇完具，但与叶刻本字句多异，且有彼详而此略的。《砭群》上的几段，与两本的字句又有不同，大约又出于别一抄本的了。知道先生留心此道，聊举所见以备参考。

鲁迅 四月八日

*　　*　　*

〔1〕 此信据《歌谣周刊》第八十七期(1925年4月19日)所载编入。

刘策奇(1895—1927),广西象县人。在家乡任教时从事民俗研究,为北京大学研究所国学门歌谣研究会通讯会员。鲁迅因读到他在《歌谣周刊》第八十五期(1925年4月5日)发表的《明贤遗歌》而给他此信。

〔2〕《砭群》　丛刊,悲盦编辑,1909年在广州出版。《击筑余音》残稿(仅存六、七、八、九等部分)载于该刊第二期。《击筑遗音》,又名《万古愁曲》,共二十曲,有几种版本,内容互有出入,叶德辉《双梅景闇丛书》刻本署"崑山归庄玄恭作"。又有石印巾箱白纸本,署"明熊开元檗庵著"。叶德辉(1864—1927),字焕彬,号郎园,湖南长沙人,藏书家。1903年至1917年他在长沙刊印的《双梅景闇丛书》,收《万古愁曲》等书十五种。

〔3〕《万古愁曲》中指斥孔子的一段文字是:"笑笑笑,笑那喜弄笔的老尼山,把二百四十年死骷髅弄得七颠八倒。"(据《归玄恭遗书》)按"老尼山"指孔子,名丘字仲尼;"二百四十年"指春秋时期的历史。

〔4〕《识小录》　明徐树丕撰,共四卷,1916年商务印书馆编入《涵芬楼秘籍》。《涵芬楼秘籍》,丛书,孙毓修等辑,共十集,1916年起由上海商务印书馆陆续印行。丛书序云:"自丙辰年(1916)开始,以旧抄旧刻零星小种世所绝无者为《秘籍》。"

250408③　致许广平〔1〕

广平兄:

我先前收到五个人署名的印刷品,知道学校里又有些事情,但并未收到薛先生的宣言,只能从学生方面的信中,猜测一点。我的习性不大好,每不肯相信表面上的事情,所以我疑心薛先生辞职的意思,恐怕还在先,现在不过借题发挥,自以为去得格外好看。其实“声势汹汹”的罪状，未免太不切实，即使如此，也没有辞职的必要的。如果自己要辞职而必须牵连几个学生，我觉得这办法有些恶劣。但我究竟不明白内中的情形，要之，那普通所想得到的，总无非是“用阴谋”与“装死”，学生都不易应付的。现在已没有中庸之法，如果他的所谓罪状不过“声势汹汹”，殊不足以制人死命，有那一回反驳的信，已经可以了。此后只能平心静气，再看后来，随时用质直的方法对付。

这回演剧，每人分到二十余元，我以为结果并不算坏，前年世界语学校演剧筹款，却赔了几十元。但这几个钱，自然不够旅行，要旅行只好到天津。其实现在何必旅行，江浙的教育，表面虽说发达，内情何尝佳，只要看母校，即可以推知其他一切。不如买点心，日吃一元，反有实益。

大同的世界，怕一时未必到来，即使到来，像中国现在似的民族也一定在大同的门外，所以我想无论如何，总要改革才好。但改革最快的还是火与剑，孙中山奔波一世，而中国还是如此者，最大原因还在他没有党军，因此不能不迁就有武力的别人。近几年似乎他们也觉悟了，开起军官学校来，惜已太晚。中国国民性的堕落，我觉得不是因为顾家，他们也未尝为“家”设想。最大的病根，是眼光不远，加以“卑怯”与“贪婪”，但这是历久养成的，一时不容易去掉。我对于攻打这些病根的工作，倘有可为，现在还不想放手，但即使有效，也恐很迟，我自己看不见了。由我想来，——这只是如此感到，说不出理由，——目下的压制和黑暗还要增加，但因此也许可以发生较激烈的反抗与不平的新分子，为将来的新的变动的萌蘖。

"关起门来长吁短叹"，自然是太气闷了，现在我想先对于思想习惯加以明白的攻击，先前我只攻击旧党，现在我还要攻击青年。但政府似乎已在张起压制言论的网来，那么，又须准备"钻网"的法子，——这是各国鼓吹改革的人照例要遇到的。我现在还在寻有反抗和攻击的笔的人们，再多几个，就来"试他一试"，但那效果，仍然还在不可知之数，恐怕也不过聊以自慰而已。所以一面又觉得无聊，又疑心自己有些暮气，"小鬼"年青，当然是有锐气的，可有更好，更有聊的法子么？

我所谓"女性"的文章，倒不专在"唉，呀，哟，……"之多。就是在抒情文，则多用好看字样，多讲风景，多怀家庭，见秋花而心伤，对明月而泪下之类。一到辩论之文，尤易看出特别。即举出对手之语，从头至尾，一一驳去，虽然犀利，而不沉重，且罕有正对"论敌"的要害，仅以一击给与致命的重伤者。总之是只有小毒而无剧毒，好作长文而不善于短文。

做金心异的公子是最不危险的，因为他已经承认"应该多听后辈的教训"[2]，而且也决不敢以"诗礼"教其子，所以也无须"远"。他的公子已经比他长得多，衣服穿旧之后，即剪短给他穿，他似乎已经变了"子"的"后辈"，不成问题了。

《猛进》昨已送上五期，想已收到。此后如不被禁止，我当寄上，因为我这里有好几份。

鲁迅 四月八日

万璞女士的举动似乎不很好，听说她办报章时，到加拉罕那里去募捐，说如果不给，她就要对于俄国说坏话云云。

*　　*　　*

〔1〕 此信经作者整理编辑收入《两地书》,序号一〇。

〔2〕 钱玄同在《写在半农给启明的信的后面》(1925 年 3 月 30 日《语丝》第二十期)一文中说:“实在说来,前辈(尤其是中国现在的前辈)应该多听听后辈的教训才是。因为论到知识,后辈总比前辈进化些;大概前辈的话总是错的多。”

250411 致赵其文

××兄:

我现在说明我前信里的几句话的意思,所谓“自己”,就是指各人的“自己”,不是指我。无非说凡有富于感激的人,即容易受别人的牵连,不能超然独往。

感激,那不待言,无论从那一方面说起来,大概总算是美德罢。但我总觉得这是束缚人的。譬如,我有时很想冒险,破坏,几乎忍不住,而我有一个母亲,还有些爱我,愿我平安,我因为感激他的爱,只能不照自己所愿意做的做,而在北京寻一点糊口的小生计,度灰色的生涯。因为感激别人,就不能不慰安别人,也往往牺牲了自己,——至少是一部分。

又如,我们通了几回信,你就记得我了,但将来我们假如分属于相反的两个战团里开火接战的时候呢?你如果早已忘却,这战事就自由得多,倘你还记着,则当非开炮不可之际,也许因为我在火线里面,忽而有点踌躇,于是就会失败。

《过客》的意思不过如来信所说那样,即是虽然明知前路是坟而偏要走,就是反抗绝望,因为我以为绝望而反抗者难,比因希望而战斗者更勇猛，更悲壮。但这种反抗，每容易蹉跌在“爱”——感激也在内——里，所以那过客得了小女孩的一片破布的布施也几乎不能前进了。

鲁迅 四月十一日

250414　致许广平[1]

广平兄：

有许多话，那天本可以口头答复，但我这里从早到夜，总有几个各样的客在座，所以只能论天气之好坏，风之大小。因为虽是平常的话，但偶然听了一段，即容易莫名其妙，还不如仍旧写回信。

学校的事，也许暂时要不死不活罢。昨天听人说，章太太不来，另荐了两个人，一个也不来，一个是不去请。还有某太太却很想做，而当局似乎不敢请教。听说评议会的挽留倒不算什么，而问题却在不能得人。当局定要在“太太类”中选择，固然也过于拘执，但别的一时可也没有，此实不死不活之大原因也，后事如何，且听下回分解可耳。

来信所述的方法，我实在无法说是错的，但还是不赞成，一是由于全局的估计，二是由于自己的偏见。第一，这不是少数人所能做，而这类人现在很不多，即或有之，更不该轻易用去；还有，即有一两类此的事件，实不足以震动国民，他们还很麻木，至于坏种，则警备甚严，也未必就肯洗心革面，假使接连而起，自然就好得多，但怕没有这许多人；还有，此事容易引起坏影响,例如民二,袁世凯也用这方法了,党人所用的多青年,而他的乃是用钱雇来的奴子,试一衡量,还是这一面吃亏。但这时党人之间,也曾用过雇工,以自相残杀,于是此道乃更坠落。现在即使复活,我以为虽然可以快一时之意,而与大局是无关的。第二,我的脾气是如此的,自己没有做,就不大赞成。我有时也能辣手评文,也常煽动青年冒险,但有相识的人,我就不能评他的文章,怕见他的冒险,明知道这是自相矛盾的,也就是做不出什么事情来的死症,然而终于无法改良,奈何不得,我不愿意,由他去罢。

"无处不是苦闷,苦闷,(此下还有六个和……)"我觉得"小鬼"的"苦闷"的原因是在"性急"。在进取的国民中,性急是好的,但生在麻木如中国的地方,却容易吃亏,纵使如何牺牲,也无非毁灭自己,于国度没有影响。我记得先前在学校演说时候也曾说过,要治这麻木状态的国度,只有一法,就是"韧",也就是"锲而不舍"。逐渐的做一点,总不肯休,不至于比"轻于一掷"无效的。但其间自然免不了"苦闷,苦闷,(此下还有六个并……)"可是只好便与这"苦闷……"反抗。这虽然近于劝人耐心做奴隶,其实很不同,甘心乐意的奴隶是无望的,但如怀着不平,总可以逐渐做些有效的事。

我有时以为"宣传"是无效的,但细想起来,也不尽然。革命之前,第一个牺牲者我记得是史坚如,现在人们都不大知道了,在广东一定是记得的人较多罢,此后接连的有好几人,而爆发却在胡〔湖〕北,还是宣传的功劳。当时和袁世凯妥协,种下病根,其实却还是党人实力没有充实之故。所以鉴于前车,则此后的第一要图,还在充足实力,此外各种言动,只能稍作辅佐而已。

文章的看法,也是因人不同的,我因为自己爱作短文,爱用反语,每遇辩论,辄不管三七二十一,就迎头一击,所以每见和我的办法不同者便以为缺点。其实畅达也自有畅达的好处,正不必故意减缩(但繁冗则自应删削),例如玄同之文,即颇王羊〔2〕,而少含蓄,使读者览之了然,无所疑惑,故于表白意见,反为相宜,效力亦复很大。我的东西却常招误解,有时竟出于意料之外,可见意在简练,稍一不慎,即易流于晦涩,而其弊有至于不可究诘者焉。(不可究诘四字颇有语病,但一时想不出适当之字,姑仍之。意但云"其弊颇大"耳。)

前天仿佛听说《猛进》终于没有定妥,后来因为别的话岔开,没有问下去了。如未定,便中可见告,当寄上。我虽说忙,其实也不过"口头禅",每日常有闲坐及讲空话的时候,写一个信面,尚非大难事也。

鲁迅 四月十四日

*　　*　　*

〔1〕 此信经作者整理编辑收入《两地书》,序号一二。

〔2〕 王羊　这里借用为"汪洋",形容文章气势旺盛肆恣。"王"古义可通"旺",即旺盛;"羊"亦通"徉",意为徜徉、遨游。

250422　致许广平〔1〕

广平兄:

十六和廿日的信,都收到了,实在对不起,到现在才一并回答。几天以来，真所谓忙得不堪，除些琐事以外，就是那可笑的"□□周刊"。这一件事，本来还不过一种计画，不料有一个学生对邵飘萍一说，他就登出广告来，并且写得那么夸大可笑。第二天我就代拟了一个别的广告，硬令登载，又不许改动，他却又加了几句无聊的案语，做事遇着隔膜者，真是连小事情也碰头。至于我这一面，则除百来行稿子以外，什么也没有，但既然受了广告的鞭子的强迫，也不能不跑了，于是催人去做，自己也做，直到此刻，这才勉强凑成，而今天就是交稿的日子。统看全稿，实在不见得高明，你不要那么热望，过于热望，要更失望的。但我还希望将来能够比较的好一点。如有稿子，也望寄来，所论的问题也不拘大小。你不知定有《京报》否，如无，我可以使人将《莽原》——即所谓□□周刊——寄上。

但星期五，你一定在学校先看见《京报》罢。那"莽原"二字，是一个八岁的孩子写的，名字也并无意义，与《语丝》相同，可是又仿佛近于"旷野"。投稿的人名都是真的；只有末尾的四个都由我代表，然而将来在文章上恐怕也仍然看得出来，改变文体，实在是不容易的事。这些人里面，做小说的和能翻译的居多，而做评论的没有几个，这实在一个大缺点。

再说到前信所说的方法，就方法本身而论，自然是没有什么错处的，但效果在现今的中国却收不到。因为施行刺激，总须有若干人有感动性才有应验，就是所谓须是木材，始能以一颗小火燃烧，倘是沙石，就无法可想，投下火柴去，反而无聊。所以我总觉得还该耐心挑拨煽动，使一部分有些生气才好。去年我在西安夏期讲演，我以为可悲的，而听众木然，我以为可笑的，而听众也木然，都无动，和我的动作全不生关系。当群众的心中并无可以燃烧的东西时，投火之无聊至于如此。别的事也一样的。

薛先生已经复职，自然极好，但来来去去，似乎太劳苦一点了。至于今之教育当局，则我不知其人。但看他挽孙中山对联中之自夸，与完全“道不同”之段祺瑞之密切，为人亦可想而知。所闻的历来举止，似是大言无实，欺善怕恶之流而已。要之在这昏浊的政局中，居然出为高官，清流大约决无这种手段，由我看来，王九龄要比他好得多罢。校长之事，部中毫无所闻，此人之来，以整顿教育自命，或当别有一反从前一切之新法（他是不满于今之学风的），但是否又是大言，则不得而知，现在鬼鬼祟祟之人太多，实在无从说起。

我以前做些小说短评之类，难免描写或批评别人，现在不知道怎么，似乎报应已至，自己忽而变了别人的文章的题目了。张王两篇，也已看过，未免说得我太好些。我自己觉得并无如此“冷静”，如此能干，即如“小鬼”们之光降，在未得十六来信以前，我还没有悟出已被“探捡”而去，倘如张君所言，从第一至第三，全是“冷静”，则该早经知道了。但你们的研究，似亦不甚精细，现在试出一题，加以考试：我所坐的有玻璃窗的房子的屋顶，似什么样子的？后园已经去过，应该可以看见这个，仰即答复可也！

星期一的比赛“韧性”，我又失败了，但究竟抵抗了一点钟，成绩还可以在六十分以上。可惜众寡不敌，终被逼上午门，此后则遁入公园，避去近于“带队”之苦。我常想带兵抢劫，无可讳言，若一变而为带女学生游历，未免变得离题太远，先前之逃来逃去者，非怕“难为”“出轨”等等，其实不过是想逃脱领队而已。

琴心问题，现在总算明白了。先前，有人说是欧阳兰，有人说是陆晶清，而孙伏园坚谓俱不然，乃是一个新出的作者。盖投稿非其自写，所以是另一种笔迹，伏园以善认笔迹自负，岂料反而上当。二则所用的红信封绿信纸将伏园善识笔迹之眼睛吓昏，遂愈加疑不到欧阳兰身上去了。加以所作诗文，也太近于女性。今看他署着真名之文，也是一样色彩，本该容易猜破，但他人谁会想到他为了争一点无聊的名声，竟肯如此钩心斗角，无所不至呢。他的“横扫千人”的大作，今天在《京报副刊》似乎露一点端倪了，所扫的一个是批评廖仲潜小说的芳子，但我现在疑心芳子也就是廖仲潜，实无其人，和琴心一样的。第二个是向培良（也是我的学生），则识力比他坚实得多，琴心的扫帚，未免太软弱一点。但培良已往河南去办报，不会有答复的了，这实在可惜，使我们少看见许多痛快的议论。闻京报社里攻击欧阳的文章还有十多篇，有一篇署名“S 弟”的颇好，大约几天以后要登出来。

《民国公报》的实情如何，我不知道，待探听了再回答罢。普通所谓考试编辑多是一种手段，大抵因为荐条太多，无法应付，便来装作这一种门面，故作禀公选用之状，以免荐送者见怪，其实却是早已暗暗定好，别的应试者不过陪他变一场戏法罢了。但《民国公报》是否也如是，却尚难决（我看十分之九也这样），总之，先去打听一回罢。我的意见，以为做编辑是不会有什么进步的，我近来因常与周刊之类相关，弄得看书和休息的工夫也没有了，因为选用的稿子，常须动笔改削，倘若任其自然，又怕闹出错处来。还是“人之患”较为从容，即使有时逼上午门，也不过费两三个时间而已。

鲁迅　四月二十二日夜

*　　*　　*

〔1〕　此信经作者整理编辑收入《两地书》，序号一五。

250428　致许广平[1]

广平兄：

来信收到了。今天又收到一封文稿，拜读过了，后三段是好的，首一段累堕一点，所以看纸面如何，也许将这一段删去。但第二期上已经来不及登，因为不知“小鬼”何意，竟不题作者名字。所以请你捏造一个，并且通知我，并且必须于下星期三上午以前通知，并且回信中不准说“请先生随便写上一个可也”之类的油滑话。

现在的小周刊，目录必在角上者，是为订成本子之后，读者容易翻检起见，倘要检查什么，就不必全本翻开，才能够看见每天的细目。但也确有隔断读者注意的弊病，我想了另一格式，如下：

<table><tr><td rowspan="2">录目</td><td>莽</td><td>处通</td></tr><tr><td>原</td><td>等讯</td></tr></table>

则目录既在边上，容易检查，又无隔断本文之弊，可惜《莽原》第一期已经印出，不能便即变换了，但到二十期以后，我想“试他一

试”。至于印在末尾，书籍尚可，定期刊不合宜，擅起此种“心理作用”，应该记大过二次。

《莽原》第一期的作者和性质，都如来信所言，但长虹不是我，乃是我今年新认识的。意见也有一部分和我相合，而是安那其主义者。他很能做文章，但大约因为受了尼采的作品的影响之故罢，常有太晦涩难解处；第二期登出的署著 C. H. 的，也是他的作品。至于《棉袍里的世界》所说的“掠夺”问题，则敢请少爷不必多心，我辈赴贵校教书，每月明明写定“致送修金十三元五角正”。既有“十三元五角”而且“正”，则又何“掠夺”之有也欤哉！

割舌之罚，早在我的意中，然而倒不以为意。近来整天的和人谈话，颇觉得有点苦了，割去舌头，则一者免得教书，二者免得陪客，三者免得做官，四者免得讲应酬话，五者免得演说；从此可以专心做报章文字，岂不舒服。所以你们应该趁我还未割去舌头之前听完《苦闷之象征》，前回的不肯听讲而逼上午门，也就应该记大过若干次。而我的六十分，则必有无疑。因为这并非“界限分得太清”之故，我无论对于什么学生，都不用“冲锋突围而出”之法也。况且，窃闻小姐之类，大抵容易“潸然泪下”，倘我挥拳打出，诸君在后面哭而送之，则这一篇文章的分数，岂非当在〇分以下？现在不然，可知定为六十分者，还是自己客气的。

但是这次试验，我却可以自认失败，因为我过于大意，以为广平少爷未必如此“细心”，题目出得太容易了。现在也只好任凭占卦抽签，不再辩论，装作舌头已经割去之状。惟报仇题目，却也不再交卷，因为时间太严。那信是星期一上午收到的，午后即须上课，更无作答的工夫，一经上课，则无论答得如何正确，也必被冤为"临时豫备夹带然后交卷"，倒不如拚出，交了白卷便宜。

今天《京报》上，不知何以琴心问题忽而寂然了，听说馆中还有琴心文四篇，及反对他的十几篇，或者都就此中止，也未可知。今天但有两种怪广告，——欧阳兰及"宇铨先生"——后一种更莫名其妙。《北大日刊》上又有一个欧阳兰启事，说是要到欧洲去了。

中国现今文坛(?)的状态，实在不佳，但究竟做诗及小说者尚有人。最缺少的是"文明批评"和"社会批评"，我之以《莽原》起哄，大半也就为得想引出些新的这样的批评者来，虽在割去敝舌之后，也还有人说话，继续撕去旧社会的假面。可惜现在所收的稿子，也还是小说多。

鲁迅 四月二十八日

*　　　*　　　*

〔**1**〕 此信经作者整理编辑收入《两地书》，序号一七。

250503　致许广平[1]

广平兄：

四月三十日的信收到了。闲话休提，先来攻击朱老夫子的《假名论》罢。

夫朱老夫子者，是我的老同学，我对于他的在窗下孜孜研究，久而不倦，是十分佩服的，然此亦惟于古学一端而已，若夫评论世事，乃颇觉其迂远之至者也。他对于假名之非难，不过最偏的一部分，如以此诬陷毁谤个人之类，才可谓之“不负责任的推诿的表示”。倘在人权尚无确实保障的时候，两面的众寡强弱，又极悬殊，则又作别论才是。例如子房为韩报仇，以君子看来，是应该写信给秦始皇，要求两人赤膊决斗，才觉合理的，然而博浪一击，大索十日而终不可得，后世亦不以为非者，知公私不同，而强弱之势亦异，一匹夫不得不然之故也。况且，现在的有权者，是什么东西呢？他知道什么责任呢？《民国日报》案故意拖延月余，才来裁判，又决罚至如此之重，而叫喊几声的人独要硬负片面的责任，如孩子脱衣以入虎穴，岂非大愚么？朱老夫子生活于平安中，所做的是《萧梁旧史考》，负责与否，没有大关系，也并〔没〕有什么意外的危险，所以他的侃侃而谈，仅可以供他日共和实现之后的参考，若今日者，则我以为只要目的是正的——这所谓正不正，又只专凭自己判断——即可用无论什么手段，而况区区假名真名之小事也哉，此我所以指窗下为活人之坟墓，而劝人们不必多看中国之书者也！

本来还要更长更明白的骂几句，但因为有所顾忌，又哀其胡子之长，就此收束罢。那么，话题一转，而论“小鬼”之假名问题。那两个“鱼与熊掌”，虽为足下所喜，我以为用于论文，却不相宜，因为以真名招一个无聊的麻烦，固然犯不上，但若假名太近滑稽，则足以减少论文的重量，所以也不很好。你这许多名字中,既然"非心"总算还未用过,我就以"编辑"兼"先生"之威权,给你写上这一个罢。假如于心不甘,赶紧发信抗议,还来得及,但如星期二夜为止并无痛哭流涕之抗议,即以默认论,虽驷马也难于追回了。而且此后的文章,也应细心署名,不得以"因为忙中"推诿!

试验题目出得太容易了,自然也算得我的失策,然而也未始没有补救之法的。其法即称之为"少爷",刺之以"细心",则效力之大,也抵得记大过二次,现在果然慷慨激昂的来"力争"了,而且写至九行之多,可见费力不少。我的报复计画,总算已经达到了一部分,"少爷"之称,姑且准其取消罢。

我看"宇铨先生"的新广告,他是本知道波微并不是崔女士的,先前的许多信,想来不过是装傻。但这人的本相,却不易查考,因为北大学生的信,都插在门口,所以即非学生,也可以去取,单看通信地址,其实不能定为何校学生。惟看他的来信上的邮局消印,却可以大略推知住在何处。我看见几封上署"女师大"的"琴心"的信面,都是东城邮局的消印,可见琴心其实是住在东城。

历来的《妇周》,几乎还是一种文艺杂志,议论很少,有几篇也不很好。前一回某君在一篇论文里解释"妾"字的意义,实在是笑话。请他们诸公来"试他一试",也不坏罢。然而咱们的《莽原》也很窘,寄来的多是小说与诗,评论很少,倘不小心,也容易变成文艺杂志的。我虽然被称为"编辑先生",非常骄气,但每星期被逼作文,却很感痛苦,因为这简直像先前学校中的星期考试。你如有议论,敢乞源源寄来,不胜荣幸感激涕零之至!

缝纫先生听说又不来了,要寻善于缝纫的,北京很多,本不必发电号召,奔波而至,她这回总算聪明。继其后者,据现状以观,总还是太太类罢。其实这倒不成为什么问题,不必定用毛瑟,因为“女人长女校”,还是社会的公意,想章士钊和社会奋斗,是不会的,否则,也不成其为章士钊了。老爷类也没有什么相宜的人,名人不来,来也未必一定能办好。我想校长之类,最好请无大名而真肯做事的人做。然而,目下无之。

我也可以“不打自招”:东边架上一盒盒的,确是书籍。但我已将废去考试法不同,倘有必须报复之处,即尊称之曰“少爷”,就尽够了。

鲁迅 五月三日

*　　*　　*

〔1〕 此信经作者整理编辑收入《两地书》,序号一九。

250517 致李霁野

霁野兄:

前几天收到一篇《生活!》[1]我觉得做得很好;但我略改了几个字,都是无关紧要的。

可是,结末一句说:这喊声里似乎有着双关的意义。我以为这“双关”二字,将全篇的意义说得太清楚了,所有蕴蓄,有被其打破之虑。我想将它改作“含着别样”或“含着几样”,后一个比较的好，但也总不觉得恰好。这一点关系较大些，所以要问问你的意思，以为怎样？

鲁迅 五月十七日

西城宫门口、西三条、二十一号

＊　　＊　　＊

〔1〕《生活!》 短篇小说，李霁野作，载《语丝》周刊第二十八期(1925年5月25日)。作者接受鲁迅的意见，在发表时将结末一句改为"似乎含着几样的意义"。

250518　致许广平[1]

广平兄：

两信均收到，一信中并有稿子，自然照例"感激涕零"而阅之。小鬼"最怕听半截话"，而我偏有爱说半截话的毛病，真是无可奈何。本来想做一篇详明的《朱老夫子论》呈政，而心绪太乱，又没有工夫。简截地说一句罢，就是：他历来所走的都是最稳的路，不做一点小小的冒险事，所以他的话倒是不负责任的，待到别人被祸，他不作声了。

群众不过如此，由来久矣，将来也不过如此。公理也和事之成败无关。但是，女师之教员也太可怜了，只见暗中活动之鬼，而竟没有站出来说话的人。我近来对于黎先生之赴西山，也有些怀疑了，但也许真真恰巧，疑之者倒是我自己的神经过敏。

我现在愈加相信说话和弄笔的都是不中用的人，无论你说话如何有理，文章如何动人，都是空的。他们即使怎样无理，事实上却著著得胜。然而，世界岂真不过如此而已么？我还要反抗，试他一试。

提起牺牲，就使我记起前两三年被北大开除的冯省三。他是闹讲义风潮之一人，后来讲义费撤去了，却没有一个同学再提起他。我那时曾在《晨报副刊》上做过一则杂感，意思是牺牲为群众祈福，祀了神道之后，群众就分了他的肉，散胙。

听说学校当局有打电报给家属之类的举动，我以为这些手段太毒辣了。教员之类该有一番宣言，说明事件的真相，几个人也可以的。如果没有一个人肯负这一点责任(署名)，那么，即使校长竟去，学籍也恢复了，也不如走罢，全校没有人了，还有什么可学？

鲁迅 五月十八日

*　　*　　*

〔1〕 此信经作者整理编辑收入《两地书》，序号二二。

250530　致许广平〔1〕

广平兄：

午回来，看见留字。现在的现象是各方面黑暗，所以有这情形，不但治本无从说起，便是治标也无法，只好跟着时局推移而已。至于《京报》事，据我所闻却不止秦小姐一人，还有许多人运动,结果是两面的新闻都不载,但久而久之,也许会反而帮牠们(男女一群,所以只好用"牠"),办报的人们,就是这样的东西。(其实报章的宣传于实际上也没有多大关系。)

今天看见《现代评论》,所谓西滢也者,对于我们的宣言出来说话了,装作局外人的样子,真会玩把戏。我也做了一点寄给《京副》,给他碰一个小钉子。但不知于伏园饭碗之安危如何。牠们是无所不为的,满口仁义,行为比什么都不如。我明知道笔是无用的,可是现在只有这个,只有这个而且还要为鬼魅所妨害。然而只要有地方发表,我还是不放下,或者《莽原》要独立,也未可知。独立就独立,完结就完结,都无不可。总而言之,笔舌常存,是总要使用的,东滢西滢,都不相干也。

西滢文托之"流言",以为此次风潮是"某系某籍教员所鼓动",那明是说"国文系浙籍教员"了。别人我不知道,至于我之骂杨荫榆,却在此次风潮之后,而"杨家将"偏来诬赖,可谓卑劣万分。但浙籍也好,夷籍也好,既经骂起,就要骂下去,杨荫榆尚无割舌之权,总还要被骂几回的。

文已改好,但邮寄不便,当于便中交出,好在现尚不用。所云团体,我还未打听,但我想,大概总就是前日所说的一个。其实也无须打听,这种团体,一定有范围,尚服从公决的。所以只要自己决定,如要思想自由,特立独行,便不相宜。如能牺牲若干自己的意见,就可以。只有"安那其"是没有规则的,但在中国却有首领,实在希奇。

现在老实说一句罢,"世界岂真不过如此而已么?……"这些话,确是"为对小鬼而说的"。我所说的话,常与所想的不同，至于何以如此，则我已在《呐喊》的序上说过：不愿将自己的思想，传染给别人。何以不愿，则因为我的思想太黑暗，而自己终不能确知是否正确之故。至于"还要反抗"，倒是真的，但我知道这"所以反抗之故"，与小鬼截然不同。你的反抗，是为希望光明到来罢？（我想，一定是如此的。）但我的反抗，却不过是偏与黑暗捣乱。大约我的意见，小鬼很有几点不大了然，这是年龄，经历，环境等等不同之故，不足为奇。例如我是诅咒"人间苦"而不嫌恶"死"的，因为"苦"可以设法减轻而"死"是必然的事，虽曰"尽头"，也不足悲哀。而你却不高兴听这类话，——但是，为什么吞藤黄〔2〕的？这就比不做"痛哭流涕的文字"还"该打"！又如来信说，"凡有死的同我有关的，同时我就诅咒所有与我无关的。……"而我正相反，同我有关的活着，我就不放心，死了，我就安心，这意思也在《过客》中说过：都与小鬼的不同。其实，我的意见原也不容易了然，因为其中本有着许多矛盾，教我自己说，或者是"人道主义"与"个人的无治主义"的两种思想的消长起伏罢。所以我忽而爱人，忽而憎人；做事的时候，有时确为别人，有时却为自己玩玩，有时则竟因为希望将生命从速消磨，所以故意拚命的做。此外或者还有什么道理，自己也不甚了然。但我对人说话时，却总拣择光明些的说出，然而偶不留意，就露出阎王并不反对，而小鬼反不乐闻的话来。总而言之，我为自己和为别人的设想，是两样的。所以者何，就因为我的思想太黑暗，但是究竟是否真确，不得而知，所以只能在自身试验，不能邀请别人。其实小鬼希望父兄长存，而自己会吞藤黄，也是如此。

《莽原》实在有些穿棉花鞋了，但没有撒泼文章，真是无法。自己呢，又做惯了晦涩的文章，一时改不过来，初做时立志要显豁，而后来往往仍以晦涩结尾，实在可气之至！现在除附《京报》分送外，另售千五百，看的人也算不少。待"闹潮"略有结束，你这一匹"害群之马"多来发一点议论罢。

鲁迅 五月三十日

*　　　*　　　*

〔1〕 此信经作者整理编辑收入《两地书》，序号二四。

〔2〕 吞藤黄　许广平在1925年5月27日致鲁迅信中曾说："虽则在初师时，凭一时的血气和一个同学怄气，很傻的吞了些藤黄，终于成笑话的被救。"藤黄，指藤黄树皮渗出的黄色树脂，用于绘画，有毒。

250602　致许广平[1]

广平兄：

拆信案件，或者牠们有些受了冤，因为卅一日的那一封，也许是我自己拆过的。那时已经很晚，又写了许多信，所以自己不大记得清楚，但记得将其中之一封拆开（从下方），在第一张上加了一点细注。如你所收的第一张上有小注，那就确是我自己拆过的了。

至于别的信，我却不能代牠们辩护。其实私拆函件，本是中国惯技，（我也早料到的，历来就已豫防，）但是这类技俩，也不过心劳日拙而已。听说明的方孝孺就被永乐灭十族，其一是“师”，但也许是齐东野语，我没有考查过这事的真伪。可是从西滢的文字上看来，此辈一得志，怕要“灭系”，“灭籍”了。

明明将学生开除，而布告文中文其词曰“出校”，我当时颇叹中国文字之巧。今见上海印捕击杀学生，而路透电则云，“若干人不省人事”，可谓异曲同工，但此系中国报译文，不知原文如何。

其实我并不很喝酒，饮酒之害，我是深知道的。现在也还是不喝的时候多，只要没有人劝喝。多住些时，亦无不可的。

汪先生的宣言发表了，而引“某女士”言以为重，可笑。他们大抵爱用“某”字，不知何也。又观其意似乎说“某籍某系”想将学校解散，也是一种奇谈，黑幕中人面目渐露，亦殊可观，可惜他又要“南归”了。

迅 六月二日

*　　*　　*

〔**1**〕 此信经作者整理编辑收入《两地书》，序号二六。

250613 致 许广平[1]

广平兄：

六月六日的信并文稿早收到了，但我久没有复。今天又收到十二日信。其实我并不做什么事，而总是忙，拿不起笔来，偶然在什么周刊上写几句，也不过是敷衍，近几天尤其甚。这原因大概是因为“无聊”，人到无聊，便比什么都可怕，因为这是从自己发生的，不大有药可救。喝酒是好的，但也很不好。等暑假时闲空一点，我很想休息几天，什么也不做，什么也不看，但不知道可能够。

第一，小鬼不要变成狂人，也不要发脾气了。人一发狂，自己或者没有什么，——俄国的梭罗古勃以为倒是幸福，——但从别人看来，却似乎一切都已完结。所以我倘能力所及，决不肯使自己发狂，实未发狂而有人硬说我有神经病，那自然无法可想。性急就容易发脾气，最好要酌减"急"的角度，否则，要防自己吃亏，因为现在的中国，总是阴柔人物得胜。

上海的风潮，也出于意料之外。可是今年的学生的动作，据我看来是比前几回进步了。不过这些表示，真所谓"就是这么一回事"。试想：北京全体(?)学生而不能去一章士钉，女师大大多数学生而不能去一杨荫榆，何况英国和日本。但在学生一方面，也只能这么做，唯一的希望，就是等候意外飞来的"公理"。现在"公理"也确有点飞来了，而且，说英国不对的，还有英国人。所以无论如何，我总觉得鬼子比中国人文明，货只管排，而那品性却很有可学的地方。这种敢于指摘自己国度的错误的，中国人就很少。

所谓"经济绝交"者，在无法可想中，确是一个最好的方法，但有附带条件，要耐久，认真。这么办起来，有人说中国的实业就会借此促进，那是自欺欺人之谈。(前几年排斥日货时，大家也那么说，然而结果不过做成功了一种"万年糊"。草帽和火柴发达的原因，尚不在此。那时候，是连这种万年糊也不会做的，排货事起，有三四个学生组织了一个小团体来制造,我还是小股东,但是每瓶八枚铜子的糊,成本要十枚,而且总敌不过日本品。后来,折本,闹架,关门。现在所做的好得多,进步得多了,但和我辈无关也。)因此获利的却是美法商人。我们不过将送给英日的钱,改送美法,归根结蒂,二五等于一十。但英日却究竟受损,为报复计,亦足快心而已。

可是据我看起来,要防一个不好的结果,就是白用了许多牺牲,而反为巧人取得自利的机会,这种事在中国也常有的。但在学生方面,也愁不得这些,只好凭良心做去,可是要缓而韧,不要急而猛。中国青年中,有些很有太"急"的毛病,——小鬼即其一,——因此,就难于耐久(因为开首太猛,易于将力气用完),也容易碰钉子,吃亏而发脾气:此不佞所再三申说者也,亦自己所实验者也。

前信反对"喝酒",何以这回自己"微醉?"了?大作中好看的字面太多一点,拟删去些,然后"赐列第□期《莽原》"。

伏园的态度我日益怀疑,因为似乎已与西滢大有联络。其登载几篇反杨之稿,盖出于不得已。今天在《京副》上,至于指《猛进》,《现代》,《语丝》为"兄弟周刊",简直有卖《语丝》以与《现代》拉拢之观。或者《京副》之专载沪事,不登他文,也还有别种隐情,(但这也许是我的妄猜)《晨副》即不如此。

我明知道几个人做事,真出于"为天下"是很少的。但人于现状,总该有点不平,反抗,改良的意思。只这一点共同目的,便可以合作。即使含些"利用"的私心,也不妨,利用别人,又给别人做点事,说得好看一点,就是"互助"。但是,我总是"罪孽深重,祸延"自己,每每终于发见纯粹的利用,连"互"字也安不上，被用之后，只剩下耗了气力的自己而已。我的时常无聊，就是为此，但我还能将一切忘却，休息一时之后，从新再来，即使明知道后来的运命未必会胜于过去。

本来有四张信纸已可写完，而牢骚发出第五张上去了。时候已经不早，非结束不可。止此而已罢。

六月十三夜 迅

然而，这一点空白，也还要用空话来填满。欧阳兰据说不到欧洲去了。我近来收到一封信，署名“捏蚊”，云要加入《莽原》，大约就是“雪纹”（也即欧阳兰）。这回《民众文艺》上所登的署名“聂文”的，我想也是她（?）。有麟粗心，没有看出。它们又在闹琴心式的玩艺了。

这一点空白，即以这样填满。

*　　*　　*

〔1〕 此信经作者整理编辑收入《两地书》，序号二九。

250622　致章廷谦[1]

矛尘兄：

很早的时候，乔峰有信来要我将上海的情形顺便告诉三太太，因为她有信去问。但我有什么“便”呢。今天非写回信不可了，这一件委托，也总得消差，思之再三，只好奉托你暗暗通知一声，其语如下——[2]

本来这样的消息也无须“暗暗”，然而非“暗暗”不可者，所谓呜呼哀哉是也。

鲁迅 六月廿二日

*　　*　　*

〔1〕 章廷谦(1901—1981) 字矛尘，笔名川岛，浙江上虞人。北京大学哲学系毕业，当时在北京大学任教。

〔2〕 据收信人回忆，这里系剪贴周建人的一个字条，内容是谈他在上海商务印书馆时的生活情况。

250628 致许广平[1]

训词：

你们这些小姐们，只能逃回自己的窠里之后，这才想出方法来夸口；其实则胆小如芝麻(而且还是很小的芝麻)，本领只在一齐逃走。为掩饰逃走起见，则云“想拿东西打人”，辄以“想”字妄加罗织，大发挥其杨家勃谿式手段。呜呼，“老师”之“前途”，而今而后，岂不“棘矣”也哉！

不吐而且游白塔寺，我虽然并未目睹，也不敢决其必无。但这日二时以后，我又喝烧酒六杯，蒲桃酒五碗，游白塔寺四趟，可惜你们都已逃散，没有看见了。若夫“居然睡倒，重又坐起”，则足见不屈之精神，尤足为万世师表。总之：我的言行，毫无错处，殊不亚于杨荫榆姊姊也。

又总之：端午这一天，我并没有醉，也未尝“想”打人；至于

"哭泣",乃是小姐们的专门学问,更与我不相干。特此训谕知之!

此后大抵近于讲义了。且夫天下之人,其实真发酒疯者,有几何哉,十之九是装出来的。但使人敢于装,或者也是酒的力量罢。然而世人之装醉发疯,大半又由于倚赖性,因为一切过失,可以归罪于醉,自己不负责任,所以虽醒而装起来。但我之计划,则仅在以拳击"某籍"小姐[2]两名之拳骨而止,因为该两小姐们近来倚仗"太师母"之势力,日见跋扈,竟有欺侮"老师"之行为,倘不令其喊痛,殊不足以保架子而维教育也。然而"殃及池鱼"[3],竟使头罩绿纱及自称"不怕"之人们,亦一同逃出,如脱大难者然,岂不为我所笑?虽"再游白塔寺",亦何能掩其"心上有杞天之虑"[4]的狼狈情状哉。

今年中秋这一天,不知白塔寺可有庙会,如有,我仍当请客,但无则作罢,因为恐怕来客逃出之后,无处可游,扫却雅兴,令我抱歉之至。

"……者"是什么?

"老师" 六月二十八日

那一首诗,意气也未尝不盛,但此种猛裂[烈]的攻击,只宜用散文如"杂感"之类,而造语还须曲折,否,即容易引起反感。诗歌较有永久性,所以不甚合于做这样题目。

沪案以后,周刊上常有极锋利肃杀的诗,其实是没有意思的,情随事迁,即味如嚼蜡。我以为感情正烈的时候,不宜做诗,否则锋铓太露,能将"诗美"杀掉。这首诗有此病。

我自己是不会做诗的,只是意见如此。编辑者对于投稿,照例不加批评，现遵来信所嘱，妄说几句，但如投稿者并未要知道我的意见，仍希不必告知。

迅 六月二十八日

*　　*　　*

〔1〕 此信后一段续写的文字经作者整理编辑收入《两地书》，序号三二。

〔2〕 “某籍”小姐　指俞芬、俞芳，浙江绍兴人。她们是当时北京砖塔胡同六十一号房主的女儿。“某籍”是陈西滢讥指鲁迅等浙江籍人士的用语。

〔3〕 “殃及池鱼”　语出北齐杜弼《檄梁文》：“但恐……城门失火，殃及池鱼。”

〔4〕 “心上有杞天之虑”　这是杨荫榆在《对于暴烈学生之感言》中掉弄成语“杞人忧天”而成的句子。原语出自《列子·天瑞》：“杞国有人忧天地崩坠，身亡所寄废寝食者。”

250629　致许广平〔1〕

广平兄：

昨夜，或者今天早上，记得寄上一封信，大概总该先到了。刚才接到二十八日函，必须写几句回答，便是小鬼何以屡次诚恐惶恐的赔罪不已，大约也许听了“某籍”小姐的什么谣言了罢，辟谣之举，是不可以已的。

第一，酒精中毒是能有的，但我并不中毒。即使中毒，也是自己的行为，与别人无干。且夫不佞年届半百，位居讲师，难道还会连喝酒多少的主见也没有，至于被小娃儿所激么？这是决不会的。

第二，我并不受有何种“戒条”，我的母亲也并不禁止我喝酒。我到现在为止，真的醉只有一回半，决不会如此平和。

然而“某籍”小姐为粉饰自己的逃走起见，一定将不知从那里拾来的故事（也许就从“太师母”那里得来的）加以演义，以致小鬼也不免赔罪不已了罢。但是，虽是“太师母”，观察也不会对，虽是“太太师母”，观察也不会对。我自己知道，那天毫没有醉，并且并不胡涂，击“房东”之拳，案小鬼之头，全都记得，而且诸君逃出时可怜之状，也并不忘记，——虽然没有目睹游白塔寺。

所以，此后不准再来道歉，否则，我“学笈单洋，教鞭 17 载”，要发宣言以传布小姐们胆怯之罪状了。看你们还敢逞能么？

来稿有过火处，或者须改一点。“假日本人……”等话，大约是反对往执政府请愿，所以说的罢。总之，这回以打学生手心之马良为总指挥，就可笑。

《莽原》第 10 期，与《京报》（旧历六日）同时罢工了，发稿是星期三，当时并未想到须停刊，所以并将目录在别的周刊上登载了。现在正在交涉，要他们补印，还没有头绪；倘不能补，则旧稿便在本星期五出版。

《莽原》的投稿，就是小说太多，议论太少。现在则并小说也少，太约大家专心爱国，到民间去，所以不做文章了。

迅 六，二九，晚。

＊　　　＊　　　＊

〔1〕 此信经作者整理编辑收入《两地书》,序号为三三。

250709　致许广平[1]

广平仁兄大人阁下敬启者,前蒙投赠之

大作,就要登出来,而我或将被作者暗暗咒骂。因为我连题目也已改换,而所以改换之故,则因为原题太觉怕人故也。收束处太没有力量,所以添了两句,想来亦未必与尊意背驰,但总而言之:殊为专擅。尚希

曲予

海涵,免施

贵骂,勿露"勃谿"之技,暂羁"害马"之才,仍复源源投稿,以光敝报,不胜侥幸之至!

至于大作所以常被登载者,实在因为《莽原》有些"闹饥荒"之故也。

我所要多登的是议论,而寄来的偏多小说,诗。先前是虚伪的"花呀""爱呀"的诗,现在是虚伪的"死呀""血呀"的诗。呜呼,头痛极了!所以倘有近于议论的文章,即易于登出,夫岂"骗小孩"云乎哉!

又,新做文章的人,在我所编的报上,也比较的易于登出,此则颇有"骗小孩"之嫌疑者也。但若做得稍久,该有更进步之成绩,而偏又偷懒,有敷衍之意,则我要加以猛烈之打击。小心些罢!

肃此布达敬请

“好说话的”安！

"老师"谨训 七·九·

报言章士钉将辞，屈映光继之，此即浙江有名之“兄弟向来素不吃饭”人物也，与士钉盖伯仲之间，或且不及，所以我总以为不革内政，即无一好现象，无论怎样行示威。

*　　*　　*

〔1〕 此信经作者整理编辑收入《两地书》，序号三四。

250712　致钱玄同

玄同兄：

久闻大名，如雷贯耳……

“恭维”就此为止。所以如此“恭维”者，倒也并非因为想谩骂，乃是想有所图也。“所图”维何？且夫窃闻你是和《孔德学校周刊》〔1〕大有关系的，于这《周刊》有多余么？而我则缺少第五六七期者也，你如有余，请送我耳，除此以外，则不要矣，倘并此而无之，则并此而不要者也。

这一期《国语周刊》〔2〕上的沈从文，就是休芸芸，他现在用了各种名字，玩各种玩意儿。欧阳兰也常如此。

卂 顿首 七月十二日

*　　*　　*

〔1〕《孔德学校周刊》 1925年4月1日创刊。第五、六、七期分

别于同年5月11日、17日及6月1日出版。

〔2〕《国语周刊》《京报》的附刊之一，1925年6月14日在北京创刊，钱玄同等编辑。该刊第五期(1925年7月12日)载有沈从文的诗《乡间的夏(镇筸土语)》。沈从文(1902—1988)，湖南凤凰人，作家。曾用小兵、懋琳、炯元、休芸芸等笔名。当时是《晨报副刊》、《现代评论》的投稿者。著有小说《神巫之爱》、《边城》等。

250715　致许广平[1]

京报的话　　　　　　　　　　鲁迅

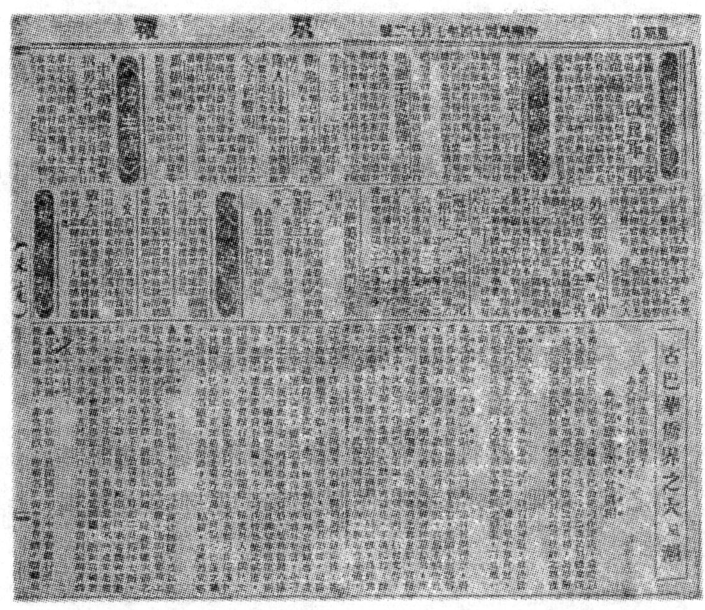

"愚兄"呀！我还没有将我的模范文教给你，你居然先已发明

了么？你不能暂停“害群”的事业，自己做一点么？你竟如此偷懒么？你一定要我用“教鞭”么？？！！

七，一五

＊　　＊　　＊

〔1〕 1925年7月13日许广平致鲁迅信中，附寄署名景宋的《罗素的话》一文。文中除首尾部分是作者的话外，都是大段摘抄罗素的话。为此鲁迅信手剪下7月12日《京报》一方贴于信笺，并在其前加《京报的话》的题目，署名鲁迅，剪报末附以如上的几句话。

250716　致许广平

“愚兄”：

你的“勃谿”程度高起来了，“教育之前途棘矣”〔1〕了，总得惩罚一次才好。

第一章　“嫩棣棣”〔2〕之特征。

1. 头发不会短至二寸以下，或梳得很光，或炮得蓬蓬松松。
2. 有雪花膏在于面上。
3. 穿莫名其妙之材料（只有她们和店铺和裁缝知道那些麻烦名目）之衣；或则有绣花衫一件藏在箱子里，但于端节偶一用之。
4. 嚷；哭……（未完）

第二章　论“七·一六，”[3]之不误。

“七·一六，”就是今天，照“未来派”写法，丝毫不错。“愚兄”如执迷于俗中通行之月份牌，可以将那封信算作今天收到就是。

第三章　石驸马大街确在“宣外”[4]。

且夫该街，普通皆以为在宣内，我平常也从众写下来。但那天因为看见天亮，好看到见所未见，大惊小怪之后，不觉写了宣外。然而，并不错的，我这次乃以摆着许多陶器的一块小方地为中心，就是“宣内”。邮差都从这中心出发，所以向桥去的是往宣外，向石驸马街去的也是往宣外，已经送到，就是不错的确证。你怎么这样粗心，连自己住在那里都不知道？该打者，此之谓也欤！

第四章　“其妙”在此。[5]

《京报的话》承蒙费神一通，加以细读，实在劳驾之至。一张信纸分贴前后者，前写题目，后写议论，仿“愚兄”之办法也，惜未将本文重抄，实属偷懒，尚乞鉴原。至于其中有“刁作谦之伟绩”[6]，则连我自己也没有看见。因为“文艺”是“整个”的[7]，所以我并未细看，但将似乎五花八门的处所剪下一小“整个”，封入信中，使勃谿者看了许多工夫，终于“莫名其抄”，就算大仇已报。现在居然“姑看作‘正经’”，我的气也有些消了。

第五章　“师古”无用[8]。

我这回的“教鞭”，系特别定做，是一木棒，端有一绳，略仿马鞭格式，为专打“害群之马”之用。即使蹲在桌后，绳子也会弯过去，虽师法“哥哥”，亦属完全无效，岂不懿欤！

第六章　“模范文”之分数。

拟给九十分。其中给你五分：抄工三分，末尾的几句议论二分。其余的八十五分，都给罗素[9]。

第七章　“不知是我好疑呢？还是许多有可以令人发疑的原因呢？”（这题目长极了！）

答曰：“许多有可以令人发疑的原因”呀！且夫世间以他人之文，冒为己作而告人者，比比然也。我常遇之，非一次矣。改“平”为“萍”，尚半冒也。虽曰可笑，奈之何哉？以及“补白”，由它去罢。

第九章　结论。[10]

肃此布复，顺颂
嚷祉。

第十章　署名。

鲁迅。

第十一章　时候。

中华民国十四年七月十六日下午

七点二十五分八秒半。

*　　　　*　　　　*

〔1〕“教育之前途棘矣”　这是套用杨荫榆《对于暴烈学生之感言》中的用语。

〔2〕“嫩棣棣”　许广平1925年7月15日致鲁迅信中对鲁迅的戏称，下面的议论由此而发。

〔3〕“七·一六”　许广平在上信中说：“你的信太令我发笑了，今天是星期三——七·一五——而你的信封上就大书特书的‘七·一六’……这一天的差误，想是扯错了月份牌罢”。

〔4〕“宣外”　许信中说鲁迅把宣内“写作宣外，尤其该打”。

〔5〕“其妙”在此　许信中说，“‘京报的话’，太叫我‘莫名其抄’了”。

〔6〕“刁作谦之伟绩”　鲁迅剪寄的《京报》下方，刊有《古巴华侨界之大风潮》新闻一则，报导了当时驻古巴公使刁作谦“霸占领馆，踢烂房门，抢夺文件”等等，许广平读后莫名究竟，在给鲁迅的信中说：“大概注重在刁作谦之伟绩，以渠作象征人物乎”？

〔7〕“文艺”是“整个”的　雪纹在《“细心”误用了!》中有“诗是以内容为主，是整块的”、“文学是整块的东西”之类的话。

〔8〕“师古”无用　许信中说：“记得我在家读书时……我的一个哥哥就和先生相对地围住书桌子乱转，先生要伸长手将鞭打下来时，他就蹲下，终于挨不着打，如果嫩棣‘犯上作乱’的用起‘教鞭’，愚兄只得‘师古’了，此告不怕。”

〔**9**〕 罗素(B. Russell,1872—1970) 英国哲学家。1920年10月曾来我国讲学。

〔**10**〕 原件无第八章;或为作者误书。

250720 致钱玄同

心异兄:

来信并该旬刊三期,均经敝座陆续“查照收取”,特此照会,以见敝座谢谢之意焉。

且夫“孥孥阿文”[1],确尚无偷文如欧阳公之恶德,而文章亦较为能做做者也。然而敝座之所以恶之者,因其用一女人之名,以细如蚊虫之字,写信给我,[2]被我察出为阿文手笔,则又有一人扮作该女人之弟来访,以证明实有其奻[3]。然则亦大有数人“狼狈而为其奸”之概矣。总之此辈之于著作,大抵意在胡乱闹闹,无诚实之意,故我在《莽原》已张起电气网,与欧阳公归入一类也耳矣。

其实也,S妹似乎不会做文章者也。其曰S妹之文章者,盖即欧阳公之代笔焉耳。他于《莽原》,也曾以化名“捏蚊”者来捣乱,厥后此名亦见于《妇周刊》[4]焉。《民众》[5]误收之聂文,亦此人也。捏蚊聂文,即雪纹耳,岂不可恶也哉!

《甲寅》周刊已出,广告上大用“吴老头子”及“世”之名以冀多卖,可怜也哉。[6]闻“孤松”[7]公之文大可笑。然则文言大将,盖非白话邪宗之敌矣。此辈已经不值驳诘,白话之前途,只在多出作品,使内容日见充实而已,不知吾兄以为然耶否耶？否耶然耶欤乎？

迅 顿首 七月廿日

* * *

〔1〕“孥孥阿文” 指沈从文。他在《国语周刊》第五期(1925年7月12日)发表的《乡间的夏》一诗中有“耶哧耶哧——孥孥唉”的句子。

〔2〕鲁迅1925年4月30日日记:“得丁玲信。”鲁迅疑为沈从文化名来信。

〔3〕奺 鲁迅戏造的字,强调其为女性。

〔4〕《妇周刊》 即《妇女周刊》。《京报》附刊之一,北京女子师范大学蔷薇社编辑。1924年12月10日创刊,至次年11月25日共发行五十期,1925年12月20日出版纪念特刊后停刊。该刊第二十五号刊载了署名捏蚊的《读陈剑非君〈妇女职业问题的由来及其重要〉的感言》一文。

〔5〕《民众》 即《民众文艺》。该刊第二十五号(1925年6月23日)载有聂文的《今后所望于民众者》一文。

〔6〕《甲寅》周刊 章士钊曾于1914年5月在日本东京创办《甲寅》月刊,两年后停刊。1925年7月在北京复刊,改为周刊。“吴老头子”,指吴稚晖;“世”,指蔡元培。7月18日《京报》刊出的《甲寅周刊》出版广告的目录中,列有蔡元培的《教育问题》、吴稚晖的《怪事》等文。

〔7〕“孤松” 当为“孤桐”,指章士钊(1881—1973),字行严,笔名孤桐,湖南善化(今长沙)人。早年参加反清活动,“五四”时期反对新文化运动。1924年至1926年间任北洋政府教育总长。按“孤松”是李大钊在1918年至1922年间曾用的笔名。

250729　致许广平[1]

广平兄：

在好看的天亮，还未到来之前，再看了一遍大作，我以为还不如不发表。这类题目，其实，在现在，只能我做的，因为大概要受攻击。然而我不要紧，一则，我自有还击的方法，二则现在做"文学家"似乎有些做厌了，仿佛要变成机械，所以倒很愿意从所谓"文坛"上摔下来。至于如诸君之雪花膏派，则究属"嫩"之一流，犯不上以一篇文章而得攻击或误解，终至于"泣下沾襟"。

那上半篇，如在小说，或回想的文章中，毫不为奇，但在论文中，而给现在的中国读者看，还太直白；至于下半篇，实在有点迂。我本来说：这种骂法，是"卑劣"的，而你却硬诬赖我"引以为荣"，真是可恶透了。

其实，对于满抱着传统思想的人们，也还大可以这样骂。看目下有些批评文章，外表虽然没有什么，而骨子里却还是"他妈的"思想，对于这样批评的批评，倒不如直捷爽快地骂出来，就是"即以其人之道，还治其人之身"，于人我均属合适。我常想：治中国应该有两种方法，对新的用新法，对旧的用旧法。例如"遗老"有罪，即该用清朝的法律：打屁股。因为这是他所佩服的。民国革命时，对于任何人都宽容——那时称为"文明"——但待到第二次革命失败，许多旧党对于革命党却不"文明"了：杀。假使那时(元年)的新党不"文明"，许多东西早已灭亡,那里会再来发挥他们的老手段。现在以“他妈的”骂背着祖宗的木主自傲的人,夫岂太过也欤哉!

还有一篇,今天已经发出去,但将两段并作一个题目了:《五分钟与半年》。这多么漂亮呀。

天只管下雨,绣花衫不知如何,放晴的时候,赶紧晒一晒罢。千切千切!

迅 七月二十九或三十日,随便。

*　　　*　　　*

〔1〕 此信经作者整理编辑收入《两地书》,序号三五。

250823　致台静农[1]

静农兄:

两回得信,因事忙未复,歉甚。《懊悔》[2]早交给语丝社,现已印出了。

这次章士钊的举动[3],我倒并不为奇,其实我也太不像官,本该早被免职的了。但这是就我自己一方面而言。至于就法律方面讲,自然非控诉不可,昨天已经在平政院投了诉状了。

兄不知何时回北京?

迅 上 八月二十三日

*　　　*　　　*

〔1〕 台静农(1901—1990)　字伯简,安徽霍丘人,作家,未名社成

员。当时在北京大学研究所国学门任职,后曾在辅仁大学、青岛大学等校任教。著有小说集《地之子》、《建塔者》等,编有《关于鲁迅及其著作》。

〔2〕《懊悔》　台静农作的短篇小说,载《语丝》周刊第四十一期(1925年8月24日)。

〔3〕章士钊的举动　1925年北京女子师范大学风潮爆发后,由于鲁迅反对章士钊压迫学生和解散女师大,8月12日章士钊呈请段祺瑞执政府罢免鲁迅的教育部佥事职务。鲁迅即于22日在平政院控诉章士钊,结果胜诉,于1926年1月17日复职。

250929　致许钦文〔1〕

钦文兄:

七日信早到,因忙未复,后来生病了,大约是疲劳与睡眠不足之故,现在吃药,大概就可以好罢。

商务馆制板,既然自以为未必比北京做得好,那么,成绩就可疑了,三色板又不相宜。所以我以为不如仍交财部印刷局制去,已嘱乔峰将原底子〔2〕寄来。

《苏俄的文艺论战》〔3〕已出版,别封寄上三本。一本赠兄,两本赠璇卿〔4〕兄,请转交。

十九日所寄封面画及信均收到,请转致璇卿兄,给我谢谢他。我的肖像是不急的,自然还是书面要紧。现在我已与小峰〔5〕分家,《乌合丛书》〔6〕归他印(但仍加严重的监督),《未名丛刊》〔7〕则分出自立门户;虽云自立,而仍交李霁野等经理。《乌合》中之《故乡》已交去;《未名》中之《出了象牙之塔》已付印，大约一月半可成。还有《往星中》亦将付印。这两种，璇卿兄如不嫌其烦，均请给我们作封面，但须知道内容大略，今天来不及了，一两日后当开出寄上。

时局谈不胜谈，只能以不谈了之。内子〔8〕进病院约有五六天出[现]已出来，本是去检查的，因为胃病；现在颇有胃癌嫌疑，而是慢性的，实在无法（因为此病现在无药可医），只能随时对付而已。

迅 上 九月二十九日

璇卿兄处给我问候问候。

* * *

〔1〕 许钦文（1897—1984） 浙江绍兴人，作家。曾在北京大学旁听鲁迅等人讲课，著有小说集《故乡》等。

〔2〕 指陶元庆作《苦闷的象征》封面原稿。

〔3〕《苏俄的文艺论战》 任国桢编译，内收1923年至1924年间苏联文艺论争的论文三篇，并附录《蒲力汗诺夫与艺术问题》一篇。鲁迅为作《前记》，1925年北新书局出版，《未名丛刊》之一。

〔4〕 璇卿 即陶元庆，参看260227信注〔1〕。

〔5〕 小峰 即李小峰，参看261113信注〔1〕。

〔6〕《乌合丛书》 鲁迅编辑，专收创作，1926年初起，由北新书局出版。

〔7〕《未名丛刊》 鲁迅编辑，专收翻译的外国文学作品。1924年12月起，先后由北新书局和未名社出版。

〔8〕 内子 即朱安（1878—1947），浙江绍兴人，1906年鲁迅奉母命与之结婚。

250930　致许钦文

钦文兄：

昨天寄上一信并三本书，大约已到了。那时匆匆，不及细写。还有一点事，现在补写一点。

《未名丛刊》已别立门户，有两种已付印，一是《出了象牙之塔》，一是《往星中》。这两种都要封面，想托璇卿兄画之。我想第一种即用璇卿兄原拟画给我们之普通用面已可，至于第二种，则似以另有一张为宜，而译者尤所希望也。如病已很复原，请一转托，至于其书之内容大略，别纸开上。

《苦闷之象征》〔1〕就要再版，这回封面，想用原色了。那画稿，如可寄，乞寄来，想仍交财部印刷局印。即使走点样，总比一色者较特别。

记得前回说商务馆印《越王台》〔2〕，要多印一千张，未知是否要积起来，俟将来出一画集。倘如此，则《大红袍》〔3〕及《苦闷的象征》封面亦可多印一千张，以备后日汇订之用。纸之大小想当如《东方杂志》乎？

我其实无病，自这几天经医生检查了一天星斗，从血液以至小便等等。终于决定是喝酒太多，吸烟太多，睡觉太少之故。所以现已不喝酒而少吸烟，多睡觉，病也好起来了。

《故乡》稿已交去，选而又选，存卅一篇，大约有三百页。

迅　九月卅日

《往星中》　四幕戏剧

作者 安特来夫。全然是一个绝望厌世的作家。他那思想的根柢是:一,人生是可怕的(对于人生的悲观);二,理性是虚妄的(对于思想的悲观);三,黑暗是有大威力的(对于道德的悲观)。

内容 一个天文学家,在离开人世的山上的天文台上,努力于与星界的神秘的交通;而其子却为了穷民之故去革命,因此入了狱。于是天文台上的人们的意见便分为两派:活在冷而平和的"自然"中呢,还是到热,然而满有着苦痛和悲惨的人间世去?但是,其子入狱之后,受了虐待,遂发狂,终于成为白痴了,其子之未婚妻,却道情愿"回到人生去",在"活死尸"之旁度过一世:她是愿意活在"诗的","罗漫的","情感"的境界里的。

而天文学家则并非只要活在"有限的人世"的人;他要生活在无限的宇宙里。对于儿子的被虐,以为"就如花儿匠剪去了最美的花一般。花是被剪去了,但花香则常在地面上。"但其子的未婚妻却不能懂这远大的话,终于下山去了。

"(祝你)幸福呵!我的辽远的未知之友呀!"天文学者抬起两手,向了星的世界说。

"(祝你)幸福呵!我所爱的苦痛的兄弟呀!"她伸下两手,向着地上的世界说。

～～～～～～～～～～～～

我以为人们大抵住于这两个相反的世界中,各以自己为是,但从我听来，觉得天文学家的声音虽然远大，却有些空虚的。这大约因为作者以“理想为虚妄”之故罢。然而人间之黑暗，则自然更不待言。

以上不过聊备参考。　璇卿兄如作书面，不妨毫不切题，自行挥洒也。

迅　上　九月卅日

*　　　*　　　*

〔1〕《苦闷的象征》　文艺论文集，日本厨川白村（1880—1923）著，鲁迅译，1924年12月出版，为《未名丛刊》之一，北京新潮社代售，后由北新书局再版。

〔2〕《越王台》　陶元庆的绘画。

〔3〕《大红袍》　陶元庆的绘画，曾用作许钦文的短篇小说集《故乡》的封面。

251108　致许钦文

钦文兄：

屡得来信。《苦闷之象征》封面，商务馆估价单已寄来，云“彩印五色”盖即三色版也每三千张价六十元。明日见小峰时，当与酌定。至于添印，纸之大小并无不自由，不过纸大，则四围多些空白而已。（我去信时，对于印刷的办法，是要求将无画处之网目刻去，则画是五色，而无画处仍是空白，可以四围没有边线。对于这一层，他们没有答复。）

《故乡》稿，一月之前，小峰屡催我赶紧编出，付印，我即于两三日后与之，则至今校稿不来。问之，则云正与印刷局立约。我疑他虑我们在别处出版，所以便将稿收去，压积在他手头，云即印者，并非诚意。

《未名丛刊》面已到，未知是否即给《出了象牙之塔》者否？请一问璇卿兄。又还有二件事，亦请一问——

1.书名之字，是否以用与画同一之颜色为宜，抑用黑字？

2.《乌合丛书》封面，未指定写字之地位，请指出。

我病已渐愈，〔1〕或者可以说全愈了罢，现已教书了。但仍吃药。医生禁喝酒，那倒没有什么；禁劳作，但还只得做一点；禁吸烟，则苦极矣，我觉得如此，倒还不如生病。

北京冷起来了。

迅 上 十一月八日

*　　　*　　　*

〔1〕 指作者自本年9月初肺病复发，至翌年1月渐愈，绵延四月余。

一九二六年

260223　致章廷谦

矛尘兄：

廿元，四角，《唐人说荟》[1]两函，俱收到。谢谢！

记得日前面谈，我说《游仙窟》[2]细注，盖日本人所为，无足道。昨见杨守敬《日本访书志》[3]，则以为亦唐人作，因其中所引用书，有非唐后所有者。但唐时日本人所作，亦未可知。然则倘要保存古董之全部，则不删亦无不可者也耳。奉闻备考。

迅　二月廿三日

*　　　*　　　*

〔1〕《唐人说荟》　小说笔记丛书，共二十卷。旧有桃源居士辑本，凡一四四种；清代乾隆时山阴陈世熙（莲塘居士）又从《说郛》等书中采入二十种，合为一六四种。内多小说，但删节和谬误很多，坊刻本又改名为《唐代丛书》。

〔2〕《游仙窟》　传奇小说，唐代张鷟作，当时即流入日本，国内失传。1926年章廷谦在鲁迅协助下，根据日本保存的通行本《游仙窟抄》、醍醐寺本《游仙窟》以及流行于朝鲜的另一日本刻本重新校订标点，1929年2月由上海北新书局出版，鲁迅曾为作序。

〔3〕杨守敬（1839—1915）　字惺吾，湖北宜都人，清末学者。《日本访书志》是查访在日本流传的我国散佚古书的著作，共十六卷，是杨

任清朝驻日公使馆馆员时作。该书卷八著录《游仙窟》一卷,关于所附注释,他说:"其注不知谁作,其于地理诸注,皆以唐十道证之,则亦唐人也。注中引陆法言之说,是犹及见《切韵》原书;又引范泰《鸾鸟诗序》、孙康《镜赋》、杨子云《秦王赋》(原注:此当有误),皆向所未闻者。又引何逊《拟班婕妤诗》,亦冯氏《诗纪》所不载。"

260225　致许寿裳

季市兄:

昨得洙邻[1]兄函,言:"案[2]已于昨日开会通过完全胜利大约办稿呈报得批登公报约尚须两星期也"云云。特以奉闻,并希以电话告知幼渔兄为托。

树人 二月二十五日

*　　　*　　　*

〔1〕 洙邻　寿鹏飞(1873—1961),字洙邻,浙江绍兴人。鲁迅塾师寿镜吾次子。当时在平政院任记录科主任兼文牍科办事书记。

〔2〕 指鲁迅在平政院控告章士钊非法免佥事职一事。

260227　致陶元庆[1]

璇卿兄:

已收到寄来信的[和]画,感谢之至。

但这一幅我想留作另外的书面之用,[2]因为《莽原》书小价廉，用两色板的面子是力所不及的。我想这一幅，用于讲中国事情的书上最合宜。

我很希望　兄有空，再画几幅，虽然太有些得陇望蜀。

鲁迅 二月二十七日

*　　　*　　　*

〔1〕 陶元庆(1893—1929)　字璇卿，浙江绍兴人，美术家。曾先后在浙江台州第六中学、上海立达学园、杭州艺术专科学校任教。鲁迅前期著译《苦闷的象征》、《彷徨》、《朝花夕拾》、《坟》等书均由他作封面画。

〔2〕 指后来用作《唐宋传奇集》的封面画。

260310　致翟永坤[1]

永坤先生：

二月份有稿费两元，应送至何处，请示知，以便送上。

鲁迅 三月十日

西四、宫门口、西三条、二十一号

*　　　*　　　*

〔1〕 翟永坤(1900—1959)　字资生，河南信阳人。1925 年在北京法政大学读书，1926 年转入北京大学。因投稿《国民新报》副刊认识鲁迅。

260409　致章廷谦

矛尘兄：

承示甚感。

五十人案〔1〕，今天《京报》上有名单，排列甚巧，不像谣言，且云陈任中甚主张之。日前许季黻曾面问陈任中〔2〕，而该陈任中一口否认，甚至于说并无其事，此真"娘东石杀"之至者也。

但此外却一无所闻，我看这事情大约已经过去了。非奉军入京，或另借事端，似乎不能再发动。至于现在之事端，则最大者盖惟飞机抛掷炸弹〔3〕，联军总攻击，国直议和三件，而此三件，大概皆不能归咎于五十人煽动之故也欤。

迅　上　四月九日

我想调查五十人的籍贯和饭碗，有所议论，请你将所知者注入掷下，劳驾，劳驾！

其实只有四十八人，未知是遗漏，还是仿九六足串大钱〔4〕例，以卄算卅也。

*　　　*　　　*

〔1〕　五十人案　指三一八惨案后，段祺瑞政府秘密制定的通缉鲁迅在内的五十人名单（参看《而已集·大衍发微》）。4月9日，《京报》刊载《三一八惨案之内幕种种》，揭露制定黑名单的经过情形，并列出了四十八人的姓名。

〔2〕 陈任中(1875—?) 字仲骞,江西赣县人。当时任教育部参事,代理次长。据《三一八惨案之内幕种种》揭露:惨案发生后,章士钊等"特托陈任中调查反对者之姓名,开单密告"。为此陈于4月10日、16日先后在《京报》发表致编者信及刊登启事,予以否认。

〔3〕 飞机抛掷炸弹 1926年4月,冯玉祥的国民军和奉系军阀张作霖、李景林所部作战期间,国民军驻守北京,奉军飞机曾多次飞临轰炸。联军总攻击,1926年4月7日,奉系李景林、张宗昌组成直鲁联军,对据守北京的国民军发动总攻击。国直议和,当时直系军阀吴佩孚主张联奉讨冯,但其部分将领田维勤等则倾向联冯讨奉,因此冯曾与他们进行"国直议和"活动,但未成功。

〔4〕 九六足串大钱 以九十六文钱当作足串(百文)计算。旧时以制钱一百文为一串。

260501 致韦素园[1]

素园兄:

日前得来函,在匆忙中,未即复。关于我的小说[2],如能如来信所说,作一文,我甚愿意而且希望。此可先行发表,然后收入本子中。但倘如霁野所定律令,必须长至若干页,则是一〖一〗大苦事,我以为长短可以不拘也。

昨看见张凤举,他说Dostojewski的《穷人》[3],不如译作"可怜人"之确切。未知原文中是否也含"穷"与"可怜"二义。倘也如英文一样,则似乎可改,请与霁野一商,改定为荷。

迅 五,一

*　　*　　*

〔1〕 韦素园(1902—1932)　又名漱园,安徽霍丘人,翻译家,未名社成员。译有果戈理的《外套》和北欧诗歌小品《黄花集》等。参看《且介亭杂文·忆韦素园君》。

〔2〕 指小说集《呐喊》。当时台静农正在选编《关于鲁迅及其著作》一书,韦素园拟作文评论《呐喊》,后未成。

〔3〕 Dostojewski　陀思妥耶夫斯基(Ф. М. Достоевский,1821—1881),俄国作家。著有小说《穷人》、《被侮辱与被损害的》、《罪与罚》等。《穷人》,韦丛芜译,鲁迅作序,1926年6月未名社出版。

260511　致陶元庆

璇卿兄:

给我画的像[1],这几天才寄到,去取来了。我觉得画得很好。我很感谢。

那洋铁筒已经断作三段,因为外面有布,所以总算还相连,但都挤得很扁。现在在箱下压了几天,平直了,不过画面上略有磨损的地方,微微发白,如果用照相缩小,或者看不出来。

画面上有胶,嵌在玻璃框上,不知道泛潮时要粘住否?应该如何悬挂才好,便中请

示知。

鲁迅 五月十一日

*　　*　　*

〔1〕 指鲁迅的炭笔素描像,鲁迅于5月3日收到,后一直悬挂在西三条寓所客厅。

260527　致翟永坤

永坤兄:

女师大今年听说要招考,但日期及招考那几班,我却不知,大概不远便可以在报上看见了。

旁听生也有的,但仍须有试验(大概只考几样),且须在开学两月以内才行。

迅　五月廿七日

260617　致李秉中

秉中兄:

收到你的来信后,的确使我"出于意表之外"〔1〕地喜欢。这一年来,不闻消息,我可是历来没有忘记,但常有两种推测,一是在东江〔2〕负伤或战死了,一是你已经变了一个武人,不再写字,因为去年你从梅县给我的信,内中已很有几个空白及没有写全的字了。现在才知道你已经跑得如此之远,这事我确没有预先想到,但我希望你早早从休养室走出,"偷着到啤酒店去坐一坐",我以为倒不妨,但多喝酒究竟不好。去年夏间,我因为各处碰钉子,也很大喝了一通酒,结果是生病了,现在已愈，也不再喝酒，这是医生禁止的。他又禁止我吸烟，但这一节我却没有听。

从去年以来，我因为喜欢在报上毫无顾忌地发议论，就树敌很多，章士钊之来咬〔3〕，乃是报应之一端，出面的虽是章士钊，其实黑幕中大有人在。不过他们的计划，仍然于我无损，我还是这样，因为我目下可以用印书所得之版税钱，维持生活。今年春间，又有一般人大用阴谋，想加谋害，但也没有什么效验。只是使我很觉得无聊，我虽然对于上等人向来并不十分尊敬，但尚不料其卑鄙阴险至于如此也。

多谢你的梦。新房子尚不十分旧，但至今未加修葺，却是真的。我大约总该老了一点，这是自然的定律，无法可想，只好“就这样罢”。直到现在，文章还是做，与其说“文章”，倒不如说是“骂”罢。但是我实在困倦极了，很想休息休息，今年秋天，也许要到别的地方去，地方还未定，大约是南边。目的是：一，专门讲书，少问别事（但这也难说，恐怕仍然要说话），二，弄几文钱，以助家用，因为靠版税究竟还不够。家眷不动，自己一人去，期间是少则一年，多则两年，此后我还想仍到热闹地方，照例捣乱。

“指导青年”的话，那是报馆替我登的广告，其实呢，我自己尚且寻不着头路，怎么指导别人。这些哲学式的事情，我现在不很想它了，近来想做的事，非常之小，仍然是发点议论，印点关于文学的书。酒也想喝的，可是不能。因为我近来忽然还想活下去了。为什么呢？说起来或者有些可笑，一，是世上还有几个人希望我活下去，二，是自己还要发点议论，印点关于文学的书。

我现在仍在印《莽原》，以及印些自己和别人的翻译及创作。可惜没有钱，印不多。我今天另封寄给你三本书，一是翻译，两本是我的杂感集，但也无甚可观。

我的住址是"西四，宫门口，西三条胡同，二十一号"，你信面上写的并不大错，只是门牌多了五号罢了。即使我已出京，信寄这里也可以，因为家眷在此，可以转寄的。

你什么时候可以毕业回国？我自憾我没有什么话可以寄赠你，但以为使精神堕落下去，是不好的，因为这能使自己受苦。第一着须大吃牛肉，将自己养胖，这才能做一切事。我近来的思想，倒比先前乐观些，并不怎样颓唐。你如有工夫，望常给我消息。

迅 六月十七日

*　　*　　*

〔1〕 "出于意表之外" 这是套用林纾文章中的不通的文言用语。

〔2〕 东江 珠江的东支，这里指广东东江梅县一带。1925年10月中旬，国民革命军在这里击败广东军阀陈炯明的部队。李秉中为黄埔军校学生，曾参加这个战役。但这时李已到苏联留学，因此下文中有"已经跑得如此之远"的话。

〔3〕 指章士钊违法罢免鲁迅的佥事职务一事。下文的"今年春间，……想加谋害"，指段祺瑞政府列名通缉鲁迅事。参看260409信注〔1〕。

260621　致 韦素园、韦丛芜[1]

沙滩新开路五号

韦素园丛芜先生：

《穷人》如已出，请给我十二本。

这几天生小病，但今日已渐愈，《莽原》稿[2]就要做了。

《关于鲁迅》已校了一点，至多，不过一百二十面罢。

二十一日　　后面还有

来信顷已收到。《外套》[3]校后，即付印罢，社中有款，我以为印费亦不必自出。像不如在京华印，比较的好些。

巴特勒特[4]的谈话，不要等他了，我想，丛芜亦不必再去问他。

序文我当修改一点，和目录一同交给北京书局，书面怎样，后来再商。

迅　又言 廿一日午后

*　　*　　*

〔1〕 此信写于"周树人"名片的正反两面。

韦丛芜（1905—1978），安徽霍丘人，燕京大学毕业，未名社成员。译有陀思妥耶夫斯基的小说《穷人》、《罪与罚》，著有诗集《君山》。

〔2〕 指《无常》，后收入《朝花夕拾》。《关于鲁迅》，即台静农选编的《关于鲁迅及其著作》，内收有关《呐喊》评论和鲁迅访问记等文章十四篇，1926年7月未名社出版。

〔**3**〕《外套》 中篇小说,俄国果戈理著,韦素园译,1926年9月未名社出版,为《未名丛刊》之一。下文的“像”,指果戈理像;“京华”,指商务印书馆在北京的印刷厂京华印书局。

〔**4**〕 巴特勒特(R. M. Bartlett) 美国人,曾在燕京大学任教。1926年6月11日,由韦丛芜陪同访问鲁迅,拟写《与鲁迅先生的谈话》一文,后未成。下文的“序文”,指台静农为《关于鲁迅及其著作》写的序;“目录”也指该书目录。

260704 致魏建功[1]

建功兄:

品青[2]兄来信,说 兄允给我校《太平广记》[3]中的几篇文章,现在将要校的几篇寄上。其中抄出的和剪贴的几篇,卷数及原题都写在边上。其中的一篇《枕中记》,是从《文苑英华》[4]抄出的,不在校对之内。

我的底子是小版本,怕多错字,现在想用北大所藏的明刻大字本[5]来校正它。我想可以径用明刻本来改正,不必细标某字明本作某。

那一种大字本是何人所刻,并乞查 示。

迅 上 七月四日

* * *

〔**1**〕 魏建功(1901—1980) 字天行,江苏海安人,语言文字学家。北京大学毕业后留校任职。

〔**2**〕 品青 王品青(? —1927),名贵铃,字品青,河南济源人,《语

丝》投稿者。北京大学毕业,曾任北京孔德学校教员。

〔3〕《太平广记》 类书,宋代李昉等奉敕纂辑,共五百卷。鲁迅曾将其中的《古镜记》、《离魂记》等篇辑入《唐宋传奇集》。

〔4〕《枕中记》 传奇小说,唐沈既济作。《文苑英华》,诗文总集,宋代李昉等奉敕编纂,共一千卷。

〔5〕 这里的"小版本"和"明刻大字本",指《太平广记》的清代黄晟刊本和明代长洲许自昌刻本。

260709　致章廷谦

矛尘兄:

来信收到。但我近来午后几乎都不在家,非上午,或晚八时左右,便看不见也,如枉驾,请勿在十二至八时之间。

《游仙窟》上作一《痴华鬘》[1]似的短序,并不需时,当然可以急就。但要两部参考书,前些日向京师图书馆去借,竟没有,不知北大有否,名列下,请一查,并代借。如亦无,则颇难动手,须得后才行,前途颇为渺茫矣。

该《游仙窟》如已另抄,则敝抄当已无用,请便中带来为荷。

迅　七,九

计开

一、杨守敬《日本访书志》

二、森立之《经籍访古志》[2]

案以上二部当在史部目录类中。

*　　　*　　　*

〔1〕《痴华鬘》　即《百句譬喻经》，简称《百喻经》，古印度僧伽斯那撰，南朝齐僧求那毗地译，二卷。王品青曾删除其中有关佛教教诫的文字，留下寓言，于1926年6月由北京北新书局出版，鲁迅曾为作《题记》，收入《集外集》。

〔2〕森立之　日本人。《经籍访古志》由他与澁江完善合著而成，正文六卷，补遗一卷，内容系介绍他们所见日本保存的中国古籍，其中卷五子部小说类著录《游仙窟》钞本三种。全书约成于日本安政三年(1856)，清光绪十一年(1885)徐承祖曾用聚珍版印行。

260713　致韦素园[1]

李稿已无用，陈稿当寄还，或从中选一篇短而较为妥当的登载亦可。

布宁小说[2]已取回，我以为可以登《莽原》。

《外套》已看过，其中有数处疑问，用？号标在上面。

我因无暇作文，只译了六页[3]。

《关于鲁迅……》已出版否？

迅　七，一三

*　　　*　　　*

〔1〕此信第一页已遗失。

〔2〕布宁(И. А. Бунин，1870—1953)　通译蒲宁，俄国作家。十月革命后流亡国外。这里说的小说，指《轻微的欷歔》，韦丛芜译。译稿曾投寄商务印书馆，未印，后由鲁迅索回。

〔3〕指翻译童话《小约翰》。

260714　致章廷谦

矛尘兄：

来信已到。《唐人说荟》如可退还，我想大可以不必买，编者“山阴莲塘居士”虽是同乡，然而实在有点“仰东硕杀”，所收的东西，大半是乱改和删节的，拿来玩玩，固无不可，如信以为真，则上当不浅也。近来商务馆所印的《顾氏文房小说》[1]，大概比他好得多。

《唐人说荟》里的《义山杂纂》[2]，也很不好。我有从明抄本《说郛》[3]刻本《说郛》，也是假的。抄出的一卷，好得多，内有唐人俗语，明人不解，将他改正，可是改错了。如要印，不如用我的一本。后面有宋人续的两种，可惜我没有抄，如也印入，我以为可以从刻本《说郛》抄来，因为宋人的话，易懂，明人或者不至于大改。

迅　七，十四

龚颐正《续释常谈》[4]：

“李商隐《杂纂·七不称意》内云‘少(去声)阿妳’。”

*　　　*　　　*

〔1〕《顾氏文房小说》　明代顾元庆辑，内收汉至宋代小说、笔记等共四十种。1925年上海商务印书馆据夷白斋宋版重雕本影印发行。

〔2〕《义山杂纂》　唐代李商隐(字义山)撰，鲁迅认为也可能是唐代李就今(字衮求，号义山)作，一卷。内容杂集俚俗常谈鄙事，每题

自为一类。以后又有宋代王君玉《杂纂续》、苏轼《二续》和明代黄允交的《三续》各一卷。章廷谦根据鲁迅从明抄本《说郛》抄出的《义山杂纂》和刻本《说郛》所收续书三种编为一册,题为《杂纂四种》,1926 年 9 月北京北新书局出版。

〔**3**〕《说郛》 笔记丛书,明代陶宗仪编,是辑录汉魏至宋元笔记小说而成,共一百卷。通行本为清代陶珽重编刊印,一二〇卷。鲁迅这里所说的“明抄本”指前者;“刻本”指后者。

〔**4**〕 龚颐正 字养正,南宋遂昌(今属浙江)人。宁宗时任实录院检讨,迁秘书丞。所著《续释常谈》共二十卷。《说郛》卷三十五收入该书文字八十条。这里所举李商隐《杂纂·七不称意》“少阿妳”条,是现存《杂纂》的佚文。

260719 致魏建功

建功兄:

给我校对过的《太平广记》,都收到齐了,这样的热天做这样的麻烦事,实在不胜感谢。

到厦门,我总想拖延到八月中旬才动身,其实很有些琐事须小收束,也非拖到那时不可。不过如那边来催,非早去不可,便只好早走。

迅 上 七月十九日

260727① 致章廷谦

矛尘兄:

书目〔1〕中可用之处,已经抄出,今奉还,可以还给图书馆了。

迅 七,二七

*　　　*　　　*

〔1〕 **书目** 指鲁迅为《游仙窟》作序而托章廷谦借来的《日本访书志》和《经籍访古志》。

260727② 致陶元庆

璇卿兄:

《沈钟》[1]的大小,是和附上的这一张纸一样。他们想于八月十日出版,不知道可以先给一画否?

迅 上 七月二十七日

*　　　*　　　*

〔1〕 **《沉钟》** 文艺刊物,沉钟社编辑。1925 年 10 月在北京创刊,初为周刊,共出十期。次年 8 月起改为半月刊,中经休刊、复刊,1934 年 2 月出至三十四期停刊。陶元庆曾为它绘制封面。

260730 致章廷谦

矛尘兄:

得廿八日信,知道你又摔坏了脚,这真是出于我的"意表之外",赶紧医,而且小心不再摔坏罢。

我的薪水送来了，钱以外是一张收条，自己签名。这样看来，似乎并非代领，而是会计科送来的。但无论如何，总之已经收到了，是谁送来的，都不成其为问题。

至于你写给北新小板〔1〕的收书条，我至今没有见。

迅 七，卅

*　　*　　*

〔1〕 小板　老板的戏称，指李小峰。

260731 致陶冶公〔1〕

冶公兄：

兄拟去之地，近觅得两人可作介绍，较为切实。但此等书信，邮寄能否达到，殊不可必，除自往投递外，殊无善法也。未知　兄之计画是否如此，待示进行。此布，即颂

时绥

弟树人 上 七月卅一日

*　　*　　*

〔1〕 陶冶公(1886—1962)　名铸，字冶公，号望潮，浙江绍兴人，光复会会员。留学日本时曾与鲁迅同习俄文。1926 年 10 月他去汉口任市政府委员兼卫生局局长，信中所说“拟去之地”或指武汉。后曾任国民革命军第四集团军前敌总指挥部政治部主任，国民政府军事委员会政治训练部代理主任等。

260808　致韦素园

素园兄：

《关于鲁迅……》须送冯文炳[1]君二本(内有他的文字)，希即令人送去。但他的住址，我不大记得清楚，大概是北大东斋，否则，是西斋也。

下一事乞转告丛芜兄：

《博徒别传》是《Rodney Stone》的译名，但是 C. Doyle 做的。《阿 Q 正传》中说是迭更司作，乃是我误记，英译[2]中可改正；或者照原误译出，加注说明亦可。

迅　八月八日

*　　　*　　　*

〔1〕 冯文炳(1901—1967)　笔名废名，湖北黄梅人，作家。当时是北京大学学生。后曾任北京大学讲师、教授。《关于鲁迅及其著作》中曾收有他的论文《〈呐喊〉》。

〔2〕 指《阿 Q 正传》的英译本，梁社乾译。题名为《The True Story of Ah Q》，1926 年商务印书馆出版。

260810　致陶元庆

璇卿兄：

《彷徨》书面的锌版已制成，今寄上草底，请将写“书名”

“人名”的位置指出，仍寄敝寓，以便写入，令排成整版。

鲁迅 八月十日

260815 致许广平〔1〕

景宋“女士”学席：程门

飞雪〔2〕，贻误多时。愧循循之无方，幸

骏才之易教。而乃年届结束，南北东西；虽尺素之能通，或

下问之不易。言念及此，不禁泪下四条。吾

生倘能赦兹愚劣，使师得备薄馔，于月十六日午十二时，假宫

门口西三条胡同二十一号周宅一叙，俾罄愚诚，不胜厚

幸！顺颂

时绥。

师鲁迅 谨订 八月十五日早

*　　*　　*

〔1〕 此信原无标点。在《鲁迅书简》(1946年10月鲁迅全集出版社出版)发表时，收信人曾附有说明如下：

“这封信没有收入《两地书》内，大约编辑时此信散存他处，一时未及检出。现出《书简》，正可乘便加入。这信的文笔颇与《书简》体例不同，原因是北平女子师范大学校自从被章士钊杨荫榆之流毁灭了之后，又经师长们以及社会正义人士之助而把它恢复过来了。我们这一班国

文系的同学，又得举行毕业，而被开除了之后的我，也能够恢复学籍滥竽其间。到了快要学业结束的时候，我国文系师长们如马幼渔先生，沈士远、尹默、兼士先生，许寿裳先生，鲁迅先生等，俱使人于学业将了，请益不易之际兴无穷感慨！良以学校久经波折，使师长们历尽艰辛，为我们学子仗义执言，在情在理，都不忍使人恝置，因此略表微意，由陆晶清、吕云章和我三人具名肃帖，请各师长，在某饭店略备酒馔，聊表敬意。其后复承许寿裳先生及鲁迅先生分别回请我们，而鲁迅先生的短简，却是模拟我写的原信，大意如下：

××先生函丈程门

立雪承训多时幸

循循之有方愧驽才之难教而乃年届结束南北东西虽尺素之能通或

请益而不易言念及此不禁神伤吾

师倘能赦兹愚鲁使生等得备薄馔于月×日午十二时假西长安街

××饭店一叙俾罄愚诚不胜厚幸肃请

钧安

陆晶清
学生　许广平　谨启
吕云章

又'四条'一词乃鲁迅先生爱用以奚落女人的哭泣，两条眼泪，两条鼻涕，故云。有时简直呼之曰：四条胡同，使我们常常因之大窘。"

〔**2**〕　程门飞雪　语出《宋史·杨时传》：杨时"又见程颐于洛，时盖年四十矣。一日见颐，颐偶瞑坐，时与游酢侍立不去。颐既觉，则门外雪深一尺矣。"旧时常用为尊师重道的故实。

260904 致许广平[1]

广平兄：

我于九月一日夜半上船，二日晨七时开，四日午后一时到厦门，一路无风，船很平稳。这里的话，我一字都不懂，只得暂到客寓，打电话给林玉堂，他便来接，当晚即移入学校居住了。

我在船上时，看见后面有一只轮船，总是不远不近地走着，我疑心是广大。不知你在船中，可看见前面有一只船否？倘看见，那我所悬拟的便不错了。

此地背山面海，风景佳绝，白天虽暖——约八十七八度——夜却凉。四面几无人家，离市面约有十里，要静养倒好的。普通的东西，亦不易买。听差懒极，不会做事也不肯做事，邮政也懒极，星期六下午及星期日都不办事。

因为教员住室尚未造好——据说一月后可完工，但未必碻——所以我暂住在一间很大的三层楼上，上下虽不便，眺望却佳。学校开课是二十日，还有许多天可闲。

我写此信时，你还在船上，但我当于明天发出，则你一到校，此信也就到了。你到校后望即见告，那时再写较详细的情形罢，因为现在我初到，还不知道什么。

迅 九月四日夜

*　　　*　　　*

〔1〕 此信经作者整理编辑收入《两地书》，序号三六。

260907 致许寿裳

季市兄：

四日下午到厦门，即迁入校中，因未悉大略，故未发信，今稍观察，知与我辈所推测者甚为悬殊。玉堂[1]极被掣肘，校长有秘书姓孙，无锡人，可憎之至，鬼祟似皆此人所为，我与臤士[2]等三人，虽已有聘书，而孙伏园等四人已到两星期，则校长尚未签字，与以切实之定议，是作态抑有中变，未可知也。

在国文系尚且如此，则于他系有所活动，自然更难。兄事[3]曾商量数次，皆不得要领，据我看去，是没有结果的。臤士于合同尚未签字，或者亦不久居，我之行止，临时再定。

此地风景极佳，但食物极劣，语言一字不懂，学生止四百人，寄宿舍中有京调及胡琴声，令人聆之气闷。离市约十余里，消息极不灵通，上海报章，到此常须一礼拜。

迅　上　八〔九〕月七日之夜

*　　　*　　　*

〔1〕 玉堂　即林语堂。参看本卷第108页注〔1〕。当时任厦门大学文科主任兼国学研究院总秘书。下文的“校长”，指林文庆（1869—1957），字梦琴，福建海澄人。曾留学英国，当时任厦门大学校长兼国学研究院院长。“秘书”，指孙贵定，字蔚深，江苏无锡人，当时任厦门大学教育系主任兼校长办公室秘书。

〔2〕 臤士　即沈兼士。参看261219信注〔1〕。当时任厦门大学

国文系主任兼国学院主任。

〔3〕 这里的“兄事”，指为许寿裳谋职一事。

260913 致许广平[1]

（明信片背面）

从后面（南普陀）所照的厦门大学全景。

前面是海，对面是鼓浪屿。

最右边的是生物学院与国学院，第三层楼上有 * 记的便是我所住的地方。

昨夜发飓风，拔木发屋，但我没有受损害。

迅 九，十一。

（明信片正面）

想已到校；已开课否？此地二十日上课。

十三日

*　　*　　*

〔1〕 此信写在明信片上，经作者整理编辑收入《两地书》，序号四〇。

260914 致许广平[1]

广平兄：

依我想，早该得到你的来信了，然而还没有。大约闽粤间的通邮,不大便当,因为并非每日都有船。此地只有一个邮局代办所,星期六下午及星期日不办事,所以今天什么信件也没有——因为是星期——且看明天怎样罢。

我到厦门后便发一信(五日),想早到。现在住了已经近十天,渐渐习惯起来了,不过言语仍旧不懂,买东西仍旧不便。开学在二十日,我有六点钟功课,就要忙起来,但未开学之前,却又觉得太闲,有些无聊,倒望从速开学,而且合同的年限早满。学校的房子尚未造齐,所以我暂住在国学院的陈列所里,是三层楼上,眺望风景,极其合宜,我已写好一张有这房子照相的明信片,或者将与此信一同发出。季黻的事没有结果,我心中很不安,然而也无法可想。

十日之夜发飓风,十分利害,林玉堂的住宅的房顶也吹破了,门也吹破了。粗如笔干的铜闩也都挤弯,毁东西不少。我所住的屋子只破了一扇外层的百叶窗,此外没有损失。今天学校近旁的海边漂来不少东西,有卓子,有枕头,还有死尸,可见别处还翻了船或漂没了房屋。

此地四无人烟,图书馆中书籍不多,常在一处的人,又都是"面笑心不笑",无话可谈,真是无聊之至。海水浴倒是很近便,但我多年没有浮水了;又想,倘使害马在这里,恐怕一定不赞成我这种举动,所以没有去洗;以后也不去洗罢,学校有洗浴处的。夜间,电灯一开,飞虫聚集甚多,几乎不能做事,此后事情一多,大约非早睡而一早起来做不可。

九月十二日夜　迅。

今天(十四日)上午到邮政代办所去看看,得到你六日八日的两封来信，高兴极了。此地的代办所太懒，信件往往放在柜台上，不送来，此后来信可于厦门大学下加“国学院”三字，使他易于投递，且看如何。这几天，我是每日去看的，昨天还未见你的信，因想起报载英国鬼子在广州胡闹，入口船或者要受影响，所以心中很不安，现在放心了。看上海报，北京已解严，不知何故；女师大已被合并为女子学院，师范部的主任是林素园（小研究系），而且于四日武装接收了，真令人气愤，但此时无暇管也无法管，只得暂且不去理会它，还有将来呢。

回上去讲我途中的事，同房的是一个五十多岁的广东人，姓魏或韦，我没有问清楚，似乎也是民党中人，所以还可谈，也许是老同盟会员罢。但我们不大谈政事，因为彼此都不知道底细；也曾问他从厦门到广州的走法，据说最好是从厦门到汕头，再到广州，和你所闻的客栈中人的话一样，我将来就这么走罢。船中的饭菜顿数，和“广大”一样，也有鸡粥，船也平稳，但无耶稣教徒，比你所遭遇的好得多了。小船的倾侧，真太危险，幸而终于“马”已登陆，使我得以放心。我到厦时亦以小船搬入学校，浪也不小，但我是从小惯于坐小船的，所以一点也没有什么。

我前信似乎说过这里的听差很不好，现在熟识些了，觉得殊不尽然。大约看惯了北京的听差的唯唯从命的，即易觉得南方人的倔强，其实是南方的阶级观念，没有北方之深，所以便是听差，也常有平等言动，现在我和他们的感情已经好起来了，觉得并不可恶。但茶水很不便，所以我现在少喝茶了，或者这倒是好的。烟卷似乎也比先前少吸。

我上船时,是建人送我去的,并有客栈里的茶房。当未上船之前,我们谈了许多话。谈到我的事情[2]时,据说伏园已经宣传过了。(怎么这样地善于推测,连我也以为奇)所以上海的许多人,见我的一行组织,便多已了然,且深信伏园之说。建人说:这也很好,省得将来自己发表。

建人与我有同一之景况,在北京所闻的流言,大抵是真的。但其人在绍兴,据云有时到上海来。他自己说并不负债,然而我看他所住的情形,实在太苦了,前天收到八月分的薪水,已汇给他二百元,或者可以略作补助。听说他又常喝白干,我以为很不好,此后想勒令喝蒲桃酒,每月给与酒钱十元,这样,则三天可以喝一瓶了,而且是每瓶一元的。

我已不喝酒了;饭是每餐一大碗(方底的碗,等于尖底碗的两碗),但因为此地的菜总是淡而无味(校内的饭菜是不能吃的,我们合雇了一个厨子,每月工钱十元,每人饭菜钱十元,但仍然淡而无味),所以还不免吃点辣椒末,但我还想改良,逐渐停止。

我的功课,大约每周当有六小时,因为玉堂希望我多讲,情不可却。其中两点是小说史,无须豫备;两点是专书研究,须豫备;两点是中国文学史,须编讲义。看看这里旧存的讲义,则我随便讲讲就很够了,但我还想认真一点,编成一本较好的文学史。你已在大大地用功,豫备讲义了罢,但每班一小时,八时相同,或者不至于很费力罢。此地北伐顺利的消息也甚多,极快人意。报上又常有闽粤风云紧张之说,在此却看不出;不过听说鼓浪屿上已有很多寓客,极少空屋了,这屿就在学校对面,坐舢板一二十分钟可到。

迅。九月十四日午。

*　　　*　　　*

〔1〕 此信经作者整理编辑收入《两地书》,序号四一。

〔2〕 我的事情　指作者与许广平恋爱之事。下文的“建人与我有同一之景况”,指周建人与王蕴如的恋爱。

260916　致韦素园

素园兄:

到厦后寄一明信片,想已到。昨得四日来信,此地邮递甚迟,因为从上海到厦门的邮件,每星期只有两三回,此地又是一离市极远之地,邮局只有代办所(并非分局),所以京,沪的信,往往要十来天。

收到寄野的信,说廿七动身,现在想已到了。

《莽原》请寄给我一本(厦门大学国学院),另外十本,仍寄西三条二十一号许羡苏先生收。

此地秋冬并不潮湿,所以还好,但五六天前遇到飓风,却很可怕(学校在海边),玉堂先生的家,连门和屋顶都吹破了,我却无损失。它吹破窗门时,能将粗如筷子的螺丝钉拔出,幸而听说这样的风,一年也不过一两回。

林先生太忙,我看不能做文章了。我自然想做,但二十开学,要忙起来,伏处孤岛,又无刺激,竟什么意思也没有,但或译或做，我总当寄稿。

迅 九月十六日

260920① 致韦素园

素园兄：

寄上稿子[1]四张，请察收。

《关于鲁迅……》及《出了象牙之塔》，请各寄三本来，用挂号为妥。

到此地也并不较闲，再谈罢。

迅 九，二十

*　　*　　*

〔1〕 指《从百草园到三味书屋》，后收入《朝花夕拾》。

260920② 致许广平[1]

广平兄：

十三日发的给我的信，已经收到了。我从五日发了一信之后，直到十三四日才发信；十三以前，我只是等着等着，并没有写信，这一封才是第三封。前天，我寄了《彷徨》和《十二个》各一本。

看你所开的职务，似乎很繁重，住处亦不见佳。这种四面

“碰壁”的住所，北京没有，上海是有的，在厦门客店里也看见过，实在使人气闷。职务有定，除自己心知其意，善为处理外，更无他法；住室总该有一间较好才是，否则，恐怕要瘦下。

本校今天行开学礼，学生在三四百人之间，就算作四百人罢，分为豫科及本科七系，每系分三年级，则每级人数之寥寥，亦可想而知。此地不但交通不便，招考极严，寄宿舍也只容四百人，四面是荒地，无屋可租，即使有人要来，也无处可住，而学校当局还想本校发达，真是梦想。大约早先就是没有计画的，现在也很散漫，我们来后，便都搁在须作陈列室的大洋楼上，至今尚无一定住所。听说现正赶造着教员的住所，但何时造成，殊不可知。我现在如去上课，须走石阶九十六级，来回就是一百九十二级，喝开水也不容易，幸而近来倒已习惯，不大喝茶了。我和兼士及顾颉刚，是早就收到聘书的，此外还有几个人，已经到此，而忽然不送聘书，玉堂费了许多力，才于前天送来；玉堂在此似乎也不大顺手，所以季黻的事，竟无法开口。

我的薪水不可谓不多，教科是五或六小时，也可以算很少，但所谓别的“相当职务”，却太繁，有本校季刊的作文，有本院季刊的作文，有指导研究员的事（将来还有审查），合计起来，很够做做了。学校当局又急于事功，问履历，问著作，问计画，问年底有什么成绩发表，令人看得心烦。其实我只要将《古小说钩沈》拿出去，就可以做为研究教授三四年的成绩了，其余都可以置之不理，但为了玉堂好意请我，所以我除教文学史外，还拟指导一种编辑书目的事，范围颇大，两三年未必能完，但这也只能做到那里算那里了。

在国学院里的，顾颉刚是胡适之的信徒，另外还有两三个，似乎是顾荐的，和他大同小异，而更浅薄，一到这里，孙伏园便要算可以谈谈的了。我真想不到天下何其浅薄者之多。他们语言无味，夜间还唱留声机，什么梅兰芳之类。我现在唯一的方法是少说话；他们的家眷到来之后，大约要搬往别处去了罢。从前在女师大的黄坚是一个职员兼林玉堂的秘书，一样浮而不实，将来也许会生风作浪，我现在也竭力地少和他往来。此外，教员内有一个熟人，是往陕西去时认识的，并不坏；集美中学内有师大旧学生五人，都是先前的国文系，昨天他们请我们吃饭，算作欢迎，他们是主张白话的，在此似乎有点孤立，吃苦。

这一星期以来，我对于本地更加习惯了，饭量照旧，这几天而且更能睡觉，每晚总可以睡九十小时；但还有点懒，未曾理发，只在前晚用安全剃刀刮了一回髭须而已。我想从此整理为较有条理的生活；大约只要少应酬，关起门来，是做得到的。此地的点心很好；鲜龙眼已吃过了，并不见佳，还是香蕉好。但我不能自己去买东西，因为离市有十里，校旁只有一个小店，东西非常之少，店中人能说几句"普通话"，但我懂不到一半。这里的人似乎很有点欺生，因为是闽南了，所以称我们为北人，我被称为北人，这回是第一次。

现在的天气正像北京的夏末，虫类多极了，最利害的是蚂蚁，有大有小，无处不至，点心是放不过夜的。蚊子倒不多，大概是我在三层楼上之故；生疟疾的很多，所以校医常给我们吃金鸡那霜。霍乱已经减少了；但那街道，却真是坏，其实是在绕着人家的墙下，檐下走，无所谓路的。

兼士似乎还要回京去，他叫我代他的职务，我不答应他。最初的布置，我未与闻，中途接手，一班极不相干的人，指挥不灵，如何措手，还不如关起门来，“自扫门前雪”罢，况且我的工也已够多了。

章锡箴托建人写信给我，说想托你给《新女性》做一点文章，嘱我转达。不知可有这兴致？如有，可以先寄我，我看后转寄去。《新女性》的编辑，近来似乎是建人了，不知何故。那第九(?)期，我已寄上，想早到了。

我从昨日起，已停止吃青椒，而改为胡椒了，特此奉闻。再谈

迅。九月二十日下午

*　　　　*　　　　*

〔1〕 此信经作者整理编辑收入《两地书》，序号四二。

260922　致许广平[1]

广平兄：

十七日的来信，今天收到了。我从五日发信后，只在十三日发一信片，十四日发一信，中间间隔，的确太多，致使你猜我感冒，我真不知怎样说才好。回想那时，也有些傻气，我到此以后，因为正听见英人在广州肇事，因疑你所坐的船，亦将为

彼等所阻,所以只盼望来信,连寄信的事也拖延了。这结果,却使你久不得我的信。

现在十四的信,总该早到了罢。此后,我又于同日寄《新女性》一本,于十八日寄《彷徨》及《十二个》各一本,于二十日寄信一封(信面却写了二十一),想来都该到在此信之前。

我在这里,不便则有之,身体却好。此地无人力车,只好坐船或步行,现在已经练得走扶梯百余级,毫不费力了。眠食也都好,每晚吃金鸡那霜一粒,别的药一概未吃。昨日到市去,买了一瓶麦精鱼肝油,拟日内吃它。因为此地得开水颇难,所以不能吃散拿吐瑾。但十天内外,我要移住教员寄宿舍去了,那时情形又当与在此不同,或者易得开水罢。(教员寄宿舍有两所,一所住单身人者曰博学楼,一所住有夫人者曰兼爱楼,不知何人所名,颇可笑。)

教科也不算忙,我只六时,开学之结果,专书研究二小时无人选,只剩了文学史,小说史各二小时了。其中只有文学史须编讲义,大约每星期四五千字即可。看这里旧有的讲义和别人的办法,我本只要随便讲讲便够,但感林玉堂的好意,我还想好好的编一编,功罪在所不计。

这学校化钱不可谓不多,而并无基金,也无计画,办事散漫之至,我看是办不好的。

昨天中秋,有月,玉堂送来一筐月饼,大家分吃了,我吃了便睡,我近来睡得早了。

迅 九月二十二日下午

*　　　*　　　*

〔1〕 此信经作者整理编辑收入《两地书》,序号四四。

260926 致许广平〔1〕

广平兄:

十八日之晚的信,昨天收到了。我十三日所发的明信片既然已经收到,我惟有希望十四日所发的信也接着收到。我惟有以你现在一定已经收到了我的几封信的事,聊自慰解而已。至于你所寄的七,九,十二,十七的信,我却都收到了,大抵是我或孙伏园从邮务代办处去寻来的,他们很乱,堆成一团,或送或不送,只要人去说要拿那几封,便给拿去,但冒领的事倒似乎还没有。我或伏园是每日自去看一回。

看厦大的国学院,越看越不行了。顾颉刚是自称只佩服胡适陈源两个人的,而潘家洵陈万里黄坚三人,皆似他所荐引。黄坚(江西人)尤善兴风作浪,他曾在女师大,你知道的罢,现在是玉堂的襄理,还兼别的事,对于较小的职员,气焰不可当,嘴里都是油滑话。我因为亲闻他密语玉堂:"谁怎样不好"等等,就看不起他了。前天就很给他碰了一个钉子,他昨天借题报复,我便又给他碰了一个大钉子,而自己则辞去国学院兼职,我是不与此辈共事的;否则,何必到厦门。

我原住的房屋,须陈列物品了,我就须搬。而学校之办法甚奇,一面催我们,却并不指出搬到那里,此地又无客栈,真是无法可想。后来指给我一间了,又无器具,向他们要,而黄坚又故意刁难起来(不知何意,此人大概是有喜欢给别人为难的脾气的),要我开账签名,所以就给他碰了钉子而又大发其怒。大发其怒之后,器具就有了,又添了一个躺椅;总务长亲自监督搬运。因为玉堂邀请我一场,我本想做点事,现在看来,恐怕不行的,能否到一年,也很难说,所以我已决计将工作范围缩小,希图在短时日中,可以有点小成绩,不算来骗别人的钱。

此校用钱并不少,也很不得法,而有许多悭吝举动,却令人难耐。即如今天我搬房时,就又有一件。房中有两个电灯,我当然只用一个的,而有电机匠来必要取去其一个玻璃泡,止之不可。其实对于一个教员,薪水已经化了这许多了,多点一个电灯或少点一个,又何必如此计较呢?取下之后,我就即刻发见了一件危险事,就是他只是宝贝似的将电灯泡拿走,并不关闭电门。如果凑巧,我就也许竟会触电。将他叫回来,他才关上了,真是麻木万分。

至于我今天所搬的房,却比先前的静多了,房子颇大,是在楼上。前回的明信片上,不是有照相么?中间一共五座,其一是图书馆,我就住在那楼上,间壁是孙伏园与张颐(今天才到,也是北大教员),那一面本是钉书作场,现在还没有人。我的房有两个窗门,可以看见山。今天晚上,心就安静得多了,第一是离开了那些无聊人,也不必一同吃饭,听些无聊话了,这就很舒服。今天晚饭是在一个小铺里买了面包和罐头牛肉吃的,明天大概仍要叫厨子包做。又自雇了一个当差的,每月连饭钱十二元,懂得两三句普通话。但恐怕很有点懒。如果再没有什么麻烦事,我想开手编《中国文学史略》了。来听我的讲义的学生,一共有二十三人(内女生二人),这不但是国文系全部,而且还含有英文,教育系的。这里的动物学系,全班只有一人,天天和教员对坐而听讲。

但是我也许还要搬。因为现在是图书馆主任请假着,玉堂代理,所以他有权。一旦本人回来,或者又有变化也难说。在荒地中开学校,无器具,无房屋给教员住,实在可笑。至于搬到那里去,现在是无从捉摸的。

现在的住房还有一样好处,就是到平地只须走扶梯二十四级,比原先要少七十二级了,然而“有利必有弊”,那“弊”是看不见海,只能见轮船的烟通。

今夜的月色还很好,在楼下徊徘了片时,因有风,遂回,已是十一点半了。我想,我的十四的信,到二十,二十一或二十二总该寄到了罢,后天(二十七)也许有信来,先来写了这两张,待二十八日寄出。

二十二日曾寄一信,想已到了。

迅。二十五日之夜

今天是礼拜,大风,但比起那一回来,却差得远了。明天未必一定有从粤来的船,所以昨天写好的两张信,我决计于明天一早寄出。

昨天雇了一个人,叫作流水,然而是替工;今天本人来了,叫作春来,也能说几句普通话,大约可以用罢。今天又买了许多器具,大抵是铝做的,又买了一只小水缸,所以现在是不但茶水饶足,连吃散拿吐瑾也不为难了。(我从这次旅行,才觉到散拿吐瑾是补品中之最麻烦者,因为它须兼用冷水热水两种,别的补品不如此。)

有人看见我这许多器具,以为我在此要作长治久安之计了,殊不知其实不然。我仍然觉得无聊。我想,一个人要生活必需有生活费,人生劳劳,大抵为此。但是,有生活而无“费”,固然痛苦;在此地则似乎有“费”而没有了生活,更使人没有趣味了。我也许敷衍不到一年。

今天忽然有瓦匠来给我刷墙壁了,懒懒地乱了一天。夜间大约也未必能静心编讲义,玩一整天再说罢。

迅　九月二十六日晚七点钟

*　　　*　　　*

〔1〕　此信经作者整理编辑收入《两地书》,序号四六。

260930　致许广平[1]

广平兄:

廿七日寄上一信,到了没有?今天是我在等你的信了,据我想，你于廿一二大约该有一封信发出，昨天或今天要到的，然而竟还没有到。所以我等着。

我所辞的兼职，(研究教授)终于辞不掉，昨晚又将聘书送来了，据说林玉堂因此一晚睡不着。使玉堂睡不着，我想，这是对他不起的，所以只得收下，将辞意取消。玉堂对于国学院，虽然很热心，但由我看来，希望不多，第一是没有人才，第二是校长有些掣肘(我觉得这样)。但我仍然做我该做的事，从昨天起，已开手编中国文学史讲义，今天编好了第一章；眠食都好，饭两浅碗，睡觉是可以有八或九小时。

从前天起，开始吃散拿吐瑾，只是白糖无法办理。这里的蚂蚁可怕极了，小而红的，无处不到。我现在将糖放在碗里，将碗放在贮水的盘中，然而倘若偶然忘记，则顷刻之间，满碗都是小蚂蚁，点心也这样；这里的点心很好，而我近来却怕敢买了，买来之后，吃过几个，其余的竟无处安放，我住在四层楼上的时候，常将一包点心和蚂蚁一同抛到草地里去。

风也很厉害，几乎天天发，较大的时候，使人疑心窗玻璃就要吹破，若在屋外，则走路倘不小心，也可以被吹倒的。现在就呼呼地吹着。我初到时，夜夜听到波声，现在不听见了，因为习惯了，再过几时，风声也会习惯的罢。

现在的天气，同我初来时差不多，须穿夏衣，用凉席，在太阳下行走，即遍身是汗。听说这样的天气，要继续到十月(阳历?)底。

九月二十八日夜 H. M.

今天下午收到廿四发的来信了，我所料的并不错，粤中学生情形如此，却真出于我的"意表之外"，北京似乎还不至此。你自然只能照你来信所说的做，但看那些职务，不是忙得连一点闲空都没有么？我想做事自然是应该做的，但不要拚命地做才好。此地对于外面情形，也不大了然。北伐军是顺手的，看今天的报章，登有上海电(但这些电甚什来路，却不明)，总结起来：武昌还未降，大约要攻击；南昌猛扑数次，未取得。孙传芳已出兵。吴佩孚似乎在郑州，现正与奉天方面暗争保定大名。

我之愿"合同早满"者，就是愿意年月过得快，快到民国十七年，可惜到此未及一月，却如过了一年了。其实此地对于我的身体，仿佛倒好，能吃能睡，便是证据，也许肥胖一点了罢。不过总有些无聊，有些不满足，仿佛缺了什么似的，但我也以转瞬便是半年，一年，……聊自排遣，或者开手编讲义，来排遣排遣，所以眠食是好的。我在这里的心绪，还不能算不安，还可以毋须帮助，你可以给学校做点事再说。

中秋的情形，前信说过了，在黑龙江的谢君的事，我早向玉堂提过，没有消息。看这里的情形，似乎喜欢用外江佬，据说是倘有不合，外江佬卷铺盖就走了，从此完事；本地人却永在近旁，容易结仇云。这也是一种特别的哲学。谢君令兄的事，我趁机还当一提；相见不如且慢，因为我在此不大有事情，倘他来招呼我，我也须回看他，反而多一番应酬也。

伏园今天接孟余一电，招他往粤办报。他去否似尚未定。这电报是廿三发的，走了七天，同信一样慢，真奇。至于他所宣传的，是说：L家不但常有男学生，也常有女学生，有二人最熟,但L是爱长的那个的。他是爱才的,而她最有才气,所以他爱她。但在上海,听了这些话并不为奇。

此地所请的教授,我和兼士之外,还有顾颉刚。这人是陈源,我是早知道的,现在一调查,则他所荐引之人,在此竟有七人之多,玉堂与兼士,真可谓胡涂之至。此人颇阴险,先前所谓不管外事,专看书云云的舆论,乃是全都为其所欺。他颇注意我,说我是名士派,可笑。好在我并不想在此挣子孙帝王万世之业,不管他了。只是玉堂们真是呆得可怜。

齐寿山所要的书,我记得是小板《说文解字注》〔2〕(段玉裁的?)但我却未闻广东有这样的板。我想是不必给他买的,他说了大约已忘记了。他现在不在家,大概是上天津了,问何时回来,他家里的人答道不一定。(季黻来信说如此)

我到邮政代办处的路,大约有八十步,再加八十步,才到便所,所以我一天总要走过三四回,因为我须去小解,而它就在中途,只要伸首一窥,毫不费事。天一黑,我就不到那里去了,就在楼下的草地上了事。此地的生活法,就是如此散漫,真是闻所未闻。我因为多来了几天,渐渐习惯,而且骂来了一些用具,又自买了一些用具,又自雇了一个用人,好得多了;近几天有几个初来的教员,被迎进在一间冷房里,口干则无水,要小便则需远行,还在"茫茫若丧家之狗"哩。

听讲的学生倒多起来了,大概有许多是别科的。女生共五人。我决定目不邪视,而且将来永远如此,直到离开厦门,和HM相见。东西不大乱吃,只吃了几回香蕉,自然比北京的好。但价亦不廉,此地有一所小店,我去买时,倘五个,那里的一个老婆子就要“吉格浑”(一角钱),倘是十个,便要“能(二)格浑”了。究竟是确要这许多呢,还是欺我是外江佬之故,我至今还不得而知。好在我的钱原是从厦门骗来的,拿出“吉格浑”“能格浑”去给厦门人,也不打紧。

我的功课现在有五小时了,只有两小时须编讲义,然而颇费事,因为文学史的范围太大了。我到此之后,从上海又买了约一百元书。建已有信来,讶我寄他之钱太多,他已迁居,而与一个无锡人同住,我想这是不好的,但他也不笨,想不至于上当。

要睡觉了,已是十二时,再谈罢。

九月三十日之夜 迅

*　　　*　　　*

〔1〕 此信经作者整理编辑收入《两地书》,序号四八。

〔2〕《说文解字注》 清代段玉裁著,嘉庆二十年(1815年)刻成。该书考究汉代许慎《说文解字》体例,校勘刻本文字,引据经传,对全书详加注释,并定其古韵部属。

261003　致 章廷谦

矛尘兄:

来信早到,本应早复,但因未知究竟在南在北,所以迟迟。昨接乔峰信,今天又见罗常培[1]君,知道已由上海向杭,然则确往道墟[2]而去矣,故作答。

且夫厦大之事，很迟迟，虽云办妥，而往往又需数日，总而言之，有些散漫也。但今川资既以需时一周之电汇而到，则此事已无问题；而且聘请一端，亦已经校长签字，则一到即可取薪水矣，此总而言之，所望令夫人可以荣行之时，即行荣行者也。

若夫房子，确是问题，我初来时，即被陈列于生物院四层楼上者三星期，欲至平地，一上一下，扶梯就有一百九十二级，要练脚力，甚合式也。然此乃收拾光棍者耳。倘有夫人，则当住于一座特别的洋楼曰“兼爱楼”，而可无高升生物院之虑矣。惟该兼爱楼现在是否有空，则殊不可知。总之既聘教员，当有住所，他们总该设法。即不配上兼爱楼如不佞，现亦已在图书馆楼上霸得一间房子，一上一下，只须走扶梯五十二级矣。

但饭菜可真有点难吃，厦门人似乎不大能做菜也。饭中有沙，其色白，视之莫辨，必吃而后知之。我们近来以十元包饭，加工钱一元，于是而饭中之沙免矣，然而菜则依然难吃也，吃它半年，庶几能惯欤。又开水亦可疑，必须自有火酒灯之类，沸之，然后可以安心者也。否则，不安心者也。

夜深了，将来面谈罢。

迅 上 十，三，夜

*　　　*　　　*

〔1〕 *罗常培*(1899—1958)　字莘田，号恬庵，北京人，语言学家。当时任厦门大学文科国文系讲师。

〔2〕 *道墟*　绍兴的一个集镇，章廷谦的故乡。

261004[①]　致 韦丛芜、韦素园、李霁野

丛芜
素园兄：
霁野

前回寄上文稿一篇(《旧事重提》之六),想已早到。十九日的来信,今已收到了。别人的稿子,一篇也没有寄来。

我竟什么也做不出。一者这学校孤立海滨,和社会隔离,一点刺激也没有;二者我因为编讲义,天天看中国旧书,弄得什么思想都没有了,而且仍然没有整段的时间。

此地初见虽然像有趣,而其实却很单调,永是这样的山,这样的海。便是天气,也永是这样暖和;树和花草,也永是这样开着,绿着。我初到时穿夏布衫,现在也还穿夏布衫,听说想脱下它,还得两礼拜。

在上海时看见章雪村,他说想专卖《未名丛刊》(大约只是上海方面),我没有答应他,说须得大家商量,以后就不提了。近来不知道他可曾又来信?他的书店,大概是比较的可靠的。但应否答应他,应仍由北京方面定夺。

迅 十,四

261004[②]　致 许寿裳

季黻兄:

十九日来函,于月底已到。思一别遂已匝月,为之怅然。

此地虽是海滨，背山面水，而少住几日，即觉单调；天气则大抵夜即有风。

学校颇散漫，盖开创至今，无一贯计画也。学生止三百余人，因寄宿舍满，无可添招。此三百余人分为豫科及本科，本科有七门[1]，门又有系，每系又有年级，则一级之中，寥落可知。弟课堂中约有十余人，据说已为盛况云。

语堂亦不甚得法，自云与校长甚密，而据我看去，殊不尽然，被疑之迹昭著。国学院中，佩服陈源[2]之顾颉刚[3]所汲引者，至有五六人之多，前途可想。女师大旧职员之黄坚[4]，亦在此大跋扈，不知招之来此何为者也。

兄何日送家眷南行？闻中日学院[5]已成立，幼渔颇可说话，但未知有无教员位置，前数日已作函询之矣。兄可以自己便中面询之否？

此间功课并不多，只六小时，二小时须编讲义，但无人可谈，寂寞极矣。为求生活之费，仆仆奔波，在北京固无费，尚有生活，今乃有费而失了生活，亦殊无聊。或者在此至多不过一年可敷衍欤？上月因嫌黄坚，曾辞国学院兼职，后因玉堂为难，遂作罢论。

北京想已凉，此地尚可著夏衣，但较之一月前确已稍凉矣。专此顺颂
曼福。

树 上 十月四日

*　　　*　　　*

〔1〕 七门　指文、理、教育、商、法、工、医七科。

〔2〕 陈源(1896—1970)　字通伯,笔名西滢,江苏无锡人。曾留学英国,当时任北京大学教授。现代评论派和新月派的主要成员之一。

〔3〕 顾颉刚(1893—1980)　江苏吴县人,历史学家。当时任厦门大学国学院教授,兼文科国文系名誉讲师。

〔4〕 黄坚　字振玉,江西清江人,曾任北京女子师范大学教务处和总务处秘书。当时经顾颉刚推荐,任厦门大学国学院陈列部干事兼文科主任办公室襄理。

〔5〕 中日学院　中国人与日本人合办的学校,1925 年在天津成立,1931 年解散。马幼渔曾在该院任教。

261004③　致许广平〔1〕

广平兄:

一日寄出一信并《莽原》两本,早到了罢。今天收到九月廿九的来信了,忽然于十分的邮票大发感慨,真是孩子气。花了十分,比寄失不是好得多么?我先前闻粤中学生情形,颇出于"意表之外",今闻教员情形,又出于"意表之外",我先前总以为广东学界状况,总该比别处好的多,现在看来,似乎也只是一种幻想。你初作事,要努力工作,我当然不能说什么,但也须兼顾自己,不要"鞠躬尽瘁"才好。至于作文,我怎样鼓舞,引导呢?我说:大胆做来,先寄给我!不够么?好否我先看,即使不好,现在太远,不能打手心,只得记账了,这就已可以放胆写来,无须畏缩了。称人"嫩弟"之罪,亦一并记在账上。

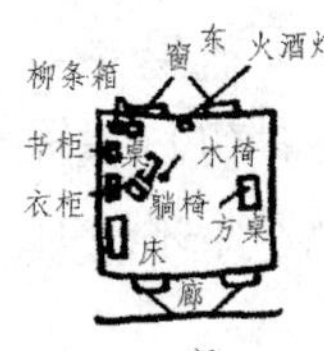

看起放大的住室来，似乎比我的阔些。我的房如上图，器具寥寥，皆以奋斗得来者也，所以只有半屋。但自从买了火酒灯之后，我也忙了一点，因为凡有饮用之水，我必煮沸一回才用，因为忙，无聊也仿佛减少了。酱油已买，也常吃罐头牛肉，何尝省钱！火腿我却不想吃，在西三条时吃厌了。在上海时，我和建人因为吃不多，只叫了一碗虾仁炒饭，不料又惹出影响，至于不在先施公司多买东西，孩子之神经过敏，真令人无法可想。相距又远，鞭长不及马腹，也还是姑且记在账上罢。

我在此常吃香蕉，柚子，都很好；至于杨桃，却没有见过，又不知道是甚么名字，所以也无从买，鼓浪屿也许有罢，但我还未去过，那地方无非像租界，我也无甚趣味，终于懒下来了。此地雨倒不多，只有风，现在还热，可是荷叶却干了，一切花，我大概不认识；羊是黑的。防止蚂蚁，我现也用四面围水之法，总算白糖已经安全；而在桌上，则昼夜总有十余匹爬着，拂去又来，没有法子。

我现在专取闭关主义，一切教职员，少与往来，也少说话。此地之学生似尚佳，清早便运动，晚亦常有；阅报室中也常有人，对我之感情似亦好，多说文科今年有生气了，我自省自己之懒惰，殊为内愧。小说史有成本；所以我对于编文学史讲义，不愿草率，现已有两章付印了，可惜此地藏书不多，编起来很不便。

西三条有信来，都平安的，煤已买，每吨至二十元。学校还未开课，北大学生去缴学费，而当局不收，可谓客气，然则开学之毫无把握可知。女师大的事，没有听到什么，单知道教员大抵换了男师大的，历史兼国文主任是白月恒（字眉初），黎锦熙也去教书了，[2]大概暂时当是研究系势力，总之，环境如此，女师大是不会单独弄好的。

季黻要送家眷回南，自己行踪未定，我曾为之写信向中日学院（在天津）设法，但恐亦无效。他也想赴广东，而无介绍，去看寿山，则他已经不在家了。此地总无法想，玉堂也不能指挥如意，许多人的聘书，校长压了多日才发下来。他是尊孔的，对于我和兼士，倒还没有什么，但因为化了这许多钱，汲汲乎要有成效，如以好草喂牛，要挤好牛乳一般。玉堂也略有此意，所以不日要开展览会，除学校自买之泥人而外，还要将我的石刻拓片挂出。其实这些古董，此地人那里会懂，无非胡里胡涂，忙碌一番而已。

在此地似乎刺戟少些，所以我颇能睡，但也做不出文章来，北京来催，只好不理；这几天觉得心绪也平稳些，大约有些习惯了。开明书店想我有书给他印，我还没有。对于北新，则我还未将《华盖集续篇[编]》整理给他，因为没有工夫。长虹和这两店，闹起来了，因为要钱的事。沉钟社和创造社，也闹起来了，现已以文章口角。创造社伙计内部，也闹起来了，已将柯仲平逐走，原因我不知道。

迅　十，四，夜。

*　　*　　*

〔**1**〕 此信经作者整理编辑收入《两地书》，序号五〇。

〔2〕 白月恒(1875—?) 河北卢龙人。曾任国立东南大学教授、北京师范大学史地系主任、女师大史地学科主任。黎锦熙,参看本卷第76页注〔1〕。

261007 致韦素园

素园兄:

寄来的书籍一包,收到了。承给我《外套》三本,谢谢。

今寄上《莽原》稿一篇〔1〕,请收入。到此仍无闲暇,做不出东西。

从《莽原》十九期起,每期请给我两本。我前回曾经通信声明,这信大约没有到。但以前的不必补寄,只要从十九期起就好了。

《旧事重提》我还想做四篇,尽今年登完,但能否如愿,也殊难说,因为在此琐事仍然多。

迅 上 十月七日夜

* * *

〔1〕 指《父亲的病》,后收入《朝花夕拾》。

261010① 致章廷谦

矛尘兄:

侧闻 大驾过沪之后,便奉一书于行素堂〔1〕,今得四日来信，略答于下——

你同斐君太太将要担任什么一节，今天去打听，据云玉堂已自有详函去了，所以不好再问。记得前曾窃闻：太太教官话，老爷是一种干事。至于何事之干，则不得而知。

厦大方面和我的“缘分”，有好的，有坏的，不可一概论也。但这些都无大关系，一听他们之便而已。至于住处，却已搬出生物之楼而入图书之馆，楼只两层，扶梯亦减为二十六级矣。饭菜仍不好。你们两位来此，倘不自做菜吃，怕有“食不下咽”之虞。

北京大捕之事〔2〕，此间无消息。不知何日之事乎？今天接到钦文九月卅日从北京来之信，绝未提起也。

迅　上　十月十日

*　　　*　　　*

〔1〕　行素堂　章廷谦老家住所的名称。

〔2〕　北京大捕之事　10月初，京畿卫戍总司令于珍派侦缉队到北京各书店搜查，凡有“俄”、“社会”等字样的书籍尽行抄没，并在各学校搜捕男女学生八十一人。

261010②　致许广平〔1〕

广平兄：

十月四日得九月廿九日来信后，即于五日寄一信，想已收到了。人间的纠葛真多，兼士直到现在，未在应聘书上签名，前几天便拟于国学研究院成立会开毕之后,便回北京去,因为那边也有许多事待他料理。玉堂就大不谓然,甚至于说了许多气话(对我)。然而兼士却非去不可。我便从中调和:先令兼士在应聘书上签名,然后请假到北京去一趟,年内再来厦门一次,算是在此半年。兼士有些可以了,玉堂却又坚执不允,非他在此整半年不可。我只好退开。过了两天,玉堂也可以了,大约也觉得除此更无别路了罢。现在此事只要经校长允许后,便要告一结束了。兼士大约十五左右动身,闻先将赴粤一看,再向上海。伏园恐怕也同行,是否便即在粤,抑接洽之后,仍再回厦门一次,则不得而知,孟余请他是办副刊,他已经答应了,但何时办起,则似未定。

从我想,兼士当初是未尝不豫备常在这里的,待到厦门一看,觉交通之不便,生活之无聊,就不免"归心如箭"了。这实在是无可奈何的事,叫我如何劝得他。

这里的学校当局,虽出重资聘请教员,而未免视教员如变把戏者,要他空拳赤手,显出本领来。即如这回开展览会,我就吃苦不少。当开会之先,兼士要我的碑碣拓片去陈列,我答应了。但我只有一张小书桌和小方桌,不够用,只是摊在地上,一一选出。待到拿到会场去时,则除孙伏园自告奋勇,同去陈列之外,没有第二人帮忙,寻校役也寻不到。于是只得二人陈列,高处则须桌上放一椅子,由我站上去。弄至中途,黄坚硬将孙伏园叫去了,因为他是"襄理"(玉堂的),有叫孙伏园去之权力。兼士看不过去,便自来帮我,他喝了一点酒,跳上跳下,晚上便大吐了一通。襄理的位置,正如明朝的太监,可以倚靠权势，胡作非为，而受害的却不是他，是学校。昨天因为黄坚对书记下条子（上谕式的），下午同盟罢工了，后事不知如何。玉堂信用此人，可谓昏极。我前回辞国学院研究教授而又中止者，因恐怕兼士玉堂为难也，现在看来，总非坚决辞去兼职不可，人亦何苦因为太为别人计，而自轻自辱至此哉。

此地的生活也实在无聊，外省的教员，几乎无一人作长久之计。兼士之去，固无足怪。但我比兼士随便些，又因为见玉堂的兄弟（他有二兄一弟都在厦大）及太太，都很为我们的生活操心；学生对我尤好，只恐怕我在此住不惯，有几个本地人，甚至于星期六不回家，豫备星期日我要往市上去玩，他们好同去作翻译，所以只要没有什么大下不去的事，我总想至少在此讲一年，否则，我也许早跑到广州或上海去了。（但还有几个很欢迎我的人，是想我开口攻击此地的社会等等，他们来跟着开枪。）

今天是双十节，却使我欢喜非常，本校先行升旗礼，三呼万岁，于是有演说，运动，放鞭炮。北京的人，似乎厌恶双十似的，沉沉如死，此地这才像双十节。我因为听北京过年的鞭炮听厌了，对鞭炮有了恶感，这回才觉得却也好听。中午同学生上饭厅，吃了一碗不大可口的面（大半碗是豆芽菜），晚上是恳亲会，有音乐和电影，电影因为电力不足，不甚了然，但在此已视同宝贝了。教员太太将最新的衣服都穿上了，大约在这里，一年中另外也没有什么别的聚会了罢。

听说厦门市上今天也很热闹，商民都自动的地挂旗结彩庆贺，不像北京那样，听警察吩咐之后，才挂出一张污秽的五色旗来。此地人民的思想，我看其实是"国民党的"的，并不老旧。

自从我到此之后，各种寄给我的期刊很杂乱，忽有忽无。我有时想分寄给你，但不见得期期有，勿疑为邮局失落，好在这类东西，看过便罢，未必保存，完全与否亦无什么关系。

我来此已一月余，只做了两篇讲义，两篇稿子给《莽原》；但能睡，身体似乎好些。今天听到一种传说，说孙传芳的主力兵已败，没有什么可用的了，不知确否。我想一二天内该可以得到来信，但这信我明天要寄出了。

迅 十月十日

*　　*　　*

〔1〕 此信经作者整理编辑收入《两地书》，序号五三。

261015[①] 致韦素园

素园兄：

九月卅日的信早收到了，看见《莽原》，早知道你改了号，而且推知是因为林素园[1]。但写惯了，一写就又写了素园，下回改正罢。

《莽原》我也总想维持下去。但不知近来销路何如？这几天做了两篇[2]，今寄上，可以用到十一月了，续稿缓几时再寄。这里虽然不欠薪，然而如在深山中，竟没有什么作文之意。因为太单调，而小琐事却仍有的，加以编讲义，弄得人如机器一般了。

《坟》的上面,我还想做一篇序并加目录,但序一时做不出来,想来一时未必印成,将来再说罢。

听说北新要迁移〔3〕了,不知迁了没有? 寄小峰一笺,请即加封寄去为荷。

批评《彷徨》的两篇文章,已见过了,没有什么意思。

此后寄挂号信,用社名便当呢? 还是用你的号便当? 你的新号(漱园)的印章,已刻了么?

迅　十,一五,夜

*　　　*　　　*

〔1〕 林素园　福建人。曾于1926年9月5日随教育总长任可澄率军警武装接收北京女师大,并于该校被改为北京女子学院师范部时出任学长。

〔2〕 指《琐记》和《藤野先生》,后收入《朝花夕拾》。

〔3〕 北新要迁移　北新书局于1925年3月成立于北京,1926年6月在上海设分局,1927年春总部迁往上海。

261015② 致许广平〔1〕

广平兄:

昨天刚寄出一封信,今天就收到你五日的来信了。你这封信,在船上足足躺了七天多,因为有一个北大学生来此做编辑员的,就于五日从广州动身,船因避风或行或止,直到今天才到，你的信大概就与他同船的。一封信的往返，来回就须二十天，真是可叹。

我看你的职务太烦剧了，薪水又这么不可靠，衣服又须如此变化，你够用么？我想一个人也许应该做点事，但也无须乎劳而无功。天天看学生的脸色办事，于人我都无益，就是敝精神于无用之地，你说寻别的事并不难，然则何必一定要等到学期之末呢？忙自然不妨，但倘若连自己休息的时间都没有，那可是不值得的。

我的能睡，是出于自然的，此地虽然不乏琐事，但究竟没有北京的忙，即如校对等事，在此就没有。酒是自己不想喝，我在北京，太高兴和太愤懑时就喝酒，这里虽仍不免有小刺戟，然而不至于“太”，所以可以无须喝了，况且我本来没有瘾。少吸烟卷，可不知道是怎么一回事，大约因为编讲义，只要调查，不须思索之故罢。但近几天可又多吸了一点，因为我连做了四篇《旧事重提》。这东西还有两篇便完，拟下月再做；从明天起，又要编讲义了。

钟少梅的事，我先前也知道一点，似乎是在《世界日报》上看见的，赵世德的事却没有载。人心真是难测。兼士尚未动身，他连替他的人也还未弄妥，本来我最相宜，但我早拒绝了，不再自投于这样口舌是非之地。他因为急于回北京，听说不往广州了；伏园似乎还要去一趟。今天又得李遇安从大连来信，知道他往广州，但不知道他去作何事。

广东多雨，天气和厦门竟这么不同么？这里不下雨，不过天天有风，而风中很少灰尘，所以并不讨厌。我从自[自从]买了火酒灯以后,开水不生问题了,但饭菜总不见佳。从后天起要换厨子了,然而大概总还是差不多的罢。

迅　十月十二日夜

八日的信,今天收到了;以前九月廿四,廿九,十月五日的信,也都收到。看你收入和做事的比例,实在太不值得了,与其如此,岂不是还是拿几十元的地方好些么?你不知能即另作他图否?那里可能即别有机会否?我以为如此情形,努力也都是白费的。

"经过一次解散而去的",自然要算有福,倘我们在那里,当然要气愤得多。至于我在这里的情形,我信中都已陆续说出,辞去研究教授之后(我现在还想辞),还有国文系教授,所以于去留并不发生问题。我在此地其实也是卖身,除为了薪水之外,再没有别的什么,但我现在或者还可以暂时敷衍,再看情形。当初我也未尝不想起广州,后来一听情形,就暂时不作此想了,你看陈惺农尚且站不住,何况我呢。

其实我在这里不大高兴的原因,首先是在周围多是语言无味的人,不足与语,令我觉得无聊。他们倘让我独自躲在房里看书,倒也罢了,偏又常常给我小刺戟。我也未尝不自己在设法消遣,例如大家集资看影戏,我也加入的,在这里要看影戏,也非请来做不可,一晚六十元。

你收入这样少,够用么?我希望你通知我。

伏园不远要到广州去看一看,但我的事绝不想他留心,所以我也不要他在顾先生面前说。我的离开厦门,现在似乎时机未到,看后来罢。其实我在此地,很有一班人当作大名士看,和在北京的提心吊胆时候一比,平安得多,只要自己的心静一静,也未尝不可暂时安住。但因为无人可谈,所以将牢骚都在信里对你发了,你不要以为我在这里苦得很。其实也不然的。身体大概比在北京还要好点。

今天本地报上的消息很好,但自然不知道可确的。一,武昌已攻下;二,九江已取得;三,陈仪(孙之师长)等通电主张和平;四,樊钟秀已取得开封,吴逃保定(一云郑州)。但总而言之,即使要打折扣,情形很好总是真的。

迅 十月十五夜

*　　　*　　　*

〔**1**〕 此信经作者整理编辑收入《两地书》,序号五四。

261016　致许广平[1]

广平兄:

今天(十六日)刚寄一信,下午就收到双十节的来信了。寄我的信,是都收到的。我一日所寄的信,既然未到,那就恐怕已和《莽原》一同遗失。我也记不清那信里说的是什么了,由它去罢。

我的情形,并未因为怕害马神经过敏而隐瞒,大约一受刺激,便心烦,事情过后,即平安些。可是本校情形实在太不见佳,顾颉刚之流已在国学院大占势力,周览(鲠生)又要到这里来做法律系主任了,从此现代评论色彩,将弥漫厦大。在北京是国文系对抗着的，而这里的国学院却弄了一大批胡适之陈源之流，我觉得毫无希望。你想：坚士至于如此胡涂，他请了一个顾颉刚，顾就荐三人，陈乃乾，潘家洵，陈万里，他收了；陈万里又荐两人，罗某，黄某，他又收了。这样，我们个体，自然被排斥。所以我现在很想至多在本学期之末，离开厦大。他们实在有永久在此之意，情形比北大还坏。

另外又有一班教员，在作两种运动：一是要求永久聘书，没有年限的；一是要求十年二十年后，由学校付给养老金终身。他们似乎要想在这里建立他们理想中的天国，用橡皮做成的。谚云"养儿防老"，不料厦大也可以"防老"。

我在这里又有一事不自由，学生个个认得我了，记者之类亦有来访，或者希望我提倡白话，和旧社会大闹一通，或者希望我编周刊，鼓吹本地新文艺，而玉堂之流又要我在《国学季刊》上做些"之乎者也"，还有学生周会去演说，我其[真]没有这三头六臂。今天在本地报上载着一篇访我的记事，记者对于我的态度，以为"没有一点架子，也没有一点派头，也没有一点客气，衣服也随便，铺盖也随便，说话也不装腔作势……"觉得很出意料之外。这里的教员是外国博士很多，他们看惯了那俨然的模样的。

今天又得了朱家骅君的电报，是给兼士玉堂和我的，说中山大学已改职(当是"委"字之误)员制，叫我们去指示一切。大概是议定学制罢。兼士急于回京，玉堂是不见得去的。我本来大可以借此走一遭，然而上课不到一月，便请假两三星期，又未免难于启口，所以十之九总是不能去了，这实是可惜，倘在年底，就好了。

无论怎么打击，我也不至于“秘而不宣”，而且也被打击而无怨。现在柚子是不吃已有四五天了，因为我觉得不大消化。香蕉却还吃，先前是一吃便要肚痛的，在这里却不，而对于便秘，反似有好处，所以想暂不停止它，而且每天至多也不过四五个。

一点泥人和一点拓片便开展览会，你以为可笑么？还有可笑的呢。陈万里并将他所照的照片陈列起来，几张古壁画的照片，还可以说是与“考古”相关，然而还有什么牡丹花，夜的北京，北京的刮风，苇子……。倘使我是主任，就非令撤去不可；但这里却没有一个人觉得可笑，可见在此也惟有陈万里们相宜。又国学院从商科借了一套历代古钱来，我一看，大半是假的，主张不陈列，没有通过；我说“那么，应该写作‘古钱标本’。”后来也不实行，听说是恐怕商科生气。后来的结果如何呢？结果是看这假古钱的人们最多。

这里的校长是尊孔的，上星期日他们请我到周会演说，我仍说我的“少读中国书”主义，并且说学生应该做“好事之徒”。他忽儿大以为然，说陈嘉庚也正是“好事之徒”，所以肯兴学，而不悟和他的尊孔冲突。这里就是如此胡里胡涂。

H. M. 十月十六日之夜。

*　　*　　*

〔**1**〕 此信经作者整理编辑收入《两地书》，序号五六。

261019　致韦素园

漱园兄：

今天接十月十日信片，知已迁居[1]。

我于本月八日寄出稿子一篇，十六日又寄两篇（皆挂号），而皆系寄新开路，未知可不至于失落否？甚念，如收到，望即示知。

否则即很为难，因我无草稿也。

迅　十，十九

*　　*　　*

〔1〕　指未名社自新开路五号迁至西老胡同一号。

261020　致许广平[1]

广平兄：

伏园今天动身了。我于十八日寄你一信，恐怕就在邮局里一直躺到今天，将与伏园同船到粤罢。我前几天几乎也要同行，后来中止了。要同行的理由，小半自然也有些私心，但大部分却是为公，我以为中山大学既然需我们商议，应该帮点忙，而且厦大也太过于闭关自守，此后还应与他大学往还。玉堂正病着，医生说三四天可好，我便去将此意说明，他亦深以为然，约定我先去，倘尚非他不可，我便打电报叫他，这时他病已好，可以坐船了。不料昨天又有了变化，他不但自己不说去，而且对于我的自去也借口阻挠，说最好是向校长请假。教员请假，向来应归主任管理的，现在这样说，明明是拿难题给我做。我想了一通，就中止了。此外还有一个原因，大概因为与南洋相距太近之故罢，此地实在太斤斤于银钱，“某人多少钱一月”等等的话，谈话中常听见；我们在此，当局者也日日希望我们做许多工作，发表许多成绩，像养牛之每日挤牛奶一般。某人每日薪水几元，大约是大家念念不忘的。我一行，至少需两星期，有许多人一定以为我白白骗去了他们半月薪水，或者玉堂之不愿我旷课，也是此意。我已收了三月的薪水，而上课才一月，自然不应该又请假，但倘计画远大，就不必斤斤于此，因为将来可以尽力之日正长。然而他们是眼光不远的，我也不作久远之想，所以我便不走，拟于本年中为他们作一篇季刊上的文章，给他们到学术讲演会去讲演一次，又将我所辑的《古小说钩沈》献出，则学校可以觉得钱不白化，而我也可以来去自由了。至于研究教授，则自然不再去辞，因为即使辞掉，他们也仍要想法使你做别的工作，使利息与国文系教授之薪水相当，不会给我便宜的，倒是任它拖着的好。

关于银钱的推测，你也许以为我神经过敏，然而这是的确的。当兼士要走的时候，玉堂托我挽留，不得结果。玉堂便愤愤地对我道：他来了这几天就走，薪水怎么报销。兼士从到至去，那时诚然不满二月，但计画规程，立了国学院基础，费力最多，以厦大而论，给他三个月薪水，也不算多。今乃大有索还薪水之意，我听了实在倒抽了一口冷气。现在是说妥当了，兼士算应聘一年，前薪不提，此后是再来一两回；不在此的时候不支薪，他月底要走了。

此地研究系的势力，我看要膨涨起来，当局者的性质，也与此辈相合。理科也很忌文科，正与北大一样。闽南与闽北人之感情如水火，有几个学生很希望我走，但并非对我有恶意，乃是要学校倒楣。

这几天此地正在欢迎两个名人。一个是太虚和尚到南普陀来讲经，于是佛化青年会提议，拟令童子军捧花，随太虚行踪而散之，以示“步步生莲花”之意。但此议似未实行，否则和尚化为潘妃，倒也有趣。一个是马寅初博士到厦门来演说，所谓“北大同人”，正在发昏章第十一，排班欢迎。我固然是“北大同人”之一，也非不知银行可以发财，然而于“铜子换毛钱，毛钱换大洋”学说，实在没有什么趣味，所以都不加入，一切由它去罢。

（二十日下午）

写了以上的信之后，躺下看书，听得打四点的下课钟了，便到邮政代办所去看，收得了十五日的来信。我那一日的信既已收到，那很好。邪视尚不敢，而况“瞪”乎？至于张先生的伟论，我也很佩服，我若作文，也许这样说的；但事实怕很难，我若有公之于众的东西，那是自己所不要的，否则不愿意。以己之心，度人之心，知道私有之念之消除，大约当在二十五纪，所以决计从此不瞪了。

这里近三天凉起来了，可穿夹衫，据说到冬天，比现在冷得不多，但草却已颇有黄了的，蚂蚁已用水防止，纱厨太费事了，我用的是一盘贮水，上加一杯，杯上放一箱，内贮食物，蚂蚁倒也无法飞渡。至于学生方面,对我还是好的,他们想出一种文艺刊物,我已为之看稿,大抵尚幼稚,然而初学的人,也只能如此,或者下月要印出来。至于工作,我不至于拼命,我实在懈得多了,时常闲着玩,不做事。

你不会起草章程,并不足为能力薄弱之证据。草章程是别一种本领,一须多看章程之类,二须有法律趣味,三须能顾到各种事件。我就最厌恶这东西,或者也非你所长罢。然而人又何必定须会做章程呢?即使会做,也不过一个"做章程者"而已。

研究系比狐狸还坏,而国民党则太老实,你看将来实力一大,他们转过来来拉拢,民国便会觉得他们也并不坏。今年科学会在广州开会,即是一证,该会还不是多是灰色的学者么?科学在那里?而广州则欢迎之矣。现在我最恨什么"学者只讲学问,不问派别"这些话,假如研究造炮的学者,将不问是蒋介石,是吴佩孚,〔2〕都为之造么?国民党有力时,对于异党宽容大量,而他们一有力,则对于民党之压迫陷害,无所不至,但民党复起时,却又忘却了,这时他们自然也将故态隐藏起来。上午和兼士谈天,他也很以为然,希望我以此提醒众人,但我现在没有机会,待与什么言论机关有关系时再说罢。我想伏园未必做政论,是办副刊,孟余们的意思,大约以为副刊的效力很大,所以想大大的干一下。

北伐军得武昌,得南昌,都是确的;浙江确也独立了,上海近旁也许又要小战,建人又要逃难,此人也是命运注定,不大能够安逸的。但走几步便是租界,不成问题。

重九日这里放一天假，我本无功课，毫无好处，登高之事，则厦门似乎不举行。肉松我不要吃，不去查考了。我现在买来吃的，只是点心和香蕉；偶然也买罐头。

明天要寄你一包书，都是另另碎碎的期刊之类，历来积下，现在一总寄出了。内中的一本《域外小说集》，是北新新近寄来的，夏季你要，我托他们去买，回说北京没有，这回大约是碰见了，所以寄来的罢，但不大干净，也许是久不印，没有新书之故。现在你不教国文了，已没有用，但他们既然寄来，也就一并寄上，自己不要，可以给人的。

我已将《华盖集续编》编好，昨天寄去付印了。

(季黻终于找不到事做，真是可怜。我不得已，已托伏园面托孟余)

迅。二十日灯下。

*　　　*　　　*

〔1〕 此信经作者整理编辑收入《两地书》，序号五八。

〔2〕 蒋介石(1887—1975)　名中正，字介石，浙江奉化人，时任国民政府军事委员会主席、国民革命军总司令。吴佩孚，北洋直系军阀首领，参看本卷第139页注〔3〕。

261023[①]　致章廷谦

矛尘兄：

十五日信收到了，知道斐君太太出版[1]延期，为之怃然。

其实出版与否，与我无干，用“怃然”殊属不合，不过此外一时也想不出恰当的字。总而言之，是又少拿多少薪水，颇亦可惜之意也。至于瞿英乃〔2〕之说，那当然是靠不住的，她的名字我就讨厌，至于何以讨厌，却说不出来。

伏园“叫苦连天”，我不知其何故也。“叫苦”还是情有可原，“连天”则大可不必。我看此处最不便的是饭食，然而凡有太太者却未闻叫苦之声。斐君太太虽学生出身，然而煎荷包蛋，燉牛肉，“做鸡蛋糕”〔3〕，当必在六十分以上，然则买牛肉而燉之，买鸡蛋而糕之，又何惧食不甘味也哉。

至于学校，则难言之矣。北京如大沟，厦门则小沟也，大沟污浊，小沟独干净乎哉？既有鲁迅，亦有陈源。但你既然“便是黄连也决计吞下去”，则便没有问题。要做事是难的，攻击排挤，正不下于北京，从北京来的人们，陈源之徒就有。你将来最好是随时预备走路，在此一日，则只要为“薪水”，念兹在兹，得一文算一文，庶几无咎也。

我实在熬不住了，你给我的第一信，不是说某君〔4〕首先报告你事已弄妥了么？这实在使我很吃惊于某君之手段，据我所知，他是竭力反对玉堂邀你到这里来的，你瞧！陈源之徒！

玉堂还太老实，我看他将来是要失败的。

兼士星期三要往北京去了。有几个人也在排斥我。但他们很愚，不知道我一走，他们是站不住的。

这里的情形，我近来想到了很适当的形容了，是：“硬将一排洋房，摆在荒岛的海边”。学校的精神似乎很像南开〔5〕，但压迫学生却没有那么利害。

我现在寄居在图书馆的楼上，本有三人，一个[6]搬走了，伏园又去旅行，所以很大的洋楼上，只剩了我一个了，喝了一瓶啤酒，遂不免说酒话，幸祈恕之。

迅　上　十月二十三日灯下

斐君太太尊前即此请安不另，如已出版，则请在少爷前问候。

*　　　*　　　*

〔1〕 出版　这里戏指分娩。

〔2〕 瞿英乃　当时北京妇产科大夫。

〔3〕 “做鸡蛋糕”　《新女性》第一卷第六号(1926年5月10日)载有孙伏园的《蛋糕制造方法的灌输与妇女根本问题的讨论》。同刊第八号又载有岂明的《论做鸡蛋糕》。这里是随手引用。

〔4〕 某君　指顾颉刚。

〔5〕 南开　指当时私立的天津南开大学。

〔6〕 指张颐(1887—1969)，字真如，四川叙永人。曾任北京大学教授，时任厦门大学文科哲学系教授兼文科主任、副校长。

261023② 致许广平[1]

广平兄：

我今天(二十一)上午刚发一信，内中说到厦门佛化青年会欢迎太虚的笑话，不料下午便接到请柬，是南普陀寺和闽南佛学院公宴太虚，并请我作陪，自然也还有别的人。我决计不去，而本校的职员硬邀我去，说否则他们以为本校看不起他们。个人的行动，会涉及全校，真是窘极了，我只得去，只穿一件蓝洋布大衫而不戴帽，乃敝人近日之服饰也。罗庸说太虚“如初日芙蓉”，我实在看不出这样，只是平平常常。入席，他们要我与太虚并排上坐，我终于推掉，将一个哲学教员供上完事。太虚倒并不专讲佛事，常论世俗事情，而作陪之教员们，偏好问他佛法，真是其愚不可及，此所以只配作陪也欤。其时又有乡下女人来看，结果是跪下大磕其头，得意之状可掬而去。

这样，总算白吃了一餐素斋。这里的酒席，是先上甜菜，中间咸菜，末后又上一碗甜菜，这就完了，并无饭及稀饭，我吃了几回，都是如此，听说这是厦门特别习惯，福州即不然。

散后，一个教员和我谈起，知道那些北京同来的小鬼之排斥我，渐渐显著了，因为从他们的口气里，他已经听得出来，而且他们似乎还同他去联络（他也是江苏人，去年到此，我是前年在陕西认识的）。他于是叹息，说：玉堂敌人颇多，对于国学院不敢下手者，只因为兼士和我两人在此；兼士去而我在，尚可支持，倘我亦走，则敌人即无所顾忌，玉堂的国学院就要开始动摇了。玉堂一失败，他们也站不住了。而他们一面排斥我，一面又个个接家眷，准备作长久之计，真是胡涂云云。我看这是确的，这学校，就如一坐梁山泊，你枪我剑，好看煞人。北京的学界在都市中挤轧，这里是在小岛上挤轧，地点虽异，挤轧则同。但国学院中的排挤现象，反对者还未知道（他们以为小鬼们是兼士和我的小卒，我们是给他们来打地盘的），将来一知道,就要乐不可支。我于这里毫无留恋,吃苦的还是玉堂,玉堂一失势,他们也就完,现在还欣欣然自以为得计,真是愚得可怜。我和玉堂交情,还不到可以向他说明这些事情的程度,即使说了,他是否相信,也难说的。我所以只好一声不响,做我的事,他们想攻倒我,一时也很难,我在这里到年底或明年,看我自己的高兴。至于玉堂,大概是爱莫能助的了。

二十一日灯下

十九的信和文稿,都收到了。文是可以用的,据我看来。但其中的句法有不妥处,这是小姐的老毛病,其病根在于粗心,写完之后,大约自己也未必再看一遍。过一两天,改正了寄去罢。

兼士拟于廿七日动身向沪,不赴粤;伏园却已走了,问陈惺农一定可以知道他住在那里。但我以为你殊不必为他出力,他总善于给别人一点长远的小麻烦。我不是雇了一个工人么?他却给这工人的朋友绍介,去包“陈原[源]之徒”的饭,我叫他不要多事,也不听。现在是陈源之徒对我骂饭菜坏,工人是因为帮他朋友,我的事不大来做了。我总算出了十二块钱给他们雇了一个厨子的帮工,还要听费话。今天听说他们要不包了,真是感激之至。

季黻的事,除嘱那该死的伏园面达外,昨天又和兼士合写了一封信给孟余他们,可做的事已做,且听下回分解罢。孟余的“后转”,大约颇确而实不然,兼士告诉我,孟余的肺病,近来颇重,人一有这种病,便容易灰心,颓唐,那状态也近于后转;

但倘若重起来，则党中损失也不少，[2]我们实在担心，最要的是要休息保养，但大概未必做得到罢。至于我的别处的位置，可从缓议，因为我在此虽无久留之心，但现在也还没有决去之必要，所以倒非常从容。既无“患得患失”的念头，心情也自然安闲，决非欲“骗人安心，所以这样说”的，切祈明鉴为幸。

理科诸公之攻击国学院，这几天已经开始了，因国学院屋未造，借用生物学院屋，所以他们第一着是讨还房屋。此事和我辈毫不相关，就含笑而旁观之，看一堆泥人儿搬在露天之下，风吹雨打，倒也有趣。此校大概很和南开相像，而有些教授，则惟校长之喜怒是伺，妒别科之出风头，中伤挑眼，无所不至，妾妇之道也。我以北京为污浊，乃至厦门，现在想来，可谓妄想，大沟不干净，小沟就干净么？此胜于彼者，惟不欠薪水而已。然而“校主”一怒，亦立刻可以关门也。

我所住的这么一坐大洋楼上，到夜，就只住着三个人，一张颐教授(上半年在北大，似亦民党，人很好)，一伏园，一即我。张因不便，住到他朋友那里去了，伏园又已走，所以现在就只有我一人。但我却可以静坐着默念 HM，所以精神上并不感到寂寞。年假之期又已近来，于是就比先前沉静了。我自己计算，到此刚五十天，而恰如过了半年。但这不只我，兼士们也这样说，则生活之单调可知。

我新近想到了一句话，可以形容这学校的，是“硬将一排洋房，摆在荒岛的海边上”。然而虽然是这样的地方，人物却各式俱有，正如一点水，用显微镜看，也是一个大世界。其中有一班“妾妇”们，上面已说过了，还有希望得爱，以九元一盒的糖果送人的老外国教授;有和著名的美人结婚,三月复离的青年教授;有以异性为玩艺儿,每年一定和一个人往来,先引之而终拒之的密斯先生;有打听糖果所在,群往吃之的好事之徒……世事大概差不多,地的繁华和荒僻,人的多少,都没有多大关系。

浙江独立,是确的了,今天听说陈仪的兵力已与卢香亭开仗,那么,陈在徐州也独立了,但究竟确否,却不能知。闽边的消息倒少听见,似乎周荫人是必倒的,而民军已到漳州。

长虹和韦素园又闹起来了,在上海出版的《狂飙》上大骂,又登了一封给我的信,要我说几句话。他们真是吃得闲空,然而我却不愿意陪着玩了,先前也陪得够苦了,所以拟置之不理。(闹的原因是因为《莽原》上不登培良的一篇剧本。)我的生命,实在为少爷们耗去了好几年,现在躲在岛上了,他们还不放。但此地的几个学生,已组织了一种出版物,叫做《波艇》[3],要我看稿,已经看了一期,自然是幼稚,但为鼓动空气计,所以仍然怂恿他们出版。逃来逃去,还是这样。

此地天气凉起来了,可穿夹衣。明天是星期,夜间大约要看影戏,是林肯一生的故事。大家集资招来的,共六十元,我出了一元,可坐特别座。林肯之类的事,我是不大要看的,但在这里,能有好的影片看么?大家所知道而以为好看的,至多也不过是林肯的一生之类罢了。

这信将于明天寄出,开学以后,邮政代办所也办公半天了。

H. M. 十月二十三日灯下

*　　　*　　　*

〔1〕 此信经作者整理编辑收入《两地书》,序号六〇。

〔2〕 顾孟余当时任国民党第二届中央执行委员、中央政治会议委员、代理宣传部长,并同时任中山大学委员会副主任。

〔3〕《波艇》 厦门大学学生文艺团体泱泱社出版的文艺月刊,1926年12月至次年1月出版两期。鲁迅在该刊创刊号上发表过《厦门通讯》。

261028　致许广平[1]

广平兄:

廿三日得十九日信及文稿后,廿四日即发一信,想已到。廿二日寄来的信,昨天收到了。闽粤间往来的船,当有许多艘,而邮递信件的船,似乎专为一个公司所包办,惟它的船才带信,所以一星期只有两回,上海也如此,我疑心这公司是太古。

我不得许可,不见得用对付三先生之法[2],请放心。但据我想,自己是恐怕未必开口,真是无法可想。这样食少事繁的生活,怎么持久?但既然决心做一学期,又有人来帮忙,做做也好,不过万不要拚命。人自然要办"公",然而总须大家都办,倘人们偷懒,而只有几个人拚命,未免太不"公"了,就该适可而止,可以省下的路少走几趟,可以不管的事少做几件,这并非昧了良心,自己也是国民之一,应该爱惜的,谁也没有要求独独几个人应该做得劳苦而死的权利。

我这几年来，常想给别人出一点力，所以在北京时，拚命地做，不吃饭，不睡觉，吃了药校对，作文。谁料结出来的，都是苦果子。一群人将我做广告自利，不必说了；便是小小的《莽原》，我一走也就闹架。长虹因为他们压下（压下而已）了投稿，和我理论，而他们则时时来信，说没有稿子，催我作文。我才知道牺牲一部分给人，是不够的，总非将你磨消完结，不肯放手。我实在有些愤怒了，我想至二十四期止，便将《莽原》停刊，没有了刊物，看他们再争夺什么。

我早已有点想到，亲戚本家，这回要认识你了，不但认识，还要要求帮忙，帮忙之后，还要大不满足，而且怨愤，因为他们以为你收入甚多，即使竭力地帮了，也等于不帮。将来如果偶需他们帮助时，便都退开，因为他们没有得过你的帮助，或者还要下石，这是对于先前吝啬的罚。这种情形，我都曾一一尝过了，现在你似乎也正在开始尝着这况味。这很使人苦恼，不平，但尝尝也好，因为更可以知道所谓亲戚本家是怎么一回事，知道世事就更真切了。倘永是在同一境遇，不忽儿穷忽儿有点收入，看世事就不能有这么多变化。但这状态是永续不得的，经验若干时之后，便须斩钉截铁地将他们撇开，否则，即使将自己全部牺牲了，他们也仍不满足，而且仍不能得救。

以上是午饭前写的，现在是四点钟，已经上了两堂课，今天没有事了。兼士昨天已走，早上来别，乃云玉堂可怜，如果可以敷衍，就维持维持他。至于他自己呢，大概是不再来，至多，不过再来转一转而已。伏园已有信来，云船上大吐，（他上船之前吃了酒，活该！）现寓长堤广泰来客店，大概我信到时，他也许已走了。浙江独立已失败,前回所闻陈仪反孙的话,可见也是假的。外面报上,说得甚热闹,但我看见浙江本地报,却很吞吐其词,似乎独立之初,本就灰色似的,并不如外间所传的轰轰烈烈。福建事也难明真相,有一种报上说周荫人已为乡团所杀,我想也未必真。

这里可穿夹衣,晚上或者可加棉坎肩,但近几天又无需了,今天下雨,也并不凉。我自从雇了一个工人之后,比较的便当得多。至于工作,其实也并不多,闲工夫尽有,但我总不做什么事,拿本无聊的书,玩玩的时候多,倘连编三四点钟讲义,便觉影响于睡眠,不易睡着,所以我讲义也编得很慢,而且少爷们来催我做文章时,大抵置之不理,做事没有上半年那么急进了,这似乎是退步,但从别一面看,倒是进步也难说。

楼下的后面有一片花圃,用有刺的铁丝拦着,我因为要看它有怎样的拦阻力,前几天跳了一回试试。跳出了,但那刺果然有效,刺了我两个小伤,一股上,一膝旁,不过并不深,至多不过一分。这是下午的事,晚上就全愈了,一点没有什么。恐怕这事将受训斥;然而这是因为知道没有危险,所以试试的。倘觉可虑,就很谨慎。这里颇多小蛇,常见打死着,腮部大抵不膨大,大概是没有什么毒的。但到天暗,我已不到草地上走,连晚上小解也不下楼去了,就用磁的唾壶装着,看没有人时,即从窗口泼下去。这虽然近于无赖,然而他们的设备如此不完全,我也只得如此。

玉堂病已好了。黄坚已往北京去接家眷,他大概决计要这里安身立命。我身体是好的,不吸酒,胃口亦佳,心绪比先前较安帖。

迅 十月二十八日

*　　*　　*

〔1〕 此信经作者整理编辑收入《两地书》,序号六二。

〔2〕 对付三先生之法　指主动资助,不等对方开口求助。三先生,即鲁迅三弟周建人。

261029① 致陶元庆

璇卿兄:

今天收到二十四日来信,知道又给我画了书面,感谢之至。惟我临走时,曾将一个武者小路作品的别的书面交给小峰,嘱他制板印刷,作为《青年的梦》[1]的封面。现在不知可已印成,如已印成,则你给我画的那一个能否用于别的书上,请告诉我。小峰那边,我也写信问去了。

《彷徨》的书面实在非常有力,看了使人感动。但听说第二板的颜色有些不对了,这使我很不舒服。上海北新的办事人,于此等事太不注意,真是无法可想。但第二版我还未见过,这是从通信里知道的。

很有些人希望你给他画一个书面,托我转达,我因为不好意思贪得无厌的要求,所以都压下了。但一面想,兄如可以画,我自然也很希望。现在就都开列于下:

一 《卷葹》 这是王品青所希望的。乃是淦女士[2]的小说集,《乌合丛书》之一。内容是四篇讲爱的小说。卷葹是一种小草,拔了心也不死,然而什么形状,我却不知道。品青希望将书名"卷葹"两字,作者名用一"淦"字,都即由你组织在图画之内,不另用铅字排印。此稿大约日内即付印,如给他画,请直寄钦文转交小峰。

二 《黑假面人》 李霁野译的安特来夫戏剧,内容大概是一个公爵举行假面跳舞会,连爱人也认不出了,因为都戴着面具,后来便发狂,疑心一切人永远都戴着假面,以至于死。这并不忙,现在尚未付印。

三 《坟》 这是我的杂文集,从最初的文言到今年的,现已付印。可否给我作一个书面?我的意思是只要和"坟"的意义绝无关系的装饰就好。字是这样写:

鲁迅
墳
1907—25

(因为里面的都是这几年中所作)请你组织进去或另用铅字排印均可。

以上两种是未名社[3]的,《黑假面人》不妨从缓,因为还未付印。《坟》如画成,请寄厦门,或寄钦文托其转交未名社均可。

还有一点,董秋芳[4]译了一本俄国小说革命以前的,叫作《争自由的波浪》,稿在我这里,将收入《未名丛刊》中了,可否也给他一点装饰。

一开就是这许多,实在连自己也觉得太多了。

鲁迅 十月二十九日

* * *

〔1〕《青年的梦》 即《一个青年的梦》,剧本,日本武者小路实笃作,鲁迅译并作序,1922 年 7 月商务印书馆出版。为《文学研究会丛书》

之一;1927 年 7 月北新书局再版,为《未名丛刊》之一。再版本封面改用武者小路实笃自己作的一幅画。

〔2〕 淦女士　即冯沅君(1900—1974),名淑兰,笔名淦女士、沅君,河南唐河人,作家。她的短篇小说集《卷葹》,1927 年由北新书局出版,《乌合丛书》之一。

〔3〕 未名社　文学团体,1925 年秋成立于北京,成员有鲁迅、韦素园、曹靖华、李霁野、台静农、韦丛芜。该社注重介绍外国文学,特别是俄国和东欧文学,曾出版《莽原》半月刊,《未名》半月刊和《未名丛刊》、《未名新集》等。1931 年秋结束。

〔4〕 董秋芳(1897—1977)　笔名冬芬,浙江绍兴人,翻译家。《争自由的波浪》,由英译本转译的俄国小说和散文集,高尔基等作,鲁迅校订并作《小引》,1927 年 1 月北新书局出版,《未名丛刊》之一。

261029② 致李霁野

霁野兄:

十四日的来信,昨天收到了,走了十五天。《坟》的封面画,自己想不出,今天写信托陶元庆君去了,《黑假面人》的也一同托了他。近来我对于他有些难于开口,因为他所作的画,有时竟印得不成样子,这回《彷徨》在上海再版,颜色都不对了,这在他看来,就如别人将我们的文章改得不通一样。

为《莽原》,我本月中又寄了三篇稿子,想已收到。我在这里所担的事情太繁,而且编讲义和作文是不能并立的,所以作文时和作了以后,都觉无聊与苦痛。稿子既然这样少,长虹又在捣乱[1]见上海出版的《狂飙》[2],我想:不如至廿四期止,就停刊，未名社就专印书籍。一点广告，大约《语丝》还不至于拒绝罢。据长虹说，似乎《莽原》便是《狂飙》的化身，这事我却到他说后才知道。我并不希罕"莽原"这两个字，此后就废弃它。《坟》也不要称《莽原丛刊》〔3〕之一了。至于期刊，则我以为有两法，一，从明年一月起，多约些做的人，改名另出，以免什么历史关系的牵扯，倘做的人少，就改为月刊，但稿须精选，至于名目，我想，"未名"就可以。二，索性暂时不出，待大家有兴致做的时候再说。《君山》〔4〕单行本也可以印了。

这里就是不愁薪水不发。别的呢，交通不便，消息不灵，上海信的往来也需两星期，书是无论新旧，无处可买。我到此未及两月，似乎住了一年了，文字是一点也写不出。这样下去是不行的，所以我在这里能多久，也不一定。

《小约翰》还未动手整理，今年总没工夫了，但陶元庆来信，却云已准备给我画封面。

总之，薪水与创作，是势不两立的。要创作，还是要薪水呢？我现在一时还决不定。

此信不要发表。

迅 上 十，二九，夜

《坟》的序言，将来当做一点寄上。

（此信的下面，自己拆过了重封的。）

*　　　*　　　*

〔1〕　长虹捣乱　指高长虹攻击韦素园等事。1926 年 10 月 17 日，高长虹在《狂飙》周刊第二期上发表了《给鲁迅先生》一文，就《莽原》

半月刊未载向培良的剧本《冬天》和高歌的小说《剃刀》，对韦素园横加指摘，并对鲁迅进行攻击。文中还说："它(指《莽原》)的发生，与《狂飙》周刊的停刊，显有关连，或者还可以说是主要原因，……我曾以生命赴《莽原》"等。鲁迅在下文中说"似乎《莽原》就是《狂飙》的化身"，即据此。

〔**2**〕《狂飙》 文艺周刊，高长虹主编，1924年11月在北京创刊，附于《国风日报》发行，至十七期停刊。1926年10月在上海复刊，光华书局出版。1927年1月出至第十七期停刊。

〔**3**〕《莽原丛刊》 莽原社计划出版的一种丛书，后改名《未名新集》。

〔**4**〕《君山》 诗集，韦丛芜作，1927年3月北京未名社出版，《未名新集》之一。

261029③　致许广平〔1〕

广平兄：

前日(廿七)得廿二日的来信后，写一回信，今天上午自己拿到邮局去，刚投入邮箱，局员便将二十二日发的快信交给我了。这两封信是同船来的，论理本应该先收到快信，但说起来实在可笑，这里的情形是异乎寻常的。平常信件，一到就放在玻璃箱内，我们倒早看见；至于挂号的呢，却秘而不宣，一个局员躲在房里，一封一封上账，又写通知单，叫人带印章去取。这通知单也并不送来，仍旧供在玻璃箱内，等你自己走过看见快信也同样办理，所以凡挂号信和"快"信，一定比普通信收到得迟。

我暂不赴粤的情形，记得又在二十一日的信里说过了；现在伏园已有信来，并未有非我即去不可之意，既然开学在明年三月，则年底去也还不迟。我自然也有非即去不可之心，虽然并不全为公事。但事实的牵扯实在也太利害，就是，走开三礼拜后，所任的事搁下太多，倘此后一一补做，则工作太重，倘不补，就有沾了便宜的嫌疑。假如长在这里，自然可以慢慢地补做，不成问题，但我又并不作长久之计，而况还有玉堂的苦处呢。

至于我下半年那里去，那是不成问题的。上海，北京，我都不去，倘无别处可去，就仍在这里混半年。现在的去留，专在我自己，外界的鬼祟，一时还攻我不倒。我很想吃杨桃，其所以熬着者，为己，只有一个经济问题，为人，就只怕我一走，玉堂要立刻被攻击，所以有些彷徨。人就能为这样的小问题所牵制，实在可叹。

才发信，没有什么事了，再谈罢。

迅 十，二九，夜

*　*　*

〔1〕 此信经作者整理编辑收入《两地书》，序号六四。

261101　致许广平〔1〕

“林”兄：〔2〕

十月廿七日的信，今天收到了；十九，二十二，二十三的信,也都收到。我于廿四,廿九,卅日均发信,想已到。至于刊物,则查载在日记上的,是廿一,廿四各一回,什么东西,已经忘记,只记得有一回内中有《域外小说集》。至于十,六的刊物,则日记上不载,不知道是否失载,还是其实是廿一所发,而我将月日写错了。只要看你是否收到廿一寄的一包,就知道,倘没有,那是我写错的了;但我仿佛又记得六日的是别一包,似乎并不是包,而是三本书对叠,像普通寄期刊那样的。

伏园已有信来,据说季黻的事很有希望,学校的别的事情却没有提。他大约不久当可回校,我可以知道一点情形,如果中大很想我去,我到后于学校有益,那我便于开学之前到那边去。此处别的都不成问题,只在对不对得住玉堂,但玉堂也太胡涂——不知道还是老实——无药可救。昨天谈天,有几句话很可笑。我之讨厌黄坚,有二事,一,因为他在食饭时给我不舒服;二,因为他令我一个人挂拓本,不许人帮忙。而昨天玉堂给他辨解,却道他"人很爽直",那么,我本应该吃饭受气,独自陈列,他做的并不错,给我帮忙和对我客气的,倒都是"邪曲"的了。黄坚是玉堂的"襄理",他的言动,是玉堂应该负责的,而玉堂似乎尚不悟。现黄坚已同兼士赴京,去接家眷去了,已大有永久之计,大约当与国学院同其始终罢。

顾颉刚在此专门荐人,图书馆有一缺,又在计画荐人了,是胡适之的书记。但昨听玉堂口气,对于这一层却似乎有些觉悟,恐怕他不能达目的了。至于学校方面,则这几天正在大敷衍马寅初;昨天浙江学生欢迎他,硬要拖我同去照相,我严辞拒绝,他们颇以为怪。呜呼,我非不知银行之可以发财,其如“道不同不相为谋”何。明天是校长赐宴，陪客又有我，他们处心积虑，一定要我去和银行家扳谈，苦哉苦哉！但我在知单上只〔写〕了一个“知”字，不去可知矣。

据伏园信说，副刊十二月开手，那么他到厦之后，两三礼拜便又须去了，也很好。

十一月一日午后

但我对于此后的方针，实在很有些徘徊不决，就是：做文章呢，还是教书？因为这两件事，是势不两立的。作文要热情，教书要冷静。兼做两样时，倘不认真，便两面都油滑浅薄，倘都认真，则一时使热血沸腾，一时使心平气和，精神便不胜困惫，结果也还是两面不讨好。看外国，做教授的文学家，是从来很少有的，我自己想，我如写点东西，大概于中国怕不无小好处，不写也可惜；但如果使我研究一种关于中国文学的事，一定也可以说出别人没有见到的话来，所以放下也似乎可惜。但我想，或者还不如做些有益于目前的文章，至于研究，则于余暇时做，不过如应酬一多，可又不行了。

研究系应该痛击，但我想，我大约只能乱骂一通，因为我太不冷静，他们的东西一看就生气，所以看不完，结果就只好乱打一通了。季黻是很细密的，可惜他文章不辣。办了副刊鼓吹起来，或者会有新手出现。

你的一篇文章，删改了一点寄出去了。建人近来似乎很忙，写给我的信都只草草的一点，我疑心他的朋友又到上海了，所以他至于无心写信。

此地这几天很冷，可穿夹袍，晚上还可以加棉背心。我是好的，胃口照常，但菜还是不能吃，这在这里是无法可想的。讲义已经一共做了五篇，从明天起想做季刊的文章了，我想在离开此地之前，给做一篇季刊的文章，给在学术讲演会讲演一次，其实是没有什么人听的。

迅　十一月一日灯下。

*　　*　　*

〔1〕 此信经作者整理编辑收入《两地书》，序号六六。

〔2〕 “林”兄　许广平曾以“平林”为笔名发表《同行者》一文，表达她对鲁迅的感情。(载1925年12月12日《国民新报副刊·乙刊》第八号。)

261104① 致许广平[1]

广平兄：

昨天刚发一信，现在也没有什么话要说，不过有一些小闲事，可以随便谈谈。我又在玩。——我这几天不大用功，玩着的时候多——所以就随便写它下来。

今天接到一篇来稿，是上海大学的曹轶欧(女生)寄的，其中讲起我在北京穿着洋布大衫在街上走，看不出是有名的文学家的事。下面注道：“这是我的朋友P京的HM女校生亲口对我说的。”P自然是北京，但那校名却奇怪，我总想不出是那一个学校来，莫非就是女师大，和我们所用的是同一意义么？

今天又知道一件事,一个留学生在东京自称我的代表去见盐谷温氏,向他要他所印的书,自然说是我要的,但书尚未钉成,没有拿去。他怕事情弄穿,事后才写信到我这里来认错。你看他们的行为是多么荒唐,无论什么都要利用,可怕极了。

今天又知道一件事。先前顾颉刚要荐一个人到国学院,(是给胡适抄写的,冒充清华校研究生,)但没有成。现在这人终于来了,住在南普陀寺。为什么住到那里去的呢? 因为伏园在那寺里的佛学院有几点钟功课(每月五十元),现在请人代着,他们就想挖取这地方。从昨天起,顾颉刚已在大施宣传手段,说伏园假期已满(实则未满)而不来,乃是在那边已经就职,不来的了。今天又另派探子,到我这里来探听伏园消息,我不禁好笑,答得极其神出鬼没,似乎不来,似乎并非不来,而且立刻要来,于是乎终于莫名其妙而去。你看研究系下的小卒就这么阴险,无孔不入,真是可怕可恨。不过我想这实在难对付,譬如要我对付,就必须将别的事情放下,另用一番心机,本业抛荒,所做的事就浮浅了。研究系学者之浅薄,就因为分心于此等下流事情之故也。

十一月三日大风之夜,迅。

十月卅日的信,今天收到了。马又要发脾气,我也无可奈何。事情也只得这样办,索性解决一下,较之天天对付,劳而无功自然好得多。叫我看戏目,我就看戏目;在这里也只能看戏目;不过总希望不要太做得力尽筋疲,一时养不转。

今天有从中大寄给伏园的信到来,那么,他早动身了,但尚未到，也许到汕头，福州游观去了罢。他走后给我两封信，关于我的事，一字不提。今天看见中大的考试委员(?)名单，文科中人多得很，他也在内，郭，郁也在，大约正不必再需别人，我似乎也不必太放在心上了。

关于我所用的听差的事，说起来话长了。初来时确是好的，现在也许还不坏。但自从伏园要他的朋友给大家包饭之后，他就忙得很，不大见面。后来他的朋友因为有几个人不大肯付钱(这是据听差说的)，一怒而去，几个人就算了，而还有几个人要他续办，此事由伏园开端，我也无法禁止，也无从一一去接洽，劝他们另寻别人。现在这听差是忙，钱不够，我的饭钱和他的工钱都已预支一月以上，又伏园临走宣言：他不在时仍付饭钱。然而是一句话，现在这一笔账也在向我索取。我本来不善于管这些琐事，所以常常弄得头昏眼花。这些代付和预支的款，将来如能取回，则无须说，否则，在十月一日之内，我就是每日早上得一盆脸水，吃两顿饭，共需大洋约五十元。这样贵的听差，那里用得下去呢。解铃还仗系铃人，所以这回伏园回来，我仍要他将事情弄清楚，否则，我大概只能不再雇人了。

明天是季刊交稿的日期，所以昨夜我写信一张后，即动手做文章，别的东西不想动手研究了，便将先前弄过的东西东抄西撮，到半夜，今天一上半天，做好了，有四千字，并不吃力，从此就豫备玩几天；默念着一个某君，尤其是独坐在电灯下，窗外大风呼呼的时候。这里已可穿棉坎肩，似乎比广州冷。我先前同兼士往市上，见他买鱼肝油，便趁热闹也买了一瓶。近来散拿吐瑾吃完了,就试用鱼肝油,这几天胃口仿佛渐渐好起来似的,我想再试几天看,将来或者就吃鱼肝油(麦精的,即“帕勒塔”)也说不定。

迅。十月〔十一月〕四日灯下。

*　　*　　*

〔1〕 此信经作者整理编辑收入《两地书》,序号六八。

261104② 致韦素园

漱园兄:

杨先生的文〔1〕,我想可以给他登载,文章是絮烦点,但这也无法,自然由作者负责,现在要十分合意的稿,也很难。

寄上《坟》的序和目录,又第一页上的一点小画〔2〕,请做锌板,至于那封面,就只好专等陶元庆寄来。序已另抄拟送登《语丝》,请不必在《莽原》发表。这种广告性的东西,登《莽原》不大好。

附上寄小峰的一函,是要紧的,请即叫一个可靠的人送去。

迅 十一,四

*　　*　　*

〔1〕 指杨丙辰所译德国席勒的《〈强盗〉初版原序》,载《莽原》半月刊第二卷第三期(1927年2月10日)。

〔2〕　指鲁迅为《坟》内封所绘的图案画。

261107　致韦素园

漱园兄：

十月廿八及卅日信，今日俱收到。长虹的事，我想这个广告[1]也无聊，索性完全置之不理。

关于《莽原》封面，我想最好是请司徒君[2]再画一个，或就近另设法，因为我刚寄陶元庆一信，托他画许多书面，实在难于再开口了。

丛书[3]及《莽原》事，最好是在京的几位全权办理。书籍销售似不坏，当然无须悲观。但大小事务，似不必等我决定，因为我太远。

此地现只能穿夹衣。薪水不愁，而衣食均不便，一一须自经理，又极不便，话也一句不懂，连买东西都难。又无刺戟，思想都停滞了，毫无做文章之意。这样下去，是不行的，所以我现在心思颇活动，想走到别处去。

迅　十一，七

*　　　*　　　*

〔1〕　广告　指《新女性》月刊第一卷第八期(1926年8月)所载的《狂飙社广告》。高长虹等人在《广告》中冒称与鲁迅合办《莽原》，共编《乌合丛书》，暗示读者，似乎鲁迅也参与了他们的所谓“狂飙运动”。

〔2〕　司徒君　即司徒乔(1902—1958)，广东开平人，画家。

〔3〕 丛书　指《乌合丛书》。

261108　致许广平[1]

广平兄：

昨上午寄出一信，想已到。下午伏园就回来了，关于学校的事，他不说什么，问了的结果，所知道的是(1)学校想我去教书，但并无聘书；(2)季黻的事尚无结果，最后的答复是“总有法子想”；(3)他自己除编副刊外，也是教授，已有聘书；(4)学校又另电请几个人，内有顾颉刚。顾之反对民党，早已显然，而广州则电邀之，对于热心办事如季黻者，说了许多回，则懒懒地不大注意，似乎当局者于看人一端，很不了然，实属无法。所以我的行止，当看以后的情形再定，但总当于阴历年假去走一回，这里阳历只放几天，阴历却有三礼拜。

李遇安前有信来，说访友不遇，要我给他设法介绍，我即给了一封绍介于陈惺农的信，从此无消息。这回伏园说遇诸途，他早在中大做职员了，也并不去见惺农，这些事真不知是怎么的，我如在做梦。他带一封信来，并不提起何以不去见陈，但说我如往广州，创造社的人们很喜欢，似乎又与那社的人在一处，真是莫名其妙。

伏园带了杨桃回来，昨晚吃过了。我以为味并不十分好，而汁多可取，最好是那香气，出于各种水果之上。又有“桂花蝉”和“龙虱”，样子实在好看，但没有一个人敢吃；厦门有这两种东西，但不吃。你吃过么？什么味道？

以上是午前写的,写到那地方,须往外面的小饭店去吃饭。因为我的听差不包饭了,说是本校的厨房要打他,(这是他的话,确否殊不可知)我们这里虽吃一点饭也就如此麻烦。在店里遇见容肇祖[2](东莞人,本校讲师)和他的满口广东话的太太。对于桂花蝉之类,他们俩的主张就不同,容说好吃的,他的太太说不好吃的。

六日灯下

从昨天起,吃饭又发生问题了,须上小馆子或买面包来,这种问题都得自己时时操心,所以也不大静得下。我本可以于年底将此地决然舍去,但所迟疑的怕广州比这里还烦劳,认识我的少爷们也多,不几天就忙得如在北京一样。

中大的薪水比厦大少,这我倒并不在意。所虑的是功课多,听说每周最多可至十二小时,而作文章一定也万不能免,即如伏园所办的副刊,我一定也就是被用的器具之一,倘再加别的事情,我就又须吃药做文章了。前回因莽原社来信说无人投稿,我写信叫停刊,现在回信说不停,因为投稿又有了好几篇。我为了别人,牺牲已不可谓不少,现在从许多事情观察起来,只觉得他们对于我凡可以使役时便竭力使役,可以诘责时便竭力诘责,将来可以攻击时便自然竭力攻击,因此我于进退去就,颇有戒心,这或者也是颓唐之一端,但我觉得也是环境造成的。

其实我也还有一点野心,也想到广州后,对于研究系加以打击,至多无非我不能到北京去,并不在意;第二是同创造社连络,造一条战线,更向旧社会进攻,我再勉力做一点文章,也不在意。但不知怎的，看见伏园回来吞吞吐吐之后，就很心灰意懒了。但这也不过是这一两天如此，究竟如何，还当看后来的情形。

今天大风，为一点吃饭的小事情而奔忙；又是礼拜，陪了半天客，无聊得头昏眼花了，所以心绪不大好，发了一通牢骚。望勿以为虑，静一静又会好的。

迅。十一月七日灯下

明天想寄给你一包书，没有什么好的，自己如不要，可以分给别人。

昨天信上发了一通牢骚后，又给《语丝》做了一点《厦门通信》，牢骚已经发完，舒服得多了。今天已经说好一个厨子包饭，每月十元，饭菜还可以吃，大概又可以敷衍半月一月罢。

昨夜玉堂来打听广东情形，我们因劝其将此处放弃，明春同赴广州，他想了一会说，我来时提出的条件，学校一一允许，怎能忽而不干呢？他大约决不离开这里的了，所以我看他对于国学院现状，似乎颇满足，既无决然舍去之心，亦无彻底改造之意，不过小小补苴，混下去而已。他之不能活动，而必须在此，似与太太很有关系，太太之父在鼓浪屿，其兄在此为校医，玉堂之来，闻系彼力荐，今玉堂之二兄一弟，亦俱在校，大有生根之概，自然不能动弹了。

浙江独立早已灰色，夏超确已死了，是为自己的兵所杀的，浙江的警备队，全不中用。今天看报，知九江已克，周凤岐（浙兵师长）降，也已见于路透电，定是确的，则孙传芳仍当声势日蹙耳，我想浙江或当还有点变化。

H. M.　十一月八日午后

*　　*　　*

〔1〕 此信经作者整理编辑收入《两地书》，序号六九。

〔2〕 容肇祖（1897—1994）　字元胎，广东东莞人，曾任厦门大学哲学系助教、国文系讲师。

261109① 致许广平〔1〕

广平兄：

昨天上午寄出一包书并一封信，下午即得五日的来信，我想如果再等信来而后写，恐怕要隔许多天了，所以索性再写几句，明天付邮，任它和前信相接，或一同寄到罢。

校事也只能这么办。但不知近来如何？但如忙则无须详叙，因为我对于此事并不怎样放在心里，因为这一回的战斗，情形已和对杨荫榆不同也。

伏园已到厦，大约十二月中再去。遇安只托他带给我函函胡胡的一封信，但我已研究出，他前信说无人认识是假的。《语丝》第百一期上徐祖正做的《送南行的爱而君》的L就是他，给他好几封信，绍介给熟人（＝创造社中人），所以他和创造社人在一处了，突然遇见伏园，乃是意外之事，因此对我便只好吞吞吐吐。"老实"与否，可研究之。我又已探明他现在的地位，是中大委员会的速记员，和委员们很接近的，并闻，以备参考。

忽而写信来骂，忽而自行取消的黎锦明也和他在一处，我这几天忽儿对于到广州教书的事，很有些踌躇了，觉得情形将和在北京时相同，厦门当然难以久留，此外也无处可去，实在有些焦躁。我其实还敢于站在前线上，但发见称为"同道"的暗中将我作傀儡或背后枪击我，却比被敌人所伤更其悲哀。长虹和素园的闹架还没有完，长虹迁怒于《未名丛刊》，连厨川白村的书也忽然不过是"灰色的勇气"了〔2〕。听说小峰也并不能将约定的钱照数给家里，但家用却并没有不足。我的生命，被他们乘机另碎取去的，我觉得已经很不少，此后颇想不蹈这覆辙了。

突又发起牢骚来，这回的牢骚似乎日子发得长一点，已经有两三天，但我想明后天就要平复了，不要紧的。

这里还是照先前一样，并没有什么；只听说漳州是民军就要入城了。克复九江，则甚［其］事当甚确。昨天又听到一消息，说陈仪入浙后，也独立了，这使我很高兴，但今天无续得之消息，必须再过几天，才能知道真假。

中国学生学什么意大利，以趋奉北政府，还说什么"树的党"，可笑可恨。别的人就不能用更粗的棍子对打么？伏园回来说广州学生情形，似乎和北京的大差其远，这很出我意外。

迅 十一月九日灯下

* * *

〔1〕 此信经作者整理编辑收入《两地书》，序号七一。

〔2〕“灰色的勇气”　高长虹在写于1926年9月23日的《未名社的翻译,广告及其他》一文中,说鲁迅所译的厨川白村著作表现“灰色的勇敢”。

261109[②]　致韦素园

漱园兄:

昨才寄一信,下午即得廿九之信片。我想《莽原》只要稿,款两样不缺,便管自己办下去。对于长虹,印一张夹在里面也好,索性置之不理也好,不成什么问题。他的种种话,也不足与辩,《莽原》收不到,也不能算一种罪状的。

要鸣不平,我比长虹可鸣的要多得多多;他说以“生命赴《莽原》”了,我也并没有从《莽原》延年益寿,现在之还在生存,乃是自己寿命未尽之故也。他们不知在玩什么圈套。今年夏天就有一件事,是尚钺[1]的小说稿,原说要印入《乌合丛书》的。一天高歌忽而来取,说尚钺来信,要拿回去整理一番。我便交给他了。后来长虹从上海来信,说“高歌来信说你将尚钺的稿交还了他,不知何故?”我不复。一天,高歌来,抽出这信来看,见了这话,问道,“那么,拿一半来,如何?”我答:“不必了。”你想,这奇怪不奇怪?然而我不但不写公开信,并且没有向人说过。

《狂飙》已经看到四期,逐渐单调起来了。较可注意的倒是《幻洲》[2]《莽原》在上海减少百份,也许是受它的影响,因为学生的购买力只有这些,但第二期已不及第一期,未卜后来如何。《莽原》如作者多几个，大概是不足虑的，最后的决定究竟是在实质上。

迅 十一，九，夜

*　　*　　*

〔1〕 尚钺(1902—1982) 字宗武，或作钟吾，河南罗山人，历史学家。曾参加莽原社，后又为狂飙社成员。他的小说稿，指《斧背》，共十九篇，后于1928年5月由上海泰东图书局出版，列为《狂飙丛书》之一。

〔2〕《幻洲》 文艺性半月刊，叶灵凤、潘汉年编辑。1926年10月在上海创刊，1928年1月出至第二卷第八期停刊。

261111 致韦素园

漱园兄：

饶超华的《致母》[1]，我以为并不坏，可以给他登上，今寄回；其余的已直接寄还他了。

小酩[2]的一篇太断片似的，描写也有不足，以不揭载为是，今亦寄回。

《莽原》背上可以无须写何人所编，我想，只要写"莽原合本(空格)1"就够了。

我本想旅行一回，[3]后来中止了，因为一请假，则荒废的事情太多。

迅 十一月十一日

*　　　*　　　*

〔1〕 饶超华　广东梅县人。当时广州中山大学学生,《莽原》投稿者。所作小品文《致母》,载《莽原》半月刊第一卷第二十三期(1926年12月10日)。

〔2〕 小酩　即李小酩,当时北京大学学生,《莽原》的投稿者。

〔3〕 旅行一回　鲁迅曾拟应中山大学之约前往"议定学制",后未成行。参看《两地书·五六》。

261113[①] 致韦素园

漱园兄:

前天写了一点东西,拟放在《坟》之后面,还想在《语丝》上先发表一回(本来《莽原》亦可,但怕太迟,离本书的发行已近,而纸面亦可惜),今附上致小峰一笺,请并稿送去,印后仍收回,交与排《坟》之印局。倘《坟》之出版期已近,则不登《语丝》亦可,请酌定。

首尾的式样,写一另纸,附上。

目录上也须将题目添上,但应与以上之本文的题目离开一行。

迅 十一,十三

另页起

空 一 行

5 在听到我的杂文已经印成一半的消息的时候,我曾经……

结尾的样子。

作结——

空　一　行

不知印本每行多少字,如 30 字则此四行上空 6 格;如 36 字,则空 8 格　空　格

既晞古以遗累,信简礼而薄葬。
彼裘绂于何有,贻尘谤于后王。
嗟大恋之所存,故虽哲而不忘。
览遗籍以慷慨,献兹文而凄伤!

空　一　行

5 一九二六,十一,十一,夜。下空四格

5 鲁　迅 下空八格

*　　*　　*

〔1〕 此处及下面排在铅字左上角的阿拉伯数字,系指铅字的大小号数。

261113② 致李小峰〔1〕

小峰兄:

有一篇《坟》的跋,不知《语丝》要一印否?如要,请即发表。排后并请将原稿交还漱园兄,并嘱手民〔2〕,勿将原稿弄脏。

迅　十一,十三

*　　　*　　　*

〔1〕 李小峰(1897—1971)　江苏江阴人。北京大学哲学系毕业,新潮社和语丝社成员,北新书局主持人。

〔2〕 手民　排字工人。

261115　致许广平[1]

广平兄:

十日寄出一信后,次日即得七日来信,略略一懒,便迟到今天才写回信了。

对于侄子的帮助,你的话是对的。我愤激的话多,有时几乎说:"宁我负人,毋人负我。"然而自己也觉得太过,做起事来或者且正与所说的相反。人也不能将别人都作坏人看,能帮也还是帮,不过最好是"量力",不要拚命就是了。

"急进"问题,我已经不大记得清楚了,这意思,大概是指"管事"而言,上半年还不能不管事者,并非因为有人和我淘气,乃是身在北京,不得不尔,譬如挤在戏台面前,想不看而退出,是不甚容易的。至于不以别人为中心,也很难说,因为一个人的中心并不一定在自己,有时别人倒是他的中心,所以虽说为人,其实也是为己,所以不能"以自己为定夺"的事,往往有之。

我先前为北京的少爷们当差,耗去生命不少,自己是知道的。但到这里，又有一些人办了一种月刊，叫作《波艇》，每月要做些文章。也还是上文所说，不能将别人都作坏人看，能帮还是帮的意思。不过先前利用过我的人，知道现已不能再利用，开始攻击了。长虹在《狂飙》第五期已尽力攻击，自称见过我不下百回，知道得很清楚，并捏造了许多会话(如说我骂郭沫若之类)。其意盖在推倒《莽原》，一方面则推广《狂飙》消路，其实还是利用，不过方法不同。他们专想利用我，我是知道的，但不料他看出活着他不能吸血了，就要杀了煮吃，有如此恶毒。我现在拟置之不理，看看他技俩发挥到如何。现在看来，山西人究竟是山西人，还是吸血的。

校事不知如何，如少暇，简略地告知几句便好。我已收到中大聘书，月薪二百八，无年限的，大约那计画是将以教授治校，所以认为非研究系的，不至于开倒车的，不立年限。但我的行止如何，一时也还不易决定。此地空气恶劣，当然不愿久居，然而到广州也有不合的几点。(一)我对于行政方面，素不留心，治校恐非所长。(二)听说政府将移武昌，则熟人必多离粤，我独以“外江佬”留在校内，大约未必有味；而况(三)我的一个朋友，或者将往汕头，则我虽至广州，与在厦门何异。所以究竟如何，当看情形再定了，好在开学当在明年三月初，很有考量的余地。

我又有种感触，觉得现在的社会，可利用时则竭力利用，可打击时则竭力打击，只要于他有利。我在北京是这么忙，来客不绝，但倘一失脚，这些人便是投井下石的，反面不识还是好人；为我悲哀的大约只有两个，我的母亲和一个朋友。所以我常迟疑于此后所走的路:(1)积几文钱,将来什么都不做,苦苦过活;(2)再不顾自己,为人们做一点事,将来饿肚也不妨,也一任别人唾骂;(3)再做一点事,(被利用当然有时仍不免),倘同人排斥我了,为生存起见,我便不问什么事都敢做,但不愿失了我的朋友。第三[二]条我已实行过两年多了,终于觉得太傻。前一条当托庇于资本家,须熬;末一条则颇险,也无把握(于生活),所以实在难于下一决心,我也就想写信和我的朋友商量,给我一条光。

昨天今天此地都下雨,天气稍凉。我仍然好的,也不怎么忙。

迅 十一月十五日灯下。

*　　　*　　　*

〔1〕 此信经作者整理编辑收入《两地书》,序号七三。

261116　致章廷谦

矛尘兄:十一日的信,今天收到了。令夫人尚未将成绩发表,殊令局外人如不佞者亦有“企予望之”〔1〕之意矣。所愿此信到时,早已诞育麟儿,为颂为祝也。敝厦一切如常,鼓浪屿亦毫不鼓浪,兄之所闻,无一的确;家眷分居,亦无其事,岂陈源已到绍兴,遂至“流言”如此之多乎哉?伏园已回,下月初或将复往。小峰已寄来《杂纂》〔2〕一册,但非精装本耳。此地天气渐凉,可穿两件夹衣。今日又收到小峰七日所发信,皆闲谈也，并闻。

迅 上 十一月十六日之夜

＊　　＊　　＊

〔1〕“企予望之” 语出《诗经·卫风·河广》：“谁谓宋远，跂予望之”。

〔2〕《杂纂》 参看260714信及其注〔2〕。

261118　致许广平〔1〕

广平兄：

十六日寄出一信，想已到。十二日发的信，今天收到了。校事已见头绪，很好，总算结束了一件事。至于你此后所去的地方，却叫我很难下批评。你脾气喜欢动动，又初出来办事，向各处看看，办几年事；历练历练，本来也很好的，但于自己，却恐怕没有好处，结果变成政客之流。你大概早知道我有两种矛盾思想，一是要给社会上做点事，一是要自己玩玩。所以议论即如此灰色。折衷起来，是为社会上做点事而于自己也无害，但我自己就不能实行，这四五年来，毁损身心不少。我不知道你自己是要在政界呢还是学界。伏园下月中旬当到粤，我想如中大女生指导员之类有无缺额，或者（由我）也可以托他问一问，他一定肯出力的。季黻的事，我也要托他办。

曹某大约不是少爷们冒充的，因为回信的住址是女生宿舍。中山生日的情形,我以为于他本身是无关的,我的意思是“身后名,不如即时一杯酒”。但于别人有益。即如这里,竟没有这样有生气的盛会,只有和尚自做水陆道场,男男女女上庙拜佛,真令人看得索然气尽。默坐电灯下,还要算我的生趣,何得“打”之,莫非并“默念”也不准吗?近来只做了几篇付印的书的序跋,虽多牢骚,却有不少真话。还想做一篇记事,将五年来少爷们利用我,给我吃苦的事,讲一个大略,不过究竟做否,现在还未决定。至于其[真]正的用功,却难,这里无须用功,也不是用功的地方。国学院也无非装面子,不要实际。对于指导教员的成绩,常要查问,上星期我气起来,对校长说,我的成绩是辑古小说十本,早已成功,只须整理,学校如如此急急,便可付印,我一面整理就是。于是他们便没有后文了。他们只是空急,并不准备付印。

我先前虽已决定不在此校,但时期是本学期末抑明年夏天,却没有定。现在是至迟至本学期末非走不可了。昨天出了一件可笑可叹的事。下午有恳亲会,我向来不赴这宗会的,而玉堂的哥哥硬拉我去。(玉堂有二兄一弟在校内。这是第二个哥哥,教授兼学生指导员,每开会,他必有极讨人厌的演说)我不得已,去了。不料会中他又演说,先感谢校长给我们吃点心,次说教员吃得多么好,住得多么舒服,薪水又这么多,应该大发良心,拚命做事。而校长之如此体贴我们,真如父母一样……。我真就要跳起来,但立刻想到他是玉堂的哥哥,我一翻脸,玉堂必大为敌人所笑,我真是“哑子吃苦瓜”,说不出的苦,火焰烧得我满脸发热。照这里的人看起来,出来反抗的该是我了，但我竟不动，而别一个教员起来驳斥他，闹得不欢而散。

还有希奇的事情。教员里面，竟有对于驳斥他的教员，不以为然的。莫非真以儿子自居，我真莫名其妙。至于玉堂的哥哥，今天开学生周会，他又在演说了，依然如故。他还教“西汉哲学”哩，冤哉西汉哲学，苦哉玉堂。

昨天的教职员恳亲会，是第三次，我却初次到，见是男女分房的，不但分坐。

我才知道在金钱下的人们是这样的，我决定要走了，但为玉堂面子计，决不以这一事作口实，且须于学期之类作一结束。至于到何处，一时难定，总之无论如何，年假中我总要到广州走一遭，即使无噉饭处，厦门也决不居住的了。又我近来忽然对于做教员发生厌恶，于学生也不愿意亲近起来，接见这里的学生时，自已觉得很不热心，不诚恳。

我还要忠告玉堂一回，劝他离开这里，到武昌或广州做事。但看来大大半是无效的，他近来看事情似乎颇胡涂，又牵连的人物太多，非大失败，大概是决不走的。我的计画，也不过聊尽同事一场的交情而已。结果一定是他怪我舍他而去，使他为难。

迅。十八，夜。

*　　*　　*

〔1〕 此信经作者整理编辑收入《两地书》，序号七五。

261120① 致许广平[1]

广平兄：

十九日寄出一信；今天收到十五，六，七日来信了，一同来的。看来广州有事做，所以你这么忙，这里是死气沉沉，也不能改革，学生也太沉静，数年前闹过一次，激烈的都走出，在上海另立大夏大学了。我决计至迟于本学期末（阳底[历]正月底）离开这里，到中山大学去。

中大的薪水是二百八十元，可以不搭库券。据朱骝仙对伏园说，另觅兼差，照我现在的收入数也可以想法的，但我却并不计较这一层，实收百余元，大概也已够用，只要不在不死不活的空气里就够了。我想我还不至于完在这样的空气里，到中大后大概也不难择一不很繁杂吃力，而较有益于学校或社会的事。至于厦大，其实是不必请我的，因为我虽颓唐，而他们还比我颓唐得多。

玉堂今天辞职了，因为减缩豫算的事。但只辞国学院秘书，未辞文科主任。我已乘间令伏园达我的意见，劝他不必烂在这里，他无回话。我还要亲自对他说一回。但我有[看]他的辞职是不会准的，不过有此一事，则我有辞可借，比较容易脱身。

从昨天起，我的心又平静了。一是因为决定赴粤，二是因为决定对长虹们给一打击。你的话并不错的；但我之所以愤慨，却并非因为他们以平常待我，而在他日日吮血，一觉到我不肯给他们吮了，便想一棒打杀，还将肉作罐头卖以获利。这回长虹笑我对章士钊的失败道“于是遂戴其纸糊的‘思想界的权威者’之假冠，而入于身心交病之状态矣”。但他八月间在《新女性》登广告，却云“与思想先驱者鲁迅合办《莽原》”，自己加我“假冠”，又因别人所加之“假冠”而骂我，真是不像人样。我之所以苦恼，是因我平生言动，即使青年来杀我，我总不愿意还手，而况是常常见面的人。因为太可恶，昨天竟决定了，虽是什么青年，我也不再留情面，于是作一启事，将他利用我的名字，而对于别人用我名字的事，则加笑骂等情状，揭露出来，比他的长文要刻毒些。且毫不客气，刀锋正对着他们的所谓“狂飙社”，即送登《语丝》，《莽原》，《新女性》，《北新》四种刊物。我已决定不再彷徨，拳来拳对，所以心里也舒服了。

其实我大约也终于不见得因为小障碍而不走路，不过因为神经不好，所以容易说愤话。小障碍能绊倒我，我不至于要离开厦门了。但我也极愿意知道还在开垦的路，可惜现在不能知道，非不愿，势不可也。本校附近是不能暂时停留的，市上，则离校有五六里，客栈坏极，有一窗门之屋，便称洋房，中间只有一床一桌一凳，别的什么也没有，倘有人访我，不但安身，连讲话的便利也没有。好在我还不至于怎样天鹅绒，所以无须有“劳民伤财”之举，学期结束也快到了。况且我的心也并不“空虚”，有充实我的心者在。

你说我受学生的欢迎，足以自慰吗？我对于他们不大敢有希望，我觉得特出者很少，或者竟没有。但我做事是还要做的，希望是在未见面的人们，或者如你所说：“不要认真”。所以我的态度其实毫不倒退,一面发牢骚,一面编好《华盖续编》,做完《旧事重提》,编好《争自由的波浪》(董秋芳译小说),《卷葹》,都寄出去了。至于有一个人,我自然足以自慰的,且因此增加我许多勇气,但我有时总还虑他为我而牺牲。并且也不能"推及一二以至无穷",有这样多的么?我倒不要这样多,有一个就好了。

说起《卷葹》,又想到一件事了。这是淦女士做的,共四篇,皆在《创造》上发表过。这回送来印入《乌合丛书》,是因为创造社印成丛书,自行发卖,所以这边也出版,借我来抵制他们的,凡未在那边发表过者,一篇也不在内。我明知这也是被人利用,但给她编定了。你看,这种皮[脾?]气,怎么好呢?

我过了明天礼拜,便要静下来,编编讲义,大约至汉末止,作一结束。余闲便玩玩。待明年换了空气,再好好做事。今天来客太多,无工夫可写信,写了这两张,已经夜十二点半了,心也不静。

和这信同时,我还想寄一束杂志,计《新女性》十一月号,《北新》十一,二,《语丝》一百三,四。又九,七,八两本,则因为上回所寄是切边的,所以补寄毛边者两本,但你大概是不管这些的,不过我的皮[脾]气如此,所以仍寄。

迅。十一月廿日。

*　　　*　　　*

〔1〕 此信经作者整理编辑收入《两地书》,序号七九。

261120② 致韦素园

漱园兄：

《旧事重提》又做了一篇[1]，今寄上。这书是完结了。明年如何？如撰者尚多，仍可出版，我当另寻题目作文，或登《小约翰》，因另行整理《小约翰》的工夫，看来是没有的了。

我到上海看见狂飙社广告后，便对人说：我编《莽原》，《未名》，《乌合》三种，俱与所谓什么狂飙运动无干，投稿者多互不相识，长虹作如此广告，未免过于利用别人了。此语他似乎今已知道，在《狂飙》上骂我[2]。我作了一个启事[3]，给开一个小玩笑。今附上，请登入《莽原》。又登《语丝》者一封，请即叫人送去为托。

迅 十一月二十日

*　　　*　　　*

〔1〕 指《范爱农》。

〔2〕 在《狂飙》上骂我　高长虹在《狂飙》周刊第五期(1926年11月)发表的《1925北京出版界形势指掌图》一文中，攻击鲁迅是“世故老人”，“戴其纸糊的权威者的假冠入于身心交病之状况”，“在新的时代是最大的阻碍物”等等。

〔3〕 启事　即《所谓“思想界先驱者”鲁迅启事》。发表于《莽原》半月刊第二十三期(1926年12月)，同时发表于《语丝》、《北新》、《新女性》等期刊，后收入《华盖集续编》。

261121① 致韦素园

漱园兄：

十三日来信收到了。《坟》的序，跋；《旧事重提》第十(已完)，俱已寄出，想必先此信而到了。

《野草》向登《语丝》，北新又印《乌合丛书》，不能忽然另出。《野草丛刊》亦不妥。我想不如用《未名新集》〔1〕，即以《君山》为第一本。《坟》独立，如《小说史略》一样。

未名社的事，我以为有两途：(1)专印译，著书；(2)兼出期刊。《莽原》则停刊。

如出期刊，当名《未名》〔2〕，系另出，而非《莽原》改名。但稿子是一问题，当有在京之新进作者作中坚，否则靠不住。刘〔3〕，张〔4〕未必有稿，沅君一人亦难支持，我此后未必能静下，每月恐怕至多只能做一回。与其临时困难，不如索性不出，专印书，一点广告，大约《语丝》上还肯登的。

我在此也静不下，琐事太多，心绪很乱，即写回信，每星期须费去两天。周围是像死海一样，实在住不下去，也不能用功，至迟到阴历年底，我决计要走了。

迅　十一，廿一日

*　　　*　　　*

〔1〕《未名新集》　丛书，专收未名社成员的创作，1927年3月起由未名社陆续出书。

〔2〕《未名》 文学半月刊,未名社编辑,1928年1月《莽原》半月刊停刊后于北京创刊,1930年4月停刊。

〔3〕 指刘复(1891—1934),字半农,江苏江阴人。曾参加《新青年》的编辑工作,是新文学运动初期的重要作家之一。当时任北京大学教授、《世界日报》副刊编辑。参看《且介亭杂文·忆刘半农君》。

〔4〕 指张凤举(定璜)。

261121② 致章廷谦

矛尘兄:

前得十日信后,即于十七日奉上一函,想已到。今日收到十二日来信了,路上走了十天,真奇。你所闻北京传来的话〔1〕,都是真的,伏将于下月初动身,我则至多敷衍到本学期末,广大〔2〕的聘书,我已接收了。玉堂对你,毫无恶意,他且对伏园说过几次,深以不能为你的薪水争至二百为歉。某公之阴险,他亦已知,这一层不成问题,所虑者只在玉堂自己可以敷衍至何时之问题耳,盖因他亦常受掣肘,不能如志也。所以你愈早到即愈便宜,因为无论如何,川资总可挣到手,一因谣言〔3〕,一因京信,又迟迟不行,真可惜也。

某公之阴谋,我想现在已可以暂不对你了。盖彼辈谋略,无非欲多拉彼辈一流人,而无位置,则攻击别人。今则在厦者且欲相率而去,大小饭碗,当空出三四个,他们只要有本领,拿去就是。无奈校长并不听玉堂之指挥,玉堂也并不听顾公之指挥,所以陈乃乾〔4〕不来之后,顾公私运了郑某〔5〕来厦,欲以代替，而终于无法，现住和尚庙里，又欲挖取伏园之兼差[6]（伏曾为和尚之先生，每星期五点钟），因伏园将赴广，但又被我们抵制了。郑某现仍在，据说是在研究“唯物史观之中国哲学史”云。试思于自己不吃之饭碗，顾公尚不能移赠别人，而况并不声明不吃之川岛之饭碗乎？他们自己近来似乎也不大得意，大约未必再有什么积极的进攻。他们的战将也太不出色，陈万里[7]已经专在学生会上唱昆腔，被大家“优伶蓄之”[8]了。

我的意见是：事已至此，你们还是来。倘令夫人已生产，你们一同来，倘尚无消息，你就赶紧先来，夫人满月后，可托人送至沪，又送上船，发一电，你去接就是了。但两人须少带笨重器具，准备随时可走。总而言之，勿作久长之计，只要目前有钱可拿，便快快来拿，拿一月算一月，能拿至明年六月，固好，即不然，从速拿，盘川即决不会折本，若回翔审慎，则现在的情形时时变化，要一动也不能动了。

其实呢，这里也并非一日不可居，只要装聋作哑。校中的教员，谋为“永久教员”者且大有其人。我的脾气太不好，吃了三天饱饭，就要头痛，加以一卷行李一个人，容易作怪，毫无顾忌。你们两位就不同，自有一个小团体，只要还他们应尽的责任，此外则以薪水为目的，以“爱人呀”为宗旨，关起门来，不问他事，即偶有不平，则于回房之后，夫曰：某公是畜生！妇曰：对呀，他是虫豸！闷气既出，事情就完了。我看凡有夫人的人，在这里都比别人和气些。顾公太太已到，我觉他比较先前，瘟得多了，但也许是我的神经过敏。

若夫不佞者,情状不同,一有感触,就坐在电灯下默默地想,越想越火冒,而无人浇一杯冷水,于是终于决定曰:仰东硕杀!我要来带者![9]其实这种"活得弗靠活",亦不足为训,所以因我要走而以为厦大不可一日居,也并非很好的例证。至于"糟不可言",则诚然不能为讳,然他们所送聘书上,何尝声明要我们来改良厦大乎?薪水不糟,亦可谓责任已尽也矣。

迅 上 十一月二十一日

*　　*　　*

〔1〕 北京传来的话　据收信人回忆,当时他曾收到北京周作人信,言及鲁迅、孙伏园将离开厦门大学,劝他不必再去就职。

〔2〕 广大　即广东大学。1926年10月为纪念孙中山先生,改称中山大学。

〔3〕 谣言　据收信人回忆,当时听说如到厦门大学,因住房紧张,可能要夫妇分居。

〔4〕 陈乃乾(1896—1971)　浙江海宁人。1926年秋受聘为厦门大学图书馆中文部和国学院图书部干事、文科国文系讲师,后未到职。

〔5〕 郑某　指程憬,字仰之,安徽绩溪人。原为胡适的书记员,曾托顾颉刚代谋教职。1926年11月到厦门,住南普陀寺候职。

〔6〕 伏园兼差　当时孙伏园曾在南普陀寺附设的闽南佛学院兼课。

〔7〕 陈万里(1891—1969)　江苏吴县人。当时任厦门大学国学院考古学导师、造型部干事、国文系名誉讲师,讲授曲选及曲史课程。

〔8〕 "优伶蓄之"　语出《汉书·严助传》:东方朔、枚皋"不根持论,上颇俳优蓄之。"

〔9〕 要来带者　绍兴方言,不要呆在这里的意思。

261122 致陶元庆

璇卿兄：

给我的信昨天收到了。画尚未到，大概因为挂号的，照例比信迟。收到后当寄给钦文去。

《争自由的波浪》我才将原稿看好付邮，或者这几天才到北京，即使即刻付印，也不必这么急。秋芳着急，是因为他性急的缘故。

未名社以社的名义托画，又须于几日内画成，我觉得实在不应该，他们是研究文艺的，应当知道这道理，而做出来的事还是这样，真可叹。《卷葹》的封面，他们先前托我转托，我没有十分答应，后来终于写上了。近闻他们托司徒乔画了一张。兄如未动手，可以作罢，如已画，则可寄与，因为其一可以用在里面的第一张上，使那书更其美观。

我只是一批一批的索画，实在抱歉而且感激。

这里有一个德国人，叫 Ecke〔1〕，是研究美学的，一个学生给他看《故乡》和《彷徨》的封面，他说好的。《故乡》是剑的地方很好。《彷徨》只是椅背和坐上的图线，和全部的直线有些不调和。太阳画得极好。

迅 上 十一月二十二日

*　　*　　*

〔1〕 Ecke 即 Gustav Ecke，德国人，曾用中国名艾谔风。当时任

厦门大学文科哲学系教授，讲授德文、希腊文及希腊哲学等。

261123　致 李霁野

霁野兄：

十四日发出的快信，今天收到了，比普通的信要迟一天。因为这里只有一个邮政代办处，不分送，要我们自己去留心。一批信到，他就将刊物和平常信塞在玻璃柜内，给各人自己拿去。这才慢慢地将宝贵的——包裹，挂号信，快信——一批在房里打开，一张一张写通知票，将票又塞在玻璃柜内，我们见票，取了印章去取信，所以凡是快信，一定更慢，外边不知道这情形，时常上当的。

《莽原丛刊》，我想改作《未名新集》；《坟》不在内，独立，如《中国小说史略》一般。该集以《君山》为第一部。至于半月刊，我想，应以你们为中坚，如大家都有兴趣，或译或作，就办下去，半依，沅君们的帮忙，都不能作为基本的。至于我，却很难说，因为仍不能用功，我确拟于年底离开这里。这里是死海一样，不愁没饭吃，而令人头痛之事常有，往往反而不想吃饭，宁可走开。此后之生活状态如何，此时实难豫测，大约总是仍不能关起门来用功的。我现在想，一月一回，该可以作，因为倘没有文思，做出来也是无聊的东西，如近来这几月，就是如此。

你们青年且上一年阵试试看，卖不去也不要紧，就印千五百，倘再卖不去，就印一千，五百，再卖不去，关门未迟。如果以为如此不妥,那就停刊罢。

倘不停,我想名目也不必改了,还是《莽原》。《莽原》究竟不是长虹家的。我看他《狂飙》第五期上的文章,已经堕入黑幕派了,已无须客气。我已作了一个启事,寄《北新》[1],《新女性》[2],《语丝》,《莽原》,和他开一个小玩笑。

《莽原》的合本,我以为最好至廿四期出全了,一齐发卖。

"圣经"两字,使人见了易生反感,我想就分作两份,称"旧约"及"新约"的故事[3],何如?

六斤家只有这一个钉过的碗,钉是十六或十八,我也记不清了。总之两数之一是错的,请改成一律。记得七斤曾说用了若干钱,将钱数一算,就知道是多少钉。倘其中没有七斤口述的钱数(手头无书,记不清了),则都改十六或十八均可。

关于《创世纪》的作者,随他错去罢,因为是旧稿[4]。人猿间确没有深知道连锁,这位 Haeckel[5]博士一向是常不免"以意为之"的。

陶元庆君来信言《坟》的封面已寄出但未到,嘱我看后寄给钦文。用三色版印,钦文于校三色板多有经验,我想就托他帮忙罢。只要知道这书大约多少厚,便可以付京华印书面。

迅　十一月二十三日

*　　　*　　　*

〔1〕《北新》　综合性期刊,1926年8月在上海创刊,初为周刊,孙福熙编辑。1927年11月第二卷第一期起改为半月刊,潘梓年等编辑,1930年12月出至第四卷第二十四期停刊。

〔2〕《新女性》 月刊,1926年1月创刊,章锡琛主编。1929年12月停刊,共出四卷。上海新女性社发行。

〔3〕 据收信人回忆,当时他曾拟将美国房龙(H. Van Loon)的儿童读物插图本《〈圣经〉的故事》译成中文,为此征求鲁迅意见,后未译成。

〔4〕 旧稿 指鲁迅作于1907年的《人之历史》。该文有摩西为《旧约全书》中《创世记》的作者的说法。

〔5〕 Haeckel 海克尔(1834—1919),德国生物学家,达尔文主义的捍卫者和传播者。主要著作有《宇宙之谜》、《人类发展史》、《人类种族的起源和系统论》等。

261126 致许广平[1]

广平兄:

二十一日寄一信,想已到。十七日所发之又一简信,二十二日收到了;包裹尚未来,大约包裹及书籍之类,照例比普通信件迟,我想明天大概要到,或者还有信,我等着。我还想从上海买一合较好的印色来,印在我到厦后所得的书上。

近日因为校长要减少国学院豫算,玉堂颇愤慨,要辞主任,我因进言,劝其离开此地,他极以为然。我亦觉此是脱身之机会。今天和校长开谈话会,乃提出强硬之抗议,且露辞职之意,不料校长竟取消前议了,别人自然大满足,玉堂亦软化,反一转而留我,谓至少维持一年,因为教员中途难请云云。又我将赴中大消息,此地报上亦揭载,大约是从广州报上来的,学生因亦有劝我教满他们一年者。这样看来,年底要脱身恐怕麻烦得很,我的豫计,因此似乎也无从说起了。

我自然要从速走开此地,但结果如何,殊难预料。我想这大半年中,HM不如不以我之方针为方针,而到于自己相宜的地方去,否则也许做了很牵就,非意所愿的事务,而结果还是不能常见。我的心绪往往起落如波涛,这几天却很平静。我想了半天,得不到结论,但以为,这一学期居然已经去了五分之三,年底已不远,可以到广州看一回,此时即使仍不能脱离厦大,再熬五个月,似乎也还做得到,此后玉堂便不能以聘书为口实,可以自由了。自然,以后如何,我自然也茫无把握。

今天本地报上的消息很好,泉州已得,浙陈仪又独立,商震反戈攻张家口,国民一军将至潼关,此地报纸大概是民党色采,消息或倾于宣传,但我想,至少泉州攻下总是确的。本校学生民党不过三十左右,其中不少是新加入者,昨夜开会,我觉他们都不经训练,不深沉,甚至于连暗暗取得学生会以供我用的事情都不知道,真是奈何奈何。开一回会,徒令当局者注意,那夜反民党的职员却在门外窃听。

二十五日之夜,大风时。

写了一张之(刚写了这五个字,就来了一个学生,一直坐到十二点)后,另写了一张应酬信,还不想睡,再写一点罢。伏园下月准走,十二月十五左右,一定可到广州了。他是大学教授兼编辑,位置很高,但大家正要用他,也无怪其然。季黻的事,则至今尚无消息,不知何故,我同兼士曾合发一信,又托伏园面说,又写一信,都无回音,其实季黻的办事能力,比我高得多多。

我想HM正要为社会做事，为了我的牢骚而不安。实在不好，想到这里，忽然静下来了，没有什么牢骚。其实我在这里的不方便，仔细想起来，大半在于言语不通，例如前天厨房又不包饭了，我竟无法查问是厨房自己不愿包，还是听差和他冲突，叫我不要他办了。不包则不包亦可。乃同伏园去到一个福州馆，要他包饭，而馆中只有面，问以饭，曰无有，废然而返。今天我托一个福州学生去打听，才知道无饭者，乃适值那时无饭，并非永远无饭也，为之大笑。大约明天起，当在该福州馆包饭了。

仍是二十五日之夜，十二点半。

此刻是上午十一时，到邮务代办处去看了一回，没有信；而我这信要寄出了，因为明天大约有从厦赴粤之船，倘不寄，便须待下星期三这一只了。但我疑心此信一寄，明天便要收到来信，那时再写罢。

记得约十天以前，见报载新宁轮由沪赴粤，在汕头被盗劫，纵火。不知道我的信可有被烧在内。我的信是十日之后，有十六，十九，二十一等三封。

此外没有什么事了，下回再谈罢。

迅。十一月二十六日。

午后一时经过邮局门口，见有别人的东莞来信，而我无有，那么，今天是没有信的了，就将此发出。

*　　*　　*

〔1〕 此信经作者整理编辑收入《两地书》，序号八一。

261128[①] 致许广平[1]

广平兄：

二十六日寄出一信，想当已到。次日即得二十三日来信，包裹的通知书，也一并送到了，即刻向邮政代办处取得收据，星期六下午已来不及，星期日不办事，下星期一（廿九日）可以取来，这里的邮政，就是如此费事。星期六这一天（廿七），我同玉堂往集美学校演说，以小汽船来往，还耗去一整天；夜间会客，又耗去了许多工夫，客去正想写信，间壁的礼堂走了电，校役吵嚷，校警吹哨，闹得石破天惊，究竟还是物理学教员有本领，进去关住了总电门，才得无事，只烧焦了几块木头。我虽住在并排的楼上，但因为墙是石造的，知道不会延烧，所以并不搬动，也没有损失，不过因为电灯俱熄，洋烛的光摇摇而昏暗，于是也不能写信了。

我一生的失计，即在历来并不为自己生活打算，一切听人安排，因为那时豫计是生活不久的。后来豫计并不确中，仍须生活下去，于是遂弊病百出，十分无聊。后来思想改变了，而仍是多所顾忌，这些顾忌，大部分自然是为生活，几分也为地位，所谓地位者，就是指我历来的一点小小工作而言，怕因我的行为的剧变而失去力量。但这些瞻前顾后，其实也是很可笑的，这样下去，更将不能动弹。第三法最为直截了当，其次如在北京所说则较为安全，但非经面谈，一时也决不下，总之我以前的办法，已是不妥，在厦大就行不通，所以我也决计不再敷衍了，第一步我一定于年底离开此地，就中大教授职。但我极希望那一个人也在同地，至少也可以时常谈谈，鼓励我再做有益于人的工作。

昨天我向玉堂提出以本学期为止，即须他去的正式要求，并劝他同走。对于我走这一层，略有商量的话，终于他无话可说了，所以前信所说恐怕难于脱身云云，已经不成问题，届时他只能听我自便。他自己呢，大约未必走，他很佩服陈友仁〔2〕，自云极愿意在他旁边学学。但我看他仍然于厦门颇留恋，再碰几个钉子，则来年夏天可以离开。

此地无甚可为，近来组织了一种期刊，而作者不过寥寥数人，或则受创造社影响，过于颓唐（比我颓唐得多），或则太大言无实；又在日报上添了一种文艺周刊，恐怕不见得有什么好结果。大学生都很沉静，本地人文章，则“之乎者也”居多，他们一面请马寅初写字，一面请我做序，真是殊属胡涂。有几个因为我和兼士在此而来的，我们一走，大约也要转学到中大去。

离开此地之后，我必须改变我的农奴生活；为社会方面，则我想除教书外，或者仍然继续作文艺运动，或更好的工作，待面谈后再定。我觉得现在 HM 比我有决断得多，我自到此地以后，仿佛全感空虚，不再有什么意见，而且时有莫名其妙的悲哀，曾经作了一篇我的杂文集的跋，就写着那时的心情。十二月末的《语丝》上可以发表，一看就知道。自己也知道这是须改变的，我现在已决计离开，好在已只有五十天，为学生编编文学史讲义，作一结束（大约讲至汉末止），时光也容易度过的了，明年从新来过罢。

遇安既知通信的地方，何以又须详询住址，举动颇为离奇，或者是在研究 HM 是否真在羊城，亦未可知。因他们一群中流言甚多，或者会有 HM 在厦门之说也。

校长给三主任的信，我在报上早见过了，现未知如何？能别有较好之地，自以离开为宜，但不知可有这样相宜的处所？

迅　十一月廿八日十二时。

*　　　*　　　*

〔1〕 此信经作者整理编辑收入《两地书》，序号八三。

〔2〕 陈友仁(1878—1944)　广东香山(今中山)人。长期追随孙中山从事革命活动，曾任律师、记者、编辑，时任国民党中央执行委员、国民政府外交部长。

261128[2]　致韦素园

漱园兄：

十六日来信，今天收到了。我后又续寄《坟》跋一，《旧事重提》一，想已到。《狂飙》第五期已见过，但未细看，其中说诳挑拨之处似颇多，单是记我的谈话之处，就是改头换面的记述，当此文未出之前，我还想不到长虹至于如此下劣。这真是不足道了。关于我在京从五六年前起所遇的事，我或者也要做一篇记述发表，但未一定，因为实在没有工夫。

明年的半月刊，我恐怕一月只能有一篇，深望你们努力。

我曾有信给季野，你大约也当看见罢。我觉得你，丛芜，霁野，均可于文艺界有所贡献，缺点只是疏懒一点，将此点改掉，一定可以有为。但我以为丛芜现在应该静养。

《莽原》改名，我本为息事宁人起见。现在既然破脸，也不必一定改掉了，《莽原》究竟不是长虹的。这一点请与霁野商定。

迅 十一月廿八日

《坟》的封面画，陶元庆君已寄来，嘱我看后转寄钦文，托他印时校对颜色，我已寄出，并附一名片，绍介他见你，接洽。这画是三色的，他于印颜色版较有经验，我想此画即可托他与京华接洽，并校对。因为是石印，大约价钱也不贵的。

261130 致章廷谦

矛尘兄：

廿六信今天到。斐君太太已发表其蕴蓄[1]，甚善甚善。绍兴东西，并不想吃，请无须“带奉”，但欲得木版有图之《玉历钞传》[2]一本，未知有法访求否？此系善书[3]，书坊店不出售，或好善之家尚有存者。我因欲看其中之“无常”画像[4]，故欲得之。如无此像者，则不要也。

伏园复往，确系上任；[5]我暂不走，拟敷衍至本学期之末，而后滚耳，其实此地最讨厌者，却是饭菜不好。

小峰在北京，何以能“直接闻之于厦大”，殊不可解。兄行期当转告玉堂。

迅 上 十一月卅日

*　　　*　　　*

〔1〕 指川岛夫人孙斐君产子。

〔2〕《玉历钞传》 即《玉历至宝钞传》,共八章,是一部宣传封建迷信的书,题称宋代"淡痴道人梦中得授,弟子勿迷道人钞录传世"。内容系讲述"地狱十殿"的情况,宣扬因果报应。

〔3〕 善书　宣传因果报应的书。旧时常由善男信女捐资刻印,免费赠送。

〔4〕 "无常"画像　无常,佛家语,迷信传说中的勾魂使者。关于无常画像,可参看《朝花夕拾·后记》。

〔5〕 伏园上任　当时孙伏园到广州任《民国日报》副刊编辑。

261202 致许广平〔1〕

广平兄:

上月二十九日寄一信,想已收到了。廿七日发来的信,今天已到。同时伏园也接陈醒[惺]农信,知道政府将移武昌,他和孟余都将出发,报也移去,改名《中央日报》。叫伏园直接往那边去,因为十二月下旬须出版,所以伏园大概不再往广州。广州情状,恐怕比较地要不及先前热闹了。

至于我呢,仍然决计于本学期末离开这里而往广州中大,教半年书看看再说。一则换换空气,二则看看风景,三则……。要活动,明年夏天又可以活动的,倘住得便,多教几时也可以。不过“指导员”一节,无人先为设法了。

你既然不宜于“五光十色”之事,教几点钟书如何呢?要豫备足,则钟点可以少一些。办事与教书,在目下都是淘气之事,但我们舍此亦无事可为。我觉得教书与办别事实在不能并行,即使没有风潮,也往往顾此失彼。你不知此后可别有教书之处(国文之类),有则可以教几点钟,不必多,每日匀出三四点钟来看书,也算豫备,也算自己玩玩,就好了;暂时也算是一种职业。你大约世故没有我深之故,似乎思想比我明晰些,也较有决断,研究一种东西,不会困难的,不过那粗心要纠正。还有一种吃亏之处是不能看别国书,我想较为便利是来学日本文,从明年起我想勒令学习,反抗就打手心。

至于中央政府迁移而我到广州,于我倒并没有什么。我并非追踪政府,却是别有追踪。中央政府一移,许多人一同移去,我或者反而可以闲暇些,不至于又大欠文章债,所以无论如何,我还是到中大去的。

包裹已经取来了,背心已穿在小衫外,很暖,我看这样就可以过冬,无需棉袍了。印章很好,没有打破,我想这大概就是称为“金星石”的,并不是玻璃。我已经写信到上海去买印泥,因为盒内的一点油太多,印在书上是不合式的。

计算起来,我在此至多也只有两个月了,其间编编讲义,烧烧开水,也容易混过去。何况还有默念,但这默念之度常有加增的倾向,不知其故何也,似乎终于也还是那一个人胜利了。厨子的菜又不能吃,现在是单买饭,伏园自己做一点汤,且吃罐头。伏园十五左右当去,我是什么菜都不会做的,那时只好仍包菜,但好在其时离放学已只四十多天了。

阅报,知女师大失火,焚烧不多,原因是学生自己做菜,烧坏了两个人:杨立侃,廖敏。姓名很生,大约是新生,你知道吗?她们后来都死了。

以上是午后四点钟写的,因琐事放下,后来是吃饭,陪客,现已是夜九点钟了。在钱下呼吸,实在太苦,苦还不妨,受气却难耐。大约中国在最近几十年内,怕未必能够做若干事,即得若干相当的报酬,干干净净。(写到这里,又放下了,因为有人来,我这里是毫无躲避处,有人进来就进来,你看如此住处,岂能用功)往往须费额外的力,受无谓的气,无论做什么事,都是如此。我想此后只要以工作赚得生活费,不受意外的气,又有点自己玩玩的余暇,就可以算是幸福了。

我现在对于做文章的青年,实在有些失望,我想有希望的青年似乎大抵打仗去了,至于弄弄笔墨的,却还未看见一个真有几分为社会的,他们多是挂新招牌的利己主义者。而他们却以为他们比我新一二十年,我真觉得他们无自知之明,这也就是他们之所以“小”的地方。

上午寄出一束刊物,是《语丝》《北新》各两本,《莽原》一本。《语丝》上有我的一篇文章,不是我前信所说发牢骚的那一篇;那一篇还未登出,大概当在一〇八期。

迅　十二月二日之夜半。

*　　　*　　　*

〔1〕　此信经作者整理编辑收入《两地书》,序号八五。

261203　致许广平[1]

广平兄：

今天刚发一信，也许这信要一同寄到罢。你或者初看以为又有什么要事了，其实并不，不过是闲谈。前回的信，我半夜放在邮筒中；这里邮筒有两个，一在所内，五点后就进不去了，夜间便只能投入所外的一个。而近日邮政代办所里的伙计是新换的，满脸呆气，我觉得他连所外的一个邮筒也未必记得开，我的信不知送往总局否，所以再写几句，俟明天上午投到所内的一个邮筒里去。

我昨夜的信里是说：伏园也得醒[惺]农信，说国民政府要搬了，叫他直接上武昌去，所以他不再往广州。至于我则无论如何，仍于学期末离开厦门而往中大，因为我倒并不一定要跟随政府，熟人如伏园辈不在一处，或者反而可以清闲些。但你如离开师范，不知在原地可有做事之处，我想还不如教一点国文，钟点以少为妙，可以多豫备。大略不过如此。

政府一搬，广东的"外江佬"要减少了，广东被"外江佬"刮了许多末[天]，此后也许要向"遗佬"报仇，连累我未曾搜刮的外江佬吃苦，但有害马保镳，所以不妨胆大。《幻洲》上有一篇东西，很称赞广东人，所以我愿意去看看，至少也住到夏季。大约说话是一点不懂，和在此相同，但总不至于连买饭的处所也没有。我还想吃一回蛇，尝一点龙虱。

到我这里来空谈的人太多，即此一端也就不宜久居于此。

我到中大后，拟静一静，暂时少与别人往来，或用点功，或玩玩。我现在身体是好的，能吃能睡，但今天我发见我的手指有点抖，这是吸烟太多了之故，近来我吸到每天三十支了，我从此要减少。我回忆在北京因节制吸烟之故而令一个人碰钉子的事，心里很难受，觉得脾气实在坏得可以。但不知怎的，我于这一点不知何以自制力竟这么薄弱，总是戒不掉。但愿明年有人管束，得渐渐矫正，并且也甘心被管，不至于再闹脾气的了。

我明年的事，自然是教一点书；但我觉得教书和创作，是不能并立的，郭沫若郁达夫之不大有文章发表，其故盖亦由于此。所以我此后的路还当选择，研究而教书呢，还是仍作游民而创作？倘须兼顾，即两皆没有好成绩。或者研究一两年，将文学史编好，此后教书无须豫备，则有余暇，再从事于创作之类也可以。但这也并非紧要问题，不过随便说说。

《阿Q正传》的英译本已经出版了，译得似乎并不坏，但也有一点小错处，你要否？如要，当寄上，因为商务馆有送给我的。

写到这里，还不到五点钟，也没有什么别的事了，就此封入信封，赶今天寄出罢。

迅　十二月三日下午。

*　　　*　　　*

〔1〕　此信经作者整理编辑收入《两地书》，序号八六。

261205　致韦素园

漱园兄：

十一月二十八日信已到。《写在〈坟〉后面》登《莽原》，也可以的。《坟》能多校一回，自然较好；封面画我已寄给许钦文了，想必已经接洽过。

《君山》多加插画，很好。我想：凡在《莽原》上登过而印成单行本的书，对于定《莽原》全年的人，似应给以特别权利。倘预定者不满百人，则简直各送一本，倘是几百，就附送折价（对折？）券（或不送而只送券亦可），请由你们在京的几位酌定。我的《旧事重提》（还要改一个名字）出版时，也一样办理。

《黑假面人》费了如许工夫，我想卖掉也不合算，倘自己出版，则以《往星中》为例，半年中想亦可售出六七百本。未名社之立脚点，一在出版多，二在出版的书可靠。倘出版物少，亦觉无聊。所以此书仍不如自己印。霁野寒假后不知需款若干，可通知我，我当于一月十日以前将此款寄出，二十左右便可到北京，作为借给他的，俟《黑假面人》印成，卖去，除掉付印之本钱后，然后再以收来的钱还我就好了。这样，则未名社多了一本书，且亦不至于为别的书店去作苦工，因为我想剧本卖钱是不会多的。

对于《莽原》的意见，已经回答霁野，但我想，如果大家有兴致，就办下去罢。当初我说改名，原为避免纠纷，现长虹既挑战，无须改了，陶君的画，或者可作别用。明年还是叫《莽原》，用旧画。退步须两面退，倘我退一步而他进一步，就只好拔出拳头来。但这仍请你与霁野酌定，我并不固执。至于内容，照来信所说就好。我的译作，现在还说不定什么题目，因为正编讲义，须十日后才有暇，那时再想。我不料这里竟新书旧书都无处买，所以得材料就很难，或者头几期只好随便或做或译一点，待离开此地后，倘环境尚可，再来好好地选译。我到此以后，琐事太多，客也多，工夫都耗去了，一无成绩，真是困苦。将来我想躲起来，每星期只定出日期见一两回客，以便有自己用功的时间，倘这样下去，将要毫无长进。

留学自然很好，但既然对于出版事业有兴趣，何妨再办若干时。我以为长虹是泼辣有余，可惜空虚。他除掉我译的《绥惠略夫》[1]和郭译的尼采小半部[2]而外，一无所有。所以偶然作一点格言式的小文，似乎还可观，一到长篇，便不行了，如那一篇《论杂交》[3]，直是笑话。他说那利益，是可以没有家庭之累，竟不想到男人杂交后虽然毫无后患，而女人是要受孕的。

在未名社的你们几位，是小心有余，泼辣不足。所以作文，办事，都太小心，遇见一点事，精神上即很受影响，其实是小小是非，成什么问题，不足介意的。但我也并非说小心不好，中国人的眼睛倘此后渐渐亮起来，无论创作翻译，自然只有坚实者站得住，《狂飙》式的恫吓，只能欺骗一时。

长虹的骂我，据上海来信，说是除投稿的纠葛之外，还因为他与开明书店商量，要出期刊，遭开明拒绝，疑我说了坏话之故。我以为这是不对的，由我看来，是别有两种原因。一，我曾在上海对人说，长虹不该擅登广告，将《乌合》《未名》都拉入什么"狂飙运动"去，我不能将这些作者都暗暗卖给他。大约后来传到他耳朵里去了。二，我推测得极奇怪，但未能决定，已在调查，将来当面再谈罢，我想，大约暑假时总要回一躺[趟]北京。

前得静农信，说起《蕃薙》，我为之叹息，他所听来的事，和我所经历的是全不对的。这稿子，是品青来说，说愿出在《乌合》中，已由小峰允印，将来托我编定，只四篇。我说四篇太少；他说这是一时期的，正是一段落，够了。我即心知其意，这四篇是都登在《创造》上的，现创造社[4]不与作者商量，即翻印出售，所以要用《乌合》去抵制他们，至于未落创造社之手的以后的几篇，却不欲轻轻送入《乌合》之内。但我虽这样想，却答应了。不料不到半年，却变了此事全由我作主，真是万想不到。我想他们那里会这样信托我呢？你不记得公园里饯行那一回的事吗？静农太老实了，所以我无话可答。不过此事也无须对人说，只要几个人（丛，霁，静）心里知道就好了。

迅 十二月五日

*　　*　　*

〔1〕《绥惠略夫》　即《工人绥惠略夫》，中篇小说。俄国阿尔志跋绥夫著，1922年5月商务印书馆出版。

〔2〕郭译的尼采小半部　指郭沫若所译尼采著的《查拉图司屈拉钞》第一部，曾连载于《创造周报》，1928年6月创造社出版部出版。

〔3〕《论杂交》　高长虹作，载《狂飙》周刊第二期（1926年10月

17日)。文中有“家庭和婚姻的束缚尤其是女子的致命伤”,“杂交对于女子解放是有可惊的帮助”,“是解放的唯一途径”等语。

〔4〕 创造社　文学社团,1921年6月成立,主要成员有郭沫若、郁达夫、成仿吾等,1927年增加了冯乃超、彭康、李初梨等从国外回来的新成员。1929年2月,该社被国民党当局封闭。它曾先后编辑出版《创造》(季刊)、《创造周报》、《创造日》、《洪水》、《创造月刊》、《文化批判》等刊物,以及《创造丛书》。

261206　致许广平[1]

广平兄:

三日寄出一信,并刊物一束,系《语丝》等五本,想已到。今天得二日来信,可谓快矣。对于廿六日函中的一段议论,我于廿九日即发一函,想当我接到此函时,那边亦已寄到,知道我已决计离开此地,所以我也无须多说了。其实我这半年来并不发生什么“奇异感想”,不过“我不太将人当作牺牲么”这一种思想——这是我一向常常想到的思想——却还有时起来,一起来,便沉闷下去,就是所谓“静下去”,而间或形于词色。但也就悟出并不尽然,故往往立即恢复,二日得中央政府迁移消息后,即连夜发一信(次日又发一信),说明我的意思与廿九日信中所说并无变更,实未曾有愿意害马“终生被播弄于其中而不自拔”之意,当初仅以为在社会上阅历几时,可以得较多之经验而已,并非我将永远静着,以至于冷眼旁观,将害马卖掉,而自以为在孤岛中度寂寞生活,咀嚼着寂寞,即足以自慰自赎也。

但廿六日信中的事，已成过去，也不必多说了，到年底或可当作闲谈的材料。广大的钟点虽然较多，但我想总可以设法教一点担子较轻的功课，以求有休息的余暇，况且抄录材料等等，又可以有忙［帮］我的人，所以钟点倒不成问题，每周二十时左右者，大概是纸面文章，未必实做。

你们的学校，真是好像"湿手捏了干面粉"，粘缠极了。虽说"天下兴亡，匹夫有责"，但当局不讲信用，专责"匹夫"，使几个人挑着重担，未免太任意将人做牺牲。我想事到如此，别的都可不管了，以自己为主，觉得耐不住，便即离开；倘因生计关系及别的关系，须敷衍若干时，便如我之在厦大一样，姑且敷衍敷衍，"以德感""以情维系"等等，只好置之度外，一有他处可去，也便即离开，什么都不管它。

伏园须直往武昌去了，不再转广州，前信似已说过。昨（五日）有人〖到〗从汕头到此地（据云系民党），说陈启修因为泄漏机密，被党部捕治了。我和伏园正惊疑，拟电询，今日得你信，知二日看见他，则以日期算来，此人是造谣言的，但何以要造如此谣言，殊不可解。

前一束刊物不知到否？记得前回也有一次，久不到，而在学校的刊物中找来。三日又寄一束，到否也是问题。此后寄书，殆非挂号不可。《桃色之云》再版已出了，拟寄上一册，但想写上几个字，并用新印，而印泥才向上海去带，大约须十日后才来，那时再寄罢。

迅 十二月六日之夜。

*　　　*　　　*

〔1〕 此信经作者整理编辑收入《两地书》,序号八八。

261208　致韦素园

漱园兄:

十二月一日的快信,今天收到了。关于《莽原》的事,我于廿九,本月五日所发两信,均经说及,现在不必重说。总之:能办下去,就很好了。我前信主张不必改名,也就因为长虹之骂,商之霁野,以为何如?

《范爱农》一篇,自然还是登在24期上,作一结束。来年第一期,创作大约没有了,拟译一篇《说"幽默"》[1],是日本鹤见祐辅作的,虽浅,却颇清楚明白,约有十面,十五以前可寄出。此后,则或作译,殊难定,因为此间百事须自己经营,繁琐极了,无暇思索;译呢,买不到一本新书,没有材料。这样下去,是要淹死在死海里了,薪水虽不欠,又有何用?我决计于学期末离开,或者可以较有活气。那时再看。倘万不得已,就用《小约翰》充数。

我对于你们几位,毫无什么意见;只有对于目寒[2]是不满的,因为他有时确是"无中生有"的造谣,但他不在京了,不成问题。至于长虹,则我看了他近出的《狂飙》,才深知道他很卑劣,不但挑拨,而且于我的话也都改头换面,不像一个男子所为。他近来又在称赞周建人[3]了,大约又是在京时来访我那时的故技。

《莽原》印处改换也好。既然销到二千,我想何妨增点页数,每期五十面,纸张可以略坏一点(如《穷人》那样),而不加价。因为我觉得今年似乎薄一点。

迅 十二月八日

*　　*　　*

〔1〕《说"幽默"》　日本鹤见祐辅作,译文载《莽原》半月刊第二卷第一期(1927年1月)。鹤见祐辅(1885—1972),日本文艺评论家。著有《思想·山水·人物》、《欧美名士之印象》等。

〔2〕目寒　即张目寒(1903—1983),安徽霍丘人。鲁迅在北京世界语专门学校时的学生。

〔3〕称赞周建人　高长虹在《狂飙周刊》第二期(1926年10月17日)发表的《关于性》中说:"最近科学的还是周建人的文字,他可以给人一些关于性的科学的常识,这在目前是很难得到的。"又在同刊第八期(1926年11月28日)发表的《张竞生可以休矣》一文中说:"我更希望周建人先生更勇敢地为科学作战!"

261211　致许广平〔1〕

广平兄:

本月六日接到三日来信后,次日(七日)即发一信,想已到。我推想昨今两日当有信来,但没有;昨天是星期,没有信件到校的了。我想或者是你校事太忙没有发,或者是轮船误了期。

从粤,从沪,到此的信,一星期两回;从此向沪向粤的船,似乎也是一星期两回。但究竟是星期几呢，我终于推算不出，又仿佛并不一定似的。

计算从今天到一月底，只有五十天了，已不满两月，我到此，是已经三个月又一星期了。现在倒没有什么事。我每天能睡八九小时，但是仍然懒；有人说我胖了一点了，也不知塙否？恐怕也未必。对于学生，我已经说明了学期末要离开。有几个因我在此而来的，大约也要走。至于厦门学生，无药可医，他们整天读《古文观止》。

伏园就要动身，仍然十五左右；但也许仍从广州，取陆路往武昌。

我想一两日内，当有信来，我的廿九日的信的回信也应该就到了。那时再写罢。

迅　十二月十一日夜

*　　　*　　　*

〔1〕　此信经作者整理编辑收入《两地书》，序号八九。

261212　致 许 广 平[1]

广平兄：

今天早上寄了一封信。现在是虽是星期日，邮政代办所也开半天了。我今天也起得早，因为平民学校成立大会要我演说，我说了五分钟，又恭听校长辈之胡说至十一时，溜出会场，再到代办所去一看，果然已有三封信在：两封是七日发的，一封是八日发的。

金星石虽然中国也有，但看印盒的样子，还是日本做的，不过这也没有什么关系。“随便叫它曰玻璃”，则可谓胡涂，玻璃何至于这样脆？若夫“落地必碎”，则凡有印石，大抵如斯，岂独玻璃为然。可惜的是包印章者，当时竟未细心研究，因为注意移到包裹之白包上去了，现在还保存着。对于这，我倒立刻感觉到是用过的。特买印泥，亦非多事，因为非如此，则不舒服也。

此地冷了几天，但夹袍亦已够，大约穿背心而无棉袍，足可过冬了。背心我现穿在小衫外，较之穿在夹袄之外暖得多，或者也许还有别种原因。我之失败，我现在细想，是只能承认的。不过何至于“没出色”〔2〕？天下英雄，不失败者有几人？恐怕人们以为“没出色”者，在他自己正以为大有“出色”，失败即胜利，胜利即失败，总而言之，就是这样，莫名其妙。置首于一人之足下，甘心什倍于戴王冠，久矣夫，已非一日矣〔3〕……。

近来对于厦大一切，已不过问了，但他们还常要来找我演说，一演说，则与当局者的意见，一定是相反的，此校竟如教会学校或英国人所开的学校；玉堂现在亦深知其不可为，有相当机会，什九是可以走的。我手已不抖，前信竟未说明。至于寄给《语丝》的那篇文章，因由未名社转寄，被他们截留了，登在《莽原》第廿三期上。其中倒没有什么未尽之处。当时著作的动机，一是愤慨于自己为生计起见，不能不戴假面；二是感得少爷们于我，见可利用则尽情利用，倘觉不能利用则便想一棒打杀，所以很有些哀怨之言。寄来时当寄上；不过这种心情，现在也已经过去了。我时时觉得自己很渺小；但看少爷们著作，竟没有一个如我，敢自说是戴着假面和承认“党同伐异”的，他们说到底总必以“公平”自居。因此，我又觉得我或者并不渺小；现在故意要轻视我和骂倒我的人们的眼前，终于黑的妖魔似的站着L.S.两个字，大概就是为此。

我离厦门后，恐怕有几个学生要随我转学，还有一个助教也想同我走，因为我的金石的研究于他有帮助。我在这里常有学生来谈天，弄得自己的事无暇做；倘这样下去，是不行的。我将来拟在校中取得一间屋，算是住室，作为豫备功课及会客之用，而实不住。另在外面觅一相当地方，作为创作及休息之用，庶几不至于起居无节，饮食不时，再蹈在北京时之覆辙。但这可待到粤时再说，无须“未雨绸缪”。总之：我的意见，是想少陪无聊之访问之客而已。倘在学校，大家可以直冲而入，殊不便也。

现在我们的饭是可笑极了，外面仍无好的包饭处，所以还是从本校厨房买饭，每人每月三元半，伏园做菜，辅以罐头。而厨房屡次宣言：不买菜，他要连饭也不卖了。那么，我们为买饭计，必须月出十元，一并买他不能吃之菜。现在还敷衍着，伏园走后，我想索性一并买菜，以免麻烦，好在他们也只能讹去我十余元了。听差则欠我二十元，其中二元，是他兄弟急病时借去的，我以为他可怜，说这二元不要他还了，算是欠我十八元；他便第二日又来借二元，仍是二十元。伏园订洋装书，每本要他一元。厦门人对于“外江佬”，似乎颇欺侮。

以中国人的脾气而论，倒后的著作，是没有人看的，他们见可利用则尽量利用，遇可骂则尽量地骂，虽一向怎样常常往来，也即刻翻脸不识，看和我往还的少爷们的举动，便可推知。只要作品好，大概十年或数十年后，便又有人看了，但这大抵只是书坊老板得益，至于作者，也许早被逼死了，不再有什么相干。遇到这样的时候，我以为走外国也行；为争存计，无所不为也行，倒行逆施也行；但我还没有细想过，好在并不急迫，可以慢慢从长讨论。

"能食能睡"，是的确的，现在还如此，每天可以睡至八九小时，然而人还是懒，这大约是气候之故。我想厦门的气候，水土，似乎于居人都不宜，我所见的人们，胖子很少，十之九都黄瘦，女性也很少美丽活泼的，加以街道污秽，空地上就都是坟，所以人寿保险的价格，居厦门者比别处贵。我想国学院倒大可以缓办，不如作卫生运动，一面将水，土壤，都分析分析，讲个改善之方。

此刻已经夜一时了，本来还可以投到所外的箱子里去，但既有命令，就待至明晨罢，真是可惧。

迅 十二月十二日

*　　　*　　　*

〔1〕 此信经作者整理编辑收入《两地书》，序号九三。

〔2〕 "没出色" 许广平在1926年12月7日致鲁迅信中说："你失败在别一个人手里了么？你真太没出色了。"

〔3〕 久矣夫，已非一日矣 仿清代梁章钜《制义丛话》所举八股

文例句,原作"久矣夫千百年来已非一日矣"。

261216　致许广平[1]

广平兄:

昨(十三日)寄一信;今天则寄出期刊一束,怕失少,所以挂号,非因特别宝贵也。内计《莽原》一本;《新女性》一本,有大作在内;《北新》两本,其十四号或前已寄过,亦未可知,记不清楚了,如重出,则可不要其一;又《语丝》两期,我之发牢骚文,即登在内,盖先被未名社截留,到底又被小峰夺过去了,所以终于还在《语丝》上。

概自二十三日之信发出之后,几乎大不得了,伟大之钉子,迎面碰来,幸而上帝保佑,早有廿九日之信发出,声明前此一函,实属大逆不道,合该取消,于是始蒙褒为"傻子",赐以"命令",作善者降之百祥,幸何如之。现在对于校事,一切不问,但编讲义,拟至汉末为止,作一结束,授课已只有五星期,此后便是考试了。但离开此地,恐当在二月初,因为一月薪水,是要等着拿走的。

朱家骅又有信来,催我速去,且云教员薪水,当设法加增。但我还是只能于二月初出发。至于伏园,却于二十左右要走了,大约先至粤,再从陆路入武汉。今晚语堂饯行,亦颇有活动之意,而其太太则不大谓然,以为带着两个孩子,常常搬家,如何是好。其实站在她的地位上来观察,的确也困苦的,旅行式的家庭,大抵的女性确乎也大都过不惯。但语堂则颇激烈,后事如何，只得“且听下回分解”了。

狂飙社中人，一面骂我，一面又要用我了。培良要我寻地方，尚钺要将小说印入《乌合丛书》。我想，我先前种种不客气，大抵施之于同辈及地位相同者，至于对少爷们，则照例退让，或者自甘牺牲一点。不料他们竟以为可欺，或纠缠，或责骂，反弄得不可开交。现在是方针要改变了，都置之不理。我常叹中国无“好事之徒”，所以什么也没有人管，现在看来，做好事之徒实在不容易，我略管闲事，便弄得这么麻烦。现在我将门关上，且看他们另向何处寻这类的牺牲。

《妇女之友》第五期上，有沄沁给你的一封公开信，见了没有？内中也没有什么，不过是对于女师大再被毁坏的牢骚。我看《世界日报》，似乎程干云还在那里；罗静轩却只得滚出了，报上有一封她的公开信，说卖文也可以过活。我想：怕很难罢。

今天白天有雾，器具都有点潮湿；蚊子很多，过于夏天，真是奇怪。叮得可以，要躲进帐子里去了。下次再写。

十四日灯下。

天气今气[天]仍热，但大风，蚊子却忽而很少了，真不知是怎么一回事。于是编了一篇讲义。印泥已从上海寄来，所以此刻就在《桃色的云》上写了几个字，将那“玻璃”印和印泥都第一次用在这上面；预备《莽原》第二十三期到来时，一同寄出。但因为天气热，印泥软，所以印得不大好，不过那也不要紧。必须如此办理，才觉舒服，虽被斥为“多事”，都不再辩，横竖已经失败，受点申斥算得什么。

本校并无新事发生。惟顾颉刚是日日夜夜布置安插私人；黄坚从北京到了，一个太太，四个小孩，两个用人，四十件行李，大有“山河永固”之意。我的要走已经宣传开去，大半是我自己故意说的。下午一个广大的学生来，他是本地人，问我广大来聘，我已应聘的话，可是真的。我说都真。他才高兴，说，我来厦门，他们都以为奇，但大概系不知内容之故，想总是住不久的，今果然，云云。可见能久在厦大者，必须不死不活的人才合宜，大家都以为我还不至于此。此人本是厦大学生，因去年的风潮而转广大，所以深知情形。

十五夜。

十二日的来信，今天(十六)上午就收到了，也算快的。我想广厦间的邮信船大约每周有二次，假如星期二五开的罢，那么，星期一四发的信便快，三六发的就慢了，但我终于研究不出那船期是星期几。

贵校的情形，实在不大高妙，也如别处的学校一样，恐怕不过是不死不活，不上不下。一接手，一定为难。倘使直截痛快，或改革，或被攻倒，爽快，或苦痛，那倒好了，然而大抵不如此。就是办也办不好，放也放不下，不爽快，也并不大苦痛，只是终日浑身不舒服，那种感觉，我们那里有一句俗话，叫作“穿‘湿布衫’”，就是有如将没有晒干的小衫，穿在身体上。我所经过的事，无不如此，近来的作文印书，即是其一。我想接手之后，随俗敷衍，你一定不能；改革呢，能够固然好，即使因此失职，然而未必有改革之望罢。那就最好是不接手，倘难却，就仿“前校长”的方法：躲起来。待有结束后另觅事做。

政治经济,我觉得你是没有研究的,幸而只有三星期。我也有这类苦恼,常不免被逼去做“非所长”“非所好”的事。然而往往只得做,如在戏台下一般,被挤在中间,退不开去了,不但于己有损,事情也做不好;而别人看见推辞,却以为客气,仍坚执要你去做。这样地玩“杂耍”一两年,就都只剩下油滑学问,失了专长,而也逐渐被社会所弃,变了“药渣”了,虽然也曾煎熬了请人喝过汁。一变药渣,便什么人都来践踏,连先前吃过汁的人也来践踏;不但践踏,还要冷笑。

牺牲论究竟是谁的“不通”而该打手心,还是一个疑问。人们有自志取舍,和牛羊不同,仆虽不敏,是知道的。然而这“自志”又岂出于天然,还不是很受一时代的学说和别人的情形的影响的么?那么,那学说是否真实,那人是否好人,配受赠与,也就成为问题。我先前何尝不出于自愿,在生活的路上,将血一滴一滴地滴过去,以饲别人,虽自觉渐渐瘦弱,也以为快活。而现在呢,人们笑我瘦了,除掉那一个人之外。连饮过我的血的人,也都在嘲笑我的瘦了,这实在使我愤怒。我并没有略存求得好报之心,不过觉得他们加以嘲笑,是太过的。我的渐渐倾向个人主义,就是为此;常常想到像我先前那样以为“自所甘愿即非牺牲”的人,也就是为此;常欲人要顾及自己,也是为此。但这是我的思想上如此,至于行为,和这矛盾的却很多,所以终于是言行不一致,好在不远就有面承训谕的机会,那时再争斗罢。

我离厦门的日子,还有四十多天,说三十多,少算了十天了,然则性急而傻,似乎也和“傻气的傻子”差不多,“半斤八两相等也”。伏园大约一两日内启行,此信或者也和他同船出发。从今天起,我们兼包饭菜了;先前单包饭的时候,饭很少,每人只得一碗半(中小碗),饭量大的,兼吃两人的也不够,今天是多一点了,你看厨房多么可怕。这里的仆役,似乎都和当权者有些关系,换不掉的,所以无论如何,只能教员吃苦。即如这厨子,是国学院听差中之最懒而最可恶的,兼士费了许多力,才将他弄走,而他的地位却更好了。他那时的主张,是:他是国学院的听差,所以别人不能使他做事。你想,国学院是一所房子,能叫他做事的么?

我上海买书很便当,那两本当即去寄,但到后还是即寄呢,还是年底面呈?

迅　十六日下午

*　　　*　　　*

〔1〕 此信经作者整理编辑收入《两地书》,序号九五。

261219　致沈兼士[1]

兼士兄:

十四日奉一函,系寄至天津,想已达。顷得十四日手书,具悉种种。厦校本系削减经费,经语堂以辞职力争后,已复原,但仍难信,可减可复,既复亦仍可减耳。语堂恐终不能久居,近亦颇思他往,然一时亦难定,因有家室之累。亮公[2]则甚适,悠悠然。弟仍定于学期末离去;此校国文科第一年级生，因见沪报而来者，恐亦多将相率转学，留者至多一人而已。季黻多日无信，弟亦不知其何往，殊奇。孙公于今日上船；程某[3](前函误作郑)渴欲补缺，顾公语语堂，谓得　兄信，如此主张，而不出信相示，弟颇疑之。黄坚到厦，向语堂言兄当于阴历新年复来，而告孙公则云不来，其说颇不可究诘。语堂究竟忠厚，似乎不甚有所知，然亦无法救之，但冀其一旦大悟，速离此间，乃幸耳。文学史稿[4]编制太草率，至正月末约可至汉末，挂漏滋多，可否免其献丑，稍积岁月，倘得修正，当奉览也。丁公[5]亦大有去志；而矛尘大约将到矣；陈石遗[6]忽来，居于镇南关[7]，国学院中人纷纷往拜之。专此，敬颂
禔福

弟迅　十二月十九日上午

*　　　*　　　*

〔1〕 沈兼士(1887—1947)　又作"坚士"、"臤士"，浙江吴兴人，文字学家。早年留学日本，曾任北京大学教授。1926年，任厦门大学国文系主任兼国学院主任。10月底离职。

〔2〕 亮公　即张星烺(1888—1951)，字亮尘，江苏泗阳人，历史学家。留学美国和德国。曾任北京大学教授，当时继沈兼士之后，任厦门大学国学院主任。

〔3〕 程某　即程憬。参看261121②信及其注〔5〕。

〔4〕 文学史稿　鲁迅在厦门大学讲授文学史课程的讲义，即后来出版的《汉文学史纲要》。

〔5〕 丁公　即丁丁山(1901—1952)，安徽和县人。北京大学研究所国学门毕业，当时任厦门大学国学院助教。

〔6〕 陈石遗(1856—1937)　名衍,字叔伊,号石遗老人,福建侯官(今福州)人,曾任清末学部主事。1923 年 9 月任厦门大学教授。1926 年 3 月辞职。

〔7〕 镇南关　在厦门大学校内,明末郑成功抗清时所建。

261220　致许广平[1]

广平兄:

十六日得十二日信后,即复一函,想已到。我猜想一两日内当有信到,但此刻还没有,就先写几句,豫备明天发出。

伏园前天晚上走了,昨晨开船。你也许已见过。有否可做的事,我已托他问朱家骅,但不知如何。季黻南归,杳无消息,真是奇怪,所以他的事也无从计画。

我这里是什么事也没有发生,不过前几天很阔了一通。将伏园的火腿用江瑶柱煮了一大锅,吃了。我又从杭州带来两斤茶叶,每斤二元,喝着。伏园走后,庶务科便派人来和我商量,要我搬到他所住过的小房子里去。我便很和气的回答他:一定可以,不过可否再迟一个月的样子,那时我一定搬。他们满意而去了。

其实教员的薪水,少一点倒不妨的,只是必须顾到他的居住饮食,并给以相当的尊敬。可怜他们全不知道,看人如一把椅子或一个箱子,搬来搬去,弄不完。于是凡有能忍受而留下的便只有坏种,别有所图,或者是奄奄无生气之辈。

我走后,这里的国文一年级,明年学生至多怕只剩一个人了,其余的是转学到武昌或广州。但学校当局是不以为意的,这里的目的是与其出事,不如无人。顾颉刚的学问似乎已经讲完,听说渐渐讲不出。陈万里只能在会场上唱昆腔,真是受了所谓“俳优蓄之”的遭遇。但这些人正和此地相宜。

我很好,手指早已不抖,前信已声明。厨房的饭又克减了,每餐只有一碗半,幸我还够吃,又幸而只有四十天了。北京上海的信虽有来的,而印刷物多日不到,不知其故何也。再谈。

迅 十二月二十日午后

现已夜十一时,终不得信,此信明天寄出罢。

二十日夜

*　　　*　　　*

〔1〕 此信经作者整理编辑收入《两地书》,序号九六。

261223① 致许广平〔1〕

广平兄:

十九日信今天到:十六的信没有收到,怕是遗失了,所以终于不知寄信的地方,此信也不知能收到否? 我于十二上午寄一信,此外尚有十六,二十一两信,均寄学校。

前日得郁达夫和遇安信,十四日发的,似于中大颇不满,都走了。次日又得中大委员会十五来信,言所定“正教授”只我一人,催我速往,那么,恐怕是主任了。但我只能结束了学期才走，拟即复信说明，但伏园大概已经替我说过。至于主任，我想不做，只要教教书就够了。

这里一月十五考起，看卷完毕，当在廿五左右，等薪水，所以至早恐怕要在一月廿八九才可以动身罢。我想先住客栈，此后如何，看情形再定，此时不必先酌定。

电灯坏了，洋烛所余无几，只得睡了。如此信收到，告我更详细的地名，可写信面。

迅　十二月廿三夜

怕此信失落，另写一信寄学校。

*　　*　　*

〔1〕 此信经作者整理编辑收入《两地书》，序号九八。

261223②　致许广平[1]

广平兄：

今日得十九来信，十六日信终于未到，所以我不知你住址，但照信面所写的发了一信，不知能到否？因此另写一信，挂号寄学校，冀两信有一信可到。

前日得郁达夫及遇安信，说当于十五离粤，似于中大颇不满。又得中大委员会信，十五发，催我速往，言正教授只我一人。然则当是主任。拟即作复，说一月底才可以离厦，或者伏园已替我说明了。

我想不做主任，只教书。

厦校一月十五考试，阅卷及等薪水等等，恐至早须二十八九才能动身。我拟先住客栈，此后则看形情再定。

我除十二，十三，各寄一信外，十六，二十一，又俱发信，不知收到否？

电灯坏了，洋烛已短，又无处买添，只得睡觉，这学校真可恨极了。

此地现颇冷，我白天穿夹袍，夜穿皮袍，其实棉被已够，而我懒于取出。

迅。十二月廿三夜

告我通信地址。

*　　*　　*

〔1〕 此信经作者整理编辑收入《两地书》，序号九九。

261224　致许广平[1]

广平兄：

昨日(廿三)得十九日信，而十六信待到今晨未至，以为遗失的了，因写两信，一寄高第街，照信封上所写；一挂号寄学校，内容是一样的，上午寄出，想该有一封可以收到。但到下午，十六日发的一封信竟收到了，一共走了九天，真是奇特的邮政。

学校现状，可见学生之愚，和教职员之巧，独做傻子，实在不值得，实不如暂逃回家，不闻不问。这种事我遇过好几次，所以世故日深，而有量力为之，不拚死命之说。因为别人太巧，看得生气也。伏园想早到粤，已见过否？他曾说要为你向中大一问。

郁达夫已走了，有信来。又听说成仿吾也要走。创造社中人，似乎与中大有什么不协似的，但这不过是我的推测。达夫遇安则信上确有怨言。我则不管，旧历年底仍往粤，倘薪水能早取，就仅一个月略余几天了，容易敷衍过去。

中大委员会来信言正教授止我一个，不知何故。如是，则有做主任的危险，那种烦重的职务，我是不干的，大约当俟到后再看。现在在此倒还没有什么不舒服，因为横竖不远就走，什么都心平气和了。今晚去看了一回电影。川岛夫妇已到；我处常有学生来，也不大能看书，有几个还要转学广州，他们总是迷信我，真无法可想。长虹则专一攻击我，面红耳赤，可笑也，他以为将我打倒，中国便要算他。

陈仪〔2〕独立是不确的，廿二日被孙缴械了，此人真无用。而国民一军则似乎确已过陕州而至观音堂，北京报上亦载。

北京报又记傅铜等十教授与林素园大闹，〔3〕辞职了，继任教务长(?)是高一涵〔4〕。群犬终于相争，而得利的还是现代评论派，正人君子之本领如此。罗静轩已走出，〔5〕报上有一篇文章，可笑。

玉堂大约总弄不下去，然而国学院是不会倒的，不过是不死不活。一班江苏人正与此校相宜，黄坚与校长尤洽，他们就会弄下去。后天校长请客，我在知单上写了一个“敬谢”，这是在此很少先例的，他由此知道我无留意，听说后天要来访我，我当避开。再谈。

迅。十二月二十四日灯下。

(电灯)修好了。

*　　*　　*

〔1〕 此信经作者整理编辑收入《两地书》,序号一〇一。

〔2〕 陈仪(1883—1950) 字公侠,浙江绍兴人。日本陆军士官学校毕业。曾任孙传芳下属浙江军第一师师长、徐州镇守使兼津浦南段警备总司令。1926年10月20日被孙任为浙江省省长,即率第一师返浙,12月19日通电宣布浙江"自治",出任"自治"政府民政长。12月22日陈师一部分被孙传芳下属孟昭月部缴械,余部退至绍兴,同月30日改编为国民革命军第十九军,陈任军长。

〔3〕 傅铜等十教授与林素园大闹 1926年8月底,北洋政府教育部将北京女子师范大学与北京女子大学合并为北京女子学院,女师大成为该学院师范部,林素园任学长。此事遭到女师大师生的强烈反对。傅铜、徐祖正、钟少梅等教授曾代表女师大师生与教育部交涉,无效。9月5日林素园随教育总长任可澄率军警到女师大强行接收。傅铜(1886—1970),字佩青,河南兰封人,曾任西安西北大学校长,后任北京女子师范大学教授等职。

〔4〕 高一涵(1885—1968) 安徽六安人,曾任北京大学政治系教授。现代评论派主要成员之一。

〔5〕 罗静轩走出 参看本卷第255页注〔6〕。

261228　致许寿裳[1]

季茀兄:

今日得廿一日来信,谨悉一一,前得北京信,言兄南旋,未携眷属,故信亦未寄嘉兴,曾以一笺托诗荃转寄,今味来书,似未到也。

此间多谣言,日前盛传公侠下野,亦未知其确否,故此函仍由禾[2]转,希即与一确示。

厦大虽不欠薪,而甚无味,兼士早走,弟亦决于本学期结束后赴广大,大约居此不过尚有一月耳,盼复,余容续陈。

树人　上　十二月二十八日

*　　*　　*

〔1〕 此信据许寿裳亲属录寄副本编入。

〔2〕 禾　指浙江嘉兴。

261229[①]　致韦素园

漱园兄:

二十日的来信,昨天收到了。《莽原》第二十三期,至今没有到,似已遗失,望补寄两本。

霁野学费的事[1],就这样办罢。这是我先说的,何必客气。我并非"从井救人"[2]的仁人,决不会吃了苦来帮他,正不必不安于心。此款大约至迟于明年(阳历)一月十日以前必可寄出,惟邮寄抑汇寄则未定。

《阶级与鲁迅》[3]那一篇,你误解了。这稿是我到厦门不久,从上海先寄给我的;作者姓张,住中国大学,似是一个女生(倘给长虹知道,又要生气),问我可否发表。我答以评论一个人，无须征求本人同意，如登《语丝》，也可以。因给写了一张信给小峰作绍介。其时还在《莽原》投稿发生纠葛之前，但寄来寄去，登出时却在这事之后了。况且你也未曾和我“捣乱”，原文所指，我想也许是《明珠》[4]上的人们罢。但文中所谓H.M.女校，我至今终于想不出是什么学校。

至于关于《给——》[5]的传说，我先前倒没有料想到。《狂飙》也没有细看，今天才将那诗看了一回。我想原因不外三种：一，是别人神经过敏的推测，因为长虹的痛哭流涕的做《给——》的诗，似乎已很久了；二，是《狂飙》社中人故意附会宣传，作为攻击我的别一法；三，是他真疑心我破坏了他的梦，——其实我并没有注意到他做什么梦，何况破坏——因为景宋在京时，确是常来我寓，并替我校对，抄写过不少稿子《坟》的一部分，即她抄的，这回又同车离京，到沪后她回故乡，我来厦门，而长虹遂以为我带她到了厦门了。倘这推测是真的，则长虹大约在京时，对她有过各种计划，而不成功，因疑我从中作梗。其实是我虽然也许是“黑夜”，但并没有吞没这“月儿”。

如果真属于末一说，则太可恶，使我愤怒。我竟一向在闷胡卢中，以为骂我只因为《莽原》的事。我从此倒要细心研究他究竟是怎样的梦，或者简直动手撕碎它，给他更其痛哭流涕。只要我敢于捣乱，什么“太阳”之类都不行的。

我还听到一种传说，说《伤逝》是我自己的事，因为没有经验，是写不出这样的小说的。哈哈，做人真愈做愈难了。

厦门有北新之书出售，而无未名的。校内有一人朴社的书,是他代卖的很可靠,我想大可以每种各寄五本不够,则由他函索,托他代售,折扣之例等等,可直接函知他,寄书时只要说系我绍介就是了。明年的《莽原》,亦可按期寄五本。人名地址是——

福建厦门大学

毛简先生(他号瑞章,但寄书籍等,以写名为宜。他是图书馆的办事员,和我很熟识)。

迅 十二,二九。

*　　　*　　　*

〔1〕 霁野学费的事　参看261205信。

〔2〕 "从井救人"　语出明代马中锡《中山狼传》:"从井以救人"。

〔3〕 《阶级与鲁迅》　载《语丝》周刊第一〇八期(1926年12月4日),署名"一萼"(即曹轶欧)。

〔4〕 《明珠》　北京《世界日报》的文艺专栏,张恨水主编。当时该刊曾发表过一些讥刺鲁迅的作品,如1926年8月4日所载署名蛸的作者说:"对于周先生,我也常挖苦过。"

〔5〕 《给——》　短诗,高长虹作,载《狂飙》周刊第七期(1926年11月26日)。诗中他自比为太阳,以月亮喻许广平,以黑夜影射鲁迅。

261229② 致许寿裳[1]

季茀兄:

昨寄一函,已达否?此间甚无聊,所谓国学院者,虚有其名,不求实际。而景宋故乡之大学,催我去甚亟。聘书且是正教授,似属望甚切,因此不能不勉力一行,现拟至迟于一月底前往,速则月初。伏园已去,但在彼不久住,仍须他往,昨得其来信,言兄教书事早说妥,所以未发聘书者,乃在专等我去之后,接洽一次也。现在因审慎,聘定之教员似尚甚少云。信到后请告我最便之通信处,来信寄此不妨,即我他去,亦有友人收转也。此布,即颂

曼福。

树人 上 十二月廿九日

*　　*　　*

〔1〕 此信据许寿裳亲属录寄副本编入。

261229③ 致许广平[1]

广平兄:

廿五日寄一函,想已到。今天以为当得来信,而竟没有,别的粤信,都到了。伏园已寄来一函,今附上,[2]可借知中大情形。季黻与你的地方,大概都极易设法。我一面已写信通知季黻,他本在杭州,目下不知怎样。

看来中大似乎等我很急,所以我想就与玉堂商量,能早走则早走,自然另外也还有原因。此外,则厦大与我,太格格不入,所以我也不必拘拘于约束,为之收束学期也。但你信只管发,即我已走,也有人代收寄回。

厦大是废物,不足道了。中大如有可为,我也想为之出一

点力，但自然以不损自己之身心为限。我来厦门，本意是休息几时，及有些豫备，而有些人以为我放下兵刃了，不再有发表言论的便利，即翻脸攻击，自逞英雄；北京似乎也有流言，和在上海所闻者相似，且说长虹之攻击我，乃为此。用这样的手段，想来征服我，是不行的。我先前的不甚竞争，乃是退让，何尝是无力战斗。现在就偏出来做点事，而且索性在广州，住得更近点，看他们卑劣诸公其奈我何？然而这也是将计就计，其实是即使并无他们的闲话，也还是到广州的。

再谈。

迅　十二月廿九日灯下

*　　*　　*

〔1〕　此信经作者整理编辑收入《两地书》，序号一〇二。

〔2〕　孙伏园12月22日致鲁迅信摘录如下："留先极力希望您能快来，他说他因为接到我的信，知道我要去武汉了，所以已单独写信给您，但没有提起薪水数目，其实您的薪水已决定五百毫洋，且定名为正教授，现在全校只有您一人。学生知道先生要来，希望得极恳切。而真吾诸兄(厦大学生，要转学的)要来的事，我也与他谈及，他也非常欢迎，而且这事已在广报上披露，将来编级必无问题的，尽请他们大胆同来好了……现在聘人，十分慎重，故除极熟者外，均暂从缓，据云季黻聘书之所以迟发者，也不外此，'只要待鲁迅一到，再有一度商量，必无问题者也。'许广平君处我先去，彼已辞职出校，故未遇见，三主任同时辞去矣。我至朱处，乃为之述说前事，彼云必可设法，但须去了兼差，如辞职竟成事实，则可以成功。"(按括号中的文字为鲁迅批注)留先，即朱家骅(字骝先)。